예스타 베를링 이야기

일러두기

본서는 Insel Verlag zu Leibzig에서 발행한 독일어판 『Gösta Berling』과
1978년 Albert Bonniers Förlag에서 발행한 스웨덴어 원전 『GÖSTA BERLINGS SAGA』를
참조했음을 밝힌다.

예스타
베를링
이야기

셀마 라겔뢰프 장편소설
강윤영 옮김

디앤
책방

차례

프롤로그

1
목사

마침내 목사가 설교단에 섰다.

신도들은 고개를 들었다. 어쨌든 결국 오긴 했구나. 이번 주는 지난주나 그 이전의 흘러간 주일들처럼 예배가 취소되지는 않겠지.

목사는 젊고 훤칠하고 후리후리하고 눈이 부실 정도로 잘생긴 사내였다. 만약 그가 투구를 쓰고 검을 쥐고 갑주를 둘렀다면, 그 모습 그대로 대리석에 새겨 가장 아름다운 그리스 영웅의 이름을 붙일 수도 있었으리라.

그는 시인의 깊은 눈에 둥글고 강고한 장군의 턱선을 지녔다. 그 아름답고 훌륭하고 인상적인 모습은 철두철미한 재능과 영적인 삶과 더불어 더욱 빛을 발했다.

목사의 이런 모습에 교회에 모여든 사람들은 이상하게도 짓눌리는 느낌이었다. 그들은 목사가 허옇고 숱 많은 콧수염을 기른 베렌크로이츠 대령이나 힘이 장사인 크리스티안 베리 대위처럼 방탕한 술친구들과 휘청거리며 술집을 나서는 꼴에 더 익숙해져 있었던 것이다.

그가 술독에 빠져 여러 주 직무를 방치하자, 신자들은 처음엔 그의 직속상관인 교구장에게, 그다음엔 주교와 관제구에 하소연해야 했다.* 이번주엔 주교가 교구로 몸소 시찰을 나섰다. 그는 가슴에 황금 십자가를 드리운 채, 칼스타드에서 온 성직자들과 이웃 교구의 목사들에게 둘러싸여 성단소에 앉아 있었다.

녹사의 행위가 용인의 범위를 넘어섰다는 건 이제 의심의 여지가 없었다. 1820년대의 사람들은 음주에 그리 까다롭지 않았으나, 이 사내는 술에 미쳐 직무를 방기했고 이제는 그 대가를 치를 참이었다.

목사는 교단에 선 채 찬송가의 마지막 구절이 끝나기를 기다렸다.

그렇게 서 있자니, 온 교회가 그의 적으로 가득하다는 확신이 몰려들기 시작했다. 위층에 앉은 높은 양반들, 1층에 자리한 농부들, 견신례를 받지 않은 성가대 아이들까지도 몽땅 그의 적이었다. 한 적이 오르간에 바람을 넣으면 다른 적이 연주를 하는 식이었다. 어른의 품에 안겨 교회에 온 어린아이들로부터 라이프치히전투 참전용사인 우람하고 뻣뻣한 교회 문지기에 이르기까지 모든 사람이 그를 증오하고 있었다.

목사는 무릎을 꿇고 엎드려 자비를 구하고 싶었다.

그러나 다음 순간 어리석은 분노가 치밀었다. 그는 한 해 전, 자신이 이 설교단에 처음 올랐던 날을 똑똑히 기억하고 있었다. 그때의 그는 흠잡을 데 없었으나, 지금의 그는 자신을 심판하기 위해 금 십자가를 걸고 찾아온 주교를 굽어보는 처지였다.

도입문을 읽어나가는 사이 그의 얼굴로 연이어 피가 몰려들었다. 분노 때문이었다.

그가 술을 마신 것은 사실이다. 그러나 그를 고발할 자격이 그 누구

---

* 스웨덴의 종교는 스웨덴국교회가 다수를 차지하고 있다. 국교회는 목사가 예배를 주재하는 루터파 신교이지만, 그와 동시에 가톨릭과 유사한 주교제를 유지하고 있다.

에게 있는가. 그가 사는 사택이 어떤 꼴인지 그들이 본 적이라도 있는
가. 어두컴컴하고 음침한 전나무숲이 목사관 창문 바로 앞까지 쳐들어
와 있었다. 시커먼 천장에는 습기가 차서 곰팡이 핀 벽을 타고 물이 줄
줄 흘러내렸다. 깨진 창유리 사이로 빗방울과 눈보라가 휘몰아치고 황
폐한 밭에서 난 수확물로는 도저히 허기가 채워지지 않는 판국에, 화주
라도 들이켜야 기운이 날 게 아닌가 말이다.

자신이 이 마을 인간들에게 딱 어울리는 목사감이라는 생각이 머릿
속에 찾아들었다. 여기서는 다들 퍼마신다. 왜 그 혼자 참아야 하나? 방
금 죽은 아내를 땅에 묻고 온 남편은 장례 뒤풀이라며 한잔 들이켰고,
갓 태어난 아기를 세례식에 데려온 아비는 세례잔치랍시고 퍼마셨다.
신도들은 예배를 마치고 집에 가는 길에 주점에 들렀고, 집에 도착할 쯤
에는 다들 고주망태가 돼 있었다. 이런 작자들에겐 주정뱅이 목사가 제
격이다.

그가 술을 배운 것도 목사직을 수행하면서였다. 얇은 외투만 걸치고
살을 에는 바람이 몰아치는 얼어붙은 호수를 수십 리나 가로질러 갈 때,
폭풍이 몰아치고 비가 퍼붓는데 그가 탄 배에 지붕이 없을 때, 썰매를
타고 가다가 사람 키를 넘는 눈더미와 마주쳐 말이 옴짝달싹 못하게 되
고 손수 삽질을 해야 했을 때, 바닥을 알 수 없는 늪지대를 허우적거리
며 지나갈 때. 그가 술을 배운 건 바로 그런 때였다.

하루하루가 음울하고 숨 막히게 흘러갔다. 이 고장은 농부나 귀족이
나 다를 것 없이 대지의 수렁에 묶여 있다. 그러나 저녁이면 영혼들은
화주의 도움으로 족쇄를 떨쳐냈다. 영감이 찾아오고, 가슴에 온기가 돌
고, 인생이 빛나고, 화담의 노랫소리가 울려 퍼지고, 장미향이 풍겼다.
주점은 어딘가 먼 남쪽나라의 장미화원이 되고, 머리 위엔 포도와 올리
브가 주렁주렁 열렸으며, 무성한 녹음 사이로 대리석상들이 은은히 빛

11

나고, 철학자들과 시인들이 종려나무와 플라타너스 아래를 거닐었다.

설교단 위에 선 목사는 화주를 마시지 않고는 누구도 이곳에서 살아갈 수 없다는 사실을 알고 있었다. 신자들 역시 그걸 뻔히 알면서도 그를 재판하려 하고 있었다.

술에 취한 채 주님의 집에 발을 디뎠다는 이유로 신자들은 그의 예복을 찢으려 했다. 하! 저희들도 하나같이 신 대신 화주나 섬기는 주제에!

그는 이미 도입문을 읽었고, 지금은 주기도문을 외기 위해 허리를 숙였다.

그가 기도하는 사이, 교회 안에는 숨죽인 정적이 흘렀다. 목사는 돌연 예복을 여미는 끈을 움켜쥐었다. 주교를 필두로 교회 안의 모든 사람들이 그의 예복을 찢으려고 설교단에 기어오르는 환상이 보였다. 그는 무릎을 꿇은 채 고개도 돌리지 못했지만, 교구장과 다른 목사들, 장로들, 교회 문지기와 모든 신자들이 계단으로 줄줄이 올라와 그의 예복을 찢겠다고 온 힘으로 잡아당기는 걸 보고 느낄 수 있었다. 천이 찢기면서 열심히 잡아당기던 인간들이 차례대로 나자빠지는 광경이 생생하게 그려졌다. 차례가 오지 않아 옷자락 끄트머리밖에 잡을 수 없던 작자들이 함께 굴러떨어지는 모습도.

장면이 너무도 생생하여 그는 무릎을 꿇은 채로 웃음을 터뜨릴 뻔했지만, 그와 동시에 이마에 식은땀이 흘러내렸다. 너무나 무시무시한 상상이었다.

고작 술 때문에 쫓겨나다니. 파직당한 목사처럼 망신스러운 존재가 또 있을까.

그는 거지꼴로 길거리에 나앉아 술에 취한 채 도랑에 쓰러져 있거나, 누더기를 걸친 헐벗은 꼴로 부랑자와 어울리게 될 것이다.

기도가 끝났다. 이제 설교를 할 차례였다. 하지만 불현듯 떠오른 생각에 그는 입을 떼려다 다물고 말았다. 그는 오늘이 설교단에 서서 신을 찬미하고 드높일 수 있는 마지막 날임을 깨달았다.

마지막 기회라는 생각이 그의 마음을 사로잡았다. 그는 술도 주교도 잊었다. 그는 이 기회에 신의 영광을 드러내 보여야 했다.

청중과 함께 교회 바닥이 꺼지고, 천장이 열리며, 하늘이 올려다 보이는 것만 같았다. 그는 홀로 설교단 위에 서 있었다. 그의 영혼은 날개를 얻어 열린 하늘로 날아올랐다. 그는 또렷하고 힘찬 목소리로 신의 영광을 포고했다.

그는 감화되었다. 미리 준비했던 설교문은 치워버렸다. 신선한 영감이 온순한 비둘기 떼처럼 날갯짓하며 그에게 내려왔다. 마치 내면의 다른 누군가가 그의 입을 빌려 대신 말하는 듯했으나, 동시에 그는 이야말로 지고의 순간임을, 그 누구도 지금 여기 서서 신의 영광을 설파하는 자신보다 더 빛날 수도 드높아질 수도 없음을 자각했다.

영감靈感이 혀를 달구는 동안 그는 설교를 펼쳤으나, 그 불길이 꺼지자 다시금 지붕이 교회를 뒤덮었다. 깊숙이 꺼졌던 바닥이 차올라오자 그는 무릎을 꿇고 울었다. 그는 방금 자신에게 삶의 가장 아름다운 순간이 찾아왔으나 이제는 지나가버렸음을 깨달았다.

예배가 끝난 후 교회 인사들이 모이고, 심리審理가 진행되었다. 주교가 교구 신자들에게 목사의 어떤 점이 불만인지 물었다.

목사는 더 이상 설교 전처럼 짜증이 나 있지도, 반항심에 차 있지도 않았다. 그는 부끄러움에 고개를 숙였다. 아, 화주와 관련된 낯부끄러운 사연이 죄다 밝혀질 차례였다.

하지만 아무 이야기도 없었다. 교구 회관의 커다란 탁자 주위로 침묵이 내려앉았다.

목사는 눈길을 들어 우선 교회 문지기를 보았다. 문지기는 입을 열지 않았다. 그다음에는 장로들을, 농부들과 제철소 주인들을 보았으나 모두 침묵했다. 다들 입을 꾹 다물고 난처한 시선으로 탁자만 내려다보고 있었다.

'누군가 먼저 시작하기를 기다리고 있구나' 하고 목사는 생각했다.

장로 중 하나가 헛기침을 했다.

"제 생각에 저희 목사님은 훌륭하신 분 같습니다." 장로가 말했다.

"주교님도 방금 저희 목사님 설교를 들으셨지요." 문지기가 맞장구쳤다.

주교는 그간 목사가 자주 예배를 빼먹지 않았느냐고 물었다.

"목사님도 사람인데 어쩌다 한 번씩 편찮으실 수도 있는 거죠." 농부가 주장했다.

주교는 목사의 사는 꼬락서니가 불쾌한 적은 없었는지 은근히 내비쳤다.

그러자 모두 한목소리로 목사를 변호했다. 아직 젊으셔서 그런 거니 이해할 만하지요. 아니, 오늘처럼만 설교를 하신다면야 주교님하고도 바꾸기 싫습니다요.

더 이상 피고도, 판사도 없었다.

목사의 가슴이 뻥 뚫리고 핏기가 돌았다. 그는 더 이상 적에게 둘러싸여 있지 않았다. 모든 희망이 꺼진 바로 그 순간에 그는 신도들의 마음을 얻었고, 계속 목사직을 이어갈 수 있게 되었다!

심리 후, 주교와 교구장들, 다른 성직자들과 지체 높은 신도들이 목사관에서 식사를 했다.

목사는 미혼이었으므로 이웃 교구목사의 아내가 안주인 노릇을 떠맡았다. 그녀는 최선을 다해 손님을 대접했다. 목사는 처음으로 이 목사관이 그리 나쁘지만은 않다는 사실에 눈을 떴다. 바깥 전나무들 아래에 차

14

려진 기다란 식탁은 눈처럼 새하얀 천에 덮여 눈부시게 빛났다. 그 위로 희고 푸른 도자기와 유리잔들과 맵시 있게 접힌 냅킨이 놓였다. 입구에는 자작나무 두 그루가 심겨 있고, 현관 바닥에는 노간주나무 가지들이 깔려 있고, 대들보는 화환으로 장식되었고, 방마다 가득한 꽃들이 퀴퀴한 냄새를 몰아냈고, 푸르게 물든 유리창들이 햇살을 받아 강렬하게 빛났다.

기쁨에 차오른 목사는 앞으로 다시는 술을 마시지 않겠다고 다짐했다.

식탁에 둘러앉은 모든 사람이 만족했다. 마음 넓게 목사를 용서한 이들도 기뻤고, 우려했던 추문이 터지지 않고 무사히 일이 해결되어 목사들과 교구장들도 기쁘기 그지없었다.

사람 좋은 주교는 건배하기 위해 잔을 들고는, 나쁜 소문을 익히 들었기에 이번 출장을 떠나며 마음이 무거웠다고 밝혔다. 그는 사울을 만날 각오를 하고 출발했다. 그러나 보라, 사울은 새사람인 바울이 되어 있었다. 바울은 앞으로 다른 이들보다 더 큰 과업을 이루어낼 것이었다. 그리고 이 경건한 남자는 목사의 재능이 풍부하다고 칭찬했다. 목사가 이로 인해 자만해서는 안 되고, 막중하고 귀중한 임무를 짊어진 사람답게 온 힘을 다해야 한다는 게 주교의 말이었다.

이날 점심, 목사는 술을 한 방울도 입에 대지 않았음에도 취한 기분이었다. 예기치 못한 행복에 머리가 어질어질했다. 하늘이 영감으로 그의 혀를 달궈준 덕에 사람들은 그를 사랑하게 되었다. 저녁이 되어 손님들이 떠난 후에도 그의 혈관에서는 열병환자처럼 빠르게 피가 돌았다. 환희에 찬 설렘에 도저히 잠을 이룰 수 없어서 그는 한밤중까지도 열린 창으로 불어오는 밤바람에 기쁜 열병을 식히며 오도카니 앉아 있었다.

그런데 목소리가 들려왔다.

"목사, 안 자나?"

한 사내가 잔디밭을 가로질러 목사관으로 다가오고 있었다. 창밖을 내다본 목사는 신실한 술친구 크리스티안 베리 대위를 알아보았다. 집도 절도 없이 떠도는 이 남자는 거인의 몸과 완력을 지녔고, 산 속의 트롤처럼 아둔했다.

"당연하지, 대위." 목사가 대답했다. "이런 밤에 어떻게 잠을 자겠나?"

이제 들어보자, 크리스티안 대위가 목사에게 풀어놓은 이야기를. 거한은 목사가 앞으로는 술을 꺼리게 되리라 짐작했다. 칼스타드에서 몰려온 성직자들이 언제고 또 몰려올 수 있으니 목사는 마음 놓을 수 없다. 목사가 다시 예전처럼 술에 빠진다면 그들은 목사의 예복을 벗겨버릴 터였다.

크리스티안 대위는 다른 목사나 교구장은 물론, 주교조차도 다시는 얼씬거리지 못하도록 몸소 일을 처리했다. 자신이 이루어낸 영웅적인 업적 덕분에 목사와 친구들은 앞으로도 마음껏 술을 마실 수 있을 거라고 대위는 말했다.

들어보자, 크리스티안 대위, 이 힘센 대위가 저지른 일이 얼마나 대단했는지를.

주교가 다른 두 성직자와 함께 마차에 오르고 문이 단단히 닫히자, 대위는 마부석에 올라타 해가 지지 않는 여름밤을 수십 리 내달렸다.

그리고 그는 승객들로 하여금 생사의 고비가 무엇인지 실감케 했다. 그는 미친 듯이 날뛰도록 말을 몰았다. 주교 일당이 선량한 사람으로 하여금 술도 못 마시게 한 죄였다.

과연 대위가 길 위로만 마차를 몰았을까? 그에게 마차를 뒤흔들 배짱이 있었을까, 없었을까? 그는 구덩이와 그루터기만 남은 밭을 달렸고,

아찔한 속도로 언덕을 오르내렸고, 마차를 호수로 몰아갔고, 바퀴 주위로 물을 튀겼고, 습지에 갇힐 뻔했고, 말들이 앞다리를 뻣뻣하게 편 채 민둥산을 미끄러져 내려가게 했다. 그러는 내내 주교와 성직자들은 새파랗게 질린 채 기도문을 외워댔다. 그들이 살면서 겪은 가장 끔찍한 마차 여행이었다.

그들이 마침내 리스세테르의 여인숙에 도착했을 때 어떤 몰골이었을지 상상해보라. 목숨은 붙어 있으나, 자루에 담긴 채로 우박이라도 얻어맞은 듯한 꼴이었다.

"이게 무슨 일인가, 크리스티안 대위?" 마차 문이 열리자 주교가 물었다.

"주교님, 다음번에 또 예스타 베를링을 시찰하러 오시려거든, 그 전에 한번 숙고해보십쇼." 크리스티안 대위는 이 문장을 유창하게 내뱉으려고 미리 외워서 연습해두었다.

"예스타 베를링에게 인사를 전하게. 그리고 앞으로 나와 다른 주교들이 그의 앞에 얼씬하는 일이 절대 없을 거라는 말도."

환한 백야에 목사의 창가에 서서 천하장사인 대위는 자신의 영웅적 업적을 들려주었다. 그는 말들을 여인숙에 넘겨주자마자 소식을 전하기 위해 목사관에 온 참이었다.

"이제 마음을 놓아도 된다네, 목사이자 친애하는 형제여."

아, 크리스티안 대위여! 마차 안의 성직자들의 낯이 아무리 새파랗게 질렸다 해도, 지금 백야의 창밖을 꼼짝 않고 노려보는 목사의 안색만큼 창백하지는 않았으리라. 아, 크리스티안 대위여!

목사는 거한의 거칠고 둔한 낯짝에 호된 주먹을 날리려고 팔을 쳐들었다가 겨우 진정했다. 그는 대신 쾅 소리를 내며 창을 때렸고, 주먹을 하늘을 향해 쳐든 채 그대로 방 한가운데에 섰다.

자신의 혀에서 뜨거운 영감을 느꼈던, 그 혀로 신의 영광을 설파했던 그는 이제 신이 자신을 가지고 놀았음을 깨달으며 그 자리에 그렇게 서 있다.

주교는 그가 크리스티안 대위를 사주했다고 여기리라. 그가 하루 종일 위선을 떨며 자신을 속였다고 믿으리라. 이제 주교는 그의 직무를 정지시킨 후에 성식 파면 조치를 취할 것이다.

아침이 되었을 때 목사관에서는 목사의 모습이 보이지 않았다. 그는 자신을 변호할 마음이 없었다. 신은 그를 농락했다. 신은 그를 도우려 했던 게 아니었다. 그는 자신이 파면당하리라는 사실을 알고 있었다. 신의 뜻이 바로 그러했다. 그럴 바에 당장 떠나는 편이 나았다.

이는 1820년대 초반쯤 스웨덴 베름란드 서쪽의 외딴 고장에서 일어난 사건이다.

그것은 예스타 베를링에게 닥친 최초의 불행이었다. 그리고 그의 마지막 불행도 아니었다.

박차나 채찍질을 견디지 못하는 말에게 삶은 달콤하지 않다. 그들은 매번 고통이 닥칠 때마다 눈이 멀어 포장되지 않은 길로 내달리고, 아가리를 벌린 심연으로 굴러떨어진다. 길이 울퉁불퉁해지고 여행이 험난해지면, 그들은 오로지 짐을 내팽개치고 미쳐 날뛰며 달아날 뿐이다.

2
걸인

12월의 어느 추운 날, 브루뷔의 언덕을 떠도는 한 걸인이 있었다. 초라한 누더기 차림에 신발은 다 해져, 발이 차가운 눈에 젖었다.

뢰벤 호수는 베름란드 지방에 좁고 길게 자리한 호수로, 군데군데 폭이 좁았다. 호수의 북쪽은 핀숲Finnskogen과 맞닿아 있고, 남쪽은 베네른 호수 방향으로 이어져 내려갔다. 호숫가를 따라 여러 교구들이 있었는데, 그 중에서 브루 교구가 제일 크고 부유했다. 그곳은 호수의 동쪽과 서쪽을 차지하고 있었다. 부유하고 풍광 좋기로 이름난 에케뷔와 비에네처럼 가장 큰 장원 영주의 저택이 자리한 곳도 호숫가 서쪽이었다. 여관과 법정, 주 장관 거주지와 목사관, 그리고 시장이 있는 큰 마을 브루뷔도 같은 지역에 위치했다.

브루뷔 마을이 자리한 언덕은 가팔랐다. 걸인은 언덕 아래 서 있는 여관을 지나 꼭대기에 위치한 목사관 쪽으로 힘든 발길을 옮겼다.

그의 앞쪽에는 어린 소녀가 밀가루 한 포대가 놓인 썰매를 끌고 있었다. 걸인은 아이를 따라잡아 말을 건넸다.

"이리 조그만 망아지가 그리 큰 짐을 끌다니." 걸인이 말했다.

아이는 몸을 돌려 그를 쳐다보았다. 열두 살쯤 된 작은 소녀는 입을 앙다물고 날카로운 눈매로 그를 살폈다.

"망아지는 더 작고 짐은 더 컸으면 좋겠어요. 그래야 양식을 더 오래 먹을 수 있지 않겠어요!" 아이가 대답했다.

"네가 먹을 양식을 집으로 운반해가는 것이냐?"

"네, 하늘도 무심하시지! 난 이리도 작은데 내가 먹을 빵을 스스로 마련해야 해요."

걸인은 썰매를 붙잡아 함께 밀어주었다

소녀가 몸을 돌리고 그를 보았다.

"이런다고 나눠주지는 않을 거예요." 소녀가 말했다.

걸인은 크게 웃음을 터뜨렸다.

"넌 브루뷔 목사의 딸이 틀림없구나."

"그래요, 내가 그 집 딸이에요. 나보다 더 가난한 아버지를 둔 애들은 많지만, 더 못된 아버지를 둔 애는 없을걸요. 아버지를 두고 이런 말을 하는 건 부끄러운 일이지만 사실이에요."

"네 아버지는 욕심이 많고 사악한 사람인가보지?"

"욕심 많고 사악하죠. 하지만 사람들은 그의 딸이 살아남아 장차 어른이 되면 더 못된 인간이 될 거라고 말해요."

"그 말이 맞는 것 같구나. 네가 이 밀가루 포대를 어떻게 손에 넣었는지 궁금하구나."

"털어놓는다고 탈이 나진 않겠죠. 오늘 아침 아버지 헛간에서 밀을 꺼내다가 방앗간에 다녀왔어요."

"밀가루를 들고 집에 가면 아버지 눈에 띄지 않겠니?"

"아저씨는 눈치가 없네요! 아버지는 멀리 아픈 사람을 보러 나갔다고요!"

"우리 뒤에 누군가 썰매를 타고 언덕을 올라오는가보다. 썰매 날에 눈이 스치는 소리가 들린다. 네 아버지면 어쩔래?"

소녀는 귀를 쫑긋 세우고 뒤를 살피더니 엉엉 울음을 터뜨렸다.

"아버지예요." 소녀가 훌쩍였다. "날 때려죽일 거예요! 아버지가 날 때려죽일 거라고요!"

"그래, 좋은 충고와 빠른 판단이 아쉬운 처지가 되었구나." 걸인이 말했다.

"저기요." 소녀가 말했다. "아저씨가 날 도와주세요. 아저씨가 이 밧줄을 잡고 썰매를 끌고 있으면 아버지는 이게 아저씨 건 줄 알 거예요."

"그러고는 어떻게 하지?" 걸인은 밧줄을 어깨에 메며 물었다.

"일단 아무 데로나 끌고 갔다가 어두워지면 목사관으로 가져오세요. 제가 지키고 있을 거예요. 반드시 짐이랑 썰매를 가지고 오셔야 해요, 알겠죠!"

"그러도록 노력하마."

"안 오기만 해봐요!" 하고 외치며 소녀는 아버지보다 먼저 집에 도착하기 위해 서둘러 뛰어갔다.

거지는 무거운 마음으로 썰매의 방향을 돌려 언덕 아래 여인숙까지 끌고 갔다.

이 불쌍한 남자는 아이를 만나기 전, 반쯤 헐벗은 발로 눈 위를 걸으며 근사한 꿈을 꾸었다. 뢰벤 북쪽의 거대한 숲, 커다란 핀숲Finnskogen을 마음속에 그렸던 것이다.

그는 북쪽과 남쪽 사이의 좁은 뢰벤 호수를 따라가다가 브루 교구로 내려오게 되었다. 이곳은 풍요롭고 기쁨이 넘치기로 유명하며, 장원과 제철소가 줄지어 자리했다. 그러나 걸인에게 이곳의 모든 길은 거칠어

보였고, 모든 방이 비좁았으며, 침대는 죄다 딱딱하게 느껴졌다. 그는 거대하고 영원한 숲의 안식이 몹시도 그리웠다.

낟알의 탈곡이 결코 끝나지 않는다는 듯이 마을 헛간마다 도리깨질 소리가 끊이지 않았고, 마르지 않는 숲에서는 나무와 석탄을 잔뜩 실은 수레들이 꼬리를 물고 내려왔다. 이미 수백 대가 지나며 바퀴자국이 깊이 파인 땅 위로 광석을 실은 수레들의 행렬이 끊이지 않았다. 농장들 사이를 오가는 으리으리한 썰매들을 보자니, 그의 눈에는 기쁨이 썰매의 고삐를 잡고, 아름다움과 사랑이 썰매 날 위에 거하는 듯 비쳤다. 아, 거대하고 영원한 숲의 안식을 이 가련한 방랑자가 얼마나 그리워했던지!

나무들이 편평한 땅으로부터 늘씬한 기둥처럼 솟아오른 그곳으로 그는 가고 싶었다. 움직임이 없는 가지들 위로 눈이 두텁고 묵직하게 쌓이고, 바람은 힘을 잃어 침엽수의 뾰족한 끄트머리만 조용히 희롱하는 곳. 그 숲속으로 점점 더 깊이 들어가 기력이 다한 어느 날, 키 큰 나무들 아래 쓰러져 굶주림과 추위 속에서 최후를 맞고 싶었다.

그는 뢰벤 호수 위쪽의 바람 소리가 맴도는 커다란 묘지를 그리워했다. 그곳에서라면 인생을 무상하게 만드는 위대한 힘이 그를 압도할 테고, 굶주림과 추위, 피로와 화주가 마침내 이 비참한 몸뚱이, 지금껏 모든 것을 견뎌낸 이 몸뚱이를 파괴할 수 있을 텐데.

그는 이제 여인숙 앞에 도착했다. 날이 어두워질 때까지 여기 머물 참이었다. 그는 주점 안으로 들어가 문가 의자에 자리를 잡고 영원한 숲의 안식을 꿈꿨다.

여주인이 그를 가엾게 여겨 화주 한 잔을 주었다. 그가 간절히 부탁하자 한 잔을 더 따라주기까지 했다.

하지만 여주인도 공짜 술을 더 주려고 하지 않자 그는 절망에 빠졌다. 그는 이 독하고 달콤한 화주를 더 들이켜야 했다. 도취된 심장이 한 번 더 약동하고, 상념에 또다시 불이 붙어야 했다. 오 이 달콤한 곡주! 한여름의 태양, 여름 철새들의 노래, 여름의 향기와 아름다움이 이 흰 액체에 흘러 물결쳤다. 밤과 어둠 속으로 사라지기 전에 그는 한 번 더 태양과 행복을 들이키고 싶었다.

그래서 그는 처음에는 밀가루를, 그 후에는 밀가루를 담았던 포대 자루를, 마지막에는 썰매를 화주 값으로 내놓았다. 만취한 그는 주점 의자에 드러누워 오후를 내내 잠으로 보냈다.

정신이 들었을 때 그는 자신이 할 일이 하나뿐임을 깨달았다. 그의 영혼은 비참한 육신의 노예가 되어 어린아이가 믿고 맡긴 것까지 술로 탕진했으므로, 그라는 인간은 이 땅의 수치이므로, 세상에서 자기처럼 쓸모없는 인간은 사라져야 했다. 그는 자신의 영혼을 해방시켜 신께 돌려보내야 했다.

그는 긴 술집 의자에 누워 자신을 심판했다. "예스타 베를링, 파계한 목사, 굶주린 아이의 밀가루를 팔아 술을 마신 죄로 고발당했으니 죽어 마땅하다. 방법은? 눈 더미에 파묻혀 죽을 것."

그는 모자를 집어들고 휘청거리며 밖으로 나왔다. 술이 완전히 깬 것은 아니었다. 자신이 불쌍해서, 곧 해방시켜야 할 자신의 비루하고 더럽혀진 영혼이 가여워서 그는 울었다.

그는 멀리 가지도 않았고 길에서 벗어나지도 않았다. 길가에는 눈이 쌓여 있었다. 그는 죽기 위해 눈 더미 위로 몸을 던졌다. 그러고는 눈을 감고 잠을 청했다.

그가 얼마나 오래 누워 있었는지는 아무도 모른다. 브루뷔 목사의 딸이 등잔불을 들고 달려와 눈 더미 위에 누워 있는 그를 발견했을 때, 그는 아직 살아 있었다. 몇 시간 동안 헛되이 기다리다 지쳐 소녀는 직접 그를 찾겠다고 브루뷔 언덕을 뛰어내려온 참이었다.

그를 바로 알아본 소녀는 그를 깨우기 위해 있는 힘을 다해 몸을 흔들고 소리를 질렀다.

소녀는 그가 자신의 밀가루를 어떻게 했는지 알아야 했다.

적어도 썰매와 밀가루가 어찌 되었는지 실토할 때까지는 그를 살려놔야 했다. 썰매를 잃어버린 걸 알면 그녀의 아버지는 그녀를 때려죽일 것이다. 그녀는 걸인의 손가락을 물어뜯고 얼굴을 할퀴며 절망에 차 울부짖었다.

그때 누군가 썰매를 타고 다가왔다.

"어느 놈이 여기서 이리 소리를 지르는 거냐?" 걸걸한 목소리가 물었다.

"전 이 작자가 제 밀가루와 썰매를 어떻게 했는지 알아야 해요." 아이가 훌쩍이며 걸인의 가슴에 주먹질을 했다.

"그렇다고 얼어 죽을 처지인 사람을 그렇게 할퀴어대는 게냐? 비켜라, 말괄량이야!"

썰매를 탄 이는 키가 크고 체격이 늠름한 여자였다. 그녀는 썰매에서 내려 눈 더미로 다가왔다. 그녀는 아이의 목덜미를 붙잡아 뒤로 내던졌다. 그러고는 몸을 숙여 걸인을 양팔로 들어올려 썰매 위에 그를 눕혔다.

"여인숙으로 따라 들어오너라, 이 말괄량이야!" 그녀가 목사 딸에게 소리쳤다. "네가 아는 걸 다 털어놔라."

*

한 시간 후 걸인은 여인숙의 제일 좋은 방 문가의 의자에 앉아 있었다. 그의 앞에는 그를 눈 속에서 구해준 여인이 서 있었다.

숲에서 석탄을 싣고 집으로 돌아오는 중이던 여인은 손에는 검댕

이 묻었고, 입에는 도기 담뱃대를 물고 있었으며, 따로 안감을 채워 넣지 않은 짧은 양털모피에 직접 짠 줄무늬 양모 옷을 걸쳤다. 밑창에 못을 박은 신을 신고 허리춤에 단검을 찬 잿빛 머리칼의 인물 좋고 나이 지긋한 이 여인의 모습은 예스타 베를링이 이미 소문으로 수천 번 들은 그대로였다. 그는 자신과 마주하고 있는 여인이 에케뷔의 유명한 소령 부인임을 알아차렸다.

그녀는 베름란드에서 가장 권위 있는 여인으로, 일곱 곳의 제철소를 소유하고 있었으며, 명령을 내리고 복종시키는 데 익숙했다. 반면 그는 보잘것없는 사형수에 빈털터리였다. 그에게 모든 길은 거칠었고 모든 방은 비좁았다. 그녀의 시선이 머무는 동안 그는 겁에 질려 벌벌 떨었다.

그녀는 말없이 자기 앞의 가련한 사람을 바라보았다. 손은 벌겋게 부어올랐고, 몸은 앙상하게 말랐고, 잘난 두상은 몰락하여 전혀 꾸미지 않은 처지인데도 생생한 아름다움이 깃들어 있었다.

"미친 목사로 불리는 예스타 베를링 아니신가?" 그녀가 물었다.

걸인은 꼼짝도 하지 않았다.

"난 에케뷔의 소령 부인일세."

걸인의 몸이 오싹하고 떨렸다. 그는 두 손을 모으고 애원의 눈빛으로 그녀를 응시했다. 그녀는 그를 어찌하려는 걸까? 더 살아보라고 강요하려는 걸까? 그는 그녀가 가진 힘이 두려웠다. 그는 영원한 숲의 안식에 거의 도달할 뻔했는데.

그녀가 선제공격의 포문을 열더니, 목사의 딸은 썰매와 밀가루 포대를 돌려받았고, 그녀의 에케뷔 장원 기사관에 빈자리가 있으므로 예스타 베를링도 오갈 데 없는 다른 사람들처럼 머물 수 있을 거라고 말했다. 그녀가 환락과 기쁨으로 가득한 삶을 약속했으나, 그는 자신이 죽어야 한다고 대꾸했다.

그러자 그녀는 손으로 탁자를 내리치고 자신의 생각을 분명히 밝혔다.

"죽고 싶다고? 나 참, 죽고 싶다니! 마치 자신이 아직 살아 있는 것처럼 말하는군. 하지만 그런 앙상한 몸뚱이와 기력 없는 사지에 퀭한 눈을 하고도 새삼 또 죽을 게 있나? 꼭 빳빳이 굳어 식은 몸으로 관 뚜껑 아래 누워 있어야 진짜로 죽은 건가? 자네가 이미 죽은 거나 진배없다는 걸 내가 모를 줄 아나, 예스타 베를링?

내 눈에 자네 머리는 이미 해골이야. 눈구멍에서 벌레가 기어 나오고 있지. 입 안에 가득한 흙이 안 느껴지나? 움직일 때마다 뼈마디에서 삐걱거리는 소리가 들리지 않아?

자네는 화주에 빠져 익사했어. 예스타 베를링, 자넨 이미 죽은 거야.

자네 몸뚱이 중에 살아 있는 거라곤 뼈다귀뿐이야. 그걸 살아 있는 거라 보기도 우습지만, 자네는 그만큼 살아 있는 것조차 못마땅한가보지? 별빛을 받으며 무덤 위에서 다른 해골들과 함께 춤을 추는 것조차 싫은가?

파계가 부끄러워서 죽고 싶나? 하지만 선한 일에 재능을 쏟으며 신께서 창조한 비옥한 토양에 유용한 것들을 일구는 게 더 명예로울 거야. 내 말을 믿어. 왜 즉각 날 찾아오지 않았지? 내가 모든 걸 잘 해결해주었을 텐데. 수의를 뒤집어쓰고 관대 위에 올라가 잘생긴 시체라는 소리를 듣는 게 뭐가 명예롭다고."

걸인은 고요히, 거의 미소까지 지으며 그녀의 분노에 찬 말들을 들었다. 다행이다, 그는 환호했다. 다행이다! 영원한 숲이 아직도 그를 기다리고 있다. 그녀에겐 그의 영혼이 거기 도달하지 못하게 막을 힘이 없다.

그러나 소령 부인은 입을 다물더니 방 안을 몇 번 왔다갔다했다. 그리고 벽난로 앞에 앉아 돌을 두른 난롯가에 발을 얹고 무릎 위에 팔꿈치를 세웠다.

"망할!" 그녀는 혼자 낄낄 웃어댔다. "말해놓고 보니 참말일세. 예스타 베를링, 세상사람 대부분이 이미 송장이거나 반쯤은 송장이라는 생각 안 들어? 나라고 살아 있는 것처럼 보이나? 아니라고! 아니야!

나를 한번 봐! 나는 에케뷔 소령 부인이자 베름란드에서 돈 많고 권세 높기로 으뜸가는 여자야. 내가 손가락만 까딱하면 읍장이 허겁지겁 달려오고, 또 손가락을 까딱하면 주교가 뛰쳐나오고, 다시 손가락을 까딱하면 베름란드의 온 성직자와 관리와 지주들이 칼스타드 광장에서 폴카를 출 테지. 하지만 염병할, 젊은 양반, 내 말해두겠는데 난 산 송장에 불과해. 내 안에 생명의 기운이 조금도 남아 있지 않다는 걸 하늘은 아시지!"

의자에 앉은 걸인은 몸을 구부리고 귀를 기울였다. 나이 든 소령 부인은 흔들의자에 앉은 듯이 불 앞에서 상체를 까닥였다. 그에게 말을 하면서도 그녀는 그를 바라보지 않았다.

그녀는 말을 이었다. "내가 정말 살아 있다면, 자네가 그리 비참하고 슬프게 앉아 죽고 싶어하는 걸 보고 그러지 말라고 말릴 수도 있지 않을까? 내가 정말 산 사람이라면, 눈물과 기도로 자네를 감동시켜 자네의 영혼을 구원하겠지. 하지만 난 죽었어.

한때 내가 아름다운 마르가레타 셀싱이었다는 걸 들은 적 있나? 오래전 일이지만 그녀를 생각하면 주름진 내 눈가도 눈물로 붉어지지. 어째서 마르가레타 셀싱은 죽고 마르가레타 삼셸리우스가 살아 있는 걸까. 에케뷔 소령 부인은 왜 살아야 하는 걸까, 예스타 베를링, 왜?

마르가레타 셀싱이 어떤 여자였는지 아나? 날씬하고 보드랍고 수줍음이 많고 순진했어, 예스타 베를링. 천사들도 그녀의 무덤 위에서 울어줄 만했지.

그녀는 악에 대해서는 아무것도 몰랐고, 그녀의 마음을 다치게 하는 이도 없었고, 그녀 역시 누구에게나 친절했지. 그리고 아름다웠어, 정말 아름다웠어.

그리고 근사한 사내가 하나 있었어. 알트링에르라는 이름의. 어쩌다 그가 엘브달렌 황무지로 흘러들어왔는지는 하늘만 아시지. 마르가레타 셀싱은 그를 보았어. 잘생기고 멋진 사내였고 그녀를 사랑해주었지.

하지만 그는 가진 재산이 없었기에, 둘은 노래 가사처럼 5년을 기다리기로 했어.

3년이 흘렀을 때 다른 구혼자가 나타났지. 못생기고 역겨운 사내였지만 그를 부자로 알던 부모는 마르가레타 셀싱을 어르고 꾸짖어 그를 남편으로 맞이하게 했어. 자네는 알겠나, 그날 마르가레타 셀싱은 죽은 거야.

그 후로 마르가레타 셀싱은 사라졌고, 삼셀리우스 소령 부인이 나타났지. 그녀는 선하지도 않았고, 수줍어하지도 않았고, 악을 믿으며 선은 거들떠보지도 않았어.

그 후 이야기가 어찌 되었는지는 짐작이 갈 거야. 우리는, 소령과 나는 여기 뢰벤 호숫가의 셰에 살림을 차렸어. 하지만 그는 소문처럼 부자가 아니었지. 난 종종 힘들게 살았어.

그때 알트링에르가 부자가 되어 돌아온 거야. 그는 셰 옆의 에케뷔 장원과 뢰벤 호숫가의 다른 제철소 여섯 곳을 사들였어. 능력 있는 사내였지. 근사하기도 했고.

그는 경제적으로 힘든 우리를 도와주었어. 우리는 그의 마차를 타고 다녔고, 부엌에 그가 보내준 음식을 차렸고, 지하실에 그의 포도주를 쌓았지. 그는 내 삶에 축제와 기쁨을 가져다주었어. 전쟁터에 나간 소령은 그와 내가 알 바 아니었지! 하루는 내가 그를 보러 에케뷔로 갔고, 다른 날은 그가 날 보러 셰로 왔어. 아, 뢰벤 호숫가에선 기쁨의 춤이 멎지 않았어!

하지만 그 후 사람들이 나와 알트링에르에 대해 속닥거리기 시작했어. 마르가레타 셸싱이 살아 있었다면 크게 상처받았겠지만, 난 눈 하나 깜짝 안 했어. 내가 그렇게 담담할 수 있었던 건 내가 이미 죽었기 때문이었다는 걸 당시의 나는 아직 몰랐지만 말이야.

그러고는 소문이 내 아버지와 어머니의 귀에까지 들어갔지. 그들은 엘브달렌 숲에서 석탄을 캐며 살고 있었어. 어머니는 오래 생각할 것도 없이 나와 직접 이야기하겠다고 여기까지 왔어.

어느 날 소령은 멀리 가 있고, 나와 알트링에르와 다른 몇 사람이 테이블 앞에 앉아 있을 때 그녀가 셰에 도착했어. 난 그녀가 홀 안으로 걸어들어오는 걸 봤지만 그 여자가 내 어머니라고는 느껴지지 않았어, 예스타 베를링. 나는 처음 본 손님을 대하듯 인사를 건넨 뒤 함께 테이블에 앉아 음식을 들자고 권했지.

그녀는 어미가 딸에게 하듯 말을 걸어왔지만, 나는 그녀에게 무언가 잘못 알고 계시는 것 같은데 내 부모님은 이미 돌아가셨다고, 두 분 다 내 결혼식 날에 돌아가셨다고 말했지.

그녀도 맞대응을 했어. 일흔 살의 그녀는 사흘 동안 200킬로미터를 여행해온 참이었어. 그녀는 사양 않고 테이블 앞에 앉아 음식을 들었어. 대단히 정정한 노인네였지.

그녀는 하필 결혼식 날 부모님을 잃다니 참 안된 일이라고 말했어.

'진짜로 안된 건 제 부모님이 하루 앞서 돌아가시지 않은 거예요. 그랬다면 결혼식은 열리지 않았을 텐데요.' 내가 대꾸했어.

'마님의 결혼 생활은 행복하지 않은가요?' 그녀가 물었지.

'천만에요.' 난 말했지. '난 행복한데다, 앞으로도 사랑하는 부모님의 뜻을 늘 따를 거예요.'

그녀는 혹시 남편을 속이며 나 자신과 부모님의 얼굴에 먹칠을 하는 것도 부모의 뜻이냐고 물었어. 나쁜 추문이 돌게 내버려두는 건 부모를 제대로 공경하는 일이 아니라면서.

'뿌린 대로 거두는 법이지요.' 나는 대답했지. 그리고 여기 처음 오신 분이면서 내 앞에서 내 부모님의 딸을 욕보이지 말라고 덧붙였어.

음식을 먹는 사람은 우리 둘뿐이었어. 다른 주위 사람들은 숨죽이고 앉아 포크며 나이프를 건드리지도 못했어.

그녀는 내 집에서 하루를 머물러 쉰 뒤에 다시 떠났어.

눈앞에 보고 있는 동안에도 나는 그 여자가 내 어머니라고 느낄 수가 없었어. 내 어머니는 나에게 죽은 사람이었지.

그녀가 떠날 때, 예스타 베를링, 나는 그녀와 함께 계단 위에 섰어. 마차가 떠날 준비를 마치자 그녀가 내게 말했지.

'내가 하루를 여기 머무는 동안 너는 한 번도 어미를 알은체하지 않았지. 나는 사흘 동안 포장도 안 된 길을 200킬로미터나 달려서 여기까지 왔다. 네가 한 짓이 부끄러워 내 온몸이 곤장이라도 맞은 양 벌벌 떨리는구나. 네가 나를 부인했듯 너 또한 부인당하고, 네가 나를 쫓아내듯 너 또한 추방되기를. 네가 한길을 거처 삼고, 짚으로 잠자리 삼고, 숯가마를 아궁이로 쓰게 되기를! 네가 수치와 조롱을 당하고, 지금 내가 너를 후려치듯 남들도 너를 매질하기를!'

그리고 그녀는 내 뺨을 호되게 후려쳤어.

하지만 나는 그녀를 번쩍 들고 계단을 내려가 마차 안에 밀어넣었어.

'당신이 뭔데 나를 저주해?' 나는 물었어. '당신이 뭐라고 날 때려? 누구든 내게 이런 짓을 하는 건 못 참아.'

그리고 나는 그녀에게 따귀를 돌려주었어.

마차가 출발하던 그 순간, 예스타 베를링, 나는 마르가레타 셀싱이 죽었다는 걸 깨달았어.

마르가레타 셀싱은 선량하고 순진했어. 악에 대해서는 아무것도 몰랐지. 그녀의 무덤 위에서는 천사들이 울었어. 그녀가 아직 살아 있었다면 어머니의 뺨을 때리는 짓은 하지 않았을 거야."

문가의 걸인은 귀 기울여 들었다. 그녀의 말들은 한순간 영원의 숲이 유혹하듯 던지는 바람소리마저도 덮어버렸다. 보라, 이 권세 높은 여인이 실은 그와 같은 죄인임을 자처했다. 그에게 용기를 불어넣기 위해 그와 같은 처지로 내려와 함께 저주받은 누이가 되었다. 그는 다른 사람들 또한 근심과 죄를 짊어지고 있음을 깨달아야 한다. 그는 일어나 소령 부인에게 다가갔다.

"이제 살아보겠어, 예스타 베를링?" 그녀가 목이 메어 물었다. "무엇 때문에 죽으려 했지? 자네는 좋은 목사가 될 수도 있었겠지. 하지만 자네가 화주에 빠뜨려 죽인 예스타 베를링은 내가 증오에 눈이 멀어 죽인 마르가레타 셀싱만큼 죄 없는 순백으로 빛나지 않았어. 이제 다시 살아보겠어?"

예스타는 소령 부인 앞에 무릎을 꿇었다.

"죄송합니다." 그는 말했다. "하지만 전 안 됩니다."

"난 수많은 상처로 마음을 닫아버린 늙은 여자야." 소령 부인이 말했다. "그런 내가 여기 앉아 눈 속에서 얼어 죽어가는 걸인을 구해 내 속을 털어놓았어. 하지만 이제 상관없으니 가서 자살하도록 해. 그리 되면 적어도 자네가 내 어리석음에 대해 떠들고 다닐 일은 없겠지."

"부인, 저는 자살하려는 게 아니라 죄를 지어 처형당하는 겁니다. 제 마음을 어지럽히지 마십시오. 전 살 자격이 없습니다. 육신의 노예가 된

제 영혼을 해방시켜 신께 돌려보내야 합니다."

"자네가 천국에 갈 거라 생각하는 건가?"

"안녕히 계십시오, 소령 부인, 감사합니다."

"잘 가시게, 예스타 베를링."

걸인은 고개를 숙인 채 몸을 일으켜 터덜터덜 문가로 향했다. 거대하고 영원한 숲으로 향하는 그의 발걸음을 이 여인이 무겁게 만들었다.

문에 다다랐을 때 그는 뒤돌아보지 않을 수 없었다. 꼼짝 않고 앉아 그를 쫓던 소령 부인의 시선과 그의 시선이 만났다. 예스타 베를링은 사람의 얼굴이 그리 변모하는 것을 처음으로 보았다. 그는 멈춰 서서 놀란 눈으로 그녀를 응시했다. 분노와 위협에 찬 말을 쏟아내던 그녀가 정화된 자태로 조용히 앉아 있었다. 그녀의 눈에 연민에 젖은 애정이 차올랐다. 그 시선을 마주하는 순간, 영원히 길을 잃은 그의 가슴 속에서 무언가가 녹아내렸다. 그는 문설주에 이마를 기대고 머리를 감싸쥔 채 가슴이 터지도록 울었다.

소령 부인은 도기 담뱃대를 불 속에 던져넣고 그에게 다가왔다. 그녀의 몸짓은 어머니처럼 다정했다.

"그래, 그래, 아들아."

그녀는 문가의 긴 의자로 다가와 그를 옆에 앉히고는, 흐느끼는 그의 머리를 품에 안았다.

"아직도 죽을 생각인가?"

펄쩍 뛰어오르려는 그를 그녀가 힘으로 붙들었다.

"내 말을 들어봐, 예스타 베를링. 자네 하고 싶은 대로 해도 좋아. 하지만 하나만 약속하겠네. 만약 자네가 다시 살기를 택한다면, 나는 브루뷔 목사의 딸을 데려와 훌륭한 어른으로 키우겠네. 그러면 그 아이는 훗날 자네에게 밀가루를 도둑맞았던 일을 다행으로 여기겠지. 자, 어쩔 텐가?"

그는 고개를 들고 똑바로 그녀의 눈을 바라보았다.

"진심입니까?"

"진심이야, 예스타 베를링."

그는 이루 말할 수 없는 고뇌에 두 손을 비틀었다. 사람을 살피는 눈과 앙다문 입과 앙상하고 작은 손을 지닌 목사 딸의 모습이 눈앞에 선했다. 불쌍한 아이는 안온한 보금자리를 얻을 테고, 아이의 몸에서는 학대의 흔적이, 그리고 영혼에서는 악이 사라지리라. 이제 그에게는 영원한 숲으로 가는 길이 막혀버렸다.

"그 아이를 보살펴주시는 한 저는 죽지 않겠습니다." 그가 말했다. "전 당신이 저를 설득하리라는 걸 알고 있었어요, 소령 부인. 전 당신이 저보다 강한 분이라는 걸 보자마자 알았습니다."

"예스타 베를링." 그녀가 엄숙하게 말했다. "난 자네와 나 자신을 되찾기 위해 싸웠어. 난 신께 빌었지. 만약 아직도 제 안에 마르가레타 셀싱이 살아 있다면, 그녀를 일깨워 이 남자가 죽음을 택하지 않도록 막게 하소서. 신께서 내 기도를 들으셨고, 자네는 마르가레타 셀싱을 보았기에 떠날 수 없었던 거야. 마르가레타 셀싱이 말하기를, 자네가 어쩌면 그 가엾은 아이를 위해 죽을 마음을 버릴지도 모른다고 했어. 아, 들새여, 너희들은 담대하게 날아오르지만, 신께서 너희를 그물로 잡아 거두시는구나!"

"신은 위대하고 기묘한 방식으로 역사하십니다." 예스타 베를링이 말했다. "그분은 저를 내치셨으나, 죽게 내버려두지 않으시는군요. 그 뜻이 이루어질지어다!"

그날로 예스타 베를링은 에케뷔의 기사 중 한 사람이 되었다. 그는 그곳을 떠나 제 힘으로 생계를 꾸리려는 시도를 두 번 했다. 한 번은 소령 부인이 그에게 에케뷔 근처의 토지를 하사했다. 그는 거기서 노동자로 살고자 했다. 처음 얼마간은 그런 생활이 가능했으나, 곧 외로움과 중노동에 지쳐 그는 기사들의 집으로 돌아왔다. 한번은 보리에서 헨릭 도나 백작 댁의 가정교사 일을 맡았다. 그곳에서 그는 백작의 누이인 에바 도나와 사랑에 빠졌다. 그러나 그녀와 가까워지려 할 때 그녀가 죽었고, 그는 에케뷔의 기사로 사는 것 외의 다른 꿈을 포기했다. 파계한 목사가 운명을 되돌리고 명예를 다시 얻을 길은 영원히 막혀 있는 듯했다.

예스타 베를링 이야기

1
풍경

　이제는 길고 긴 호수와 풍요로운 평원, 그리고 푸른 산을 소개할 차례다. 이곳이야말로 예스타 베를링과 에케뷔의 기사들이 유쾌하게 살아간 무대이기 때문이다.

　호수의 근원은 북쪽에 위치해 있는데, 이곳은 호수를 탄생시키기에 딱 안성맞춤인 땅이다. 산과 숲으로 이루어진 지형이 물을 한 곳으로 모아서 강과 개울이 일 년 내내 호수로 흘러든다. 이곳에는 호수가 몸을 널 만한 곱고 흰 모래사장이 있고, 수면에 비춰 보이는 곳과 섬이 있고, 물의 요정들의 놀이터로 안성맞춤인 곳도 있어서 호수가 금세 드넓고 아름답게 성장한다. 이 북쪽 수원지에서 호수는 명랑하고 다정하다. 여름날 새벽잠에서 깨어난 호수가 안개 장막 아래서 반짝이는 모습을 당신이 본다면, 호수가 얼마나 즐거워하고 있는지 알아차릴 것이다. 호수는 처음 얼마 동안 몸을 숨기겠지만 빛나는 베일을 조용히, 아주 사뿐하게 걷어내릴 때, 몰라볼 만큼 아름다울 것이다. 그리고 어느 순간 장막은 모두 벗겨지고, 아침 햇살 아래 장밋빛으로 반짝이는 호수가 완연한 자태를 드러낸다.

그러나 호수는 이런 놀이와 재미만으로는 만족하지 못하고, 모래 언덕을 뚫고 남쪽으로 길을 떠난다. 몸을 웅크리고 비좁은 여울을 지나며 새로운 터를 탐색한다. 마음에 드는 곳을 찾아내면 다시 불어나 바닥이 보이지 않던 심연을 채우고, 인간이 땀 흘려 살아가는 고장을 단장해준다. 그러나 새로운 땅에서 물빛은 예전보다 어둡고, 호숫가의 풍경은 단조로우며, 바람은 더욱 매섭고 엄격해진다. 실로 풍채 좋은 멋진 호수다. 떠다니는 배와 뗏목이 많아서 호수는 성탄절 전까지 겨울잠을 잘 틈도 없다. 종종 호수는 투정을 부리기도 한다. 때로 흰 거품을 내며 휘몰아쳐 배를 뒤집어버리기도 하지만, 시간이 지나면 다시 꿈꾸듯 조용히 드러누워 하늘을 비춘다.

하지만 호수는 여기서도 정착하지 않고 더 먼 세상으로 나가고 싶어 한다. 남쪽으로 향할수록 산맥은 짙어지고 땅은 좁아져, 결국 모래사장 사이의 비좁은 여울로 흘러야 한다. 그런 뒤 호수는 세 번째로 몸을 펴지만, 더 이상 이전만큼 아름답거나 강대하진 못하다.

주변 땅은 편평하고 단조로우며 바람은 한가로워 호수도 일찍 겨울잠에 든다. 호수에는 아직도 아름다움이 남아 있지만 유년의 거침없음과 전성기의 힘을 잃었다. 이제 호수는 다른 호수들과 다를 바 없이 평범해졌다. 호수는 베넨 호수 쪽으로 팔을 뻗는다. 베넨 호수에 손끝이 닿으면 늙고 지친 호수는 가파른 경사 아래로 몸을 던져 마지막 모험을 마치고 안식에 든다.

평야도 호수만큼 긴 여행을 하지만, 호수나 산처럼 멀리 가기는 어렵다. 우리 호수의 북쪽 끄트머리 협곡에서 출발한 평야는 베넨 호수의 가장자리에서 편안한 안식을 찾아 눕는다. 평야도 한쪽 끝에서 다른 끝으로 호수와 나란히 내달리고 싶지만, 산이 허락하지 않는다. 화강암으로 이루어진 거대한 장벽과도 같은 산들은 숲으로 뒤덮이고 곳곳에 협곡이 패어 사람이 다니기 어렵다. 이끼와 지의류가 넘쳐나는 산은 옛날 옛적엔 무수한 야생 짐승들의 터전이었다. 길게 뻗은 산등성이를 돌아다니다보면, 바닥이 질척한 습지나 시커먼 물이 고인 늪을 어렵잖게 마주칠 수 있다. 그래도 숯 굽는 장소나 나무를 벤 흔적, 혹은 화전이 간혹 눈에 띄어서, 산 역시 인간의 노동을 받아들였음을 짐작케 한다. 그러나 대개 산은 근심 없이 누워, 경사면 위로 빛과 그림자가 펼치는 영원한 유희를 즐길 뿐이다.

경건하고 풍족한 결실을 거두며 노동을 사랑하는 평야는 산과 끝없이 대적한다.

"내 주위를 벽처럼 둘러싼 걸로 만족할 수 없어?" 평야가 산에게 말한다. "날 지키는 데는 그걸로 충분해."

그러나 산은 평야의 말을 귀담아 듣지 않는다. 산은 저 멀리 호수까지 꼬리를 물고 이어지는 언덕들과 헐벗은 고지를 뻗는다. 곳곳마다 위풍당당한 전망대를 세운다. 또한 호숫가에서도 물러나지 않아, 대지의 고작 몇 안 되는 곳만 보드라운 모래에 덮일 수 있다. 하지만 평야가 불평해도 소용없다.

"내가 여기 서 있는 걸 다행으로 여기라고." 산이 말한다. "얼음장처럼 싸늘한 안개가 날마다 뢰벤 호수 위로 깔리는 성탄절 전의 기간을 생각해봐. 내가 여기에 있는 건 네게도 잘된 일이지."

평야는 산 때문에 비좁아진 공간과 열악한 전망에 불평한다.

"넌 바보로구나!" 산이 대답한다. "여기 호수에 이는 바람이 얼마나 매서운지 넌 모르지? 화강암으로 이루어진 등에 나무로 된 옷이라도 걸쳐야 겨우 견딘다고. 그리고 볼 게 없다니, 날 보면 되잖아!"

실은 평야도 산을 바라보는 걸 좋아한다. 평야는 산 위를 번갈아 스치는 경이로운 빛과 그림자를 눈에 익을 정도로 보았다. 정오의 빛 속에 산 그림자가 지평선까지 옅은 푸른빛으로 낮게 가라앉는 모습을 보았고, 여명과 석양 속에 하늘과 같은 진한 빛깔로 절정에 오르는 것도 지켜보았다. 때로 산 위로 쏟아지는 날카로운 빛에 산의 빛깔은 초록색이나 흑청색으로 변하며 모든 굴곡과 길과 협곡이 아득해졌다.

가끔 어디선가는 산이 비켜서 평야가 호수를 굽어보게 해주었다. 그러나 호수가 분노하여 들고양이처럼 날카로운 소리를 내며 물을 내뿜거나, 호수 마녀들이 술을 빚느라 차가운 연기가 피어올라 수면을 뒤덮는 광경을 볼 때면 평야는 산의 말이 옳다고 생각하고는 비좁은 제 영역으로 도망쳤다.

까마득한 시절부터 인간들은 아름다운 평야를 개간하고 그 위에 무리지어 살았다. 강이 흰 거품을 내며 폭포가 되어 떨어지는 곳마다 방앗간이 세워졌다. 평원이 호수까지 다다르는 탁 트이고 밝은 땅에는 교회와 목사관이 자리했다. 한편 계곡 언저리나 산비탈의 중간 지대, 그리고 돌멩이로 뒤덮여 곡물이 제대로 자라지 못하는 들판에는 농부들의 농장과 장교들의 숙소가 모여 있었고, 이따금씩 지주들의 저택이 눈에 띄었다.

하지만 1820년대의 이 지역은 오늘날만큼 개발되지는 않았다. 지금은 기름진 밭이 되어 있는 넓은 구간은 당시에 숲과 늪이거나 호수였다. 사람 수도 많지 않고, 다들 운송업이나 제분업, 제철소에서의 날품이나 외지의 일로 먹고살던 시절이었다. 밭만 갈아서는 생계유지가 어려웠다. 그 시절 평야에서 사는 사람들은 직접 짠 천으로 옷을 지어 입었고, 귀리로 만든 빵을 먹었으며, 일당 12실링에 만족했다. 삶은 대개 고되었지만 그들은 밝고 유쾌한 성품과 근면함, 그리고 외지까지 널리 알려진 뛰어난 손재주로 견뎌냈다.

그러나 일찍이 보기 드물게 빼어난 경관을 이룬 긴 호수와 풍요로운 평야, 푸르른 산은 오늘날까지도 변치 않았으며, 주민들이 지닌 힘과 용기, 재주도 지금까지 변함없다. 그리고 생활과 교육 수준은 그사이 큰 발전을 이루었다.

저 높은 곳에 자리한 긴 호숫가와 푸른 산에 사는 이들 모두 복되기를! 그들이 기억하고 들려준 사연의 일부를 나는 여기서 풀어가려 한다.

2
성탄 전야

신트람이라는 이름의 사악한 지주가 포슈에 살았다. 육중한 몸뚱이에 원숭이처럼 늘어뜨린 긴 팔, 머리칼 없이 히죽거리는 못난 얼굴에 이간 질이 세상에서 제일 즐거운 작자였다.

신트람이라는 이름의 그자는 부랑자와 싸움꾼만 일꾼으로 들이고 시 끄럽고 거짓말 잘하는 여자들만 하녀로 삼았다. 그는 개들이 미쳐 날뛸 때까지 주둥이를 바늘로 찔러 괴롭히기 일쑤였으며, 못된 인간들과 들 짐승들을 거느리고 있을 때 제일 기분이 좋아 보였다.

신트람이라는 이름의 그자는 뿔과 꼬리를 달고 말발굽을 하고서 악 마로 분장하여 어두운 모퉁이나 아궁이, 땔감 창고 같은 곳에 숨어 있다 가 뛰쳐나와 겁 많은 아이들과 미신을 믿는 여자들을 놀라게 하는 짓을 가장 즐거워했다.

신트람이라는 이름의 그자는 오랜 친구를 이간질하고 사람들을 거짓 으로 물들일 때마다 기뻐 날뛰었다.

신트람이라는 이름의 그자가 어느 날, 에케뷔에 나타났다.

나무 썰매를 대장간에 끌고 가서 한복판에 세워라. 그 위에 수레를 거꾸로 올리면 식탁이 뚝딱 만들어진다!

의자든 뭐든 깔고 앉을 수 있는 건 다 가져와라! 신기료장수의 세발 의자와 상자도, 등받이가 떨어져나간 낡은 안락의자며 날이 없어진 썰매랑 오래된 마차도 끌고 와! 하하! 오래된 마차는 연설대로 딱 맞겠군.

아냐, 보라고, 바퀴 하나가 떨어져나간 데다 몸체도 없잖아! 남은 건 마부석뿐이야. 시트도 찢어졌고 하도 낡아서 가죽은 벌겋게 변했어. 삐걱대는 낡은 것이 꼭 집채만 하네. 밀어, 얼른 밀어, 무너질라!

만세! 만세! 에케뷔의 성탄 전야다!

더블베드의 휘장 뒤에는 기사들도 숙소에서 자고 있을 거라 믿으며 소령 부부가 잠들어 있다. 일꾼들이나 하녀들이야 잔치에서 나온 쌀죽으로 배가 부르고 맥주에 취해 곯아떨어졌을지 몰라도, 기사관의 사내들은 아니었다. 그들의 숙소가 잠드는 때가 있을까?

쇠막대를 휘두르고 다니는 맨발의 대장장이도 없고, 석탄 수레를 끌고 다니느라 그을음으로 얼굴이 까매진 아이들도 없었다. 커다란 망치는 주먹을 꾹 쥔 팔뚝처럼 천장에 매달려 있었다. 모루는 텅 비었고, 용광로는 석탄을 삼키겠다고 아가리를 벌리고 있지 않았다. 풀무도 잠잠했다. 오늘은 성탄절이다. 대장간은 잠들었다.

잠들라, 잠들라! 기사들이 깨어 있는 동안, 인간의 자녀들은 잠들어 있으라! 수지 초를 문 집게들이 벽을 따라 일렬로 늘어서서 대장간 안을 밝혔다. 반들거리는 구리 주전자 열 개만 한 크기의 솥에서는 펀치 주를 끓이는 푸른 불꽃이 어두운 천장까지 솟아올라 춤을 추었다. 베렌 크로이츠의 뿔 등잔이 긴 쇠망치에 걸렸다. 황금빛 펀치 주는 솥 안에서 밝은 태양처럼 은은하게 빛났다. 탁자가 있고 의자들도 있다. 기사들은 대장간 안에서 성탄 잔치를 벌인다.

소음과 유쾌함과 음악과 노래가 넘쳐난다. 하지만 시끄럽다고 자정에 깨어나는 사람도 없다. 대장간에서 흘러나오는 잡음과 소리가 바깥 급류의 굉음에 잠겼기 때문이다.

떠들썩함과 유쾌함으로 가득한 이곳을 소령 부인이 본다면 어땠을까.

그녀는 분명 기사들 사이에 자리를 잡고는 그들과 함께 건배를 외칠 것이다. 그녀는 재간이 있어서 요란한 취기나 카드놀이 앞에서도 몸을 빼지 않았다. 베름란드에서 가장 부유한 그녀는 사내처럼 담이 크고 여왕처럼 당당했다. 그녀는 노랫소리나 귀 따갑게 울리는 숲의 풀피리 소리, 그리고 바이올린을 사랑했다. 포도주와 노름, 유쾌한 손님에게 둘러싸인 식탁도 그녀가 좋아하는 것들이었다. 그녀는 창고의 저장물이 줄어들고, 방과 홀에 명랑한 춤판이 벌어지고, 기사관이 기사들로 가득 차는 걸 즐겼다.

기사들이 나란히 단지를 둘러싸고 앉은 모습을 보라! 그들은 열둘, 열두 명의 사내들이다. 그들은 애송이도, 허세꾼도 아니다. 훗날에 베름란드에서 명성을 떨칠 용맹한 사내들, 강인한 사내들이었다.

그들은 말라비틀어진 샌님도, 인색한 졸부도 아니다. 그들은 빈털터리이더라도 천하태평인 사내들, 하루 스물네 시간 뼛속 깊이 기사들이다.

그들은 어머니 치마폭에 싸인 어린애도, 꾸벅꾸벅 조는 뒷방노인도 아니다. 세상을 알 만큼 아는 사내들, 유쾌한 사내들, 수천 번의 모험을 뚫고 온 사내들이다.

기사관은 그 시절 이후 오래도록 비어 있다. 의탁할 곳을 구하는 떠돌이 기사들은 더 이상 에케뷔를 찾아오지 않는다. 퇴역장교들과 몰락한 귀족들이 수상쩍은 무리들과 함께 베름란드를 배회하는 일도 이제는 없다. 그러나 여기서 죽은 자들을 되살리자. 명랑하고 천하태평하며 영원한 청춘을 누리는 이들을!

이 명성 드높은 사나이들은 악기 한둘쯤은 모두 다룰 줄 알았다. 하나같이 개성 넘치고, 말주변이 좋고, 가득 찬 개미굴에서 개미 떼가 뛰쳐나오듯 번득이는 발상과 노래가 넘쳐났다. 또한 그들 하나하나는 다른 이들과는 구별되는 뛰어난 개성과 널리 칭송받는 기사의 미덕을 하나씩 갖췄다.

단지를 둘러싸고 앉은 이들 중 제일 먼저 베렌크로이츠를 소개하련다. 베렌크로이츠 대령은 커다랗고 흰 콧수염을 길렀고 카드놀이를 즐겼으며, 벨만*이 쓴 노래들을 잘 불렀다. 대령 곁에는 그의 친구이자 전우인 말수 적은 안데슈 푹스 소령이 앉아 있었다. 그는 거대한 곰을 잡은 사냥꾼이기도 했다. 무리 중 세 번째는 몸집 작은 북치기 루스테르였다. 그는 오랫동안 대령을 섬기다가 펀치 주를 담그는 재주와 베이스로 노래하는 재주를 인정받아 기사가 되었다. 그다음은 사관생도로 늙은 룻게르 폰 어네클루 차례다. 그는 가발을 쓰고, 주름 장식을 달고, 여자처럼 화장을 한 바람둥이였다. 어네클루는 가장 빼어난 기사 중 하나였고, 힘센 크리스티안 베리 대위 역시 그 점은 마찬가지였다. 대위는 기운 넘치는 영웅이었으나 동화 속 거인처럼 잘 속아 넘어가기도 했다. 이 두 기사들과 함께 어울리는 인물은 몸집이 작고 동글동글한 향사 율리우스였다. 율리우스는 명랑하고 쾌활한 성격에 머리가 비상하고 언변이 좋았으며 화가이자 가수, 이야기꾼이기도 했다. 그는 종종 늙은 사관생도의 통풍과 거한 베리 대위의 아둔함을 농담거리로 삼았다.

기사들 사이에서는 위대한 독일인 케벤휠러도 눈에 띄었다. 그는 저

---

*Carl Michael Bellman, 18세기 스웨덴의 시인. 지금도 그의 생일에 맞춰 '벨만제(祭)'가 열린다.

절로 굴러가는 수레와 비행기계를 개발한 인물로, 아직도 그의 이름은 바람이 불 때마다 숲에서 메아리친다. 혈통으로 보나 자태로 보나 기사임이 틀림없는 그는 길게 곡선을 이룬 콧수염과 뾰족한 턱수염을 길렀으며 매부리코였고, 자글자글한 주름 속에 작은 눈이 박혀 있었다. 또한 위대한 전쟁 영웅인 사촌 크리스토페르도 여기 한 자리를 차지했다. 그는 곰 사냥을 하거나 부언가 대담부쌍한 모험을 계획할 때가 아니면 기사관을 떠나는 법이 없었다. 그리고 그 옆에는 에베르하드 아저씨가 앉았다. 그는 철학자이고, 우스갯감이나 재미난 일을 찾으러 에케뷔에 온 게 아니었다. 그의 목적은 끼니 걱정 없이 온갖 학문 중에서도 가장 수준 높은 학문에서 위대한 업적을 이루는 것이었다.

마지막으로 이 무리 안에서도 가장 빼어난 이들을 소개하련다. 온화한 뢰벤보리는 경건한 사내로, 속세에서 지내기에는 심성이 지나치게 선했고 세상 물정도 거의 아는 바가 없었다. 뛰어난 음악가인 릴리에크루나는 따로 아늑한 집이 있었고 본인도 그곳을 그리워했으나, 그의 영혼이 풍요와 다양한 경험이 없는 삶을 힘겨워했기에 어쩔 수 없이 에케뷔에 남았다.

이상 열한 명은 전성기를 지나 나이를 먹어가는 중이었다. 그러나 그들의 중심에는 아직 서른 살도 되지 않아 정신도 육체도 생생한 한 인물이 있었다. 바로 예스타 베를링이었다. 그는 기사 중의 기사였고, 나머지 열한 명을 모두 합친 것보다 더 위대한 연설가이자 가수, 음악가, 사냥꾼, 술꾼에 도박꾼의 자질을 한 몸에 갖췄다. 소령 부인이 그에게서 이끌어내지 못할 자질이 무엇이었으랴!

그가 지금 연설용 의자 위로 올라선 자태를 보라. 시커먼 천장으로부터 어둠이 묵직한 장식처럼 그의 위로 내려앉았지만, 그의 금발은 혼돈을 무찌르고 빛을 치켜든 젊은 신처럼 어둠을 뚫고 반짝였다. 호리호리하고 아름다운 자태로 모험을 갈구하며 그는 거기 섰다.

그러나 그의 음성은 엄숙함으로 가득했다.

"나의 형제 같은 기사들이여! 자정은 가까워오고 잔치는 한창이니 우리들 중 열세 번째 기사를 위해 건배할 차례다!"

"친애하는 형제 예스타." 향사 율리우스가 그를 불렀다. "열세 번째 기사는 없어, 우린 열둘뿐이야."

"에케뷔에서는 해마다 한 명씩 사나이가 죽는다." 예스타는 점차 어두워지는 음성으로 말을 이었다. "기사관에 머무는 손님 중에서 해마다 한 명이 죽어. 쾌활하고 천하태평에 영원한 젊음을 누리는 자들 중 한 사람이. 물론 기사들이란 늙어서는 안 되지. 우리가 손이 떨려서 술잔을 쥘 수 없는 지경에 이르고 눈이 반쯤 멀어 카드도 구분할 수 없어진 다면, 삶이 우리에게 무슨 소용이고, 우리가 삶에게 무슨 소용이지? 성탄절에 에케뷔의 대장간에서 잔치를 벌이는 열세 명 중 해마다 한 명이 죽어버리고 그 대신 수를 채우기 위해 해마다 한 명이 새로 찾아오지. 인생을 즐기는 기술에 통달하고, 바이올린을 켤 줄 알고, 카드놀이에 능한 새로운 한 명이 우리의 모임을 완전케 하는 거야. 늙은 나비는 아직 해가 비치는 동안 세상을 떠날 줄을 알아야 해! 열세 번째 기사를 위해 건배!"

"하지만 예스타, 우리는 열둘뿐이라니까!" 기사들은 이의를 제기하며 잔을 들지 않았다.

단 한 수의 시도 지어본 적이 없음에도 시인이라 불리는 예스타 베를링은 동요하지 않고 계속 말했다.

"나의 형제 같은 기사들이여! 그대들이 누구인지 잊었는가? 너희들은 베름란드에서 삶의 기쁨을 책임지고 있다. 현을 울리는 것도 너희이고, 춤의 행렬을 이끄는 것도 너희이고, 온 베름란드에 노랫소리와 도

박이 끊이지 않는 것도 너희 덕분이다. 너희가 사라진다면 춤도, 장미꽃
도, 카드놀이도, 음악도 함께 사라질 테고, 이 아름다운 고장에는 제철
소와 지주들밖에 남지 않을 것이다. 너희가 있기에 삶의 낙도 있는 거
다. 내가 여기 에케뷔의 대장간에서 성탄절 밤을 축하하는 게 여섯 해째
이지만 여태껏 그 누구도 열세 번째 기사를 위해 건배하기를 마다한 적
이 없었다. 우리 중 죽음을 두려워하는 자는 누구인가?"

"그렇지만 예스타!" 그들은 외쳤다. "우리의 수가 고작 열둘인데 어
찌 열세 번째 기사를 위해 건배한단 말인가?"

예스타의 얼굴이 깊은 근심으로 덮였다.

"우리가 열둘뿐이라고?" 그는 물었다. "어째서지? 이대로 우리는 멸
종해야 하나? 내년에는 열하나가 되고 그다음 해에는 열 명밖에 남지
않을까? 지금 여기 모인 우리가 모두 죽어 사라진 뒤에야 우리의 삶이
전설에 이를 수 있는 건가? 내가 열세 번째 기사를 소환하겠다. 그에게
건배하기 위해 일어선 게 나이니까. 깊은 바다로부터, 대지의 뱃속에서
부터, 하늘로부터, 지옥으로부터 나는 기사들의 수를 완전케 할 자를 불
러낼 것이다!"

그러자 굴뚝 안에서 부스럭거리는 기척이 나고 용광로의 불꽃이 확
치솟더니 열세 번째 기사가 나타났다.

온몸에 털이 숭숭 나 있고, 꼬리와 말발굽, 뿔을 달고 뾰족한 수염을
기른 그자의 몰골을 본 기사들은 시끄럽게 소리를 지르며 펄떡 뛰었다.

그러나 예스타 베를링은 환호를 멈추지 않았다.

"열세 번째 기사가 왔다!"

그리하여 인류의 적이 성스러운 밤의 평화를 깨뜨리는 대담한 자들
앞에 섰다. 블록스베리 마녀들의 친구이자 숯처럼 새까만 종이에 피로
계약을 기록하고, 이바슈네스의 백작 부인과 이레 동안 춤을 출 적에는

일곱 명의 목사가 그를 쫓아내는 데 실패한 바로 그자가 온 것이었다.

이자를 보자마자 늙은 모험가들의 머릿속에는 온갖 생각이 스쳐갔다. 그들은 그가 무엇 때문에 한밤중에 돌아다니는 것인지 궁금했다.

기사들 중에 겁을 먹고 달아나려 한 자도 여럿이었다. 그러나 곧 그들은 이 손님이 자신들을 어둠의 지옥으로 끌고 가려는 게 아니라, 그저 잔 부딪는 소리와 노랫소리에 이끌려 나타났음을 알아차렸다. 그는 성스러운 성탄 전야를, 이 기쁜 시간을 맞아 귀찮은 일거리는 떨쳐버리고 인간들의 즐거움을 함께하고자 걸음 한 것이었다.

기사들이여, 기사들이여! 오늘이 성탄절임을 그대들 중 누가 기억하고 있는가! 지금 천사들은 들판의 양치기들에게 노래로 인사하고, 아이들은 행여 늦잠을 자다가 영광스러운 새벽 기도를 놓칠까 걱정하며 잠자리에 들었다. 곧 브루 교구의 교회에서는 성탄절 촛불을 밝히고, 멀리 숲의 오두막에서는 교회로 가는 길을 환히 비추기 위해 젊은 연인이 바싹 마른 전나무 가지에 불을 붙일 시간이 다가오고 있다. 오두막 창가마다 교회로 향하는 사람들을 위해 여인들이 등불을 밝히고 있다. 교회지기는 꿈을 꾸느라 성탄의 노랫소리를 듣지 못하지만, 늙은 교구장은 침대에 누워, 〈하늘에 영광, 땅에는 평화, 인간에게는 축복〉을 잘 부를 수 있을지 목소리를 가다듬고 있다.

아아, 기사들이여, 어둠의 왕과 어울리는 대신, 그대들도 이 평화로운 밤에 잠자리에 누워 있었더라면 얼마나 좋았을까!

그러나 그들은 예스타처럼 새로 나타난 자에게 환영의 인사를 건넸다. 그리고 그자에게 상석을 내주고, 화주로 가득 찬 잔을 건넸다. 사티로스를 닮은 그자의 못생긴 낯짝이 젊을 적 사랑했던 연인의 자태라도 되는 양 그들은 반가워했다.

베렌크로이츠는 그에게 카드놀이를 권했고, 향사 율리우스는 제일 자신 있는 노래를 불러주었으며, 어네클루는 삶을 감미롭게 하는 천상의 존재인 미녀들에 대해 이야기했다.

뿔을 달고 나타난 자는 기분이 좋아졌다. 그는 왕처럼 점잔을 빼며 낡은 마차의 마부석에 기대어 찰랑거리는 술잔을 입으로 가져가며 히죽거렸다.

예스타 베를링은 불손 그를 위해 연설을 했다.

"선생." 그가 말했다. "우리는 에케뷔에서 오랫동안 그대를 기다렸소. 이곳만 한 낙원은 세상 어딜 가도 또 없을 거요. 그대도 이미 짐작하겠지만 이 장원에서는 씨를 뿌릴 필요도, 실을 자을 필요도 없소. 입만 벌리면 노릇하게 구워진 비둘기가 날아들어오고, 독한 맥주와 달콤한 화주가 강이 되어 흐르지. 기억해두시오, 선생. 여긴 멋진 곳이라오!

우리는 그동안 한 사람이 모자라던 참이라, 당신이 오기를 고대했소. 이제 우리는 한 명이 늘었소. 우리는 지금껏 모든 시대의 전설 속 유서 깊은 숫자처럼 열두 명이었지. 우리는 구름을 두른 올림포스의 꼭대기에서 세상을 다스릴 때도 열둘이었고, 위그드라실의 푸른 왕관에 새들처럼 거할 때도 열둘이었소. 아서 왕의 원탁에 둘러앉을 때도 우리는 열둘이었으며, 카롤루스 대제를 따라 참전할 때도 우리는 열두 명의 전우가 아니었던가. 우리 중에 토르가 있었고, 우리 중에 제우스가 있었으니 어린아이라도 우리를 보면 알아차릴 거요. 신들의 광휘는 누더기로도 가려지지 않고, 나귀의 가죽을 뒤집어쓰더라도 사자의 갈기는 숨겨지지 않는 법이니. 세월은 잔인하게 흘렀으나, 지금 여기서, 대장간은 다시 우리의 올림포스가 되고 기사관은 발할라가 되리라!

그러나 선생, 우리의 수는 불완전했소. 모든 전승의 열둘에는 로키가, 프로메테우스가 더해져야 하기 때문이오. 이 마지막 인물을 우리는 지금껏 고대해왔소. 선생, 환영하오!"

"이것 봐라!" 악마가 말했다. "말 참 잘했네. 하지만 나는 답할 말이 없어. 친구들, 내겐 할 일이 있소! 당장 가봐야 하는 신세만 아니더라도 그대들을 위해 무슨 역이든 맡아줄 텐데. 친절히 맞아줘서 고마웠소, 친구들. 다시 봅시다!"

무엇 때문에 그리 서두는 것이냐고 기사들이 묻자 악마가 대답하기를, 에케뷔의 여주인인 소령 부인과의 계약을 갱신하기 위해 기다리는 중이라고 했다.

기사들은 적잖게 놀랐다.

에케뷔의 소령 부인은 유능한 여자였다. 그녀는 넓은 어깨에 호밀 한 자루쯤은 혼자 짊어지고도 남았다. 그녀는 광산에서 캐낸 철을 에케뷔까지 수송하는 것을 직접 지휘했고, 수레꾼처럼 자루를 베개 삼아 헛간 바닥에서 자기도 했다. 그녀는 겨울이면 숯가마를 살폈고, 여름이면 뢰벤 호수로 가는 목재수송선을 살폈다. 그녀는 위엄을 갖춘 여자였다. 사내들 못지않게 욕을 할 줄 아는 그녀는 자신의 일곱 영지와 이웃의 장원, 그리고 제 교구를 다스리는 걸 넘어 이웃 교구와 아름다운 베름란드 전체를 지배했다. 그러나 갈 곳 없는 기사들에게 그녀는 어머니나 마찬가지였다. 그래서 그들은 그녀가 악마와 계약을 맺었다는 소문을 들어도 귀를 닫아왔다.

놀란 그들은 악마에게 그녀와 맺은 계약이 무엇인지 물었다.

악마가 대답하기를, 소령 부인이 해마다 그에게 영혼 하나를 바치는 대가로 그녀에게 일곱 영지를 선사했다고 했다.

오, 기사들을 옥쥔 공포가 그 얼마나 컸던지!

그들은 이제껏 보아왔지만 이유는 알지 못했다.

해마다 에케뷔에서는 한 명이 목숨을 잃었다. 기사관에 머물던 사람 중 한 명이 목숨을 잃었다. 명랑하고 천하태평이며 영원한 젊음을 누리는 이들 중 한 명이 목숨을 잃었다. 기사들이란 늙어서는 안 되었다! 그들이 손이 떨려 술잔을 쥐지도 못하는 지경에 이르고 눈이 반쯤 멀어 카드도 구분할 수 없게 된다면, 삶이 그들에게 무슨 소용이고, 그들이 삶에게 무슨 소용이랴. 나비들은 아직 해가 비치는 동안 세상을 떠날 줄 알아야 한다.

그러나 그들은 지금에서야 진짜 이유를 알게 되었다.

저주받을 계집! 이러자고 기사들을 든든히 잘 먹이고 독한 맥주와 달달한 화주를 퍼준 거였단 말인가. 일 년에 하나씩, 한 해가 흘러갈 때마다 한 명씩 에케뷔의 술상과 노름판으로부터 암흑의 수중으로 굴러떨어지라고?

저주받을 계집, 저주받을 마녀! 강인하고 잘난 사내들이 에케뷔에 왔다가 희생당했다. 그들을 희생시킨 건 그녀의 짓이었다. 한때는 강인했던 사내들이 희망과 영혼을 잃고 먼 길을 떠나기 위해 죽음을 맞이할 때면, 그들의 뇌는 버섯과 같았고, 폐는 바짝 마른 잿더미 같았으며, 정신은 어두웠다.

저주받을 계집! 그녀보다 나았던 사내들이 모두 그렇게 죽었고, 여기 있는 기사들 또한 앞으로 죽을 것이다.

그러나 기사들은 공포에 오래 갇혀 있지 않았다.

"멸망의 군주여!" 그들은 외쳤다. "그 마녀와 다시는 피로 계약을 맺지 말라. 그 여자는 죽음을 맞이할 것이다." 천하장사인 크리스티안 베리 대위는 대장간에서 가장 묵직한 망치를 골라 어깨에 걸쳤다. 이 망치로 괴물 같은 계집의 대가리를 박살 낼 작정이었다. 더 이상 단 하나의 영혼도 그녀를 위해 희생하지 않을 것이다.

"그리고 뿔 달린 네놈도 모루 위에 올려다놓고 쇠망치로 두들겨주마. 그동안 꼼짝도 못하도록 집게로 붙들어주지. 감히 기사들의 영혼을 사낭하려 했다가는 어찌 되는지 가르쳐주마!"

이 시커먼 악마가 겁이 많다는 사실은 널리 알려져 있다. 커다란 망치 아래 눕는 것은 그에게 그리 아늑한 광경이 아니었다. 그는 크리스티안 베리를 제지하고는 기사들과 협상하기 시작했다.

"내년에 자네들이 일곱 영지를 차지하게나, 기사들이여. 그리고 소령 부인을 나에게 넘겨라!"

"우리가 그 계집처럼 비겁한 줄 아느냐?" 율리우스 향사가 호통쳤다. "에케뷔와 일곱 영지는 우리가 갖겠지만, 소령 부인은 네놈이 알아서 해라."

"예스타 생각은 어때?" 온화한 뢰벤보리가 물었다. "예스타 베를링도 말을 해봐. 이런 중요한 일에는 이 친구의 의견을 들어야지."

"이건 다 멍청한 짓거리야!" 예스타 베를링이 말했다. "기사들이여, 이 작자에게 휘둘리지 말자고! 우리가 소령 부인에게 무슨 원한이 있나? 우리 영혼에 무슨 일이 닥치든, 자유 의지가 남아 있는 한 우린 배은망덕한 무리가 돼서는 안 돼. 배신자나 악당처럼 굴지 말게. 소령 부인을 저버리기엔 난 너무 오랫동안 그녀의 신세를 졌어."

"지옥에 가고 싶으면 자네나 가, 예스타! 우리는 에케뷔를 다스릴 테니."

"자네들은 미친 건가, 아니면 취해서 이성을 잃은 것인가? 우리가 들은 게 진실이라고 믿나? 이 작자가 정말 악마라고 생각해? 이게 다 지어낸 헛소리라는 걸 모르겠어?"

"이것 참!" 검은 악마가 말했다. "에케뷔에서 일곱 해를 살았으면서도 제가 지옥에 떨어질 참이라는 걸 모르는군! 제가 이미 죽음에 한 발을 담근 줄도 모르고 있군."

"헛소리 마라, 늙은이! 아궁이에서 기어나올 때 도와준 걸 잊었느냐!"

"그게 어쨌다는 거지. 그래서 내가 멀쩡한 악마가 아니란 말인가, 예스타 베를링? 난 자네 영혼을 확보했어. 자네는 소령 부인의 보살핌 아래 잘 지내왔지."

"그녀는 날 구했어!" 예스타는 말했다. "그 여자가 아니었으면 내가 어찌 되었을까?"

"이봐, 그 여잔 꿍꿍이가 있어서 자네를 에케뷔에 붙잡아둔 거야. 자네는 재능이 뛰어나서 다른 많은 사람들을 함정으로 끌어들일 수 있거든. 언젠가 자네는 그 여자에게서 벗어나려고 집을 한 채 얻어 근면한 일꾼이 되고자 했지. 자네 손으로 벌어먹으려 했어. 그러자 그 여자는 날마다 어여쁜 처녀들을 데리고 자네의 집 앞을 지나갔다고. 하루는 마리안 싱클레르가 그녀와 함께 지나가는 바람에 자네는 삽이고 앞치마고 다 던져버리고 다시 기사가 되지 않았나, 예스타 베를링."

"그 길은 원래 내 집 앞을 지났어, 악마야."

"물론 그랬겠지. 그 후 자네는 보리로 가서 헨릭 도나의 가정교사 노릇을 하면서 메타 백작 부인의 사위가 될 뻔했어. 에바 도나가 파계한 목사임을 알아차리고 자네를 걷어찬 게 누구 탓인 것 같아? 그건 바로 소령 부인의 짓이었지, 예스타 베를링! 다시 자네를 차지하기 위해 그랬던 거야."

"그게 소란을 피울 일인가!" 예스타가 대답했다. "에바 도나는 그 일이 있은 후 얼마 지나지 않아 죽었어. 어차피 그녀는 내 신부가 되지 못할 운명이었어."

검은 악마가 그에게 바짝 다가와 얼굴에 쉭쉭 하는 소리를 냈다. "죽었다고? 그녀는 자네 때문에 자살했던 거야. 하지만 아무도 자네에게 그 얘길 해주지 않았지."

"넌 그리 몹쓸 악마 같진 않군!" 예스타가 말했다.

"소령 부인이 꾸민 일이지! 자넬 다시 기사관으로 데려오기 위해!"

예스타는 웃음을 터뜨렸다.

"넌 그리 몹쓸 악마가 아니구나!" 그는 거칠게 외쳤다. "너와 우리가 계약을 맺지 못할 이유도 없지. 네 뜻이 그러하다면 우리에게 일곱 영지를 넘겨다오."

"자네가 스스로 신세를 망치지 않아서 다행이야."

기사들은 안도의 숨을 내쉬었다. 그들은 모든 일을 예스타가 해결하는 데 익숙했다. 그가 동의하지 않았다면 계약은 이루어질 수 없었을 것이다. 그리고 가난한 기사들에게 일곱 영지는 작은 재산이 아니었다!

"명심하게." 예스타는 말했다. "우리가 일곱 영지를 받는 건 우리 영혼을 구원하기 위해서이지, 부유한 지주가 되어 금화를 세고 쇠의 무게를 달자는 게 아니네. 우린 말라비틀어진 샌님도 아니고 인색한 졸부도 아니다. 우리는 기사이며 기사로 남을 것이다."

"옳으신 말씀!" 검은 악마가 중얼거렸다.

"네가 한 해 동안 일곱 영지를 우리에게 넘겨준다면 받겠지만, 한 가지를 명심해라. 우리가 이 기간 동안 기사답지 못한 짓을 한다면, 즉 뭔가 현명하거나 쓸모 있거나 늙은 여편네 같은 짓을 한다면, 약속한 한 해가 지났을 때 여기에 있는 열두 명을 모두 잡아가도 좋다. 그리고 영지들은 아무에게나 넘겨도 좋다."

악마는 기쁨을 주체하지 못하고 양손을 비벼댔다.

"대신 우리가 진정한 기사답게 한 해를 보낸다면," 예스타는 말을 이었다. "너는 더 이상 에케뷔와 관련된 어떤 계약도 맺어서는 안 되며, 기한이 끝났을 때 우리에게서든 소령 부인에게서든 아무 대가도 얻지 못한다."

"너무 박한 조건인데." 악마가 말했다. "아아, 예스타, 자네는 나에게 영혼을 하나는 넘겨야 돼. 작은 영혼 하나라도 말이야. 내가 소령 부인을 잡아가면 안 되겠나? 왜 소령 부인을 구하려는 거지?"

"난 그런 걸 두고 거래하지 않는다." 예스타가 으르렁거렸다. "네놈이 영혼 하나는 꼭 차지해야겠다면 포슈의 늙은 신트람을 잡아가라. 지옥에 갈 준비가 된 자라는 걸 내가 보증하지."

"오호라, 괜찮은 얘긴데." 검은 악마가 눈 하나 깜짝하지 않고 지껄였다. "기사들 아니면 신트람이라. 그 정도면 균형이 맞지. 소득이 많은 한 해가 되겠어."

악마가 내민 시커먼 종이와 깃펜에 예스타의 새끼손가락에서 흘러나온 피를 적셔 계약은 맺어졌다.

계약이 성립하자 기사들은 환호했다. 한 해 동안 그들은 세상의 부귀영화를 차지할 수 있다. 그리고 1년 뒤에는 반드시 뭔가 빠져나갈 길이 생길 것이다.

그들은 의자를 치우고, 시커먼 바닥 위에 펀치 주를 담은 솥 주위로 손을 맞잡고 원을 이루어 미친 듯이 춤을 추었다. 원의 중앙에서는 악마가 펄쩍펄쩍 높이 뛰며 스텝을 밟다가 주저앉아 솥을 기울여 펀치 주를 마셨다.

그러자 베렌크로이츠가 악마와 예스타 베를링 사이에 주저앉았고, 곧 다른 기사들도 솥 주위로 원을 그리고 앉아 차례로 솥을 입에 대고 음료를 들이켰다. 이윽고 누군가 잘못 치는 바람에 솥이 엎어져 뜨겁고 끈적이는 음료가 사람들 위로 엎어졌다.

기사들이 욕설을 내뱉으며 일어났을 때 악마는 사라졌으나, 그가 남기고 간 황금빛 약속은 기사들의 머리 위를 빛나는 왕관처럼 떠다니고 있었다.

3
성탄 잔치

성탄절에 삼셀리우스 소령 부인은 에케뷔에서 성대한 잔치를 열었다.

손님을 쉰 명은 들일 수 있는 탁자 앞에 그녀가 안주인으로 자리를 잡았다. 그녀의 자태는 휘황찬란하고 호사스러웠다. 짧은 양털 모피와 울로 짠 줄무늬 치마, 도기 담뱃대는 멀찍이 치웠다. 지금 그녀는 비단옷을 걸쳤고, 황금으로 팔을 장식했고, 흰 목에 진주 목걸이를 드리웠다.

하지만 기사들은 어디 있는가? 에케뷔의 새 주인이 되었음을 자축하며 대장간의 시커먼 바닥 위의 반들거리는 구리 솥에서 펀치 주를 퍼마시던 그들은?

그들은 아궁이 옆 모퉁이에 있는 탁자 하나에 따로 모여 있었다. 오늘 큰 탁자에는 그들이 앉을 자리가 없었다. 그들이 앉은 식탁에는 음식이 늦게 나왔고, 포도주도 모자랐으며, 아름다운 숙녀들의 시선도 닿지 못했다. 예스타의 농담을 들어주는 사람도 없었다.

기사들은 길들여진 맹수들처럼 온순해져 있었다. 지난밤, 그들은 한 시간밖에 자지 못한 채 횃불과 별빛에 의지해 새벽 기도에 참석했다. 성탄절 촛불을 바라보며 성탄절 축가를 듣는 그들의 표정은 얌전한 아이들이나 다름없었다. 그들은 악몽을 잊듯이 성탄 전야에 대장간에서 벌어진 일을 잊어버렸다.

에케뷔의 소령 부인은 몸집이 크고 풍채가 당당했다. 누가 감히 그녀를 공격하려고 팔을 쳐들고 그녀를 고발하겠노라 입을 열 수 있겠는가. 수 년 동안 그녀에게 의탁했던 가난한 기사들은 절대 그렇게 할 수 없었다. 그녀는 자신이 원하는 어느 곳에 그들을 앉힐 수도, 문밖으로 내몰 수도 있었다. 그들이 그녀의 힘을 빼앗기란 불가능했다. 신이여, 기사들을 도우소서! 기사들은 에케뷔를 떠나서는 살 수 없으니.

큰 탁자에 앉은 이들은 즐거워 보였다. 마리안 싱클레르의 아름다운 눈이 반짝이고, 명랑한 도나 백작 부인의 유쾌한 웃음이 터졌다.

그러나 기사들은 우울함에 휩싸였다. 소령 부인을 위해 지옥에 떨어질 수도 있는 그들이 왜 다른 손님들과 같은 대접을 받지 못하는가? 아궁이 옆 구석이라니 낯부끄럽지 않은가? 기사들이 함께하면 자리의 격이 떨어지기라도 한단 말인가!

소령 부인이 보리의 백작과 브루의 교구장 사이에 앉아 위세를 부리는 동안 기사들은 구석에서 벌 받는 아이들처럼 고개를 늘어뜨렸다. 그리고 그들 사이에서 지난밤의 기억이 깨어나기 시작했다.

구석 자리의 식탁은 명랑한 재치를 발휘하거나 배꼽 잡을 허풍을 떨지 못할 분위기였다. 대신 지난밤의 분노가 자리를 잡았고, 기사들의 머릿속에 어젯밤의 약속이 떠올랐다. 율리우스 향사는 장사인 크리스티안 베리 대위에게 큰 식탁에서 돌고 있는 들꿩구이가 사람 수에 비해 모자랄 것 같다는 말을 했고, 이는 대위에게 듣기 좋은 소식은 아니었다.

"아마 모자랄 거야." 율리우스는 말했다. "사람이 너무 많아. 하지만 곤란할 건 없어, 크리스티안 대위. 여기 조그만 식탁에 앉은 우릴 위해 까마귀를 구워놨으니까."

그러나 그 말에도 베렌크로이츠 대령은 험악해 보이는 콧수염 아래로 희미한 미소를 짓느라 입술을 찡그릴 뿐이었고, 예스타는 그날 내내 사람 하나 때려죽이고 싶다는 표정을 짓고 있던 참이었다.

"기사들이야 뭐든 안 가리고 먹지 않나?" 그가 물었다.

그때 마침내 노릇노릇한 들꿩구이가 쌓인 쟁반이 작은 식탁까지 왔다.

그러나 크리스티안 대위는 이미 화가 치솟아 있었다. 그가 일생에 가장 싫어하는 것이 모양새 추하고 귀 따갑게 울어대는 까마귀였다.

그는 까마귀를 유독 싫어했는데, 가을이면 남들의 웃음거리가 되는 것도 무릅쓰고 여자 옷으로 위장한 채 들판에서 낟알을 쪼는 까마귀들을 사냥하러 갔다.

봄에는 아직 곡식이 자라지 않은 밭에서 짝짓기 춤을 추는 까마귀들을 급습하여 때려죽였다. 여름에는 둥지를 찾아가 채 털도 나지 않아 삐약대는 새끼들을 바닥에 패대기치고, 반쯤 부화한 알들을 깨버렸다.

그가 들꿩구이가 담긴 쟁반을 제 앞으로 당겼다.

"내가 못 알아볼 것 같아?" 그는 하인에게 고함을 질렀다. "깍깍대지 않는다고 내가 까마귀를 못 알아볼 줄 아냐고. 감히 크리스티안 베리에게 까마귀 구이를 대접하다니 천벌을 받을 놈들! 지옥으로 꺼져!"

그는 들꿩구이들을 하나씩 집어다 벽에 내던졌다.

"지옥으로 꺼져!" 그러면서 그는 고함을 질렀고, 그 소리에 온 방 안이 뒤흔들렸다. "감히 크리스티안 베리에게 까마귀 구이를 대접하다니, 천벌을 받을 놈들! 지옥으로 꺼져!"

양념과 기름이 사방으로 튀었다.

짓이겨진 새들이 벽에서 팅겨 바닥으로 굴러떨어졌고, 기사들은 온통 환호했다.

소령 부인의 진노한 음성이 기사들의 귀를 파고들었다.

"저자를 문밖으로 내쫓아!" 그녀가 하인들에게 소리쳤다.

그러나 하인들은 감히 꼼짝하지 못했다. 그가 바로 천하장사 크리스티안 베리 대위였기 때문이다.

"문밖으로 던져버려!"

그는 소령 부인의 외침을 들었다. 분노에 휩싸인 그는 석 하나를 쓰러뜨린 후에 새로운 적에게 돌아서는 곰처럼 소령 부인에게 향했다. 그는 음식이 차려진 말발굽 모양의 식탁을 걷어찼다. 그의 육중한 걸음으로 바닥이 흔들렸다. 그는 식탁을 사이에 두고 그녀와 마주섰다.

"문밖으로 던져버리라니까!" 소령 부인이 다시 한 번 외쳤다.

그러나 그는 분노로 정신이 나가 있었다. 찌푸린 이마와 움켜쥔 거친 주먹은 보기만 해도 공포를 자아냈다. 그는 거인처럼 거대했고, 힘도 그와 같았다. 두려움에 떠는 손님들과 하인들은 감히 손끝 하나 건드릴 엄두를 내지 못했다. 이성을 잃을 정도로 분노한 그를 누가 어찌할 수 있겠는가.

그는 소령 부인의 바로 맞은편에 서서 위협했다.

"까마귀들을 벽에다 내던진 게 못할 짓인가?"

"꺼져, 대위!"

"건방진 계집! 크리스티안 베리에게 까마귀를 대접하다니! 네년이 받아야 할 벌은 네년을 일곱 악마들과 함께……"

"제기랄, 크리스티안 베리, 욕질하지 마, 여기서 그럴 수 있는 사람은 나뿐이야."

"내가 널 두려워할 것 같아? 마녀 같은 계집! 네가 무슨 재주로 일곱 영지를 얻었는지 내가 모를 것 같아?"

"닥쳐, 대위!"

"알트링에르는 죽으면서 영지들을 네 남편에게 넘겼어. 왜냐, 넌 그의 정부였으니까."

"닥치라고 했어!"

"모든 게 네 잘난 정절 덕분이었지, 마르가레타 삼셸리우스. 소령은 아무것도 모르는 척 일곱 영지를 받아 네게 맡겼지. 그리고 이건 다 악마가 교사한 짓거리야. 하지만 이젠 당신이 끝날 차례지!"

주저앉은 소령 부인은 창백해진 얼굴에 온몸을 떨었다. 그녀는 이상할 정도로 나지막한 음성으로 그의 말에 긍정했다. "그래, 이제 난 끝장이야. 그리고 그건 바로 네가 한 짓이야, 크리스티안 베리!"

그 말에 크리스티안 대위는 몸을 떨었다. 그의 얼굴이 일그러지고 겁먹은 눈에 눈물이 고였다.

"난 취했어!" 그는 외쳤다. "난 내가 무슨 말을 했는지도 몰라. 난 아무 말도 안 했어. 난 개 같은 노예야, 40년 동안 이 여자의 개 같은 노예였을 뿐이야. 난 평생 마르가레타 셀싱을 섬겼어. 내가 어떻게 그 여자에게 나쁜 소리를 할 수 있겠어. 어여쁜 마르가레타 셀싱에 대해 이야기해보라고? 난 그녀의 문 앞을 지키는 개일 뿐이고, 그녀의 짐을 지는 노예야. 그녀는 날 때릴 수 있고, 짓밟을 수도 있어! 내가 침묵 속에서 견디는 게 안 보여? 난 40년 동안 그녀를 사랑했어. 내가 어떻게 그녀에게 험한 말을 할 수 있겠어!"

그가 용서를 구하기 위해 소령 부인의 발밑으로 몸을 던지는 광경은 실로 기이했다. 그녀가 식탁의 맞은편 끝에 앉아 있었기 때문에 그는 그녀에게 다가가기 위해 무릎으로 기어야 했다. 그녀 앞에 다다른 그는 허리를 숙여 그 옷자락에 입을 맞추고 바닥을 눈물로 적셨다.

소령 부인으로부터 멀리 떨어지지 않은 곳에는 키가 작고 살집이 있는 남자 하나가 앉아 있었다. 곱슬거리는 머리칼에 눈꼬리가 치켜 올라갔으며, 불거져 나온 턱을 한 곰 같은 남자였다. 말수가 적고, 조용히 제 갈 길을 가기를 좋아하고 세상일에 신경 쓰지 않는 그는 바로 삼셀리우스 소령이었다.

크리스티안 대위의 마지막 말을 듣고서 그가 몸을 일으키자 소령 부인이 일어섰고, 쉰 명의 손님들이 모두 그를 따랐다. 여자들은 앞으로 벌어질 일이 두려워 눈물을 글썽였다. 남자들 역시 겁에 질린 채 서 있었고, 소령 부인의 발치에는 크리스티안 대위가 엎드려 그녀의 옷자락에 입을 맞추며 계속해서 바닥에 눈물을 흘렸다.

소령은 커다랗고 털이 숭숭 난 손으로 천천히 주먹을 쥐고 팔을 들어 올렸다.

그러나 소령 부인이 먼저 입을 열었다. 그 목소리는 평소답지 않게 가라앉아 있었다.

"당신은 날 가로챘어." 그녀는 외쳤다. "당신은 도적처럼 날 훔쳤던 거야. 우리 집에서는 나를 때리고, 굶기고, 욕을 퍼부으며 당신과의 결혼을 강요했어. 난 당신이 받아 마땅한 대가를 치르게 했어."

소령은 커다란 주먹을 움켜쥐었다. 소령 부인은 한 걸음 물러서며 말을 이었다. "칼을 들이대면 미꾸라지는 요리조리 도망치게 마련이지. 결혼을 강요당한 여자는 정부를 따로 찾는 법이고. 20년 전에 벌어진 일로 날 때릴 셈이야? 왜 그때는 그러지 못했지? 우리가 셰에 있을 때 알트링에르가 에케뷔에서 살던 것 기억 안 나? 가난하기 짝이 없던 우리를 그가 도와줬던 걸 잊었어? 우린 그의 마차를 몰고 그의 포도주를 마셨어. 그와 내가 당신에게 숨긴 게 있어? 그의 하인이 곧 당신의 하인 아니었나? 그의 돈으로 당신 주머니를 채우지 않았어? 일곱 영지를 받아 챙긴 게 당신 아니야? 그때는 입을 다물고 주는 대로 다 받았지. 날 때리려면 그때 때렸어야 해, 벤트 삼셀리우스, 그때 그래야 했어!"

소령은 그녀에게 등을 돌리고 모든 손님들을 응시했다. 소령은 그들의 표정에서 다들 그녀의 말에 동의하고 있음을 읽었다. 그들 모두 그가 침묵하는 대가로 돈과 영지를 받아 챙겼다고 믿고 있었다.

"나는 몰랐어!" 그는 바닥에 발을 굴렀다.

"이제라도 알게 되었다니 다행이네!" 그녀가 그의 말을 잘랐다. "당신이 그 사실을 모른 채로 죽을까봐 걱정했거든. 이제라도 알게 되어 다행이야. 솔직히 말하자면 당신은 내 주인이자 간수였어. 하지만 난 늘 그 사람 것이었음을 알아둬. 뒤에서 내 얘기를 하던 인간들도 모두 그걸 알아야 해."

옛 사랑이 그녀의 목소리에 깃들어 환호하고 그녀의 눈 속에서 빛났다. 그녀는 남편이 주먹을 쳐들고 제 앞에 선 것을 보았다. 그리고 눈앞에 보이는 쉰 명의 손님들의 얼굴에서 경악과 경멸을 읽었다. 그녀는 자신이 누리던 권력의 마지막 순간을 예감하고 있었다. 그러나 그녀는 드디어 자신의 생애에서 가장 아름다웠던 기억들을 당당히 밝히는 기쁨 또한 억누를 수 없었다.

"그는 남자였어, 근사한 남자였지! 우리 사이를 가로막은 당신은 뭐였을까? 난 그와 같은 사내를 본 적이 없어. 그는 내게 행복을 주고 부를 선사했지. 그의 추억이 복될지어다!"

소령은 그녀를 때리지 않고 팔을 내렸다. 그는 이제야 그녀에게 무슨 벌을 내려야 할지 깨달았다.

"나가!" 그는 부르짖었다. "내 집에서 나가!"

그녀는 꼼짝도 하지 않았다.

그러나 기사들은 하얗게 질린 얼굴로 꼼짝 않고 서서 서로 마주 보았다. 검은 악마가 예언한 것들이 모두 이루어지려 하고 있었다. 그들은 소령 부인이 악마와의 계약을 갱신하지 못한 결과를 보고 있었다. 이것이 사실이라면, 그녀가 20년 넘게 기사들을 지옥에 보내왔다는 것과 그들 또한 언젠가 같은 길을 밟으리라는 것도 사실이었다. 오, 이 마녀 같은 계집!

"꺼져라!" 소령이 되풀이했다. "한길에서 구걸이나 하면서 목숨을 부지해. 넌 이제 더 이상 그놈의 돈을 갖고 기뻐하지도, 그놈의 영지에 살지도 못할 거다. 에케뷔의 소령 부인은 끝났어. 내 집에 다시 발을 디디기라도 하면 때려죽이겠다!"

"날 내 집에서 쫓아낸다고?"

"여긴 네 집이 아냐! 에케뷔는 내 집이다!"

소령 부인은 두려워졌다. 문까지 물러나는 그녀를 그가 쫓아갔다.

"당신, 내 인생의 불행이었던 당신이," 그녀는 한탄했다. "이제는 나에게 이런 짓을 할 힘까지 생긴 건가?"

"나가, 꺼지라고!"

그녀는 문가에 기대어 두 손으로 얼굴을 가렸다. 그녀는 어머니를 떠올리며 중얼거렸다. "네가 나를 부인했듯 너 또한 부인당하고, 네가 나를 쫓아내듯 너 또한 추방되기를. 네가 한길을 거처 삼고, 짚으로 잠자리 삼고, 숯가마를 아궁이로 쓰게 되기를! 그렇게 되는 거로구나, 그렇게 되고 마는 거야!"

브루 교구의 마음씨 좋고 나이 지긋한 교구장과 뭉케류드에서 온 행정관이 소령에게 다가가 그를 진정시키려 했다. 그들은 그에게 옛일은 묻어두고 예전처럼 살면서 다 잊고 용서하는 게 최선이라고 말했다. 그러나 소령은 어깨에 얹힌 부드러운 손길들을 떨쳐냈다. 크리스티안 베리가 그랬듯, 지금 소령은 위험한 남자였다.

"이건 옛일이 아니오!" 그는 소리쳤다. "나는 이날 이때까지 아무것도 몰랐소. 간음한 이 여자를 지금까지 벌할 기회가 없었소."

이 말에 소령 부인은 고개를 쳐들었고 예전의 용기를 되찾았다.

"나보다 당신이 먼저 나가야지! 내가 당신 앞에서 물러날 것 같아?" 그녀는 이렇게 말하며 문에서 걸음을 뗐다.

소령은 대답하지 않았으나, 그녀를 쫓아낼 다른 방도가 없으면 진짜로 때릴 작정을 하고 그녀의 동작을 살살이 눈으로 쫓았다.

"도와주시오, 선량한 여러분" 그녀가 사람들을 불렀다. "이자가 이성을 되찾을 때까지 묶어서 내쫓아버립시다! 이자가 어떤 인간이고 내가 누구인지 생각해보시오! 이자가 나를 쫓아내기 전에 잘 생각하시오! 에케뷔의 관리는 내가 책임지고 있고, 그가 온종일 하는 일이라고는 곰 우리에서 곰들에게 먹이를 주는 것뿐이오. 그대들, 선량한 친구들과 이웃들은 나를 도와주시오! 내가 더 이상 여기 없다면 다시없는 불행이 닥칠 거요. 농부들은 내게 숲에서 베어낸 목재를 팔고, 광석을 운반해 먹고산다오. 숯쟁이들의 숯을 사들이는 것도 나고, 뱃사공들에게 목재를 운반하는 일거리를 주는 것도 나요. 내가 나눠주는 일거리들로 모두 부를 나누는 것이오. 이자가 내 일을 대신할 수 있을 것 같소? 예언하지만 나를 쫓아낸다면 여러분에게는 굶주림이 찾아올 거요!"

다시 한 번 여러 사람들이 소령 부인을 도우려고 나섰고, 소령의 어깨를 다독였다.

"아니," 소령은 말했다. "너희도 꺼져라! 간음한 여자를 두둔하려는 게 누구냐? 말해두는데 이 계집이 제 발로 안 나간다면 내가 들어다 곰들에게 던져주겠다."

이 말에 그를 말리려던 사람들은 도로 손을 내렸다.

막다른 구석에 몰린 소령 부인은 기사들을 향했다.

"내가 내 집에서 쫓겨나는 걸 가만 보고만 있는가, 기사들이여? 내가 겨울날 너희를 눈 속에서 떨게 내버려둔 적이 있느냐? 너희가 청하는

65

독한 맥주와 달콤한 화주를 거절한 적이 있느냐? 내가 너희에게 먹고
입을 것을 주면서 대가나 노동을 요구했던 적이 있느냐? 너희는 어미
곁의 아이들처럼 안전하지 않았느냐? 너희는 내 집에서 춤을 추지 않았
느냐? 너희는 놀이와 웃음을 즐기며 매일같이 빵을 먹지 않았느냐? 내
인생의 불행이었던 이자가 내 집에서 날 몰아내지 못하게 막아다오, 기
사들이여! 내가 한길의 거지가 되지 않게 막아다오.'

　예스타 베를링은 큰 식탁에 앉아 있던 검은 머리칼의 아름다운 아가
씨에게 허리를 숙였다.

　"당신은 5년 전 보리에 자주 다녀왔지요, 안나." 그는 말했다. "소령
부인이 내가 파계한 목사라는 사실을 에바에게 발설한 게 사실입니까?"

　"소령 부인을 도와주세요, 예스타!" 그것이 그녀의 대답이었다.

　"우선 내가 그녀 때문에 살인자가 된 게 사실인지 알아야 하지 않겠
습니까."

　"아, 예스타, 무슨 생각을 하는 건가요! 어서 소령 부인을 도와줘요!"

　"당신은 대답을 피하고 있군요. 과연 신트람이 말한 건 진실이었습니
다." 그리고 예스타는 기사들에게 돌아갔다. 그는 소령 부인을 구하기
위해 손가락 하나 까딱하지 않았다.

　아, 소령 부인이 기사들을 구석진 탁자에 앉히지만 않았더라도! 이제
그들의 뇌리에는 어젯밤의 기억이 번뜩였고, 눈에서는 소령 못지않은
분노가 타올랐다. 소령 부인이 애원하는 동안 그들은 냉랭하게 침묵을
지키며 서 있었다. 그들이 본 모든 광경이 어젯밤 들은 이야기를 증명하
고 있지 않은가.

　"저 여자가 계약을 갱신하지 못한 것이 사실이었군." 그들은 중얼거
렸다.

　"지옥으로 꺼져라, 이 마녀야!" 다른 기사가 외쳤다. "넌 우리에게 쫓

겨나도 싸다."

"이 바보들아!" 늙고 허약한 에베르하드 아저씨가 소리쳤다. "그게 다 신트람의 수작이었던 걸 모르겠나?"

"물론 알고말고." 율리우스가 대꾸했다. "하지만 그게 어쨌다고? 그런다고 우리가 들은 게 거짓말이 되나? 신트람은 어차피 악마의 종이니 제 주인의 속셈을 잘 알지 않겠어?"

"자네는 지옥을 믿지 않으니 가서 저 여자를 도와주게나, 에베르하드." 기사들이 조롱했다.

그동안 예스타 베를링은 아무 말도 않고 움직이지도 않고 서 있었다.

그렇다. 웅성거림 속에 점차 살벌한 분위기를 띠기 시작한 기사들은 소령 부인을 전혀 도우려 하지 않았다.

소령 부인은 다시 문까지 물러서서 움켜쥔 두 손으로 두 눈을 가렸다.

"네가 나를 부인했듯 너 또한 부인당하기를!" 그녀는 쓰디쓴 고통 속에서 스스로에게 소리쳤다. "한길을 거처 삼고, 짚으로 잠자리 삼기를!"

그리고 그녀는 문고리에 손을 얹고 다른 한 손을 높이 쳐들었다.

"나를 몰락시킨 너희 또한 기억하라! 너희의 때도 머지않아 닥칠 것임을. 너희는 뿔뿔이 흩어질 것이고 너희가 차지했던 자리는 비워지리라. 내가 너희의 기댈 곳이 되어주지 않는다면 너희가 어찌 제 발로 서겠느냐? 육중한 손으로 제 식솔을 때리는 멜키오르 싱클레르는 조심하라! 브루뷔의 목사, 당신은 심판을 받게 될 거요! 우글라 부인은 가난이 비집고 들어오지 않게 문단속을 하시오! 엘리사벳 도나, 마리안 싱클레르, 안나 셴회크, 젊고 고운 여자들아, 너희인들 제 집에서 달아나는 처지가 되지 않을 것 같으냐! 그리고 기사들아, 너희 또한 조심하라, 곧 이 땅에 폭풍이 몰아칠 것이다. 대지가 너희를 쫓아내고 너희의 시간은 끝나리라! 나 자신이 아니라 바로 너희를 위해 말해주는 것이다. 너희의 머리 위로 폭풍이 휩쓸 적에 내가 쓰러지고 나면 누가 과연 서 있을 수 있겠느냐? 아, 가난하고 비참한 이들을 연민하는 내 심장이 피를 흘린다! 내가 이제 사라지면 누가 너희에게 일을 줄 것인가?"

소령 부인이 문을 열자 크리스티안 대위가 고개를 쳐들었다.

"내가 얼마나 더 오래 당신 발밑에 엎드려 있어야 합니까, 마르가레타 셸싱? 내가 일어서서 당신을 지켜줄 수 있도록 날 용서해주지 않으렵니까?"

소령 부인의 내면에 갈등이 일었다. 그러나 만약 그녀가 그를 용서한다면 그는 일어서서 자신의 남편과 싸울 테고, 40년간 충실히 그녀를 사랑해주었던 대위는 살인자가 되고 말리라.

"이제 와서 용서가 필요한가?" 그녀는 말했다. "내 불행은 모두 네 탓이 아니더냐, 크리스티안 베리. 기사들에게로 돌아가 네가 이룬 일을 기뻐해라!"

그러고서 소령 부인은 나갔다. 그녀는 조용히 사라졌지만 그녀가 떠난 자리에는 놀라움이 남았다. 비록 몰락했으나 굴욕의 순간에도 그녀는 품위를 잃지 않았다. 그녀는 고통에 무너지지도 않았고, 노년에 이르러서도 젊은 시절의 사랑을 돌이키며 환호할 줄 알았다. 그녀는 모든 것을 깨닫고 난 후에 한탄을 늘어놓지도, 비겁한 눈물을 흘리지도 않았다. 걸인의 지팡이를 짚고 동냥자루를 끌며 정처 없이 떠돌아야 할 자신의 미래 앞에서도 겁에 질리지 않았다. 그녀는 그저 가난한 농부들과 뢰벤 호숫가에서 살던 명랑하고 천하태평이던 인간들을, 가난한 기사들을, 그리고 그녀가 원조하고 지켜주던 모든 이들을 연민했을 따름이다.

그녀는 모두에게 버림받고도 남아 있는 단 하나의 친구를 살인자로 만들지 않기 위해 떠나보낼 정신력이 있었다.

그녀는 힘과 행동력이 넘치는 묘한 여자였다. 그녀 같은 여인은 다시 볼 수 없을 것이다.

다음날 삼셸리우스 소령은 에케뷔를 떠나 커다란 제철소 옆의 셰로 이주했다.

알트링에르의 유언장에는 소령에게 일곱 제철소를 넘겨주지만, 소령은 그 중 단 하나도 다른 사람에게 팔거나 넘겨주어서는 안 되고, 소령이 죽은 후에는 소령 부인이나 그녀의 상속자가 고스란히 물려받아야 한다고 명시돼 있었다. 보기만 해도 지긋지긋한 유산을 달리 처분해버릴 길이 없으므로, 소령은 에케뷔와 다른 영지들을 망칠 가장 좋은 방도로 기사들을 주인으로 임명했다.

사악한 신트람이 사탄의 앞잡이로 나타난 게 이제 확실해졌다. 신트람이 그들에게 했던 약속이 모두 틀림없이 이루어졌으므로 기사들은 계약이 한 줄도 빠짐없이 이루어질 것임을 확신하게 되었다. 그래서 그들은 일 년 내내 현명하거나 쓸모 있거나 늙은 여편네 같은 짓은 아무것도 하지 않겠노라 굳게 다짐했다. 아울러 그들은 소령 부인이 그들을 지옥으로 보내려 한 악독한 마녀라고 철두철미하게 믿었다.

철학자 에베르하르드는 기사들의 이런 믿음을 웃음거리로 삼았다. 하지만 아무도 그의 말에 신경 쓰지 않았다. 그는 워낙 대단한 철학자라서, 지옥의 불꽃 한가운데에 누워 사방의 악마들이 자신을 손가락질하며 웃어대는 꼴을 직접 목격하더라도, 악마가 존재하는 건 불가능하므로 그들이 존재하지 않는다고 우길 수 있을 만큼 자기 세계가 확고했으니까.

예스타 베를링은 자신이 믿고 있는 것에 대해 아무에게도 이야기하지 않았다. 그는 소령 부인이 자신을 에케뷔의 기사로 받아들여준 것에 그다지 감사할 필요가 없다고 여기는 듯했다. 그는 자신이 에바 도나의 자살을 초래했다는 죄의식에 헤매느니, 차라리 죽는 게 낫다고 믿었다.

그는 소령 부인에게 복수하지는 않았으나 그녀를 돕지도 않았다. 그 두 가지를 한꺼번에 다 할 수는 없었다. 하지만 기사들은 어마어마한 권세와 영광을 얻었다. 진수성찬과 즐거움으로 가득 찬 성탄절 잔치가 한창이었고, 기사들의 가슴에는 환희가 넘쳐흘렀다. 그의 마음을 짓누르는 것이 무엇인지, 예스타 베를링은 표정으로도 말로도 드러내지 않았다.

4
시인 예스타 베를링

성탄절 기간이었고, 보리에서는 무도회가 열리기로 돼 있었다.

이 무렵 보리에는 젊은 도나 백작이 살고 있었다. 그의 갓 시집온 아내는 젊고 아름다웠다. 그녀를 위해 이 낡은 백작 성에서는 왁자지껄한 행사가 벌어져야 했다.

에케뷔에도 초대장이 도착했지만, 그해 에케뷔에서 성탄절을 보내던 이들 중 보리에 가고 싶어한 것은 '시인'이라는 별명이 붙은 예스타 베를링뿐이었다.

보리와 에케뷔는 기다란 뢰벤 호수를 사이에 두고 떨어져 있었다. 호수가 얼어 있지 않을 때 에케뷔에서 보리까지 가는 길은 수십 킬로미터에 이르렀다.

나이 든 기사들은 땡전 한 푼 없는 예스타 베를링을 왕국의 명예를 대표하는 왕자처럼 치장해주었다.

반짝이는 단추가 달린 프록코트는 새것이었고, 목깃 장식은 빳빳하게 풀을 먹였고, 코팅한 가죽으로 지은 신도 윤이 났다. 그는 질 좋은 비버 모피를 걸치고, 고수머리 금발 위로 담비털 모자를 썼다. 그가 타고 갈 썰매 위로는 발톱에 은을 입힌 곰의 가죽이 깔렸으며, 마구간에서 으뜸가는 흑마 돈 후안이 썰매에 매였다.

그는 휘파람으로 흰 개 탕크레드를 부르고, 고삐를 붙잡았다. 환호와 함께 그는 출발했다. 그는 육체적 아름다움과 위대하고 빛나는 정신적 자질로 인해 언제나 빛을 발하는 사내였으나, 그날은 그를 감싼 치장과 호화스러움 덕에 더욱 반짝였다.

그는 이른 오전에 출발했다. 마침 일요일이었고, 브루의 교회를 지날 때는 찬송가 소리가 들려왔다. 그리고 그는 외딴 숲길로 들어섰다. 그 길은 당시 우글라 대위 부부가 살던 베리아 쪽으로 이어졌다. 그는 대위 부부의 집에서 점심을 먹을 예정이었다.

베리아의 집주인은 부유한 사람이 아니었다. 뗏장으로 덮인 대위의 집으로 가는 길을 굶주림이 알아내버린 것이다. 그 댁 사람들은 다른 손님을 대접할 때와 마찬가지로 굶주림마저도 농담으로 맞이했고, 노래와 유희로 즐겁게 해주었다. 그 덕택에 굶주림은 다른 손님들과 똑같이 그 집을 떠나기 싫어했다.

베리아의 부엌과 베 짜는 방을 감독하는 나이 먹은 하녀 울리카 딜네르가 계단에 서서 예스타 베를링을 환영했다. 그녀가 무릎을 굽혀 인사하자 곱슬거리는 가발 끄트머리가 주름으로 가득한 갈색 얼굴 앞에 드리워져 기쁜 듯이 춤을 추었다. 그녀는 그를 홀로 데려가 영지의 식솔들과 위태로운 형편에 대해 이야기하기 시작했다.

그녀는 근심과 걱정이 문 앞까지 들이닥친 판이라고 말했다. 베리아는 힘겨운 시기에 처해 있었다. 점심 식탁에 올릴 생선에 곁들일 고추냉이조차 떨어진 판이라 페디난드 도련님과 아가씨들이 뭐라도 꾸어오기 위해 뭉케류드로 갔다고 했다.

숲으로 간 대위가 살이 질긴 토끼 한 마리쯤은 잡아올지도 모르지만, 구울 때 필요한 버터 값이 더 들 형편이었다. 대위가 먹을 걸 구해온대 봤자 고작 그 수준이었다. 하지만 보잘것없는 여우 따위를 잡아오는 것보다는 그 편이 나았다. 여우는 신이 창조해낸 최악의 짐승으로, 살아 있으나 죽으나 쓸모가 없었다.

그리고 마님은— 그녀는 날마다 그랬듯 그날도 침대에 누워 소설이나 읽는 중이었다. 그녀는 일을 하기에는 너무나 고귀한 몸이었다.

그렇다, 일이란 울리카 딜네르 같은 늙은이들이나 하는 것이었다. 어떻게든 집안을 꾸려가고자 그녀는 밤낮으로 고생이었고, 이는 쉬운 과업이 아니었다. 겨울 내내 온 집 안에 먹을 고기라고는 곰고기로 만든 햄 한 덩이뿐이었다. 그렇다고 보수가 많은 것도 아니었다. 그녀는 여태까지 보수라는 것을 구경도 못 해보았다. 그러나 그녀가 더 이상 밥값을 못하는 때가 온다고 해서 이 집 사람들이 그녀를 내쫓지는 않을 것이다. 이 집 식솔들은 가정부를 가족처럼 여기고 있기에, 훗날 늙은 울리카를 정성껏 묻어줄 것이다. 물론 관을 살 돈이 있다는 가정하에.

"앞으로 어찌 될지 누가 알까요?" 그녀는 금세 도로 젖어드는 눈가를 앞치마 자락으로 찍어냈다. "우린 그 못된 지주 신트람에게 빚을 져서 자칫하면 집 안팎을 몽땅 빼앗길 판이에요. 페디난드 도련님이 부자인 안나 셴회크와 약혼을 하긴 했지만, 그녀는 곧 도련님에게 싫증을 낼걸요, 그러고 말고요. 그러면 우리 소 세 마리랑 말 아홉 마리랑 무도회라면 사족을 못 쓰는 우리 아가씨들이랑 자라는 건 아무것도 없는 우리 메마른 밭이랑 늘 철딱서니 없는 페디난드 도련님은 어찌 될까요! 일만 빼면 뭐든 할 줄 아는 이 집 식구들은 어찌 될까요!"

점심 식사 시간이 되어 식구들이 모였다. 온화하고 착한 아들 페디난드와 명랑한 딸들이 빌린 고추냉이를 가지고 집으로 돌아왔다. 대위도 호수의 얼음 구멍에서 냉수욕을 하고 숲에서 사냥을 즐긴 뒤 쌩쌩해져서 나타났다. 그는 신선한 바람을 들인다며 창문을 열어젖히고는 예스타의 손을 따스하게 쥐며 악수했다. 레이스 소매가 달린 비단옷을 입은 마님도 예스타 베를링이 입 맞출 수 있도록 손을 내밀었다.

모두 신이 나서 농담을 하며 예스타를 환영했고, 웃음꽃이 피었다. 그들은 유쾌하게 들떠서 물었다.

"에케뷔에서는 어떻게들 지내? 그 약속의 땅은 요새 어떤가?"

"젖과 꿀이 흐르고 있지요." 그는 대답했다. "산에서 철이란 철은 다 캐내다가 우리 지하창고를 포도주로 채우고 있고요. 밭에서는 인생의 비참한 구석을 도금해버릴 만큼의 황금이 주렁주렁 열리지요. 숲에서 나무를 베어다가 구주희九柱戲 경기장이나 정자를 지을까 합니다."

우글라 부인은 한숨을 쉬더니 그 대답에 미소 지었다. 그녀의 입술에 단 한 마디가 떠올랐다. "시인이시군요!"

"저는 이미 양심에 거리끼는 죄를 숱하게 지었으나," 예스타는 대답했다. "아직 시를 짓는 지경까지는 안 갔답니다."

"그래도 당신은 시인이에요, 예스타, 당신은 이 별명을 뿌리칠 수 없어요. 당신은 다른 시인들이 써낸 것보다 더 많은 시를 몸소 체험했으니까요."

조금 후에 우글라 부인은 그가 삶을 낭비하고 있는 것에 대해 어머니처럼 부드럽게 지적했다. "나는 당신이 진짜 남자로 성장할 때까지 살아 있고 싶어요." 위대한 업적에 대한 동경으로 가슴이 가득 찬 이 여성이 진정한 친구답게 다정하고도 따끔한 말을 건네자 예스타는 가슴이 뭉클했다.

즐거운 식사도 끝나서 고추냉이와 양배추와 와플이 식탁에서 사라지고 성탄절 맥주도 바닥이 드러났을 때, 그리고 예스타가 소령과 소령 부인과 브루뷔의 목사에 대한 이야기로 좌중을 울리고 웃기고 있을 때, 돌연 마당 쪽에서 딸랑거리는 소리가 들리더니 못된 신트람이 나타났다.

그는 대머리 끝부터 커다란 발바닥까지 만족감으로 가득 차 있었다. 그는 기다란 팔을 건들거리며 짐짓 얼굴을 찌푸렸다. 다들 그를 보자마자 그가 나쁜 소식을 가져왔음을 직감했다.

"다들 들었나?" 악마가 물었다. "오늘 스밧셰 교회에서 안나 셴회크와 그 돈 많은 달베리를 위한 혼인 예고가 있었다는데? 그 여잔 자기가 페디난드와 약혼한 걸 까먹었는가보이."

전혀 듣지 못한 소식이었다. 그들은 경악하며 슬퍼했다.

그들은 이 못된 자에게 빚을 갚느라 온 집이 털리는 광경을 벌써부터 눈앞에 그리고 있었다. 정든 말들과 손때 묻은 가구들이, 마님이 친정에서 물려받은 유물들이 팔려나가는 모습이 눈에 선했다. 축제와 무도회로 넘쳐나던 유쾌한 삶도 끝난다. 식탁에는 다시 곰고기 햄이 오르고, 자식들은 남의 밑에서 일하기 위해 멀리 떠날 것이다.

마님은 평생 식지 않을 애정을 담아 아들을 쓰다듬었다.

그러나 그들 사이에는 예스타 베를링이 앉아 있었다. 그의 불굴의 정신에 수천 가지 계략이 떠올랐다.

"이것들 보세요!" 그는 큰소리를 냈다. "아직은 절망할 때가 아닙니다. 이건 스밧셰의 목사 부인이 꾸민 짓입니다. 안나가 목사관에서 살게 된 후로 그 여자는 안나를 쥐고 흔들었어요. 그 여자가 안나로 하여금 페디난드를 버리고 늙은 달베리를 받아들이게 한 겁니다. 하지만 아직 혼인은 성사되지 않았고 아무 일도 없을 겁니다. 내가 보리에 가서 안나를 만나겠어요. 안나와 얘기해서 목사관 사람들과 신랑에게서 그녀를 빼오겠습니다. 오늘 밤 그녀를 여기로 데려올 테니까 늙은 달베리는 그녀를 어쩌지 못할 겁니다."

말한 대로 이루어졌다. 예스타는 혼자 보리로 갔다. 그는 대위의 명랑한 딸들을 무도회에 데려다주는 대신, 대위 가족들의 간절한 염원을 길동무 삼아 길을 떠났다. 그리고 늙은 달베리가 속아 넘어갈 광경에 신이 난 신트람도 베리아에 머물면서 예스타가 그 정조 없는 아가씨와 돌아오기를 기다리기로 했다. 갑작스러운 호의로 넘쳐난 신트람은 울리카가 예스타에게 선물한 여행용 녹색 목도리를 손수 어매주기까지 했다.

우글라 부인은 빨간 장정의 책 세 권을 들고 계단 위로 나왔다.

"이 책들을 가져가세요." 그녀는 이미 썰매에 자리를 잡은 예스타에게 말했다. "운이 필요할 때를 대비해 갖고 계세요. 스탈 부인이 지은 『코린나』예요. 난 이 책이 집달리 손에 넘어가는 게 싫어요."

"전 늘 운이 따르는 걸요!"

"아, 예스타, 예스타." 그의 이름을 부르며 그녀가 모자를 쓰지 않은 그의 머리를 쓰다듬었다. "당신은 세상에서 가장 강하고도 약한 사람이에요! 불쌍한 우리의 행복이 당신 손에 달렸음을 당신이 얼마나 오래 명심해줄까요."

다시 한 번 예스타는 흑마 돈 후안이 끄는 썰매를 타고, 뒤따르는 흰 개 탕크레드와 함께 한길을 쏜살같이 날았다. 모험을 앞두고 그의 가슴은 환희로 차올랐다. 그는 젊은 정복자가 된 기분이었다. 영감靈感이 그의 머리 위를 떠돌며 그를 수호했다.

그의 길이 스밧셰의 목사관에 다다랐다. 그는 목사관에 들러 안나 셴회크를 무도회까지 데려다줘도 되겠냐고 물었다. 그는 허락을 얻었다. 아름답고 고집 있는 아가씨가 그의 썰매에 올랐다. 흑마 돈 후안을 타고 가는 기분을 누가 거부할 수 있으랴!

젊은 그들은 처음에는 조용했지만, 곧 안나가 말문을 열었다. 그녀의 태도는 반항적이고 건방졌다.

"오늘 목사가 뭐라고 했는지 들었어요, 예스타?"

"혹시 당신이 뢰벤 호수와 클라르엘벤 강 사이에서 제일 아름다운 아가씨라고 하던가요?"

"당신 바보 같아요, 예스타. 그거야 어차피 사람들이 다 아는 사실인걸요. 그는 나랑 늙은 달베리를 위해 예배를 드렸어요."

"그런 줄 알았으면 당신을 이 썰매에 태우지 않았을 텐데요! 절대 당신을 무도회에 데려가겠다고 하지 않았을 겁니다!"

도도한 상속녀는 대답했다.

"당신 없이도 난 보리까지 갈 수 있어요."

"당신 안됐군요, 안나," 예스타는 곰곰이 생각하는 시늉을 하며 말했다. "당신에게 부모님이 안 계신 것 말이에요. 당신이 이 지경이 되었는데도 수습해주실 분들이 안 계신 형편이니."

"당신이 그런 소리를 더 일찍 하지 않은 것도 안타까워요. 그랬으면 난 다른 썰매꾼을 골랐을 거예요."

"목사 부인도 저처럼 생각하신 모양입니다. 아마 당신에게 아버지 노릇을 해줄 어른이 필요하다고 여겼을 거예요. 그러지 않고서야 그 연세 지긋하신 양반을 당신과 맺어주려 했겠습니까."

"목사 부인이랑은 상관없는 일이에요."

"맙소사, 당신이 직접 그 매력남을 골랐습니까?"

"그 사람은 적어도 돈 때문에 날 택하진 않았어요."

"물론 아니겠죠, 나이 든 남자들은 푸른 눈동자와 발간 뺨에만 끌리거든요. 그래야 마땅한 일입니다."

"예스타, 부끄러운 줄 알아요!"

"더 이상 젊은 남자들과는 어울릴 수 없다는 걸 한번 생각해보세요. 춤추는 것도 노는 것도 끝났어요. 당신이 있을 곳은 방구석이죠. 혹시 늙은 달베리와 카드놀이 하는 거 좋아합니까?"

그러자 그녀는 썰매가 보리의 급경사진 언덕을 올라갈 때까지 침묵했다.

"데려다줘서 고마워요. 아마 내가 다시 당신과 썰매 탈 일은 없을 거예요!"

"그 말씀 감사하군요! 당신과 함께 축제에 참석한 걸 후회하는 남자가 한둘이 아니리라는 건 제가 알죠."

반항적인 미녀는 여느 때보다는 조금 부드러워진 태도로 무도회장에 들어서며 모인 참석자들을 살폈다.

가장 먼저 눈에 띈 것은 키 크고 늘씬하며 곱슬거리는 금발을 한 예스타 베를링과 그의 가까이에 서 있는 땅딸막한 대머리 달베리였다. 그녀는 둘 다 밖으로 쫓아내고픈 충동을 느꼈다. 약혼자 달베리가 춤을 청했지만 그녀는 놀란 시늉을 하며 무시했다.

"춤을 추자고요? 당신이 언제부터 춤을 출 줄 알았는데요?"

그녀에게 축하의 말을 전하고자 아가씨들이 몰려왔다.

"축하하는 척하지 마! 너희 같으면 저 늙은 달베리를 사랑할 수 있겠어? 하지만 그도 부자고 나도 부자니까 우리는 어울리는 한 쌍이지."

나이 지긋한 부인들도 와서 그녀의 흰 손을 잡으며 인생 중 가장 기쁜 시절에 대해 이야기했다.

"목사 부인이나 축하해주세요." 그녀는 대꾸했다. "그 여자가 저보다 더 기뻐하네요."

한편 유쾌한 기사 예스타 베를링은 반갑게 환영받는 중이었다. 그의 싱싱한 웃음과 달변은 지루한 잿빛 일상에 금가루를 뿌려주는 거나 다름없었다. 안나는 예스타 베를링의 오늘 저녁 같은 모습을 일찍이 본 적이 없었다. 그는 쫓겨난 자도, 배척받는 자도, 집도 절도 없는 한량도 아니었다. 그는 남자들 사이에서 마치 왕처럼 보였다. 날 때부터 왕이었던 듯한 자태였다.

그는 다른 젊은이들과 음모를 꾸몄다. 안나는 그 미모와 재산을 가지고 늙은이에게 몸을 던지는 게 잘못임을 깨달아야 했다. 남자들은 춤이 열 번 진행되는 내내 그녀를 따돌렸다.

그녀는 분노로 피가 끓어올랐다.

열한 번째 춤이 시작되었을 때 남자들 중 제일 볼품없어서 아무도 거들떠보지 않는 이가 와서 그녀에게 춤을 청했다.

"빵이 없다고 모래를 씹어야 하나." 그녀는 말했다.

게임이 시작됐다. 곱슬거리는 금발의 처녀들이 머리를 맞대더니 안나에게 제일 사랑하는 사람에게 입을 맞추라고 시켰다. 그녀들은 만면에 웃음을 띠고 이 오만방자한 미녀가 늙은 달베리에게 키스하는 꼴을 고대했다.

하지만 분노한 그녀는 벌떡 몸을 일으키며 말했다. "차라리 제일 싫은 작자에게 따귀나 한 대 때려주면 안 될까?"

곧 예스타의 뺨이 그녀의 결의에 찬 손바닥 아래에서 짝 소리를 냈다. 얼굴이 시뻘게진 그는 그녀의 손을 붙잡아 잠시 꼼짝도 못 하게 한 뒤 속삭였다.

"반시간 후 아래층의 붉은 홀에서 보자고!"

그가 빛나는 푸른 눈으로 그녀를 내려다보자 그녀는 마법 같은 힘에 묶였다. 꼭 그의 말에 복종해야 할 것만 같았다.

아래층에서 그녀는 건방진 태도로 매서운 말을 쏟아냈다.

"내가 누구와 결혼하든 예스타 베를링이 무슨 상관이야?"

그는 다정히 얘기할 기분이 아니었지만, 아직 페디난드에 대한 말을 꺼내기에는 이르다고 생각했다.

"춤 열 번 동안 무시당한 건 당신이 한 짓에 비하면 그리 큰 벌도 아니었지. 맹세를 깨고도 무사히 넘어가고 싶었어? 나보다 더 나은 재판관에게 걸렸으면 당신은 더 호된 꼴을 당했을걸."

"당신이나 그 사람들이나 내가 무슨 짓을 했다고 이러는 거지? 당신들이 이러는 것도 다 돈 때문 아냐? 내 돈 따위 모두 뢰벤 호수에 던져버릴 테니까 탐나면 건져가라고 해."

그녀는 화를 참지 못해 손으로 얼굴을 가리고 울음을 터뜨렸다.

그러자 시인의 마음도 움직였다. 그는 그녀에게 너무 가혹했던 게 부끄러워졌다. 그의 목소리도 다정해졌다.

"아, 이 어린 아가씨야, 용서해줘! 불쌍한 예스타 베를링을 용서해줘! 이런 한심한 놈이 지껄이는 소리 따위 신경 쓸 필요 없어. 화난다고 울면 안 돼. 모기가 물었다고 우는 거나 뭐가 달라. 내가 심했어. 그렇지만 난 우리가 아는 중 가장 예쁘고 부유한 아가씨가 늙은이와 결혼하는 걸 막고 싶었어. 결국엔 당신을 속상하게 만들었을 뿐이지만."

그는 소파 위 그녀의 옆자리에 앉았다. 그는 그녀가 똑바로 앉을 수 있도록 보살피느라 그녀의 허리에 팔을 둘렀다.

그녀는 뿌리치지 않았다. 그녀는 그에게 바짝 붙어 그의 목을 끌어안고 그의 어깨에 아름다운 머리를 기댄 채 울었다.

아, 시인이여, 인간들 중 가장 강하면서도 약한 자여! 그 하얀 팔이 얹힐 곳은 너의 목이 아니었을 텐데!

"진작 알았다면 그 늙은이를 받아들이지 않았을 텐데. 오늘에야 난 당신이 어떤 사람인지 알았어. 당신 같은 남자는 세상에 또 없어!"

하지만 예스타는 창백해진 입술로 한 마디를 내뱉었다.

"페디난드!"

그녀는 키스로 그의 입을 막았다.

"그는 아무것도 아냐! 나한테 중요한 건 당신뿐이야. 난 당신에게 정절을 지킬 거야!"

"난 예스타 베를링이야." 그는 가라앉은 음성으로 말했다. "당신은 나와 결혼할 수 없어."

"내가 사랑하는 건 당신이야, 남자들 중 제일가는 당신! 당신은 아무것도 할 필요 없고 아무것도 될 필요 없어. 당신은 날 때부터 왕이었어."

그러자 시인의 피가 끓어올랐다. 그녀는 아름다웠고 사랑에 의해 더 아름다워졌다. 그는 그녀를 안았다.

"내 아내가 되고 싶다면 목사관에는 더 있어서는 안 돼. 오늘 밤 에케뷔로 떠나자. 거기라면 우리가 결혼식을 올릴 때까지 당신을 지킬 수 있어."

돌아가는 밤길은 황홀했다. 사랑에 굴복한 그들은 돈 후안의 날램에 몸을 맡겼다. 썰매 날에 바스러지는 눈 소리가 마치 배신당한 남자의 탄식처럼 울렸다. 하지만 그게 그들과 무슨 상관인가. 그녀는 그의 목에 매달려 있었고, 그는 그녀 쪽으로 허리를 숙이며 귀에 속삭였다.

"그 어떤 복락이 훔쳐낸 행복만큼 달콤할까."

목사의 혼인 예고가 무슨 의미이겠는가. 그들은 사랑을 가졌는데. 사람들의 분노? 예스타 베를링은 운명을 믿었다. 운명이 그들을 이리 이끌었으니 누구도 운명에 맞설 수 없었다.

설사 저 별들이 혼인예식을 위해 켜진 촛불이고 돈 후안의 마구 장식이 딸랑거리는 소리가 그녀와 달베리의 혼인을 알리는 교회 종소리였다 해도, 그녀는 예스타 베를링과 함께 달아났을 것이다. 운명의 힘은 그토록 강했다.

그들은 행복하고 무탈하게 뭉케뤼드의 목사관을 지났다. 베리아까지는 몇 킬로미터가 남아 있었고, 거기서 에케뷔까지 또 몇 킬로미터가 이어졌다. 숲 가장자리를 따라 난 길 오른쪽에는 어두운 산이 웅크리고 있었으며, 왼편에는 길고 흰 계곡이 펼쳐졌다.

그때 탕크레드가 바짝 달려왔다. 흰 개는 곧 뻗어버릴 기세로 뛰었다. 개는 겁에 질려 낑낑대면서 썰매 위로 뛰어올라 안나의 발치에 엎드렸다.

돈 후안은 크게 움찔하더니 전속력으로 달리기 시작했다.

"늑대다!" 예스타 베를링이 소리쳤다.

그들은 숲가를 따라 휙 움직이는 긴 잿빛 선을 보았다. 적어도 두 자릿수는 될 만한 무리였다.

안나는 겁먹지 않았다. 그날의 낮은 이미 모험으로 가득 차 있었고 밤 또한 그에 뒤지지 않으려 했다. 때로는 들짐승과 인간들에 맞서서 은은하게 빛나는 눈밭 위를 내달리기도 하는 것이 바로 인생 아니겠는가.

예스타는 욕설을 내뱉으며 몸을 앞으로 숙여 돈 후안에게 매서운 채찍질을 가했다.

"무섭니?" 그는 물었다.

"길이 꺾이는 곳에서 저놈들이 우리를 따라잡을 거야."

돈 후안은 숲의 거친 짐승들과 경주중이었고, 탕크레드는 공포에 미쳐 울부짖었다. 그들은 길이 굽어드는 곳에 늑대들과 거의 동시에 도달했다. 예스타가 맨 앞에 선 늑대를 채찍으로 후려갈겼다.

"아, 돈 후안, 우릴 태우지만 않았어도 이 녀석은 늑대 열두 마리쯤은 눈 깜짝할 새 떨쳐냈을 텐데."

그들은 여행용 녹색 목도리를 썰매에 묶었다. 늑대들은 휘날리는 물체에 겁을 집어먹고 얼마간 거리를 두었다. 그러나 공포를 극복하자마자 그 중 한 마리가 아가리를 벌리고 혀를 길게 늘어뜨린 채 썰매에 덤벼들었다. 예스타는 스탈 부인의 『코린나』를 집어다 그놈의 아가리에 던져넣었다.

늦대들이 책을 찢어발기는 동안 그들은 잠시 숨을 돌릴 수 있었다. 뒤이어 늦대들이 여행용 녹색 목도리에 달려들자 썰매에도 충격이 전달되었고, 들짐승의 거친 숨소리가 예스타와 안나의 귀로 파고들었다. 그들은 베리아 외에는 근처에 인가가 없음을 알고 있었다. 하지만 예스타에게는 자신이 속였던 사람들의 눈을 마주한다는 것이 죽음보다 더 끔찍하게 여겨졌다. 이제 말은 지쳐가고 있으니 그들은 어찌 될 것인가?

숲 끄트머리에 베리아 장원이 보이기 시작했다. 창가에는 불이 밝혀져 있었다. 누구를 위해 밝혀놓은 빛인지 예스타는 잘 알았다.

인가가 가까워지자 늦대들은 두려워하며 물러났고, 예스타는 베리아를 지났다. 그러나 그는 길이 다시 숲으로 접어드는 지점까지밖에 갈 수 없었다. 그의 앞에는 다시 거무스름한 무리가 버티고 있었다. 늦대들이 거기 모여 그를 기다리고 있었다.

"목사관으로 돌아가자. 별이 아름다워서 밤길에 썰매를 좀 달렸다고 말하면 돼. 이 길로는 더 못 가."

그들은 방향을 돌렸으나, 그 순간 늦대들이 썰매를 둘러쌌다. 잿빛 형체들이 그들을 스쳐가고, 크게 벌린 아가리에서 흰 이빨이 번뜩였고, 짐승들의 안광이 휘황했다. 늦대들은 먹이와 피에 주려 울부짖었다. 희번득한 이빨은 당장 야들야들한 사람 살을 물어뜯을 준비가 돼 있었다. 늦대들은 돈 후안을 향해 뛰어오르며 마구에 매달렸다. 안나는 이 짐승들이 그들을 통째로 씹어먹을까, 아니면 몇몇 부위를 남겨둬서 다음날 아침 다른 사람들이 발자국이 널리고 핏물이 밴 눈 사이에서 부서진 뼛조각을 발견하게 될까 하는 생각을 했다.

"이제 우리 목숨이 달렸어." 그녀는 그렇게 말하며 몸을 숙여 탕크레드의 목덜미를 움켜쥐었다.

"하지 마, 소용없어! 겨우 개 한 마리 잡아먹자고 저놈들이 이 밤에 돌아다니는 게 아냐."

그러고서 예스타는 베리아 장원으로 썰매를 몰았으나, 늑대들은 계단까지 그를 쫓아왔다. 그는 채찍을 휘둘러 늑대들을 막아야 했다.

"안나." 그는 계단 위에 멈추며 그녀를 불렀다. "우리가 저지른 건 신께서 원하신 일이 아니었어. 만약 당신이 내가 사랑하는 여자가 맞다면, 지금부터 표정을 조심해줘. 알았지?"

집 안에서 딸랑거리는 소리가 들리고 식구들이 나왔다.

"예스타가 안나를 데려왔어요!" 그들이 소리쳤다. "안나를 데려왔어요! 예스타 베를링 만세!" 그들은 방금 도착한 두 손님을 각자 자기 쪽으로 끌어당겨 안았다.

식구들은 많은 것을 묻지 않았다. 밤은 깊었고, 예스타와 안나는 위험한 썰매 여행으로 지쳐 휴식이 필요했다. 일단 안나가 왔다는 것으로도 충분했다.

모든 것은 잘 끝났다. 『코린나』와 울리카의 값진 선물이었던 여행용 녹색 목도리만이 희생되었을 뿐이다.

*

온 집 안이 잠들었다. 예스타 베를링은 일어나 옷을 입고 몰래 빠져나왔다. 그는 다른 사람 눈에 띄지 않은 채 돈 후안을 마구간에서 끌어내 썰매에 매고 떠날 작정이었다. 그때 안나 셴회크가 집 안에서 나왔다.

"당신이 나가는 소리를 듣고 일어났어." 그녀는 말했다. "나도 당신과 함께 갈 준비를 했어."

그는 다가가 그녀의 손을 잡았다.

"아직도 모르겠어? 그렇게는 될 수 없어. 신께서 원하지 않으셔. 내 말 잘 듣고 내 마음을 헤아려줘. 난 오늘 점심 때 여기서 이 집 식구들이 당신의 배신에 슬퍼하는 모습을 봤어. 그래서 당신을 페디난드에게 돌려주려고 보리로 갔던 거야. 하지만 난 원체 한심한 놈이라서 도저히 바뀌질 않아. 난 페디난드를 배신하고 당신을 가지려 했어. 내가 언젠가는 제대로 된 남자가 될 거라고 믿어준 한 노부인을 배반했던 거야. 그리고 이 집의 다른 노인은 자신을 가족으로 여기는 사람들 사이에서 여생을 마치기 위해 굶주림과 추위도 견디고 있는데, 난 신트람이 그녀의 보금자리를 빼앗게 만들 뻔했어. 당신은 아름다웠고, 죄악은 달콤했지. 예스타 베를링은 이렇게 유혹당하기 쉬워. 아, 난 참으로 형편없는 놈이야. 난 이 사람들이 얼마나 이 집을 아끼는지 알면서도 집달리에게 약탈당하게 만들 뻔했어. 당신으로 인해 난 모든 걸 잊었어. 사랑이 당신을 더욱 아름답게 만들었지. 하지만 이제는 안나, 내가 이 사람들의 기쁨을 목격해버린 지금은 당신을 데려갈 수 없어. 아, 내 사랑, 저 위 하늘에 계신 이가 우리의 의지를 희롱했던 거야. 이 사람들과 함께 머물면서 그들의 지지대가 되어주고 그들을 돕겠노라 말해줘. 만약 나를 사랑한다면, 내 쓰디쓴 아픔을 조금이라도 덜어주고 싶다면 그러겠다고 약속해줘. 내 사랑, 당신의 마음은 스스로를 이겨내고 미소 지을 만큼 위대하지 않을까?"

그녀는 감격에 젖어 희생의 맹세를 했다.

"당신이 원하는 대로 할게—"

"불쌍한 내 친구를 미워하진 않겠지?"

그녀는 슬픔에 찬 미소를 보였다.

"당신을 사랑하는 한, 나는 이 집의 사람들을 사랑할 거야."

"이제야 당신의 진정한 아름다움을 알겠어. 당신과 헤어지는 게 너무나 힘들군."

"안녕, 예스타! 신의 축복이 당신과 함께하기를, 그리고 내 사랑이 당신을 죄악으로 이끌지 못하게 하기를."

그녀는 돌아서서 집 안으로 들어가려 했다. 그가 그녀의 걸음을 인도했다.

"날 곧 잊을 거야?"

"이제 떠나도록 해, 예스타. 우린 둘 다 그냥 인간일 뿐이야."

그는 썰매로 뛰어올랐고, 그녀가 도로 그에게 다가왔다.

"늑대들이 걱정되진 않아?"

"물론 그놈들을 잊진 않았어. 하지만 그놈들은 할 일을 끝냈지. 오늘 밤엔 더 이상 내게 볼 일이 없을 거야."

그는 다시 한 번 그녀를 향해 손을 뻗었지만, 달리고 싶어 안달이 난 돈 후안이 썰매를 끌기 시작했다. 그는 고삐를 붙들지 않았다. 그는 등받이에 몸을 기댄 채 뒤를 돌아보았다. 그리고 썰매 가장자리로 몸을 숙이고 절망에 빠진 사람처럼 흐느꼈다.

"나는 행복을 손에 넣고도 내던졌지. 내가 떠나보내버린 거야. 왜 꼭 붙잡지 못했을까."

아, 예스타 베를링! 인간들 중 가장 강하면서도 약한 자여!

5
카추차

군마여, 이제는 늙은 몸으로 풀을 뜯는 군마여! 네 청춘을 기억하느냐.

전투의 나날을 기억하느냐, 용맹한 짐승아. 네가 날개 달린 듯 땅을 박차면 그 갈기는 춤추는 불길과도 같았고, 피와 거품이 네 새까만 옆구리를 덮었다. 황금의 마구를 두르고서 너는 달려 나갔으니 온 들판이 네 발굽 아래 흔들렸다. 환희에 차서 떨던 용맹한 짐승아. 아, 너는 얼마나 아름다웠느냐.

기사관에 잿빛 어스름이 내렸다. 큰 방에는 기사들의 붉게 칠한 짐 상자들이 놓였고, 구석에는 휴일용 옷이 걸렸다. 벽난로에서 흘러나온 빛이 희게 칠해진 벽과 벽 안쪽 공간을 가려둔 노란 격자무늬 커튼 위로 흔들렸다. 어딜 봐도 제왕의 궁전이나 하렘에 비할 처지는 못 되는 곳이었다.

대신 여기에는 릴리에크루나의 바이올린 소리가 울려 퍼졌다. 해질녘이면 그는 카추차를 연주했다. 같은 곡을 끊임없이 되풀이하며.

바이올린 줄을 끊고 활을 박살 내버릴까보다! 대체 왜 이 망할 춤곡을 켠단 말인가. 왜 하필이면 늙은 사관생도 어네클루가 통풍에 시달리느라 자리보전하고 누워 꼼짝도 못 하는 마당에 그 곡을 연주하는가. 당장 멈추지 않으면 바이올린을 빼앗아다 벽에 던져버리리라.

그 카추차를 지금 우릴 위해 연주하는 건가, 예술가 양반? 기사관의 삐걱거리는 마룻바닥 위에서, 연기로 시커먼 지저분한 벽으로 둘러싸인 이 좁아터진 곳에서, 이 답답하게 낮은 지붕 아래에서 카추차를 추는 게 가당키나 한가, 이 천벌 받을 딴따라야.

지금 우리 기사들 들으라고 카추차를 연주하는가? 아니면 마침 밖에 눈보라가 울부짖고 있으니 눈송이에게 리듬을 타고 춤추는 법을 가르치려는 건가? 가뿐한 몸짓으로 흩날리는 눈의 제왕의 아이들에게 춤곡을 연주해주고 있는 건가?

지금 여기에 뜨거운 피의 박동을 참지 못해 검댕 묻은 작은 손에 들고 있던 냄비를 치워버리고 대신 캐스터네츠를 집어들고서 질끈 묶어 올린 치맛자락 아래 맨발로 스텝을 밟는 여인이라도 있나? 이곳이 대리석 깔린 뜰이라도 되나? 달빛이 비추는 무어식 아치 복도 아래 백파이프와 탬버린을 흥겹게 연주하는 검은 눈의 집시들이라도 보이나, 예술가 양반? 그게 아니라면 바이올린 활은 집어던지라고!

기사들은 불가에서 젖은 옷을 말리는 중이다. 쇠징이 박히고 밑창이 손가락 마디만큼 두꺼운 긴 장화를 신고서 춤을 추는 게 과연 가당키나 한가. 그들은 하루 종일 팔꿈치 높이로 쌓인 눈 속에서 허우적대며 곰의 흔적을 찾아다녔다. 그런 이들에게 지금 털북숭이 곰을 파트너 삼아, 김이 모락거리는 젖은 모직 옷을 걸친 채 춤이라도 추라는 건가?

별들을 흩뿌린 밤하늘, 붉은 장미를 꽂은 흑발의 여인, 취할 듯 따스한 밤공기, 타고난 나긋한 몸놀림, 땅에서 피어오르고 하늘에서 내리며 대기 속을 풍요롭게 떠도는 사랑…… 당신 눈에는 이런 것들이 보이나, 예술가 양반? 아니라면 왜 우리가 그런 것들을 갈구하게끔 고문하는가?

이 잔인한 양반이여, 묶여버린 군마에게 돌격 나팔을 불고 싶은가? 룻게르 폰 어네클루는 통풍에 시달리느라 옴짝달싹 못하고 누워 있다. 제발 화려했던 옛 기억을 깨워 그를 괴롭히지 말라. 한때는 그도 화사하게 장식한 머리칼 위로 솜브레로를 썼다. 그에게도 벨벳 양복을 걸치고 허리춤에는 단검을 찼던 시절이 있었다. 늙은 어네클루를 더 괴롭히지 마라, 예술가 양반!

그러나 릴리에크루나는 카추차를 연주한다. 끊이지도 않고 되풀이 연주한다. 그 곁에서 어네클루는 먼 연인의 집 쪽으로 날아가는 제비를 본 상사병 환자처럼, 목이 타는 와중에도 사냥꾼들에게 쫓기느라 샘 옆을 그냥 지나치는 사슴처럼 고통스러워한다.

잠시 릴리에크루나가 턱에서 바이올린을 뗀다.

"사관생도 나리, 아름답던 로살리 폰 베리에르를 기억하나?"

어네클루는 거친 욕설을 내뱉었다.

"불꽃처럼 가뿐한 여자였지. 바이올린 활 끝의 다이아몬드처럼 반짝이며 춤을 췄어. 칼스타드 극장에서 그녀가 어땠는지 기억나? 아직 젊었던 시절 우린 그녀를 보았어. 아직도 기억하나, 사관생도?"

아직 기억을 하느냐고! 그녀는 작은 몸집으로 사방에 거침없이 불꽃을 튀기던 여인이었다. 그리고 카추차를 출 줄 알았다. 그녀는 캐스터네츠를 연주하며 칼스타드의 모든 젊은이에게 카추차 추는 법을 가르쳤다. 지방관이 연 무도회에서 어네클루는 그녀와 스페인 식 차림으로 카추차를 추었다.

그의 동작은 진짜 스페인 사내들에게도 뒤지지 않아서, 마치 그의 머리 위로 무화과와 플라타너스 가지가 드리운 것만 같았다.

온 베름란드에 그만큼 카추차를 추는 남자는 없었다. 오로지 그만이 남들의 입에 오르내릴 만큼 맵시 있게 움직였다. 통풍이 그의 사지를 마비시키고 관절이 붓게 했을 때 베름란드는 큰 보물을 잃었다. 그는 얼마나 늘씬하고 아름답고 기사다웠나! 그를 놓고 싸우다 서로 불구대천의 원수가 되었던 아가씨들은 그를 잘생긴 어네클루라고 불렀다.

릴리에크루나가 다시 카추차를 연주했다. 그의 연주는 끊임없이 되풀이되었고, 어네클루는 옛 시절로 돌아갔다.

두 발로 선 그의 앞에는 그녀가, 로살리 폰 베리에르가 서 있었다! 그들은 단 둘이 분장실을 다녀왔다. 이제 그녀는 스페인 여자이고 그는 스페인 남자다. 그는 그녀에게 입맞춤하도록 허락을 얻었으나, 검게 물들인 그의 수염이 그녀에게 얼룩을 남기지 않도록 조심해야 했다. 그 후 그들은 춤을 추었다. 그들 머리 위로 무화과와 플라타너스가 가지를 드리운 듯이. 그녀는 짐짓 도망치는 시늉을 하고, 그녀를 쫓으며 그는 대담해지고, 그런 그를 그녀는 자랑스러워한다. 그가 범한 무례를 그녀가 용서한다. 마침내 무릎 꿇은 그가 팔을 펼쳐 그녀를 안을 때 황홀경에 빠진 한숨이 홀 안을 맴돈다.

그는 스페인 남자, 진짜배기 스페인 남자였다!

릴리에크루나의 활이 움직이는 동안 어네클루는 팔을 펼치고 몸을 숙이고 발끝으로 서듯 발등을 굽혔다. 이 얼마나 맵시 있는 동작인지! 그는 대리석상의 모델로도 손색이 없었다.

자신도 모르는 새 그는 다리를 침대 가에 걸치더니 똑바로 일어섰다. 그리고 몸을 숙이고 팔을 펼치고 손가락을 딱딱 퉁기며 방 위를 사뿐히 날아오르려 했다. 양말의 발바닥을 잘라내야 할 정도로 꼭 끼는 윤나는 가죽신을 신고 춤추던 옛 시절처럼.

"브라보, 어네클루! 브라보, 릴리에크루나, 자네의 연주로 그 친구에게 생명력을 불어넣으라고!"

그러나 발이 말을 듣지 않아 어네클루는 발끝으로 설 수가 없었다. 두어 번 한 발로 버둥거리다 그는 도로 침대로 쓰러졌다.

잘생긴 세뇨르여, 그대는 늙었다. 그대의 세뇨리타 또한 아마도.

오로지 그라나다의 플라타너스 아래에서만 영원히 젊은 집시들이 카추차를 춘다. 그들이 늙지 않는 것은 장미꽃이 영원히 젊은 것과 같은 이치이다. 해마다 봄은 새로운 장미를 피워낸다.

그러니 이제 바이올린 줄을 끊어야 할 시간인가?

아니다, 연주를 계속하라. 릴리에크루나여, 카추차를 연주하라. 그것을 끊임없이 되풀이 하라. 기사관에 머무는 우리의 몸이 무거워지고 사지가 굳더라도, 마음 깊은 곳에서만은 언제나 스페인 사내임을 깨닫게 해다오.

군마여, 군마여!

네가 돌격 나팔 소리를 사랑함을 인정하라. 그 소리에 너는 끈에 묶인 다리로 피를 흘리면서도 달음박질을 하지 않는가!

6
에케뷔의 무도회

오, 흘러간 세월 속의 여인들이여!

그대들을 회상하는 것은 천국을 기억하는 것과도 같다. 오로지 빛이고 오로지 아름다움이었던 그대들. 영원히 젊고 영원히 아름다운 그대들이었으니, 그 눈빛은 어미가 아이를 보듯 다정했다. 다람쥐들처럼 보드랍게 그대들은 남편의 목에 매달려 안기곤 했다. 그 목소리는 분노에도 커지지 않았고, 이마는 매끈했고, 손은 단 한 번도 거칠거나 매서웠던 적이 없었다. 늘 온화한 성녀 같았던 그대들이여! 그대들이 장식된 조각상처럼 아리땁게 서 있었기에 그대들이 거하는 집은 언제나 사원이었다. 향과 기도가 바쳐졌고, 사랑의 기적이 이루어졌고, 그대들 머리 위로 찬란한 금빛의 시구가 빛나곤 했다.

오, 흘러간 세월 속의 여인들이여. 이는 당신들 중 하나가 얼마나 예스타 베를링을 사랑했던가에 관한 이야기이다.

보리에서 무도회가 열리고 두 주가 지난 후, 에케뷔에서는 잔치가 벌어졌다. 세상에서 가장 화려한 잔치였다. 이 잔치를 회상할 때면 노인들은 다시 젊어져 웃고 환희에 젖는다.

당시 기사들은 자기들끼리 에케뷔를 다스렸다. 소령 부인은 동냥주머니와 지팡이를 든 채 거리를 떠돌았고, 소령은 홀로 셰에 살았다. 셰에 천연두가 퍼진 터라 혹시 다른 이들을 전염시킬까봐 그는 잔치에 오지 않았다.

식탁에서 첫 번째 샴페인 마개가 터졌을 때부터 자정이 훌쩍 지나 마지막 바이올린 곡이 연주될 때까지 열두 시간 동안 세상의 온갖 즐거움이 쏟아졌다. 화끈한 포도주와 맛좋은 음식과 황홀한 음악과 재치 넘치는 이야기와 아름다운 활인화*가 넘쳐나던 이 황금 같은 시간들은 거친 춤사위 끝에 어지러움을 느끼고 지금은 세월의 바닥으로 가라앉았다. 그 시절처럼 매끄러웠던 무도회장 바닥을, 세련된 기사들을, 아름다운 여인들을 오늘날에는 어디서 찾을 수 있으랴.

오, 흘러간 세월 속의 여인들이여! 그대들은 축제를 빛낼 줄 알았다. 그대들에게 다가가는 이들은 불길과 영감과 젊음의 힘에 사로잡혔다. 그대들의 아름다움을 밝히기 위해서라면 촛불에 아무리 많은 돈을 써도, 그대들의 마음을 흥겹게 해주기 위해서라면 포도주 값으로 얼마를 뿌리더라도 아까울 게 없었다. 신발이 닳아버릴 때까지 춤을 추는 것도, 팔이 기운 없이 늘어질 때까지 바이올린 활을 당기는 것도 그럴 만한 가치가 있었다.

오, 흘러간 세월 속의 여인들이여! 그대들은 천국의 열쇠를 쥐고 있었다.

아름다운 그대들 가운데서도 가장 아름다웠던 이들이 에케뷔의 홀에 몰려들었다. 여기 방년 스무 살의 젊음에 걸맞게 언제나 놀이와 춤을 즐

---

* 역사나 이야기, 그림 속의 인물로 분장하여 즉석 연극을 벌이거나, 그것이 무슨 내용인지 알아맞히는 유희.

길 태세가 돼 있던 유쾌한 도나 백작 부인이 있다. 저기 세 여인은 뭉케 류드의 지방판사의 딸들이고, 베리아에서 온 명랑한 아가씨들이 그녀들과 함께 어울리는 중이다. 저쪽에는 안나 셴회크가 서 있다. 그녀는 늑대들에게 쫓기다가 살아났던 밤 이후로 줄곧 부드러운 우수에 차서 이전보다 천 배는 더 아름다워졌다. 아직은 그 이름이 잊혀지지 않았으나 곧 그리될 여러 여인들이 거기에 더해지는 가운데, 아리따운 마리안 싱클레르 또한 그곳에 있었다.

그렇다, 그 아름다움이 온 세상에 알려졌던 여인, 임금의 궁정을 빛내고 백작들의 성을 눈부시게 했던 미의 여왕이 온 나라를 거닐며 숭배받고 사랑의 불꽃을 댕긴 끝에, 마침내 기사들의 잔치에까지 납시었다.

베름란드의 명예를 드높이는 자랑스러운 이름은 무수했다. 이 정다운 고장에서 나고 자란 운 좋은 아이들에게는 뿌듯해할 만한 것들이 헤아릴 수 없이 많았지만, 베름란드의 보물을 꼽을 적에 마리안 싱클레르의 이름이 빠지는 일은 결코 없었다.

그녀가 거둔 승리에 대해서는 온 고장에 소문이 파다했다. 그녀의 머리 위에서는 백작들이 씌워준 관이 빛났고, 발아래에는 수백만 냥의 황금이 흘렀고, 전사들과 시인들이 그녀의 총애를 놓고 다투다 영광을 얻었다.

그녀는 아름다울 뿐 아니라 재치 있고 박식했다. 그 시절의 가장 빼어난 남자들이 그녀와 교류를 자청했다. 그녀 자신은 한 번도 글을 쓰기 위해 펜을 쥔 적이 없었으나, 그녀가 시를 쓰는 숭배자들의 영혼에 불어넣었던 상념들은 노래가사가 되어 부활했다.

곰들의 땅 베름란드에 그녀가 발 디딜 일은 거의 없었다. 그녀는 대부분의 시간을 여행으로 보냈다. 그녀의 아버지인 부유한 멜키오르 싱클레르는 아내와 함께 비에네의 자택에 머물면서 딸이 대도시와 화려한 성곽에 사는 고귀한 친구들을 방문하게 허락했다. 그는 딸이 흥청망청 쓰는 액수에 대해 자랑하기를 즐겼고, 두 노부부는 마리안의 찬란한 삶이 뿌리는 광채 아래 행복하게 살았다.

그녀의 삶은 쾌락과 숭배로 점철되었다. 사랑이 그녀를 공기처럼 감쌌고, 그것이 그녀를 비추는 빛이자 일용할 양식이었다.

때로는 그녀 자신도 사랑에 빠졌지만, 그 불꽃이 평생 지속될 구속을 담금질할 만큼 오래가는 법은 없었다.

"난 정복자처럼 진군해오는 사랑을 기다리고 있어." 그녀는 말하곤 했다. "아직까지 장벽을 넘고 해자를 헤엄쳐 내게 도달한 사랑은 없었어. 난 나를 고양할 강렬한 사랑을 기다려. 너무나 격렬해서 그 앞에서 떨 수밖에 없는 사랑을 느끼고 싶어. 여태까지 내가 겪었던 사랑은 모두 내 이성의 조롱감이 될 만한 것뿐이었어."

그녀의 곁에서는 언어가 불길로 화하고 포도주가 삶으로 변했다. 그녀의 불타는 영혼은 악사들의 활에 날개를 달았다. 그녀의 날씬한 발이 무도회장의 바닥을 디디면 사람들의 춤은 달콤한 황홀경 속에 더욱 가뿐해졌다. 그녀가 참여하는 활인화는 눈부셨고, 희극은 재기가 넘쳤고, 그녀의 아름다운 입술은—

아, 조용히 하시라. 그건 그녀의 탓이 아니었다. 절대로 그녀가 일부러 그런 것이 아니었다! 죄는 발코니에, 달빛에, 레이스 달린 베일에, 기사의 복장에, 노래에 있었다. 그 가엾은 젊은 한 쌍에게는 죄가 없다.

결국에는 재앙을 불러일으키고 만 그 일은 본래는 선한 의도에서 계획된 것이었다. 다재다능한 율리우스 향사는 마리안의 매력을 한껏 드높일 만한 활인화를 기획했다.

에케뷔의 큰 홀에 세워진 무대 앞에 백 명이 넘는 손님들이 앉아 스페인의 검은 밤하늘에 노란 달이 떠오르는 모습을 지켜보았다. 세비야의 거리를 살금거리며 나타난 돈 후안이 담쟁이덩굴로 덮인 발코니 앞에 섰다. 그는 수도사의 복장을 하고 있었지만, 소매 밖으로 자수를 놓은 장식이 삐져나왔고 두건 달린 외투 아래로 검 끄트머리가 반짝였다.

변장한 이는 노래를 한 곡 불렀다.

나는 여인에게 입을 맞출 줄 모르오,
내 입술은 거품 이는 포도주를 맛보고자
잔에 닿은 적조차 없다오.
내 시선이 어느 고운 뺨을
달아오르게 했다 해도
어느 눈빛이 내 시선을 붙든다 해도
내 마음은 흔들리지 않으려오.

세뇨라, 그 눈부신 자태로
창가에 다가오지 마오!
나는 그대의 곁을 원치 않소.
나는 수도복을 입고 묵주를 걸었으니
내 사랑하는 여인은 성모뿐,
내 갈증을 축일 음료는 맹물뿐,
두려움에 차 나는 이곳을 떠나리라.

노래의 마지막 구절이 끝나자마자 검은 공단 옷을 입고 레이스 베일을 쓴 마리안이 발코니로 나왔다. 그녀는 난간 위로 몸을 숙이며 약간의 빈정거림이 섞인 노래를 느리게 불렀다.

경건한 이여, 그렇다면 어찌하여
이 한밤에 내 발코니 앞을 서성거리시나요?
제 영혼을 위해 기도하시는 건가요?

그러다 갑자기 그녀는 좀 더 부드러운 어조로 빠르게 노래했다.

안 돼요, 가세요, 얼른 떠나요! 누가 올지도 몰라요.
당신의 칼이 너무 대담하게 튀어나와 있네요
당신이 아무리 경건하게 노래한들
당신 장화에 달린 박차가 거기에 박자를 맞추는 걸요.

정체를 발각당한 수도사는 변장을 벗어던졌고, 황금과 비단의 기사복을 걸친 예스타 베를링이 발코니 아래 섰다. 그는 미녀의 경고에도 불구하고 발코니의 기둥을 타고 올라 난간을 훌쩍 뛰어넘고는 율리우스 향사가 쓴 각본대로 아리따운 마리안 앞에 무릎을 꿇었다.

그녀는 다정히 미소 지으며 그가 입 맞출 수 있도록 손을 내밀었다. 사랑의 마법에 걸린 젊은 한 쌍이 서로 응시하는 동안 막이 내렸다.

그녀의 발 아래 시인처럼 부드럽고 전장의 지휘관처럼 대담한 얼굴을 한 예스타 베를링이 누워 있었다. 장난기와 영리함이 반짝이는 그의 깊은 눈빛이 탄원하는 동시에 그녀를 위협하고 있었다. 그는 나긋나긋하면서도 강인했고, 불꽃같으면서 매혹적이었다.

막이 다시 한 번 올랐다가 내려가는 동안에도 젊은 한 쌍은 꼼짝 않고 같은 자세로 있었다. 예스타의 시선은 흔들림 없이 그녀를 응시하고 간청하고 위협했다.

박수가 멈췄다. 다시 오르지 않는 막이 그들을 사람들로부터 가려주었다.

그러자 아리따운 마리안이 몸을 숙여 예스타 베를링에게 키스했다. 왜
인지는 그녀 자신도 몰랐지만, 그럴 수밖에 없었다. 그는 그녀의 목에 팔
을 감아 자기 쪽으로 끌어당겼다. 그녀는 그에게 거듭 키스를 퍼부었다.

죄는 발코니에, 달빛에, 레이스 달린 베일에, 기사 복장에, 노래에, 박
수갈채에 있었다. 그 가엾은 젊은 한 쌍은 죄가 없었다. 그들이 일부러
그런 게 아니었다. 그녀는 예스타 베를링 때문에 백작들이 씌워준 머리
위의 관을 내던지고 발치에 쌓여 있던 수백만금을 지나쳐버리려던 게
아니었다. 예스타 베를링도 안나 셴회크를 아직 잊지 않았다. 아니, 그
들에게는 죄가 없었다. 그들이 일부러 그런 게 아니었다.

그날 막을 올리고 내린 인물은 눈물이 글썽한 채로 미소 짓고 있던
온화한 뢰벤보리였다. 살면서 슬픈 일들을 지나치게 많이 겪었던 그는
속세의 일에 무심해져서 주변 돌아가는 일에 눈치가 떨어졌다. 마리안
과 예스타의 자세가 바뀐 걸 보았을 때 그는 이것도 공연의 일부라고
여기고 막을 도로 올렸다.

발코니 위의 젊은 한 쌍은 새로이 박수가 몰아치고 나서야 무슨 일이
벌어졌는지 알아차렸다.

마리안은 소스라쳐서 도망치려 했으나, 예스타가 그녀를 붙잡고 속삭
였다.

"가만있어요, 다들 이것도 공연 일부인 줄 알 겁니다."

그는 그녀의 몸이 불안하게 떨리는 걸 감지했다. 불같던 키스는 그녀
의 입술에서 꺼져버렸다.

"겁먹지 말아요." 그는 속삭였다. "아름다운 입술에게 키스란 당연한
권리인 걸요."

그들이 꼼짝 않고 있는 동안 막이 내려갔다가 올라오기를 되풀이하

며 백여 쌍의 눈동자가 그들을 주시했고, 백여 쌍의 손이 폭풍 같은 갈채를 보냈다.

사랑의 기쁨을 묘사중인 젊고 아름다운 한 쌍을 감상하는 것은 고양되는 체험이었다. 그 키스가 연기가 아니라고 믿는 이는 아무도 없었고, 세뇨라가 부끄러움에 얼굴이 빨개진 것도, 기사가 불안하게 떨고 있는 것도 다들 전혀 눈치 채지 못했다. 관객들은 모든 게 공연의 일부라고 믿었다.

마침내 예스타와 마리안이 무대 뒤로 물러났다.

그들은 서로 이마 위의 머리칼을 쓸어넘겨주었다.

"내가 왜 그랬는지는 나도 모르겠어요." 그녀가 말했다.

"쯧쯧, 마리안 아가씨." 그가 짐짓 얼굴을 찌푸리고 저리 가라는 시늉을 해보였다. "예스타 베를링에게 키스를 하시다뇨! 그러면 못써요!"

마리안은 그만 웃고 말았다.

"예스타 베를링에게 저항할 수 없는 매력이 넘친다는 건 온 세상이 다 아는 걸요. 내가 딱히 다른 사람들보다 더 잘못한 건 없어요."

둘은 다른 사람들의 의심을 불러일으키지 않으려면 아무렇지도 않은 척해야 한다는 데 합의를 보았다.

"절대로 밝혀지지 않을 거라고 내가 안심해도 될까요, 예스타 씨?" 관객들 앞에 나서기 전에 그녀가 물었다.

"마리안 아가씨는 안심하셔도 됩니다. 기사들은 입을 다물 줄 알아요. 제가 보증합니다."

그녀는 눈을 내리깔고서 입술에 묘한 미소를 띠었다.

"그럼에도 사실이 알려진다면 사람들은 나를 어떻게 여길까요, 예스타 씨?"

"아무 생각이 없을 겁니다. 중요한 사건도 아닌 걸요. 그저 우리가 너무 몰입해서 계속 연기를 한 것뿐이라고 여기겠지요."

계속 시선을 내리깔고 억지로 미소를 지은 채 그녀는 질문을 하나 더 던졌다.

"하지만 예스타 씨 본인은 어떻게 생각하세요?"

"저는 마리안 양이 제게 반했다고 생각하지요." 하고 그는 웃었다.

"그런 생각을 하시면 안 돼요." 그녀는 미소를 유지한 채 대답했다. "예스타 씨가 오해하셨음을 증명해드리기 위해 이 스페인 단검으로 찔러버려려야 할까봐요."

"여인의 입맞춤이란 비싸군요." 예스타는 말했다. "마리안 양의 키스는 목숨만큼 값이 나가나요?"

그러자 마리안이 진짜 단검처럼 날카로운 시선으로 그를 쏘아보았다.

"난 당신이 내 눈앞에서 당장 고꾸라져서 죽었으면 좋겠어요, 예스타 베를링, 죽어버려요!"

이 말이 시인의 핏속에서 옛 갈망을 일깨웠다.

"아," 그는 말했다. "당신의 말에 말 이상의 힘이 깃들었으면 좋겠군요. 이 말들이 덤불 속에서 날아온 화살이라면, 단검이나 독이라면, 제 비참한 육신을 죽이고 제 영혼을 해방시켜줄 텐데요."

그녀는 침착함을 되찾고 미소 지었다.

"유치하시긴요." 그녀는 그의 팔을 잡고 관객 쪽으로 나아갔다.

그들은 여전히 의상을 걸치고 있었고, 커튼콜을 위해 나설 때마다 그들의 승리는 빛났다. 관객들은 모두 찬사를 보내느라 여념이 없었고, 아무도 그들의 입맞춤을 의심하지 않았다.

무도회가 재개되었으나 예스타는 회장에서 도망쳤다.

마리안의 시선이 그를 찌르는 광선이기라도 한 듯이 그는 시름에 잠겼다. 그는 그녀가 한 말의 의미를 간파했다.

그를 사랑하는 것도, 그에게 사랑받는 것도 여인들에게는 죽느니만 못한 치욕이었다.

그는 다시는 춤을 추지 않을 것이다. 다시는 아름다운 여인들에게 눈 길조차 돌리지 않을 것이다.

그녀들의 아름다운 눈이, 발그레한 뺨이 그를 위해 빛나는 것이 아님을 그는 잘 알았다. 그녀들의 가뿐한 발도 그를 위해 스텝을 밟는 게 아니었고, 그녀들의 소리 죽인 웃음도 그를 위한 게 아니었다. 그녀들은 그와 춤을 출 수 있고 그에게 이끌릴 수도 있으나, 그 누구도 진지하게 그의 여자가 되고 싶어하진 않을 터였다.

시인은 나이 든 신사들이 모여 있는 흡연실로 향하여 도박판 중 한 곳에 자리를 잡았다. 우연히도 그가 앉은 판에는 비에네의 막강한 지주 또한 끼어 있었다. 곧 예스타도 판에 참여해서 6실링과 12실링들을 쌓아올렸다.

판은 이미 한창 진행중이었지만 예스타가 끼면서 판돈이 더 올라갔다. 녹색 지폐들이 돌았고, 막강한 멜키오르 싱클레르 앞에 쌓인 돈다발은 점점 더 높아져갔다.

그러나 예스타의 앞에 쌓여가는 금액도 만만치 않아서, 얼마 지나지 않아 그는 비에네 지주의 유일한 맞상대로 버티게 되었다. 곧 멜키오르 싱클레르의 앞에 수북하던 막대한 액수가 예스타 베를링 쪽으로 옮겨가기 시작했다.

"이런, 예스타 군," 지주는 수중의 돈을 다 털린 후 너털웃음을 지었다. "이제 우린 뭘 하면 좋지? 나한테는 한 푼도 안 남았는데, 난 남의 돈을 빌려서까지 도박을 하지는 않겠다고 우리 어머니께 맹세했다네."

방도는 있었다. 지주는 시계와 비버 모피를 걸며 도박을 계속했다가 또 잃었다. 만약 신트람이 말리지 않았다면 말과 썰매까지 걸었을 것이다.

"뭔가 딸 수 있을 만한 걸 걸어보게." 포슈의 사악한 지주가 꼬드겼다. "불운의 방향을 바꿀 수 있는 걸로 말이야!"

"망할, 나한테 걸 게 뭐가 있는데!"

"자네 심장의 가장 붉은 피를 걸게, 멜키오르. 자네의 딸을 걸어!"

"싱클레르 씨는 따님을 거셔도 되겠네요." 예스타가 웃었다. "이겨봤자 제가 정말로 따님을 얻진 못할 거 아닙니까?"

막강한 멜키오르도 웃지 않을 수 없었다. 그는 딸의 이름이 도박판에 오르내리는 게 거슬렸으나 진지하게 화를 내기에는 너무 황당한 소리였다. 예스타에게 마리안을 걸다니— 그거라면 안심하고 벌일 수 있는 일이었다.

"그렇다면 말이야, 예스타." 그가 말했다. "만약 자네가 내 딸에게 프러포즈해서 성공한다면 나도 친정아버지로서 축복하겠다고 이 카드에 걸겠네."

예스타는 딴 돈을 전부 걸었고, 판이 시작됐다. 이긴 건 예스타였다. 지주 멜키오르 싱클레르는 도박을 끝냈다. 작정하고 운이 안 따르는 날에는 뭘 해도 어쩔 수가 없음을 그는 깨달았다.

밤이 깊어 자정도 진작 지났다. 아름다운 처녀들의 뺨이 핏기를 잃어갔다. 공들여 다듬었던 머리모양도 풀리고 옷자락의 주름도 망가졌다. 나이 지긋한 부인들은 소파 구석에서 일어나 잔치가 지금껏 열두 시간이나 지속되었으니 이제 자리를 뜰 시간이라고 말했다.

멋졌던 잔치도 끝날 때가 되었기에 릴리에크루나는 직접 바이올린을 들고 마지막 폴카를 연주했다. 문 앞에는 썰매들이 대기중이었고, 나이 먹은 부인들은 모피와 두건 달린 외투를 걸쳤고, 나이 든 신사들은 목도리를 두르고 모피 장화의 단추를 채웠다.

하지만 젊은 사람들은 아직 춤을 그만둘 수 없었다. 그들은 외투를 걸친 채로 계속 춤을 추었다. 격렬하고 미친 춤이었다. 기사 한 명이 숙녀를 인도하려 하면 곧장 다른 사내가 끼어들어 그녀를 가로채려 했다.

우울해하던 예스타 베를링마저도 이 소란에 끼어들었다. 그는 근심과 굴욕을 춤으로 잊고 싶었다. 끓어오르는 삶의 충동이 핏줄기로 분출될 때까지 스텝을 밟고 싶었고, 다른 이들처럼 명랑해지고 싶었다. 그래서 그는 무도회장의 벽이 빙빙 돌고 머릿속 생각들이 어지러워질 때까지 춤을 추었다.

하지만 그가 모여 있는 무리 중에서 잡아끌어낸 숙녀가 누구였겠는가? 그녀는 가뿐하고 낭창했고 그와 그녀 사이에는 불길이 강이 되어 굽이치는 듯했다. 아, 마리안이여!

예스타가 마리안과 춤추는 동안 신트람은 이미 아래 마당에 내려가 썰매에 앉았고, 그의 곁에는 멜키오르 싱클레르가 서 있었다.

막강한 지주는 딸이 얼른 내려오지 않아 초조해하고 있었다. 바깥은 오싹하게 추워서 그는 눈 쌓인 땅에 커다란 모피 장화를 신은 발을 굴러대며 팔을 부단히 움직였다.

"자네는 마리안을 걸고 예스타와 판을 벌이지 말았어야 해." 신트람이 말했다.

"어째서인가?"

신트람은 고삐를 고쳐 쥐고 채찍을 높이 들며 대답했다.

"공연 때 둘이 입맞춤하던 건 원래 활인화의 내용에 들어 있던 게 아니었어."

막강한 지주는 신트람을 초주검을 만들기 위해 주먹을 쳐들었으나 신트람은 이미 떠난 뒤였다. 신트람은 말들이 날뛰어댈 정도로 채찍질을 하며 결코 뒤돌아보지 않았다. 멜키오르 싱클레르가 손이 맵고 성격이 괄괄한 사내임을 알기 때문이었다.

딸을 데리러 무도회장으로 돌아간 비에네의 주인은 예스타가 마리안과 춤을 추는 광경을 보았다.

마지막 폴카는 폭풍처럼 격렬히 몰아쳤다. 몇몇 쌍은 춤을 추다 핏기를 잃었고, 다른 커플들은 얼굴이 시뻘겋게 달아올랐다. 바닥에서 먼지가 연기처럼 피어오르고 등잔 안에서 거의 다 타버린 양초가 가물거렸다. 이 스러지는 분위기 속에서도 홀로 날아오르는 한 쌍이 있었으니 예스타와 마리안이었다. 지친 기색도 없이, 아름다움이 조금도 쇠하지 않은 채로 행복에 잠긴 그들은 왕과 여왕처럼 기품 있는 움직임에 온몸을 맡기고 있었다.

멜키오르 싱클레르는 얼마간 그들을 응시하다가 마리안을 내버려둔 채로 자리를 떴다. 그는 쾅 소리가 나도록 문을 닫고 계단을 달려 내려가 아내가 먼저 앉아 있던 썰매에 올라타고는 곧장 집으로 썰매를 몰았다.

마침내 마리안이 춤을 끝내고 부모를 찾았을 때, 그들은 이미 집으로 떠난 뒤였다.

그녀는 놀란 기색을 내비치지 않고 옷을 챙겨 입고서 밖으로 나갔다. 탈의실의 여자들은 그녀가 따로 썰매를 타고 갔겠거니 했다.

그러나 그녀는 아무에게도 곤란한 상황을 알리지 않고 얇은 비단신을 신은 채로 집까지 발길을 서둘렀다. 밤이 어두웠기 때문에 다른 손님들은 길가를 따라 움직이는 여인네가 그녀인 줄 알아보지 못했다. 옆을 씽씽 지나는 썰매들을 피하느라 눈 더미 쪽으로 비켜서는 그녀가 아리따운 마리안이라고는 아무도 믿지 못했을 것이다.

썰매들이 모두 먼저 지나가버리고 길이 트이자 그녀는 달리기 시작했다. 그녀는 숨이 턱까지 오르도록 뛰다가 조금 걷고는 기운을 되찾자마자 다시 뛰었다. 무시무시하고 고통스러운 불안감이 그녀를 그렇게 내몰았다.

에케뷔에서 비에네까지는 몇 리 되지 않아서 그녀는 곧 집에 도착했다. 그러나 그녀는 자신이 길을 잘못 든 줄 착각할 뻔했다. 마당에 들어섰을 때 집의 모든 문은 잠겨 있었고 불도 다 꺼져 있었다. 그녀는 처음에는 부모가 아직 집에 돌아오지 않은 줄 알았다.

그녀는 현관문까지 가서 힘차게 두들겼다. 문고리를 잡고 온 집 안에 울리도록 흔들어대기도 했다. 그러나 문을 열어주는 사람은 없었다. 맨손으로 얼어붙은 쇠고리를 잡고 있던 그녀는 손을 놓으려다 살갗이 벗겨졌다.

막강한 지주 멜키오르 싱클레르는 집에 와서 하나뿐인 딸에게 문을 걸어 잠갔다.

술에 잔뜩 취해 있던 그는 분노로 정신이 나갔다. 그는 예스타 베를링을 사랑한다는 이유로 제 딸을 증오했다. 지금 그는 일꾼들을 부엌에, 부인을 침실에 가둬놓은 참이었다. 그는 잔뜩 힘이 들어간 목소리로 맹세하기를 감히 마리안에게 문을 열어주는 자는 때려죽이겠다고 했다. 그가 빈말을 하는 게 아님을 모두가 알았다.

그가 이렇게나 화가 난 모습을 보이기는 처음이었다. 이보다 더 큰 근심이 그에게 닥친 적도 없었다. 만약 딸이 그의 앞에 모습을 드러냈다면 그는 아마도 그녀를 죽여버렸을 것이다.

그는 딸에게 황금 장신구와 비단옷을 사주었다. 배울 만큼 배우게 했다. 그녀는 그의 자랑거리이자 명예였다. 그는 딸이 진짜 왕관이라도 쓴 듯 떠받들었다. 아, 아리땁고 당당한 마리안은 그의 여왕이자 여신이고 숭배의 대상이 아니던가! 그가 딸에게 뭘 아낀 적이 있었던가. 자신은 그녀의 아버지 될 자격도 없다고 겸손해하지 않았던가. 오, 마리안, 마리안!

그랬던 딸이 예스타 베를링에게 홀딱 반해 키스를 하다니, 이제는 미워해야 마땅하지 않은가! 그 따위 작자를 사랑하여 그의 자긍심을 모욕했으니 그는 딸을 쫓아내고 문을 걸어 잠가야 했다. 아리땁던 마리안은 이미 오욕에 더럽혀졌으니 에케뷔로 돌아가든 이웃집에 가서 잠자리를 청하든 눈밭에서 잠을 자든 그 알 바 아니었다. 그녀의 빛은 바래버렸다. 그의 삶의 빛도 함께 꺼져버렸다.

잠자리에 누운 그의 귀에 문을 두드리는 소리가 들렸다. 그게 그와 무슨 상관인가! 그는 자는 중이다! 저 바깥에 선, 파계한 목사와 결혼하려는 헤픈 계집에게 열어줄 문은 없었다. 만약 그가 그녀를 덜 사랑했다면, 그녀를 덜 자랑스러워했다면 문을 열어 들여보내줄 수도 있었을 것을.

물론 친정아버지로서의 축복은 거절할 수 없었다. 내기의 약속으로 내걸었던 일이었다. 하지만 문을 열어주고 싶지는 않았다. 오, 마리안!

아리땁고 젊은 아가씨는 아직도 집 문 앞에 서 있었다. 정신이 나갈 정도로 화가 난 그녀는 문고리를 흔들어대다가 무릎을 꿇고 피가 철철 흐르는 손을 모아 용서를 빌기를 반복했다.

그러나 아무도 그녀의 말을 귀 기울이지 않았고, 대답도 하지 않았고, 문을 열어주지도 않았다.

아, 이 무슨 끔찍한 사연인가! 이 이야기를 여러분에게 전하고 있는 내 가슴마저도 소스라칠 지경이다. 방금 전까지만 해도 그녀는 무도회의 여왕이었다. 당당하고 행복하고 뭐 하나 부족할 것 없는 여왕이었건만 눈 깜짝할 사이 바닥도 없는 수렁으로 굴러떨어졌다. 그녀는 집에서 쫓겨나 혹한 속으로 내던져졌다. 차라리 조롱당하고 얻어맞거나 욕설을 듣는 것이 나으련만, 아버지는 피도 눈물도 없는 싸늘한 태도로 그녀를 내쫓았다.

나는 검은 하늘에 별들만 또렷하게 떠 있었을 그 혹독하게 추운 밤을 떠올려본다. 고요한 숲과 황량한 눈밭을 거느린 거대하고 새하얀 밤이 자그만 여인을 어찌 휘감고 있었을지를. 세상 모든 것이 근심 없는 깊은 잠에 빠졌으나 꿈꾸는 흰 대지에 조그만 한 점만이 살아 깨어 있었다. 여느 때는 온 세상에 두루 퍼져 있던 슬픔과 근심과 걱정이 지금은 깨어 있는 이 한 점만을 향해 모여들었다. 아, 신이시여! 잠들어 차게 얼어붙은 세상 한복판에서 이리 홀로 고통당하는 운명이라니!

난생처음으로 그녀는 타인의 냉랭하고 혹독한 태도를 경험했다. 어머니조차 그녀를 구하려고 침대 밖으로 한 발짝 나오지 않았다. 첫 걸음마를 배우는 어린 그녀의 손을 잡아주었던 나이 먹고 충실한 일꾼들 역시 그녀가 문 두드리는 소리를 들으면서도 손 하나 까딱하지 않았다. 그녀가 무슨 죄를 저질렀기에 이리 벌을 받는가. 세상이 그녀를 저버려도, 이 문 안에 사는 사람들만은 그녀에게 자비를 보여야 마땅하지 않은가. 설사 살인을 저질렀다 해도, 그녀는 이 너머에서만은 자신을 용서하고 받아주리라 믿고 문을 두드렸을 것이다. 그녀가 살아 있는 모든 이들 중 가장 비참한 존재로 영락하여 누더기를 걸치고 기어온다 해도, 이 문을 두드리기만 하면 다정한 환대를 받아 마땅했으리라. 이 문은 그녀의 보금자리로 통하는 문이었다. 이 문 뒤에서는 사랑만이 그녀를 기다려야 했다.

아버지가 그녀를 충분히 벌하지 않았을까? 곧 문을 열어주지 않을까?

"아버지, 아버지!" 그녀는 소리쳤다. "절 들여보내주세요! 추워서 온몸이 덜덜 떨리고 꽁꽁 얼었어요. 이 바깥은 지옥 같아요!

어머니, 어머니! 절 위해서라면 어떤 수고도 아끼지 않으시고 저를 걱정하느라 밤마다 깨어계시던 어머니, 왜 지금은 주무시고 계시나요? 어머니, 어머니, 이 밤만은 잠들지 말아주세요, 다시는 근심 끼치지 않을게요."

그녀는 외쳐대다가 대답을 듣기 위해 숨을 죽였다. 그러나 아무도 그녀에게 귀 기울이지 않았으며, 그 누구도 답을 하지 않았다.

그녀는 불안에 휩싸여 몸부림쳤으나 눈물은 흘리지 않았다.

문이 굳게 닫히고 창문도 시커멓기만 한 길고 어두컴컴한 집은 한밤 속에 꼼짝 않고 무시무시하게 서 있었다. 보금자리를 잃은 그녀는 이제 어찌 되려나. 하늘과 땅이 거꾸로 뒤집히지 않는 한 그녀는 낙인찍혀 명예가 더럽혀진 몸이었다. 바로 친아버지의 손이 그녀의 어깨에 달궈진 쇠로 낙인을 찍었다.

"아버지!" 그녀는 다시 한 번 외쳤다. "저는 이제 어쩌면 좋나요? 사람들은 제가 못할 짓을 저지른 줄 알 거예요."

그녀는 비참하게 울었다. 추위에 그녀의 몸뚱이는 온통 굳어버렸다.

아, 한때는 그토록 고귀하고 당당했던 사람에게 이런 참혹한 일이 닥치다니! 눈 깜짝할 사이 처참한 처지로 굴러떨어지다니! 산다는 게 참 무섭지 않은가? 인생의 고해를 아무 위험 없이 항해할 이 누구일까? 폭풍우 치는 바다처럼 근심의 물결은 시도 때도 없이 밀려와 인간이 탄 작은 배를 탐욕스럽게 삼키려 한다. 보라, 우리를 덮치기 위해 집채만한 파도가 솟아오르지 않는가. 아무리 사방을 둘러보아도 붙잡을 것도, 단단한 육지도 보이지 않으며 이 작은 배는 위태롭기만 하다. 이 근심의 바다를 덮고 있는 것은 막막한 하늘뿐이다.

그러나 귀 기울여보라! 마침내, 드디어! 소리 죽인 발걸음이 현관으로 다가오고 있다.

"어머니세요?" 마리안은 물었다.

"그렇단다, 얘야."

"이제 저 들어갈 수 있나요?"

"아버지가 네가 들어와서는 안 된다신다."

"전 얇은 신만 신고서 에케뷔에서 여기까지 눈밭을 달려왔어요. 그러고는 한 시간이나 서서 어머니 아버지를 불렀어요. 이러다 여기서 얼어 죽을 것 같아요. 왜 절 버려두고 먼저 가셨어요?"

"애야, 애야, 어쩌자고 예스타 베를링에게 키스했느냐?"

"아버지에게 제가 그를 사랑하는 건 아니라고 전해주세요. 그저 장난이었는 걸요. 설마 제가 예스타와 결혼하려 한다고 생각하시는 거예요?"

"마리안, 저기 소작농 집으로 가서 하룻밤 재워달라고 해라. 네 아버지는 지금 술에 취하셔서 남이 뭐라든 안 들리신다. 아버지는 아까 날 위층에다 꼼짝 못 하게 가둬뒀어. 그 양반이 지금은 잠이 든 것 같아서 살짝 내려왔다만, 네가 들어왔다가는 그 양반에게 맞아죽는다."

"어머니, 어머니, 제 집이 멀쩡히 있는데 남한테 가서 잠자리를 구걸하라고요? 어쩜 어머니도 아버지만큼 무정하시네요. 제가 쫓겨나는 걸 그냥 보고 계시려는 거예요? 절 들여보내주시지 않는다면 여기 눈밭에 누울래요!"

마리안의 어머니는 드디어 문을 열어주려고 문고리를 잡았다. 그러나 동시에 계단을 내려오는 육중한 발걸음이 들리더니 거친 음성이 그녀를 불렀다.

마리안은 문에 귀를 댔다. 어머니가 안쪽으로 달려가니 그 거친 목소리가 그녀에게 욕을 했다. 그러고는—

마리안의 귀에 끔찍한 소리가 들렸다. 집 안에 다른 소리가 일절 나지 않았기에 그녀는 똑똑히 들을 수 있었다.

그녀는 사람이 사람을 치는 소리를 들었다. 몽둥이 아니면 주먹으로. 그 후 죽어가듯 힘 빠진 소리가 뒤따르다가 다시 때리는 소리가 났다.

그는 그녀의 어머니를 구타하고 있었다. 그 무시무시하고 거인 같은 체구의 멜키오르 싱클레르가 제 아내를 패고 있었다!

머리가 멍해질 정도로 경악한 마리안은 문 앞에 쓰러져 몸을 비틀며 괴로워했다. 그녀가 흘리는 눈물이 바로 그녀의 집 문지방 위로 떨어져 얼어붙었다.

부디 자비를! 열어주오, 차라리 그녀가 들어가 제 어미 대신 매질 앞에 엎드리도록! 딸을 눈밭에서 얼어죽게 놔두지 않았다고, 제 자식에게 위로의 말을 건네려 했다고 어찌 어미를 그리 때릴 수가 있나!

마리안은 그날 밤, 더 바닥으로 내려갈 것도 없는 굴욕을 맛보았다. 방금 전만 해도 여왕이 부럽잖은 처지였건만 이제는 채찍질당하는 노예만도 못한 처지가 되어 이렇게 쓰러져 있어야 했다.

싸늘한 분노에 휩싸여 그녀는 몸을 일으켰다. 피투성이 손으로 마지막으로 문을 두드리면서 그녀는 외쳤다.

"내 어머니를 때리고 있는 네놈은 내가 하는 말을 잘 들어라, 넌 곧 피눈물을 흘릴 거다, 멜키오르 싱클레르, 피눈물을 흘리게 될 거야!"

아리따운 마리안은 문가를 떠나 눈밭에 누워 잠을 청했다. 그녀가 모피를 벗어버리자 그녀의 새까만 공단 드레스가 흰 눈 위로 선명하게 두드러졌다. 그녀는 그렇게 누워서 몇 시간 후 새벽 산책을 나온 아버지가 자신을 발견하는 광경을 상상했다. 그녀의 유일한 소원은 아버지가 직접 그녀를 발견하는 거였다.

*

오 죽음이여, 창백한 벗이여, 너와 조우할 운명을 피할 수 없다는 게 얼마나 큰 위안이자 진실인지. 이 지상의 일꾼들 중 가장 부지런한 내게도 언젠가 네가 찾아와 내 발에서 닳아버린 가죽신을 벗기고, 내 손이 들고 있던 밀가루통과 죽 숟가락을 내려놓고, 내 몸에서 작업복을 벗겨내겠지. 너는 부드러운 손길로 나를 위해 레이스로 장식된 침상을 펼치고, 수놓인 기다란 수의를 들어 내 몸을 두를 테지.

그때가 되면 내 발은 더 이상 신을 필요로 하지 않을 테고, 내 손은 일을 하느라 더럽힐 걱정 없이 눈처럼 새하얀 장갑을 낄 수 있으리라. 네가 선사하는 달콤한 휴식에 온몸을 내맡기고 나는 천 년의 잠에 들련다.

오 구원자여! 이 지상의 가장 바쁜 일꾼으로 살아온 나는 네 왕국에 받아들여질 순간을 꿈꾸며 황홀함에 전율한다.

창백한 벗이여, 내게 네 힘을 마음대로 펼쳐도 좋다. 그러나 말해두자면 이미 지나간 시절의 여인들은 나보다 훨씬 어려운 적수였을 것이다! 그녀들의 호리호리한 몸에는 강한 생명력이 넘쳐흘렀으니, 그 어떤 추위도 그녀의 더운 피를 식힐 수 없었다.

너는 아리따운 마리안을 네 침상에 눕히고 요람 옆에 앉아 자장가를 불러주는 늙은 보모처럼 그녀의 곁을 지켰다. 너는 경험 많고 성실한 유모였으니 무엇이 네 아이를 진정으로 위하는 길인지도 알았으리라. 그러니 아이의 친구들이 몰려와 시끄럽게 소란을 떨며 반쯤 잠이 들었던 아이를 깨웠을 때, 너는 얼마나 성이 났으랴. 기사들이 아리따운 마리안을 침상에서 일으켰을 때, 한 사내가 그녀를 제 가슴에 안고 그녀의 뺨 위로 더운 눈물을 쏟아냈을 때 네가 어찌 분노하지 않을 수 있었으랴.

*

에케뷔의 불이 모두 꺼졌고 손님들도 떠났다. 기사들은 기사관에 자기들끼리 모여 반쯤 남은 마지막 펀치 주 단지를 들이키고 있었다.

그 와중에 예스타는 단지를 탁 치고는 바로 그대들, 지나간 시절의 여인들에 대한 일장연설을 했다. 그가 말하기를 그대들을 회상하는 것은 천국을 기억하는 것과도 같다고 했다. 오로지 빛이고 오로지 아름다움이었던 그대들. 영원히 젊고 영원히 아름다운 그대들이었으니, 그 눈빛은 어미가 아이를 보듯 다정했다. 다람쥐들처럼 보드랍게 그대들은 남편의 목에 매달려 안기곤 했다. 그 목소리는 분노에도 커지지 않았고, 이마는 매끈했고, 손은 단 한 번도 거칠거나 매서웠던 적이 없었다. 늘 온화한 성녀 같았던 그대들이여! 그대들이 장식된 조각상처럼 아리땁게 서 있었기에 그대들이 거하는 집은 언제나 사원이었다. 향과 기도가 바쳐졌고, 사랑의 기적이 이루어졌고, 그대들 머리 위로 찬란한 금빛의 시구가 빛나곤 했다고 예스타는 말했다.

포도주에 취하고 예스타의 말에 취한 기사들이 벌떡 일어섰다. 아직도 시들지 않은 잔치의 기쁨으로 그들의 피는 끓어올랐다. 늙은 에베르하드 아저씨와 무기력한 사촌 크리스토페르마저도 이 환락에서 몸을 사리지 않았다. 날듯이 서두르며 기사들은 말들을 썰매에 매고 밤 속으로 뛰어들었다. 아무리 찬미해도 모자라지 않을 이들을 찬미하기 위해, 바로 몇 시간 전 에케뷔의 커다란 홀에서 붉은 뺨과 맑은 눈동자를 빛냈던 여인들 한 명 한 명에게 세레나데를 바치기 위해.

오, 흘러간 세월 속의 여인들이여, 그대들에게 가장 헌신적이었던 찬미자들이 바치는 세레나데를 들으며 잠에서 깨어나는 것은 그대들에게도 기꺼웠으리라. 지상을 떠나는 영혼의 귀에 들리는 천국의 음악소리만큼이나 세레나데는 그대들의 귀에 달콤하게 울렸으리라.

하지만 기사들은 그리 멀리가지 못했다. 비에네에 도착하자마자 그들은 제 집 문 앞의 눈 위에 누워 있는 아리따운 마리안을 발견했다.

그렇게 누운 그녀를 보았을 때 기사들은 전율하고 분노했다. 그것은 마치 그들이 한때 경건한 기도를 바쳤던 성화가 강탈당해 짓밟힌 채로 교회 문 앞에 내던져져 있는 꼴과도, 어느 악당이 스트라디바리우스 바이올린의 활을 부수고 현을 뜯어 발기는 광경과도 같았다.

예스타는 불 꺼진 집을 향해 주먹을 쳐들고 저주했다. "증오로 가득 찬 작자들!" 그는 외쳤다. "쏟아지는 우박 같은 놈들, 북풍 같은 놈들, 신의 낙원을 짓밟는 것들 같으니!"

베렌크로이츠가 뿔로 만든 등잔에 불을 붙여 죽은 사람처럼 창백해진 마리안의 낯을 비추었다. 그제야 기사들은 그녀의 손의 살점들이 뜯겨나간 것과 속눈썹에 눈물방울이 얼어붙은 것을 알아보고 아낙네들처럼 비통해했다. 그녀는 성화나 악기 따위보다 더 귀한 존재였다. 그녀는 그들의 늙은 심장에 환희를 선사한 아름다운 여인이었다.

예스타 베를링이 그녀의 곁에 무릎을 꿇었다.

"지금 여기 내 신부가 누워 있다!" 그는 말했다. "몇 시간 전 그녀는 내게 혼인의 입맞춤을 했고 그녀의 아버지는 축복을 약속했다. 이 여자는 이 흰 침상에 내가 함께 누우러 오기를 줄곧 기다리고 있었겠지."

예스타는 꼼짝 않는 여인을 군센 팔로 안아들었다.

"집으로 가자, 그녀를 데리고 에케뷔로 가는 거다!" 그는 소리쳤다. "이제 이 여자는 내 여자다! 내가 눈 속에서 이 여자를 찾아냈으니 아무도 내게서 앗아가지 못한다. 저 안의 인간들을 굳이 깨울 것도 없다. 그녀가 이리 피가 흐르도록 두드려대도 열리지 않던 문 너머에 더 무슨 볼일이 있겠느냐?"

기사들은 그의 말에 따랐다. 그는 마리안을 첫 번째 썰매에 눕히고 그녀 옆에 앉았다. 베렌크로이츠가 그들 뒤에 서서 고삐를 잡았다.

"눈으로 그녀의 몸을 문질러주게, 예스타!" 그가 조언했다.

추위는 그녀의 사지를 뻣뻣하게 만들었을 뿐이었다. 그녀의 격렬하고 길들지 않는 심장은 여전히 뛰고 있었다. 그녀는 의식을 잃지 않아서 기사들에게 발견되었을 때도 정신이 또렷했으나 몸을 움직이지는 못했다.

그래서 예스타 베를링이 그녀의 몸을 눈으로 문질러주며 눈물 흘리고 입 맞추기를 거듭하는 동안 썰매에 꼼짝 않고 누워 있었다. 그녀는 그의 다정한 몸짓에 답하기 위해 한 손만이라도 뻗을 수 있었으면 좋겠다고 간절히 바랐다.

그녀는 그때까지 벌어진 일들을 똑똑히 기억했고, 손가락 하나 까딱 못한 채로 누워 있으면서도 생애 그 어느 때보다 또렷이 사고할 수 있었다. 그녀가 예스타 베를링을 사랑했느냐고? 그렇다, 그것은 사실이었다. 그 사랑은 그날 밤 삽시간에 찾아왔던 만큼이나 빠르게 지나가버릴 변덕일까? 아니, 그녀는 그를 이미 오랫동안 사랑해왔다. 여러 해 동안.

그녀는 자기 자신을 그와, 그리고 베름란드의 다른 사람들과 비교했다. 다른 이들은 어린애들처럼 단순해서 욕정을 느끼는 대로 무엇이든 따랐다. 그런 얄팍한 자들은 영혼의 깊은 곳 따위는 탐구하려 하지 않았다. 하지만 그녀는 타향을 오래 떠돌아다닌 사람들이 흔히 그렇듯 누구에게도 절대로 온전히 마음을 내주지 않았다. 그녀는 지금껏 사랑을 해보려고 노력해왔으나, 언제나 그녀의 자아 일부가 냉랭하게 남아 차가운 조소와 함께 자신의 시도를 지켜보곤 했다. 그녀는 어느 날 갑자기 찾아와 자신을 광포하게 지배할 정열을 줄곧 기다려왔다. 그리고 드디어 그 거친 사랑이 찾아왔다.

발코니에서 예스타 베를링에게 입 맞추었을 때, 그녀는 난생처음으로 자기 자신을 잊을 수 있었다.

그리고 바로 지금 그 정열이 다시 한 번 그녀를 덮치며 귓가에 자신의 고동 소리가 들릴 만큼 심장을 뛰게 했다. 사지가 마음먹은 대로 움직여주지 않았으나 그녀는 집에서 쫓겨난 것이 뛸 듯이 기뻤다. 이제 그녀는 아무 걱정 없이 예스타와 결혼할 수 있었다. 그리 오랫동안 제 마음을 모른 척해왔다니 그녀는 얼마나 어리석었나. 아, 마침내 사랑에 굴복하는 것은, 끓어오르는 피의 박동을 느끼는 것은 이다지도 감미로웠다. 그녀는 자신의 온몸을 아직도 구속하고 있는 냉기를 굳이 떨쳐내고 싶지도 않았다. 이제껏 그녀는 겉으로는 정열에 타오르는 척하고 있었지만 안으로는 단단히 얼어붙어 있었다. 지금 그녀는 그 반대가 되었다. 그녀의 얼어붙은 몸 안에는 불같은 영혼이 넘실거렸다.

그리고 예스타는 그녀의 기운 없는 팔이 그의 목을 끌어안는 것을 감지했다.

그에게는 거의 느껴질 듯 말 듯한 힘없는 동작이었지만, 그녀에게는 격렬한 포옹이었다. 가슴 안에만 갇혀 있기에 답답해진 정열이 마침내 자신의 팔을 빌려 터져나왔다고 그녀는 믿었다.

그리고 그들의 포옹을 목격한 베렌크로이츠는 말들이 익숙한 길을 제멋대로 달려가도록 내버려두고는 시선을 하늘로 돌려 북두칠성만 꼼짝 않고 바라보았다.

7
낡은 탈것들

벗들이여, 세상 사람들이여! 내가 지금 고요한 밤에 이 글을 쓰듯 그대들 또한 우연히 깊은 밤에 이것을 읽고 있다면, 선량한 기사들이 마리안을 데려온 후 근심 없는 잠을 청하고 마리안 또한 큰 홀 옆 가장 좋은 손님방의 편안한 침대에서 쉬었으리라고 성급히 안도하지 마라.

물론 그들은 잠자리에 들었고 실제로 잠에 빠지기도 했으나, 해가 중천에 뜰 때까지 늘어지게 잘 수 있는 운명은 아니었다.

왜냐하면 그사이 늙은 소령 부인이 동냥자루와 지팡이를 쥐고 이곳 저곳을 쏘다녔기 때문이다. 그녀는 원래 지친 죄인들을 그냥 쉽게 내버려둘 사람이 아니었던 데다, 그날 밤은 아예 기사들을 에케뷔에서 쫓아내버리려고 작정을 한 터였다.

그녀가 에케뷔의 위풍당당한 군주로 창공에 별들을 흩뿌리는 신처럼 사방에 행복을 퍼주던 시절은 지나가버렸다. 그녀가 정처 없이 떠도는 동안 막대한 재산의 권력과 명예는 기사들의 손에 내맡겨졌다. 기사들이 그 재산을 지킨다는 건 바람이 잿가루를 지키고 봄의 햇살이 눈 더미를 지킨다는 것만큼이나 믿음이 안 가는 일이었다.

때때로 기사들은 긴 썰매를 타고 명랑한 종소리를 울리며 영지 밖을 달렸다. 그러다 거지 행색을 하고 오가는 소령 부인을 맞닥뜨리더라도 그들은 눈을 내리깔지 않았다.

이 시끄러운 작자들은 그녀에게 주먹을 흔들어 보였다. 썰매의 방향을 일부러 거칠게 틀어서 그녀를 높이 쌓인 눈 더미 쪽으로 몰아버린 적도 있었다. 곰 사냥꾼인 푹스 소령은 매번 재수 없는 계집을 보았으니 액땜을 한다며 세 번 침을 뱉었다.

그들은 그녀를 동정하지 않았다. 그녀를 보는 그들의 시선은 사악한 마녀를 보는 듯했다. 만약 그녀에게 불운이 닥친다 해도, 그들은 발푸르기스의 밤*에 장총에다 놋쇠 단추를 장전해서 방아쇠를 당겼다가 우연히 빗자루를 타고 지나가던 늙은 마녀가 맞아 떨어졌을 때만큼도 신경 쓰지 않았을 것이다.

기사들은 소령 부인을 한껏 박해해야 자기들의 영혼이 구원받는 듯 굴었다. 제 영혼의 구원이 걸린 일이라면 인간은 얼마든지 잔인해질 수 있는 법이다.

한밤까지 술을 퍼마시다가 바깥 날씨가 어떤지 보려고 창가로 휘청거리며 다가온 기사들의 눈에 마당 위로 짙은 그림자가 휙 스칠 때가 있었다. 정든 집을 살펴보려고 소령 부인이 와 있음을 그들은 금세 알아차렸다. 그럴 때면 기사관의 늙은 죄인들은 조롱의 웃음을 터뜨리며 열린 창 너머로 그녀를 비웃어댔다.

가련한 모험가들은 실로 무자비와 오만불손에 물들어가고 있었다. 신 트람이 그들의 가슴에 증오를 뿌렸다. 소령 부인이 에케뷔에 계속 있었

---

* 북유럽 전설에 따르면 마녀들이 독일의 브루켄 산에 집합하는 때(4월 30일부터 5월 1일에 걸친 밤)로, 이때 마녀들의 힘이 최고로 강해진다고 한다.

다면 기사들의 영혼이 더 큰 위험에 처하지는 않았을 텐데. 전사들은 전장의 한복판에서보다 후퇴의 길 위에서 더 많이 쓰러지는 법이다.

소령 부인은 더 이상 기사들에게 화가 나 있지는 않았다.

그녀가 옛날 같은 권력을 쥐고 있었다면 버르장머리 없는 아이들을 다스리듯 그들에게 회초리질을 한 후 다시 상냥하게 대해주었을 것이다.

하지만 지금의 그녀는 기사들의 손에 내맡겨진 소중한 재산을 걱정하느라 여념이 없었다. 기사들이 재물을 지킨다는 것은 늑대가 양을 지키는 거나 다름없었다.

이런 시름을 경험한 건 소령 부인만이 아니다. 정든 집이 허물어져가는 것을 지켜보는 처지에 놓인 이는 세상에 그녀 말고도 여럿이다. 비슷한 체험을 한 이들이라면 어린 시절을 보낸 고향집이 황폐한 숲으로 변해가는 광경을 목격하는 게 어떤 기분인지 이해할 것이다. 나무가 이끼로 덮이고 조약돌 길에 잡초가 자라는 모습을 손쓸 길 없이 보고 있노라면 죄책감마저 느껴진다. 한때 그토록 풍성한 수확을 일궈냈던 밭에 무릎을 꿇고, 자신은 이 몰락을 바라지 않았노라고 변명하고 싶어진다. 차마 야윈 말들의 눈동자를 마주칠 수 없어 고개를 돌리고 만다. 풀을 뜯고 돌아오는 양 떼를 맞이하기 위해 울타리 문 옆에 설 엄두조차 나지 않는다. 세상에 영락한 고향집만큼 쓰디쓴 감상을 불러일으키는 곳도 없다.

아, 밭과 들과 기쁨이 넘치는 꽃밭을 소유한 모든 이들에게 바라노니 가진 것을 가꾸는 데 수고를 아끼지 마라. 애정과 피땀으로 그것들을 일구라! 자연이 그대들 때문에 울어서는 안 된다.

위풍당당했던 에케뷔가 기사들의 지배 아래 어떤 고난을 겪었는지를 생각하면 우리도 소령 부인이 뜻을 이루어 기사들에게서 에케뷔를 빼앗는 데 성공하기를 빌어줄 수밖에 없다.

그녀의 목표는 다시 권력을 쥐는 게 아니었다. 그녀의 목표는 오로지 자신의 보금자리를 이 미친 자들로부터 해방시키는 것이었다. 이 메뚜기 떼 같고 도적 같은 자들이 밟고 간 자리에는 풀 한 포기 나지 않았다.

구걸을 하고 돌아다니며 동냥으로 먹고사는 동안 그녀의 마음에는 끊임없이 어머니가 떠올랐다. 어머니가 저주를 거두지 않는 한 자신의 신세가 더 나아지지 않으리라는 믿음이 마음속에 서서히 뿌리내렸다.

아직 부음을 들은 바 없으므로 어머니는 여전히 저 위쪽 숲에 살고 있을 터였다. 아흔 살에 이르러서도 노파는 일을 쉬지 않았으며 겨울에는 우유단지를 챙기고 여름에는 숯가마를 관리했다.

언젠가 삶이 당신에게 맡긴 소명을 모두 완수하고 쉴 날을 그리며 소령 부인의 어머니는 지치도록 노동을 했다.

소령 부인은 마침내 모녀가 둘 다 안식을 얻을 수 있도록 어머니에게 가기로 마음먹었다. 어둑한 숲을 지나고 긴 물줄기를 따라 걸으며 그녀는 어린 시절을 보냈던 집에 다다르길 바랐다. 그 전에는 쉴 수가 없었다. 그 즈음 그녀에게 머물 곳을 제공하며 변함없는 의리를 지키는 사람들은 많았으나 그녀는 어디에도 정착하지 않았다. 아직도 저주에 짓눌리는 그녀는 퉁명스럽게 성을 내며 이 농장에서 저 농장으로 떠돌았다.

어머니에게 가기 전 그녀는 우선 정든 에케뷔를 보살피고 싶었다. 머리에 든 생각도 없고 아무 짝에 쓸모도 없는 무리의 손아귀에 에케뷔를 내버려둘 수 없었다. 이 게을러터진 술꾼들은 신이 선사한 것들을 아무렇게나 낭비했다.

어머니에게 갔다가 돌아오면 그녀가 남긴 재산은 모조리 탕진되고, 대장간은 텅 비고, 말들은 굶어죽고, 심부름꾼들은 뿔뿔이 흩어진 뒤일 것이다.

다시 한 번 그녀는 온 힘을 모아 기사들을 몰아낼 작정이었다!

그녀는 자신이 남기고 간 재산이 탕진되는 꼴을 지켜보는 게 남편의 낙임을 잘 알았다. 하지만 그녀는 일단 이 메뚜기들이 쫓겨난 뒤에 새 메뚜기들을 불러올 만한 의욕이 남편에게 없음을 꿰뚫어볼 만큼 그와 오래 살았다. 기사들이 쫓겨나면 그녀의 옛 관리인과 대리인이 영지의 관리를 다시 맡아 모든 걸 예전대로 돌려놓을 수 있을 것이다.

그래서 그녀는 제철소를 둘러싼 컴컴한 길 위를, 그보다 더 검은 그림자를 끌며 여러 밤 동안 살금살금 오갔다. 이 건물에서 저 건물로 다니며 그녀는 커다란 방앗간의 가장 아래층에서 방아꾼과 수습 일꾼들을 모아놓고 속닥였다. 빛이 들지 않는 숯 창고에서는 대장장이들과 일을 의논했다.

모든 이들이 그녀를 돕겠다고 맹세했다. 거대한 영지의 명예를 더 이상 극악무도한 기사들의 손에 맡겨둘 수는 없었다. 기사들이 재물을 지킨다는 것은 바람이 재를 지키고 늑대가 양을 지키는 거나 다름없었다.

그리고 이날 밤, 유쾌한 사내들이 춤을 추고 술을 들이켜다 죽은 듯이 곯아떨어진 바로 이 밤이 그들을 몰아낼 때였다. 그녀는 일부러 기사들의 흥청망청이 극에 달하도록 내버려두었다. 섬뜩한 눈빛을 하고서 대장간에 앉아 잔치가 끝나기를 기다렸다. 기사들이 한밤중의 나들이에서 돌아올 때까지 그녀의 기다림은 길었다. 마침내 기사관의 마지막 불빛이 꺼지고 거대한 장원이 잠에 빠졌다는 보고가 들려올 때까지 그녀는 묵묵히 기다렸다. 그리고 그녀는 일어나 밖으로 나갔다. 이미 새벽 5시였지만 칠흑 속에 별들이 반짝이는 2월의 밤하늘이 아직도 대지 위로 웅크리고 있었다.

소령 부인은 모든 이들을 기사관으로 모이게 했다. 제일 먼저 마당에 들어선 이는 그녀 자신이었다. 그녀가 본관 건물로 다가가 노크를 하자 문이 열렸다. 재주 많은 하녀로 자라난 브루뷔 목사의 딸이 그녀를 맞아들였다.

"어서 오십시오, 마님." 그녀의 손에 입을 맞추며 목사 딸이 말했다.

"불을 꺼라!" 소령 부인이 말했다. "불빛이 없다고 내가 여기서 길을 잃을 것 같으냐."

그리고 그녀는 고요한 집 안을 돌아다니기 시작했다. 지하실과 1층에 그녀는 작별을 고했다. 그녀는 발소리를 죽인 채 차례로 방들을 돌아보았다.

소령 부인은 자신의 추억과 이야기를 나누었다. 그녀의 뒤를 따르는 처녀는 한숨을 내쉴 뿐 흐느끼지 않았으나, 뺨 위로 연신 눈물을 흘리고 있었다. 소령 부인은 그녀에게 직물과 은식기가 보관된 장롱들을 열라고 명령하고는 능직으로 짠 섬세한 덮개와 화사한 은단지를 쓰다듬었다. 침구 창고에 들어서서는 으리으리한 깃털 침대를 어루만졌다. 베틀이든 실 잣는 물레든 그녀는 일감들을 하나도 빼놓지 않고 만져보았다. 양념 찬장이 잘 정리되어 있는지 확인하고, 천장에 일렬로 매달린 수지 초에도 손을 뻗었다.

"초들이 잘 말랐구나." 그녀는 말했다. "내려서 보관해라."

지하실에서는 음료통을 두들겨보고 포도주 병들이 늘어선 선반을 쓰다듬었다.

식재료 창고와 부엌에서도 모든 것의 감촉을 느끼고 살폈다. 자신의 집에 있는 것들을 하나도 빼놓지 않고 작별을 고하기 위해 그녀는 길게 손을 뻗었다.

마침내 그녀는 사람이 머무르는 공간으로 향했다. 식당에 멈춰 서서는 커다란 접이식 식탁을 쓰다듬었다.

"이 탁자는 참으로 많은 이들을 배부르게 했다." 그녀가 말했다.

그녀는 모든 방을 지났다. 익숙한 자리에 서 있는 널찍한 소파들이 눈에 들어왔다. 그녀는 도금된 그리핀 상들이 떠받치고 있는 화장대의 차가운 대리석 표면을 어루만졌다. 화장대 위에는 춤추는 여신들이 새겨진 사치스러운 거울이 자리하고 있었다.

"호사스러운 집이지." 그녀는 말했다. "날 이 모든 것들의 주인으로 만들어준 그이는 얼마나 근사한 남자였던가."

그날 밤 춤판이 벌어졌던 커다란 홀에는 등받이 높은 팔걸이의자들이 한 치도 어긋나지 않게 벽을 따라 나란히 놓여 있었다.

그녀는 피아노로 다가가 조용히 건반 하나를 눌렀다.

"내가 살던 시절에도 여기서는 즐거운 웃음이 넘쳐났다." 그녀는 말했다.

그녀는 큰 홀 뒤에 위치한 손님방으로 다가갔다.

아무것도 보이지 않아 깜깜했다. 앞을 더듬던 그녀의 손이 처녀의 얼굴에 닿았다.

"울고 있느냐?" 처녀의 눈물에 손이 젖는 걸 감지하며 그녀가 물었다.

앳된 처녀는 큰소리로 흐느꼈다.

"아, 마님, 좋으신 마님," 그녀는 소리쳤다. "그 작자들은 죄다 망가뜨리고 있어요! 어째서 우릴 떠나셔서 기사들이 온 집을 망쳐버리도록 내버려두셨나요?"

소령 부인은 커튼을 열어젖혀 마당을 가리켰다.

"내가 널더러 우는소리를 하라고 가르치더냐?" 그녀는 물었다. "봐라, 마당이 사람들로 꽉 찼다. 날이 밝으면 에케뷔에는 기사가 단 한 명도 눈에 띄지 않게 될 거다."

"다시 돌아오시는 건가요?" 처녀가 물었다.

"나의 때는 아직 오지 않았다." 소령 부인이 말했다. "지금은 한길이 내 보금자리고 짚이 내 잠자리다. 하지만 내가 떠나 있는 동안 네가 나 대신 에케뷔를 지켜야 한다, 얘야."

그녀는 계속 걸음을 옮겼다. 두 사람은 그 방 안에 마리안이 누워 있는 줄 미처 알지 못했다.

마리안은 자고 있지 않았다. 그녀는 말짱히 깨어서 두 사람이 나누는 말을 모두 듣고 무슨 일이 벌어지려는지 알아차렸다.

그들이 들어오기 전 그녀는 침대에 누워 사랑에 바치는 찬가를 짓던 중이었다.

"나 자신을 극복하도록 고양시켜준 위대한 사랑아." 그녀는 말했다. "내가 누워 있던 끝없이 비참한 잠자리를 너는 천국으로 바꿔주었지. 굳게 잠긴 문의 쇠 손잡이에 달라붙어 내 손에서는 피가 흘렀고, 내 집 문지방에는 얼음 구슬이 된 내 눈물이 굴렀다. 어머니의 등에 가해지는 매질을 듣고 내 심장은 분노에 서늘하게 떨었다. 싸늘한 눈 더미 속에서 나는 분노를 끌어안고 잠들고자 했다. 하지만 그때 네가 나를 찾아냈지! 오 사랑이여, 불의 아이여, 네가 왔다. 혹한에 온몸을 떨던 자에게 네가 왔다. 내가 겪은 비참함은 그로 인해 피어난 행복에 비하면 아무것도 아니다. 난 세상의 모든 속박에서 벗어났다. 내겐 아버지도, 어머니도, 더이상 보금자리도 없다. 사람들은 나에 대해 온갖 나쁜 소리들을 하며 등을 돌리겠지. 상관없다, 사랑아. 네 뜻대로 날 이끌렴. 내가 무엇 때문에 내가 사랑하는 이보다 더 나은 처지가 되어야 한담? 난 그이의 손을 잡고 함께 이 세상을 떠돌 거야. 예스타 베를링의 신부는 가난해야 마땅해. 그는 눈 더미 속에서 자신의 배필을 찾아냈어. 그러니 우리가 지을 보금자리도 호화로운 홀이 아니라 숲가의 오두막이어야겠지. 난 그가 숯가마를 다루는 걸 거들고 토끼와 뇌조를 잡기 위해 덫을 놓는 걸 도울 테야. 그이의 밥을 짓고 옷을 수선해야지. 오 내 사랑, 내가 혼자 숲가에 앉아 당신을 기다리며 시름에 젖어 안타까워하게 될까요? 네, 그리될 거예요! 하지만 잃어버린 재물이 안타까운 게 아니에요. 그저 당신이 얼른 보고파서 마음 졸일 따름이지요. 당신이 어깨에 도끼를 걸치고 돌아올 때마다 나는 숲 길을 걷는 당신의 발걸음을, 당신의 명랑한 노랫소리를 듣기 위해 귀를 쫑긋 세울 거예요. 오 내 사랑, 내 사랑! 나는 평생이라도 앉아서 당신을 기다릴 수 있어요."

사람의 마음을 지배하는 전지전능한 사랑에 바치는 찬가를 짓느라 그녀는 소령 부인이 들어왔을 때도 눈을 생생히 뜨고 있었다.

소령 부인이 나간 후 마리안은 일어서서 옷을 입었다. 다시 한 번 그녀는 검은 공단 옷과 얇은 무도회용 신을 걸쳐야 했다. 이불을 망토처럼 두르고서 그녀는 다시 한 번 오싹한 밤을 향해 뛰어나갔다.

고요한 가운데, 별빛이 베일 정도로 선연하고 추운 2월 밤이 아직도 대지 위로 웅크리고 있었다. 밤은 영영 끝나지 않을 것만 같았다. 이 긴 밤이 퍼뜨린 암흑과 추위는 태양이 뜬 뒤로도 땅 위에 오래 남았다. 아리따운 마리안이 뚫고 달려온 눈 더미들이 녹아내린 후로도 오래.

마리안은 도움을 구하기 위해 서둘러 에케뷔를 떠났다. 그녀를 눈 속에서 구해내 머물 곳을 제공하고 호의를 베푼 이들이 쫓겨나게 좌시할 수는 없었다. 그녀는 삼셀리우스 소령이 사는 셰까지 가고자 했다. 거기까지 갔다 오려면 한 시간은 족히 걸릴 것이다.

집과 작별을 마친 소령 부인은 사람들이 기다리고 있는 마당으로 향했고, 곧 기사관을 둘러싼 전투가 시작됐다.

소령 부인은 사람들로 하여금 높고 기다란 건물을 둘러싸게 했다. 그 건물 위층에 기사들의 악명 높은 소굴이 위치했다. 벽에는 회칠이 되어 있고, 큰 탁자 위 화주 웅덩이에 도박용 카드들이 둥둥 떠다니고, 붉게 칠한 상자들이 놓인 널따란 방 안, 노란 격자무늬 휘장이 늘어진 커다란 침대에서 기사들은 자고 있었다. 천하태평으로!

여물통이 그득 채워진 마구간에는 말들이 젊은 날의 질주를 꿈꾸며 잠들어 있다. 평온한 안식의 날에 젊고 거칠었던 시절을 다시 꿈꾸는 것은 얼마나 달콤한지. 옛 시절 말들은 밤낮 없이 야외 장터에 서 있어야 했고, 성탄절 새벽 미사를 마친 주인들을 태우고 집까지 경주해야 했고, 술 취한 주인들이 말을 거래하기 전 시험해본답시고 고삐를 느슨히 잡은 채 수레 밖 말 등 쪽으로 몸을 기울이며 욕설을 퍼붓는 걸 견뎌야 했다. 여물통이 가득 찬 에케뷔를 떠날 필요가 없는 안전한 지금, 지난날의 고난을 꿈꾸는 것은 달콤했다. 그들에겐 근심 한 점 없었다!

한편 쓸모를 잃은 수레들과 더 이상 아무도 타지 않는 썰매들이 처박혀 있는 낡고 무너져가는 창고에는 오래된 탈것들이 우스꽝스럽게 모여 있었다. 여기엔 녹색으로 칠한 썰매와 빨갛고 노란 목재 수레가 서 있다. 저기엔 베렌크로이츠가 1814년 전리품으로 끌고 와 베름란드에 첫 선을 보인 지붕 없는 작은 마차가 보관돼 있다. 그 외에도 온갖 종류의 말 한 마리가 끄는 탈것들, 백조 목처럼 굽어서 흔들리는 스프링이 달린 가벼운 마차라든가 우편 수레, 발판 밑에 나무 스프링이 달린 가련하고 우스꽝스러운 몰골의 탈것이 있었다. 사람들이 떠돌아다니던 옛 시절의 노래 속에나 등장했을 법한 갖가지 종류의 수레와 마차와 탈것들이 여기 죄다 모였다. 열두 명의 기사를 모두 태울 수 있는 긴 썰매에 사촌 크리스토페르가 타다가 얼어죽을 뻔한 접이식 지붕 썰매, 나방이 좀먹은 곰 가죽이 깔리고 지붕 위에 가문의 문장이 새겨진 어네클루의 가문 썰매, 그리고 헤아릴 수 없이 많은 경주용 썰매들이 거기 있었다.

에케뷔에서 살다가 죽은 기사들의 수는 적지 않았다. 그러나 세상은 그들의 이름을 잊었다. 사람들의 가슴에는 그들을 기억할 자리가 남아 있지 않았다. 하지만 소령 부인은 그들이 타고 왔던 썰매들을 모두 보관해두었다. 그녀가 수집한 썰매들은 낡은 탈것창고에 모여 있었다.

썰매들은 그 안에 머물며 먼지가 수북이 쌓이도록 잠을 잤다.

나무가 썩으면서 나사와 못들이 떨어져나갔다. 칠은 벗겨지고 등받이와 좌석을 나방이 좀먹어 그 안의 말총이 삐죽 튀어나왔다.

"우리를 쉬게 해다오, 우리를 허물어지게 해다오." 낡은 탈것들은 입을 모아 말했다. "우리는 길 위에서 실컷 덜컹거렸고, 눈과 비가 내릴 때마다 습기가 우리 안으로 파고들었다. 이제는 부디 쉬게 해다오. 우리가 젊은 나리들을 첫 무도회까지 데려간 건 이미 지난 옛일이다. 갓 닦은 후 반들거리며 신나는 모험을 하러 출발했던 것도, 유쾌한 영웅들을 태우고 보드라운 흙길을 달려 트로스내스의 야영지로 향했던 것도 먼 옛날이다. 그 영웅들은 이제 거의 다 잠들었고, 아직도 생생한 마지막 남은 영웅들은 앞으로 영영 에케뷔를 떠나지 않을 것이다, 영영!"

그 말을 마치자마자 탈것들에 덧대어진 가죽이 찢기고, 바퀴테들이 빠져나가며, 바퀴살과 나사들이 떨어져 내린다. 낡은 탈것들은 굳이 더 살겠다고 안달하지도 않는다. 그들은 죽음을 고대한다.

수의 같은 먼지를 뒤집어쓰고 그 아래 안온하게 웅크린 채 그들은 세월의 지배를 받아들인다. 아무도 방해하지 못하는 게으른 삶을 연명하며 그들은 썩어간다. 더 이상 그들을 혹독하게 부리는 이들이 없다 해도 그들은 망가질 것이다. 일 년에 딱 한 번, 에케뷔에 정착하려는 새 기사가 찾아올 때만 창고의 문은 열린다. 그리고 문이 닫히자마자 갓 도착한 신입의 몸뚱이 위로 피로와 졸음, 노화가 묵직하게 쌓인다. 쥐와 나방, 나무좀벌레 등 온갖 포식자들이 신입에게 달려들고, 신입 역시 곧 붉은 녹을 뒤집어쓰며 고요하고 꿈도 없는 안식 속으로 잠겨든다.

하지만 이 2월의 밤에 소령 부인은 창고의 문을 널찍이 열어젖혔다.

등잔 불빛이 쏟아지는 가운데 현재 에케뷔에 머무는 기사들이 소유했던 탈것들이 끌려나왔다. 베렌크로이츠의 지붕 없는 낡은 마차와 어

126

네클루의 가문 문장이 장식된 썰매, 그리고 사촌 크리스토페르가 웅크리고 앉았던 비좁은 간이식 지붕 썰매들이 줄줄이 나왔다.

탈것이 여름용이든 겨울용이든 소령 부인은 신경 쓰지 않았다. 기사들이 각자 자기 것을 돌려받는 게 중요했다.

그리고 마구간에서 꽉꽉 채워진 여물통을 꿈꾸던 말들도 깨웠다.

또다시 너희들의 꿈은 현실이 될 것이다, 근심 없던 말들아!

너희들은 또다시 주막집 마구간의 떫은 여물을 씹어야 할 테고, 술 취한 말장수의 매듭 묶인 채찍 아래 떨어야 할 테고, 발 디디기조차 망설여지는 번들거리는 얼음 위로 정신 나간 경주를 벌여야 하리라.

낡은 탈것들은 어울리는 짝을 얻었다. 기린같이 높다란 경輕포장마차 앞에 작은 잿빛 조랑말이 매이고, 다리가 길고 군살 없는 경주마가 나지막한 경주용 마차의 굴레를 썼다. 이도 다 빠진 주둥이로 고삐를 무는 늙은 말들은 콧김을 뿜으며 히힝거렸고, 낡은 탈것들은 덜그럭거리며 불평을 토했다. 세상 끝나는 날까지 안식을 누려야 마땅한 후들거리고 고달픈 몸뚱이들이 환한 곳으로 끌려나왔다. 뻣뻣해진 무릎과 절름거리는 앞발, 시달리는 관절이 등잔 빛에 드러났다.

어찌어찌하여 마구간지기들은 말들을 모두 매는 데 성공했다. 그리고 그들은 소령 부인에게 예스타 베를링은 어디에 태워야 하느냐고 물었다. 다들 알다시피 예스타 베를링은 소령 부인의 석탄 수레에 실려 에케뷔로 왔기 때문이다.

"이 장원에서 제일 좋은 썰매에 돈 후안을 매어라." 소령 부인이 말했다. "그 위에 곰 가죽을 깔고 은종을 장식해라." 마구간지기가 못마땅해하자 그녀가 덧붙였다. "그자를 쫓아낼 수 있다면 마구간의 어느 말을 내줘도 아깝지 않다."

탈것들과 말들은 깨어났으나 기사들은 아직도 잠에 빠져 있었다.

이제 기사들이 겨울밤 속으로 끌려나올 차례다. 그러나 침대 속의 기사들을 공격한다는 건 다리가 마비된 말들과 망가진 수레들을 끌어내는 것과는 다른 이야기이다. 기사들은 수백 번의 모험을 통해 단련된 대담하고 강인하며 위험한 사내들이었다. 그들은 마지막 피 한 방울을 쏟을 때까지 저항할 것이다. 그들을 침대 속에서 강제로 끌어내 수레에 태워 보내는 건 쉬운 일이 아니리라.

소령 부인은 마당 근처에 서 있던 짚더미 하나를 불태워, 그 빛이 기사들의 침실 안까지 비쳐들게 했다.

"이 짚더미는 내 것이다, 온 에케뷔가 내 것이다!" 그녀는 선언했다.

그리고 온 짚더미가 환하게 불타오를 때 그녀는 외쳤다.

"그자들을 깨워라!"

하지만 기사들은 굳게 잠긴 문 뒤에서 잠들어 있었다. 밖에 모인 군중이 무시무시하게 외쳐댔다. "불이야! 불이야!" 그래도 기사들은 잠을 잤다.

대장간에서 가져온 묵직한 망치로 문을 두드려도 기사들은 잠을 잤다.

꽁꽁 뭉친 눈덩이를 창에 던져 유리를 깨고 들어간 눈덩이가 침대 휘장에 맞아도 기사들은 잠을 잤다.

그들은 아름다운 처녀가 그들에게 손수건을 던져주는 꿈을 꾸고 있었다. 드리운 막 뒤에서 박수갈채를 받는 꿈을, 웃음보가 터지고 흥청거리는 소란이 넘쳐나는 한밤중 연회의 꿈을 꾸고 있었다.

그들을 깨우려면 귓가에 대고 진짜 대포를 쏘거나 얼음처럼 찬 바닷물을 끼얹는 정도는 해야 했다.

그들은 전날의 연회에서 춤을 추고 음악을 연주하고 노래를 하고 희극의 주인공이 되었다. 술에 취하고 지칠 대로 지친 그들은 죽음만큼이나 묵직한 잠 속에서 꿈을 꾸었다.

이 축복받은 잠이 그들의 목숨을 구한 거나 다름없었다. 머슴들은 이 토록 잠잠한 게 속임수라고 믿기 시작했다. 기사들이 무기를 쥐고서는 제일 먼저 침입하는 자를 죽이려고 창이랑 문 뒤에 버티고 있다면 어쩌 나! 기사들은 영악하고 싸울 줄 아는 사내들이니 침묵 속에서 수작을 부리고 있는 게 틀림없었다. 기사들이 굴속의 곰처럼 당하고만 있을 거 라고 누가 믿겠는가.

사람들은 부르짖었다. "불이야! 불이야!" 외침이 아무리 계속되어도 소용없었다.

다른 이들이 주저하는 가운데 소령 부인은 직접 도끼를 들고 기사관 바깥문을 부쉈다.

혼자 계단을 뛰어올라간 그녀는 안쪽의 문도 열어젖히고 으르렁거리 듯 외쳤다. "불이야!"

그녀의 목소리는 일꾼들의 외침보다 기사들의 귀에 훨씬 더 잘 파고 들었다. 그 목소리를 따르는 데 인이 박인 열두 기사들은 하나같이 침대 밖으로 뛰쳐나와 바깥의 불빛에 의지해 옷을 걸치고 계단을 뛰어내려 마당까지 달렸다.

문 밖에는 거구의 대장장이 하나와 힘 좋은 방앗간 일꾼 두 명이 대 기중이었다. 기사들에게는 어마어마한 치욕이 닥쳤다. 한 명씩 뛰어나 올 때마다 일꾼들은 그들을 붙잡아 내동댕이친 뒤, 손발을 묶어 각자 배 정된 탈것에 실었다.

아무도 달아나지 못했다. 전원이 붙들렸다. 거친 베렌크로이츠 대령 도 묶여 실려 갔고, 힘센 크리스티안 베리 대위도 별 수 없었으며, 철학 자 에베르하르드 아저씨도 같은 신세였다.

심지어 적수가 없는 예스타 베를링마저도 잡혔다. 소령 부인의 습격 은 성공했다. 그녀는 기사들을 모두 합친 것보다 더 위대했다.

옴짝달싹 못하는 신세로 낡고 금방이라도 완전히 부서질 듯한 모양새의 탈것에 얹힌 기사들은 비참한 꼬락서니였다. 그들은 고개를 푹 숙이고 눈치를 보며 앉아 있었고, 마당은 정신이 나갈 정도로 화가 치밀어 오른 인간들이 기사들을 향해 내지르는 거친 욕설로 가득 찼다.

소령 부인은 기사들 한 명 한 명 곁으로 다가가 말했다. "다시는 에케뷔로 돌아오지 않겠다고 맹세해라."

"꺼져버려, 마녀야!"

"맹세해라!" 그녀는 말했다. "아니면 묶인 꼴로 다시 기사관에 처넣은 후 불을 질러버릴 테니, 그대로 타죽든가!"

"정말 그러시겠다고?!"

"내가 못할 것 같은가? 에케뷔는 내 것인데? 이 악당아! 네놈이 한길에서 내게 침을 뱉었던 걸 내가 기억 못 할 줄 아느냐? 너희들이 저지른 값을 치르자면 모두 한데 묶어 불태워야 마땅하다! 내가 내 집에서 쫓겨날 때 네가 날 지키려고 손 하나 까딱했느냐? 맹세해라!"

아마도 소령 부인은 실제보다 더 화난 척하고 있었겠지만, 어쨌거나 그녀의 모습은 무시무시했고, 커다란 도끼를 든 사내들 여럿이 그녀를 둘러싸고 있었다. 기사들이 더 큰 재난을 당하지 않으려면 맹세하는 수밖에 없었다.

그녀는 기사들의 옷과 짐을 끌어내고 손을 묶은 후 고삐를 쥐여주라고 명령했다.

하지만 이 모든 일들이 벌어지는 동안에도 시간은 흘렀고, 그사이 마리안은 셰에 도착했다.

소령은 일찍 일어나는 습관이 있었고, 그녀는 마당에서 곰에게 아침 먹이를 주던 소령과 맞닥뜨렸다.

그녀에게 사연을 듣자 그는 몇 마디 하지 않고 즉각 곰들에게 입마개를 씌운 후 그 짐승들을 몰고 에케뷔로 서둘러 향했다.

마리안은 소령을 쫓아갔다. 기진맥진해서 쓰러질 지경이었지만, 하늘 저편에 불길이 치솟은 것을 보자 형용하기 어려운 두려움이 그녀를 사로잡았다.

어떻게 이런 밤이 있을 수 있나! 한 사내는 제 아내를 구타하고 제 자식을 얼어 죽으라고 문밖에 내버려두었다. 한 여자는 적들을 불태워 죽이려 했고, 늙은 소령은 제 집의 일꾼들을 혼쭐내기 위해 곰들을 몰고 갔다.

마리안은 죽을힘을 다해 서둘러서 소령보다 먼저 에케뷔에 도착했다.

소령 부인은 자신을 따르는 이들과 함께 묶인 기사들을 둘러싸고 서 있었다. 숨이 턱까지 찬 마리안이 소리쳤다.

"소령이에요! 소령이 곰들을 데리고 오고 있어요!"

사람들이 크게 동요했고, 모든 시선이 소령 부인에게 향했다.

"네가 그를 데리고 왔구나." 소령 부인이 마리안에게 말했다.

"제발 도망치세요!" 마리안은 더 필사적으로 소리쳤다. "소령의 속셈이 뭔지는 모르겠지만 곰들을 몰고 오고 있어요."

다들 소령 부인만 쳐다보며 침묵을 지켰다.

"다들 날 도와주어 고맙다, 사랑하는 아이들아!" 그녀는 모여 있는 이들에게 평온히 말했다. "오늘 밤 벌어졌던 일들은, 너희 중 아무도 위험에 처하지 않도록 이리 끝날 운명이었나보다. 집으로 돌아가라! 나는 너희들이 손에 피를 묻히는 것도, 너희의 피가 남의 손에 묻는 것도 보고 싶지 않다. 돌아가라!"

그러나 사람들은 남아 있었다.

소령 부인은 마리안에게 돌아섰다.

"난 네가 사랑을 하고 있음을 안다." 그녀는 말했다. "사랑에 미쳐서 그렇게 행동했겠지. 너는 네 집이 무너지는 것을 힘없이 바라보는 처지를 겪지 않기 바란다! 분노가 네 가슴을 가득 채우는 날이 오더라도 네 입과 손을 잘 다스려라!"

그녀는 사람들을 향해 말을 이었다. "이제 오너라, 사랑하는 아이들아. 이제 그만 오너라! 나는 내 어머니에게 갈 터이니 신께서 에케뷔를 지켜주시기를 바랄 수밖에 없구나. 아, 마리안, 언젠가 네가 정신을 차렸을 때 이미 에케뷔가 망하고 이 땅이 헐벗고 굶주리는 중이거든, 네가 오늘 밤 저지른 짓을 기억하고 가난한 이들을 보살펴다오."

그녀는 사람들의 호위를 받으며 자리를 떴다.

소령이 마당에 도착했을 때, 제대로 살아 있는 존재는 마리안뿐이었다. 탈것들이 길게, 서글픈 몰골로 길게 줄지어 있었으나, 썰매들도 말들도 그 위의 주인들도 모두 혼이 빠진 듯했다.

마리안은 돌아다니며 기사들을 풀어주었다.

그녀는 입술을 꾹 깨물고 시선을 돌렸다. 지금만큼 자신이 부끄러웠던 적도 없었다. 소령 부인이 던지고 간 말은 그녀가 들었던 중 가장 혹독한 욕이었다.

"몇 시간 전 눈밭에서 무릎을 꿇고 있을 때가 차라리 지금보단 나았어." 그녀는 말했다.

친애하는 독자들이여, 그 밤에 벌어진 나머지 일들에 대해서는, 낡은 탈것들은 창고로, 말들은 마구간으로, 그리고 기사들은 기사관으로 돌아간 사연에 대해서는 군이 더 말하지 않으련다. 동쪽 산등성이 위로 불그스름한 여명이 비쳐왔다. 환하고 평화롭게 날이 밝았다. 사냥하는 맹수들과 매섭게 우는 올빼미들을 어두운 품 안에 감춘 밤에 비하면 태양 아래 환한 낮은 얼마나 평온한가.

덧붙일 말은, 기사들이 돌아와 펀치 주 단지 안에 남아 있던 몇 방울의 술을 새로 잔에 채우고 나니, 갑작스레 기분이 들뜨더라는 사실뿐이다.

"소령 부인 만세, 만세!" 그들은 소리쳤다.

어쨌거나 소령 부인도 여자였다! 여성을 섬기고 경배하는 것보다 기사들에게 더 어울릴 일이 무엇이런가.

그녀가 악마의 수하가 되어 기사들의 영혼을 지옥에 떨어뜨리는 데 전념했다는 것이 그저 안타까울 따름이었다.

8
굴리타 산의 큰 곰

어두운 숲에는 사나운 짐승들이 산다. 아가리에는 송곳니가 번뜩이고 발에는 사나운 발톱이 달려서 언제고 싱싱한 목덜미를 물어뜯을 채비가 돼 있고, 피에 굶주린 눈빛을 한 짐승들이.

숲에는 한밤중에 썰매를 탄 농부들을 쫓아오는 늑대들이 산다. 아낙네가 자신과 남편의 목숨을 구하고자 안고 있던 자식을 먹이로 던져줄 때까지 놈들은 멈추지 않는다.

그 숲에 사는 스라소니를 농부들은 '예파'라고 불렀다. 그들을 진짜 이름으로 부르는 건 위험했다. 낮에 어쩌다 그 짐승의 이름을 불러버렸다면, 밤이 오기 전에 그놈의 습격에 대비해 문과 양 우리를 잘 점검해 둬야 했다. 그 짐승은 날카로운 강철 고리 같은 발톱을 지니고 있어서 가파른 벽도 타고 오를 줄 알았다. 또한 아주 좁은 통로를 기어들어와 양들을 덮치곤 했다. 예파는 한 마리의 양도 남기지 않고 모가지에 달라붙어 피를 마시고는 갈기갈기 찢어 죽였다. 겁 많은 가축들 중 한 마리라도 살아남은 기적을 보이는 한, 예파는 잔인무도한 죽음의 춤을 멈추지 않았다.

　다음날 아침 농부는 양 떼가 죄다 모가지가 뜯긴 채로 죽어 있는 것
을 목격하고 만다. 예파가 지나간 자리에는 산 것이라고는 하나도 남지
않았다.

　숲에는 어스름이 지면 목청을 높이기 시작하는 올빼미도 살았다. 올
빼미는 사람이 마주 소리를 질렀다가는, 커다란 날개를 펼치고 바람을
가르며 내려앉아 눈을 쪼아버렸다. 올빼미는 진짜 새가 아니라 마술에
걸려 새의 형상을 한 귀신이다.

　그리고 숲에 사는 것들 중에서도 가장 무서운 짐승은 장정 열둘에 맞
먹는 힘을 지닌 곰이었다. 수컷 곰이 일단 성체로 자라면 은탄환으로밖
에 죽일 수 없었다. 한낱 짐승이 오로지 은탄환으로만 죽일 수 있을 정
도의 무시무시함을 지닌다는 걸 상상할 수 있는가? 대체 어떤 오싹한
힘이 깃들었기에 흔한 납으로는 맞설 수도 없는 걸까? 그러니 사악한
힘의 수호를 받는 게 분명한 이 짐승에 대한 두려움으로 아이들이 몇
시간이고 잠을 이루지 못하는 것도 이해할 법하지 않은가?

　유랑중인 영웅처럼 우람하고 큰 곰을 숲에서 마주치면, 도망치는 것
도 맞서 싸우는 것도 소용없고 바닥에 납작하게 엎드려 죽은 척해야 했
다. 아이들은 곰을 맞닥뜨려서 땅에 엎드리고, 곰이 자신 위로 몸을 수
그리는 상황을 곧잘 상상했다. 곰이 아이들을 앞발로 굴려보고, 아이들
은 얼굴에 훅 끼치는 곰의 뜨겁고 축축한 숨을 느낀다. 그래도 아이들은
곰이 자신들을 묻어버릴 구멍을 파러 갈 때까지 죽은 척 쓰러져 있다.
그런 뒤 소리 죽여 몸을 일으키고는 살금살금 달아나다가 곧 숨이 턱에
이르도록 뛴다.

　하지만 아이들이 진짜로 죽지 않았음을 알아차리고 곰이 물어뜯으려
하는 장면을 상상해보라. 아니면 너무 배가 고파서 시체라도 먹겠다고

덤비는 장면을. 혹은 도망치려는 아이들의 움직임을 본 곰이 그들을 쫓아올지도 모른다. 오, 하느님!

두려움은 어두운 숲에 버티고 앉아 인간의 귀에 요사스러운 노래를 부르고 가슴에 기이한 상상들을 불어넣는 마녀나 다름없다. 일단 그것에 붙들리면, 곧 공포가 뒤따라 인간을 꼼짝도 하지 못하게 만든다. 공포는 삶을 짓누르고 아름답게 미소 짓던 영역에까지 어둠을 드리운다. 자연은 본래 사악하고 잔인하며, 그 교활함이 잠자는 뱀과도 같으니 절대 믿어서는 안 된다. 뢰벤 호수가 찬란하고 아름답게 반짝인다 해도 믿지 말라. 호수는 실은 먹이를 기다리는 중이다. 매해 누군가는 이 호수에 빠져 죽는다. 숲이 평화로운 모습으로 유혹한다 해도 믿지 말라. 숲에는 사악한 마녀나 피에 굶주린 도적들의 영혼이 썬 사나운 짐승들이 산다.

졸졸 흐르는 시내도 믿지 말라. 해가 진 후 첨벙거리며 물을 건넜다가는 병에 걸려 죽고 만다. 뻐꾸기도 믿지 말라. 봄에 뻐꾸기가 우는 소리는 명랑하기만 하다. 하지만 여름이 지나고 나면 뻐꾸기는 번뜩이는 눈에 무시무시한 발톱을 지닌 맹금으로 변한다! 이끼를, 잡초를, 산을 믿지 말라. 자연은 인간을 증오하는 무시무시한 힘들에 지배당하기에 사악하다. 인간들이 안심하고 발 디딜 곳은 어디에도 없다. 인간이란 종족이 어찌 이런 박해에도 살아남았는지 경이로울 뿐이다.

두려움은 마녀다. 오늘날에도 이 마녀가 베름란드의 어두컴컴한 숲에 웅크리고 앉아 마법의 노랫가락을 부르고 있지 않을까? 아름답게 미소 짓는 곳들마저 어둠으로 뒤덮으려 노리고 있지 않을까? 삶의 기쁨들을 질식시키고 있지 않을까? 한때 이 마녀의 위력이 거침없었음을 나는 직접 겪어 안다. 어린 내 요람을 그녀가 흔들어줄 적에 내 등 아래엔 첫조각이 배겼고, 그녀가 준비해준 내 목욕물 속에는 달아오른 숯이 들어 있었다. 나는 내 심장을 더듬는 그 무쇠 같은 손을 직접 느껴보았기에 그녀가 얼마나 강한지 안다.

하지만 내가 지금부터 오싹하고 소름끼치는 이야기를 들려주리라고 생각할 필요는 없다. 내가 이제부터 들려줄 옛이야기는 굴리타 산의 큰 곰에 관한 사연일 뿐이다. 이 이야기를 믿든 안 믿든 그건 여러분의 자유다. 본래 사냥꾼의 모험담이란 그런 법이니까.

*

큰 곰은 굴리타 산이라 불리던 어느 산꼭대기 웅장한 암석 위에 살았다. 이 암석은 저 위쪽 뢰벤 호숫가 바로 위에 누구도 접근할 수 없을 정도로 가파르게 솟아 있었다.

아직도 뗏장에 덮인 채 뒤집혀 있는 전나무 뿌리가 보금자리의 벽이자 지붕이었다. 가지들 역시 이곳을 지켜주었고, 쌓여서 굳은 눈은 나무를 더 두텁게 만들었다. 곰은 그 안에 누워 여름이 끝날 때부터 다음 여름이 시작할 때까지 안온하게 푹 잘 수 있었다.

이 털투성이 숲의 제왕이, 이 험상궂은 눈을 한 포식자가 과연 한편으로는 시인이자 섬세한 몽상가이기도 했을까? 그는 겨울의 무채색 나날을 잠으로 덮으며 힘차게 흐르는 냇물과 새들의 노랫소리가 자신을 깨우기를 기다렸을까? 거기 누운 채로 몇 달 후 찾아올 언덕에 딸기가 가득한 계절을, 맛난 갈색 개미 떼를, 비탈에서 풀을 뜯을 흰 양들을 꿈꾸었을까? 그렇게 해서 엄연히 삶의 일부인 겨울을 속 편하게 피해보려 했을까?

바깥의 소나무들 사이로 매서운 바람이 인다. 굶주림에 허덕이는 늑대와 여우들이 배회한다. 어째서 곰만은 편안히 자도 되는 걸까? 곰도 일어나서 추위가 얼마나 혹독한지, 높이 쌓인 눈 더미 속에서 허우적대는 게 얼마나 힘이 드는지 깨달아야 한다. 곰도 밖으로 나와야 한다!

편안한 잠자리를 마련한 곰은 동화 속의 공주처럼 잠들어 있다. 공주가 깨워줄 왕자를 기다리듯, 곰은 봄을 기다린다. 가지 사이로 스며들어 곰의 주둥이를 따스하게 데워주는 봄 햇살이, 털 위로 떨어지는 눈 녹은 물방울이 그를 깨우리라. 그러나 때 이르게 그를 깨우는 자에게는 화가 닥치리라!

숲의 왕이 어떻게 잠에서 깨는지를 하다못해 누가 묻기라도 했다면. 갑자기 떨어진 우박들이 못된 모기 떼처럼 곰을 따갑게 하지만 않았다면.

곰은 느닷없는 외침과 소란, 그리고 총소리를 들었다. 아직도 사지를 누르는 잠기운을 떨쳐내고 곰은 밖에 무슨 일이 벌어졌는지 보기 위해 가지들을 젖혔다. 예전의 불한당들이 다시 나타난 게 틀림없었다. 곰의 굴 앞에서 시끄럽게 날뛰는 놈들은 기다리던 봄이 아니었다. 전나무를 뒤집고 눈을 헤쳐대는 작자들은 바람이 아니었다. 그놈들은 기사들, 에케뷔에서 나타난 기사들이었다.

숲의 왕은 그 작자들과 구면이었다. 곰은 예전에 어느 농부의 헛간에서 베렌크로이츠와 푹스가 망을 보며 잠복해 있던 일을 기억했다. 곰이 펫장 덮인 지붕을 통해 내려올 적에 기사들은 막 화주에 취해 잠든 참이었다. 하지만 곰이 숨통이 끊긴 암소를 물고 달아나려 할 때 두 기사가 깨어나 총과 칼을 들고 덤벼들었다. 그자들은 곰에게서 암소를 빼앗고 한쪽 눈까지 멀게 만들었으나, 곰은 도망치는 데 성공했다.

그렇다, 곰과 기사들은 이미 구면이었다. 숲의 왕은 고귀한 마나님과 어린 자식들을 데리고 굴리타 산 위의 왕성에서 겨울잠에 들려 했다가 기사들에게 습격당했던 일을 떠올렸다. 예상치도 못했던 기습이었다.

그는 거치적거리는 것들을 모두 내던져버리고 기사들의 탄환에도 개의 치 않으며 빠져나갔다. 하지만 허벅지에 맞은 탄환 한 발에 남은 생애 내내 다리를 절게 되었다. 밤이 되어 그가 왕성으로 돌아왔을 때 눈은 고귀한 마나님의 피로 붉었고, 그의 왕자들과 공주들은 인간들의 거처 로 납치되어 인간들의 종이자 친구로 키워지게 되었다.

그렇다, 이제 땅이 뒤흔들리고 나무 속 굴을 덮고 있던 눈 더미가 흩 어진다. 이제 기사들의 오랜 적인 큰 곰이 바깥으로 모습을 드러낸다. 몸조심하라, 늙은 곰 사냥꾼 푹스여. 몸조심하라, 카드놀이꾼이자 군인 인 베렌크로이츠 대령이여. 몸조심하라, 수백 번의 모험을 해치운 영웅 예스타 베를링이여!

모든 시인들과 몽상가들과 사랑에 빠진 영웅들에게 화 있을진저! 예 스타 베를링은 방아쇠에 손가락을 걸고 섰고, 곰이 정면으로 그를 마주 한다. 왜 예스타 베를링은 쏘지 않는가? 무슨 생각으로 주저하는가?

왜 저 큼지막한 과녁에 한 방 먹이지 않는가? 예스타 베를링이 선 곳 은 딱 맞춤한 위치였고, 반면 다른 기사들은 때맞춰 쏘기 힘든 자리였 다. 그는 열병식의 병사처럼 숲의 왕께 경의라도 바칠 작정인가?

거기 선 예스타의 머릿속은 물론 아리따운 마리안 생각으로 가득 차 있었다. 그녀는 눈 속에 누웠던 여파로 요즘 병에 걸려 에케뷔에서 심하 게 앓는 중이었다.

그녀 또한 대지에 깃든 인간을 증오하는 힘의 희생양이 되었다. 그리 고 그는 자신 또한 한 생명을 추격하여 살해하려 한다는 사실이 소름끼 쳤다.

큰 곰이 그에게 다가오고 있다. 곰의 한 눈은 어느 기사의 칼에 맞아 멀었고, 한 다리는 어느 기사가 쏜 총탄으로 절름거린다. 털로 뒤덮인 무시무시한 곰은 아내가 살해당하고 자식들이 납치당한 후로 줄곧 외로웠다. 그리고 예스타는 이 곰의 참모습을 있는 그대로 볼 수 있었다. 늙고 쫓기는 이 짐승은 인간에게 모든 것을 빼앗긴 뒤 남은 유일한 것, 제 목숨만은 지키려 하고 있었다.

'날 죽이라지.' 예스타는 생각했다. '난 이 곰을 쏘지 않을 테야.'

곰이 그에게 달려들 때도 그는 숲의 왕에게 열병식을 올리는 병사처럼 한 길음 옆으로 물러서며 그냥 어깨에 총을 걸쳤다.

곰은 뚫린 길을 그대로 달려갔다. 허비할 시간이 없음을 곰은 잘 알고 있었다. 숲으로 들어간 곰은 사람 키만 한 눈 더미를 헤치고 거친 경사길을 구르며 흔적도 없이 내뺐다. 장전된 총을 들고 예스타가 첫 방을 쏘기를 기다리고 있던 기사들이 곰이 간 길을 따라 쏘았다.

이미 포위망이 뚫리고 곰이 사라졌기에 이제는 쏴봤자 소용없었다. 푹스가 욕을 하고 베렌크로이츠도 투덜거렸으나 예스타는 웃을 뿐이었다.

그 자신만으로도 이미 충분히 불행한 그가 어찌 신의 다른 피조물에게 고통을 줄 수 있으랴.

굴리타 산의 큰 곰은 목숨을 건져 도망쳤다. 그 곰이 겨울잠에서 깨어났음을 이제 농부들이 실감할 차례였다. 나지막하고 지하실처럼 생긴 축사 지붕을 뚫고 들어가는 데 이 곰만큼 능한 맹수도 없었다. 사람 눈을 속여가며 살금살금 숨어드는 재주도 기가 막혔다.

뢰벤 호수 위쪽 주민들은 곰의 습격을 피할 도리가 없었다. 부디 와서 곰을 죽여달라는 농부들의 청이 기사들에게 빗발쳤다.

2월 내내 기사들은 밤낮 할 것 없이 곰을 찾느라 뢰벤 호수 상류 쪽을 샅샅이 뒤지고 다녔다. 하지만 곰은 절대로 덜미를 잡히지 않았다. 여우들이 그에게 교활함을 가르치고 늑대들이 재빠름을 물려주었을까? 기사들이 한 농장에 잠복해 있으면 곰은 그곳을 피해 다른 곳을 습격했다.

기사들이 숲을 뒤질 때 곰은 얼음 위를 썰매로 달리는 농부들을 쫓아갔다. 이처럼 대담무쌍한 맹수도 없었다. 곰은 바닥에 배를 깔고 기어들어가 농부 아낙들의 꿀단지를 훔쳐냈다. 사내들에게서는 썰매를 끄는 말을 빼앗아 죽였다.

점차로 인간들은 이 곰이 어떤 곰인지, 그리고 예스타가 왜 이 곰을 쏘지 못했는지 깨닫기 시작했다. 입 밖에 내기에도, 믿기에도 무시무시한 이야기이지만 이 곰은 보통 곰이 아니었다. 총 안에 은탄환이 장전되어 있지 않다면 이 곰을 죽이는 건 불가능했다. 초승달이 뜬 목요일 밤, 목사와 교회 지기를 비롯해 다른 어떤 인간에게도 들키지 않고 교회 탑에서 교회종과 은을 녹여 주조해낸 총탄만이 이 곰의 숨통을 끊을 수 있었다. 그리고 그런 탄환은 구하기가 쉽지 않았다.

*

에케뷔에는 당시 세상 누구보다도 저기압일 수밖에 없는 사내가 살았다. 두말할 것도 없이 곰 사냥꾼 안데슈 푹스였다. 굴리타 산 위에서 큰 곰을 죽이지 못한 게 한이 되어 그는 식음을 전폐하고 눈도 못 붙였다. 마침내 그는 이 곰을 은탄환으로만 죽일 수 있다는 사실을 알게 되었다.

괄괄한 성품의 푹스 소령은 잘생긴 사내가 아니었다. 군살 많은 몸뚱이는 움직임이 둔했고, 혈색이 붉은 뺨은 축 늘어졌고, 턱은 두 겹이었다. 두터운 입술 위의 가늘고 검은 콧수염은 솔처럼 뻣뻣한 데다 검은 머리칼 역시 뻑뻑하게 뻗쳤다. 그는 말수는 적으면서 식욕은 왕성한 사내였다. 그는 여자들에게 햇살 같은 미소를 보내는 부류가 아니었고, 어쩌다 그녀들을 바라볼 때도 그의 눈빛은 딱히 부드럽지 않았다. 그는 마음에 드는 여자를 평생 찾을 수 없을 거라고 믿었다. 연애 따위는 그와는 거리가 먼 얘기였다. 그런 고로 그가 달빛 속을 방황하다가 걸음을 멈추고 한참을 기다린다면, 그건 달의 여신에게 그의 마음을 가득 채운 연정을 털어놓고 도움을 청하기 위해서가 아니었다. 그의 머릿속을 가득 메운 건 초승달이 뜬 밤에 주조할 수 있는 은탄환 생각뿐이었다.

마침내 어느 목요일 밤, 달이 딱 손가락 두 개만 ㄴ한 크기로 해 떨어진 지평선 위에 몇 시간 동안 머물 것으로 전망되었다. 푹스 소령은 아무에게도 계획을 발설하지 않고 에케뷔를 떠났다. 그는 부싯돌과 탄환 모양 거푸집을 사냥용 주머니 안에 챙기고, 장총을 둘러메고, 운을 시험하기 위해 브루의 교회로 향했다.

교회는 뢰벤 호수가 상류와 하류 사이에서 좁아지는 구역의 동쪽 가에 자리하고 있었다. 푹스 소령이 거기까지 가려면 다리를 건너야 했다. 다리 쪽으로 발길을 옮기는 그는 너무 깊은 생각에 빠져 있어서 맑게 갠 저녁 하늘을 배경으로 집들의 윤곽이 솟아 있는 브루뷔 언덕도, 지는 햇살 속에 둥그스름하게 반짝이는 굴리타 산에도 눈길을 주지 않았다. 그는 땅만 보고 걸으면서 어떻게 아무에게도 들키지 않고 교회 열쇠를 손에 넣을지 궁리중이었다.

그가 다리에 막 걸음을 디디려 할 때, 누군가가 죽을 듯이 비명을 올리는 바람에 그의 시선도 땅바닥을 벗어났다.

그 무렵 브루뷔 교회에서는 작달막한 독일인 파버가 오르간 연주자로 일하고 있었다. 그는 키도 작고 비실비실하고 뭐 하나 내세울 게 없었다. 한편 교회의 문지기였던 얀 라르센은 재주가 많은 농부였지만, 500릭스달레르에 달하는 아버지의 유산을 브루뷔 목사에게 가로채이는 바람에 가난했다.

문지기는 오르간 연주자의 여동생인 역시나 작달막하고 고운 파버

142

처자와 결혼하고 싶어했지만 오르간 연주자가 허락하지 않았다. 그래서 문지기와 연주자는 사이가 좋지 않았다. 그날 밤 다리 위에서 오르간 연주자와 맞닥뜨린 문지기는 연주자에게 덤벼들었다. 그는 굳센 팔로 연주자의 멱살을 잡아 난간 위로 쳐들며 그 작달막하고 고운 처자를 내주지 않으면 물속으로 처박아버리겠다고 신성한 맹세를 했다. 작달막한 독일인은 흰 얼음덩어리 사이로 콸콸 흐르는 시커먼 물살을 내려다보면서도 굴하지 않고 버둥거리며 안 된다고 악을 써댔다.

"안 된다, 안 돼!" 그는 고함을 질렀다. "절대 안 된다고!"

만약 폭스 소령이 때맞춰 도착하지 않았다면 화가 머리끝까지 치밀어 오른 문지기가 정말로 연주자를 시커먼 물에다 처넣었을지는 알 길이 없다. 소령을 보고 더럭 겁을 먹은 문지기는 파버를 다시 다리 위로 내려놓고는 쏜살같이 내뺐다.

작달막한 파버는 소령의 목에 매달리며 목숨을 구해준 데 감사를 표했다. 소령은 몸을 흔들어 그를 떨쳐내며 고마워할 것 없다고 대꾸했다. 소령은 포메른 전쟁에 참전했다가 뤼겐 섬의 푸트부스에서 진을 쳤던 이래 독일인이라면 신물이 났다.

생전 그때만큼 심하게 굶어본 적이 없었던 것이다.

작달막한 파버는 샬링 행정관에게 가서 문지기를 살인미수로 고발할 참이었다. 하지만 소령은 굳이 그럴 필요 없다고 조언하기를, 이 지역에서는 독일인 따위를 죽여봤자 처벌감이 되지 않는다고 했다. 만약 이 말의 진실성이 입증되어야만 한다면 소령 자신이 몸소 문지기를 물속에 처박아주겠다고 그는 말했다.

그러자 작달막한 파버는 진정하고 소령에게 자신의 집에 가서 구운 소시지 요리를 안주로 중부 독일식 맥주나 들자고 권했다.

오르간 연주자의 집에는 교회 열쇠가 있을 거라고 생각한 소령은 그를 따라갔다. 두 사람은 브루 교회 주위로 교구장과 문지기, 그리고 오르간 연주자가 모여 사는 언덕을 죽 내려갔다.

"송구스럽습니다, 잘 좀 봐주십쇼." 집 안으로 들어가며 작달막한 파버는 거듭 말했다. "오늘은 집 안 꼴이 영 말이 아닙니다. 여동생과 제가 일거리가 많아서요. 그래도 마침 닭 한 마리를 잡았습니다."

"아니 뭐 그럴 것까진." 소령이 대꾸했다.

작달막하고 고운 파버 처자가 맥주를 담은 토기 단지를 내왔다. 소령이 여자들에게 따사로운 시선을 보내는 사내가 아님은 널리 알려져 있었다. 하지만 귀여운 모자를 쓰고 맵시 있는 조끼를 걸치고 선 작달막한 파버 처자에게만은 소령의 눈도 기뻐하지 않을 도리가 없었다. 금발은 곱게 빗어 넘겼고, 처녀가 직접 짠 옷은 눈부시게 희고 고왔다. 작은 손은 잽싸고 재주가 많았고, 조그만 얼굴은 장미처럼 붉고 동글동글했다. 소령은 만약 자신이 25년 전 이렇게 깜찍한 아가씨를 만났다면 청혼을 했을 거라는 상상마저 했다.

하지만 발그스레한 뺨이 이토록 귀엽고 바지런히 움직이는데도, 그녀의 눈은 펑펑 운 흔적으로 붉었다. 그리고 소령이 그녀에게 다정한 호의를 품게 된 건 바로 그 슬픈 기색 때문이었다.

사내들끼리 먹고 마시는 동안 그녀는 집 안팎을 부지런히 드나들었다. 한번은 그녀가 오빠의 곁으로 다가오더니 무릎을 살짝 굽혀 인사하며 물었다.

"암소들을 헛간에 어떻게 몰아넣어야 할까요?"

"열두 마리는 오른쪽에 집어넣고 열한 마리는 왼쪽으로 보내라. 그러면 서로 부딪히지 않을 거야." 작달막한 파버가 대답했다.

"이런 세상에, 자네 그렇게 소가 많았나?" 소령이 물었다.

실은 오르간 연주자에게는 소가 두 마리밖에 없었다. 하지만 그는 으리으리하게 들리도록 하나는 열한 마리, 하나는 열두 마리라고 이름 붙였다.

또한 그는 소령에게 외양간이 개축중이라 암소들이 낮에는 바깥에서 지내고 밤에는 장작 창고에 들어가 있다고 했다.

작달막한 파버 처자는 방을 들락날락하다가 또다시 오라비에게 와서 무릎 굽혀 인사하고는 목수가 묻기를 외양간 지붕이 어느 정도 높이여야 하느냐 한다고 전했다.

"암소 키부터 먼저 재보라고 해." 오르간 연주자가 대답했다. 소령이 보기에는 현명한 답이었다.

그렇게 앉아 있는 동안 소령은 오르간 연주자에게 왜 누이의 눈이 그리 발개져 있냐고 물었다. 대답인즉, 상속 한 푼 못 받고 빚더미에 앉은 가난한 문지기와 결혼하지 못하게 막았더니 저런다고 했다.

푹스 소령은 골똘하게 생각하기 시작했다. 그는 기계적으로 맥주 단지를 비우고 소시지를 먹어치웠다. 작달막한 파버는 소령의 어마어마한 식욕에 경악했다. 하지만 먹고 마실수록 소령은 생각이 또렷해지고 마음이 굳세졌다.

작달막한 파버 처자를 위해 뭔가 해야겠다는 그의 결심 또한 점차 확고해졌다.

그는 휘어진 고리가 달린 커다란 열쇠가 문가에 걸려 있는 걸 이미 눈여겨보았다. 술 상대를 해주던 작달막한 파버가 식탁에 머리를 박고 코를 골자마자 푹스 소령은 열쇠를 챙기고는 모자를 집어들어 잽싸게 빠져나갔다.

그런 직후 그는 더듬더듬 교회 탑의 계단을 올랐다. 작은 뿔 등잔의 빛에 의지해 마침내 그는 종루에 다다를 수 있었다. 그의 머리 위로 종들이 거대한 입을 벌리고 있었다. 그는 줄로 종의 표면에서 쇠를 조금 긁어내고는 탄환 모양 거푸집과 부싯돌을 주머니에서 꺼냈다. 하지만 그는 가장 중요한 것을 챙겨오지 않았음을 그제야 깨달았다. 거기에는 은이 없었다. 탄환에 효력이 깃들려면 바로 그 자리에서 주조해야만 했다. 모든 게 제대로 되어가고 있었다. 목요일 밤이었고 초승달이 떴고 아무에게도 들키지 않았는데 그는 탄환을 만들 수가 없었다. 밤의 정적 속에서 그는 욕설을 내질렀다. 어찌나 큰 소리였는지 종들에 메아리칠 정도였다.

그와 거의 동시에 그는 저 아래 교회 건물에서 누군가 바깥으로 나오는 기척을 들었다. 그 기척은 곧 계단을 올라오는 발걸음으로 바뀌었다. 그렇다, 정말로 누군가 육중한 걸음을 이끌며 계단을 올라오고 있었다!

종들이 메아리치도록 욕을 했던 푹스 소령은 위에서 잠시 생각에 잠겼다. 그는 지금 올라오는 이가 그에게 도움이 될지도 모른다고 여겼다. 발걸음이 점점 가까워졌다. 종루가 목적지인 게 분명했다.

소령은 대들보와 서까래 사이로 숨어들어가 등불을 껐다. 겁을 먹지는 않았지만, 만약 들어온 이가 위를 쳐다본다면 모든 일이 수포로 돌아갈 게 분명했다. 그가 모습을 감추자마자 계단 위로 사람 머리가 쑥 나타났다.

소령은 그자를 금세 알아보았다. 브루뷔의 욕심 많은 목사였다. 탐욕에 미치다시피 한 목사는 긁어모은 보물들을 온갖 괴상한 구석에다 감춰두곤 했다. 지금도 목사는 지폐 한 뭉치를 탑에다 숨기려고 나타난 것이었다. 누군가 자신을 엿보고 있음을 알지 못하고서 목사는 바닥의 판자 하나를 들어올리고는 돈을 그 아래 놓고 재빨리 사라졌다.

소령 역시 잽싸기는 매한가지였다. 그는 보아두었던 바로 그 널빤지를 들어 올렸다. 세상에나, 어마어마한 액수였다! 지폐다발이 쌓인 사이로 은화가 가득 찬 갈색 가죽 주머니가 놓여 있었다. 소령은 딱 탄환

하나를 제조하는 데 필요한 만큼의 은을 집어들고 나머지는 도로 놔두었다.

소령이 드디어 탑을 떠났을 때 그의 총에는 은탄환이 장전되어 있었다. 그는 걸어가면서 이 운수가 계속될 수 있을지 궁금히 여겼다. 목요일 밤에는 온갖 기이한 일들이 벌어지는 법이었다. 그는 우선 오르간 연주자의 집으로 향했다. 혹시 그 귀신 들린 곰이라면 파버의 암소들이 천장이 훤히 뚫린 거나 다름없는 무너져가는 장작 저장고에 들어가 있다는 걸 이미 알아차리지 않았을까?

실로 그러했다! 그는 시커멓고 커다란 덩치가 저장고 쪽으로 다가오는 걸 목격했다. 곰이 틀림없었다!

그는 총을 뺨에 대고 조준하며 방아쇠를 당기려 했지만, 순간 다른 생각이 머리를 스쳤다.

어둠 속에서 펑펑 울어 눈이 발갛게 부은 파버 처자의 모습이 눈앞에 어른거렸다. 소령은 그녀와 문지기를 도울 방도가 있었다. 하지만 그러려면 커다란 희생을 치러야 했다. 그는 제 손으로 굴리타의 큰 곰을 죽이는 영예를 포기해야 했다. 그는 무얼 포기하더라도 이처럼 쓰라리지는 않을 거라고 중얼거렸으나, 그 작달막한 처자가 너무나 참하고 귀여운 아가씨였기 때문에 어쩔 수 없었다.

그는 문지기의 집으로 가서 문지기를 깨웠다. 옷을 반만 걸친 문지기를 밖으로 끌어내며 그는 지금 파버의 장작 저장고를 어슬렁거리는 곰을 쏘아야 한다고 말했다.

"만약 자네가 저 곰을 죽인다면 파버는 자네와 여동생의 결혼을 허락할 걸세." 그는 말했다. "저 곰을 죽이면 자네는 존경받는 사내가 될 테니까. 저건 보통 곰이 아니야. 이 땅에서 제일가는 사내들도 저 곰을 죽이는 걸 영예로 알 걸세."

그는 문지기에게 초승달이 뜬 목요일 밤 교회 탑에서 종의 쇠와 은을 섞어 주조한 탄환을 장전한 자신의 총을 쥐여주었다. 하지만 자신 외의 사내가 숲의 제왕을, 굴리타 산의 늙은 곰을 해치우게 되었다는 데 대한 질투를 완전히 억누를 수는 없었다.

문지기는 조준했다. 아, 신이여 도우소서, 서툰 문지기는 브루뷔의 들판을 어슬렁거리는 저 곰이 아니라 하늘의 북극성을 돌고 있는 큰곰자리를 쏘려는 양 엉뚱한 방향을 노렸다. 마침내 탄환이 발사되었을 때 그 소리는 저 위의 굴리타 산에까지 들릴 것 같았다.

그러나 문지기가 어느 쪽을 조준했든 곰은 쓰러졌다. 그것이 은탄환의 힘이었다. 하늘의 별들을 향해 쏘더라도 은탄환은 곰의 심장에 박혔으리라.

모든 농장과 집들의 문이 열리고 사람들이 쏟아져 나와 무슨 일이 벌어졌냐고 물었다. 탄환 한 발이 이렇게나 요란한 소리를 내며 자던 이들을 깨워낸 예는 없었다. 그 지역에서 곰은 진정 골칫거리였기 때문에 문지기는 곧 소리 높여 찬양받았다.

작달막한 파버도 밖으로 나왔다. 하지만 푹스 소령은 자신이 바보짓을 했음을 깨달았다. 제 암소들을 구해주고서 삽시간에 유명 인사가 되어 찬양받는 문지기를 보면서도 작달막한 오르간 연주자는 전혀 감동받지 않았고 감사를 표하지도 않았다. 문지기를 부둥켜안으며 호걸이자 매제라고 부르지도 않았다.

이 모욕에 분노한 소령은 눈살을 찌푸리며 땅을 걷어찼다. 그는 이 탐욕스럽고 속 좁은 땅꼬마에게 문지기가 얼마나 대단한 업적을 이루어냈는지 설명하려 했으나 흥분 탓에 자꾸 말을 더듬었다. 그 큰 곰을 죽이는 영예를 양보한 게 헛짓이었다는 생각에 그는 점점 더 음울해졌다.

그가 보기에는 이만한 업적을 이루어낸 사내라면 세상의 그 어떤 도도한 색시라도 얻어 마땅했건만.

문지기와 몇 명의 청년들이 곰 가죽을 벗기기로 했다. 그들은 숫돌에 칼을 갈기 위해 들어갔고 다른 이들은 다시 잠을 청하러 각자 집으로 돌아갔다. 죽은 곰 옆에는 소령 혼자만 남았다.

소령은 한 번 더 교회로 가서 열쇠를 슬쩍 주머니에 집어넣고는 좁다랗고 가파른 계단에서 꾸벅꾸벅 졸고 있던 비둘기들을 놀라게 하며 탑을 올랐다. 그는 또다시 종루에 이르렀다.

얼마 후 문지기와 청년들이 소령의 감독하에 곰 가죽을 벗기려 돌아왔을 때, 곰의 아가리 안에서 지폐 한 뭉치가 발견되었다. 500릭스달레르의 금액이었다. 그 돈이 어떻게 거기 들어가게 됐는지는 알 수 없지만 어차피 그 곰은 보통 곰이 아니었고 곰을 죽인 사람은 문지기였기에 문지기가 그 돈을 갖는 데 아무도 이의를 제기하지 않았다.

이 소식을 전해 듣자 그제야 작달막한 파버도 문지기가 얼마나 영예로운 업적을 이룩했는지 깨달았다. 그는 문지기를 매제로 맞게 되어 영광이라고 말했다.

문지기 집에서 곰을 잡은 잔치에 참석하고 오르간 연주자의 집에서는 약혼 잔치의 하객이 된 후 푹스 소령은 금요일 밤이 되어서야 에케뷔로 돌아왔다. 그의 걸음은 우울하게 처졌다. 그는 오랜 적수가 쓰러진 게 전혀 기쁘지 않았다. 문지기가 그에게 선사한 위풍당당한 곰 가죽도 자랑스러울 게 없었다.

소령이 슬픈 이유가 작달막하고 고운 처자가 다른 남자의 신부가 되었기 때문이라고 여길 이들도 여럿 있을 것이다. 하지만 아니었다. 그 사실엔 우울할 게 없었다. 그의 마음에 걸린 건 그가 탄환 한 발 쏴보지 못했는데도 숲의 외눈박이 제왕이 쓰러졌다는 사실이었다.

그가 기사관에 올라갔을 때 기사들은 불가에 모여 있었다. 소령은 말한 마디 없이 그들 한가운데에 곰 가죽을 던졌다. 그는 자신이 겪은 모험에 대해 말을 하려 하지 않았다. 오래 애를 쓴 끝에야 기사들은 무슨 일이 벌어졌던 것인지 얻어들을 수 있었다. 그러나 그는 브루뷔 목사가 감춰둔 돈에 대해서는 함구했고, 목사는 자신의 재산 일부를 도둑맞았다는 사실을 영영 눈치 채지 못했다.

기사들은 곰 가죽을 구경했다.

"끝내주는 가죽인데." 베렌크로이츠가 말했다. "이 녀석이 어떻게 겨울잠을 자다 말고 나온 거야? 아니면 자네가 직접 굴로 들어가서 쐈나?"

그 곰은 브루에서 총에 맞았다고 소령은 대답했다.

"그래, 이놈은 그 굴리타 곰만큼 크진 않네." 예스타가 말했다. "이놈도 충분히 대단하지만 말이야."

"만약 이놈도 외눈박이였다면." 케벤휠러가 말했다. "난 푹스가 그 늙은 곰을 죽인 줄 알았을 거야. 이놈도 거의 그만큼 커. 하지만 이놈은 눈에 상처도 안 났고 흉터도 안 보여. 그러니 굴리타의 그 곰은 아니지."

푹스는 자신이 얼마나 멍청했는지 깨닫고 한참 욕을 했다. 그러고 나서 그의 얼굴은 거의 잘생겨 보일 정도로 활짝 피었다. 그 곰은 아직 다른 사내의 총탄에 쓰러지지 않았다!

"신이시여, 감사 받으소서!" 그는 두 손을 모았다.

9
비에네의 경매

어릴 적 우리는 종종 할머니의 옛이야기를 듣다 놀라움을 표하곤 했다.

"할머니의 빛나던 젊은 시절에는 날마다 무도회가 열렸나요?" 우리는 물었다. "그 시절에는 삶이 단 한 번뿐인 길고 긴 모험담 같았나요?"

"그때 아가씨들은 모두 예쁘고 사랑스러웠나요? 축제가 열릴 때마다 예스타 베를링은 그 아가씨들 중 하나를 유혹해서 함께 달아났나요?"

할머니는 흰 서리가 품위 있게 내려앉은 머리를 저으며 일상에 대해서도 이야기하기 시작했다. 달각거리며 돌아가던 물레, 베 짜는 소음, 분주하던 부엌, 헛간의 도리깨질 소리, 숲에 울려 퍼지는 도끼 소리 같은 것들을. 하지만 이 화제는 얼마 가지 못하고 할머니는 다시 이전의 이야기로 돌아갔다. 현관 밖 계단 앞에 썰매가 멈추고 유쾌한 젊은이들을 태운 말들이 어두운 숲을 달려가던 이야기로. 여기서는 춤판이 벌어지고 저기서는 바이올린이 울린다. 뢰벤 호숫가에서 인구에 회자될 만한 사냥판이 벌어지면 날카로운 채찍 소리가 귀 따갑게 울렸다. 숲으로

부터 멀리 떨어져 있어도 당시 사람들은 나무들이 도끼질에 휘청이다 쓰러지는 소음을, 거침없는 파괴의 힘을 들을 수 있었다. 불꽃은 춤을 추고 계곡물은 굉음을 내며 넘쳐흘렀다. 굶주린 늑대들은 울부짖으며 인간의 농장 주위를 배회했다. 다리 여덟 달린 말의 발굽이 고요한 행복들을 바스러뜨렸다. 사냥꾼들이 사람들 곁을 스쳐가면 사내들은 덩달아 거칠어졌고 여인네들은 창백하게 겁에 질려 집과 농장을 뒤로하고 달아났다.

어렸던 우리는 숨죽이고 경탄하다가 때로 몸서리를 치기도 했지만, 그래도 즐겁게 귀를 기울였다. '대단한 사람들이야!' 하고 우리는 생각한다. '요즘에는 그런 사람들이 없지!'

"그때 사람들은 우유부단한 생각 같은 건 안 했어요?" 우리는 물었다.

"물론 그들도 생각에 잠기곤 했지, 얘야." 할머니는 대답했다.

"하지만 우리처럼은 아니었겠죠." 우리는 주장했다.

할머니는 우리가 정말로 뜻하는 바가 뭔지 알아듣지 못하셨다.

우리가 가리키는 '생각'이란 당시 이미 어린 우리의 마음에도 자라고 있던 냉랭한 비판적 자아였다. 그것은 얼음같이 싸늘한 눈에 뼈와 가죽뿐인 비쩍 마른 다리를 하고서 우리의 영혼 가장 어둑한 구석에 웅크리고 앉아 있다가 마치 늙은 여인들이 모직과 비단을 누덕누덕 기운 조각보를 뜯어내듯 우리의 마음을 낱낱이 해부했다.

그것은 길고 관절이 불거진 손가락으로 우리의 온 자아를 낡은 누더기 뭉치가 될 때까지 분해한다. 우리의 가장 황홀했던 기분이, 가장 내밀한 생각들이, 우리가 행하고 말한 모든 것들이 하나하나 분석당하고 분해당한 뒤 찢겨버린다. 비판적 자아는 싸늘한 눈으로 우리의 내면을 들여다보고는 이 빠진 입으로 비웃으며 속삭인다. "그건 죄다 쓸모없는 망상이야, 쓰레기일 뿐이지!"

옛 시절 사람들 중에도 자기비판에 영혼을 내맡긴 이들이 있었다. 그것은 인간의 곁에 조용히 웅크리고 앉아 인간의 행동의 근원을 관찰하고 선과 악을 조소하고 모든 것을 아는 척하되 아무것도 선택하지 않는다. 그것은 인간의 가슴을 뒤흔들고 정신을 움직이는 모든 동력을 분석하고 끌어내고 쪼개고 비웃으며 무력화한다.

아리따운 마리안도 이 비판적 자아를 품고 있었다. 그녀는 자신의 모든 말, 모든 걸음에 그것의 싸늘한 시선과 조소가 따라붙는 것을 느꼈다. 그녀의 삶은 비판적 자아를 유일한 관객으로 둔 연극이 되고 말았다. 그녀는 더 이상 진정 살아 있는 인간이 아니었다. 그녀는 고통받지도 않았고, 기쁨을 느끼지도 못했고, 사랑을 하지도 않았다. 그녀는 단지 아리따운 마리안을 연기하고 있을 따름이었다. 그녀의 비판적 자아는 싸늘한 시선으로 그녀의 연기를 꿰뚫어보면서 부지런히 그녀의 내면을 해부했다.

그녀의 자아는 둘로 나뉘었다. 비판적인 한쪽은 창백하고 무감동하게 앉아 다른 한쪽의 행동을 조소했다. 그녀의 내면을 짓이기는 이 기괴한 자아는 절대 공감의 말을 내뱉는 법이 없었다.

그녀가 삶의 충만함을 배웠던 그 겨울밤에 모든 행동의 근원을 감시하는 이 창백한 자아는 어디에 가 있었을까? 그 똑똑하던 마리안이 백쌍의 시선이 지켜보는 가운데 예스타 베를링에게 입을 맞췄을 때, 절망에 빠져 죽겠다고 눈 속에 누웠을 때 어디로 숨었을까? 그때만은 비판적 자아의 싸늘한 시선도 잠시 감기고 조소의 웃음마저도 멎었다. 그녀의 영혼이 온통 정열로 가득 찼던 덕이었다. 동화의 한 장면과도 같은 거친 사냥의 소음이 그녀의 귀에 울렸던 그 끔찍한 밤에 그녀는 마침내 온전한 한 인간이 될 수 있었다.

오 비판적 자아여! 마리안이 끈질긴 시도 끝에 얼어붙었던 팔을 들어

올려 예스타 베를링을 끌어안았던 그 순간만은 너 역시 늙은 베렌크로이츠처럼 지상에서 고개를 들어 별들을 바라보는 수밖에 없었다. 그 밤에 너는 힘을 잃었다. 아리따운 마리안이 사랑에 찬가를 바칠 때 너는 죽어 있었다. 그녀가 소령을 부르러 셰로 달려갈 때도 그랬다. 그리고 그녀가 숲의 우듬지 위로 하늘을 붉게 물들이는 불길을 목격했을 때도 너는 죽어 있었다.

보라, 악마 같은 정열이 독수리 떼처럼 무자비하게 몰려왔다. 불꽃같은 날갯짓과 강철 같은 발톱으로 정열은 싸늘한 눈을 한 자기비판을 궁지로 몰았다. 정열은 비판적 자아의 뒷덜미를 발톱으로 잡아채 미지의 영역으로 내던져버렸다. 그렇게 하여 그 밤, 마리안의 비판적 자아는 패하고 죽임을 당했다.

그러나 당당하고 거침없는 정열은 다시 그녀를 떠나버렸다. 정열은 예측할 수 없는 것이기에 그 누구도 그것이 향하는 방향을 쫓을 수 없었다. 그리고 미지의 영역에서 비판적 자아는 되살아나 마리안의 자존심 강한 영혼에 다시 똬리를 틀었다.

2월 내내 마리안은 에케뷔에서 앓아누웠다. 셰에서 옮아온 천연두 때문이었다. 이 끔찍한 질병은 그녀에게 온갖 위력을 발휘해 그녀의 피를 식히고 쇠잔하게 했다. 그녀는 거의 죽을 뻔했다가 2월 말이 되어서야 회복하기 시작했다. 하지만 그녀는 여전히 허약했고 완전히 추한 모습으로 변했다. 그녀는 다시는 아리따운 마리안이라 불릴 수 없을 것이다.

베름란드의 가장 귀중한 보물 중 하나가 상실되었다는 소식이 퍼지면 온 고장이 애석해하리라. 이제껏 그 사실을 알고 있는 이는 마리안 자신과 그녀를 간호하는 여인뿐이었다. 기사들조차도 아직 몰랐다. 천연두 환자가 누워 있는 병실에는 아무나 들락거릴 수 없었다.

일없이 누워 있어야만 하는 지루한 회복의 시간처럼 자기비판에 빠지기 쉬울 때도 없다. 그녀의 비판적 자아는 싸늘한 시선으로 그녀를 지켜보며 거칠고 말라빠진 손가락으로 그녀의 내면을 해부했다. 그녀가 정신을 차리면 그녀의 뒤에는 노랗게 뜬 창백한 낯을 한 또 다른 그녀가 도사리고 앉아 그녀를 지켜보며 비웃음으로 영혼을 마비시키는 중이었다. 그리고 그것만이 아니었다. 그것의 뒤에는 또 다른 그녀가 그것을 지켜보았고, 그 뒤에는 다시 또 다른 그녀가 도사리고 있었다. 그녀의 비판적 분신들은 죄다 만면에 비웃음을 띠고서 서로와 온 세상을 관찰했다.

그렇게 마리안이 누워서 그 모든 싸늘한 시선으로 자신을 관찰하기를 계속한 결과, 그녀의 모든 감정들은 죽어버렸다.

그녀는 거기 누운 채로 환자를, 불행한 여인을, 사랑에 빠진 연인을, 복수심에 찬 딸을 연기했다.

이 모든 것이 그녀의 모습이었으나, 동시에 그것들은 연기에 불과했다. 싸늘한 시선이 지켜보는 가운데 모든 것은 연극이자 비현실로 변했다. 그녀는 그것들을 관찰했고 그러면서 또 다른 자아에게 관찰당했다. 그리고 그들을 제3의 자아가 관찰했다. 이런 식으로 시선은 끝없이 이어졌다.

삶을 관통하던 강렬한 힘은 마법에 걸려 잠들어버렸다. 그녀는 격렬히 증오하고 스스로를 내던져 사랑할 능력을 단 하룻밤 가져보았으나 그 후로는 잃어버렸다.

그녀는 자신이 예스타 베를링을 사랑하는지조차 확신할 수 없었다. 그녀는 그가 보고 싶었지만, 그것은 그가 그녀로 하여금 다시 그녀 자신을 잊게 할 힘을 여전히 지니고 있는지 확인하기 위해서였다.

질병의 지배를 당하는 동안 그녀의 머릿속을 또렷이 점령한 생각은 단 하나였다. 그녀는 자신의 병이 바깥세상에 알려질까 염려했다. 그녀

155

는 부모를 보고 싶지도 않았고 아버지와 화해하고 싶지도 않았다. 그녀가 병에 걸렸다는 소식을 전해 들으면 아버지가 당신이 했던 짓을 후회하리라는 사실을 그녀는 알았다. 그래서 그녀는 부모와 다른 모든 사람들이 그녀가 비에네에 머물 때 곧잘 앓던 눈병이 다시 도져서 창에 커튼을 내려두고 지내는 줄 알도록 소문을 퍼뜨렸다. 자신을 간호하는 여인에게 그녀는 자신의 병에 대해 단단히 함구하라고 명령했다. 기사들에게도 굳이 칼스타드까지 가서 의사를 데려올 필요가 없다고 알렸다. 자신이 천연두에 걸리긴 했지만 증세가 경미하고 에케뷔에 보관된 약으로 처방이 충분하다고 그녀는 주장했다.

그녀는 자신이 죽을지도 모른다는 생각은 전혀 하지 않았다. 그녀는 그저 드러누운 채 어서 나아서 예스타와 함께 혼인 예식을 부탁하러 목사에게 갈 생각만 했다.

하지만 이제 열이 내리고 병도 낫자 그녀는 다시 냉정하고 똑똑한 여자가 됐다. 그녀는 멍청이들로 가득한 세상에서 자기 혼자만 제정신이라고 믿었다. 그녀의 가슴속에는 사랑도 증오도 없었다. 그녀는 이제 아버지를 이해할 수 있었다. 그리고 이해하게 되면 증오는 사라지는 법이다.

그녀는 멜키오르 싱클레르가 비에네에서 경매를 열려 한다는 소식을 들었다. 그는 딸에게 아무것도 물려주지 않으려고 가진 재산을 모조리 날려버릴 참이었다. 전하는 바에 따르면 멜키오르 싱클레르는 재산을 되는 대로 다 없애려 한다고 했다. 제일 먼저 가구를 팔고, 살림살이를 팔고, 그 후에는 가축들과 농기구를 팔고, 맨 마지막엔 장원 전체를 팔아치울 예정이었다. 그리고 팔아서 생긴 돈은 자루에 넣어 뢰벤 호수에 처넣을 것이라 했다. 그녀가 물려받을 유산은 폐허였다. 마리안은 이 소식을 듣고 웃으며 고개를 끄덕였다. 딱 아버지다웠다.

자신이 한때 사랑의 찬가를 지어 불렀다는 게 그녀에게는 황당했다.

그녀는 오두막과 예스타의 사랑에 대한 꿈을 꾸었다. 지금 그녀는 자신이 어떻게 그런 꿈을 꾸었는지 도무지 이해가 가지 않았다.

그녀는 천성대로 한숨을 쉬었다. 이 끝도 없는 연극에 질렸다. 그녀는 단 한 번도 강렬한 감정을 느껴보지 못했다. 미모를 잃은 것도 애석할 게 없었다. 그저 낯선 이들이 보일 값싼 동정이 싫었다.

아, 단 한 순간만이라도 나 자신을 잊을 수 있다면! 마음속으로 계산하는 일 없이 말 한 마디, 행동 하나, 동작 하나라도 저질러볼 수 있다면!

어느 날 병실을 소독한 후 옷을 입고 소파에 누워 있다가 그녀는 사람을 시켜 예스타 베를링을 불러오게 했다. 심부름꾼이 대답하기를 그가 비에네의 경매에 갔다고 했다.

*

비에네에서 열린 경매는 실로 어마어마했다! 멜키오르 싱클레르의 오래된 집은 부유한 저택이었다. 경매에 참여하기 위해 수십 수백 리 밖에서도 사람들이 찾아왔다.

위풍당당한 거인 멜키오르 싱클레르는 집 안의 모든 가재도구를 커다란 홀에 쌓아두게 했다. 수천 점의 물품이 뒤섞여 바닥에서 천장까지 산을 이루었다.

그는 최후의 심판 날을 맞은 파괴의 천사처럼 온 집 안을 헤집고 다니며 팔 물건들을 손수 끌어냈다. 시꺼먼 냄비와 나무 의자, 주석 단지와 구리 용기는 용케 화를 면했다. 이 부엌가재에는 마리안과 얽힌 추억이 없었다. 하지만 이것들 외에는 모두 멜키오르 싱클레르의 분노를 피해가지 못했다.

그는 마리안의 방으로 쳐들어가 닥치는 대로 때려 부쉈다. 마리안의 인형 장식장과 책장, 그가 딸을 위해 주문했던 작은 의자, 장신구와 옷들, 딸이 앉고 누웠던 소파와 침대, 이 모든 걸 없애버려야 했다.

그 후 그는 방방마다 돌아다녔다. 눈에 거슬리는 것들을 모조리 끌어내고 커다란 짐 덩어리들을 경매 장소까지 옮겼다. 묵직한 소파와 대리석 탁자를 짊어지느라 끙 소리가 났지만 그래도 그는 버텼다. 그러고는 모든 걸 내던져 정신 사납게 쌓아올렸다. 그는 찬장을 부수고 조상 대대로 내려온 값비싼 은식기를 끄집어냈다. 이것들을 치워버려라! 마리안의 손길이 이것들을 건드린 적이 있었다. 그는 한 팔 가득 눈처럼 흰 능직물과 부드러운 리넨 테이블보를 꺼내들었다. 이 천들은 여러 해에 걸쳐 짠 노력의 결실이었다. 그걸 그는 모조리 경매물 더미에 내던졌다. 이것들도 치워라! 마리안은 이 천들을 물려받을 자격이 없다! 그는 도자기들이 걷어차이고 부딪혀 깨지는 것도 아랑곳 않고 방들을 쓸고 다녔다. 그의 손아귀가 가문의 문장이 새겨진 세브르 찻잔*들을 움켜쥐었다. 이것들도 치워라! 탐내는 이 아무나 가져가라고 해라! 침대들도 본래 있던 자리에서 끌어냈다. 그 위에 누우면 부드러운 물결에 잠기듯 온몸이 가라앉는 푹신한 깃털 이불과 베개도 잡동사니들 위로 내던졌다. 이것들도 치워라! 마리안이 이 위에서 잠든 적이 있다.

그는 눈에 익은 오래된 가구들에 분노의 시선을 던졌다. 이 의자와 소파들 중 마리안이 한 번이라도 앉지 않은 것들이 있던가. 이 그림들 중 그녀의 눈길이 닿지 않은 것이, 이 샹들리에 중 그녀를 비추지 않은 것이, 이 거울 중 그녀의 모습을 담지 않았던 것이 하나라도 있던가. 그는 추억으로 가득한 세상에 험상궂게 주먹을 휘둘렀다. 할 수만 있다면 몽

---

* 루이 15세의 명으로 만들어진 유서 깊고 호화로운 프랑스 왕실 도자기.

둥이로 쌓인 것들을 죄다 산산조각내고 싶었다.

하지만 이걸 죄다 경매에 내다 팔면 더 철저한 복수가 된다는 걸 그는 깨달았다. 그 물건들은 죄다 일면식도 없는 사람들의 수중으로 흩어져야 했다! 하루 벌어먹고 사는 일꾼들의 소굴에서 때가 타거나, 이 물건들에 정 붙인 적 없는 타인의 무심한 손길 아래서 망가지라지. 경매에서 팔린 가구들이 농부들의 집구석에 처박혀 구르는 꼴은 익히 보지 않았던가. 품위를 잃고 초라하게 내버려진 가구들의 꼴은 그의 어여쁜 딸이 타락한 몰골과 꼭 닮았다. 이것들을 가져가라! 쿠션의 겉감이 뜯어져 말총이 튀어나오고, 도금이 벗겨지고, 탁자의 다리가 부러지고, 판이 깨진 몰골로 옛 집을 그리워하게 하라! 다시는 볼 수 없고 찾아올 수 없게 세상 끝으로 보내버려라!

경매가 시작됐을 때 홀의 절반은 온갖 잡다한 가재도구가 산을 이루어 눈이 휘둥그레질 지경이었다.

홀을 비스듬히 가로질러 긴 탁자가 놓여 있었다. 그 뒤에 경매 진행자가 섰고, 서기는 앉아 기록을 했고, 화주통과 함께 멜키오르 싱클레르가 있었다. 홀의 다른 편과 복도, 마당에는 경매 참석자들이 모였다. 빼곡히 들어찬 사람들로 시끄러우면서도 활기찬 소음이 일었다. 값을 부르는 사람들이 금방 나서서 경매는 떠들썩하게 진행되었다. 잡동사니가 되어 끝이 보이지 않게 쌓여 있는 전 재산을 뒤로하고 화주통 옆에 앉은 멜키오르 싱클레르는 반은 취했고 반은 정신이 나가 있었다. 봉두난발이 된 머리칼이 피가 몰려 시뻘게진 얼굴을 뒤덮었고, 핏발 선 눈동자가 이리저리 굴렀다. 그는 기분이 끝내주기라도 하다는 듯 웃으며 소리를 질러댔고, 후한 값을 쳐주는 구매자가 나타날 때마다 불러다 화주 한 잔을 권했다.

그를 쳐다보는 군중 속에 예스타 베를링도 앉아 있었다. 그는 구매자들 사이에 끼어 있었지만, 멜키오르 싱클레르와 눈이 마주치지 않게 조심했다. 벌어지는 일을 목격하면서 그는 기분이 불편해졌고 불행을 예감하듯 가슴이 죄었다.

그는 마리안의 모친이 어디 있는지 궁금해하다가, 마침내 그다지 내키지 않는 기분으로 운명의 명령에 이끌려 구스타바 싱클레르 부인을 찾기 위해 자리를 떴다.

그는 그녀를 찾느라 여러 개의 문을 지나야 했다. 장원의 주인인 거한은 인내심이 없는 데다 우는소리 듣기를 질색했다. 그는 자신의 아내가 이 집의 보물들에 닥친 운명에 눈물을 뿌려대는 데 질렸다. 아리따운 딸을 잃은 마당에 아내가 가구와 천 따위를 애도하며 울어대는 데 열이 뻗쳐서 그는 주먹을 쥔 채 온 집 안을 지나고 부엌을 나가서 식료품 창고까지 부인을 몰아갔다.

식료품 창고 너머로는 더 갈 데가 없었다. 그래서 그는 죽도록 얻어맞을 각오를 하고 웅크린 아내를 계단 뒤에 남겨둔 채 문을 잠그고 열쇠를 제 주머니에 챙겼다. 경매가 끝날 때까지 그녀는 거기 갇혀 있어야 했다. 그 안에서야 굶어죽을 염려는 없었고 그는 아내의 우는소리에서 해방되었다.

그녀는 본래는 자신이 다스리던 식료품 창고에 감금당한 신세가 되었다. 복도를 지나 부엌까지 온 예스타 베를링은 벽 위쪽 조그만 창 너머로 구스타바 부인의 얼굴을 보았다. 그녀는 위로 기어올라와 감옥 밖을 내다보던 차였다.

"거기서 뭘 하세요, 구스타바 아주머니?" 예스타가 물었다.

"그 양반이 날 여기다 가둬놨어." 그녀가 대답했다.

"여기 주인 아저씨가요?"

"그래, 하마터면 그 양반 손에 죽는 줄로 알았어. 아, 예스타, 저기 홀문에 꽂혀 있는 열쇠를 가져와서 나 좀 나가게 창고 문을 열어줘. 그 열쇠가 이 문에도 맞아."

예스타는 그녀가 시키는 대로 했다. 몇 분 뒤 작달막한 여인은 인적 없는 부엌으로 나올 수 있었다.

"하녀를 불러다가 홀의 열쇠로 열어달라 하시지 그랬어요." 예스타가 말했다.

"내가 고것들에게 열쇠의 비밀을 알려줄 거 같아? 그랬다가는 이 창고에서 남아나는 게 있겠어? 게다가 저 안에 있는 동안은 위쪽 선반을 정리했어. 아이고 삭신이야, 언제 저리 모아놨는지 모르겠네."

"아주머니는 늘 바지런하시죠." 예스타가 방금 전의 멍청한 말을 사죄한다는 듯이 대답했다.

"그렇지 뭐. 내가 없으면 실잣기고 천짜기고 제대로 되는 게 없어. 그리고 만약에……"

그녀는 말을 멈추고 한쪽 눈가를 닦는 시늉을 했다.

"아이구 하느님," 그녀가 한숨을 쉬었다. "여기서 이러고 떠드는 동안 일감이고 뭐고 남아나는 게 없겠네. 그 양반이 우리 전 재산을 팔아치우려고 해."

"정말 큰일이네요." 예스타가 맞장구쳤다.

"저기 아래 홀에 큰 거울 있잖아, 온통 통유리이고 도금에 흠 하나 안 나서 아주 번쩍번쩍하는 거, 우리 친정어머니가 주신 건데 그 양반이 그걸 팔겠대."

"아저씨가 정신이 나가셨나봐요!"

"그런 말을 들어도 할 수 없지. 진짜 미쳤어. 우리가 소령 부인처럼 한 길에서 동냥질하는 신세가 돼야 그만둘 건가봐."

"설마 그 지경까지 가려고요." 예스타가 말했다.

"아니야, 예스타! 에케뷔에서 소령 부인이 쫓겨날 적에 남은 우리에게도 큰 일이 닥칠 거라고 예언했는데 정말 그리 되고 있지 뭐야. 그 여자가 있었으면 절대 저 양반이 비에네를 못 팔게 할 텐데. 세상에 집안 대대로 내려온 도자기랑 오래된 찻잔까지 팔아치우고 있어. 소령 부인이 알았으면 가만 안 놔뒀을걸."

"아저씨가 왜 저러시는 거예요?" 예스타가 물었다.

"마리안이 집으로 안 돌아와서 그렇지. 저 양반은 내내 그애를 기다렸어. 날마다 온종일 길가에 서성거리면서 개가 오길 기다렸지. 그애가 너무 보고 싶어서 정신이 나간 거야. 하지만 그 소리를 정말 저 양반 앞에서 하면 큰일 나."

"마리안은 아저씨가 계속 화가 나 계시는 줄 알아요."

"그럴 리가 있나, 고 계집애도 지 애비를 알아. 그렇지만 그것도 자존심이 세놔서 제가 먼저 오려고는 안 하는 게지. 애비나 딸이나 똥고집이 얼마나 센지 사이에 낀 나만 만날 죽어나."

"마리안이 저와 결혼하려는 거 아주머니도 아세요?"

"아, 예스타, 고 계집애가 그럴 애가 아냐. 그냥 자넬 놀리려고 하는 소리야. 손에 물 한 방울 안 묻혀보고 큰 게 어떻게 가난한 남자하고 살아. 자존심은 또 얼마나 센데. 집에 가거들랑 개한테 당장 나타나지 않으면 물려받을 전 재산이 날아간다고 전해. 개 애비가 한 푼도 안 챙기고 다 내버리려 한다고."

예스타는 이 여자에게 화가 치밀었다. 그녀는 부엌의 커다란 식탁에 앉아서 거울과 도자기 걱정에 여념이 없었다.

"부끄러운 줄 아세요, 아주머니!" 그는 소리쳤다. "따님을 얼어 죽으라고 쫓아내시더니 그녀가 그냥 고집 때문에 안 오고 있는 줄 아세요? 그녀가 재산 때문에 사랑하는 남자를 떠날 여자라고 믿으시는 겁니까?"

"화내지 마, 예스타 베를링! 내가 뭔 소리를 하는지는 나도 모르겠어. 나도 마리안에게 문을 열어주려고 했는데 그 양반이 날 끌어냈어. 그 양반이 만날 하는 소리가 나는 아는 것도 없는 멍청이라고. 나야 자네가 마리안을 행복하게 해주기만 한다면야 그애를 자네에게 주고말고. 그렇지만 여자란 그리 쉽게 행복해지지가 않아, 예스타."

예스타는 그녀를 물끄러미 바라보았다. 어떻게 구스타바 부인 같은 사람에게 모진 말을 할 수 있을까! 그녀는 학대당하고 겁에 질려 있을 때도 선한 마음을 간직하고 있었다.

"마리안이 어떻게 지내는지는 궁금하지 않으세요." 그는 목소리를 낮춰 물었다.

그러자 그녀는 눈물을 왈칵 쏟았다.

"물어봐도 괜찮은 거야?" 그녀가 말했다. "실은 내내 물어보고 싶었어. 그애가 아직 살아 있다는 거 말고는 아는 게 없잖아. 내가 그애 물건들을 인편으로 보냈을 때도 안부조차 전하지 않더라고. 그래서 난 자네와 그애가 나한테는 소식도 전하기 싫은 줄 알았지."

예스타는 더 이상 견딜 수가 없었다. 그는 정신 나간 짓도 서슴지 않고 저지르는 길들지 않은 사내였다. 신은 그를 복종시키기 위해 늑대들을 보내셔야 했다. 하지만 이 늙은 여인의 눈물은 늑대의 울부짖음보다도 버티기 힘들었다. 그는 모든 진실을 털어놓았다.

"마리안은 내내 아팠어요." 그는 말했다. "천연두에 걸렸거든요. 오늘 처음으로 침대를 떠나 소파에 누울 수 있었죠. 저도 그녀를 에케뷔에 도착한 첫날 이래 보질 못했어요."

구스타바 부인은 탁자에서 펄쩍 뛰어내렸다. 예스타를 일으켜 세우고는 말 한 마디 꺼낼 틈 없이 남편에게 달려갔다.

경매장의 사람들은 격앙된 그녀가 달려와 남편에게 귓속말을 하는 것을 보았다. 또 그들은 멜키오르 싱클레르의 얼굴이 더욱 시뻘게지면서 화주통 꼭지에 헛손질을 하느라 화주를 바닥에 흘리는 것도 목격했다.

그들은 계속 지켜보았다. 구스타바 부인이 아주 중요한 소식을 가져온 게 틀림없는지 경매는 잠시 중단되었다. 진행자는 더 이상 망치를 내려치지 않았고, 서기는 종이 위에 펜을 긁적이기를 멈췄으며 값을 외쳐 부르는 사람도 없었다.

멜키오르 싱클레르는 퍼뜩 깊은 생각에서 깨어났다.

"자," 그는 소리쳤다. "판을 계속 진행해야지?"

그리고 경매는 다시 진행되었다.

예스타는 부엌에 앉아 기다리고 있었다. 구스타바 부인은 울면서 그에게 왔다.

"소용없어." 그녀가 말했다. "마리안이 아팠단 얘길 들으면 그 작자도 그만할 줄 알았지. 하지만 또 시작했어. 체면 때문에 못 멈추는 거야."

예스타는 어깨를 으쓱하고 그녀에게 작별을 고했다.

앞방에서 그는 신트람을 맞닥뜨렸다.

"상황이 아주 재미나게 됐어!" 신트람이 소리 높여 말하며 손을 비벼 댔다. "자넨 참 걸물이야, 예스타, 일을 이리 만들다니!"

"머잖아 훨씬 더 재밌어질 겁니다." 예스타는 속닥였다. "브루뷔의 목사가 금을 잔뜩 실은 썰매를 끌고 와 있어요. 비에네를 일시불로 통째로 사들일 거란 말이 돌아요. 위풍당당한 멜키오르 싱클레르의 표정이 어찌 변할지 볼 만할 겁니다."

신트람은 목을 양 어깨 사이에 파묻고는 혼자 오래도록 킥킥 댔다. 그러더니 경매장으로 가서 멜키오르 싱클레르에게 바짝 다가갔다.

"신트람, 화주가 탐나면 자네도 염병할 경매에 뛰어들라고."

"자네는 늘 운이 좋았지, 친구." 신트람이 말했다. "오늘도 황금을 잔뜩 실은 썰매가 여기 도착했어. 이 장원 안팎을 통째로 사들이겠다는군. 일단 다른 사람들에게 대신 경매에 참석하라고 시켜놓고 본인은 모습을 드러내고 있지 않지만 말이야."

"내가 화주 한 잔을 주면 그게 누군지 알려주겠나?"

신트람은 화주를 받아 마시고 한 발 뒤로 물러선 후에야 대답을 했다. "브루뷔의 목사래, 형씨!"

멜키오르 싱클레르는 브루뷔의 목사보다는 나은 친구들을 얼마든지 댈 수 있었다. 그와 목사는 여러 해 동안 적대하던 사이였다. 탐욕으로 가득 차 농부들을 못살게 구는 목사가 한밤에 어딜 갈 적에 덩치 좋은 멜키오르 싱클레르가 미리 매복해 있다가 흠씬 두들겨 팬 게 한두 번이 아니라는 소문이 인근에 돌았다.

신트람은 미리 물러섰지만 이 거한의 분노를 완전히 피하지는 못했다. 화주 잔이 그의 이마에 떨어지고 술통은 통째로 그의 발치에 굴렀다. 하지만 그 뒤에 이어진 광경은 그가 두고두고 흐뭇해할 만했다.

"브루뷔의 목사놈이 내 장원을 탐낸다고?" 싱클레르가 포효했다. "지금 그놈에게 내 재산을 넘기고 있는 게냐? 부끄러운 줄 알아라, 개 같은 놈들아!"

그는 촛대와 잉크병을 들어 군중에게 내던졌다.

그의 가슴속에 억눌려 있던 쓰디쓴 감정들이 마침내 터졌다. 들짐승처럼 포효하면서 그는 주위에 둘러선 자들에게 주먹을 날리고 손닿는 걸 죄다 집어던졌다. 화주병과 잔들이 홀 안을 날아다녔다. 그는 자신이 뭘 하고 있는지 의식도 없었다.

"경매는 끝났다!" 그는 사납게 외쳤다. "꺼져라! 내가 살아 있는 한 브루뷔 목사놈이 비에네의 주인이 될 수 있을 것 같으냐, 다들 꺼져! 브루뷔의 목사놈 대신 경매에 꼈다가는 어찌 되는지 알려주마."

그는 경매 진행자와 서기들에게 달려들었다. 그들은 옆으로 뛰어 피했다. 난리 통에 탁자가 쓰러졌다. 온순한 인간들 틈에서 혼자 날뛰는 지주는 미친 사람 같았다.

사람들이 줄행랑을 치고 난리가 났다. 수백 명의 사람들이 단 한 사람에게 겁을 먹고 문으로 몰려갔으며, 그 한 사람은 굳게 서서 "다들 꺼져라!" 하고 호령하는 중이었다. 머리 위로 의자를 흉기처럼 빙빙 휘둘러대면서 그는 달아나는 이들에게 욕설을 퍼부었다.

그는 군중을 앞방까지 쫓아갔으나 거기서 더 추격하지는 않았다. 객들이 한 명도 남지 않고 계단을 내려갔을 때 그는 홀로 돌아와 문을 잠갔다. 그리고 가재도구 더미에서 매트리스 하나와 쿠션 몇 개를 꺼내 그 위에 드러누워 난장 한복판에서 잠들었다. 그는 그날 동안 깨어나지 않았다.

집에 돌아온 예스타는 마리안이 자신과 대화를 하고 싶어한다는 말을 들었다. 마침 그도 어떻게 하면 그녀와 이야기를 할 수 있을지 궁리하던 참이라 잘된 일이었다.

그녀가 누워 있는 어두컴컴한 방에 발을 디디며 그는 잠시 문가에 멈춰 섰다. 그는 그녀가 어디 있는지 바로 알아보지 못했다.

"거기 있어요, 예스타," 마리안이 말했다. "나한테 가까이 오면 위험해요."

그러나 그리움에 몸이 단 예스타는 한달음에 계단을 뛰어올라온 참이었다. 전염의 위험 따위는 그를 막지 못했다. 그는 그녀를 두 눈으로 보는 지복을 누리고 싶었다.

그의 마음속 연인은 아름다웠다. 그 누구의 살갗도 그녀만큼 보드랍지 않았고, 그녀처럼 티 하나 없이 매끄러운 이마를 지닌 이도 없었다. 그녀의 온 얼굴은 아름다운 선들로 이루어져 있었다.

그는 백합의 꿀샘처럼 날카롭고 선명한 선을 그리는 그녀의 눈썹을 떠올렸다. 도도하게 뻗은 콧날과 물결처럼 섬세하게 주름진 입술, 둥그스름한 뺨과 드물게 고상한 턱도 떠올렸다.

살결의 고운 빛깔과 금빛 머리칼 아래 밤처럼 새까만 눈썹, 티 하나 없이 반짝이는 흰자위 한가운데 푸른 눈동자도 그는 기억했다.

그의 연인은 아름다웠다. 그리고 그는 그 고고한 외양 아래 얼마나 따스한 마음이 숨겨져 있는지도 알았다. 그녀는 희생하고 자기 자신을 바칠 줄도 알았지만 그 사실을 우아한 외양 아래, 오만한 말투 아래 조심스레 숨겨두었다. 그녀를 눈에 담는 것은 축복이었다.

한걸음에 계단을 올라온 그가 문가에 멈춰 있을 수 있으리라고 그녀는 믿는 것일까! 그는 방 안을 내달려 그녀의 자리 옆에 무릎 꿇었다.

그는 그녀를 바라보고, 그녀에게 입 맞추고, 그녀에게 작별을 고하고 싶었다.

그는 그녀를 사랑했다. 영원히 사랑할 것이다. 하지만 그의 심장은 흙구덩이 속에서 짓밟히는 데 익숙해져 있었다.

의지할 곳도 뿌리도 잃었기에 그가 거두어 잠시나마 자신의 여인이라고 부를 수 있었던 그 장미는 어디 있는 걸까? 집에서 쫓겨나 한데서 반쯤 죽어가던 여자를 몸소 찾아냈으나, 그마저도 그는 계속 데리고 있어선 안 되었다.

너무나 고상하고 순결하기에 그 어떤 불협화음도 섞여들 수 없는 마리안의 노래에 어찌 그의 사랑이 화음을 맞춰줄 수 있을까. 언제쯤이면 그가 다른 이들을 불안과 질투에 빠뜨리지 않고도 행복을 쌓아올릴 수 있을까.

그는 어떤 식으로 그녀에게 작별을 고해야 할지 고민했다.

'당신 집에서는 많이 슬퍼하고 있어요'라고 그는 말을 꺼내려 했다.

'내 마음은 찢어질 것 같지만 당신은 집으로 돌아가 아버님이 제정신을 차리게 해드려야 합니다. 어머님은 계속 생명의 위협을 받고 있습니다. 당신은 돌아가야 해요, 내 사랑!'이라고.

단념의 말은 목구멍까지는 나왔으나 소리가 되지는 못했다.

그는 그녀의 누운 자리 옆에 무릎을 꿇고 그녀의 얼굴을 양손으로 감싸며 입 맞추었다. 그러나 그 순간 그는 아무 말도 못 했다. 가슴이 터질 듯 심장이 뛰었다.

천연두는 그녀의 미모를 완전히 앗아갔다. 그녀의 살결은 거친 흉터 투성이였다. 그녀의 뺨 아래 발간 혈색이 반짝이고, 이마에 섬세하고 푸르스름한 핏줄이 비칠 일은 다시 없을 것이다. 부어오른 눈꺼풀 아래 눈동자는 빛을 잃었다. 눈썹은 뽑혀나갔으며 눈의 흰자는 누런빛이 되었다.

모든 것이 망가졌다. 도도하던 선들은 거칠고 둔중해졌다.

훗날 마리안 싱클레르의 사라진 미모를 애석해하던 이들은 한둘이 아니었다. 하지만 아름다움을 잃은 그녀를 맨 처음 본 사내는 슬픔에 굴하지 않았다.

뭐라 형용할 수 없는 감정이 그의 가슴을 채웠다. 그녀를 바라보면 바라볼수록 그의 가슴속은 따스해져갔다. 봄날의 샘처럼 사랑이 차올랐다. 불의 강처럼 그의 가슴에서 넘쳐흐른 사랑은 그의 온 존재를 채워 눈물방울이 되어 떨어지고, 그의 입술에서 한숨이 되어 새어나오고, 두 손과 온몸이 떨리게 했다.

아, 그녀를 사랑하라, 그녀를 지켜주어라, 손끝 하나 다치지 않게 아껴주어라!

그는 그녀의 노예가, 그녀의 수호천사가 되고 싶었다!

고난이라는 세례를 받으면 사랑은 더욱 강해진다. 그는 감히 마리안을 단념하고 헤어진다는 말을 할 수 없었다. 그는 그녀를 떠날 수 없었다. 그는 그녀에게 삶을 빚졌다. 그녀를 위해서라면 그는 죽을죄라도 지을 수 있었다.

그는 앞뒤가 맞는 말은 하나도 하지 못했다. 그저 울면서 그녀에게 입맞추기만 했다. 늙은 간호인이 이제 그가 가봐야 할 때라고 말했다.

그가 사라진 후 마리안은 누운 채로 예스타와 그의 감정적 동요에 대해 생각했다. '이리 사랑받는 건 멋진 일이야.' 그녀는 생각했다.

그렇다, 사랑받는 것은 멋진 일이었다. 하지만 그녀 자신의 감정은 어떤가? 그녀는 어떤 기분이었는가? 아, 아무것도, 그녀는 아무것도 느끼지 못했다!

그녀의 사랑은 죽었나. 혹은 어디로 사라졌나. 그녀의 영혼에서 태어났던 사랑은 어디로 숨어버렸는가?

그녀의 가슴 가장 깊은 구석에 숨어 웅크린 채 비판적 자아의 싸늘한 시선에 얼어버리고, 비웃음에 겁을 먹고, 뼈마디가 불거진 손에 목이 졸려 죽어버리지는 않았나.

"아, 내 사랑아," 그녀는 한숨을 쉬었다. "내 마음에서 태어났던 아이야, 너 또한 나의 아름다움처럼 죽어버렸느냐."

*

다음날 새벽 덩치 큰 지주 싱클레르는 아내에게 말했다.

"집 안 꼴을 정리해놔, 구스타바. 나는 마리안을 데리러 갔다 올 거야."

"그래요, 사랑하는 멜키오르, 이젠 다 제대로 되겠죠." 그녀가 대답했다.

이걸로 그들 사이에선 말이 다 통했다.

한 시간 후 덩치 큰 지주는 에케뷔로 향했다.

덮개를 뒤로 젖힌 썰매에 가진 중 가장 좋은 모피와 목도리를 걸치고 앉은 멜키오르 싱클레르 씨만큼 풍채 좋고 사람 좋아 보이는 사내도 없었다. 머리칼은 가르마까지 타서 단정히 빗었다. 하지만 얼굴은 허옇게 핏기가 없었고 눈은 푹 꺼져 있었다.

구름 한 점 없이 갠 하늘, 2월의 한낮에 쏟아지는 빛은 찬란했다. 쌓인 눈은 첫 무도회에 나간 아가씨의 눈동자처럼 반짝였다. 자작나무는 호리호리한 적갈색 몸통으로부터 군데군데 작게 빛나는 고드름이 매달린 섬세한 우듬지를 하늘로 뻗어 올렸다.

한낮의 세상은 축제 같았다. 말들은 춤추듯 땅을 박찼고, 마부는 흥에 겨워 채찍을 울렸다.

얼마 안 가 썰매는 에케뷔의 계단 앞에 멈췄다.

일꾼이 밖으로 나왔다.

"네 주인들은 어디 있느냐?" 멜키오르 싱클레르가 물었다.

"굴리타 산의 큰 곰을 잡으러 가셨습니다."

"전부 다?"

"다들 가셨습니다. 곰에 관심 없는 분들도 도시락 때문에 가셨죠."

지주는 조용하던 온 마당이 울리도록 웃어젖혔다. 그는 일꾼의 대답에 팁으로 동전을 주었다.

"내 딸에게 내가 데리러 왔다고 알려라. 얼어 죽을까봐 겁먹을 필요는 없다고 해라. 이 썰매엔 덮개가 있고 여기 그애를 덮어줄 늑대 가죽도 가져왔으니."

"나리께서는 들어오지 않으시렵니까?"

"아니, 난 이 자리가 좋다."

일꾼이 사라지고 지주는 기다리기 시작했다.

그날 그는 그 무엇에도 마음 상하지 않을 정도로 기분이 좋았다. 마리 안이 나올 때까지 기다리는 건 이미 각오한 터였다. 어쩌면 그녀는 아직 일어나지 않았을지도 몰랐다. 그는 주변을 두리번거리며 시간을 보내려 했다.

저편 지붕 용마루에는 기다란 고드름이 매달려 있었고, 태양이 그걸 녹이느라 애를 쓰고 있었다. 태양은 그것을 위쪽부터 데워서 녹은 물방울들이 고드름을 따라 흐르다 떨어지게 만들 작정이었다. 하지만 기껏 녹은 물방울은 채 절반도 흘러내리기 전에 다시 얼어붙었다. 태양은 끈질기게 시도했지만 매번 실패했다. 그러나 홀로 고드름 꼭대기를 집요하게 비추던 아주 작은 햇살 한 조각이 의욕을 불사른 끝에 목표를 달성했다. 녹은 물 한 방울이 땅에 떨어져 사방으로 튀었다.

그 광경을 지켜보던 지주가 너털웃음을 터뜨렸다. "거 영악한 놈일세." 그는 햇살을 칭찬했다.

마당은 고요하게 비었다. 커다란 건물에서는 아무 소리도 새어나오지 않았다. 하지만 그는 초조해하지 않았다. 그는 여자들이 채비를 할 때 으레 시간을 잡아먹는다는 걸 알았다.

그는 거기 앉아 창살이 쳐진 비둘기장을 구경했다. 새매가 채가지 않도록 비둘기들은 겨울 내내 거기 갇혀 있었다. 때때로 비둘기 한 마리가 창살 사이로 흰 머리를 쑥 내밀었다.

"봄을 기다리는 게로구나." 멜키오르 싱클레르가 말했다. "하지만 아직은 참을성 있게 기다려야지."

비둘기가 규칙적으로 머리를 내미는 듯 보여서 그는 시계를 꺼내 확인했다. 정확히 3분에 한 번씩 비둘기는 고개를 내밀었다.

"이 녀석아, 3분 만에 봄이 올 줄 아느냐? 넌 기다리는 법을 배워야겠다."

그 역시 기다려야 했지만, 시간은 넉넉했다.

말들은 처음에는 따분해하며 발굽으로 눈을 파헤쳐댔지만, 비쳐드는 햇빛 아래 서 있으려니 머잖아 졸음이 왔다. 말들은 서로 모가지를 겹쳐 기대고 잠이 들었다.

마부도 채찍을 쥔 채로 양지 쪽에 얼굴을 향하고는 앉은 채 코까지 골아가며 잤다.

하지만 싱클레르는 자지 않았다. 평생 지금만큼 말뚱한 적도 없었다. 그리고 이 기대에 찬 기다림의 시간만큼 기분이 좋았던 적도 없었다. 마리안이 여태껏 집에 오지 않은 건 아파서였다. 하지만 이제는 아비와 함께 집으로 갈 거다. 아무렴 그렇고말고. 그리고 모든 건 좋았던 예전으로 돌아가리라.

이제는 그녀도 아버지가 더 이상 화가 나 있지 않음을 알게 될 것이다. 그가 직접 두 마리의 말이 끄는 썰매를 타고 데리러 오지 않았는가.

벌통 구멍 앞에 세운 판자 위에서 곤줄박이 한 마리가 못된 흉계를 꾸미고 있었다. 곤줄박이는 점심 끼니를 차지하겠다고 작고 날카로운 부리로 판자를 쪼아댔다. 그 너머 벌통 안에서는 시커멓게 무리 지은 벌들이 엄격히 질서를 지키는 중이었다. 감독관이 먹이 분량을 나누고, 배급 담당은 벌들의 주둥이마다 넥타르와 암브루시아를 나눠주었다. 제일 안쪽에 매달린 벌들은 온기와 편안함을 모두 공평하게 나누도록 바깥의 동료들과 꾸준히 자리를 교체했다.

밖에서 곤줄박이의 소리가 들리자 벌통 안은 온통 호기심 어린 웅성거림으로 가득 찼다. 저 소리는 친구일까, 적일까? 우리나라에 위험이 닥친 건가? 여왕벌은 양심의 가책에 평정을 유지하지 못한다. 밖에서 날뛰는 것은 혹시 살해당한 수벌들의 원혼 아닐까? "나가서 바깥에 누가 있는지 보고 오너라!" 그녀는 문지기에게 명령하고 문지기는 복종한다. 그러나 "여왕님 만세!" 하는 외침과 함께 밖으로 돌진하자마자 곤줄박이가 냅다 달려든다. 안달이 난 날개를 펼치고 목을 길게 빼고는 문지기 벌을 문 뒤 짓씹고 삼켜버린다. 여왕에게 문지기 벌의 죽음을 고할 이도 없다. 곤줄박이가 다시 판자를 쪼아대자 여왕은 계속 문지기들을 바깥으로 보내고, 그들은 모두 돌아오지 않는다. 바깥에서 소리는 계속 나는데 그 정체를 보고하기 위해 돌아오는 이는 아무도 없다. 어두운 벌통 안에 으스스한 분위기가 감돈다. 밖에서 날뛰는 것은 역시 원혼이 틀림없다. 차라리 귀가 없다면 저 소리를 듣지 않아도 될 텐데. 궁금증을 억누를 수만 있다면. 숨죽이고 기다릴 수만 있다면.

거구의 지주는 벌통 안의 멍청한 아낙네들과 바깥 판자 위의 교활한 기사가 벌이는 촌극에 눈물이 찔끔 나도록 웃어댔다.

기다림이 보답 받으리라는 확신과 시간을 보낼 소일거리들만 확보한다면, 기다리는 건 전혀 어려운 일이 아니었다.

정원을 지키는 커다란 개가 나타났다. 개는 땅 위에 시선을 고정시키고 발끝으로 살금살금 걸으면서 마치 아무 일도 없는 듯 꼬리를 살랑댔다. 그러더니 어느 순간 눈 속을 파헤치기 시작했다. 이 악당은 뭔가 훔친 장물을 거기 숨겨둔 게 틀림없었다.

하지만 주위를 살피느라 고개를 든 녀석은 바로 앞에 까치 두 마리가 선 것을 보고 화들짝 놀랐다.

"도적놈아!" 양심의 사자처럼 버티고 선 까치들이 소리쳤다. "우린 경찰이다, 장물을 도로 내놓아라."

"악당들은 닥쳐라, 이 마당은 내 관할이다."

"어련하시려고." 까치들이 조롱했다.

개가 새들에게 달려들자 새들은 느릿하게 푸드덕 날아올랐다. 개는 덤벼들고 뛰어오르고 짖어대기를 계속했다. 그러나 개가 한 마리를 공

173

격할라치면 다른 한 마리가 개가 숨겨뒀던 고깃덩어리를 향해 되돌아왔다. 까치는 고깃덩어리를 부리로 물고 당겼으나 옮기기에는 너무 컸다. 개는 고깃점을 도로 낚아채서 앞발로 꼭 쥐고는 식사를 시작했다. 까치들은 그 앞에 서서 계속 개를 욕했다. 개는 새들을 매섭게 노려볼 뿐이었으나, 욕설이 너무 심해지자 또 까치들에게 달려들며 쫓아갔다.

해가 서쪽 산 위로 기울기 시작했다. 멜키오르 싱클레르는 시계를 들여다보았다. 세 시였다. 그의 아내는 정오에 맞춰 점심 식사를 준비해두겠다고 했다.

바로 그때 일꾼이 나와서 마리안 아씨가 아버님을 뵙고자 한다고 전했다.

지주는 팔에 늑대 가죽을 걸치고 기쁨에 차서 계단을 올랐다.

아버지의 묵직한 걸음이 들려올 때도 마리안은 집으로 돌아가야 할지 아닐지 결정하지 못한 상태였다. 그저 아버지를 더 기다리게 할 수 없어 부른 것이었다.

그녀는 기사들이 돌아오기를 내내 기다렸지만 그들은 오지 않았다. 그녀 스스로 아버지의 일을 해결해야 했다. 그녀는 더 이상 이 상황을 버틸 수 없었다.

처음에 그녀는 아버지를 10분만 기다리게 해도 그가 본색을 드러내 문을 부수거나 불을 지르려 할 거라고 생각했다.

그러나 그는 평온하게 앉아 미소를 지으며 기다릴 따름이었다. 그녀는 아버지를 증오하지도 사랑하지도 않았지만, 내면의 소리가 아버지 슬하로 다시 들어가서는 안 된다고 경고했다. 아울러 그녀는 예스타에게 했던 약속을 지키고 싶기도 했다.

아버지가 차라리 기다리다 지쳐 잠이 들거나 초조해했다면, 의심의 기색을 보이거나 썰매를 그늘 쪽으로 몰고 가기라도 했다면 좋으련만.

그러나 그는 기다리기만 하면 그녀가 결국에는 나오리라는 확신에 차서 인내심 있게 기다렸다. 그의 확신은 지켜보는 이에게도 전염이 될 정도였다.

그녀는 머리가 아팠다. 그녀의 온 신경이 떨렸다. 아버지가 밖에 앉아 있는 동안에는 침착해질 수가 없었다. 마치 그의 의지가 그녀를 붙들어 계단 아래로 끌고 내려가는 듯했다.

그녀는 적어도 아버지와 말은 나눠보기로 마음먹었다.

아버지가 들어오기 전 그녀는 커튼을 열고 창가에 누워 햇빛이 얼굴을 환히 비추게 했다.

그녀는 아버지를 시험해볼 작정이었다. 그러나 그날 멜키오르 싱클레르는 퍽 묘했다.

딸을 보고도 그는 표정 하나 안 변했고, 놀란 소리도 내지 않았다. 그는 딸의 모습이 변한 줄도 못 알아보는 것 같았다. 아버지가 자신의 미모를 얼마나 자랑스러워했는지 마리안은 알았다. 하지만 그는 그녀가 자신의 상심을 전혀 눈치채지 못하게 행동했다. 그는 딸을 슬프게 하지 않으려고 자신을 엄격히 다스리고 있었다. 그녀는 깊은 충격을 받았다. 그녀는 왜 어머니가 이 남자를 계속 사랑하는지 이해할 것 같았다.

그는 전혀 동요하지 않았다. 그는 그녀를 책망하지도 그녀에게 용서를 구하지도 않았다.

"네게 걸쳐주려고 늑대 가죽을 가져왔다, 마리안아ㄴ. 차갑지 않을게다. 내가 계속 품고 있었으니까."

그렇게 말하면서도 그는 난롯가로 가서 다시 가죽을 데웠다.

그리고 그녀를 소파에서 일으켜 늑대 가죽을 덮어주고, 목도리를 감아 가슴 위로 매준 후, 등 뒤의 단추를 채웠다.

그녀는 아버지가 마음대로 하도록 가만있었다. 그녀에겐 아무런 의지도 없었다. 보살핌 받으니 기분이 좋았다. 스스로 나서서 뭘 할 필요가 없으니 편했다. 비판적 자아에게 툭 하면 공격당해 자신의 생각과 감정이랄 게 남아 있지 않은 그녀 같은 사람은 그저 남이 이끄는 대로 따르는 게 편했다.

그녀는 눈을 감고는 만족과 서글픔이 뒤섞인 한숨을 내쉬었다. 그녀는 진짜 삶에 작별을 고했다. 아무래도 상관없었다. 그녀는 어차피 사는 게 아니라 희극의 등장인물을 연기하는 것뿐이었다.

*

며칠 후 그녀의 어머니는 딸과 예스타가 대화를 나눌 기회를 주선해 주었다. 남편이 집을 비운 틈을 타 그녀는 에케뷔에 전갈을 보냈고 도착한 예스타를 마리안에게 데려갔다.

예스타는 그녀가 있는 방 안으로 들어섰으나, 인사도 말도 없었다. 그는 문가에 서서 삐친 아이처럼 바닥만 쳐다보았다.

"왜 그러나요, 예스타!" 안락의자에 앉아 있던 마리안이 목소리를 높였다.

"아 네, 제 이름 부르셨나요."

"이리 와요, 여기 내 옆으로요, 예스타."

그는 그녀에게 묵묵히 다가갔지만 시선은 내려깐 채였다.

"더 가까이 와요, 여기 무릎을 꿇어요."

"이런 게 다 무슨 소용입니까?" 그렇게 대답하면서도 그는 복종했다.

"예스타, 난 그저 말하고 싶었어요. 난 내가 집으로 돌아온 게 옳은 결정이었다고 믿는다고요."

"마리안 아씨가 다시 눈밭으로 쫓겨날 일이 없기만을 바랄 뿐입니다."

"아, 예스타, 이제는 나를 사랑하지 않나요? 내가 당신 눈에 너무 흉해졌나요?"

그는 그녀의 머리를 자신 쪽으로 끌어당기더니 그녀에게 입 맞추었다. 하지만 그의 표정은 아직도 차가웠다.

그녀는 내심 예스타의 반응이 즐거웠다. 그가 그녀의 부모에게 질투하고 있다한들 그게 어쨌단 말인가. 이 질투는 오래가지 못할 것이다. 이제 그녀는 그를 되찾는 데 흥미를 느꼈다. 그녀는 자신이 왜 그를 붙잡아두고자 하는지 스스로도 이해하지 못했지만, 어쨌거나 그러길 원했다. 그가 그녀를 스스로에게서 해방시켰던 것을 마리안은 기억하고 있었다. 다시 한 번 그것을 이뤄줄 수 있는 사람이 있다면 그건 예스타뿐이었다.

그녀는 그를 되찾아야겠다는 확고한 의지를 품고 말을 시작했다. 그를 영영 떠나려는 의사는 없었고, 그저 얼마간 헤어진 척해야만 했다고 말했다. 그녀의 아버지가 거의 미쳐 있어서 어머니의 목숨이 위험했던 것을 그 역시 직접 보지 않았냐고 했다. 그녀가 돌아가야만 했다는 것은 그도 인정해야만 할 것이다.

그러자 그의 분노가 드디어 말이 되어 터져 나왔다. 그녀는 더 이상 희극을 연기할 필요가 없다고 그는 말했다. 자신은 그녀의 팔자를 더 망칠 의사가 없다고도 했다. 부모의 집 문이 도로 열리자마자 자신을 떠난 여자를 그는 더 사랑할 수 없었다. 그저께 사냥에서 돌아왔다가 그녀가 인사 한 마디도 남기지 않고, 말 한 마디 건네지 않고 사라진 것을 알았을 때, 자신은 피가 거꾸로 치솟는 듯했고 죽을 만치 슬펐다고 말했다. 자신에게 그런 절망을 안겨준 이를 더는 사랑할 수 없다고 그는 선언했다. 아울러 그녀는 그를 사랑한 것도 아니었다. 그녀는 고향에서도 자신에게 입 맞추고 떠받들 누군가가 필요해서 연애놀이를 한 것뿐이었다고 그는 결론 내렸다.

그는 자신이 그녀에게 입을 맞추었을 때 그녀가 가만히 있었던 것 역시 그저 습관대로였을 뿐이라고 믿었을까?

물론 그는 그렇게 믿었다. 여자들이란 겉보기와 달리 성녀가 아니었다. 그들 안에는 자기애와 교태만 가득 차 있을 뿐이었다! 사냥에서 돌아온 그의 기분이 어땠을지 상상해봐야 한다고 그는 말했다. 꼭 찬물을 뒤집어쓴 것 같았다고. 그는 결코 그 고통에서 완전히 벗어날 수 없으리라. 그때의 기분은 그의 남은 평생을 따라다닐 터였다. 그는 다시는 예전 같은 인간으로 돌아갈 수 없었다.

그녀는 그에게 자신의 사연을 설명하려 시도했다. 그녀는 자신이 그에게 늘 정절을 지켰음을 입증하고자 했다.

그렇든 아니든 알 바 아니라고 그는 대꾸했다. 자신은 더 이상 그녀를 사랑하지 않는다고 그는 말했다. 이제 그는 그녀의 정체를 간파했다. 그녀는 이기주의자였고 한 번도 그를 사랑한 적이 없었다. 인사도 없이, 말 한 마디 남기지 않고 그녀는 그를 떠나버렸다.

그는 같은 말을 계속 되풀이했다. 그녀는 그게 우습기까지 했다. 무슨 말을 들어도 그녀는 화가 나지 않았다. 그녀는 그의 분노를 잘 이해했다. 그와 정말로 영영 헤어지게 되리라고 두려워하지도 않았다. 그러나 결국에는 그녀도 불안해졌다. 정말로 그의 마음이 변하여 더 이상 그녀를 사랑하지 않게 된 걸까?

"예스타, 소령을 데리러 셰까지 달려간 내가 이기주의자인가요? 난 세에 천연두가 퍼졌음을 알고도 그랬어요. 얇은 무도회용 신발만 신고 차가운 눈 속을 달리는 건 쉬운 일이 아니었어요."

"사랑은 사랑 그 자체로 인해 생명을 얻는 것이지, 선심이나 봉사에 좌우되는 게 아닙니다." 예스타가 대답했다.

"당신은 우리가 앞으로는 남남이 되기를 바라나요, 예스타?"

"그렇습니다."

"예스타 베를링은 무척이나 변덕스러운 사람이군요."

"실로 제 평판이 그러합니다."

그는 무엇으로도 녹일 수 없는 얼음처럼 싸늘했다. 그리고 실은 그녀가 그보다 더 차가웠다. 비판적 자아는 그녀가 사랑에 빠진 여인을 연기하느라 애쓰는 걸 비웃어대고 있었다.

"예스타." 그녀가 마지막 시도로 말했다. "내가 일부러 당신을 상처 입힌 것처럼 보인다 해도 진짜 내 뜻은 그게 아니었어요. 부디 날 용서해줘요."

"나는 당신을 용서할 수 없습니다."

그녀는 만약 자신의 내면이 분열되지 않고 온전했다면 그를 되찾을 수 있었으리라는 사실을 알았다. 그녀는 정열로 가득 찬 여인을 연기하고자 시도했다. 비판적 자아에게 싸늘한 조소를 당하면서도 어쨌거나 그녀는 시도해야 했다. 그녀는 그를 잃고 싶지 않았다.

"가지 말아요, 예스타, 나한테 그리 화가 난 채로 가지 말아요. 내가 얼마나 추해졌는지 봐요. 아무도 날 더는 사랑해주지 않을 거예요."

"나 역시 당신을 더는 사랑하지 않습니다." 그는 말했다. "당신은 남의 심장을 짓밟았으니 남이 당신에게 같은 짓을 하더라도 참아야지요."

"예스타, 나는 당신 외엔 그 누구도 사랑할 수 없었어요, 날 버리지 말아요! 당신은 날 나 자신으로부터 구원할 수 있는 유일한 사람이에요."

그는 그녀를 밀쳐냈다.

"당신은 거짓말을 하고 있습니다." 그는 눈 하나 깜짝 안 하고 싸늘히 말했다. "당신이 내게 뭘 원하는지는 모르겠지만 당신이 거짓말을 하고 있는 건 압니다. 뭣 때문에 날 붙잡으려하는 겁니까? 당신은 돈이 많으니 구혼자는 끊이지 않을 텐데요!"

그러고는 그는 가버렸다.

그가 문을 닫자마자 그리움과 고통이 마침내 마리안의 가슴속을 온전히 차지하기 시작했다.

그녀의 심장이 낳은 아이였던 사랑은 비판적 자아에게 쫓겨 보이지 않는 구석에 숨어 있었다. 너무 늦어버린 지금에야 그녀가 간절히 기다리던 그 아이가 걸어 나왔다. 이제야 사랑은 진지하고도 전능하게 모습을 드러냈고, 그리움과 고통이 그 걸음을 호위했다.

예스타 베를링이 자신을 떠났음을 실감했을 때, 그녀는 신체적 고통마저 느꼈다. 온 정신이 마비될 듯 격한 고통이었다. 눈물조차 흘리지 못하고서 그녀는 심장 바로 위를 양손으로 누른 채 몇 시간이고 꼼짝없이 앉아 있었다.

이제 고통당하는 이는 그녀였다. 연기중인 여배우도 아니었고 낯선 누군가도 아니었다. 그녀 자신이 고통당하고 있었다.

어쩌자고 그녀의 아버지는 그녀를 데리러 와서 그에게서 갈라놓았던가. 그녀의 사랑은 죽지 않았다. 병으로 쇠약해져 그녀가 그 힘을 느끼지 못하고 있었을 뿐이었다.

아, 하느님! 그녀가 그를 잃다니! 아 하느님, 그녀가 이리 늦게야 눈을 뜨다니!

아, 그는 유일한 남자였다, 그녀 마음의 주인이었다! 그가 가하는 것이라면 그녀는 무엇이든 견딜 준비가 되어 있었다. 그가 호된 말을 하고 냉정한 태도를 보여봤자 그녀의 겸허한 사랑은 깊어지기만 했을 것이다. 설사 그가 그녀에게 손찌검을 했다 해도 그녀는 그의 손에 입 맞추기 위해 개처럼 기었을 것이다.

그녀는 펜과 종이를 쥐고 열병에 걸린 듯 급히 글을 적어나갔다. 도입부에는 자신의 사랑과 그를 잃은 손실에 대해 썼다. 그 후에는 그의 사랑에, 그리고 오로지 그의 연민에 호소했다. 그녀가 쓴 글은 시구와도 같았다.

그녀는 이 끔찍한 고통을 어찌하면 누그러뜨릴 수 있을지 알 길이 없었다.

글을 마쳤을 때 그녀는 그가 이것을 읽기만 하면 자신이 그를 사랑했음을 믿어주리라 생각했다. 이 글을 그에게 정말로 보내선 안 될 이유가 뭐람? 그녀는 다음날 즉시 이 글귀를 그에게 보내리라 마음먹었다. 그녀는 이 글이 그를 그녀에게 돌려보내리라 굳게 믿었다.

그러나 다음날 그녀의 마음속에서 갈등이 시작됐다. 전날 써내려간 내용들이 그녀에게는 하찮고 어리석어 보였다. 시구를 흉내 내고 있지만 그 글은 운율도 맞지 않아 거의 산문이나 다름없었다. 이 따위 시구를 그가 읽는다면 비웃으리라.

그녀의 자존심이 깨어났다. 만약 그가 그녀를 더 이상 사랑하지 않는다면, 그에게 사랑을 구걸하는 건 굴욕이었다.

그녀의 이성 또한 깨어나서 예스타와의 인연이 끊긴 건 차라리 잘된 일이라고, 그와 함께해봤자 그 관계는 슬프기만 했을 거라고 일러주었다.

그러나 마음의 고통은 너무나 격렬하여 결국에는 감정이 모든 것을 억눌렀다. 자신의 마음을 깨달은 지 사흘째 되던 날, 그녀는 시구를 편지봉투에 담아 겉에 예스타 베를링의 이름을 썼다. 하지만 그녀는 이 편지를 영영 부치지 못했다. 그녀가 심부름을 맡길 만한 사람을 찾아내기 전에 예스타에 관한 새 소식이 들려와서 그를 되찾기에는 너무 늦었음을 알려주었다.

아직 그를 되찾을 수 있었을 때, 때맞춰 편지를 보내지 못했다는 사실은 그녀에게 일생의 후회가 되었다.

그녀의 고통은 여기서 정점을 이루었다. "그렇게 미적대지만 않았던들!"

그 편지는 그녀에게 일생의 행복을 되찾아주거나 적어도 인생의 진실을 일깨워줄 수 있었으리라. 그녀는 그 편지가 그를 그녀에게 돌려보내줄 거라고 정말로 확신했었다.

하지만 슬픔 또한 사랑처럼 그녀에게 많은 것을 가져다주었다. 그녀는 좋은 것에든 나쁜 것에든 스스로를 완전히 바칠 수 있는 온전한 인간이 되었다. 불타는 감정들은 비판적 자아의 싸늘한 시선에 걸려 넘어지는 일 없이 그녀의 영혼 속을 자유로이 흘렀다. 그리하여 그녀는 추해진 외모에도 불구하고 많은 이들에게 사랑받는 사람이 되었다.

하지만 소문에 따르면 그녀는 예스타 베를링을 평생 잊지 못했다고 한다. 그녀는 낭비한 세월을 안타까워하듯 그를 아쉬워했다.

한동안 여러 사람에게 읽혔던 그녀의 수수한 시구는 이제는 잊혀진 지 오래다. 하지만 나는 지금도 빛바랜 종이 위에 흐린 잉크로 쓰인 그녀의 섬세하고 고운 필적을 마주하노라면 어쩐지 이상하게 마음이 흔들리곤 한다. 이 별 것 아닌 듯한 단어들에는 한 사람의 생애가 걸려 있어서, 그것을 베껴 적노라면 마치 그 안에 신비한 힘이 깃든 듯 나 또한 떨린다.

여러분도 이 시를 읽고 한번 생각해주기를 부탁드린다. 이 글귀가 정말로 전해졌다면 어떤 힘을 발휘했을지 누가 알까? 이 글귀들은 진실한 감정을 충분히 드러낼 만큼 열정적이다. 어쩌면 정말로 이 편지가 그를 그녀에게 돌려보내줬을지도 모른다.

서툰 형식으로도 이 시는 충분히 감동적이고 정감이 넘친다. 다들 이 시가 이대로도 좋다고 여길 것이다. 그 누구도 굳이 이 시를 운율로 구속하고 싶지 않을 것이다. 그러나 바로 이 불완전함 때문에 마리안이 때

맞춰 이 글을 보내기를 주저했음은 안타까운 일이다.

　부디 이 시가 그대들의 마음에 들기를 바란다. 이것은 큰 고통 속에서
쓰인 시구다.

아이야, 너는 사랑을 했지만

더 이상은 사랑의 기쁨을 맛보지 못하리라.

영혼아, 한때 정열의 폭풍이 너를 뒤흔들었다면

이제는 안심하라, 안식이 찾아왔으니.

영혼아, 너는 더 이상 천상의 기쁨을 향해 날갯짓하지 않아도 된다.

이제는 안심하라, 안식이 찾아왔으니.

더 이상 고통의 밤 속으로 침잠하지 않아도 된다.

아, 더 이상 그러지 않아도 된다!

아이야, 너는 사랑을 했지만

더 이상은 네 영혼이 불길 속에 타오르지 않으리라.

불타버린 초원처럼

너는 한순간에 불꽃으로 채워졌다.

재와 연기가 만들어낸 숨 막히는 구름에

새들은 놀라 울부짖으며 달아났었다.

돌아오라. 이제 너는 더 이상,

더 이상은 불타지 않으리라.

아이야, 너는 사랑을 했지만

더 이상은 사랑의 목소리를 듣지 못하리라.

네 마음은 학교의 딱딱한 걸상에 앉아

마음껏 뛰어놀 자유를 그리던
지친 아이와도 같았다.
하지만 이제는 아무도 네 마음을 부르며 번민에 빠뜨리지 않으리라.
잊힌 보초병처럼 오도카니 앉아 있는 네 마음을
사랑은 더 이상 불러주지 않으리라.

아이야, 그 사람은 가버렸다.
그리고 그와 함께 사랑도 사랑의 기쁨도 가버렸다.
네가 사랑했던 그 사람은,
네게 천국까지 날아오르는 법을 가르쳐주었던 그 사람은,
네가 사랑했던 그 사람은,
홍수에 휩쓸리는 세상에서 유일하게 안전한 곳을 가리켜준 그 사람
은
가버렸다. 네 마음의 문을 열 줄 알았던 단 한 사람이
떠나버렸다.

내 사랑, 당신에게 단 하나만 청하겠어요.
아, 내 위에 증오의 짐을 얹지 마세요.
약한 것들 중에서도 가장 약한 것이 사람의 마음 아니던가요.
다른 마음을 고통에 빠뜨리고도
편안히 살 수 있는 마음이 있을까요.

오 내 사랑, 나를 죽이려거든
단검도 독도 밧줄도 준비하지 마세요.
그저 내가 이 꽃피는 지상으로부터, 삶의 왕국으로부터

무덤으로 사라지길 바란다는 말만 해주어요.

당신은 내 삶을 살게 했어요. 사랑을 주었어요.
그리고 이제는 그 선물을 당신 손으로 거두어가네요.
아, 알고 있어요, 하지만 날 미워하진 말아요.
그래도 내가 이 삶을 사랑함을 기억해주세요.
나는 알아요. 당신의 증오가 내 숨을 끊을 것임을.

10
젊은 백작 부인

젊은 백작 부인은 오전 열시까지 늦잠을 자고 아침 식사로 늘 갓 구운 빵을 주문한다. 그녀는 자수를 놓고 시를 읽는다. 요리와 직물 짜기는 할 줄 모른다. 그녀는 어려서부터 응석받이로 곱게 자랐다.

그러나 그녀는 명랑한 성품이어서 무슨 일이 벌어지든 누구에게든 쾌활하다. 가난한 이들을 돕는 데 과할 정도로 돈을 쓰고 모든 사람에게 친절한 여자이므로, 늦잠을 자고 갓 구운 빵만 찾는 버릇쯤이야 용서해 줄 만하다.

젊은 백작 부인의 아버지는 스웨덴 귀족이었지만 이탈리아의 아름다운 풍광과 아리따운 아가씨들에게 매혹되어 평생을 이탈리아에서 보냈다. 헨릭 도나 백작은 이탈리아 여행 당시 이 귀족의 집에 머물다가 영애들과 안면을 텄고, 결국 그녀들 중 하나를 스웨덴까지 아내로 데려왔다.

젊은 백작 부인은 집에서 스웨덴어를 쓰며 자랐고 스웨덴과 관련된 것은 뭐든 좋아하도록 키워졌기 때문에 곰들이 사는 이 북쪽 땅에도 금세 적응했다. 신이 나서 원무를 추고 기다란 뢰벤 호수 주위에서 벌어지는 모든 행사에 즐겁게 참석하는 그녀를 본다면 누구나 이곳 출신 토박이라 여길 터였다. 하지만 한 가지만은 그녀도 적응하지 못했으니, 바로 백작 부인 노릇이었다. 이 명랑하고 앳된 여인은 딱딱한 분위기를 꾸밀 줄도 몰랐고 도도한 품위도 없었다.

특히 나이 든 신사들이 이 젊은 백작 부인에게 푹 빠졌다. 그녀는 신기할 정도로 나이 지긋한 남자들의 호감을 끌어냈다. 뭉케뤼드의 행정관이든 브루의 교구장이든 멜키오르 싱클레르든 베리아의 대위든 간에 무도회에서 그녀를 만나기만 하면 나중에 아내들에게 털어놓기를, 만약 자신이 이 젊은 백작 부인을 삼사십 년 전에 만나기만 했어도—

"그땐 그 젊은 백작 부인은 태어나지도 않았다고." 아내들은 맞받아쳤다.

그리고 그녀들은 다음번에 젊은 백작 부인을 만나면 그녀 때문에 자기들 남편이 넋이 나갔다고 놀려댔다.

나이 든 여인들은 그녀를 걱정하기도 했다. 그녀의 시어머니인 메타 백작 부인의 전례 때문이었다. 메타 백작 부인 역시 처음 보리에 왔을 때는 지금의 젊은 백작 부인만큼이나 명랑하고 착하고 인기가 좋았다. 하지만 그 후 메타 백작 부인은 오로지 재미만 쫓는 허영에 들뜬 경박한 여자가 되고 말았다. "헨릭 도나가 제 처에게 일거리를 줘야 할 텐데!" 나이든 여인들은 입을 모았다. "젊은 백작 부인이 베틀을 다룰 줄만 알아도." 여인들 근심에는 베틀만 한 위안도 없기 때문이다. 베틀은 여인들이 쓸데없는 데 마음을 쏟지 않게 구해주는 은인이었다.

젊은 백작 부인도 똑 부러진 주부가 되고 싶었다. 그녀 생각에 잘 가꾼 가정에서 행복한 안주인 노릇을 하는 것만큼 보람찬 일도 없었다. 큰 모임에 참석할 때면 그녀는 곧잘 나이 지긋한 이들과 어울렸다.

"헨릭은 제가 자기 어머니처럼 똑 부러진 주부가 됐으면 좋겠대요.

저한테 직물 짜는 것 좀 알려주세요." 그녀는 말했다.

그러면 나이든 여인들은 두 가지 이유에서 한숨을 쉬었다. 헨릭 백작이 제 어머니가 똑 부러진 주부였다고 믿고 있다는 게 첫째 이유였고, 이 어리고 경험 없는 새색시에게 그리 복잡한 걸 어찌 가르치나 하는 게 둘째 이유였다. 베틀의 구조에 대한 기술 용어들이 튀어나오기만 하면, 날일치수니 거위눈일치수니 능직이니 하는 용어까지 갈 것도 없이 그녀의 머릿속에서는 모든 게 뒤죽박죽이 돼버렸다.

젊은 백작 부인을 만난 사람들은 누구나 어쩌다 이 여인이 헨릭 백작처럼 아둔한 남자와 결혼하게 되었는지 의아해했다.

아둔한 이들은 세상 어디서도 살기 힘들다. 하지만 그 중에서도 제일 힘든 곳은 베름란드였다.

헨릭 백작은 이제 겨우 이십대 초반이었지만, 그의 멍청함에 대해서는 이미 온 세상이 다 알았다. 그가 언젠가 안나 셴회크와 함께 썰매를 타면서 나눴던 대화는 곧잘 인구에 회자되었다.

"당신은 아름다워요, 안나." 그는 말했다.

"아, 그런 말 말아요, 헨릭."

"당신은 온 베름란드에서 가장 아름다워요."

"아니에요, 그렇지 않아요."

"그래도 여기 썰매를 타러 모인 사람들 중에서는 당신이 가장 아름답겠죠."

"아니에요, 헨릭, 난 그리 예쁘지 않아요."

"그래도 이 썰매 안에서는 당신이 제일 아름다워요. 그것까지 부정하려는 건 아니죠?"

그녀는 차마 그것까지 부정할 순 없었다.

헨릭 백작은 전혀 아름답지 않았기 때문이다. 그는 멍청한 만큼이나 생기기도 못생겼다. 사람들은 그가 목 위에 얹고 다니는 머리가 이미 수백 년간 그 집안에서 대대로 물려서 쓴 거라서 그 안의 뇌가 너덜너덜 닳았다고 수군댔다. "저건 예전에 저 친구 아버지와 할아버지가 달고 다니던 머리통이야. 그러니까 머리카락이 저리 가늘고 턱은 닳아서 뾰족해지고 입술엔 피도 안 돌지."

그의 주위에 몰려든 이들은 늘 그가 멍청한 소리를 하도록 유도한 후, 그 말에 살을 붙여 퍼뜨렸다.

본인은 그 사실을 모르는 게 천만다행이었다. 그는 거동이 점잖고 품위 있는 사람이라 남들도 다 자기 같거니 했다. 그는 온몸에 위엄이 넘치다 못해 줄줄 흐르다시피 해서 움직임은 자로 잰 듯 정확했고 걸음은 뻣뻣했으며 고개를 돌릴 일이 있으면 온몸을 한꺼번에 틀었다.

몇 년 전 어느 날, 그는 뭉케류드의 행정관 집에 방문했다. 말을 타고 온 그는 긴 모자를 쓰고 노란 바지를 입고 반들반들한 장화를 신고서 위풍당당하게 안장 위에 앉아 있었다. 올 때는 아무 문제가 없었다. 하지만 그가 떠날 적에 자작나무 오솔길에서 늘어진 가지 하나가 그의 모자에 부딪혔다. 그는 말에서 내려 모자를 쓰고는 같은 가지 아래를 다시 지나려 했다. 모자가 또 부딪혀 날아갔다. 이 일은 네 번 되풀이되었다.

마침내 행정관이 그에게 와서 말했다. "다음번에는 그 가지 옆으로 지나면 어떻겠나?"

다섯 번째에 그는 운 좋게도 가지 옆을 통과했다.

그래도 젊은 백작 부인은 남편이 몇 대에 걸쳐 머리를 물려받았든 간에 그를 사랑했다. 저 남쪽 로마에서 남편을 처음 만났을 때 그녀는 그가 고향에서는 멍청함 때문에 순교자처럼 박해당하는 팔자인 줄은 상상도 못 했다. 타향에서는 백작에게마저도 얼마간 청춘의 광채가 내린 덕택에 그들은 아주 낭만적인 분위기에 휩쓸려 한 쌍이 되었다. 그녀는 남편이 자신을 납치하다시피 했던 일화를 즐겨 이야기했다. 수도사와 추기경들은 가톨릭 신자로 자란 그녀가 어머니의 종교를 버리고 신교로 개종하려는 데 분노했다고 한다. 폭도들이 들고일어나 그녀 아버지의 궁전을 포위했다. 산적들이 헨릭을 추격하고 어머니와 자매들은 그녀에게 제발 이 결혼을 단념하라고 애원했다. 그러나 그녀의 아버지는 뜻대로 딸을 시집보내려는 걸 이탈리아 놈들이 감히 막으려 하는 데 격분했다. 그는 헨릭 백작에게 딸을 납치해가라고 명령했다. 자택에서 혼인식을 올리는 게 불가능해진 그녀와 헨릭은 굽이굽이 길을 돌아 스웨덴 영사관으로 잠입했다. 그곳에서 가톨릭 신앙을 버리고 신교도로 개종한 후 즉각 식을 올린 그녀는 기운찬 말들이 끄는 지붕 닫힌 마차를 타고 북쪽으로 향했다. "짐작하시겠지만 결혼식을 크게 벌일 여유도 없었어요." 젊은 백작 부인은 회상하곤 했다. "고풍스럽고 멋진 교회 대신 영사관 건물 안에서 결혼하는 게 즐겁진 않죠. 하지만 그러지 않고는 헨릭이 제 남편이 되질 못했을 거예요. 저 남쪽나라에서는 누구나 다혈질이에요. 친정 부모님도 추기경들도 수도사들도 다 조그만 일에도 발끈했죠. 그래서 모든 일을 비밀리에 처리해야 했어요. 우리가 몰래 빠져나가는 걸 사람들이 봤다면 제 영혼을 구해준답시고 우리 둘 다 때려죽였을 거예요. 그 사람들이 보기에 헨릭은 아예 구원이 불가능한 저주받은 영혼이었고요."

하지만 젊은 백작 부인은 보리에서 조용히 살게 된 후로도 남편을 계속 사랑했다. 그녀는 그의 유서 깊은 가문과 명성 높은 조상들이 자랑스러웠다. 그녀 가까이에서는 백작 특유의 뻣뻣한 구석이 사라지고 목소리가 부드러워지는 것도 기뻤다. 게다가 그 역시 그녀를 사랑해서 응석을 받아주었을뿐더러 그녀는 그의 아내였다. 젊은 백작 부인은 결혼한 여인이 남편을 사랑하지 않는다는 걸 상상조차 할 수 없었다.

어느 정도는 그가 그녀의 이상적인 남성상에 부합하기도 했다. 그는 정직하고 고지식한 사람이라 한번 했던 말을 뒤집는 법이 없었다. 그녀는 남편이 진정 귀족다운 사나이라고 생각했다.

*

3월 8일 샬링 행정관이 생일잔치를 벌였다. 브루뷔 언덕을 올라온 손님들로 잔치는 붐볐다. 행정관을 아는 이고 모르는 이고 초대받은 손님이고 불청객이고 간에 사방팔방에서 사람들이 몰려들었다. 그리고 온 사람들은 모두 환영받았다. 먹고 마실 것은 넘쳐났고, 무도회장은 근처 일곱 교구의 춤바람 난 주민들이 모두 몰려온다 해도 자리가 남을 정도였다.

젊은 백작 부인 역시 참석했다. 그녀는 춤추고 놀 만한 자리에는 어디든 끼었다.

하지만 그녀는 여느 때처럼 명랑하지 않았다. 그녀는 자신에게도 불행이 닥칠 차례임을 감지하고 있었다.

썰매에 올라타 잔칫집으로 향하며 그녀는 저무는 해를 지켜보았다. 해는 더 이상 구름에 금빛 테두리를 드리우지 않으며 하늘 아래로 가라앉고 있었다. 창백한 잿빛 어스름이 매서운 바람과 함께 주위를 지배했다.

그녀는 낮과 밤이 격렬히 싸워대는 것을, 그리고 살아 있는 모든 것이 이 어마어마한 싸움 앞에서 두려움에 떠는 광경을 목도했다. 말들은 어서 마구간에 도달하기 위해 마지막 짐을 혼신을 다해 날랐다. 나무꾼들은 서둘러 숲을 빠져나갔고 여인들도 일터를 떠났다. 덤불숲에서 야생 짐승들이 울부짖었다. 인간들의 즐거움과 기쁨의 원천인 낮은 패하고 있었다.

세상의 모든 색이 바래고 빛이 꺼졌다. 그녀의 시선이 닿는 곳은 모조리 차갑고 추했다. 그녀가 희망하고 사랑하고 이루었던 모든 것들이 잿빛 어스름 속으로 사라지는 것을 그녀는 마음의 눈으로 보았다. 마치 온 자연에 지치고 기력 잃은 패배의 시간이 닥친 듯했다.

그녀는 지금껏 휘황찬란한 광채와 기쁨으로 삶을 감싸 왔던 자신의 영혼 역시 언젠가는 주위 세상을 밝히던 힘을 잃어버리고 말지도 모른다는 생각을 했다.

"아, 내 영혼조차 모든 기운을 잃게 된다니!" 그녀는 중얼거렸다. "숨 막히는 잿빛 어스름아, 언젠가 너는 내 영혼조차 지배하겠지! 그때면 내게도 삶이 추한 잿빛으로 보일지 모르겠다. 어쩌면 삶의 진짜 모습이 그럴 수도 있지. 그때면 내 머리는 하얗게 셀 테고 등은 굽을 것이고 정신은 총기를 잃을 거야."

바로 그때 썰매는 판사네 마당으로 들어섰다. 고개를 든 젊은 백작 부인은 창살이 드리운 옆 건물의 창 너머로 분노에 찬 눈빛을 한 얼굴을 보았다.

그 얼굴은 에케뷔의 소령 부인이었다. 젊은 백작 부인은 오늘 밤의 재미는 이미 끝났음을 예감했다.

인간은 고난이 직접 눈에 보이지 않고 귀에 들리지 않을 때나 즐거울 수 있는 법이다. 쓰디쓴 고통을 직접 목도하면서 즐거운 기분을 유지하기란 쉽지 않다.

에케뷔의 큰 무도회가 열렸던 밤, 소령 부인이 저지른 폭력 행위 때문에 행정관이 그녀를 체포해서 고발하려 한다는 걸 백작 부인도 들어서 알았다. 하지만 소령 부인이 무도회장에 가까운 곳에 갇혀 춤곡과 유쾌한 소음을 견디는 광경을 다른 이들까지 목격하게 될 줄은 몰랐다. 소령 부인의 모습은 백작 부인의 기분마저 어둡게 했다.

물론 백작 부인은 무도회장에서 왈츠와 카드리유, 미뉴에트와 앙글레즈까지 추었다. 하지만 춤추는 사이 창가를 지날 때마다 그녀는 옆 건물에 시선이 갈 수밖에 없었다. 소령 부인이 갇힌 방 창가에는 불이 밝혀져 있어서 그녀가 방 안을 왔다갔다하는 모습이 훤히 들여다보였다. 소령 부인은 한순간도 쉬지 않고 서성이는 듯했다.

백작 부인은 춤이 재미없어졌다. 붙들린 야수처럼 끊임없이 감옥 속에서 왔다갔다하는 소령 부인의 모습이 그녀의 머릿속을 차지했다. 다른 사람들이 어떻게 태연히 춤을 추는지 그녀는 이해할 수 없었다. 분명히 거기에는 그녀처럼 소령 부인이 가까이 있음에 동요한 자들이 많았겠지만 그들은 내색하지 않았다. 베름란드 주민들은 인내할 줄 알았다.

소령 부인의 모습을 볼 때마다 백작 부인의 춤은 무뎌졌고 도저히 웃음을 지을 수가 없었다.

백작 부인이 바깥을 내다보려고 유리창의 물기를 닦아내는 것을 보고 행정관 부인이 다가왔다.

"참 비참한 일이에요." 행정관 부인이 백작 부인에게 속삭였다.

"오늘 밤은 도저히 춤을 못 추겠어요." 백작 부인 역시 속삭임으로 대답했다.

"소령 부인이 저기 갇혀 있는 동안 무도회를 열게 된 게 내 탓은 아니에요." 샬링 부인이 말했다. "소령 부인은 그동안 내내 칼스타드에 구금되어 있었지만, 곧 재판을 받아야 해서 오늘 여기로 이송됐죠. 초라한 감방에 보낼 수는 없는 노릇이라 저쪽 직물 짜는 방에 있게 했어요. 오늘 이렇게 손님들을 맞아야 하지만 않았다면 내 방에 머물게 했을 텐데요. 백작 부인은 저분을 잘 모르시겠지만 우리에겐 어머니이자 여왕 같은 존재였어요. 자신은 저리 고난을 겪는데 여기서 춤추는 우리를 보고 무슨 생각을 할까요? 소령 부인이 저기 있는 줄을 대다수 손님은 몰라서 다행이에요."

"그녀를 체포하지 말았어야 해요." 백작 부인이 엄중하게 말했다.

"맞는 말씀이세요. 하지만 체포하지 않았다면 더 큰 일이 벌어졌을 거예요. 그녀가 기사들을 쫓아내겠다고 짚단에 불을 붙이는 건 막을 수 없었어요. 그녀의 새산이었으니까요. 하지만 소령이 들이닥쳤죠. 그녀를 체포하지 않았다면 소령이 거기서 무슨 짓을 벌였을지 몰라요. 우리 남편은 소령 부인을 체포당하게 놔뒀다고 욕을 많이 들었죠. 칼스타드에서마저도 에케뷔에 무슨 일이 벌어지든 눈감고 있을 것이지 왜 끼어들었냐고 불평들을 하더군요. 하지만 우리 남편도 최선을 다한 거예요."

"이제 소령 부인에게 유죄 선고가 내려지나요?" 백작 부인이 물었다.

"아뇨, 소령 부인은 무죄가 될 거예요. 하지만 지금껏 겪은 일 때문에 상심이 크겠죠. 정신 단단히 붙들고 있었으면 좋겠어요. 그렇게나 자존심이 센 여자였는데 범죄자 취급을 받았지요. 내 생각엔 그냥 내버려두는 게 제일 나았을 거예요. 그랬으면 알아서 자기 힘으로 도망쳤을 텐데."

"지금이라도 슬쩍 풀어주세요." 백작 부인이 말했다.

"그건 다른 사람이 해야지 행정관이나 그 부인이 해서는 안 되는 거예요." 샬링 부인이 속닥였다. "우린 그녀를 감시하는 게 임무예요. 특히 오늘 밤은 그녀의 친구들이 여럿 와 있죠. 그래서 방문 앞에 장정 둘을 보초로 세워뒀고 문도 걸어 잠가서 빗장을 채웠어요. 아무도 못 들어가게요. 하지만 누군가 그녀의 탈주를 도와준다면 남편도 나도 기쁠 거예요."

"제가 소령 부인에게 가봐도 될까요?" 젊은 백작 부인이 물었다.

샬링 부인은 백작 부인의 손을 꼭 잡고 무도회장 바깥으로 데려갔다. 복도에서 그들은 목도리를 둘둘 감고 마당으로 나갔다.

"소령 부인이 우리와 말하고 싶어하지 않을 수도 있어요." 샬링 부인이 말했다. "그래도 우리가 자길 잊지 않은 줄은 알겠죠."

그들은 두 사내가 잠긴 문 앞에서 보초를 서는 방을 지나, 따로 제지받지 않고 소령 부인에게 갔다. 소령 부인은 베틀과 다른 비슷한 기구들이 놓인 커다란 방에 갇혀 있었다. 이 방은 본래는 직물을 짜는 방이었지만, 유사시에는 감옥으로 쓰일 수 있도록 창에 철창이 박히고 문에는 자물쇠가 달렸다.

소령 부인은 그들이 들어오는 데는 신경 쓰지 않고 계속 거닐었다. 그녀는 지난 며칠간 먼 길을 왔다. 그녀의 머릿속을 꽉 채운 것은 엘브달 숲에서 그녀를 기다리는 어머니를 보러 200킬로미터를 가야 한다는 생각뿐이었다. 그녀는 쉴 시간이 없었다. 그녀는 걸어야 했다. 끊임없이 앞으로 나아가야 했다. 어머니는 아흔 살이 넘었다. 아마 살 날이 얼마 남지 않았으리라.

그녀는 방의 너비를 잰 후 자신이 오간 횟수를 곱해서 거리를 환산했다.

길은 멀고 험했지만 쉬어서는 안 되었다. 그녀는 깊은 눈 더미를 헤치며 나갔다. 가는 곳마다 귓가에서 영원한 숲이 내는 바람 소리가 들려왔다. 그녀는 핀란드 인들과 숯장이들의 오두막에 들러 숨을 돌렸다. 사방에 인가가 보이지 않을 때면 나뭇가지들을 꺾어 임시 보금자리를 만들고 뒤집힌 전나무의 뿌리 아래에서 잠을 청해야 했다.

마침내 그녀는 200킬로미터를 지나 목적지에 도착했다. 숲이 열리고 눈 덮인 마당 위로 붉은 집들이 보인다. 시내가 물거품을 내고 물살이 세지면서 조그만 폭포들을 만든다. 익숙한 물소리에 그녀는 자신이 집에 왔음을 알았다.

그리고 당신이 바랐던 대로 거지꼴이 된 딸이 나타난 것을 본 어머니가 다가온다—

　문득 소령 부인은 고개를 들고 주위를 둘러본다. 그녀의 눈에 잠긴 문이 들어오고 비로소 그녀는 자신이 어디 있는지 깨닫는다.

　그녀는 자기 자신이 미쳐가고 있는 게 아닐까 자문하며 생각을 가다듬고 쉬기 위해 자리에 앉는다. 하지만 잠시 후면 그녀는 긴 여정을 다시 시작해 거리를 계산하고 오두막에서 숨을 돌리고 밤이고 낮이고 눈을 붙이지 못하며 200킬로미터를 걷는다.

　감금된 후로 그녀는 거의 잠을 자지 못했다.

　자신을 보기 위해 방문한 두 여인을 소령 부인은 불안에 찬 시선으로 응시했다.

　젊은 백작 부인은 그 광경을 평생 잊지 못했다. 종종 백작 부인은 꿈에서 소령 부인을 보았고 깨어날 때마다 눈시울을 적시며 한탄했다.

　늙은 여자는 구슬픈 몰골로 변해 있었다. 가늘어진 머리칼이 타래에서 멋대로 흩어져 빠져나왔다. 얼굴은 살이 빠져 퀭하고 선이 날카로워졌다. 옷차림도 어수선한 데다 여기저기 해져 있다. 그럼에도 불구하고 그녀에게는 예전의 고귀하던 마님의, 여주인의 분위기가 남아 있어 동정심뿐 아니라 외경의 마음 또한 불러일으켰다.

　특히 백작 부인이 잊을 수 없었던 것은 소령 부인의 푹 꺼진 눈이었다. 내면을 향한 그 눈빛에는 이성이 조금밖에 남아 있지 않았다. 이미 그 눈에는 심연에 웅크린 야수 같은 빛이 번득여, 당장이라도 사람에게 달려들어 물어뜯고 할퀴어낼 듯한 두려움을 자아냈다.

　소령 부인이 돌연 젊은 백작 부인 앞에 멈춰 서서 엄격한 눈빛으로 살필 때까지 두 여인은 한동안 서 있었다. 백작 부인은 한 발 뒤로 물러서며 샬링 부인의 팔을 잡았다.

　갑자기 소령 부인의 이목구비에 생기가 돌고 눈빛이 다시 또렷하게 바깥세상을 향했다.

"아, 아니에요, 아니에요," 미소를 지으며 그녀는 말했다. "내 처지가 그리 나쁜 건 아니에요, 젊은 숙녀분들."

그녀는 두 여자에게 자리에 앉으라고 권하고 자신도 앉았다. 그녀는 에케뷔에서 열렸던 큰 축제들과 칼스타드의 도지사 공관에서 개최된 왕실 무도회에서 숱하게 보였던 고상한 옛 태도를 보였다. 두 여인의 앞에는 누더기와 감방 대신 온 베름란드에서 가장 당당하고 부유한 여인이 나타났다.

"친애하는 백작 부인," 그녀는 말했다. "어쩌면 무도회장을 떠나 늙고 외로운 여자를 찾아올 생각을 다 하셨나요? 정말 친절하시군요."

엘리사벳 백작 부인은 목소리가 떨려서 대답할 수가 없었다. 샬링 부인이 대신해서 그녀가 소령 부인 생각에 춤을 출 수가 없다고 답했다.

"친애하는 샬링 부인," 소령 부인이 대답했다. "내 처지가 여러분의 앳된 기쁨에도 그늘을 드리울 지경이 됐나봅니다. 나 때문에 울진 말아요, 친애하는 젊은 백작 부인," 그녀는 말을 이었다. "난 합당한 꼴을 당한 늙고 못된 여잡니다. 제 어미를 때리는 게 옳은 일은 아니지요?"

"아니에요, 하지만……"

소령 부인은 그녀의 말을 끊고 이마에 흘러내린 곱슬거리는 금발 머리칼을 쓸어주었다.

"당신은 아이군요, 어떻게 헨릭 도나처럼 어리석은 남자와 결혼할 생각을 했나요?"

"하지만 전 그이를 사랑해요."

"어찌 된 일인지 알겠어요." 소령 부인이 말했다. "당신은 착한 아이였을 뿐이에요. 슬픈 사람과는 함께 울고 기쁜 사람과는 함께 웃겠지요. 그리고 당신에게 와서 사랑한다고 고백하는 첫 남자에게 승낙의 말을 했을 테고요. 그랬겠죠. 이제 나가서 춤을 춰요, 친애하는 젊은 백작 부인. 춤을 추고 명랑해지세요. 당신은 나쁜 구석이 전혀 없는 사람이에요."

"하지만 전 소령 부인을 위해 뭔가 하고 싶어요!"

"아이 같은 사람아." 소령 부인이 엄숙하게 말했다. "에케뷔에는 바람을 붙잡아두는 늙은 여자가 살았지요. 이제는 그 여자는 붙들려 있고 바람은 자유로워졌어요. 온 땅에 폭풍이 몰아치는 게 이상할 게 무얼까요.

난 오래 살아서 아주 예전에 그 폭풍을 겪은 적이 있어요, 백작 부인. 나는 이 폭풍을 압니다. 신이 보낸 격렬한 폭풍이 우리에게 닥쳐 거대한 제국들도, 조그맣고 잊힌 나라들도 휩쓸어버릴 겁니다. 신이 보낸 폭풍은 그 누구도 봐주지 않아요. 부유한 자도 가난한 자도 모두 똑같이 당합니다. 신의 폭풍이 다가오는 그 광경은 실로 어마어마하지요.

신의 폭풍아, 주께서 축복하신 날씨야, 지상 위로 불어라! 공기와 물에서 들려오는 목소리들아, 더 크게 울리고 더 큰 공포를 불러일으켜라! 신의 폭풍이 거세고도 무시무시하게 불게 해다오! 폭풍이 땅을 휩쓸고 흔들리는 벽들을 날리고 녹슨 열쇠들을 깨고 기둥이 썩어가는 집을 무너뜨리게 하라!

온 땅에 두려움이 퍼지리라. 자그마한 새둥지들이 나뭇가지에서 떨어진다. 전나무 우듬지에 지은 새매둥지가 우지끈 소리를 내며 추락하고, 절벽 위 올빼미 둥지까지 불어온 바람이 뱀 같은 혀로 쉿쉿 소리를 낼 터.

우리는 모든 게 앞으로도 잘 되리라 믿었지만 그 믿음은 틀렸어요. 우리에게 필요한 건 신이 보내는 폭풍의 날씨였지요. 나는 그것을 알기에 불평하지 않으렵니다. 나는 그저 어머니를 보러 집으로 가고 싶을 따름이에요."

그녀는 갑자기 무너져내렸다.

"젊은 여인들이여, 이제 가세요." 그녀는 말했다. "내겐 더 이상 시간이 없어요. 나는 가야 합니다. 당신들도 가세요. 하지만 폭풍의 날개를 타고 오는 자들을 조심하세요!"

그리고 소령 부인은 새로 걷기 시작했다. 그녀의 이목구비는 축 처지고 시선은 내면으로 향했다. 백작 부인과 샬링 부인은 떠나야 했다.

춤추는 사람들 틈으로 돌아오자마자 젊은 백작 부인은 곧장 예스타 베를링에게 갔다.

"베를링 씨에게 소령 부인의 인사를 대신 전해요." 그녀는 말했다. "그녀는 베를링 씨가 자신을 감방에서 구해주기를 기다리고 있어요."

"그 여자는 오래 기다려야 할 겁니다, 백작 부인!"

"아, 그분을 도와주세요, 베를링 씨!"

예스타는 굳은 시선으로 바닥을 내려다보았다. "안 됩니다. 뭣 때문에 제가 그녀를 도와야 합니까? 제가 그녀에게 무슨 갚을 빚이 있습니까? 그녀가 한 일은 모두 날 파멸시키기 위한 것이었어요."

"하지만 베를링 씨……"

"그 여자가 아니었다면," 그는 힘주어 대답했다. "저는 지금쯤 영원한 숲에 잠들어 있을 겁니다. 그녀가 절 에케뷔의 기사로 만들었다고 해서 제 생명을 그녀에게 바쳐야 합니까? 백작 부인, 에케뷔의 기사가 그렇게나 명예로운 자리로 보이십니까?"

대답 없이 백작 부인은 돌아섰다. 그녀는 분노했다.

기사들에 대한 못마땅한 기분에 휩싸여 그녀는 자리로 갔다. 무도회 참석자들은 나팔과 바이올린 소리를 울리며 도착했고, 이제 악사들은 줄이 끊어질 지경이 될 때까지 활을 놀린다. 이 명랑한 음악 소리가 비참하게 갇힌 이에게까지 들리리라는 건 아무도 개의치 않았다. 그들은 신발 바닥이 닳도록 춤을 추겠다고 왔고, 예전에 그들에게 많은 것을 베풀어준 소령 부인이 물기 어린 창을 스치는 그들의 그림자를 지켜보든 말든 상관없었다. 아, 세상은 얼마나 어둡고 추한 장소가 되었는지. 인간들의 궁색함과 잔인함이 젊은 백작 부인의 영혼에 얼마나 큰 그늘을 드리웠는지.

얼마 후 예스타가 그녀에게 춤을 청했다.

그녀는 두말할 것 없이 거절했다.

"백작 부인은 저와 춤을 추기 싫으십니까?" 낯빛이 확 변하며 그는 물었다.

"당신은 물론이고 다른 기사들하고도 추기 싫어요." 그녀는 대꾸했다.

"우리가 자격이 없습니까?"

"자격 문제가 아니에요, 베를링 씨. 난 감사할 줄 모르는 사람들하고는 춤추기 싫어요."

예스타는 신발굽을 바닥에 대고 대뜸 몸을 돌렸다.

이 장면을 지켜본 증인들은 많았다. 다들 백작 부인이 잘했다고 여겼다. 기사들이 소령 부인에게 배은망덕하고 무자비하게 군 걸 못마땅하게 여기는 인식은 널리 퍼져 있었다.

하지만 그 무렵 예스타 베를링은 숲의 들짐승보다도 위험했다. 사냥에서 돌아왔다가 마리안이 떠나버린 걸 안 날부터 그의 심장에는 아물지 않는 상처가 벌어져 있었다. 그는 다른 누군가에게도 피눈물 나는 몹쓸 짓을 저지르고 싶었다. 근심과 시름을 다른 이들에게도 퍼뜨리고 싶었다.

그는 속으로 중얼거리기를 백작 부인의 뜻이 정 그러하다면 이루어주겠노라고 했다. 하지만 그녀는 그에 대한 희생을 치러야 한다. 백작 부인은 납치당하는 것에 낭만적인 동경을 품고 있었다. 그녀는 그 꿈을 이룰 것이다. 그는 모험을 꺼릴 이유가 없었다. 여드레 간 그는 떠나버린 여자를 애도했다. 그만하면 충분했다. 그는 베렌크로이츠 대령과 힘이 장사인 크리스티안 베리 대위, 그리고 아무리 정신 나간 모험도 마다않는 충실한 사촌 크리스토페르를 불러다가 기사관의 떨어진 명예를 어떻게 회복할지 의논했다.

*

잔치가 끝났다. 썰매들이 마당에 줄줄이 대기했다. 신사들은 모피를 걸쳤고 숙녀들은 혼란스러운 탈의실에서 따뜻한 겉옷을 찾아댔다.

젊은 백작 부인은 어서 이 진저리나는 무도회장을 떠나려 했다. 그녀는 여자들 중 가장 먼저 채비를 마쳤다. 방 한가운데 서서 그녀는 다른 여자들이 벌이는 소란을 미소 지으며 바라보았다. 그때 문이 열리며 예스타 베를링이 나타났다.

이 방에 들이닥칠 권리를 가진 남자는 아무도 없었다. 나이 든 여자들은 고운 두건을 벗어 가느다란 머리채를 드러낸 참이었고, 젊은 여자들은 돌아가는 길에 뻣뻣한 레이스가 망가지지 말라고 모피 아래로 치맛단을 추켜올리고 있었다.

경고의 외침에도 아랑곳 않고 뛰어든 예스타 베를링은 백작 부인을 낚아채 안아들고는 방을 나가 복도를 거쳐 계단을 달려 내려갔다.

놀란 여자들의 비명은 그를 멈춰 세우지 못했다. 쫓아나온 여자들은 그가 백작 부인을 안은 채로 썰매 안에 뛰어드는 걸 보고만 있어야 했다.

그녀들은 마부가 채찍을 울리며 말들을 달음박질치게 하는 소리를 들었다. 그녀들은 마부가 누군지 알아보았다. 베렌크로이츠였다. 말도 알아보았다. 돈 후안이었다. 백작 부인의 운명에 대한 걱정에 휩싸여 여자들은 남자들을 불렀다.

남자들은 긴 말 하지 않고 썰매로 뛰어갔다. 납치범 추격이 시작되었다.

납치범은 썰매에 누워 젊은 백작 부인을 꽉 끌어안고 있었다. 모험의 숨 가쁜 흥분에 모든 근심은 잊혔고, 그는 목청껏 사랑과 장미에 바치는 노래를 불렀다.

그가 그녀를 꼭 끌어안았으나 그녀는 도망치려는 시도를 하지는 않았다. 하얗게 질리고 돌처럼 굳은 얼굴로 그녀는 그의 가슴에 기대고 있었다.

이런 창백하고 연약한 얼굴이 바짝 닿아 있을 때, 평소에는 그녀의 흰 이마를 가리며 반짝이던 금발이 뒤로 흩날리고 있을 때, 평소 명랑하게 반짝이던 눈동자가 굳게 감긴 것을 보았을 때, 남자는 무엇을 해야 할까?

붉은 입술이 자신의 시선 아래 핏기가 바래는 것을 보았을 때 남자가 할 일이 무엇일까?

물론 입맞춤이었다, 핏기가 가신 입술에, 감긴 눈꺼풀에, 흰 이마에 키스해야 했다.

그러자 젊은 여인은 깨어났다. 깃털처럼 낭창한 그녀는 확 옆으로 피했다. 그녀가 썰매에서 뛰어내리려는 것을 막기 위해 그는 온힘을 다해야 했다. 마침내 그는 굴복하여 떠는 그녀를 썰매 구석에 가둘 수 있었다.

"이것 봐." 예스타가 태연자약하게 베렌크로이츠에게 말했다. "백작 부인은 나와 돈 후안이 이번 겨울에 납치해가는 세 번째 여자야. 다른 둘은 내 목에 매달려 키스를 퍼부었는데 이 여자는 내 키스도 나와 춤추는 것도 싫어해. 이 여자가 이해가 가나, 베렌크로이츠?"

예스타가 탄 썰매가 마당을 빠져나가고, 여자들이 고함을 지르고, 남자들이 욕을 하고, 썰매에 매달린 방울들이 울리고, 채찍이 휘날리며 온 사방이 혼란스러운 소음으로 가득 차자 소령 부인이 갇힌 방 앞을 지키던 남자들도 동요했다.

'대체 무슨 일이 벌어지는 거지? 왜 다들 소리를 질러?' 그들은 생각했다.

갑자기 문이 벌컥 열리고는 누군가 그들에게 외쳤다.

"그녀가 사라졌어. 그놈이 여자를 태우고 썰매를 몬다."

보초들은 사라졌다는 여자가 소령 부인인지 다른 여자인지 생각할 겨를도 없이 미친 듯이 뛰어갔다. 불행인지 다행인지 그들은 추격용 썰매에 남는 자리를 얻었다. 그들이 사라진 여자가 누구인지 알게 된 것은 이미 썰매가 한참 달려간 후였다.

베리와 사촌 크리스토페르는 아주 간단히 문으로 다가가 자물쇠를 깨버리고는 소령 부인에게 문을 열어주었다.

"소령 부인은 자유요." 그들은 말했다.

소령 부인이 밖으로 나왔다. 기사들은 문 양쪽에 조각상처럼 뻣뻣이 서서 그녀를 외면했다.

"바깥에 말이 매인 썰매가 있소!"

소령 부인은 나가서 썰매에 올라타고는 떠났다. 아무도 그녀를 추격하지 않았다. 그녀가 어디로 향하는지 아는 이도 없었다.

돈 후안은 얼음으로 덮인 호숫가를 따라 브루뷔 언덕을 달려 내려갔다. 위풍당당한 말은 날듯이 달렸다. 얼음처럼 찬바람이 썰매에 탄 이들의 뺨을 벨 듯이 스쳤다. 종들이 딸랑거린다. 별과 달이 번뜩인다. 창백하게 쌓인 눈이 기이한 빛을 발한다.

예스타는 시흥이 깨어나는 걸 느꼈다.

"베렌크로이츠, 이런 게 삶이라네." 그는 말했다. "이 젊은 숙녀를 태운 돈 후안이 내달리듯, 시간도 인간을 태우고 달려가지. 자네가 썰매의 방향을 정하듯, 쓰디쓴 필연이 시간 위에 올라탄 인간들을 가야 할 방향으로 이끈다네. 그리고 내가 이 여자를 안은 것처럼 갈망은 의지를 인질 삼아 붙잡고 있어. 힘없는 인간은 그저 한없이 깊이 추락할 수밖에 없지."

"떠들지 마." 베렌크로이츠가 으르렁거렸다. "놈들이 우릴 쫓고 있어."

베렌크로이츠는 매서운 채찍질로 돈 후안을 점점 더 거칠게 내몰았다.

"저기에는 늑대 떼가, 여기에는 희생양이." 예스타는 외쳤다.

"돈 후안, 이 녀석아, 팔팔한 엘크가 된 기분으로 달려라. 수풀을 헤치고, 늪지에 풍덩 뛰어들고, 거친 비탈을 내달려 저 맑은 호수까지, 그리고 당당히 고개를 쳐들고 물을 건너 빽빽한 전나무 숲, 우리를 구해줄 어둠 속으로 사라져라. 달려라, 돈 후안, 빼앗아온 여인을 태우고서! 젊은 엘크처럼 달리거라!"

번개처럼 내달리는 썰매 위에서 그의 거친 심장은 환희로 차올랐다. 추격자들의 외침이 그의 귀에는 환성 어린 음악이었다. 백작 부인이 공포에 질려 덜덜 떨며 이를 맞부딪히는 것을 보았을 때도 그의 거친 심장은 환희에 젖었다.

그녀를 꽉 붙들고 있던 억센 손길을 그는 갑작스레 풀었다. 썰매 위에서 벌떡 일어나 그는 모자를 휘둘렀다.

"나는 예스타 베를링이다!" 그는 소리쳤다. "만 번의 입맞춤과 만 삼천 통 연애편지의 주인이다. 예스타 베를링 만세! 날 잡을 자신이 있는 자는 잡아보아라!"

그리고 그는 백작 부인의 귀에 속삭였다.

"멋진 드라이브 아닙니까? 여왕이라도 마다치 않을 만하지요? 뢰벤 호수 뒤에는 베넨 호수가, 그리고 베넨 호수 뒤에는 바다가 펼쳐져 있습니다. 온 사방이 거울처럼 매끄럽고 어두운 얼음으로 끝없이 덮여 있지만, 그 뒤의 세상은 다시 눈부시게 반짝일 겁니다. 얼음은 깨지며 우레 같은 굉음을 내고, 추적자들은 목이 찢어져라 소리를 질러대는데 대기에는 별빛이 가루가 되어 떠다니고 썰매의 종이 울리는군요. 전진, 한눈 팔지 말고 전진! 아름답고 젊은 백작 부인, 저와 함께 이 여정에 오르시렵니까?"

그는 그녀를 놓아주었고 그녀는 힘주어 그를 밀쳐냈다.

즉각 그는 그녀의 발치에 무릎을 꿇었다.

"저는 비참한 신세입니다! 저를 자극하지 않는 게 좋을 겁니다. 오만하고 고상하던 당신은 기사들 따위가 결코 당신을 건드리지 못하리라 여기셨겠죠. 온 세상이 당신을 사랑합니다. 그러니 온 세상에게 경멸당하는 자에게 당신마저 돌을 던지지 마십시오."

그는 그녀의 손을 붙잡아 얼굴에 갖다 댔다.

"무리에서 쫓겨난 자로 산다는 게 어떤 기분인지 당신이 만약 아신다면…… 그런 처지의 인간들은 스스럼없이 무슨 짓이든 저지른답니다."

그 말과 동시에 그는 그녀가 맨손임을 깨달았다. 그는 주머니에서 커다란 모피장갑 한 켤레를 꺼내 백작 부인의 손에 끼워주었다.

그 후 그는 갑자기 침착해졌다. 그는 가급적 젊은 백작 부인에게서 멀리 떨어져 똑바로 앉았다.

"부인께서는 두려워하실 것 없습니다. 이 썰매가 어디로 향하는지 보이십니까? 저희가 부인을 해칠 의사가 전혀 없음을 곧 아실 겁니다." 그가 말했다.

두려움에 제정신이 아니었던 그녀도 곧 썰매가 호수 위를 지나고 돈 후안이 보리 성 옆의 가파른 언덕을 헐떡이며 달려 올라가는 중임을 깨달았다.

기사들은 성의 본관 계단 앞에 멈춰 세우고 젊은 백작 부인을 바로 자택의 현관문 앞에 내리게 해주었다.

몰려나온 하인들이 그녀를 둘러싸자 마침내 그녀의 용기가 돌아오고 정신도 맑아졌다.

"이 말을 돌봐줘요, 안데숀." 그녀는 말했다. "저를 집까지 바래다주신 친절한 신사들은 조금 더 머물다 가시겠지요? 제 남편이 곧 나올 거예요."

"백작 부인의 뜻대로 따르겠습니다." 예스타는 대답하며 즉각 썰매에서 내렸다. 베렌크로이츠도 깊이 생각하지 않고 마부에게 썰매 고삐를 넘겼다. 하지만 그들을 홀로 안내하는 백작 부인은 악의에 찬 기쁨을 숨기지 못했다.

백작 부인은 아마도 기사들이 그녀의 청을 받아들여 남편을 만나기 전, 망설일지도 모른다고 예상했던 모양이다.

기사들은 백작이 얼마나 꼬장꼬장하고 경우 바른 인물인지 모르는 듯했다. 그들은 아내를 감히 폭력으로 위협해 함께 썰매를 타도록 강요한 자들에게 백작이 어떤 벌을 내릴지 두려워하지 않았다. 그녀는 남편이 다시는 이 성에 발을 들이지 말라고 기사들을 쫓아내는 광경을 직접 보고 싶었다.

그리고 남편이 하인들을 불러다가 기사들을 세워둔 자리에서 다시는 이 작자들을 성에 들이지 말라고 명령하는 것도 보고 싶었다. 기사들이 그녀에게 저지른 짓뿐 아니라 한때 그들을 보살펴준 늙은 소령 부인에게 배은망덕하게 굴었던 것까지 남편이 벌해주기를 그녀는 바랐다.

그녀 옆에서는 더없이 다정하고 배려 깊은 남편도 그녀에게 난폭한 짓을 한 불한당들에게는 언성을 높여야 마땅하리라. 사랑이 그의 음성에 불같은 분노가 깃들게 할 것이다. 그녀를 세상에서 가장 섬세하고 고운 존재처럼 지켜주는 남편은 맹금이 참새를 덮치듯 거친 사내들이 그녀를 습격했던 것을 용서치 않을 터이다. 백작 부인의 자그마한 몸은 복수의 여신처럼 달아올랐다. 남편이 무력한 그녀를 돕고 어두운 그림자들을 쫓아내줄 것이다.

흰 콧수염을 굵게 기른 베렌크로이츠 대령은 스스럼없이 식당으로 가서 벽난로 쪽으로 다가갔다. 벽난로는 백작 부인이 사교 활동을 마치고 돌아올 때면 늘 따뜻하게 지펴져 있었다.

예스타는 어두운 문가에 버티고 서서 백작 부인이 하인의 도움을 받으며 모피를 벗는 모습을 말없이 지켜보았다. 그렇게 젊은 여인을 바라보는 사이, 그는 최근 몇 년 그 어느 때보다도 기분이 밝아졌다. 그는 저여인의 육체에 가장 아름다운 영혼이 깃들어 있다는 계시가 내렸노라 확신했다.

그 영혼은 오랫동안 깊이 잠들어 있다가 오늘에야 밝은 빛 아래 드러났다. 그는 그녀의 마음 가장 깊은 곳에 숨어 있는 정결함과 경건함과 순수를 발견해낸 데 기뻐했다. 정작 백작 부인 자신은 화가 난 기색으로 이맛살을 찌푸리며 붉으락푸르락하고 있는 게 그는 우스웠다.

'당신은 스스로 얼마나 선량하고 자비로운 사람인지 모르겠지.' 그는 생각했다.

그녀의 인격 중 세상에 드러난 부분이 그녀의 깊은 내면을 숨기고 있다고 그는 믿었다. 하지만 지금 이 순간부터 예스타 베를링은 그녀를 섬길 것이다. 아름답고 신성한 것을 섬기는 것은 인간의 도리이기에. 그는 조금 전 그녀에게 폭력을 썼던 것을 후회하지 않았다. 그녀가 공포에 질려 그를 격렬히 밀어내지 않았다면, 그의 거친 짓에 그녀가 온 마음으로 분노하는 것을 감지하지 못했다면, 그는 그녀의 영혼이 얼마나 섬세하고 고귀한지 영영 깨닫지 못했을 것이다.

그는 여태까지 그녀의 내면을 짐작하지 못했다. 겉보기에 그녀는 그저 춤추기를 좋아하는 명랑한 여자였다. 멍청한 헨릭 백작과 결혼할 정도로 엉뚱한 여자기도 했다.

하지만 이제부터 그는 죽는 순간가지 그녀의 노예일 것이다. 크리스티안 대위의 입버릇처럼 개이자 노예로 살 것이다.

예스타 베를링은 문가에 양손을 모으고 앉아 일종의 예배를 드렸다. 영감이 처음으로 그의 영혼을 타오르게 했던 날 이래 그가 이토록 고양감을 느낀 적도 없었다. 한 무리의 사람들을 이끌고 나타난 도나 백작이 기사들의 멍청한 장난질에 분개해 욕을 할 때도 그는 꿈쩍하지 않았다.

그는 베렌크로이츠로 하여금 백작을 상대하게 내버려두었다. 그는 다른 상념에 푹 빠져 있었다. 무수한 모험을 헤치운 기사 베렌크로이츠는 벽난로 앞 불길을 막는 창살 위에 태연자약하게 한 발을 올려놓고는 턱을 괴고 서서 몰려오는 이들을 빤히 쳐다보았다.

"이게 웬 소란인가?" 작달막한 백작이 호령했다.

"세상에 여자들이 존재하는 한 그네들 치마폭에 휩쓸리는 놈들도 사라지지 않는다는 뜻이지요." 베렌크로이츠가 말했다.

작달막한 백작은 얼굴이 벌게졌다.

"이게 웬 소동이냐고 물었다." 그는 되풀이했다.

"네, 저도 그게 궁금합니다." 베렌크로이츠가 말했다. "어쩐 연유로 헨릭 도나 백작님의 부인께서 예스타 베를링과 춤추기를 거절하셨는지 여쭤봐도 되겠습니까?"

백작은 아내에게 묻는 시선을 던졌다.

"난 그와 춤출 수 없었어요, 헨릭." 그녀는 소리를 높였다. "기사들에게 버림받아 감옥에서 기력을 잃어가는 소령 부인을 생각하면 그와도, 다른 기사들과도 춤출 수가 없었어요."

작달막한 백작은 뻣뻣한 몸뚱이를 곧추세우고 잿빛 머리통을 뒤로 젖혔다.

"그 누구도 우리 기사들을 조롱할 수는 없습니다." 베렌크로이츠가 말했다. "우리와 춤추기를 거절한 자는 우리와 함께 썰매를 타야 합니다. 하지만 우리는 백작 부인의 손끝 하나 다치게 하지 않았으니 그걸로 일은 끝난 겁니다."

"아니오." 백작이 말했다. "아직 끝나지 않았소. 내겐 아내의 행동을 수습할 책임이 있소. 어째서 예스타 베를링은 내 아내가 자신을 모욕했을 때 내게 와서 배상을 요구하지 않았소?"

베렌크로이츠는 미소 지었다.

"다시 묻는데……" 백작이 되풀이했다.

"여우 가죽을 벗길 때 꼭 여우에게 허락을 받을 필요는 없잖습니까." 베렌크로이츠가 말했다.

백작이 앙상한 제 가슴팍에 손을 얹었다.

"나는 경우 바른 사람이라고 소문이 나 있소." 그가 대꾸했다. "나는 평소 내 식솔을 재판할 권한이 있소. 내 아내에 대해서 판결내리지 못할 게 뭐 있소? 그녀를 재판하는 건 기사들의 권한이 아니오. 그들이 내 아내에게 내렸던 벌은 없었던 걸로 하겠소. 알겠소, 여러분, 그건 없었던 일이오."

백작은 새된 가성으로 소리를 질렀다. 베렌크로이츠는 주위를 휙 둘러보았다. 신트람과 다니엘 벤딕스, 달베리에 이르기까지 납치범을 쫓아온 추적자들은 모두 헨릭 백작의 멍청함에 터지는 웃음을 수습하느라 애쓰는 중이었다.

젊은 백작 부인은 상황을 금방 파악하지 못했다. 지금 무엇이 없었던 일이 되었다는 건가? 그녀가 겪어야 했던 두려움이, 기사들이 그녀의 연약한 몸에 저지른 난폭한 대접이, 그 거친 노래와 거친 말들과 거친 키스가 모두 없었던 일이 된다고?

"하지만 헨릭……"

"조용히 하시오!" 백작이 아내에게 훈계했다. 그 후 그는 아내에게 판결을 내리기 위해 자세를 가다듬었다. "당신처럼 감히 남자에 대해 이러쿵저러쿵하는 여자들은 혼쭐이 나야 돼." 그는 말했다. "내 아내면서 내가 기꺼이 손 내밀어 악수를 하는 신사를 모욕했다고? 기사들이 소령 부인을 감옥에 처넣든 말든 당신이 무슨 상관이오? 그들이 못할 짓이라도 했나? 부인이 이리 방종하게 굴면 남편의 마음이 얼마나 괴로운지 당신은 짐작도 못 하오. 그 따위 여자를 감싸려고 당신도 그 진창에 함께 뒹굴 작정인가?"

"하지만 헨릭……"

그녀는 어린아이처럼 호소하며 남편의 혹독한 말을 피하려는 듯이 팔을 뻗었다. 그녀는 생전 이렇게 모진 소리를 들어본 적이 없었다. 그녀는 거친 사내들 사이에서 어쩔 줄을 몰랐고, 유일한 보호자는 그녀에게서 등을 돌렸다. 그녀의 심장은 세상을 환히 밝힐 힘을 영영 잃어버릴 것만 같았다.

"하지만 헨릭! 당신은 날 지켜줘야 해요!"

예스타 베를링은 뒤늦게 지금에야 정신을 차렸다. 그는 어찌해야 할지 알 수가 없었다. 그는 그녀에게 도움이 되고 싶었지만 부부 사이에 낄 엄두가 나지 않았다.

"예스타 베를링은 어디 있나?" 백작이 물었다.

"여기 있습니다." 예스타는 대답하며 이 상황을 농담으로 넘기려는 헛된 시도를 했다. "백작님이 연설을 하시려는 줄 알고 깜박 잠이 들었죠. 이제 저희는 집으로 돌아가고 백작님은 잠자리에 드시는 게 어떨까요?"

"예스타 베를링, 내 아내가 자네와 춤추기를 거절했으니 그녀에게 자네의 손에 입 맞추고 용서를 빌라고 명령하겠네."

"친애하는 헨릭 백작님." 예스타는 미소 지으며 대답했다. "제 손은 젊은 숙녀분께서 입을 맞출 만한 게 못 됩니다. 어제는 엘크를 한 마리 잡아 죽이느라 피로 벌겠고, 내일은 숯장이와 주먹다짐을 벌이느라 시커메질 겁니다. 내려주신 고귀한 판결로 이미 충분히 배상이 되었습니다. 베렌크로이츠, 우린 가세나!"

백작이 그를 막아섰다.

"멈추게. 내 아내는 내 명령에 복종해야 하네. 제멋대로 굴었다간 무슨 결과가 닥치는지 아내에게 똑똑히 가르치고 싶네."

예스타는 머뭇거렸다. 백작 부인은 낯이 창백해져서 꼼짝도 하지 않았다.

"그에게 가시오!" 백작이 명령했다.

"헨릭, 난 그럴 수 없어요."

"당신은 그래야 하오!" 백작은 냉혹하게 말했다. "당신이 뭘 바라는지는 내가 잘 알지. 당신 변덕에 맞지 않는 남자에게 내가 결투 신청을 하게 하고픈 모양인데, 그러거나 말거나. 당신은 그에게 배상을 하고 싶지 않아도, 내가 그걸 바라오. 여자들은 남자들이 자기들 때문에 서로 죽고 죽이는 게 즐거운가보지. 당신은 잘못을 저질렀지만 속죄하기는 싫고, 대신 날더러 결투를 하라는 거요, 부인? 몇 시간 후면 난 피투성이

211

시체가 되고?"

그녀는 한참 동안 그를 바라보았다. 드디어 그녀는 그가 어떤 인간인지 깨달을 수 있었다. 어리석고 비겁하며 허세와 교만으로 가득 찬 세상에서 제일 비참한 인간이 그녀의 남편이었다.

"진정하세요." 그녀는 얼음처럼 싸늘히 말했다. "당신 말대로 하겠어요."

그러나 이제는 예스타 베를링이 펄쩍 뛰었다.

"백작 부인이 제 손에 입을 맞추시다니요! 연약하고 천진한 아이 같은 당신이 저 같은 놈의 손에 입을 맞춘다니 안될 말씀입니다! 당신은 순수하고 아름다운 영혼입니다. 전 다시는 당신 가까이에 가지 않겠습니다! 저와 엮이면 한때 선하고 티 없이 맑던 이들에게도 죽음과 타락이 닥칩니다. 당신은 절대 제게 닿으시면 안 됩니다. 불이 물을 피하듯 저는 당신에게서 달아나렵니다. 제게 입을 맞추시면 안 됩니다!"

그는 등 뒤로 손을 숨겼다.

"난 괜찮을 거예요, 베를링 씨. 이젠 더 이상 아무것도 날 상처 입히지 못해요. 부디 제가 저질렀던 실례를 용서해주세요. 그리고 당신 손에 입 맞추게 해주세요."

예스타는 계속 손을 감추고서 홀 안을 둘러보면서 문 쪽으로 다가갔다.

"자네가 내 아내의 배상을 받아들이지 않는다면 난 자네와 결투를 하는 수밖에 없네, 예스타 베를링, 그리고 그녀는 더 혹독한 벌을 받을 걸세."

백작 부인은 어깨를 으쓱했다. "저 겁쟁이가 정신이 나갔어." 그녀는 중얼거리고서 예스타에게 소리를 높였다. "요구대로 해주세요. 내가 굴욕당하는 게 별일이나 되나요. 어차피 당신도 그걸 바랐잖아요."

"제가 바랐다고요? 정말 제가 그랬다고 믿으십니까? 당신이 입 맞출 손들을 아예 없애버린다면 제 뜻이 그렇지 않았음을 알아주시겠습니까?" 그는 외쳤다.

그는 벽난로로 달려가 양손을 밀어넣었다. 불길이 손을 삼키자 살갗이 오그라들고 손톱에서 타닥 하는 소리가 났다. 하지만 곧바로 베렌크로이츠가 뒷덜미를 잡아 그의 몸뚱이를 바닥에 내던졌다. 그는 의자에 부딪혀 떨어지면서 그대로 자리에 주저앉았다. 방금 저지른 짓이 부끄러웠다. 백작 부인이 그가 그저 허세를 부린 거라고 생각하지 않을까? 사람들로 가득한 방 안에서 보란 듯이 행한 짓은 멍청한 허세로 보이기에 딱 좋았다. 위험할 것이라곤 눈곱만큼도 없는 짓이었으니.

그가 의자에서 몸을 일으키기도 전에 백작 부인이 그의 곁에 무릎을 꿇었다. 그녀는 그의 벌겋고 시꺼먼 재가 묻은 손을 들어올려 응시했다. "당신의 손이 낫는 대로 난 입을 맞추겠어요." 그녀는 외쳤다. 화상 입은 살갗에 물집이 잡히는 걸 보며 그녀의 눈에 눈물이 차올랐다.

이것은 그녀가 상상도 못 했던 위대함의 발현이었다. 이런 일을 해치우는 사람이 세상에 있다니, 그것도 그녀를 위해서! 이 얼마나 대단한 남자인가. 그는 못하는 게 없었고, 선한 일에도 악한 일에도 빼어났고, 언변도 뛰어나고 행동력도 강한, 빛나는 자질을 갖춘 남자였다. 다른 모든 범상한 인간들과는 아예 다른 재료로 빚어진 듯한 영웅이 거기 있었다. 그는 제 열정의 노예였고 순간의 쾌락에 지배당하는 거칠고 무시무시한 사내였으나, 동시에 놀라운 힘이 넘쳤고 세상 무엇도 두려워하지 않았다.

그날 저녁 내내 짓눌린 느낌이었던 그녀의 눈에는 근심과 비정함과 비겁함밖에 비치지 않았다. 그러나 그것들은 이제 잊혀졌다. 젊은 백작 부인은 다시 삶을 사랑할 수 있었다. 어스름의 여신은 패했다. 젊은 백작 부인의 눈에 비친 세상은 이제 빛과 색깔 아래 찬란했다.

*

그날 밤 기사관에서 기사들은 소리를 지르며 예스타 베를링의 욕을 했다. 늙은 기사들은 자고 싶은데 예스타 베를링이 그러게 놔두지를 않았다. 침대 휘장을 치고 불을 꺼버려도 소용없었다. 그는 계속 떠들어댔다.

그는 젊은 백작 부인이 얼마나 천사 같은 여자이고 자신이 얼마나 그녀를 사모하는지 말했다. 그녀를 섬기고 아끼고자 한다고도 했다. 다른 모든 인간들이 그를 저버린 게 그에게는 이제 다행이었다. 이제 그는 그녀를 섬기는 데 전 생애를 바칠 수 있으리라. 물론 그녀는 그를 경멸했다. 그러나 그는 그녀의 발치에 개처럼 엎드릴 수만 있어도 만족할 것이다.

그는 기사들이 뢰벤 호수의 낮은 섬에 주목한 적이 있는지 물었다. 울퉁불퉁한 절벽이 물 위로 가파르게 솟아오른 풍경을 남쪽에서 본 적이 있는가? 섬이 완만한 경사를 타고 호수 속으로 잠겨들고, 커다랗고 위풍당당한 전나무들에 덮인 비좁은 모래톱이 구불거리는 경계를 이루며 세상에서 가장 아름다운 작은 호수들을 만들어내는 정경을 북쪽에서 바라본 적은? 그 섬에, 옛 해적성의 폐허가 아직도 남아 있는 깎아지른 꼭대기에다 그는 젊은 백작 부인을 위한 궁전을 대리석으로 지을 것이었다. 호수까지 내려가는 넓은 계단을 암벽에다 깎아지으면 그 아래쪽에는 조그만 삼각 깃발들을 단 조각배를 댈 수 있으리라. 그 궁전에는 휘황찬란한 홀들과 꼭대기가 금빛으로 빛나는 높은 탑들이 있을 것이다. 젊은 백작 부인이 살기에 알맞은 보금자리가 되겠지. 보리 곶 위의 낡고 누추한 목재 성은 그녀가 발 디딜 가치도 없었다.

그가 한동안 떠들고 나자 노란 격자무늬 휘장 뒤에서 하나 둘 코고는 소리가 들려왔다. 그러나 대부분의 기사들은 예스타 베를링과 그의 헛된 망상에 욕지거리를 퍼부었다.

"인간들이여," 그는 엄숙히 말했다. "내 눈에는 인간들의 업적과 그 업적의 자취들이 이 푸른 대지를 가득 덮은 광경이 보이네. 피라미드가 대지를 짓누르고 바벨탑이 하늘을 꿰뚫었지. 자갈 위로 아름다운 사원들과 푸른 성들이 솟아올랐네. 하지만 인간의 손이 지어올린 것 중 무너지지 않았고 앞으로도 영영 무너지지 않을 것이 무엇이 있나? 오, 인간들이여, 미장이의 흙손과 받침대는 던져버리게! 작업복도 머리 위로 펼쳐 덮고 드러누워 휘황찬란한 꿈의 성을 지으세나! 돌과 흙으로 지어진 사원이 영혼에게 무슨 소용인가? 꿈과 환상으로 이루어진 영원한 궁전을 짓는 법을 배우게나!"

그는 웃어대며 자러 갔다.

얼마 후 소령 부인이 자유의 몸이 되었다는 소식을 들은 백작 부인은 기사들에게 경의를 표하는 커다란 연회를 열었다.

그리하여 그녀와 예스타 베를링의 오랜 우정이 시작되었다.

11
귀신 이야기

후세의 아이들아.

나는 너희에게 새 소식을 들려줄 수가 없구나. 내가 하는 이야기는 다 오래되어 잊혀가는 것들뿐이다. 내가 아는 이야깃거리라고는 아이들이 할머니의 주위에 옹기종기 모여 앉아 듣던 동화나 일꾼들과 막노동꾼들이 불붙은 아궁이를 둘러싸고 앉아 젖은 옷을 말리고 목에 걸고 다니던 작은 칼로 두툼하고 말랑말랑한 빵에 버터를 바르며 떠들던 사연들, 혹은 나이 지긋한 사람들이 큰 방 안락의자에 앉아 김이 모락모락 피어오르는 토디로 몸을 데우며 회상하던 옛 시절의 추억 같은 것에 불과하다.

할머니나 막노동꾼, 혹은 어른들의 이야기에 흠뻑 빠져 있던 아이가 겨울밤 창가에서 설 때면, 하늘을 지나는 구름이 지평선을 달려가는 용맹한 기사들로 보이리라. 별들은 보리의 곳 위에 서 있는 오래된 백작성 창문의 촛불로 변할 테고, 옆방에서 물레를 돌리는 이가 꼭 울리케 딜네르 할멈인 듯 착각이 들 것이다. 아이의 머릿속은 옛 이야기에 나오는 사람들로 꽉 차서 이 세상에 아직도 그들이 살고 있는 것처럼 여겨지고 그들을 그리워하게 된다.

하지만 옛 이야기에 온 정신을 빼앗긴 아이들은 창고에서 아마과亞麻科 러스크를 가져오라는 심부름을 할 때면 작은 발로 날듯이 계단을 지나 복도와 부엌으로 달려 나간다. 창고의 어둠 속에서는 악마와 한패였다는 포슈의 못된 지주 이야기가 생각나버린 탓이다.

사악한 신트람의 유해는 검은 호숫가의 교회 묘지에 묻힌 지 오래이지만, 그의 영혼이 묘비에 적힌 대로 하나님 나라로 갔으리라 믿는 사람은 아무도 없다.

생전의 그는 비 내리는 지루한 일요일 오후면 검은 말들이 끄는 육중한 마차를 타고 온 방문객을 맞았다. 마차에서는 검은 옷을 점잖게 차려입은 신사가 내렸고, 집주인 신트람의 카드와 주사위 도박을 상대해주며 그가 절망스러울 정도로 지루한 시간을 보내는 걸 도왔다. 모임은 자정까지 계속되었고, 손님은 새벽녘이 되어 떠날 적에 불운을 불러오는 작별 선물을 남기곤 했다.

아무렴, 살아생전 신트람이 돌아다닐 때면 가는 곳마다 귀신들이 먼저 나타나 그가 오고 있음을 예고했다. 신트람 같은 인간들에게는 늘 경고의 전조가 붙어 다닌다. 마차가 마당에 들어오는 소리가 나고, 채찍이 울리고, 누군가 계단을 걸어오르며 말하는 듯한 목소리가 들리고, 현관문이 열렸다 닫힌다. 집에 사는 개와 인간들이 깰 정도의 소음이다. 하지만 정작 들어오는 이는 없다. 이런 소리들은 그저 예고일 뿐이다.

이 으스스한 인간들에게는 악령이 붙어 있다. 신트람이 포슈에 살던 시절 곧잘 어슬렁거리던 커다란 개가 달리 무엇이었겠는가. 개는 무시무시하게 번뜩이는 눈에 길고 시뻘건 혀를 아가리 밖으로 죽 빼물고 있었다. 일꾼들이 점심 식사를 하러 부엌에 모여 앉았을 때 개가 부엌문을 긁으면 하녀들은 모두 기겁을 하고 비명을 질렀다. 일꾼들 중 가장 덩치 좋고 용감한 이가 아궁이에서 불타던 장작을 집어 개의 목구멍에 처넣었다.

끔찍하게 울부짖는 개의 아가리에서는 불꽃과 연기가 솟아올랐고, 불덩어리가 개의 주위를 휘감았으며, 개가 밟고 지나간 자리마저 달아오른 듯이 번쩍였다.

지주 신트림이 여행을 떠날 때도 으스스한 일이 벌어졌다. 떠날 때 그는 말을 몰고 갔지만 돌아올 때는 언제나 시꺼먼 황소들이 마차를 끌었다. 한길 가에 사는 주민들은 신트람이 지나갈 때마다 어마어마한 검은 뿔들이 밤하늘을 찌르듯 솟아오른 광경을 보았다. 황소들이 울부짖는 소리가 주민들의 귀를 찢었고, 마차의 바퀴와 소 발굽이 메마른 자갈 위에 남긴 번쩍이는 흔적에 사람들은 몸서리쳤다.

커다랗고 컴컴한 마루를 지날 때면 심부름하는 아이들은 서둘러야 한다. 감히 이름을 부르기도 무서운 끔찍한 것이 어두운 구석에 숨어 있다면 어쩌나. 누가 그자 앞에서 안전할 수 있을까. 그자는 못된 인간들 앞에만 나타나는 게 아니었다. 울리카 딜네르 할멈도 그자를 보았다. 할멈뿐 아니라 안나 셴회크도 그자를 본 이야기를 해줄 수 있었다.

*

친구들아, 거기 웃으며 춤추는 이들아, 비노니 춤을 출 때는 걸음을 조심하고 웃을 때는 소리가 너무 크지 않게 하라. 너희들의 얇은 신이 무도회장 바닥 대신 다른 이들의 심장을 짓밟거나 너희의 은빛 웃음소리가 다른 이의 영혼을 절망으로 빠뜨렸다가는 불행이 닥치고 말리라.

아마도 젊은이들이 울리카 할멈의 마음을 너무 호되게 짓밟았고, 그녀의 귀에는 그들의 웃음이 너무 거만하게 들렸나보다. 울리카 할멈은

218

갑자기 자신도 결혼을 해서 대접받는 몸이 되어야겠다고 마음을 먹었다. 그녀는 마침내 못된 신트람의 오랜 구애를 승낙했다. 그녀는 그의 아내가 되어 포슈로 떠나며 베리아의 오랜 친구들과 정든 일거리, 그리고 하루하루 끼니 걱정으로부터 헤어졌다.

혼인은 후다닥 진행되었다. 신트람은 성탄절 경에 청혼을 했고, 결혼식은 2월에 열렸다. 그 무렵 안나 셴회크가 우글라 대위의 집에서 살고 있었다. 그녀가 울리카의 일을 대신 맡아준 덕에 울리카는 양심의 가책 없이 떠나서 유부녀의 지위를 획득할 수 있었다.

가책이 없었다 해도 후회까지 없던 건 아니었다. 그녀가 도착한 곳은 쾌적한 거처가 아니었다. 커다랗고 휑뎅그렁한 방들에는 으쌕한 그림들이 줄줄 걸려 있었다. 해가 지면 그녀는 으스스한 기분에 떨었다. 옛 집으로 돌아가고 싶어 죽을 지경이었다.

길고 지루한 일요일 오후는 다른 날들보다 더 견디기 힘들었다. 그 오후는 영원히 계속될 듯했고 그녀의 머릿속엔 초조한 생각들이 끊이지 않았다.

어느 일요일 신트람이 교회에서 바로 점심을 먹으러 집으로 돌아오지 않자 울리카는 거실로 가서 피아노 앞에 앉았다. 피아노는 그녀의 유일한 위안이었다. 흰 뚜껑 위에 피리 부는 사내와 양치기 아가씨가 그려진 피아노는 그녀가 부모님으로 부터 물려받은 유산이었다. 이 피아노만은 그녀를 이해해주었기에 그녀는 자신의 괴로움을 털어놓을 수 있었다.

하지만 그녀가 무엇을 연주했을까? 고작 폴카 한 곡이었다. 그렇게나 마음이 괴로웠는데도!

그녀가 칠 줄 아는 곡은 이 한 곡의 폴카뿐이었다. 국자와 식칼을 다루느라 손가락이 굳어버리기 전에 그녀는 이 곡을 배웠다. 아직도 그녀의 손가락에는 그 곡이 익어 있었다. 하지만 그 외엔 어떤 곡도 배우지 못했다. 장송곡도, 열정적인 소나타도, 음울한 민요도 칠 줄 몰랐고, 오로지 이 폴카 한 곡뿐이었다.

낡은 피아노에게 뭔가 털어놓을 일이 있을 때면 그녀는 늘 폴카를 쳤다. 웃고 싶을 때도 울고 싶을 때도 폴카를 쳤다. 그녀 자신의 결혼 잔치 때도, 처음으로 인주인 노릇을 하게 된 집에 왔을 때도, 그리고 이 일요일에도 쳤다.

피아노의 낡은 줄들은 그녀의 마음을 알아주었다. 그녀는 불행했다. 아, 너무도 불행했다.

지나가던 행인이 폴카 소리를 들었다면, 못된 지주가 친구들과 이웃을 불러놓고 무도회를 여는 중이라고 믿었을 것이다. 음악은 그렇게 경쾌했다. 참으로 밝고 명랑한 음률이었다. 이 곡으로 그녀는 베리아에서 지내던 옛 시절에 가족들로 하여금 근심과 배고픔을 잊게 했다. 폴카가 울리면 모두 춤을 추고 싶어졌다. 통풍 걸린 이도 여든 살 된 노인도 무도회장으로 몰려들었다. 온 세상이 거기 맞춰 춤추고 싶어할 정도로 음악은 신이 났다. 하지만 그것을 연주하며 울리카 할멈은 울었다.

그녀가 사는 집은 사나운 짐승들과 퉁명스러운 일꾼들로 가득했다. 그녀는 친절하고 유쾌한 사람들이 그리웠다. 폴카가 표현하는 것은 이 절망적인 그리움이었다.

사람들은 그녀가 이제는 신트람 부인이라는 사실마저도 곧잘 잊었다. 그녀는 여전히 딜네르 처자라고 불렸다. 이 폴카는 그녀가 부인이라 불리고픈 허영에 끌렸던 데 대한 후회의 표현이었다.

울리카 할멈은 줄을 망가뜨릴 기세로 쳐댔다. 그녀가 음악으로 덮어버리고 싶은 소리는 너무나 많았다. 영락한 농부들의 괴로운 외침, 수탈당하는 노동자들의 저주, 교만한 일꾼들의 비웃음, 그리고 무엇보다도 사악한 남자의 아내가 된 수치를 그녀는 덮고 싶었다.

예스타 베를링이 젊은 도나 백작 부인을 춤으로 이끌었던 것도 이 곡이었다. 마리안 싱클레르는 무수한 숭배자들과 이 곡에 맞추어 춤을 추었고, 에케뷔의 소령 부인도 잘생긴 알트링에르가 살아 있던 나날에는 이 곡조를 따라 스텝을 밟았다. 울리카는 그 사람들이 젊고 아름다운 모습으로 쌍쌍이 날듯이 스쳐가는 광경을 보았다. 그들로부터 쏟아진 활기가 울리카를 흠뻑 적셨고, 그녀의 열기 또한 그들에게 옮겨갔다. 그녀의 폴카가 그들의 뺨을 달아오르게 하고 두 눈을 빛나게 했다. 이제 그녀는 그들과 헤어졌지만 그래도 폴카는 울려야 했다. 이제 폴카는 무수한 기억들을 덮어야 했다.

그녀는 두려움을 덮어버리기 위해 연주를 했다. 검은 개를 볼 때마다, 일꾼들이 검은 황소에게 욕설을 퍼부을 때마다 그녀는 무서워서 심장이 멎을 것만 같았다. 두려움을 마비시키기 위해 그녀는 폴카를 치고 또 쳤다.

그녀는 어느덧 남편이 돌아왔음을 알아차렸다. 그가 방 안으로 들어와 흔들의자에 앉는 소리가 났다. 의자의 받침이 삐걱거리며 바닥에 닿는 익히 아는 소리에 굳이 뒤돌아볼 필요도 없었다.

그녀가 연주하는 동안 의자는 삐걱거리며 반주를 맞췄다. 그녀의 귀에는 더 이상 음악 소리가 들리지 않았다. 들리는 것은 흔들의자 소리뿐이었다.

가엾은 울리카 할멈, 그녀는 학대당하고 외롭고 의지할 데도 없이 적들에 둘러싸였다. 마음 털어놓을 친구, 그녀를 위로해주는 이는 낡고 삐걱거리는 피아노뿐이었다.

이 피아노만이 폴카로 그녀에게 화답했다. 마치 장례식장에서 터지는 유일한 웃음소리와도 같고, 교회에서 울리는 취가와도 같은 음률이었다.

그러나 흔들의자의 삐걱거림이 지속되자, 불현듯 피아노조차 그녀의 하소연을 비웃는 것 같아 그녀는 연주를 하다 말고 멈추었다. 그녀는 일어나 흔들의자 쪽으로 고개를 돌렸다.

그리고 그녀는 바로 의식을 잃고 바닥으로 쓰러졌다. 흔들의자에 앉아 있던 이는 그녀의 남편이 아니라 아이들이 감히 이름을 부르지 못하는 자, 아이들이 혼자 심부름을 가던 길에 맞닥뜨렸다가는 놀라 죽어버릴 자였다.

*

한번 옛 이야기에 온 마음을 빼앗겼던 사람이 그 영향력에서 벗어날 수 있을까? 지금 바깥에는 밤바람이 휘몰아치고, 고무나무와 협죽도의 뻣뻣한 잎사귀가 발코니의 창살을 때리고 있다. 길게 뻗은 산맥 위로 새까만 하늘이 솟아 있는데, 나는 이 한밤에 블라인드를 올린 방 안에서 등잔 불빛 아래 홀로 앉아 글을 쓰는 중이다. 이미 어른이 되어 사리를 분별하는 나조차도 이 이야기를 적고 있노라면 어릴 적 처음 들었을 때와 마찬가지로 등골에 식은땀이 흐르느라 글을 쓰다 말고 고개를 들어 저 구석에 누가 숨어 있지나 않은지 살펴보게 된다. 창살 너머에서 시커먼 윤곽이 날 보고 있지 않은가 하여 발코니에도 나가본다. 깊은 밤 홀로 있을 때면 옛 이야기들은 늘 기분을 으스스하게 만들고, 나는 결국 침대로 기어들어가 머리 위까지 이불을 뒤집어쓰고 만다.

나는 어릴 적 이 이야기를 들었을 때, 올리카 딜네르가 어떻게 그 일요일 오후에 죽지 않고 살아남았는지 감탄하곤 했다. 나라면 그만 무서워서 죽어버리고 말았을 것이다.

때마침 안나 셴회크가 포슈를 방문한 게 다행이었다. 그녀는 거실 바닥에 쓰러져 있는 울리카 할멈을 발견해 깨웠다. 나에겐 그만한 운이 따르지 않을 테니, 아마 진작 죽었을 것이다.

친애하는 독자여, 나는 당신들이 나이 든 사람의 눈물을 볼 일이 없기를 바란다.

머리가 하얗게 센 이가 내 가슴에 기대어 의지할 곳을 찾고, 주름진 손을 마치 내게 애원하듯 모으는데, 아무 도움도 못 되고 가만있을 수밖에 없는 일이 당신들에게는 벌어지지 않기를 바란다. 어찌 손쓸 수 없는 고통에 노인들이 괴로워하는 모습을 그저 지켜만 봐야 하는 일을 당신들은 겪지 않기를.

젊은이들이 괴로워하는 모습은 어떠냐고? 그들에겐 그래도 힘이 있고 희망이 있다. 하지만 우리 어릴 적엔 그리도 든든해 보이던 분들이 기력을 잃고 울며 하소연하는 광경은 비참하기 짝이 없다.

안나 셴회크는 빠져나갈 도리 없이 거기 앉아 울리카 할멈의 하소연을 들어야 했다.

할멈은 울면서 벌벌 떨었다. 눈동자를 정신없이 굴리며 자신이 어디 있는지도 모르는 듯 횡설수설했다. 그녀의 얼굴에 새겨진 무수한 주름들이 그날따라 유난히 더 깊이 패었다. 할멈의 눈 위로 늘어진 가짜 곱슬머리는 눈물에 젖어 엉망이었고 비쩍 마른 기다란 얼굴은 훌쩍대느라 온통 찡그려 있었다.

안나는 이 우는소리를 중단시켜야 했다. 그녀는 할멈을 도로 베리아로 데려가기로 마음먹었다. 아무리 할멈이 신트람의 아내라도 포슈에 계속 살게 둘 수는 없었다. 그 사악한 사내 옆에 이대로 있다가는 정신이 나가고 말 터였다. 안나는 울리카 할멈을 데리고 집으로 가기로 했다.

할멈은 이 결정에 뛸 듯이 놀라면서도 기뻐했다. 하지만 정말로 감히 남편과 집을 버리고 도망칠 엄두를 내지 못했다. 신트람은 그녀를 잡으러 그 커다란 개를 보내고 말 것이다.

그러나 안나 셴회크는 달래기도 하고 겁을 주기도 하면서 그녀의 저항을 무너뜨렸다. 반시간 후 두 여자는 함께 썰매에 앉아 있었다. 안나는 직접 늙은 암말 디시의 고삐를 잡았다. 3월 말이 되어가는지라 길이 질척거렸으나 정든 썰매를 타고 가는 울리카 할멈의 마음은 밝았다. 썰매를 끄는 늙은 암말도 할멈만큼이나 오래 베리아에 머무른 충실한 일꾼이었다.

평생을 노동만 하고 살아온 할멈도 유쾌한 기분과 또렷한 정신을 되찾아서 아르비드스토르프를 지날 무렵에는 울음을 그쳤다. 회그베리를 지날 때는 얼굴에 웃음기가 돌았고, 뭉케뷔에 다다르자 옛 시절의 추억에 푹 젖어 안나에게 자신이 젊어 스바네홀름에서 백작 부인을 모시던 이야기를 늘어놓았다.

이제 썰매는 뭉케뷔 북쪽, 언덕과 돌이 많아 사람이 살지 않는 황량한 구간에 이르렀다. 길은 높은 곳을 좋아해서, 오를 수 있는 곳은 죄다 구불구불 긴 나선을 그리며 올라갔다가 곧바로 뚝 떨어졌다. 얼른 또 올라갈 언덕을 찾고 싶었던 길은 낮은 계곡 바닥을 만나면 똑바로 가로질러 잽싸게 지났다.

베스트라토르프 언덕에 막 다다랐을 때 울리카 할멈은 느닷없이 입을 다물고 안나의 팔을 꽉 붙들었다. 그녀의 눈은 길 가장자리를 달려오는 커다란 개에 못 박혀 있었다.

"저걸 봐!" 그녀가 말했다.

개는 안나의 눈에 띄기 전에 숲으로 뛰어들어갔다.

"계속 달려!" 울리카 할멈은 말했다. "최대한 빨리! 이제 신트람도 내가 여기 있는 걸 알아챘어."

안나는 할멈의 공포를 웃어넘기려 했지만 할멈은 계속 말했다.

"좀 있음 그자의 썰매 종소리가 들릴 거야. 다음 언덕까지 가기도 전
에 들릴 걸."

늙은 암말 디사가 엘로프 언덕 꼭대기에서 잠시 숨을 돌릴 때, 아래쪽
에서 썰매 방울이 울렸다.

울리카 할멈은 완전히 제정신을 잃었다. 그녀는 아까 포슈의 거실에
서 그랬듯 또 떨고 흐느끼고 우는소리를 했다. 안나는 디사를 재촉하려
했으나 디사는 고개를 돌려 어이없다는 눈빛으로 그녀를 응시했다. 내
가 언제 뛰고 언제 걸어야 하는 줄도 모르는 줄 아나? 20년도 넘는 세월
을 거쳐 이 인근 수십 리 안의 돌멩이와 다리와 울타리와 언덕을 죄다
꿰고 있는 나에게 썰매 끄는 법을 새삼 가르치겠다고?

그사이 썰매 방울 소리는 점차 가까워졌다.

"그 작자야, 그 작자, 난 저 방울 소리를 알아!" 울리카 할멈이 하소연
을 했다.

소리는 점점 가까이 다가왔다. 그 소리는, 혹시 벌써 신트람의 말이
대가리로 그녀의 썰매 뒷부분을 건드릴 정도로 다가온 게 아닌가 싶을
정도로 커졌다가 갑작스레 도로 작아지곤 했다. 왼쪽에서 울렸다가 오
른쪽에서 울렸다 하며 왔다갔다하는데, 정작 보이는 건 없었다. 마치 방
울 소리만이 그들을 추격중인 것 같았다.

꼭 한밤중에 모임을 파장하고 집으로 돌아갈 때 같았다. 종들은 노래
를 하고, 말을 걸고, 서로 묻고 대답하듯 멜로디를 울려댔다. 숲이 그 소
리들을 메아리치게 했다.

안나는 차라리 추적자가 얼른 나타나 신트람과 그의 붉은 말이 눈에
보이기를 바랐다. 끊임없이 울리는 썰매 방울 소리에 그녀는 오싹해졌

다. 겁을 먹은 것은 아니었다. 그녀는 겁을 먹는 법이 없는 여자였다. 하지만 이 방울 소리는 그녀를 고문하고 있었다.

"이 소리 때문에 미칠 것 같아." 그녀가 말했다.

그리고 즉각 방울 소리가 그녀의 말을 따라했다. "미칠 것 같아, 미칠 것 같아, 미칠 것 같아……" 방울들이 각양각색의 소리로 노래를 했다.

그녀가 같은 길을 늑대들에게 쫓기며 썰매로 달렸던 것은 그리 오래전 일이 아니었다. 그때 그녀는 늑대들의 벌린 아가리에서 허연 이빨들이 밤의 암흑 속에서조차 번뜩이는 것을 보며 숲의 들짐승들에게 갈기갈기 찢길 각오를 했다. 하지만 당시의 그녀는 불안해하지 않았다. 그것은 그녀가 경험한 중 가장 황홀했던 밤이었다. 그녀가 탄 썰매를 끌었던 말은 아름답고 힘이 넘쳤고, 그녀와 행복한 모험을 함께했던 사내 역시 매한가지였다.

아, 지금 그녀를 태운 말은 늙었고, 그녀의 동행 역시 벌벌 떠는 늙은 여자였다! 그녀는 울고 싶을 정도로 힘이 빠졌다. 이 끔찍하고 신경을 긁는 소리에서 도무지 헤어날 수 없었다.

그녀는 썰매를 멈추고 밖으로 나왔다. 이제 부질없는 도주를 끝내야 했다. 이 사악하고 경멸해 마땅한 악당을 두려워하는 것도 아닌데 그녀가 왜 도망쳐야 한담?

그녀는 마침내 점점 짙어지는 어스름으로부터 말 머리 하나가 불쑥 튀어나오는 것을 보았다. 뒤이어 썰매가 나타났고 썰매에는 신트람이 앉아 있었다.

말과 썰매와 인간은 계속 길을 따라 달려온 게 아니라 그녀가 보고 있던 중에 느닷없이 생겨나 천천히 어둠 밖으로 빠져나온 듯 보였다.

안나는 울리카에게 고삐를 던져주고 신트람을 향해 다가갔다.

그가 말을 멈추었다.

"이것 좀 보게, 우연히 참 잘 맞아떨어졌네! 친애하는 셴회크 양, 내 동행을 당신 썰매에 좀 대신 태워주구려. 그도 오늘 저녁 베리아로 가야 하는데 나는 나대로 얼른 집으로 돌아가봐야 하거든." 신트람이 말했다.

"당신 동행이 어디 있는데요?"

신트람이 썰매 지붕을 열어 바닥에서 자고 있는 사내를 보여주었다. "이 친구 조금 취했소. 하지만 무슨 문제인들 있겠소? 이리 푹 자고 있는데. 게다가 당신도 이 친구를 잘 알 거요, 셴회크 양, 이 친구는 예스타 베를링이오."

안나는 오싹해졌다.

"연인을 버리는 자는 악마에게 팔려간다는 걸 알려주고 싶소. 나도 그렇게 악마의 손아귀에 떨어졌다오. 물론 그게 옳은 일이긴 하지. 단념하는 건 선이고, 사랑하는 건 죄일지니."

"무슨 소린가요? 무슨 말씀을 하시는 거예요?" 안나는 충격을 받은 채로 물었다.

"내 말인즉슨, 안나 아가씨는 예스타 베를링을 버려선 안 된다는 거요."

"그건 신의 뜻이었어요."

"물론 그랬겠지. 단념하는 것이 선이고 사랑은 죄라니까. 선한 신께서는 인간들이 행복한 꼴을 보기 싫어하시지. 그래서 늑대를 보내시는 거야. 하지만 늑대를 보낸 게 신이 아니었을 경우도 한번 생각해봐요, 안나 양. 나 역시도 산 위에서 내 작은 잿빛 양 떼를 데려다 젊은 한 쌍에게 보낼 만큼 선할 수도 있지 않겠소? 만약 내가 내게 속한 인간들 중 하나를 잃고 싶지 않아서 당신들에게 늑대를 보냈던 거라면 어쩌겠소? 그게 실은 신이 아니었다면?"

"나로 하여금 그때 일을 의심하게 만들지 말아요. 그랬다간 난 끝이에요." 그녀는 약한 음성으로 대답했다.

"한번 보시오." 신트람은 자고 있는 예스타 베를링 위로 몸을 숙였다. "이 친구의 손가락을 봐요. 여기 난 상처는 평생 아물지 않을 거요. 여기서 우리는 피를 찍어다 계약서에 서명을 했다오. 그의 주인은 나요. 그 피에는 어마어마한 힘이 깃들어 있소. 그는 내 거요. 사랑만이 그를 풀어줄 수 있소. 하지만 계속 내 수중에 남아 있다면 그는 잘될 거요."

안나 셴회크는 자신을 사로잡은 마법을 떨쳐내려 싸웠다. 이건 미친 소리다, 미친 소리에 불과하다! 영혼을 악마의 계약으로 넘긴다는 건 말도 안 되는 소리였다. 하지만 그녀는 자신의 생각을 통제할 수 없었다. 어스름이 그녀를 숨 막히게 짓누르고 말없는 숲은 시커멓기만 했다. 그 순간의 으스스한 충격에서 그녀는 벗어날 수 없었다.

신트람이 말을 이었다. "안나 양은 이 친구가 가망이 없다고 여기는 거요? 그리 생각하지 마시오. 그가 농부들을 착취하거나 불쌍한 친구들의 뒤통수를 친 적이 있소? 그가 거짓된 수작을 부리는 걸 본 적 있소? 안나 양, 그가 언제 유부녀를 유혹한 적이 있었소?"

"당신이 바로 악마로군요!"

"우리 교환을 합시다, 안나 양! 예스타 베를링을 데려가서 그와 결혼하시오. 그를 갖고 베리아 사람들한테는 돈을 주면 되오. 당신에게 이 친구를 내주겠소. 그가 내 소유라는 건 당신도 알겠지. 그 밤에 늑대들을 보냈던 게 신이 아니라고 한번 생각해보시오. 우리 거래합시다."

"대신 당신은 무엇을 가져가려고요?"

신트람은 히죽 이를 드러냈다.

"내가 뭘 가질 거냐고? 아주 작은 거면 되오. 거기 당신 썰매에 앉아 있는 할망구면 된다오, 안나 양."

"날 흔들려는 악마야!" 안나는 소리쳤다. "썩 물러가라! 날 믿는 늙은 친구를 저버리라고? 네놈더러 그녀의 정신을 앗아가라고 내주란 말이냐?"

"자, 자, 진정해요, 안나 양. 한번 잘 생각해봐요. 여기 젊고 잘생긴 남자가 있소. 거기에는 지치고 닳은 노파가 있고. 둘 중 하나는 내가 가져야겠소. 어느 쪽을 내게 맡길 거요?"

안나는 웃음을 터뜨렸다. 절망에 찬 웃음이었다.

"당신과 내가 브루뷔 시장에서 서로 말을 맞바꾸하듯 여기서 영혼을 거래하는 건가?"

"바로 그거요. 하지만 안나 양 맘에 들지 않는다면 다른 식으로 진행할 수도 있소. 셴회크 가문의 명예도 생각해야겠지."

그는 커다란 목소리로 안나의 썰매에 앉아 있는 아내를 불렀다. 그녀가 즉각 썰매에서 내려 두려움에 떨면서도 그에게 다가가는 걸 보고 안나는 경악했다.

"이것 보게, 참 순종적이기도 하지." 신트람이 말했다. "남편이 불러서 아내가 오는데 안나 양이 뭘 어쩌겠소. 이제 난 예스타를 내 썰매에서 내보내 여기 두리다. 난 영원히 그를 떠나겠소, 안나 양. 누구든 원하는 사람이 그를 차지하면 되오."

그가 예스타를 들어올리려 몸을 숙이자, 안나 또한 거의 그와 얼굴이 닿을 만큼 몸을 숙였다. 꿰뚫을 듯한 시선으로 그를 노려보며 그녀는 들짐승처럼 위협하는 소리를 냈다.

"신의 이름으로 명하노니, 네 집으로 돌아가라! 네 집 거실의 흔들의자에 누가 앉아 널 기다리는지 모르겠느냐? 감히 그를 기다리게 내버려둘 참이냐?"

이 말이 사악한 신트람에게 불러일으킨 효과는 그날 안나가 본 광경 중 가장 무시무시했다. 그는 고삐를 당겨 썰매의 방향을 돌리고 말에게 거친 고함과 함께 채찍질을 하며 전속력으로 귀갓길에 올랐다. 그가 가파른 내리막을 목숨도 아깝지 않은 듯 달려 내려가자, 3월의 얕은 눈 사이로 썰매 날과 말발굽이 시뻘겋게 달아오른 자취를 오래도록 선명히 남겼다.

안나 셴회크와 울리카 딜네르는 둘만 남아 다시 길을 떠났으나 서로 한 마디도 하지 않았다. 울리가는 안나의 시슬 퍼런 눈빛에 몸서리쳤다. 안나는 사랑하는 사람을 희생시켜 맞바꾼 보잘것없는 노파에게 건넬 말이 하나도 없었다.

안나는 울고 소리 지르고 길 위로 몸을 내던져 눈과 흙 속에 뒹굴고 싶었다.

여태껏 그녀는 단념의 대가로 얻은 숭고한 고양감만 맛보았으나, 이제부터는 그 쓴맛 또한 느껴야 했다. 그녀 자신의 사랑을 포기했던 것쯤은 사랑하는 사람의 영혼을 포기하는 것에 비하면 아무것도 아니었다.

그들은 서로 한 마디도 않고 베리아에 도착했다. 거실 문을 열었을 때 안나 셴회크는 평생 처음이자 유일하게 기절했다. 거실 안에서는 신트람과 예스타 베를링이 앉아 조용히 대화를 나누는 중이었다. 거실 안의 자욱한 담배 연기가 그들이 이미 최소한 한 시간은 거기서 그러고 있었음을 증명했다.

안나 셴회크가 기절했으나 울리카 할멈은 그리 놀라지도 않고 섰다. 그녀는 아까 썰매로 자신들을 추적했던 이가 보통 인간이 아님을 이미 알아차렸던 터였다.

시간이 좀 더 흐른 후에 대위 부부는 사악한 신트람을 설득해 울리카 할멈이 베리아 집에서 함께 살 수 있도록 주선했다. 신트람 자신도 아내를 미치게 내버려둘 의향은 없다고 말했다.

*

후세의 아이들아!

나는 너희에게 이 옛 이야기를 믿어달라고 하지는 않으련다. 그저 꾸며냈거나 정신 나간 이야기일지도 모르니. 하지만 신트람의 거실에서 흔들의자 아래 마룻바닥이 삐걱거릴 때까지 올리카의 마음에서 요동치던 후회와 인적 없는 숲에서 귓가에 썰매방울 소리가 울릴 때 안나 셴회크가 느꼈던 절망 또한 꾸며내거나 정신 나간 소리일까?

차라리 정말로 그랬다면 좋으련만!

12
에바 도나 이야기

보리 성은 뢰벤 호수 동쪽가, 부드러운 물결에 둘러싸인 풍광 좋은 곳 위에 서 있었다. 하지만 이 위풍당당한 곳에 함부로 발을 디뎌서는 안 된다.

이 곳의 꼭대기처럼 호수의 정경을 감상하기 좋은 곳도 없다.

거기서 호수 수면 위로 새벽안개가 미끄러지는 광경을 보지 못한 이들은, 무수한 옛이야기들이 깃들어 있는 보리 성의 작은 방 창가에서 호수 위로 장밋빛 일출이 비추는 풍광을 내려다보지 못한 이들은, 내가 지금도 꿈속에서 보는 그 호수가 얼마나 아름다운지 진정으로 알지 못하리라.

그럼에도 말하노니 그 성에는 발 디디지 말라.

그 오래된 성의 음울한 홀들을 거니노라면 여러분은 그 경치 좋은 부지를 구입하고 싶어질지도 모른다. 그리고 만약 젊고 부유하고 사랑에도 행운이 따랐다면 여러분의 젊은 배우자와 함께 그곳에 살림을 차리고 싶어질 것이다.

그래선 안 된다. 차라리 그곳을 아예 모른 채로 살아가는 게 낫다. 보리 성에는 행복이 오래 머물 수 없기 때문이다. 이 점 알아두시기를. 여러분이 그 성으로 이주해올 때 얼마나 부유하고 행복했든 간에, 오랜 세월 동안 거주자의 눈물로 젖어온 마룻바닥에는 곧 여러분의 눈물이 흐르게 될 것이다. 그리고 무수한 한탄이 메아리치는 벽들은 곧 여러분의 한숨 또한 간직할 것이다.

이 아름다운 성에는 불길한 운명이 드리워 있다. 마치 옛날 그 성 어딘가에 매장된 불행한 자가 아직도 무덤 속에서 안식을 찾지 못하고 저주를 내리는 듯하다. 원혼은 매번 무덤에서 다시 일어나 산 사람들을 놀라게 한다. 만약 내가 보리 성의 성주라면 부지 내의 온 땅을 파헤쳐보겠다. 전나무 숲의 돌로 가득한 바닥부터 지하실 바닥과 들판의 시꺼먼 흙까지 파헤쳐 벌레에게 뜯어먹힌 마녀의 시체를 찾아내고 말겠다. 그러고는 유해를 거두어 스밧셰 교회 묘지의 축성된 땅에 제대로 묻어줄 테다. 조종이 길고 크게 울려 퍼져 마녀의 영혼을 달래도록 종지기에게 돈을 아끼지 않을 테고, 목사와 교회 지기가 온 성의를 다해 장례 기도문을 읊고 성가를 부르도록 그들에게도 돈을 듬뿍 지불할 것이다.

그래도 원혼이 잠들지 않는다면 폭풍이 부는 날 낡은 목재 벽에 불을 질러 모든 게 불길 속에 스러지게 해버릴 테다. 그러면 차라리 산 사람은 아무도 이 불행한 성에 보금자리를 마련하겠노라 객기를 부리지 않을 것이다. 이 저주받은 곳에는 발길이 끊길 테고, 오로지 교회 탑에 살던 까만 갈까마귀들만이, 온통 불타버린 땅 위에 그을린 위용을 자랑하며 무시무시하게 솟은 석조 굴뚝 안에 감히 둥지를 지으리라.

설사 그렇게 한다 해도, 지붕을 삼키는 불길과 성의 옛 마당에서 불똥을 튀기며 날뛰는 붉은 연기를 지켜보노라면 기이하게 오싹한 기분이 들 것이다. 불길이 내는 타닥타닥 하는 소리 속에선 마치 거처를 잃은 기억들이 흐느끼는 소리가 들려오는 듯할 테고, 불꽃의 시퍼런 끄트머리는 쫓겨난 귀신들이 어른거리는 것처럼 보이리라. 이 성이 그 동안 슬픔을 곱게 바래고 불행에 광휘를 둘러준 것을 기억하며, 나는 마치 내 손으로 옛 신들의 신전을 무너뜨린 듯 울고 말 터이다.

그러나 불행을 예고하는 갈까마귀들아! 그 입을 다물라. 숲의 올빼미들과 울음소리로 경쟁하고 싶거든 밤이 올 때까지 기다려라! 아직 태양빛에 둘러싸인 보리 성은 저기 당당히 곶 위에 서 있다. 거대한 전나무들이 성을 지키고, 그 아래 3월의 강렬한 햇빛 속에 눈 덮인 들판이 반짝인다. 그리고 아직도 성 안에서는 명랑한 엘리사벳 백작 부인의 쾌활한 웃음소리가 들려온다.

일요일마다 백작 부인은 보리 성 근처 스밧셰 교회에서 예배를 드린 후, 성에서 조촐한 모임을 열었다. 뭉케류드의 행정관 부부와 베리아의 대위 가족과 사제, 그리고 사악한 신트람이 단골손님이었다. 그리고 예스타 베를링이 얼어붙은 스밧셰를 걸어서 건너 방문하면 그 역시 맞아들였다. 그래선 안 될 게 뭔가.

입방정을 즐기는 아낙네들이 예스타 베를링이 젊은 백작 부인을 보겠다고 동쪽 호숫가를 자주 방문하는 데 대해 이미 수군대기 시작한 것을 그녀는 몰랐다. 예스타 베를링의 방문 목적이 신트람과 술을 한잔 하며 도박을 하는 것일 수도 있었지만, 그리 믿는 사람들은 별로 없었다. 예스타 베를링이 강철 같은 육체를 지닌 남자임은 알려져 있었으나, 그의 영혼은 강철과는 다른 재료로 이루어져 있었다. 그가 반짝이는 눈동자와 흰 이마 위로 곱슬거리는 금발을 보면 사랑에 빠져버리는 남자라는 건 유명했다.

젊은 백작 부인은 그에게 친절했다. 거기에 특별할 구석은 없었다. 그녀는 모든 이에게 친절했다. 그녀는 넝마를 걸친 거지 아이들도 성으로 맞아들였고, 초라한 늙은 행인이 떨면서 길을 걷는 모습과 마주치면 굳이 썰매를 멈추게 하여 태워주었다.

예스타는 북쪽으로 호수 풍광이 근사하게 내다보이는 작고 푸른 방에 앉아 백작 부인에게 시를 읽어주는 걸 즐겼다. 그래선 안 될 게 뭔가. 그는 그녀가 백작 부인이고 자신은 고향을 잃은 가난한 모험가의 처지임을 절대 잊지 않았다. 그에게 고귀하고 신성한 여인과 교류하는 건 부끄러울 것 없는 일이었다. 그녀를 사랑하는 것은 스밧셰 교회의 예배당 정면 위를 장식하고 있는 시바의 여왕의 그림을 사랑하는 거나 다를 게 없었다.

그는 그저 시동이 귀부인을 섬기듯 그녀를 섬길 기회만 원했다. 그녀가 썰매를 탈 때 신발 끈을 묶어주거나, 수를 놓을 때 실패를 들고 있거나, 그녀의 썰매를 모는 것 같은 자잘한 봉사의 기회를. 그녀와 연애를 한다는 건 있을 수 없는 일이었다. 그는 낭만적이고 순결한 동경만으로도 행복해질 수 있는 남자였다.

젊은 백작은 말이 없고 행동도 적은 남자인 반면 예스타는 생기 넘쳤다. 그와의 교류는 딱 젊은 백작 부인이 원하던 것이었다. 그녀를 아는 사람들은 그녀가 마음속에 금지된 사랑을 품을 여자가 아니라고 여겼다. 그녀의 머릿속을 채운 것은 춤과 즐길 거리뿐이었다. 그녀는 육지가 돌도 바위도 호수도 없이 편평하기만 하여 온 세상을 춤추는 걸음으로 다닐 수 있다면 행복했을 것이다. 그녀는 요람에서 무덤까지 폭이 좁고 바닥이 얇은 비단신을 신고 춤을 추고 싶었다.

하지만 세상의 소문이란 젊은 여자에게 너그럽지 못한 법이다.

일요일, 손님들이 보리 성에 와서 점심 식사를 하고 나면 남자들은 백작의 방에 가서 낮잠을 자거나 담배를 피웠고, 나이 든 여자들은 홀의 긴 의자에 누워 높은 등받이에 점잖은 머리를 기댔다. 그 동안 백작 부인은 안나 셴회크와 푸른 방에 가서 끊임없이 수다를 떨었다.

안나 셴회크가 울리카 딜네르를 베리아로 데려간 다음 주일에도 그들은 함께 푸른 방에 앉아 있었다.

안나는 온 세상에서 가장 불행한 여자였다. 그녀의 명랑함도, 세상만사와 주위의 모든 사람들에게 발랄하게 톡 쏘던 기질도 사라져버렸다.

그 귀갓길에 그녀가 보고 겪은 모든 것들은 그녀의 기억 속에서 본래의 어스름 속으로 잠겨 들어갔다. 그녀는 그 어느 것도 또렷이 기억해낼 수가 없었다.

하지만 한 가지 기억은 남아 그녀의 영혼을 좀먹어갔다.

"그게 신이 아니었다면," 그녀는 끊임없이 중얼거렸다. "늑대들을 보낸 게 신이 아니었다면."

그녀는 계시와 기적을 찾아 하늘과 땅을 살폈다. 하지만 그녀에게 길을 알리기 위해 구름 속에서 손가락이 뻗어 나오는 이적異跡은 없었다. 그녀 앞에서 구름 기둥이나 불기둥이 솟는 일도 없었다.

이제 작은 방에서 백작 부인과 마주앉아 있자니, 그녀의 시선은 백작 부인이 들고 있는 작고 파란 아네모네 꽃묶음으로 향했다. 그녀는 벼락을 맞은 기분이었다. 그녀는 이 아네모네가 어디서 자라는지 알았고 누가 그 꽃을 꺾었는지도 알았다.

물어볼 것도 없었다. 이 지역에서 4월 초에 이미 아네모네가 피는 곳이 에케뷔 근처 호숫가 언덕의 자작나무 숲 말고 또 어디 있을까.

그녀는 꼼짝 않고 앉아 작고 파란 별들을 응시했다. 아네모네는 모든 사람에게 사랑받는 작고 행복한 예언자들이었다. 꽃 자체로도 아름다웠을 뿐더러, 그것이 곧 진정 아름다운 계절이 찾아올 것을 예고하며 피어나기 때문이다. 하지만 거기 앉아서 그 꽃들을 바라보는 동안 그녀의 영혼에는 우레처럼 진동하며 벼락처럼 통렬한 분노가 차올랐다. '무슨 권

리로 도나 백작 부인이 에케뷔의 호숫가 언덕에서 꺾은 파란 아네모네 다발을 갖고 있는 거지?'

신트람도, 백작 부인도, 다른 모든 인간도 예스타 베를링을 악으로 꼬드기는 유혹자였다. 그를 모두로부터 지키려는 이는 안나 셴회크뿐이었다. 그를 위해 심장의 피를 모두 쏟아부어야 한다 해도 그녀는 그리 할 것이다.

그녀는 백작 부인의 손에서 꽃들을 낚아채 바닥으로 내던지고 짓밟은 후에야 이 푸른 방을 떠날 수 있을 것 같았다.

그 마음을 자각했을 때 그녀는 속으로 작은 파란 별들과 맞서 싸웠다. 바깥 홀에서는 나이 든 부인들이 아무것도 모른 채 의자 등받이에 점잖은 머리를 기대고 있고, 남자들은 백작의 방에 한가롭고 편안히 모여 담배를 피우고 있었다. 다들 평화로운데 작은 푸른 방에서만 절망적인 싸움이 벌어지고 있었다.

아, 검을 뽑고 싶은 마음을 억누를 줄 아는 이들, 침묵하며 기다릴 줄 아는 이들, 자신의 마음을 다스리고 신께 모든 것을 맡길 줄 아는 이들은 얼마나 현명한가! 하지만 그녀의 불안한 마음은 점차 미쳐 날뛰었다. 하나의 악이 새로운 악을 불러들였다.

안나 셴회크는 마침내 구름 위로 뻗어 나온 손가락이 자신을 인도했다고 믿었다.

"안나," 백작 부인이 말했다. "이야기나 하나 들려줘."

"무슨 이야기?"

흰 손으로 꽃묶음을 쓰다듬으며 백작 부인이 대답했다. "사랑 이야기 아는 것 없어?"

"아니, 난 사랑에 대해선 아는 게 없어."

"말하는 것 좀 봐, 에케뷔라는 곳엔 기사들이 넘쳐나지 않아?"

"그렇지." 안나는 말했다. "에케뷔라는 곳은 이 땅의 정기를 빨아들이고, 남들이 진지한 과업을 이루지 못하도록 방해하고, 자라는 젊은이들을 못된 길로 유혹하고, 똑똑한 사람들마저 옆길로 새게 만드는 작자들이 살지. 그 인간들 얘길 듣고 싶어? 그치들의 사랑 얘기를?"

"응, 듣고 싶어! 나한텐 기사들도 괜찮은 사람들이야!"

안나 셴회크는 시편 구절을 읽듯 짤막하게 이야기를 들려주었다. 마음속에 감정들이 몰아쳐서 말이 길게 나오지 않았다. 그녀가 입에 담는 단어 하나하나마다 비밀스러운 정열이 숨어서 떨고 있었고, 백작 부인은 불안해하면서도 흥미진진하게 귀를 기울였다.

"기사들의 사랑이란, 기사들의 정절이란 뭘까? 오늘은 이 여자를 사랑했다가 내일은 저 여자에게 갔다가, 여기서는 이 여자 저기서는 저 여자인 게 그들이지. 오르지 못할 나무도 없고, 너무 천해서 건드리기 싫은 여자도 없어. 하루는 백작 부인을 사랑했다가도 다음 날이면 거지 창녀에게 구애해. 그들의 마음은 참 넓기도 하지. 하지만 기사를 사랑하는 여자에게는 화가 닥칠 거야! 취해서 구덩이 옆에 쓰러져 곯아떨어진 기사를 찾아나서야 하고, 그가 아이들의 보금자리마저 도박판에서 날려버리는 걸 말도 못 하고 지켜봐야 해. 그리고 그가 다른 여자들을 쫓아다니는 것도 참아야 하지. 아, 엘리사벳, 만약 기사가 여자에게 춤을 청하더라도 여자가 자신의 방정한 품행을 유지하고 싶다면 거절해야 마땅해. 그에게서 받은 꽃은 바닥에 내던져 짓밟아야 하고. 만에 하나 그를 사랑하게 되더라도 그의 아내가 되느니 차라리 죽는 게 나아. 기사 중에는 파계한 목사도 하나 있었어. 술을 하도 마셔대는 바람에 직위를 잃었지. 술에 취해서 교회에 나타나고 성무에 쓸 포도주까지 모조리 마셔버렸대. 그치의 이야기, 들은 적 있어?"

"아니."

"목사직에서 쫓겨나자마자 그는 거지가 되어 온 고장을 떠돌았어. 미친 사람처럼 마셔대면서. 화주를 구하기 위해서라면 도둑질도 서슴지 않았어."

"그 사람 이름이 뭐야?"

"이제는 에케뷔에 없는 사람이야. 소령 부인이 그를 거두어 입성을 제대로 입힌 뒤, 바로 네 시어머니를 설득했어. 네 남편인 젊은 헨릭 백작의 가정교사로 삼으라고."

"파계한 목사를?"

"아, 그는 젊고 기운이 넘치는 데다 배운 것도 많은 사람이었지. 술만 마시지 않으면 흠 잡을 데 없었어. 네 시어머니인 메타 백작 부인은 그런 데 까다롭지 않으니까. 아마 교구장과 사제에게 한방 먹이려는 마음도 있었을 거야. 하지만 아이들의 귀에 새 가정교사의 과거가 들려서는 안 된다고 엄명을 내렸어. 그렇지 않으면 아들은 선생을 존경하지 않을 테고, 딸은 그를 못 참아 했을 거야. 딸은 성녀 같은 아가씨였거든.

그렇게 그 사람은 여기 보리 성에 왔어. 그 사람은 늘 문가에 서 있어야 했고, 앉을 때는 구석의 의자에 앉았지. 식사 때도 잠잠했고, 손님이 오면 성에 딸린 공원으로 내려가 모습을 숨겨야 했어.

하지만 그 아래 인적 없는 길에서 그는 종종 젊은 백작 영애 에바 도나를 마주쳤어. 그녀는 제 어머니가 과부가 된 후 성의 홀들에서 벌여대는 소란스러운 잔치들을 좋아하지 않았어. 그렇다고 도전적인 눈으로 세상을 노려보는 유형도 아니었지. 굉장히 수줍고 순했어. 열일곱 살이나 먹고도 어린아이처럼 부끄러움을 탔지. 그리고 갈색 눈과 부드럽게 붉은 기가 도는 뺨이 예뻤어. 호리호리한 몸은 약간 굽었고 가냘픈 손은 남들과 맞잡을 때도 거의 힘이 들어가지 않았어. 그녀의 작은 입술은 세상에서 가장 조용하고 진지했어. 부드럽고 나직한 목소리에서 흘러나오는 단어들이 참으로 곱게 찬찬했어. 하지만 젊은 사람 특유의 싱싱함이나 열기는 느껴지지 않는 게, 꼭 지친 악사가 연주하는 최후의 화음 같은 데가 있었지.

그녀는 다른 사람들과는 아주 달랐어. 겁먹고 도망치려는 사람처럼 매번 살며시 걸음을 디디곤 했지. 자신의 내면에 떠오르는 아름다운 이미지들을 완상하는 데 방해받지 않으려고 눈을 늘 내리깔고 있었지. 이미 아이일 적에 그녀의 영혼은 속세에 등을 돌렸어.

그녀가 어릴 적, 할머니는 곧잘 옛이야기를 들려주었어. 어느 날 저녁 두 사람은 난롯가에 앉았지. 하지만 동화들은 곧 바닥이 났어. 이야기 속의 사람들은 그들의 인생을 끝까지 살았지. 불꽃처럼 영광과 광휘에 찬 삶을 살다 갔어. 하지만 이제 주인공들은 모두 죽임을 당했고, 아름다운 공주님들도 재가 되었어. 아마도 다음 날 밤 난롯가에서 다시 살아나겠지만 말이야. 하지만 작은 소녀는 여전히 할머니의 무릎에 손을 얹고 비단자락을 쓸었어. 이 신기한 천은 꼭 조그만 새 같은 소리를 냈지. 그 작은 손짓은 이야기를 더 해달라는 뜻이었어. 그녀는 절대 말로 조르는 아이가 아니었지.

할머니는 낮은 목소리로 유대 땅에 태어난 작은 아기 이야기를 시작했어. 위대한 왕이 되기 위해 태어난 작은 아기였지. 아기가 태어났을 때 천사들의 찬양이 온 땅에 울려 퍼졌어. 하늘의 별들에 이끌려 찾아온 동방의 현자들이 황금과 몰약을 바쳤고 나이 든 이들은 아기가 위대한 자가 될 거라 예언했어. 아기는 세상에서 가장 아름답고 지혜로운 아이로 자라났어. 열두 살 때 이미 아이의 지혜는 대사제와 학자들을 뛰어넘었지.

그리고 할머니는 지상에서 머물던 이들 중 가장 아름답게 살다 간 그 아이의 삶을 들려주었어. 그 아이가 인간들 사이에 있었을 때 사악한 자들은 그를 그들의 왕으로 인정하려 하지 않았어.

할머니는 아이가 마침내 어른으로 자랐다고 말했어. 그때도 그의 주위에선 계속 기적이 벌어졌지.

세상의 모든 것들이 그를 섬기고 사랑했지만, 인간들만은 그러지 않았어. 그가 원하기만 하면 물고기들은 자진해서 그의 그물에 뛰어들고, 빵은 그의 광주리들을 가득 채우고, 물은 포도주로 변했어.

하지만 인간들은 이 위대한 왕을 왕좌에 앉히지도 않았고, 황금관을 바치지도 않았어. 아첨하는 신하들도 주위에 없었어. 인간들 사이에서 그는 구걸을 하며 다녔어.

그래도 위대한 왕은 인간들에게 다정했어. 병든 이를 치료하고 눈 먼 자들에게 시력을 돌려주고 죽은 자들마저 깨워냈지.

하지만 인간들은 그래도 이 선한 왕을 주인으로 모시고 싶어하지 않았대.

그들은 병사들을 보내 그를 체포한 뒤 조롱하기 위해 관과 홀로 꾸미고 긴 망토를 둘렀어. 그러고는 십자가를 등에 지고 처형장으로 걸어가게 했대. 선한 왕은 높은 산들을 좋아했어. 밤이면 그 위로 올라가 하늘에 사는 이들과 이야기를 나누었고, 낮에는 비탈에 앉아 귀 기울이는 인간들에게 이야기를 들려주었지. 하지만 이제는 인간들이 그를 십자가에 못 박기 위해 산으로 끌고 올라갔어. 마치 선한 왕이 강도에 범죄자라도 되는 양 손과 발에 못을 박아 십자가에 매달았던 거야.

백성들은 그를 조롱했어. 그의 어머니와 친구들만이 그가 왕이 되기 전에 죽음을 맞은 걸 슬퍼했지.

아, 생명 없는 것들조차도 그의 죽음을 슬퍼했어!

태양은 빛을 잃었고, 산들은 떨었고, 성소의 장막이 찢겼어. 죽은 자들도 애도를 표하기 위해 무덤을 열고 뛰쳐나왔어.

이야기가 여기에 이르자 작은 아이는 할머니의 품에 얼굴을 묻고 가슴이 터질 듯이 울었어.

할머니는 말했지. '애야, 울지 마라. 선한 왕은 무덤에서 부활해 하늘 아버지에게 갔단다.'

아이는 훌쩍이며 물었어. '할머니, 그는 결국 왕이 되지 못했나요?'

'그는 하느님 오른편에 앉아 있단다.'

그래도 아이는 울음이 멎지 않았어. 어린애들이 그렇듯 계속 서럽게 울어댔지.

'왜 사람들은 그리 못되게 굴었나요? 왜요?'

할머니는 아이가 도를 지나치게 슬퍼하는 게 불안해졌어.

'할머니, 할머니, 거짓말이었다고 말씀해주세요. 그렇게 끝난 게 아니라고요! 사람들이 선한 왕에게 그렇게까지 못되지 않았다고 말씀해주세요! 그가 결국에는 이 세상에 왕국을 얻은 거죠?'

아이는 할머니의 목을 끌어안고 계속 울며 졸라댔어.

할머니는 아이를 위로하기 위해 말했어. '애야, 어떤 사람들은 그가 다시 돌아올 거라고 믿는단다. 그때가 되면 이 세상은 그에게 복종하고 그의 다스림을 받게 될 거야. 그리고 지상은 아름다운 왕국이 될 거란다. 그 왕국은 천 년을 갈 거야. 그 왕국에서는 못된 짐승들도 착해져서 어린아이들이 독사의 둥지에서 놀 테고 곰과 양이 함께 평화로이 풀을 뜯을 게다. 더 이상 사람들은 서로 괴롭히지 않을 것이고 창은 낫으로, 칼은 쟁기로 변한단다. 착한 이들이 세상을 물려받아 삼라만상에 기쁨이 넘칠 거야.'

눈물범벅이던 아이의 얼굴이 환해졌어.

'그러면 선한 왕은 왕좌에 앉을 수 있나요, 할머니?'

'황금 옥좌에 앉는단다, 아가.'

'신하들과 하인들과 황금 왕관도 생기고요?'

'아무렴, 모두 생기지.'

'선한 왕이 금방 올까요, 할머니?'

'그분이 언제 오실지는 아무도 모른다.'

'제가 그분 발치에 앉아도 돼요?'

'그래, 우리 아가는 앉을 수 있을 거다.'

'할머니, 전 행복해요!' 아이는 말했어.

밤마다, 겨울마다 할머니와 아이는 불가에 앉아 선한 왕과 그의 왕국에 대해 이야기를 나누었어. 아이는 밤이고 낮이고 천년왕국의 꿈을 꾸었지. 상상 속에서 그 왕국을 온갖 장식으로 아름답게 꾸미면서 아이는 질리지도 않았어.

무릇 말없는 아이들은 대부분 그렇듯 소녀는 남들에게 밝힐 수 없는 비밀스러운 꿈들을 꾸고 있어. 이런 아이들의 보드라운 머리칼 아래엔 기이한 상념들이 휘몰아치고, 온화한 갈색 눈동자가 감길 때마다 눈꺼풀 안쪽으로 온갖 신기한 것들이 펼쳐지게 마련이야. 천국에 있는 신랑에겐 이 소녀 외에도 여러 명의 신부가 있지. 선한 왕의 발치에 앉아 머리칼로 그 발을 닦기를 소원하는 아이들은 이 소녀 하나만이 아니야.

에바 도나는 남에게 자신의 상상을 밝힐 엄두는 내지 못했지만, 그 이야기를 들은 밤 이래 오로지 주님이 돌아오고 천년왕국이 세워질 날만을 기다리며 살았어.

저녁에 성의 서쪽 지평선 위로 금빛 문이 열리면, 그녀는 선한 왕이 천사의 무리를 이끌고 눈부신 빛에 감싸여 걸어나오지 않을까 생각했어. 그가 그녀의 곁을 지나며 자신의 옷자락을 만지게 허락해주지 않을까 하고. 그리고 그녀만큼 그를 뜨겁게 사랑해서 머리에 수녀의 베일을 쓰고 시선은 항상 땅을 내려다보며 고요한 잿빛 수녀원의 작고 어두운 방 안에서 늘 영혼의 밤 위로 떠오르는 빛나는 얼굴들을 완상하는 삶을 택한 여자들에 대해 생각하는 것도 좋아했어.

그렇게 그녀는 자라났고, 공원의 인적 없는 산책길에서 새로 온 가정 교사와 마주쳤어.

그 남자에 대해서는, 꼭 필요한 게 아니면 나쁜 말은 삼갈게. 난 그가 이 소녀를 정말 사랑했다고 믿고 싶어. 그녀는 여태껏 혼자 하던 산책을 곧 그와 함께하기 시작했어. 이 말없는 소녀가 지금까지 아무에게도 털어놓지 않던 이야기들을 그에게 할 때면 그의 영혼 역시 다시 날개를 펴기 시작했다고 난 믿어. 그리고 그도 소녀처럼 경건하고 선량한 기분이었다는 것도.

하지만 그가 정말로 그녀를 사랑했다면, 왜 자신이 그녀에게 줄 수 있는 게 고작 사랑뿐이라는 생각을 못 했을까? 지상에서 추방된 자들 중 하나인 주제에 백작 영애의 곁을 걸으며 뭘 바라고 무슨 생각을 했던 걸까? 그녀가 털어놓는 경건한 소망을 들으며 파계한 목사는 무슨 생각을 했을까? 한때 주정뱅이이자 사고뭉치였고 또 언제 그리될지 모르는 그가 천국에 있는 약혼자의 꿈을 꾸는 이 어린 소녀 곁에서 뭘 바랐던 걸까? 자신의 예전 삶을 되돌리는 게 불가능하고 에바 도나가 그를 사랑하게 될지도 모르는 상황에서, 그 고요한 오솔길을 거닐며 다시 경건하고 선량한 인간이 되는 꿈을 꾸는 대신 차라리 구걸에 도둑질이나 하며 온 사방을 떠도는 편이 낫지 않았을까?

그가 핏기 없는 뺨에 시뻘겋게 충혈된 눈을 한 빈털터리 술꾼처럼 생겼을 거라 생각하지 마. 그는 여전히 근사한 남자였어. 잘생기고 건강한 힘이 넘치고 동작은 임금님 같은 품위가 있었어. 그의 육체는 강철 같아서 아무리 거친 삶이라도 버텨냈던 거야."

"그 사람 아직도 살아 있어?" 백작 부인이 물었다.

"아냐, 지금쯤은 죽었을 거야. 이건 다 오래전에 벌어진 일이야."

안나 셴회크는 서서히 자신이 하고 있는 짓이 무서워졌다. 그녀는 백작 부인에게 이 이야기의 주인공이 누구인지 밝히지 않고 이미 오래전에 죽은 사람인 척하기로 마음먹었다.

"그땐 그 남자가 아직 젊었어." 그녀는 말을 이었다. "그의 영혼에 다시 삶의 기쁨이 불씨를 댕겼어. 그는 언변도 유창했고 쉽게 불타오르는 열정적인 성격이었어.

어느 날 저녁 그는 에바 도나에게 사랑을 호소했어. 그녀는 대답하지 않았지. 대신 그녀는 겨울밤들마다 할머니가 들려주었던 이야기를 하며 자신이 늘 꿈꿔왔던 나라에 대해 말했어. 그리고 그녀는 그에게 맹세하게 했어. 주님이 다시 돌아오시는 날이 하루라도 앞당겨지도록 길을 닦는 사람 중 하나가 되어 그분의 말씀을 널리 알리겠노라고.

그가 어찌해야 했을까? 그는 파계당한 목사였는데, 그녀는 그에게 다시 그 길을 가라고 요구하고 있었어. 그에게는 영영 막혀버린 길을. 하지만 그는 그녀에게 진실을 알릴 엄두가 나지 않았어. 자신이 사랑하는 이 소중한 아가씨를 슬프게 할 용기가 나지 않았던 거야. 그녀가 요구하는 약속을 그는 모두 받아들였어.

그 외의 것은 따로 약속할 필요도 없었어. 언젠가 그녀가 그의 아내가 되리라는 것은 기정사실이었지. 그들의 사랑에는 입맞춤도 애무도 없었어. 그는 그녀에게 바짝 다가갈 용기조차 못 냈지. 그녀는 섬세한 꽃만큼이나 예민했어. 하지만 때때로 그녀는 갈색 눈동자를 들어 그의 눈을 들여다보았지. 달 밝은 밤에 함께 베란다에 앉아 있을 때면 그녀는 그에게 기댔고, 그는 그녀가 알아차리지 못하도록 살짝 그녀의 머리칼에 입맞추었어.

그의 죄가 과거와 미래를 외면한 데 있음을 너도 알겠지. 그는 현재 자신이 가난하고 보잘것없는 남자라는 사실은 무시해도 괜찮았어. 하지만 그녀의 마음속에서 언젠가 사랑이 사랑에 대항해 싸우고 지상과 천국이 맞설 날이, 그녀가 그와 천년왕국의 빛나는 왕 사이에서 선택하는 날이 올 수밖에 없음을 명심해야 했어. 그녀가 그런 갈등을 견뎌낼 만한 여자가 아니었던 것을.

여름과 가을과 겨울이 한 번씩 지났어. 봄이 오고 얼음이 녹을 무렵 에바 도나는 병에 걸렸어. 당시 계곡물은 강을 이룰 정도로 불어나 굉음을 내며 흘렀고 언덕은 얼음과 질척이는 눈으로 덮였어. 도저히 마차나 썰매가 다닐 만한 시기가 아니었어.

도나 백작 부인은 칼스타드의 의사를 부르러 사람을 보내려 했어. 근방에는 의사가 없었거든. 하지만 아무리 아랫사람들에게 명령을 해도 소용없었어. 애원을 해도 협박을 해도 하인들은 길을 떠나려 하지 않았지. 딸 걱정에 그녀는 히스테리 발작을 일으키고 경련까지 할 지경이었어. 메타 백작 부인은 좋은 일이든 궂은일이든 늘 반응이 유난했지.

에바 도나가 폐렴에 걸려 생명이 위험할 지경인데 도저히 의사를 불러올 수 없는 거야.

마침내 가정교사가 칼스타드로 갔어. 그런 날씨에 길을 떠난다는 건 목숨을 거는 짓이었지만 그는 했어. 둥둥 뜬 얼음에 의지해 호수를 건너고, 잘못 미끄러졌다가는 목이 부러질 만한 언덕을 넘었어. 때로는 손수 얼음을 깨서 말이 발 디딜 곳을 마련했으며 온통 질척이는 길에서 깊디깊은 수렁을 기어나오기도 했지. 의사는 그와 함께 가기를 거부했지만 들리는 말로는 그가 권총을 들고 의사를 위협했대.

그가 돌아오자 백작 부인은 그의 발아래 무릎 꿇고 조아릴 기세였어. 그녀는 말했지. '내가 가진 건 뭐든 당신에게 주겠어요, 내 딸이든 영지든 돈이든!'

'따님을 제게 주십시오, 백작 부인.' 그것이 가정교사의 대답이었어."

안나 셴회크는 갑자기 말을 멈추었다.

"그래서 어떻게 됐는데? 응?" 젊은 엘리사벳 백작 부인이 재촉했다.

"이쯤이면 이야기할 만큼 했지." 안나가 대답했다. 그녀는 불안과 회의에 엄습당하기 쉬운 불행한 유형의 인간이었다. 지난 한 주 내내 그녀는 그 때문에 괴로웠다. 자신이 진정 뭘 원하는지 스스로도 알 수가 없었다. 한 시간 전만 해도 옳아 보였던 것이 갑자기 잘못돼 보이기 일쑤였다. 이제 그녀는 이야기를 시작하지 말았어야 했다고 후회했다.

"너 날 놀리는구나, 안나. 내가 이 이야기의 결말을 듣고 말겠다는 거 안 보여?"

"더 이야기할 것도 없어. 에바 도나의 마음속에서 싸움이 벌어지는 때가 닥쳤어. 사랑이 사랑에 맞서고 천국과 지상이 서로 겨루었어.

메타 백작 부인은 딸에게 그 젊은 가정교사가 그녀를 위해 목숨을 걸고 다녀온 사연을 들려주고 아울러 그 대가로 그녀를 그에게 시집보내기로 했다고 통보했어.

젊었던 에바는 이 무렵 상태가 호전되어서 침대를 떠나 옷을 갖춰 입고 소파에 누워 있을 만했어. 하지만 아직도 창백하고 기력이 없어서 여느 때보다 더 조용했지.

어머니의 말을 듣자마자 그녀는 갈색 눈동자로 어머니에게 원망과 비난의 시선을 던졌어. '어머니, 저를 파계한 목사에게 시집보내시겠다고요. 그 사람은 신의 종이 될 수도 있었을 자격을 스스로 날리고서 도둑질과 구걸을 하며 살았던 남자예요!'

'얘야, 대체 누가 네게 그런 이야기를 하든? 네가 모를 줄 알았는데.'

'우연히 들었어요. 손님들이 그에 대해 이야기하는 걸요. 그날 전 병에 걸렸어요.'

'하지만 얘야, 바로 그 사람이 네 목숨을 구한 걸 명심해라!'

'제가 명심하는 건 그 사람이 절 속였다는 사실뿐이에요. 그는 제게 자신이 누구인지 밝혀야 했어요.'

'그 사람 말로는 네가 그를 사랑한다더구나.'

'그랬어요. 하지만 절 속인 사람을 사랑할 수는 없어요.'

'어떻게 널 속였다는 게냐?'

'어머니는 이해 못 하실 거예요.'

그녀는 어머니에게 늘 꿈꿔왔던 천년왕국에 대해서도, 그녀의 연인이 그 왕국의 실현을 위해 노력하는 사람이어야 했다는 사실도 밝히고 싶지 않았어.

백작 부인은 말했어. '에바야, 네가 그를 사랑한다면 그의 과거를 따지지 말고 결혼을 해야 옳다. 어차피 도나 백작의 딸과 결혼하는 남자는 부와 권세를 쥘 터이니 철없던 시절에 저지른 잘못쯤이야 흠이 될 것 없다. 내가 그에게 이미 약속을 했다는 것을 기억해라, 에바야!'

젊은 처녀는 죽은 듯 창백해졌어.

'어머니, 말씀드리건대 저를 그와 혼인시키려 하신다면 저를 주님에게서 떼어놓으시는 거나 다름없어요.'

'난 널 행복하게 해주려는 거다.' 백작 부인이 말했어. '난 네가 그 사람과 행복하게 살 거라고 확신한다. 넌 이미 그를 멀쩡한 사람으로 갱생시켰잖니. 난 너희의 신분 차이도, 그가 가난하고 멸시당하는 처지라는 점도 눈감아주기로 했다. 난 네게 그를 구원할 기회를 주려 한다. 이게 옳은 일임을 난 직감하고 있어. 넌 이 어미가 낡은 인습에 휘둘리는 사람이 아니라는 걸 알지?'

백작 부인이 그런 소리를 한 건 실은 누가 자기 뜻에 반대하는 걸 참을 수가 없었기 때문이었어. 하지만 어쩌면 진심으로 그렇게 믿은 건지도 모르지. 메타 백작 부인은 이해하기 쉬운 분이 아니니까.

백작 부인이 나간 뒤 젊은 처녀는 오랫동안 소파에 누워 있었어. 그녀는 전쟁 중이었지. 지상이 천국과 겨루고 사랑이 사랑에 맞서 일어선 결과, 그녀가 어릴 적부터 품어왔던 사랑이 승리했어. 그녀는 바로 이 소파에 누워 있었는데, 여기선 서녘 하늘을 달구는 노을을 바라볼 수 있었어. 그녀는 그 붉은빛이 바로 선한 왕이 보내는 인사라고 믿었어. 계속 목숨을 이어간다면 그 왕에게 정절을 지키는 게 불가능했기에 그녀는 죽기로 결심했지. 어머니가 그녀를 선한 왕의 종이 될 수 없는 남자에게 주려 했기에 다른 방도가 없었어.

그녀는 창가로 걸어가 창을 열었어. 축축하고 차가운 밤바람이 그녀의 허약하고 마른 몸을 싸늘히 식히도록.

죽음을 불러들이는 건 쉬운 일이었어. 병이 새로 악화되면 그녀는 살아남지 못할 테니까. 그리고 그녀는 자신의 병을 악화시켰지.

그녀가 스스로 죽음을 택한 건 나 말고는 아무도 몰라, 엘리사벳. 난 그녀가 창가에 서 있는 걸 봤어. 그리고 열에 들떠 하는 소리들도 들었지. 그녀는 생애 마지막 시기에 내가 자기 옆에 있길 바랐어.

난 그녀의 임종을 지켰어. 그날 저녁 그녀가 타오르는 서쪽 하늘을 향해 손을 뻗으며 마치 지는 해의 광채로부터 그녀를 맞으러 걸어오는 누군가를 본 듯이 미소를 지으며 숨을 거두는 걸 난 봤어. 그녀는 내게 자신이 사랑했던 남자에게 마지막 인사를 전해달라고 부탁했지. 그의 아내가 되지 못함을 용서해달라고, 선한 왕께서 그걸 허락하지 않으셨다고.

하지만 난 그에게 당신이 그녀를 죽였노라고 말할 용기가 나지 않았어. 그에게 그런 마음의 짐을 안겨줄 엄두가 나지 않았지. 그렇지만 거짓으로 그녀의 사랑을 얻어냈던 그가 그녀를 죽인 살인자라는 건 사실

아닐까? 그렇지 않아, 엘리사벳?"

젊은 백작 부인은 파란 꽃송이를 가지고 장난치던 손길을 이미 멈추고 있었다. 이제 그녀는 일어서서 꽃다발을 바닥으로 내던져버렸다.

"안나, 넌 계속 날 가지고 놀았어. 넌 이게 옛이야기이고 그 남자는 이미 죽었을 거라 말했지만, 에바 도나가 죽은 지 5년도 채 지나지 않았어. 그리고 너도 직접 네 눈으로 지켜봤다며. 너 역시 아직 젊어! 그 남자가 누구인지 말해줘!"

안나 셴회크는 웃음을 터뜨렸다.

"사랑 이야기가 듣고 싶다고 했잖아! 이제 하나를 들었지. 널 슬프고 불안하게 할 만한 이야기를."

"그렇다면 지어낸 이야기니?"

"처음부터 끝까지 죄다 거짓말이었어!"

"넌 너무해, 안나!"

"그럴지도 모르지. 나도 그리 좋은 기분은 아냐. 그렇지만 아주머니들이 깨셨고 남자들도 홀에서 나오고 있어. 우리도 나가자."

젊은 여인들의 안부를 살피러 온 예스타 베를링이 문가에서 그들을 붙들었다.

"시간 좀 내주실 수 있을까요." 그는 웃으며 말했다. "10분 정도면 됩니다. 하지만 시 한 수를 들으셔야 되겠네요."

그는 지난밤 평생 꾸었던 중 가장 생생한 꿈을 꾸어서 그것을 시구로 옮겼다고 말했다. 놀림조로 시인이라는 별명으로 불리긴 했으나 지금껏 그 별명에 맞는 업적은 남겨본 적이 없었던 그는 한밤중에 일어나 비몽사몽간에 자리에 앉아 글을 적어냈다. 아침에 깨고 나니 책상 위에 시 한 수가 완성되어 놓여 있었다. 그가 시를 써내다니 상상도 못 했던 일이었다! 이제 그는 숙녀들께 그 시를 읽어드리고 싶다고 했다.

달이 뜨고 영혼 속에서 꿈같은 상념들이 깨어난다.
달빛 아래 포도덩굴에 휘감긴 베란다 지붕은 은빛.
바람 속으로 백합 향기가 날리는데
밤의 베란다 계단에는 나이 든 이와 젊은이들이 한데 모였다.
마음속에 살아 있던 옛 노래가
먼 과거의 인사처럼 이 아름다운 시간에
부드럽고 고요하게 울려 퍼진다.

달콤한 향이 물푸레나무를 감돌고
수풀의 서걱대는 가지들이
밤이슬에 젖은 풀밭 위로 그림자를 떨군다.
영혼은 소망한다, 육체의 밤을 벗고
눈부신 하늘의 영원한 빛을 향해 날아가기를.
저 높은 곳에서 공기는 맑고 정결하고
별들은 두 눈에 다 담기지조차 않는다.
그림자가 다가오고 꽃들이 어지러운 향을 뿜을 때
밤의 정적 속에서 북받치는 감정을 그 누가 억누를 수 있을까!

장미가 꽃을 피우다 지쳐 땅으로 떨어지는 시든 잎이
폭풍에 꺾이는 대신 고요히 스러지듯이
그렇게 우리도 떠나련다.
가을바람에 시들어 흩날리는 잎사귀들처럼
우리의 삶도 소리 없이 진다.
신께서 인도하시는 방향에 만족하며

우리는 지상의 길을 오래도록 걸었다.
죽음은 삶의 끝에 주는 보상일지니 평화로이 떠나자
시든 장미 꽃잎이 고요히 땅으로 지듯이.

소리 없이 날아오른 박쥐가
달빛을 빈으며 재빠르게 되돌아온다.
그 잰 날갯짓처럼 우리의 영혼에도
어리석은 자들도 현자도 일찍이 풀지 못했던 수수께끼가 차오른다
슬픔처럼 무겁고 사랑의 고통처럼 오래된 수수께끼가.
우리가 지상의 초원 위를 더 이상 거닐지 못할 때
우리의 영혼은 어느 길 위를 걷게 될까.
아, 그 누구도 다른 영혼의 길을 따라가볼 수는 없구나.
차라리 새들이 가뿐한 날갯짓으로 향하는 곳을 알아내기가 더 쉬우리.

내가 사랑하는 여인도 내 가슴에 머리칼과 뺨을 기대고 꼭 안겨
조용히 속삭인다.
'설사 죽음의 그림자가 내 눈을 덮을지라도
영혼은 결코 사라지지 않아요.
내 사랑을 위해 나는 계속 살아가겠어요.
당신의 선한 마음 안에 내 영혼은 깃들 거예요.'
오 이 무슨 끔찍한 고통인가.
그녀가 죽는다니! 마지막으로 나는 그녀에게 말한다.
당신을 사랑한다고, 그리고 그 입술과 머리칼과 뺨에 입 맞춘다.

세월이 그날을 덮었다. 그럼에도 나는 밤이면

내가 그녀를 품에 안고 입을 맞추었던
그 자리를 찾는다. 내 눈에 들어오는 것은
달빛에 환한 베란다 지붕뿐. 그러나 나는 잊지 않으리
바로 저 달이 그녀의 젖은 눈시울 또한 비추었던 것을.
내 사랑은 떨리는 입술로 이별을 고하고 떠났다.
이 고통! 어찌 씻어야 할까,
이 순결한 여인의 가슴에 번뇌를 불러일으키고
그녀를 내게 묶으려 했던 죄를.

"예스타!" 안나는 불안에 목이 죄일 것 같으면서도 농담조로 말하려
고 애썼다. "난 평생 시를 쓰는 데만 몰두한 사람이 완성한 시구보다 당
신이 직접 삶으로 체험한 시가 더 많다고 들었어요. 당신은 지금껏 하던
대로 행동으로 시를 쓰는 편이 낫겠어요. 이 시는 하룻밤 만에 지은 티
가 나네요."

"평이 매섭군요."

"그리고 하필이면 죽음과 고통 같은 걸 낭송하다니요, 부끄럽지 않아
요?"

예스타는 그녀의 말을 더 이상 듣고 있지 않았다. 그의 시선은 젊은
백작 부인에게 못 박혔다. 그녀는 조각상처럼 꼼짝 않고 뻣뻣하게 앉아
있었다. 곧 정신을 잃고 쓰러질 듯한 몰골이었다.

그녀는 간신히 한 마디를 내뱉었다.

"가세요!"

"누구더러 가란 말씀입니까? 저더러요?"

"목사님은 가시죠." 그녀가 더듬거렸다.

"엘리사벳! 그런 말씀 마십시오."

"주정뱅이 목사는 내 집에 발을 디뎌서는 안 됩니다!"

"안나, 안나!" 예스타가 물었다. "백작 부인이 무슨 말씀을 하시는 거야?"

"가는 게 낫겠어, 예스타."

"내가 왜 가야 한다는 거야? 이게 다 무슨 소리야?"

"안나." 엘리사벳 백작 부인이 말했다. "그에게 말해줘."

"아니오, 백작 부인, 몸소 말씀해주십시오!"

백작 부인은 이를 악물고 침착하려 애썼다.

"베를링 씨." 그녀가 그에게 다가가며 말했다. "당신은 사람들로 하여금 당신이 어떤 사람인지 깜박 잊게 만드는 데 묘한 재능이 있어요. 난 오늘까지 당신의 정체를 몰랐어요. 방금에야 에바 도나가 어떻게 죽었는지 들었죠. 사랑할 만한 가치가 없었던 남자를 사랑했던 게 그녀가 죽은 이유였다는 걸요. 당신의 시를 들으니 그 남자가 당신이었음을 알겠네요. 어떻게 그런 과거를 지닌 남자가 행실 바른 여자 앞에 뻔뻔히 나타날 수 있는지 모르겠군요. 정말 모르겠어요, 베를링 씨. 이제 제 말을 아시겠나요?"

"이제 백작 부인이 말씀하시는 바를 알아듣겠습니다. 딱 한마디로 저자신을 변호하겠습니다. 전 당신이 이미 저에 대해 다 알고 계시는 줄 알았습니다. 제가 숨기려고 했던 게 아닙니다. 하지만 살면서 겪었던 가장 쓰디쓴 불행에 대해 남들이 한길에서 왈가왈부하는 걸 듣는 건 편치가 않군요. 스스로 그걸 떠벌이는 건 더 말 할 것 없고요."

그는 걸어 나갔다.

동시에 도나 백작 부인은 날씬한 발로 바닥에 떨어진 파란 별들의 다발을 짓밟았다.

"넌 내가 바라던 대로 행동해줬어." 안나 셴회크가 싸늘하게 백작 부인에게 내뱉었다. "하지만 이제 우리 우정도 끝이야. 네가 그에게 잔인하게 군 걸 내가 용서할 줄 아니. 넌 그를 쫓아내고 조롱하고 상처를 입혔어. 하지만 난 그가 감옥을 가든 걸인이 되든 어디든 따라갈 거야. 내가 그를 지켜보고 지켜줄 거야. 넌 내가 바라던 대로 행동했지만, 난 그걸 절대 용서할 수 없어!"

"하지만 안나!"

"내가 너한테 그 이야기를 신이 나서 들려준 줄 아니? 그건 내 심장에서 한 마디 한 마디씩 뜯어낸 이야기였어."

"그렇다면 그 얘기를 왜 한 거야?"

"왜냐고? 그가 유부녀와 간통을 저지를까봐. 난 그걸 바라지 않았거든."

13
마리 처자

쉿, 조용히!

지금 내 머리 위에서는 윙윙대는 소리가 난다. 벌 한 마리가 날아들어
왔나보다. 가만있어봐라. 이게 웬 향일까. 아마도 사철쑥과 라벤더, 그
리고 라일락과 수선화 향이겠구나. 가을의 잿빛 도시 한가운데에서 이
런 향을 맡다니, 선물이 따로 없다. 낙원 같은 어느 조그만 땅을 회상하
면, 내 주위에는 금세 향기가 흐르고 윙윙대는 꿀벌 소리가 들리는 듯하
다. 눈 깜박할 사이에 나는 쥐똥나무 울타리에 둘러싸여, 꽃으로 가득한
작고 네모난 장미 화원 한복판에 서 있다. 모퉁이마다 기다란 나무 벤
치 위로 라일락이 지붕을 이루고, 흰 모래로 덮인 좁다란 길이 별 모양
과 하트 모양의 화단을 둘러싼다. 장미 화원의 세 면은 숲에 맞닿아 있
다. 반쯤 손질되어 예쁜 꽃을 피워낸 마가목과 양갈매나무가 화원에 바
짝 붙어 서서 라일락 덤불과 향을 뒤섞는다. 그 나무들 뒤로는 자작나
무들이, 다시 그 뒤로는 전나무들이 서 있는데, 여기서 비로소 고요하고
어둑하며 거친 진짜 숲이 시작된다.

그리고 숲에 면하지 않은 네 번째 가장자리에는 작은 잿빛 집이 있다.

내가 지금 회상하는 장미 화원은 60년 전에는 스밧셰의 노부인 모레우스의 소유였다. 그녀는 삯바느질로 먹고살면서 간혹 인근의 농장에서 요리를 해주었다.

친애하는 독자들이여! 당신들이 온갖 행운을 얻기를 기원하지만, 특히 그 중에서도 바느질틀과 장미 화원은 꼭 갖게 되기를 빈다. 대여섯 명이 동시에 잡고 일할 수 있는 커다란 구식 바느질틀이 있으면 누가 가장 빨리 아름답게 수를 놓는지 내기를 할 수 있다. 틈틈이 구운 사과로 주전부리를 하고, 재미난 게임을 하며 나무 위의 다람쥐가 놀라 굴러떨어질 정도로 커다랗게 웃음꽃을 피운다. 겨울에는 바느질틀이, 여름에는 화원이 낙이다. 거대한 정원은 필요 없다. 큰 정원은 거기서 얻을 수 있는 기쁨보다 더 많은 돈이 들게 마련이다. 손수 가꿀 수 있는 작은 장미 화원이면 충분하다. 하지만 화단들 사이에는 꼭 작은 장미덤불이 하나씩 있어야 한다. 아래쪽에는 둥그렇게 엮은 물망초 화관이 놓이고, 저절로 싹튼 양귀비가 잔디밭 모서리에도 자갈길 위에도 여기저기 커다란 꽃을 피운다. 땡볕에 갈색으로 그을린 잔디 의자 역시, 앉는 곳과 등받이에 매발톱꽃과 패모를 피워낸 채 자리를 차지하고 있어야 한다.

모레우스 부인은 내가 말한 모든 걸 가졌다. 그녀는 명랑하고 부지런한 딸을 셋 두었고 길가에 작은 집 한 채를 소유했다. 낡은 궤짝 안에는 비상금인 은화 한 닢도 들어 있었다. 두터운 비단 목도리와 등받이가 높은 의자도 갖고 있었고, 손수 벌어먹고 사는 사람들에게 유용한 온갖 기술도 쌓았다.

하지만 그녀가 가진 것 중 가장 유용한 것은 1년 내내 그녀에게 일거리를 제공한 바느질틀과 여름이 이어지는 내내 기쁨의 원천이 되어주는 장미 화원이었다.

덧붙이자면 모레우스 부인의 작은 집에는 몸집이 작고 외모도 시든 마흔 살가량의 노처녀가 다락방에 세 들어 살았다. 흔히 마리 처자라고 불렸던 그녀는 혼자 가만히 앉아서 곰곰 생각에 빠져 시간을 보내는 사람들이 그렇듯 온갖 일에 독특한 시각을 가졌다.

마리 처자는 이 험난한 세상에서 사랑이야말로 온갖 불행의 근원이라고 믿었다.

매일 밤 그녀는 자러 가기 전에 양손을 모으고 저녁 기도를 했다. 주기도문과 주여 우릴 축복하소서를 외운 후에 자신을 연애로부터 지켜달라고 빌었다.

"얼마나 끔찍하겠나이까." 그녀는 말했다. "저는 이리 나이 먹고 못생기고 가진 재산도 없사오니 절대 연애를 하는 일이 없도록 지켜주소서."

그녀는 하루 종일 모레우스 부인의 작은 집 다락방에 앉아 커튼과 이불을 뜨개질하고 수놓았다. 바느질한 것들은 인근의 장원들과 농부들에게 팔았다. 그녀는 뜨개질로 아주 작은 집을 짓고 있는 중이었다.

스밧셰 교회의 맞은편에 자리한 전망 좋은 언덕 위에 작은 집을 장만하는 게 그녀의 평생소원이었기 때문이다. 저 멀리까지 내다볼 수 있도록 언덕 위 높이 자리한 집을 그녀는 꿈꾸었다. 하지만 사랑은 그녀의 마음에 차지할 자리가 없었다.

여름밤에 악사가 울타리 위에 앉아 바이올린을 켜고, 젊은이들이 폴카 박자에 맞춰 눈가에 먼지가 피어오를 정도로 춤추는 소리가 교차로에서 들려올 때면 그녀는 아무것도 보고 듣지 않으려고 일부러 숲을 지나 먼 길을 돌아갔다.

성탄절 다음 날이면 곧 시집갈 준비를 하는 농부 처녀들이 대여섯씩 무리를 지어 모레우스 부인과 딸들을 찾아와 옷을 입어보고 치장을 했다. 그들이 도금양 화관과 유리구슬로 장식한 높다란 왕관을 쓰고, 비단 허리띠를 하고, 인조 장미로 치장하고, 천으로 만든 꽃들로 밑단을 빙 둘러 장식한 치마를 입어볼 때도 그녀는 제 방에 꼭 틀어박혀 있었다. 그녀는 사람들이 사랑을 찬양하기 위해 새신부들을 치장하는 광경을 거부했다.

겨울밤에 모레우스 부인의 딸들이 바느질틀 주위에 모여 앉아 있으면 큰 방에서는 명랑함이 넘쳐흐르고 오븐에서는 구운 사과가 바스락거렸다. 잘생긴 예스타 베를링이나 선량한 페디난드는 이들을 방문해 아가씨들의 바늘에서 실을 빼버리거나 수가 비뚤어지도록 장난을 치곤 했다. 웃음소리와 수다, 농담 어린 장난이 큰소리로 울려 퍼지고 청년들과 아가씨들이 바느질틀 아래에서 슬쩍 손을 잡을 때면 마리 처자는 자기 일감을 짜증스럽게 챙겨들고는 휙 자리를 떴다. 그녀는 사랑과 관련된 건 뭐든지 싫었다.

하지만 사랑이 일으킨 못된 짓거리들이라면 그녀는 수두룩하게 알았고 얼마든지 이야기해줄 수 있었다. 그녀는 사랑의 신이 어떻게 아직도 뻔뻔히 세상을 돌아다닐 수 있는지 이해가 가지 않았다. 사랑의 신은 버림받은 이들의 한탄과, 사랑 때문에 죄지은 이들의 저주와, 잘못된 인연으로 고생하는 이들의 비명에 쫓겨 다녀야 마땅했다. 어떻게 사랑의 신이 그리도 가뿐하고 자유롭게 날아다니는지, 어째서 근심과 부끄러움에 짓눌려 끝없는 심연으로 곤두박질치지 않는지 그녀는 알 도리가 없었다.

물론 그녀도 한때 남들처럼 젊었다. 하지만 그녀는 한 번도 사랑을 사랑한 적이 없었다. 춤이나 사랑이 담긴 몸짓은 그녀를 유혹하지 못했다. 그녀의 어머니가 물려준 기타는 현도 끊어지고 먼지를 뒤집어쓴 채 세월을 보냈다. 그녀는 한 번도 기타의 선율에 맞춰 연가를 부르지 않왔다.

어머니가 창가에 심어놓은 장미나무에 물을 주는 법도 없었다. 사랑
의 상징이나 다름없는 그 꽃을 그녀는 싫어했다. 장미나무 잎사귀에는
먼지가 뽀얗게 앉고, 가지 사이에는 거미가 줄을 치고, 꽃봉오리는 맺혀
도 피어나지 못했다.

나비들이 니풀거리고 새들이 노래하는 노레우스 부인의 장미 화원에
서는 꽃들이 나비 떼에게 향기로 사랑이 담긴 인사를 전했으며 만물이
사랑을 꿈꾸었는데, 마리 처자는 여기에 좀처럼 발 디디지 않았다.

한번은 스밧셰 교구에서 교회에 새 오르간을 설치하기로 했다. 기사
들이 에케뷔를 넘겨받기 전 해 여름에 일어난 일이다. 젊은 오르간 기술
자가 동네에 왔다. 그도 모레우스 부인네 세를 얻어서 두 번째 작은 다
락방에 거처를 정했다.

그는 교회에 오르간을 설치했다. 오르간 소리는 굉장히 훌륭해서 파
이프에서 우렁찬 소리가 갑자기 터져 나올 때마다 사람들은 대관절 어
디서 이런 신묘한 음이 나는지 어안이 벙벙했다. 조용히 찬송가를 부르
다가 오르간 소리가 울려 퍼지면 교회 안의 아이들이 울기 시작할 정도
였다.

젊은 오르간 기술자의 실력은 사실 그렇게까지 대단하지 않았을 수
도 있다. 하지만 그는 늘 눈을 반짝이는 유쾌한 친구였다. 그는 상대가
부자이든 가난하든 늙었든 젊었든 간에 친절하게 대했다. 곧 그는 모레
우스 부인네 식솔들의 절친한 친구가 되었다. 아니, 친구 이상이었다.

저녁에 일을 마치고 돌아오면 그는 모레우스 부인의 실패를 들어주
거나 젊은 아가씨들과 함께 장미 화원에서 일했다. 그는 그녀들에게
〈악셀〉을 읊어주거나 〈프리티오프〉를 불러주었다. 마리 처자가 실패를
떨어뜨릴 때마다 그는 매번 주워주었고 심지어 그녀의 낡은 시계를 고

쳐주기까지 했다.

　무도회에 참가하면 그는 가장 나이 많은 부인부터 가장 어린 소녀까지 모든 여자들과 춤을 추었다. 뭔가 곤란한 일이 벌어지면 그는 즉시 주변의 가장 가까운 여자 옆에 자리 잡고 앉았고, 그녀는 곧 그의 믿을 만한 친구가 되어 상담을 맡아주었다. 그는 여자들이 꿈꿔오던 남자였다.

　그가 굳이 사랑을 입에 올리지 않았음에도, 그가 모레우스 부인네 작은 다락방에 세 든 지 몇 주 지나지 않아 그녀의 딸들은 모두 그에게 반했다. 가련한 마리 처자마저도 지금껏 자신을 사랑으로부터 지켜달라고 했던 기도들이 무위로 돌아갔음을 깨달았다.

　슬픔과 기쁨이 뒤죽박죽이 된 시간이 흘러갔다. 때로 바느질틀 위로 눈물방울이 떨어져 분필로 표시해둔 자국을 지웠다. 저녁 시간이면 마리 처자는 라일락 정자에 창백하게 앉아 몽상에 잠겼다. 그녀의 기타에는 마침내 새로 현이 매였고, 그녀의 작은 방에서는 기타 반주에 맞춰 어머니에게 배웠던 구식 사랑노래가 흘러나왔다.

　하지만 젊은 오르간 기술자는 상사병 걸린 여자들에게 아무 생각 없이 명랑하게 미소를 뿌려대고 사람 좋게 일을 도왔다. 그가 일을 하느라 집을 떠나 있을 때면 여자들은 그를 놓고 싸워댔다. 그리고 마침내 그가 떠나는 날이 왔다.

　문간에서 마차가 대기하고 짐은 이미 다 실렸다. 젊은이는 작별을 고했다. 그는 모레우스 부인의 손등에 입 맞추고 울고 있는 아가씨들과 포옹한 후, 그들의 뺨에 키스했다. 그 역시 눈물을 흘리고 있었다. 이 작은 집에서 보낸 여름은 그에게도 행복한 나날이어서 발길이 좀처럼 떨어지지 않았다. 마지막으로 그는 마리 처자를 찾아 몸을 돌렸다.

　그녀는 제일 좋은 옷을 차려 입고서 계단을 내려왔다. 그녀의 목에는 폭이 넓은 녹색 비단 끈에 매인 기타가 걸려 있었다. 손에는 달장미 한다발을 들었다. 올해에는 드디어 그녀의 어머니가 심었던 장미 나무에도 꽃이 피었던 것이다.

그녀는 젊은이 앞에 가만히 서서 기타를 치며 노래했다.

우리를 떠나는 당신, 아, 언젠가는 돌아오세요.
작별은 마음이 아파요.
새로운 행복을 찾더라도 잊지는 말아주어요,
당신을 마음에 담고 있을 충실한 친구들을.

그녀는 그의 단추 구멍에 꽃을 꽂아주고 입술에 키스했다. 그러고는 계단을 뛰어 올라가버렸다. 가엾은 노처녀 같으니!

사랑은 그녀에게 앙갚음을 하느라 그녀를 모두의 웃음거리로 만들었다. 그녀는 다시는 사랑을 헐뜯지 않았다. 기타를 다시 치워버리지도 않았고 어머니의 장미 나무를 가꾸는 것을 게을리 하지도 않았다.

그녀는 고통과 눈물과 그리움과 어우러지는 사랑을 있는 그대로 사랑하는 법을 배웠다.

"사랑으로 고통 받는 게 사랑 없이 행복한 것보다 나아." 그녀의 새로운 말버릇이었다.

*

세월이 흘렀다. 에케뷔에서 소령 부인이 쫓겨나고 기사들이 권력을 잡았다. 앞서 이야기했듯 예스타 베를링은 어느 날 저녁 보리 성에서 젊은 백작 부인에게 시를 낭송했다가 나가달라는 요구를 받았다.

소문에 따르면 문을 닫고 성을 나선 예스타 베를링은 바깥 계단 아래로 썰매 몇 대가 들어오는 것을 보았다고 한다. 그는 맨 앞의 썰매에 앉은 몸집이 작은 여자에게 시선을 던졌다. 이미 사위는 어둑했지만 그녀를 보니 눈앞이 더 어두워지는 듯했다. 그는 그녀에게 자신의 모습을 들키지 않으려고 얼른 빠져나갔다. 불길한 예감이 그의 감각을 덮었다. 혹시 그가 안에서 낭송했던 불길한 시가 이 여자를 소환한 걸까? 재앙은 홀로 오지 않는 법이다.

하인들이 달려 나와 썰매의 발 디딤대를 꺼내고 내리는 쪽에 천을 깔았다. 도착한 이가 누구였을까? 정말로 그 유명한 메타 도나가 돌아온 것일까?

그녀는 세상에서 가장 명랑하고 경박한 여자였다. 재미를 추구하는 세상에서 그녀는 여왕으로 군림했다. 유희와 농담이 그녀를 섬겼다. 인생이 제비뽑기라면 그녀가 뽑은 제비은 유희와 춤과 모험이었다.

이제 나이 쉰이 멀지 않았으나 현자들이 그렇듯 그녀는 세월의 수를 헤아리지 않았다.

"더 이상 춤을 못 추고 웃지도 못하는 사람들이 늙은 거야. 그들은 세월의 짐에 허리가 굽은 거지. 난 아니야." 그녀의 입버릇이었다.

그녀의 젊은 시절이라 해서 쾌락이 아무 방해 없이 내내 제왕으로 군림할 수 있었던 건 아니었다. 하지만 불안한 시대야말로 쾌락을 더욱 돋보이게 했다. 나비 같은 날개를 단 쾌락은 하루는 스톡홀름 성의 귀부인 처소에서 다과회를 열었다가, 다음날에는 프록코트 차림에 울통불통한 지팡이로 무장하고 파리에 나타났다. 나폴레옹의 진지를 방문하는가 하면, 넬슨의 함대와 함께 푸른 지중해를 가로지르다가 빈 회의에 참석하고, 쟁쟁한 전투가 벌어지기 하루 전날 대담무쌍하게 브뤼셀의 무도회를 방문하는 제왕이 바로 쾌락이었다.

그리고 쾌락은 자신의 영토에서 메타 백작 부인을 여왕으로 선택했다. 늘 희롱하고 농담을 건네며 메타 백작 부인은 춤추는 걸음으로 온 세상을 지났다. 그녀가 보지 못하고 경험하지 못한 일이 무엇이 있으랴. 그녀는 왕좌 주위를 돌며 춤을 추었고, 제후들의 영지를 걸고 카드 게임을 했고, 유럽이 전쟁으로 황폐해지는 광경에 웃음을 터뜨렸다.

세상이 전쟁터로 변해 쾌락이 거할 곳을 일시적으로 잃으면, 그녀는 얼마간 뢰벤 호숫가의 오래된 백삭 성으로 놀아왔다. 신성동맹기간 동안 제후들의 궁정이 너무 암울한 분위기가 되었을 때도 그녀는 자신의 성에 머물렀다. 그녀가 예스타 베를링을 아들의 가정교사로 고용했던 것도 그런 시기였다. 보리 성에 머무는 시간을 그녀는 즐겼다. 쾌락의 영토로 이보다 더 나은 곳도 없었다. 그곳에서는 노래와 유희가 넘쳐났고, 언제든 모험을 떠날 준비가 된 사내들과 아름답고 인생을 즐길 줄 아는 여자들이 있었다. 잔치와 무도회가 흥청망청 열리고, 달빛 비추는 호수 위로 요트를 몰고, 어두운 숲을 썰매로 달리는 나날이 이어졌다. 온갖 마음 졸이는 사건과 사랑의 기쁨과 고통도 끊이지 않았다.

하지만 딸이 죽은 후로 그녀는 보리 성에 발길을 끊었다. 그녀는 5년째 성에 모습을 드러내지 않았다. 그러다 지금 그녀가 나타난 것은 며느리가 전나무숲과 눈 더미, 곰밖에 볼 게 없는 곳에서 어찌 살고 있는지 확인하기 위해서였다. 그녀는 멍청한 아들이 며느리를 지루해서 죽을 때까지 고문하고 있는 건 아닌지 살필 의무가 자신에게 있다고 믿었다. 그녀는 이 집 안에서 자비로운 구세주 역을 하고 싶었다. 그녀가 챙겨 온 40개의 가죽 트렁크에는 남국의 태양과 행복이 차곡차곡 포개져 있었다. 그녀의 몸종은 명랑함이요, 마부는 재담이며, 말벗은 유희였다.

계단을 달려 오르는 그녀를 집안사람들이 두 팔 벌려 맞았다. 그녀가 예전에 지내던 아래층은 완전히 청소가 되어 있었다. 시종들과 몸종들, 말벗들, 40개의 가죽 트렁크, 30개의 모자 상자, 몸단장거리들, 목도리와 모피가 줄줄이 현관을 통과했다. 온 집 안에 소음이 넘치고 북적였다. 문 여닫는 소리와 부지런히 계단을 오르내리는 소리가 울렸다. 메타 백작 부인이 마침내 귀환한 것이 분명했다.

*

어느 봄날 밤이었다. 아직 4월이고 얼음이 녹진 않아도 아름다운 밤이었다. 마리 처자는 다락방 창문을 열고 앉아 기타를 치며 노래를 불렀다.

그녀는 연주와 추억에 푹 빠져 있어서 작은 집 앞에 썰매 한 대가 멈춰 서는 것을 알아차리지 못했다. 썰매 안에 앉은 메타 백작 부인이 마리 처자가 하는 짓을 재미나게 구경하는 중이었다. 마리 처자는 목에 기타를 걸고 창가에 앉아 하늘을 올려다보며 구식 사랑노래를 불렀다.

드디어 백작 부인은 썰매에서 내려 아가씨들이 바느질틀을 둘러싸고 앉아 있던 방으로 들어왔다. 백작 부인은 고고하신 귀족 마나님은 아니었다. 그녀는 혁명에 물든 적이 있어서 바깥세상의 신선한 바람에 익숙했다.

자신이 백작 부인으로 태어난 것도 어쩔 수 없는 팔자라고 그녀는 말하곤 했다. 하지만 그녀는 언제나 제멋대로의 삶을 살았다. 농부의 결혼식에서도 궁정 무도회에서도 그녀는 즐겁기만 했다. 주위에 보는 눈이 없으면 그녀는 하녀들에게 희극 연기를 해보였다. 작고 예쁜 얼굴에 활기가 넘치는 품성의 그녀는 함께 있는 사람을 누구나 즐겁게 해주었다.

그녀는 모레우스 부인에게 바느질거리를 주문하고 딸들의 솜씨를 칭찬했다. 그리고 장미 화원을 둘러보며 여행중에 겪은 에피소드들을 이야기했다. 그녀는 가는 곳마다 모험을 넘치도록 겪었다. 급기야 그녀는 위태하게 좁고 가파른 다락 층계를 올라가 마리 처자의 방에 들렀다.

백작 부인은 새까만 눈으로 작달막하고 외로운 여자를 바라보며 낭랑한 음성으로 이 노처녀를 추켜세우는 말들을 했다.

그녀는 마리 처자에게서 레이스 커튼을 샀다. 그녀의 말에 따르면, 보리 성 창문들에 하나도 빼놓지 않고 손으로 뜨개질한 레이스 커튼을 달 작정이고, 테이블마다 마리 처자의 손뜨개 테이블보를 씌울 거라고 했다.

그 후 백작 부인은 마리 처자의 기타를 집어들고 행복과 사랑에 대한 노래를 불렀다. 그녀가 마리 처자에게 흥미진진한 이야기들을 잔뜩 들려주어, 마리 처자는 자신이 흥겹고 휘황찬란한 세상에 나가 직접 온갖 모험을 겪고 온 기분이었다. 백작 부인의 웃음소리는 음악과도 같아서 장미 화원의 얼어붙어 있던 새들이 그 소리를 듣고 지저귀기 시작했다. 백작 부인은 화장이 너무 진해서 피부가 상했고 입매가 상스럽게 야한 탓에 미인이라고 하기는 힘들었지만, 마리 처자의 눈에는 그 모습이 아름답게만 보여서, 제 매끄러운 표면에 백작 부인의 자태를 품었던 작은 거울이 어찌 그 영상을 도로 놓아버릴 수 있는지를 이해할 수 없을 지경이었다.

백작 부인은 떠날 적에 마리 처자에게 입 맞추고는 보리 성으로 놀러오라고 초대했다.

당시 마리 처자의 영혼은 한겨울의 제비둥지처럼 텅 비어 있었다. 그녀는 자유의 몸이었으나, 풀려난 늙은 노예처럼 쇠사슬을 그리워했다.

이제 그녀에게 다시 기쁨과 근심이 뒤섞인 시절이 시작되었다. 그러나 이번에는 오래가지 않았다. 고작 여드레였다.

백작 부인은 틈만 나면 그녀를 보리 성으로 불러들였다. 백작 부인은 웃기는 몸짓을 해가며 자기에게 구애한 남자들을 소재로 수다를 떨었고, 마리 처자는 평생 그리 웃어본 적도 없었다. 두 사람은 절친한 친구 사이가 되었고, 얼마 안 가 백작 부인은 젊은 오르간 기술자와 그가 떠나간 날에 대해서도 훤히 꿰게 됐다. 해질녘이면 그녀는 마리 처자를 작은 푸른 방 창가에 앉혀 기타를 목에 걸고 사랑 노래를 부르게 시켰다. 백작 부인은 붉은 저녁 하늘을 배경으로 노처녀의 물기 없고 비쩍 마른 손가락과 못생긴 작은 머리를 구경하며 이 가련한 처녀가 꼭 우수에 찬 성城의 아가씨 같다고 말했다. 하지만 마리 처자가 부르는 노래는 죄다 사랑에 빠진 양치기 청년과 모진 양치기 처녀에 대한 것뿐이었고, 그 목소리는 하도 가냘파서, 그 광경을 본 사람은 누구나 백작 부인이 배 잡고 웃을 거리를 찾아 그녀와 어울리고 있음을 알아차렸다.

백작의 모친이 귀환했으므로 보리 성에서는 당연히 연회가 열렸다. 별 다를 것 없이 유쾌하게 흘러간 자리였다. 이웃들만 초대한 덕에 손님은 많지 않았다.

식당은 아래층에 위치했고, 식사가 끝나고서 손님들은 위층이 아니라 같은 층에 위치한 메타 백작 부인의 방으로 갔다. 백작 부인은 마리 처자의 기타를 쥐더니 모여든 사람들 앞에서 노래를 시작했다. 유쾌한 메타 백작 부인은 다른 이들의 몸짓과 성대모사에 뛰어났다. 이제 그녀는 마리 처자를 따라하기로 마음먹었다. 그녀는 하늘을 올려다보며 어린애처럼 가냘프고 새된 목소리로 노래를 했다.

"아, 하지 마세요, 백작 부인!" 마리 처자가 애원했다.

하지만 메타 백작 부인은 그게 재밌었고, 대부분의 손님들도 마리 처자에게 매정한 짓임을 알면서도 웃음을 참기 힘들었다.

백작 부인은 포푸리 단지에서 마른 장미꽃잎 한 줌을 꺼내고는 비극적인 동작으로 마리 처자에게 다가가 노래했다.

우리를 떠나는 당신, 아, 언젠가는 돌아오세요.

작별은 마음이 아파요.

새로운 행복을 찾더라도 잊지는 말아주어요,

당신을 마음에 담고 있을 충실한 친구들을.

그리고는 백작 부인은 마리 처자의 머리 위에 장미잎을 흩뿌렸다. 손님들은 폭소를 터뜨렸으나, 마리 처자는 화가 머리끝까지 났다. 그녀는 백작 부인의 눈알을 할퀼 기세였다.

"당신은 몹쓸 여자야, 메타 도나." 그녀는 내뱉었다. "제대로 된 여자라면 당신 같은 인간과는 어울리지 않을 거야."

메타 백작 부인 역시 분노했다.

"이 계집을 내보내라!" 그녀는 언성을 높였다. "이 미친 여자한텐 이제 질렸어."

"안 그래도 가려고 했어." 마리 처자가 말했다. "내 커튼 값만 받으면."

"망할년 같으니라고!" 백작 부인이 말했다. "그 따위 누더기로 돈을 받아먹겠다고? 가져가! 그 따위 넝마 보고 싶지도 않아."

백작 부인도 화가 날대로 나서는 커튼을 휙 뜯어다가 마리 처자에게 내던졌다.

다음 날 젊은 백작 부인은 시어머니에게 마리 처자와 화해하시라고 권했다. 하지만 백작 부인은 들으려 하지 않았다. 그녀는 마리 처자에게 싫증이 났다.

엘리사벳 백작 부인은 마리 처자를 방문했고, 쌓여 있던 커튼들을 모두 사와서 성의 위층에 걸었다. 마리 처자는 매우 기뻐했다.

메타 백작 부인은 며느리가 손뜨개 커튼 따위를 좋아한다고 놀려댔다. 하지만 그녀는 한번 품은 원한을 여러 해 동안 남모르게 숨기면서 생생히 간직할 줄 알았다. 메타 백작 부인은 머리를 굴릴 줄 아는 여자였다.

14
사촌 크리스토페르

기사관에는 늙은 맹금이 한 마리 살았다. 방구석에 앉아 난롯불이 꺼지지 않도록 지키는 게 그의 일이었다. 헝클어진 그의 머리칼은 잿빛이었다. 갈색 모피 목깃에서 솟은 길고 가느다란 목 위로는 큼직한 코와 반쯤 꺼진 눈이 달린 작은 머리가 우울하게 기울어 있었다. 이 맹금은 여름이고 겨울이고 늘 모피를 입었다.

그는 한때 위대한 황제를 따라 유럽을 휩쓸던 무리에 속해 있었으나 그 시절 그의 이름과 직위가 무엇이었는지는 아무도 몰랐다. 여기 베름란드에 알려진 사실은 그가 큰 전쟁들에 참여해 피비린내 나는 전투를 치렀고, 1815년 이후 역전의 용사들에게 배은망덕하게 구는 조국을 떠나야 했다는 것뿐이었다. 그는 스웨덴 왕세자에게 보호를 구했고, 왕세자는 조언하기를 먼 베름란드로 가서 종적을 감추라고 했다. 시대는 변했고. 한때 온 세상을 떨게 했던 그는 이제 남들이 그를 기억할까 두려워해야만 했다.

그는 왕세자에게 베름란드 밖으로 나가지 않을 것이고, 불가피한 사

270

정이 없는 한 그 누구에게도 자신의 정체를 밝히지 않겠노라 맹세했다. 그 후 그는 왕세자가 손수 정성들여 써준 추천장을 들고 에케뷔의 소령을 찾아갔다. 그의 앞에 기사관의 문이 열렸다.

처음에 사람들은 가명을 써야 할 정도로 유명 인사였다는 이 인물이 누구인지 추측에 골몰했다. 하지만 점차 그는 기사 중 하나이자 베름란드 인으로 녹아들어갔다. 유래는 몰랐지만 그는 사촌 크리스토페르라는 이름으로 통했다.

하지만 본래 맹금이었던 사내가 농부로 사는 건 쉬운 일이 아니었다. 그는 장대 사이를 팔짝팔짝 옮겨 다니고, 조련사의 손에서 먹이를 받아 먹는 데 익숙하지 않았다. 그의 피를 끓게 한 것은 전투와 죽음의 공포로 인한 흥분이었다. 멍청한 평화에는 구역질이 났다.

다른 기사라고 온순한 비둘기였던 건 아니었다. 하지만 사촌 크리스토페르만큼 피가 끓는 기사는 없었다. 그의 무뎌져가는 삶의 의욕을 다시 불태울 수 있는 건 곰 사냥밖에 없었다. 혹은 어느 여자나. 단 한 여자만이 그럴 힘이 있었다.

그는 10년 전 당시 이미 과부였던 메타 백작 부인을 처음 보고 생기를 되찾았다. 그녀는 전쟁만큼 변덕스럽고 위험만큼 자극적인 여자였다. 이 대담하고 톡 쏘는 여자를 그는 사랑했다.

하지만 그녀를 아내로 맞을 도리 없이 그는 늙은이가 되어 앉아 있다. 지난 5년간 그는 그녀를 보지 못했다. 붙들린 독수리처럼 그는 시들시들 죽어갔다. 해가 갈수록 그는 더욱 메마르고 얼어붙은 인간이 되었다. 그는 점점 더 모피 옷깃을 높이고 난로에 더욱 가까이 앉아야 했다.

그리고 저녁에 부활절 기념 축포를 쏘기로 돼 있던 날 아침에도 그는 꽁꽁 언, 헝클어진 무채색의 형상으로 앉아 있었다. 다른 기사들은 모두 밖으로 나갔으나 그는 난로가 있는 모퉁이에 웅크리고 있었다.

아, 크리스토페르, 사촌 크리스토페르여, 당신은 눈치 채지 못했는가. 미소 짓는 봄이 도착했다.

자연이 납처럼 무거운 겨울잠에서 깨어나고 나비 날개를 단 정령들이 푸른 구름 사이로 대담무쌍하게 노닌다. 야생의 장미 덤불 속에서 서로 바짝 붙어 피어난 꽃잎들처럼 구름 속에서 반짝이는 얼굴을 내밀며 수천 개의 종 같은 음성이 온 세상에 고한다.

위대한 어머니인 대자연이 삶을 시작한다. 어린애 같은 기쁨에 찬 대자연은 욕조에서 몸을 일으켜 눈이 녹아 불어난 물살 속으로 뛰어들고 샤워 대신 봄비를 맞는다. 돌과 흙마저도 쾌락에 반짝인다. "삶의 순환 속으로!" 하고 가장 작은 원소 하나 하나가 환호한다. "우린 날개가 되어 청명한 공기 속을 비행하련다, 우리는 앳된 처녀의 발간 뺨이 되어 반짝이련다."

유쾌한 봄의 정령들은 육체들 속을 공기와 물과 함께 달리고 핏속을 뱀장어처럼 잽싸게 헤엄치고 심장을 고동치게 한다. 온 세상을 한 가지 소리가 채운다. 심장 속에서도 꽃들 틈에서도, 박동하고 떠는 모든 것들의 곁에서 나비의 날개를 단 정령들이 수천 개의 종을 울리듯 노래한다. "쾌락과 기쁨의 시간이다! 쾌락과 기쁨의 시간이다! 봄이 샘물처럼 솟아오르고 있다! 미소 짓는 봄이 왔다."

하지만 사촌 크리스토페르는 아무것도 알아듣지 못한 듯 꼼짝없이 앉았다. 그는 뻣뻣한 손가락으로 고개를 받치고는 쏟아지는 탄환과 전장에서 자라는 명예의 나무를 꿈꾸었다. 그의 마음속 눈앞에서 피어나는 장미와 월계수는 굳이 봄의 온화한 아름다움을 필요로 하지 않았다.

하지만 동포도 영토도 없이 홀로 외로이 기사관에 앉아 있는 늙은 이방인의 처지는 비참하기 짝이 없었다. 모국어도 더 이상 듣지 못하는 그의 마지막 팔자는 브루의 교회 묘지에 이름도 없이 묻히는 것이었다. 태어나기는 사냥하고 죽이는 포식자 독수리였다 한들, 이제는 무슨 소용인가. 오 사촌 크리스토페르여, 당신이 기사관에 앉아 백일몽에 잠긴 지너무 오래되었다. 높은 성에서 신선한 거품이 이는 삶의 포도주를 들이켜라! 오늘 국가의 인장이 찍힌 왕의 편지가 소령에게 도착했다는 사실을 알아두라. 편지는 소령에게 보내진 것이나, 그대에 관한 내용을 담고있다. 당신이 그 편지를 읽는 광경은 참으로 볼 만하다, 늙은 맹금이여. 그 눈에는 빛이 찾아들고 목에는 힘이 들어간다. 당신을 농부로 가둬두었던 문이 열리며 당신이 마음껏 동경에 찬 날갯짓을 할 수 있도록 온세상이 활짝 펼쳐진다.

*

사촌 크리스토페르는 옷궤를 뒤지느라 바닥까지 고개를 처박다시피한다. 그는 정성껏 보관해두었던 금실로 수놓은 군복을 꺼내 입는다. 머리에는 깃털로 장식된 군모를 쓰고 흰색 준마에 올라타 에케뷔를 떠난다.

난로가 구석에 웅크리고 있던 시절은 끝났다. 그 역시 봄이 왔음을 깨달았다.

그는 안장 위에 꼿꼿이 앉아 말에게 전속력으로 박차를 가했다. 망토와 모피가 펄럭였다. 모자에 꽂힌 풍성한 깃털이 나풀댔다. 봄을 맞아

지상이 젊어졌듯 그 또한 청춘을 되찾았다. 그는 긴 겨울잠에서 깨어났다. 황금은 세월이 지나서도 반짝인다. 삼각 모자를 쓴 전사의 얼굴은 대담무쌍하다.

위풍당당한 질주였다. 그의 말발굽이 닿는 곳마다 샘이 솟아나고 아네모네가 싹을 틔운다. 철새들이 해방된 포로에게 환호를 보낸다. 온 자연이 그의 기쁨을 함께 나눈다.

개선장군처럼 당당히 그는 말을 몬다. 봄이 덩실덩실 떠가는 구름을 타고 그의 길을 몸소 인도한다. 공기처럼 가뿐하게 반짝이는 봄은 숲의 뿔나팔을 불며 구름 안장 위에서 기쁨에 취해 펄떡인다. 사촌 크리스토페르의 주위에서 옛 전우들이 나란히 말을 달린다. 말안장 위에 발끝으로 선 이는 행복이고, 준마를 모는 것은 명예이고, 사랑은 불같은 성정의 아라비아 산 말을 탔다. 위풍당당한 질주에 위풍당당한 기수다. 개똥지빠귀가 그를 부른다.

"크리스토페르, 사촌 크리스토페르여, 어디로 가느냐? 너는 어디로 가고 있느냐?"

"신부를 얻으러 보리 성으로! 신부를 얻으러 보리 성으로!" 사촌 크리스토페르가 대답한다.

"보리 성으로 간다고! 보리 성으로 간다고! 총각 팔자가 상팔자인 것을!" 개똥지빠귀가 그의 뒤에서 소리친다.

하지만 그는 경고에 귀 기울이지 않는다. 산을 오르내려 그는 목적지에 닿고야 만다. 안장에서 뛰어내린 그는 백작 부인에게 안내받는다.

다 잘 되어간다. 메타 백작 부인은 그에게 호의적이다. 사촌 크리스토페르는 그녀가 그의 명성 높은 가문에 속한 여인이 되어 그의 영지로 가는 영광을 거부할 수 없으리라 직감한다. 그는 앉아서 왕의 편지를 꺼내 보일 행복한 순간을 노리고 있다. 그는 기다림 자체를 즐기고 있다.

그녀는 수다를 떨며 수천 가지 일화로 그를 즐겁게 해주었다. 그는 모든 이야기에 웃고 감탄했다. 마침 그들이 앉아 있는 방에는 엘리사벳 백작 부인이 마리 처자에게서 사들인 커튼이 걸려 있었다. 백작 부인은 그 커튼에 얽힌 이야기를 했다.

"보세요." 그녀는 이야기 말미에 말했다. "너무 못되게 굴었던 죄로 난 벌을 받게 됐어요. 저 커튼을 볼 때마다 내가 한 짓을 상기하라는 거죠. 세상에 이리 끔찍한 형벌도 달리 없어요. 정말 눈이 괴로울 정도로 촌스러운 커튼 아닌가요!"

위대한 전사 사촌 크리스토페르는 번쩍이는 눈으로 그녀를 노려보았다.

"늙고 가난한 건 저도 마찬가지입니다." 그는 말했다. "저도 10년 동안 난로가 놓인 구석에 웅크린 채 제 사랑을 그리워했습니다. 백작 부인께서는 저도 비웃으시렵니까?"

"아, 아니에요, 당신은 경우가 전혀 다르지요." 백작 부인이 대답했다.

"신께서는 제게서 행복과 조국을 앗아가고, 낯선 이들의 신세를 지며 연명하게 하셨습니다." 사촌 크리스토페르는 웃음기 없이 심각한 어조로 말했다. "저는 가난을 존중해야 한다는 걸 배웠습니다."

"당신도요?" 백작 부인은 하늘로 손을 들어 올리며 말했다. "세상에 참 착한 사람들 많네요! 나 원, 다들 아주 천사가 됐어요!"

"그렇습니다." 그는 말했다. "명심하십시오, 백작 부인. 만약 신께서 미래에 제 권력과 부를 돌려주신다면, 저는 가난을 비웃는 무자비하고 세속적인, 두꺼운 화장을 한 여자와 나눠 갖느니 그보다 더 나은 쓰임새를 찾겠습니다."

"아주 옳은 말씀이세요, 사촌 크리스토페르 씨!"

사촌 크리스토페르는 그대로 밖으로 걸어나가 다시 말을 타고 에케뷔로 돌아왔다. 하지만 봄의 정령들은 그를 뒤따르지 않았고 개똥지빠귀는 그를 부르지 않았으며 그의 눈에는 미소 짓는 봄의 풍광이 더 이상 들어오지 않았다.

그는 기사들이 부활절 축포를 쏘고 부활절 마녀를 불태우는 시간에 맞춰 에케뷔에 도착했다. 부활절 마녀는 기운 누더기로 얼굴을 만들고, 숯으로 눈 코 입을 그려 넣은 커다란 허수아비였다. 마녀가 걸친 옷은 구빈원에 들어간 여자가 입었던 것이다. 긴 손잡이의 불 쑤시는 꼬챙이와 빗자루를 옆에 끼고, 목에는 향유를 담은 뿔나팔을 건 마녀는 블로퀼라까지 날아갈 차비를 마쳤다.

푹스 소령이 엽총을 장전하여 허공에 대고 연사했다. 그리고 장작더미에 불을 댕기고 마녀를 던져넣어 불태웠다. 기사들은 악령들을 쫓아내기 위해 예로부터 전해진 비법을 최선을 다해 이행했다.

사촌 크리스토페르는 그 옆에 서서 음울한 표정으로 화형식을 지켜보았다. 느닷없이 그는 소맷단에서 왕의 친필 편지를 꺼내 불 속에 던져넣었다. 그가 무슨 생각으로 그랬는지는 신만이 아셨다. 아마도 그는 화형대에서 불타고 있는 마녀가 메타 백작 부인인 듯한 기분이었을 것이다. 그가 여러 해 사랑해왔던 여인이 그저 짚과 누더기로 이루어졌을 뿐이라면, 이 지상엔 더 이상 가치 있는 게 아무것도 없다고 생각했을지도 모른다. 그는 기사관으로 돌아가서 난롯불을 켜고 제복을 잘 개켜 넣었다. 다시 구석에 주저앉은 그의 머리칼은 날이 갈수록 더 헝클어지며 희어져갔다. 새장에 갇힌 늙은 새처럼 그는 하루하루 갈수록 조금씩 죽어갔다. 그는 더 이상 유배당한 망명자가 아니었으나, 새로 얻은 자유를 어찌 써야 할지 몰랐다. 세상은 그의 앞에 열려 있었다. 전장이, 명예가, 삶이 그를 기다렸다. 하지만 그는 다시 한 번 날개를 펼칠 힘을 잃었다.

15
삶의 길

이 지상에서 우리 인간들이 걷는 길은 험난하기 짝이 없다.

우리는 사막과 늪을 지나고 산을 올라야 한다.

어째서 삶의 길 위로는 그토록 많은 근심이 지나가는 것일까. 그 근심들은 종국에는 사막에서 길을 잃거나, 늪으로 가라앉거나, 절벽 아래로 굴러떨어지고 만다. 걷는 이들을 위안해줄 작은 꽃처녀들은 어디 있는가. 딛는 걸음마다 장미가 꽃을 피운다는 동화 속의 공주들은 어디 있는가. 험한 길마다 꽃을 뿌려준다는 꽃처녀들을 어디에 가야 볼 수 있는가.

이제 시인 예스타 베를링은 결혼을 하기로 마음먹었다. 그는 미치광이 목사에게라도 시집올 만한 가난하고 보잘것없는 여자를 구했다.

그를 사랑했던 아름답고 고귀한 여인들은 그에게 구애해선 안 되었다. 추방당한 자는 짝도 추방당한 여인들 사이에서 구해야 한다.

과연 그가 찾아서 고를 여자는 누구일까?

때때로 산 속 외떨어진 숲에 사는 가난하고 앳된 처녀 하나가 빗자루를 팔러 에케뷔로 왔다. 가난하고 비참한 숲속에는 제정신이 아닌 인간들이 많이 살았다. 빗자루를 파는 처녀도 그런 사람 중 하나였다.

하지만 그녀는 아름다웠다. 결이 건강하고 새까만 머리칼을 양 갈래로 땋았는데 숱이 하도 풍성하고 묵직해서 머리 위로 틀어 올릴 수조차 없었다. 뺨은 사랑스럽게 둥글었고 콧날이 똑바로 뻗은 코는 적당한 크기였다. 눈은 푸른색이었다. 그녀는 오늘날에도 긴 뢰벤 호숫가에서 여전히 마주치는 아리따운 처녀들처럼 우수에 차 있는 성모 같은 미녀였다.

이제 예스타는 신붓감을 구했다. 반쯤 정신이 나간 빗자루 파는 여자는 미치광이 목사에게 어울리는 짝이다. 이보다 더 천생연분도 없다.

이제 그에게 남은 일은 칼스타드까지 가서 반지를 주문하고 뢰벤 호숫가에 사는 사람들에게 신나는 구경거리를 제공하는 것뿐이었다. 그가 빗자루 장수와 약혼하고 결혼식을 올린다면 사람들은 그를 비웃을 기회를 또 다시 얻는 것이다. 아무렴, 그렇고말고. 예스타 베를링이 저지른 장난 중 이보다 더 유쾌한 게 있을까.

이 지상에서 우리 인간들이 걷는 길은 험난하기 짝이 없다. 우리는 사막과 늪을 지나고 산을 올라야 한다. 추방당한 자는 추방당한 자의 길을 걸어야 하지 않을까? 분노의 길, 근심의 길, 불행의 길을 걸어야 마땅하지 않을까? 그가 추락하여 나락으로 떨어진들 다른 이들에게 무슨 상관인가? 그를 백척간두에서 붙들어줄 사람이 있기나 한가? 그를 지키기 위해 손을 뻗고 기운 차릴 음료를 건네줄 이가 있나? 작은 꽃처녀들은 어디 있나? 작은 동화 속 공주들은, 험한 길 위에 꽃을 뿌려줄 처녀들은 어디 있나?

아니, 보리 성의 젊고 상냥한 백작 부인도 예스타 베를링의 계획을 막지 않을 것이다. 그녀는 자신의 평판과 남편의 분노, 그리고 시어머니의 원한을 유념해야 했다. 그녀는 그를 막기 위해 아무런 수도 쓰지 않을 것이다.

스밧셰 교회에서 긴 예배가 이어질 때면, 그녀가 고개를 숙이고 양손을 모으고 그를 위해 기도할지도 모른다. 잠 못 이루는 밤이면 그를 생각하며 울고 그를 걱정할 수도 있다. 하지만 그녀에겐 추방당한 자의 길에 뿌려줄 꽃이 없었고, 목이 타는 자에게 건네줄 물 한 방울도 없었다. 그를 낭떠러지에서 구하기 위해 조용히 손을 내밀어서도 안 되었다.

예스타 베를링은 자신의 신부를 비단과 보석으로 치장하는 수고는 하지 않았다. 그는 그녀를 이전처럼 농장마다 돌아다니며 빗자루를 팔게 내버려두었다. 하지만 근방의 모든 지체 높은 신사숙녀를 에케뷔에 초대해 큰 연회를 열고, 그 자리에서 약혼을 발표하겠다는 게 그의 계획이었다. 그가 부엌에 있는 그녀를 부르면 그녀는 막 돌아다니다 온 차림으로, 한길의 먼지와 오물을 넝마 같은 옷에 묻히고 빗질도 하지 않은 몰골로 미치광이의 눈빛에 헛소리를 쏟아내며 나타날 것이다. 그는 손님들에게 자신과 이보다 더 어울리는 신부가 있겠냐고, 이 자애로운 성모 같은 얼굴에 꿈꾸는 듯한 푸른 눈을 지닌 아름다운 신부를 미치광이 목사가 자랑스러워할 만하지 않느냐고 물을 것이다.

그는 이 계획을 아무에게도 발설하고 싶지 않았다. 하지만 비밀은 새어나갔고 젊은 도나 백작 부인의 귀까지 닿았다.

하지만 그를 말리기 위해 그녀가 무엇을 할 수 있으랴. 약혼 날은 하루 앞으로 다가왔다. 어스름이 내렸다. 그녀는 푸른 방에서 북쪽으로 시선을 보냈다. 눈물과 안개가 앞을 가리고 있음에도 그녀는 에케뷔를 눈앞에 생생히 보는 듯했다. 세 줄의 창이 환히 빛나는 커다란 3층짜리 건물을 그녀는 똑똑히 보았다. 샴페인 잔이 부딪히고, 축배의 소리가 울려퍼지고, 예스타 베를링이 빗자루팔이와 약혼을 발표하는 광경이 눈앞에 훤히 떠올랐다.

만약 그녀가 그 가까이에 있어 그의 팔에 손을 얹거나 다정한 눈빛으로 바라본다면 그가 추방당한 자들의 나쁜 길에서 몸을 돌릴까? 만약 그녀가 한 말 때문에 이런 절망적인 짓을 벌이는 거라면, 그녀가 건네는 말로 그를 돌이킬 수 있지 않을까?

그녀는 그가 그 가련하고 불행한 처녀에게 행하려는 부당한 짓에도 소름이 끼쳤다. 그 처녀는 그에게 유혹당했으나, 그 사랑은 아마도 단 하루만을 위한 것일 터였다. 그리고 그가 그 자신에게 저지르는 짓에는 더 소름이 끼쳤다. 그는 그 처녀를 제 발에 채울 족쇄로 이용하려는 건지도 모른다. 그 여자는 그가 더 나은 인간이 되기 위해 노력할 가능성을 영영 앗아갈 것이다.

모든 것을 꼼꼼히 따져보자, 잘못은 백작 부인 자신에게 있었다. 그녀가 내뱉은 경멸의 말이 그를 나쁜 길로 내몰았다. 그를 축복하고 위로해야 했던 그녀가 어쩌자고 죄인이 쓰고 있던 가시관에 새 가시를 하나 더 찔러 넣었을까.

이제 그녀는 자신이 무엇을 해야 할지 알았다. 그녀는 썰매에 흑마들을 매게 한 후, 뢰벤 호수를 건너가서 에케뷔의 홀에 들이닥칠 것이다. 예스타 베를링 앞에 서서 자신이 그를 경멸하지 않는다고, 그를 쫓아낼 때 스스로 제정신이 아니었다고 말할 것이다. 아니, 정말로 그럴 수는 없었다. 수치심 때문에 그런 말은 할 수 없었다. 유부녀인 그녀는 매사에 조심해야 한다. 그녀가 정말 그런 일을 벌인다면 두고두고 추문 거리가 될 것이다. 하지만 그녀가 그러지 않는다면 그는 어찌 될 것인가.

그녀는 가야 했다!

하지만 곧 그녀는 에케뷔까지 가는 게 불가능하다는 사실과 맞닥뜨렸다. 이 계절엔 말이 호수 위로 달릴 수가 없었다. 이미 해빙이 시작되었다. 호수 가장자리는 벌써 얼음이 녹고 있었다. 얼음이 깨어져 위험해진 호숫가는 보기에도 흉했다. 더러운 얼음 조각 사이로 물이 넘실거리며 여기저기 시꺼먼 웅덩이가 고였다. 얼음이 아직 희게 반짝이는 데도 있었지만 호수의 대부분은 녹고 있는 눈 때문에 잿빛으로 더러웠다. 남은 얼음 위로 길게 나 있는 썰맷길은 시커멨다.

어떻게 그녀가 에케뷔로 갈 생각을 했을까. 시어머니인 메타 백작 부인은 절대 허락하지 않을 거였다. 저녁 내내 그녀는 큰 거실에서 시어머니 곁에 앉아 시어머니의 단골 레퍼토리인 옛 궁정 일화들을 들어야 했다.

하지만 밤이 왔고 남편이 여행을 떠났으니, 지금 그녀는 자유였다.

썰매나 마차를 타고 갈 수는 없었다. 그녀는 일꾼을 깨울 엄두도 내지 못했다. 하지만 불안 때문에 집 밖으로 걸음을 내딛을 수밖에 없었다. 다른 방도는 없다.

이 지상에서 우리 인간들이 걷는 길은 험난하기 짝이 없다. 우리는 사막과 늪을 지나고 산을 올라야 한다.

녹아가는 얼음 위로 자연히 드러난 이 길을 무엇에 비유할까. 이 길도 작은 꽃처녀들이 가야 했던 길과 같지 않은가. 벌어진 상처를 치유하려는 이들, 잘못된 것을 바르게 이끌려는 이들, 가뿐한 발에 또렷한 두 눈, 마음은 용기와 사랑으로 가득한 옛이야기의 주인공들이 바로 이런 아슬아슬하고 미끄러운 길을 가지 않았던가.

백작 부인이 에케뷔 쪽 기슭에 도착했을 때는 자정이 넘었다. 그녀는 얼음 위를 구르고 벌어진 틈을 뛰어넘었다. 그녀가 디딘 발자국 위로 물이 고였다.

미끄러지고 엉금엉금 기고 울면서 그녀는 힘겨운 길을 갔다. 몸은 젖은 데다 녹초가 되었다. 어둠과 고독과 텅 빈 밤이 그녀의 마음을 짓눌렀다.

이제 에케뷔가 코앞이었지만 그녀는 기슭에 도달하기 위해 발목까지

오는 물을 철벙이며 지나야 했다. 마침내 뭍에 닿았을 때, 그녀는 그저 돌 위에 주저앉아 피곤하고 의지할 데 없는 심정으로 우는 것밖에 할 수 없었다.

인간의 아이들이 걷는 길은 험난하다. 지쳐버린 작은 꽃처녀는 꽃을 뿌려줄 여행자를 찾자마자 바구니를 떨어뜨리고 주저앉아버린다.

이 젊고 고귀한 여성은 사랑스러운 작은 영웅이었다. 화창한 고향 땅에서 그녀는 이런 길을 걸어본 적이 없었다. 그녀가 이 무시무시하고 오싹한 호숫가에 쫄딱 젖고 파김치가 된 꼴로 비참하게 앉아서 저 남쪽 고향땅의 양옆으로 꽃들이 피어난 편안한 길을 떠올리는 것도 무리가 아니었다.

아, 그녀에겐 남쪽이냐 북쪽이냐가 더 이상 중요하지 않았다. 그녀는 생의 한가운데 서 있었다. 그녀가 우는 건 향수병 때문이 아니었다. 작은 꽃처녀, 작은 영웅인 그녀가 우는 건 너무 녹초가 되어 그녀가 꽃을 뿌려줄 사람을 찾을 수 없을까봐, 자신이 너무 늦게 도착했을까봐였다.

그런데 몇몇 사람이 호숫가를 따라 뛰어 지나갔다. 그들은 그녀에게 눈길을 돌리지 않고 서둘러 스쳐갔지만, 그녀는 그들이 하는 말을 들었다.

"댐이 무너지면 대장간이 쓸려갈 거야!" 한 사람이 말하자 다른 사람이 덧붙였다. "방앗간이랑 작업소랑 대장간에 딸린 집들도 그리 되겠지."

새로 용기를 얻은 그녀는 일어서서 그 사람들을 따라갔다.

*

에케뷔의 방앗간과 대장간은 가느다란 곶 위에 위치했다. 곶 주위로는 자작나무호수 강이 흘렀다. 강은 요란한 소리를 내며 흐르다가 급격한 폭포가 되어 흰 거품을 쏟아냈다. 물살의 폭주를 막기 위해 곶 앞에는 거대한 방파제가 세워져 있었다. 하지만 이제 댐은 낡았고, 에케뷔는 기사들의 관리하에 들어갔다. 기사들은 그간 온갖 곳을 춤추며 돌아다니느라 바빠서 여기까지 와서 폭풍과 혹한과 세월이 오래된 돌방파제에게 무슨 짓을 했는지 살필 짬이 없었다.

그러다 봄이 왔고, 댐은 더 이상 버틸 수가 없었다.

가파른 화강암 절벽 위로 자작나무호수 강물이 굉음을 내다 폭포로 떨어졌다. 물살은 급격한 흐름에 어지러워져서 서로 겹치고 부딪혔다. 분노하여 높이 솟아오른 물결은 서로 거품을 뿌려대다가 돌이나 떠내려가는 나무 몸통 위로 떨어졌다. 다시 고개를 치켜들었다가 철썩 소리와 함께 물보라 아래로 추락하고 거품을 일으키며 울부짖기를 반복했다.

봄의 공기에 취하고 다시 얻은 자유에 아찔해진 거친 물살은 낡은 돌방파제를 향해 돌진했다. 가쁜 숨을 쉬며 댐으로 뛰어올라, 관처럼 흰 거품을 쓴 머리로 댐을 들이받았다가 후퇴했다. 다시 못 볼 만큼 거센 돌진이었다. 물살은 커다란 얼음판을 방패 삼고 떠내려 온 나무 등치를 창 삼아 가엾은 댐을 향해 돌격하고 할퀴고 구르다가, 마치 누군가로부터 조심하라는 경고를 들은 듯 물러났다. 퇴각하는 그들 뒤로 댐에서 떨어져 나온 커다란 돌이 풍덩 잠겼다.

돌 때문에 놀란 듯 물살들은 잠시 멈춰 환성을 지르고 작전을 의논하다가 새로이 돌격했다. 또다시 얼음판과 나무 등치로 무장한 그들은 교활하고 잔인했으며, 파괴욕에 거칠고 무자비하게 날뛰었다.

"댐만 사라지면 그 후엔 대장간과 방앗간 차례다!" 물결들이 말했다.

"자유의 날이 왔다. 인간들을 몰아내고 그들이 만들어놓은 것들을 부숴라! 인간들은 숯으로 우리 물살을 시꺼멓게 더럽혔고, 밀가루를 뿌려탁하게 했고, 거세한 소처럼 부려먹었다. 우리를 빙 둘러싸 가두고, 앞길을 가로막고, 무거운 방아를 돌리게 강요하고, 굵다란 목재를 실어 나르게 했다. 하지만 이제 우리는 자유를 찾았다!

자유의 날이 왔다! 저 위 자작나무호수의 물결은 들으라. 습지와 늪, 산과 숲속 시내의 형제자매들도 귀를 기울이라! 오너라, 이리 뛰어내려 우리와 함께 새로 힘내어 부수고 외치며 지닌 백 년간의 굴레를 벗어던지자! 오라! 폭군의 요새를 무너뜨리자. 에케뷔에 죽음과 멸망을!"

그들은 부름을 듣고 달려왔다. 물결은 꼬리에 꼬리를 물고 폭포를 뛰어내려 댐을 들이받으며 위업에 힘을 보탰다. 새로 얻은 봄의 자유에 취하고 기운이 넘치는 물결들은 한데 힘을 합쳐 흔들리는 방파제에서 돌과 흙을 긁어냈다.

어째서 인간들은 저항하지 않고 이 거친 물이 날뛰게 내버려두는 걸까? 에케뷔의 인간들이 멸종한 걸까?

아니, 인간들은 남아 있다. 하지만 당황하여 어쩔 줄을 모르는 무리였다. 칠흑 같은 밤이라 옆 사람 얼굴을 알아보기는 고사하고 제 발 디딜 곳조차 보이지 않았다. 물이 폭포 아래로 몸을 내던질 때마다 깨지는 얼음과 이리저리 부딪히는 나무 둥치들이 내는 끔찍한 굉음에 인간들은 서로 말조차 알아듣지 못한다. 날뛰는 물살의 기운에 전염된 듯 인간들의 머릿속도 뒤죽박죽으로 소용돌이친다.

공장의 종들이 울린다.

"귀를 가진 자는 들으라! 아래쪽 에케뷔 제철소가 사라지기 직전이다. 강이 그들을 덮치려 한다. 댐은 크게 흔들리고 제철소도 방앗간도, 그리고 허름한 정든 집들도 위험에 처해 있다."

인간들이 얼씬도 않자, 물살은 종들이 외쳐 부르는 대상이 인간이 아닌 그들의 동지라고 믿는다. 그러나 인간들은 저 바깥 숲과 습지에서 부단히 일을 벌이는 중이다.

"도와다오, 도와다오!" 종들이 외친다. "백 년간의 구속이 끝나고 드디어 우리는 해방되었다. 오라!" 물살이 외친다. 날뛰는 물살과 울리는 제철소 종들이 에케뷔 백 년의 명예와 영광에 조가를 부른다.

장원의 기사들에게 잇달아 소식을 전하러 일꾼들이 달려갔다.

기사들에게 지금 제철소와 방앗간을 챙길 여력이 있을까? 에케뷔의 커다란 홀에는 수백 명의 손님이 모여 있다. 빗자루팔이는 홀 밖의 부엌에서 대기중이다. 깜짝 발표의 순간이 다가온다. 유리잔에서 샴페인 거품이 넘친다. 율리우스가 축하 연설을 하러 일어선다. 에케뷔의 고참 모험가들은 곧 손님들이 소리도 못 내고 경악할 순간을 흥미진진하게 기대하고 있다.

저 바깥 뢰벤 호수의 얼음 위에서는 젊은 도나 백작 부인이 예스타 베를링의 귀에 경고의 말을 속삭이기 위해 무시무시하고 목숨을 건 발길을 옮기고 있다. 아래쪽에서는 에케뷔의 권력과 영광을 무너뜨리기 위해 급류가 돌격중이다. 그러나 큰 홀에서는 흥분 섞인 기대와 축제 분위기뿐이다. 촛불이 휘황찬란하고 포도주가 흐른다. 이 안의 사람들은 아무도 저 바깥 봄날 밤의 격렬한 암흑 속에서 무슨 일이 벌어지고 있는지 알지 못한다.

드디어 그 순간이 왔다. 예스타 베를링이 일어나서 신부를 데리러 나간다. 그가 복도를 지나고, 복도의 커다란 문들은 바깥으로 열려 있었다. 그는 멈춰 서서 칠흑 같은 밤의 세상을 내다보며 귀를 기울인다. 그의 귀에 들려오는 소리가 있다.

그는 종소리와 급류의 거친 물소리를 듣는다. 얼음이 깨지는 꽹음과 나무 둥치들이 떠내려오며 부딪히는 소음, 그리고 인간에게 반역을 일으킨 물살이 승리에 차서 오만하게 부르는 자유의 찬가를 그는 듣는다.

그는 다른 모든 일을 잊고 밤 속으로 뛰쳐나갔다. 집 안의 손님들은 샴페인 잔을 든 채로 서서 최후의 심판 날까지 기다리거나 말거나. 그는 더 이상 그들을 신경 쓰지 않았다. 향사 율리우스가 하려던 연설을 도로 삼키거나 말거나. 오늘 밤 교환할 반지는 없다. 모여든 지체 높은 손님들이 놀라 자빠질 사건도 벌어지지 않을 것이다.

반란을 일으킨 물결들아, 이제 너희에게 화가 닥치리라, 이제야말로 자유를 위해 전쟁을 치를 때다. 예스타 베를링이 급류가로 내려왔으니 인간들이 드디어 지도자를 얻었다. 댐 위에 수호자가 서고 진정 무시무시한 싸움이 시작된다.

그가 군중을 부르고 명령을 내리며 모두에게 임무를 부여하는 소리를 들으라.

"일단 먼저 빛이 있어야 합니다. 방아꾼이 들고 있는 뿔 등잔만으로는 안 돼요. 잔가지들을 모아 언덕 위에 불을 붙여요. 그게 여자들과 애들이 할 일입니다. 서둘러요! 마른가지로 큰 장작더미를 만들라고요! 그게 남자들이 일하는 동안 조명이자 멀리 원조를 청하는 신호 역할을 할 겁니다. 그리고 불이 절대 꺼지지 않게 계속 살펴요. 밀짚과 장작도 가져다가 불이 환하게 타오르게 해요!

여길 봐요, 남자들이 할 일은 여기 있소! 이 대들보 나무들과 다른 목재들을 가지고 흔들리는 방파제 앞에 임시 댐을 세우는 거요. 서둘러요! 확실하고 튼튼하게 만들어야 해요! 뼈대로 삼게 돌이랑 모래 자루도 집어넣어요! 어서, 도끼를 휘둘러요. 귀가 멍멍해지도록 망치질을 하고, 나무에 송곳을 박아넣고, 톱으로 마른 목재를 썰어요!

한창 나이 사내애들은 어디 있지? 이리 와라, 망나니들아! 장대와 배 끄는 갈고리를 챙겨들고 전장에 뛰어들어라! 방파제를 뛰어넘어 물살 속으로 돌격해라! 물보라 아래 날뛰며 우리에게 흰 거품을 뿜어대는 파도 속으로! 둑을 무너뜨리려는 것들에 저항하고 맞서고 쫓아 보내라! 떠내려 오는 나무와 얼음판을 밀어내고 방도가 없으면 너희 몸이라도 던져 막아야 한다. 댐에서 떨어져 나오려는 돌들을 손으로 붙들어 놔라. 강철 갈퀴처럼 꽉 물고 놓지 마라. 물에 맞서 싸워라, 이 아무 짝에도 쓸모없는 놈들아, 말썽꾼들아! 방파제를 뛰어넘어라! 물에 맞서 땅 한 뼘 한 뼘을 되찾는 거다!"

예스타 자신은 방파제 바깥 모서리에 버티고 서서 물거품을 뒤집어썼다. 그가 발 디딘 자리가 연신 흔들거렸다. 물살이 사납게 날뛸수록 그의 거친 심장은 위험과 혼돈과 전투를 더욱 탐닉했다. 그는 웃음을 터뜨리며 머릿속에 떠오른 번뜩이는 발상들을 청년들에게 하달했다. 그의 생애에 이보다 더 즐거운 밤도 없었다.

작업은 빠르게 진척되었다. 불길이 밤하늘 높이 치솟았다. 목수들의 도끼질 소리가 커다랗게 울렸다. 방파제는 아직도 버텨내고 있다.

다른 기사들과 수백 명의 손님들도 폭포를 따라 내려왔다. 여기저기서 몰려온 사람들이 거들며 일에 착수했다. 불을 지피고, 임시 방파제를 짓고, 자루를 채우고, 위태롭게 흔들리는 돌방파제 앞에서 물살을 막는다.

임시 방파제가 완성되었다. 이제 이것을 휘청거리는 원래의 방파제 앞에 가라앉혀 설치해야 한다. 댐이 쓸려가지 않게 돌과 모래 자루와 배끄는 갈고리와 밧줄을 준비하라. 인간들이 승리를 거두고, 굴복한 물은 다시 노예의 삶으로 돌아가리라.

이 결정적인 순간에 예스타의 시선이 강가의 바위 위에 앉아 있는 어느 여인에게 멈추었다. 타오르는 불길에 꼼짝 않고 물을 응시하는 여인이 비쳤다. 안개와 물보라 때문에 그녀의 모습을 똑똑히 알아볼 수는 없었으나, 어째서인지 자꾸만 눈길을 그녀 쪽으로 향했다. 그의 시선은 저절로 그녀를 찾았다. 그 여인이 그에게 뭔가 사명을 부여하러 온 듯한 느낌이었다.

급류 가에서 부단히 움직이며 일하는 수백 명 중 가만히 앉아 있는 이는 그녀뿐이었다. 그의 시선이 끊임없이 그녀에게 돌아갔다. 다른 사람은 눈에 담을 수가 없었다.

그녀는 발이 물살에 젖어들고 온몸에 물보라가 튀도록 물가에 바짝 앉아 있었다. 온몸이 흠뻑 젖었을 게 틀림없었다. 검은 옷을 입고 큼직한 머플러를 머리에 감은 그녀는 손으로 턱을 괸 채 웅크리고 있었다. 그녀의 시선은 방파제 위에 선 그에게 줄곧 못 박혀 있었다. 그녀의 꼼짝 않는 시선이 그를 유혹하며 끌어당기는 듯한 기분이었다. 여자의 얼굴도 제대로 보이지 않는데도 그는 흰 물결 사이 강가에 앉아 있는 여인에 대한 생각으로 머리가 꽉 찼다.

'뢰벤 호수에 살던 인어가 나를 재앙에 빠뜨리기 위해 강물을 타고 온 걸 거야.' 그는 생각했다. '저기 앉아서 날 유혹하는 거다. 쫓아버려야 해.'

그의 눈에는 흰 거품이 떠도는 물결이 꼭 인어가 거느리고 온 병사들처럼 보였다. 인어는 물살을 부추겨 그를 공격하게 하고 있었다.

"저 계집을 쫓아내야 해." 그는 말했다.

그는 보트 끄는 갈고리를 쥐고 뭍으로 올라가 여인의 형상을 향해 달려갔다.

물의 마녀를 쫓아내기 위해 그는 방파제 바깥쪽 꼭대기를 박차고 떠났다. 심연에서 기어 올라온 사악한 힘에 맞서듯 흥분이 차올랐다. 머릿속이 온갖 생각과 강박으로 범벅이 되었다. 그는 저기 물가의 바위 위에 앉아 있는 검은 형상을 몰아내야만 했다.

아, 예스타여! 어째서 이 결정적인 순간에 자리를 비웠는가. 임시 방파제를 세울 때였다. 사내들이 밧줄과 돌과 모래 자루를 던져넣어 임시 방파제에 무게를 더하고 강바닥에 고정시킬 태세를 갖추고서 원방파제 위에 줄지어 섰다. 그들은 만반의 준비를 갖추고 명령을 기다리며 귀를 기울이고 있다. 그러나 명령을 내릴 자는 어디 있는가. 지시를 내려야할 네 목소리가 어째서 들리지 않는가.

예스타 베를링은 인어를 쫓으러 가버렸다. 그의 명령은 누구의 귀에도 들리지 않는다.

그래서 사람들은 그 없이 일을 계속했다. 거센 물살이 아래로 덮쳐든다. 커다란 나무토막들과 모래 자루와 돌을 던져넣어 맞서라. 하지만 지도자 없이 일이 어찌 될 수 있을까. 질서도 조심성도 사라져간다. 물살은 쉬지도 않고 덤벼든다. 인간들이 새 장벽을 만들어놓으면 물 또한 새로이 분노를 일으키며 달려온다. 모래 자루를 찢고, 밧줄을 끊고, 돌들을 흩으며 물은 거듭 승리를 거둔다. 인간들을 비웃고 승리에 도취된 물살은 강인한 어깨로 부유물들을 들이받고 잡아끌며 노리개로 삼는다. 이 보잘것없는 방어벽을 치우고 뢰벤 호수 바다에 처박아라! 그리고 위태롭게 무너지려는 낡은 방파제로 다시 돌격하는 거다!

예스타 베를링은 인어를 쫓고 있다. 갈고리를 들고 들이닥치는 그의 모습을 그녀가 보았다. 그녀는 겁에 질린다. 그녀는 하마터면 물에 뛰어들 뻔하다가 이성을 되찾고 뭍으로 달아났다.

"인어 계집!" 예스타가 소리 지르며 갈고리를 그녀의 머리 위로 휘둘렀다. 그녀는 강가의 오리나무 덤불 사이로 뛰어들었다가 빽빽한 가지에 걸려 오도 가도 못하게 되었다.

예스타 베를링은 갈고리를 내던지고 그녀의 어깨를 붙들었다.

"이 늦은 밤에 웬일이십니까, 엘리사벳 백작 부인!" 그가 소리쳤다.

"놓아주세요, 베를링 씨! 절 집으로 보내주세요!"

그는 즉각 복종하며 그녀로부터 돌아섰다.

하지만 신분 높은 귀부인일 뿐 아니라 선량한 마음씨를 지닌 여인이기도 한 그녀는 자신이 한 인간을 절망의 구렁텅이로 밀어 넣었다는 사실을 참을 수가 없었다. 그녀는 언제고 외로운 이의 가는 길에 뿌려 장식할 장미꽃을 바구니 속에 간직하고 있는 작은 꽃처녀와도 같았다. 그녀는 방금 전의 말을 금세 후회하고 그를 따라가 손을 잡았다.

　"제가 왔어요." 그녀는 더듬거리며 말했다. "제가 온 것은, 아, 베를링 씨! 아직 그런 일을 저지르지 않았다고 말씀해주세요! 당신이 절 쫓아오는 바람에 놀라긴 했지만 사실은 저도 당신을 찾아온 거였어요. 제가 지난번에 말했던 건 부디 잊고 예전처럼 저희를 방문해주세요."

　"여긴 어떻게 오신 겁니까?"

　그녀는 신경질적으로 웃음을 터뜨렸다.

　"너무 늦을지도 모른다는 건 알았지만 다른 사람에게까지 알려서 도움을 청할 순 없었어요. 그리고 당신도 알겠지만 이 계절에는 더 이상 썰매로 호수를 건널 수 없지요."

　"직접 두 발로 호수를 건너오신 겁니까?"

　"아무렴요. 하지만 베를링 씨, 제발 알려주세요. 이미 약혼을 하셨나요? 제가 그걸 바라지 않음은 당신도 아시겠지요. 그건 옳지 않은 결정이에요. 그리고 전 그 모든 게 제 탓이라는 죄책감을 느껴요. 제 말을 너무 심각하게 받아들이시면 안 되는 거였어요! 전 멀리서 온 여자라 이고장 풍습도 잘 모르는 걸요. 당신이 발걸음을 끊은 뒤로 보리 성은 아주 쓸쓸해졌어요, 베를링 씨."

　젖은 오리나무 덤불 사이 질척한 땅을 딛고 선 예스타 베를링은 누군가 자신에게 장미꽃을 흐드러지게 뿌려주는 느낌이었다. 그의 무릎까지 차오른 장미꽃잎이 눈앞의 어둠 속에서 반짝였고, 그는 정신없이 그 향을 들이켰다.

"정말 약혼을 해버리셨나요?" 그녀가 다시 물었다.

그는 기쁨에 정신이 없었으나, 그녀의 걱정을 잠재우기 위해 대답해야 했다. 그녀가 어떻게 밤길을 왔고, 얼마나 젖었고, 얼마나 추위에 떨고 있고, 얼마나 두려움에 차 있는지 깨달으면서, 그리고 그녀의 목소리의 울음기를 알아차리면서 그의 내면은 따스하게 빛났다.

"아니요." 그는 대답했다. "저는 홀몸입니다."

그녀는 다시 한 번 그의 손을 잡고 쓰다듬었다.

"전 기뻐요, 이렇게나 기뻐요!" 그녀는 말했다. 지금껏 두려움에 옥죄었던 그녀의 가슴이 이제는 울먹임에 떨었다.

시인 예스타의 길은 온통 꽃으로 뒤덮였다. 그의 가슴을 채운 어둠과 사악함과 증오가 모두 녹아 사라졌다.

"당신은 선량하신 분입니다!" 그는 외쳤다.

그들의 바로 곁을 물살이 지나며 에케뷔의 모든 영광과 명예를 휩쓸어버렸다. 인간들은 용기와 희망을 불어넣어줄 지도자를 잃었다. 방파제가 무너진다. 댐을 넘어뜨린 물살은 당당한 승리에 취해 방앗간과 제철소가 서 있는 곳을 덮쳤다. 물의 힘에 저항할 인간은 아무도 없다. 인간들의 머릿속은 제 목숨과 재산을 구하는 것만으로 가득 찼다.

두 젊은 남녀, 예스타와 백작 부인은 그가 그녀를 집까지 바래다주는 게 당연하다고 여겼다. 이 깜깜한 밤에 그녀가 다시 홀로 녹아가는 얼음 위를 건너게 내버려둘 수는 없었다. 저 위쪽 제철소에서 예스타 베를링을 필요로 한다는 사실은 둘 다 떠올리지조차 못했다. 그들은 옛 우정이 회복된 것이 마냥 기쁘기만 했다.

젊은 두 사람이 서로 사랑의 감정을 느꼈을 거라 믿는 이도 있을 것이다. 하지만 누가 단언할 수 있을까. 그들의 삶이 남긴 빛나는 전설은 내게 그저 찢겨나간 한 조각 단편으로 전해졌을 따름이다. 그들이 영혼 가장 깊은 곳에 무엇을 품었는지 나는 모른다. 그들의 행동의 동기를 내가 어찌 알까. 내가 아는 것은 가련하고 비참한 한 남자를 다시 바른 길로 인도하기 위해 한 젊은 여인이 그날 밤 생명과 건강과 명예와 평판을 모조리 걸었다는 사실뿐이다. 그리고 예스타 베를링이 자신을 위해 죽음과 치욕과 처벌에 대한 두려움을 극복한 여자를 집까지 바래다주기 위해 그가 사랑했던 영지의 영광이 무너지도록 방치했다는 사신 역시 나는 안다.

나는 종종 상상 속에서 얼음 위를 건너는 그들을 따라간다. 그 밤은 끔찍했으나 그들에게는 행복하게 끝났다. 나는 그들이 얼음 위를 걸으며 서로 떨어져 있는 동안 벌어진 일에 대해 명랑하게 떠들 때, 그들의 영혼 속에 억눌러야만 하는 금지된 것이 숨겨져 있었으리라 믿지 않는다.

그는 다시 그녀의 발밑에 엎드리는 노예가, 시동이 되었고, 그녀는 그의 여주인이 되었다.

두 사람은 그저 기쁘고 행복하기만 했다. 둘 중 어느 쪽도 사랑을 입에 올리지는 않았다.

웃음을 터뜨리며 그들은 호숫가의 물을 철벅이고 지났다. 길을 잃었을 때도, 찾았을 때도, 미끄러졌을 때도, 넘어졌을 때도, 다시 일어섰을 때도 그들은 웃었다.

삶은 다시 즐거운 유희였다. 그들은 잠시 서로 못되게 구느라 다투었다가 화해한 아이들과도 같았다. 사이좋게 새로 놀이를 시작하는 것은 얼마나 멋진 일인지!

소문이 떠돌았다. 시일이 흐르면서 백작 부인이 한밤중에 호수를 건넌 일화는 안나 셴회크의 귀에까지 이르렀다.

"신은 리라의 현을 한 줄만 매지 않으시지." 그녀는 말했다. "이제 난 마음을 가라앉히고 나를 필요로 하는 곳에 머물 테야. 신께선 내 손을

빌리지 않으시고도 예스타 베를링을 어엿한 인간으로 만드실 수 있을
테니."

16
속죄

친애하는 독자여! 그대가 길 위에서 우연히 가련하고 비참한 이를 보
거든, 등 뒤에 모자를 매달고 손에는 신을 든 채 땡볕을 고스란히 쬐며,
길바닥의 돌에 상처 입으며 가는 슬픈 이를, 고난을 자처하며 걷는 이를
보거든 조용히 몸을 떨며 지나치라. 짐작하다시피 그대가 본 이는 성스
러운 무덤을 향해 속죄의 길을 가는 참회자다.

참회자는 설사 왕의 신분이라 해도 거친 외투를 두르고 빵과 물만 섭
취해야 한다. 탈것에 의지하지 않고 제 발로 걸어야 한다. 가진 것을 모
두 포기해야 하기에 그는 동냥으로만 연명한다. 엉겅퀴 가시 위에 잠자
리를 마련하고 딱딱한 비석 위에 무릎을 꿇는다. 매듭진 채찍으로 제 등
을 때리며 오로지 고통에서 즐거움을, 시름에서 기쁨을 얻는다.

젊은 엘리사벳 백작 부인도 거친 외투를 걸치고 가시밭길을 걷는 참
회자가 되었다. 양심이 그녀가 지은 죄를 고발했다. 지친 자가 목욕할
더운 물을 찾듯 그녀의 양심은 고행을 자청했다. 기꺼이 얼음 호수를 건
넌 밤, 그녀는 제 손으로 고난 또한 불러들였다.

젊은 몸뚱이에 낡은 머리를 얹고 다니는 그녀의 남편은 녹아 불어난 물이 에케뷔의 방앗간과 제철소를 쓸어버린 다음날 아침, 여행에서 돌아왔다. 그가 도착하자마자 메타 백작 부인은 아들을 불러다가 기이한 이야기를 전했다.

"네 아내가 지난밤에 자리를 비웠단다, 헨릭. 몇 시간 내내 사라졌더구나. 그러고는 남자와 함께 돌아왔어. 그 남자가 그 아이에게 잘 자라고 인사하는 걸 내가 들었지. 그리고 그 남자가 누군지도 안다. 나한테 들키고 싶지 않았겠지만 그애가 드나드는 소리까지도 다 들었다. 그애는 널 속이고 있어, 헨릭! 내게 시위를 하느라 보란 듯이 온 창에다 손뜨개 커튼을 걸어놓는 짓을 하며 위선을 떨던 고것이 네 눈을 속이고 불륜을 저지르는 거다. 불쌍한 내 새끼, 개는 널 사랑한 적도 없다. 고것의 애비란 인간이 그저 딸을 좋은 집에 시집보내려고 수작을 부린 것뿐이지. 안락하게 살고 싶어서 널 택한 거야."

메타 백작 부인이 어찌나 교묘히 말을 했던지 헨릭 백작은 화가 머리 끝까지 치밀어 올랐다. 그는 이혼을 선언하고 아내를 친정으로 돌려보내려 했다.

"그럴 것까진 없다, 애야." 메타 백작 부인이 말했다. "그랬다가는 그애가 정말로 완전히 신세를 망칠 게다. 그애가 그리 된 건 친정에서 오냐오냐 하며 제대로 가르치지 않은 탓이야. 내가 그애를 맡아서 바른 길로 돌려놓으마."

백작은 아내를 불러다가 앞으로는 시어머니의 감독을 받으라고 말했다.

그 후 얼마나 어처구니없는 일이 벌어졌는지! 늘 우울함에 차 있던 이 성에서 이보다 더 비참한 희극이 벌어진 적도 없었다.

그는 그녀에게 험한 말들을 쏟아냈다. 양손을 하늘에 추켜올리고서 그는 어째서 그의 가문이 수치도 모르는 계집에 의해 더럽혀지게 놔두셨느냐고 신을 고발했다. 그는 꽉 쥔 주먹으로 그녀를 위협하며 그녀가 저지른 짓에 어느 정도의 벌을 내리면 되겠냐고 물었다.

그녀는 남편이 무섭지 않았다. 그녀는 여전히 자신이 옳은 일을 했다고 믿었다. 지금 독한 코감기 기운이 느껴지는데 이 정도면 자신은 충분히 벌을 받은 게 아니냐고 그녀는 대꾸했다.

"엘리사벳, 이런 사안으로 농담하지 마라." 메타 백작 부인이 말했다.

"어머님과 저는 언제 농담을 하고 언제 진지해져야 하는지 합의를 보는 데 성공한 적이 없었지요."

"하지만 너도 알 것 아니냐, 엘리사벳. 품행이 바른 여자라면 한밤중에 집을 나가 악명 높은 모험가와 함께 쏘다닐 리가 없다는 걸."

엘리사벳은 시어머니가 작정하고 그녀를 궁지에 몰아넣으려는 것을 알아차렸다. 시어머니에게 당하지 않으려면 정신 똑바로 차리고 맞서야 했다.

그녀는 남편에게 부탁했다. "헨릭, 어머님이 우리 사이에 참견하시지 못하게 해요. 무슨 일이 있었는지는 내가 당신에게 모두 털어놓을게요. 당신은 경우 바른 사람이니까 내 입장도 듣지 않고 판단하진 않겠죠. 다 이야기할 테니 내가 평소 당신 가르침대로 행동한 게 맞는지 판결해봐요."

백작은 동의의 표시로 말없이 고개를 끄덕였다. 엘리사벳 백작 부인은 어떻게 자신이 예스타 베를링을 나쁜 길로 밀어 넣었는지 털어놓았다. 작고 푸른 방에서 있었던 일을 모두 이야기한 그녀는 자신이 예스타 베를링에게 잘못했다는 양심의 가책 때문에 그를 구하기로 마음먹었다고 말했다.

"나는 그를 재판할 권리가 없었어요." 그녀는 말했다. "그리고 제 낭군께서는 늘 말씀하시기를 잘못된 것을 바로잡는 데는 그 어떤 희생도 아깝지 않다고 하셨죠. 안 그런가요, 헨릭?"

헨릭 백작은 어머니에게 돌아섰다.

"어머니 의견은 어떠십니까?" 그의 작은 머리는 위엄을 감당하지 못해 기울었고 좁은 이마에는 근엄한 주름이 잡혔다.

백작 부인이 대답했다. "내 생각엔 안나 셴회크는 영리한 아가씨니까 그럴 만한 이유가 있어서 엘리사벳에게 그 이야기를 했을 거다."

"어머니는 제 말을 잘못 이해하시네요." 백작이 말했다. "제 질문은 그녀가 말한 내용에 대해 하실 말씀이 있느냐는 겁니다. 어머니의 딸이자 제 누이를 파계한 목사에게 시집보내려 했던 게 사실입니까?"

메타 백작 부인은 잠시 입을 다물었다. 아, 이 헨릭이란 아이는 얼마나 아둔한지! 그는 또 방향을 헛짚고 있었다. 사냥개가 토끼를 달아나게 내버려두고 사냥꾼을 추격하려는 판이었다. 잠깐 말문이 막혔지만, 그녀는 금세 머리를 굴렸다.

"사랑하는 아들아." 그녀는 어깨를 으쓱했다. "그 불행한 남자의 옛 사연은 덮어두는 게 낫다. 공공연하게 남의 입에 오르내릴 일은 피하자꾸나. 어차피 그 남자는 지난밤에 죽었을 게다."

그녀는 부드럽고 안타까워하는 듯한 어조로 말했지만 그 속에 진실은 조금도 없었다.

"엘리사벳은 오늘 늦잠을 자느라 못 들었겠지. 베를링 씨를 찾겠다고 사람들이 온 호숫가를 뒤지러 갔단다. 그 사람이 에케뷔에 돌아오지 않아서 아마 익사했을 거라고 다들 걱정이다. 오늘 아침 호수의 얼음이 다 녹았단다. 봐라, 물이 불어나서 얼음이 산산조각으로 깨졌지."

엘리사벳 백작 부인은 창밖을 내다보았다. 정말로 호수의 얼음이 거의 사라졌다.

그녀는 불현듯 자신이 부끄러워졌다. 그녀는 신의 정의를 모른 척 도망치려 했다. 그녀는 자신을 속이고 위선을 행했다. 여태껏 순진함이라는 흰 망토를 뒤집어쓰고 있었다.

절망에 차서 그녀는 남편 앞에 무릎 꿇었다. 가슴에서 절로 고백이 터져나왔다.

"내게 판결을 내려요! 날 추방해요! 난 그를 사랑했어요. 내 머리를 쥐어뜯고 옷을 찢겠어요. 그가 죽어버렸으니 내 인생이 어찌 되든 알 바 아니에요. 변명도 않겠어요. 모든 이야기를 털어놓을게요. 난 내 남편에게 바쳐야 하는 사랑을 거두어 외간 남자에게 주었어요. 금지된 사랑에 유혹당하고 만 몹쓸 여자가 나예요!"

절망에 찬 젊은 여인이여, 거기 네 판관의 발아래 엎드려 모든 걸 자백하라! 고행과 치욕의 길로 온 것을 환영한다! 아, 어쩌자고 하늘의 분노를 네 앳된 머리 위로 끌어들였느냐.

경악한 네 남편에게 말하라, 네가 정열의 종이 되었고 네 그릇된 연정에 스스로 소름이 끼친다고. 제 마음속 악마와 맞닥뜨리느니 차라리 묘지의 유령들과 대면하는 게 나으리.

네 남편과 시어머니에게 말하라. 신의 눈에서 벗어난 너는 이 지상을 걸을 자격이 없다고. 눈물에 젖은 기도를 하며 너는 몸부림쳤다.

"아, 신이여, 절 구하소서! 악령을 몰아내신 신의 독생자여, 저를 멸망에서 구하소서!" 너는 그리 애원했다.

네 남편과 시어머니에게 말하라. 아무도 네 사악함을 모르도록 모든 걸 숨기는 게 최선인 줄만 알았다고. 그렇게만 하면 신께서 고이 여겨주실 줄 알았다고. 사랑하는 남자를 구하는 게 신의 뜻에 부합하는 거라고 믿었다고. 그는 네 마음을 몰랐으니 그가 너와 함께 천벌을 받아서는 안 된다고 말하라. 무엇이 옳고 그른지 판단할 힘이 네게 있긴 하느냐? 오로지 신만이 모든 것을 아시며, 그분이 네게 판결을 내렸다. 신은 네 마음의 우상을 멸하고 너를 구원하기 위해 속죄의 위대한 길로 이끄셨다.

네 남편과 시어머니에게 말하라. 숨기는 게 구원이 아님을 이제 너도 안다고. 어둠을 사랑하는 건 악마들뿐이다. 네 형리에게 징벌의 채찍을 쥐여주어라! 네 죄가 남긴 상처 위에서 징벌의 매는 차라리 치유의 약처럼 느껴질 터이다. 네 영혼은 고통을 갈구한다.

무릎 꿇고 이루 말할 수 없는 고통 에 몸부림치면서, 절망에 차 횡설수설하다가 네가 받을 처벌과 치욕에 미치광이의 웃음을 터트리며, 네 남편과 시어머니에게 이 모든 걸 말하라. 네 남편이 널 붙잡아 바닥에서 일으킬 때까지.

"도나 백작 부인의 이름에 걸맞게 자중하시오. 안 그러면 어머니에게 당신을 훈육하라고 맡기겠소."

"뭐든 뜻대로 하세요!"

그러자 백작이 판결을 내렸다.

"어머니께서 청하셨으니 당신을 쫓아내지는 않겠소. 하지만 이후부터 어머니의 모든 명령에 복종하시오."

*

속죄의 길을 보라! 젊은 백작 부인은 하녀들 중에서도 가장 아래의 위치로 굴러 떨어졌다. 아, 얼마나 오래 이 길을 가야 할까.

궁지에 찼던 영혼이 얼마나 오래 고개를 숙일 수 있을까. 그 성미 급하던 입술이 얼마나 오래 침묵할 수 있을까. 늘 바쁘게 움직이던 손을 얼마나 오래 얌전히 복종시킬 수 있을까.

굴욕은 긍정적인 효과도 있었다. 고된 노동으로 허리가 쑤시면 마음의 고통은 잊게 된다. 거친 짚 침대 위에서 짧게 눈을 붙이는 것만 허락받을 때 불면증은 사라진다.

설사 늙은 시어머니가 젊은 며느리를 작정하고 괴롭히려고 악마처럼 굴었다 해도 며느리는 그녀에게 감사했다. 아직 젊은 백작 부인의 내면에서는 악이 완전히 죽지 않았으므로 그녀는 더 속죄해야 했다. 죽을 듯 피곤한 그녀를 새벽 네시에 깨워 일으켜라! 한 번도 궂은일을 해본 적이 없는 그녀를 무거운 베틀 앞에 앉히고 어마어마한 일감을 맡겨라! 그게 진정으로 그녀를 위한 일이다. 참회를 한다 해도 그녀에겐 차마 제 손으로 제 몸에 호된 채찍질을 할 용기는 없을 것이다.

봄맞이 빨래를 하는 날이 왔을 때 메타 백작 부인은 그녀에게 세탁장의 빨랫감 통을 맡기고는 몸소 일을 감독하러 왔다.

"너무 찬 물을 쓰고 있구나." 이렇게 말하며 메타 백작 부인은 솥에서 끓는 물을 길어다 그녀의 맨팔에 부었다.

세탁부들이 호수에서 빨랫감을 헹구던 날은 추웠다. 장대 같은 비가 내려 젊은 백작 부인을 흠뻑 적셨다. 그녀가 걸친 옷은 물을 먹고 납처럼 무거워졌다. 빨래판은 거칠고 딱딱해서 곱게 가꾼 손톱 아래 피가 맺혔다.

하지만 엘리사벳 백작 부인은 불평하지 않았다. 신의 자비를 찬양할지어다! 속죄하는 영혼에게 고통보다 더 달가운 것이 있겠는가. 내리치는 채찍의 울퉁불퉁한 매듭도 속죄자의 등에는 장미꽃잎처럼 느껴지는 법이다.

젊은 여인은 곧 예스타 베를링이 살아 있음을 알게 되었다. 시어머니는 그녀의 자백을 유도하려고 거짓말을 꾸민 것이었다. 하지만 달라질 게 뭔가. 그것 또한 신의 뜻이었다. 신께서는 그 수단으로 죄인을 속죄의 길로 인도하셨다.

그녀를 근심시키는 것은 단 한 가지였다. 그녀를 바로잡기 위해 신이 악역을 맡긴 시어머니는 어찌 될까? 아, 신은 시어머니를 관대히 보아 주실 것이다. 시어머니가 못되게 구는 것은 죄 지은 며느리가 다시 신의 사랑을 얻게 하기 위해서였다고 그녀는 믿었다.

그녀는 시어머니처럼 세상의 다른 즐거움을 모조리 맛본 영혼이 잔인함 속에서 쾌락을 찾는다는 것을 알지 못했다. 참을성 없고 어둠에 잠긴 이 영혼에게 아첨도, 애무의 손길도, 춤의 도취도, 유희의 쾌락도 주어지지 않으면, 영혼은 어둑한 심연으로 내려가 잔인함을 캐냈다. 무감각해진 영혼에게 단 하나 남은 쾌락의 원천은 짐승과 사람들을 괴롭히는 일이었다.

메타 백작 부인은 자신이 벌이는 짓이 악하다고는 생각하지 않았다. 그녀는 자신이 유부녀의 도리를 잊고 방종했던 며느리를 훈육하는 것뿐이라고 믿고 있었다. 그녀는 밤에 잠도 자지 않고 어떻게 하면 새로 며느리를 괴롭힐 수 있을지 궁리했다. 이 시어미에게 화 있을진저. 그녀가 벌이는 짓은 신성모독이었다. 노동이란 본래 신성한 것이건만 메타 백작 부인에 의해 고문이자 형벌의 수단으로 변하고 말았다.

어느 날 밤 그녀는 성 안을 돌 테니 젊은 백작 부인에게 불을 밝히라고 명령했다. 젊은 백작 부인은 촛대 없이 맨손에 초를 들고 있어야 했다.

"초가 다 타들어가요." 며느리가 말했다.

"초가 다 타면 촛대까지 태워라." 메타 백작 부인이 말했다.

연기를 내던 심지가 젊은 백작 부인의 화상투성이 손 안에서 꺼질 때까지 두 여자는 성 안을 계속 돌았다.

이 정도는 별 것도 아니었다. 육체적 통증보다는 정신적 고통이 더 혹독한 법이다. 메타 백작 부인은 손님을 초대한 뒤 안주인인 며느리로 하여금 남편과 한자리에 앉지 못하게 하고 따로 식탁을 차려서 손님들을 시중들게 했다.

그날은 속죄하는 여인에게 유난히도 힘든 날이었다. 집 밖 사람들마저 그녀의 굴욕을 지켜보아야 했다. 그들은 그녀가 남편과 한상에 앉을 자격조차 빼앗긴 것을 보았다. 그녀를 본 이들이 얼마나 씨늘히 비웃을까!

하지만 실상은 그보다 더 나빴다. 손님들은 아예 그녀를 보지도 않았다. 남자든 여자든 식탁 주위에 앉은 사람들은 말문이 막혀 침묵하기만 했다.

그녀는 이 모든 굴욕을 달아오른 숯처럼 긁어모아 제 면류관으로 삼았다. 그녀가 저지른 짓이 그렇게 엄청난 죄악이었는가? 그녀의 곁에 있는 것조차 수치가 될 정도로?

그녀에게 유혹의 손길이 뻗어올 때도 있었다. 그녀의 친구였던 안나 셴회크와 안나의 옆자리에 앉아 있던 뭉케류드의 행정관은 다가온 그녀를 포옹하고 그녀가 들고 있던 군고기가 담긴 접시를 뺏다시피 받아들었다. 빈 의자를 그녀에게 밀어주며 가지 말고 자신들과 함께 있으라고 권했다.

"여기 우리와 함께 앉아요, 아가." 행정관이 말했다. "당신은 죄를 지은 것도 없으니."

손님들은 하나같이 입을 모아 백작 부인이 식탁에 앉지 않는다면 이 자리를 파하고 가버리겠다고 했다. 그들은 메타 백작 부인의 꼭두각시가 아니었으니 그녀 뜻대로 좌우되지 않을 것이다. 메타 백작 부인은 멍청한 아들을 마음대로 휘어잡을 수 있을지 모르지만, 손님들은 아니었다.

302

"아, 좋으신 분들, 사랑하는 친구들, 제게 잘하지 마세요. 저로 하여금 스스로 제 죄를 입에 올리게 만드시네요. 저는 한 남자를 사랑했어요."

"아이 같은 사람아, 당신은 죄가 뭔지도 몰라요! 당신 스스로 죄가 없다는 것도 모르고. 예스타 베를링은 당신이 자기를 사랑하는지도 몰랐소. 이 집 안에서 당신의 정당한 자리를 찾아요. 당신은 아무 죄도 짓지 않았소."

그녀는 얼마간 기분이 고조되어 아이처럼 명랑해졌다. 농담과 웃음이 좌중에 퍼져나갔다.

흥분도 잘 하고 감동도 잘 받는 손님들은 선량한 마음씨를 지닌 이들이었다. 하지만 그럼에도 그들이 그녀를 유혹하여 나쁜 길로 꾀어내는 역을 맡은 건 사실이었다. 그들은 그녀를 순교자로 추켜세우며 메타 백작 부인이 늙은 마녀라고 공공연히 비웃었다. 하지만 그들은 진실을 이해하지 못했다. 그녀가 제 영혼을 깨끗이 씻기를 원한다는 것을, 타들어가는 속죄의 험한 길을 가는 게 그녀 마음 깊은 곳에서 자처한 일임을 그들은 몰랐다.

때때로 엘리사벳 백작 부인이 온종일 바느질틀을 붙잡고 일할 때면 시어머니는 목사이자 모험가인 예스타 베를링에 대해 끝도 없는 일화들을 늘어놓았다. 기억의 한계를 느낄 때면 메타 백작 부인은 이야기를 꾸며내서라도 며느리의 귀에 온종일 예스타 베를링의 이름이 울려 퍼지게 만들었다. 그것이야말로 젊은 백작 부인이 가장 두려워하는 일이었다. 하루 종일 예스타 베를링이 머릿속을 차지하는 날이면 그녀는 자신의 속죄가 영원히 끝나지 못하리라는 사실을 알았다. 그녀의 사랑은 죽지 않았다. 차라리 그녀가 죽는 날이 더 먼저 닥칠 것이다. 그녀의 육체는 점차 기력을 잃어가고 있었다. 그녀는 종종 심하게 앓았다.

"네 기사님은 어디 있느냐?" 메타 백작 부인은 며느리를 조롱했다.

"난 매일같이 그가 기사들을 이끌고 들이닥치기를 기다렸다. 왜 그는 보리 성에 쳐들어와 너를 옥좌에 앉히고 나와 네 남편을 묶어다 탑에 가두지 않는 게냐? 그가 널 벌써 잊은 게냐?"

그녀는 그를 변호하기 위해 자신이 직접 그가 도움의 손길을 뻗는 걸 금지했다고 말해버리고픈 충동을 느꼈다. 하지만 그녀에게 주어진 최선은 그저 침묵하고 참아내는 것이있다.

그녀는 중노동에 지쳐 나날이 약해져갔다. 몸에는 끊임없이 열이 오르고 기력이 빠져나가 서 있는 것도 힘겨울 지경이었다. 그녀의 소원은 어서 죽는 것이었다. 강한 생명력도 이제는 다 타버렸다. 사랑도 기쁨도 그녀의 안에서 감히 기척을 내지 못했다. 그녀는 더 이상 고통이 두렵지 않았다.

*

남편은 아예 그녀의 존재를 잊은 듯 보였다. 그는 하루 종일 혼자 제 방에 앉아 해독하기도 힘든 손으로 쓴 옛 문서들과 낡아서 번진 인쇄물들을 읽었다.

그가 조각된 나무 궤짝에서 끄집어내 읽는 것은 커다랗고 묵직한 붉은 밀랍의 스웨덴 왕실 인장들을 주렁주렁 매단 귀족 증서 양피지들이었다. 그는 흰 백합과 푸른 그리핀이 그려진 옛 방패 문장들을 연구했다. 그는 이런 것들을 어렵잖게 해독할 줄 알았다. 또한 그는 역대 도나 백작들의 장례식 조사와 인적 기록들을 읽고 또 읽었다. 그 글월들 속에서 그의 선조들의 업적은 가히 구약성서의 영웅이나 그리스의 신들에 비할 만했다.

그는 이런 낡은 것들을 즐겨 가까이 했다. 젊은 아내는 더 이상 그의 머릿속에 떠오르지 않았다.

메타 백작 부인은 그나마 그의 안에 남아 있던 모든 사랑을 짓밟아 버리는 말을 했다. "그애는 돈을 보고 너와 결혼한 거다!" 이런 말을 견뎌낼 남자는 없었다. 그의 안에서 사랑은 모두 꺼져버렸다. 아내가 어떻게 되든 이제 그는 상관하지 않았다. 그의 어머니가 아내에게 도리를 일깨우는 데 성공하면 잘된 거다. 헨릭 백작은 모친을 크게 존경하고 있었다.

엘리사벳 백작 부인의 고난은 한 달간 지속되었다. 그렇다고 그 한 달이 몇 쪽으로 압축했을 때 느껴지는 것만큼 요란하고 격했던 건 아니었다. 그녀는 늘 평온한 외양을 유지했다. 딱 한 번, 예스타 베를링이 죽었다는 말을 들었을 때만 그녀는 자제력을 잃었다. 하지만 남편에게 정절을 지키지 못한 데 대한 그녀의 후회는 컸다. 만약 어느 날 늙은 가정부가 그녀를 설득하지 않았다면 그녀는 메타 백작 부인에게 죽을 때까지 고문당하는 팔자를 받아들였을 것이다.

"백작 부인께서는 백작님과 말씀을 나누셔야 합니다." 가정부는 말했다. "백작 부인은 참 아이 같으세요. 부인께서는 이러다 앞으로 어찌 되실지 모르시는 것 같네요. 하지만 제 눈에는 보입니다."

그러나 남편이 그녀를 근본까지 의심하는 판에 그와 이야기를 할 수는 없었다.

그날 밤 그녀는 소리 없이 옷을 챙겨 입고 집 밖으로 나갔다. 그녀는 평범한 농부 처녀 같은 차림새에 짐꾸러미를 팔에 끼고 있었다. 그녀는 영영 이 집을 떠나 다시는 돌아오지 않겠노라 마음먹었다.

고통과 형벌을 피하기 위해 도망치는 것은 아니었다. 그녀는 신께서 자신의 몸에 남은 생명을 보전하기 위해 이제는 가도 좋다는 계시를 내리셨다고 받아들였다.

그녀는 호수를 건너 서쪽으로 향하지는 않았다. 그쪽에는 그녀가 사랑하는 남자가 살았다. 친구들이 많이 살고 있는 북쪽으로 방향을 잡지도 않았다. 남쪽으로도 갈 수 없었다. 저 멀리 남쪽에는 친정집이 있었는데, 그녀는 그 근처에 얼씬도 하고 싶지 않았다. 그녀는 동쪽으로 향했다. 그 방향에는 그녀의 집도, 사랑하는 친구도, 아는 사람도 없었다. 도움도 위로도 거기엔 없었다.

그녀의 걸음은 가볍지 않았다. 아직도 그녀는 신이 자신을 용서했다고 믿지 않았다. 하지만 앞으로는 낯선 이들 사이에서 죄를 씻을 수 있다는 생각에 그녀는 기뻤다. 자신을 바라보는 냉랭한 시선이, 부어오른 사지의 붓기를 빼주는 한기처럼 차라리 고마웠다.

그녀는 아무도 자신을 모르는 숲 끄트머리까지 가서 초라한 오두막을 찾아볼 작정이었다. "보시다시피 저는 부모님 댁에서 쫓겨났어요." 그녀는 그 집 사람들에게 말할 것이다. "제가 혼자 벌어먹을 수 있을 때까지 끼니와 옷과 잠잘 곳을 부탁드려도 될까요. 사례할 만한 돈은 갖고 있어요."

6월의 환한 백야를 그녀는 떠돌았다. 그녀의 5월은 힘겨운 고통 아래 지나버렸다. 아, 자작나무의 반짝이는 녹색이 전나무숲의 어둠에 섞여 들고 남쪽 나라에서 한껏 온기를 머금은 바람이 바다를 건너오는 아름다운 달은 이미 과거였다. 아, 5월아, 빛나는 사랑스러운 달아!

너는 어머니 품에 안겨 옛날이야기를 듣는 아이를 본 적이 있느냐. 무시무시한 싸움과 쓰디쓴 고통의 이야기가 나올 때 아이는 눈을 크게 뜨고 잔뜩 귀 기울이지만, 어머니가 행복하고 온후한 이야기를 시작하면 눈을 감고 어머니의 가슴에 기대 조용히 잠이 든다. 아름다운 달아, 나 또한 그런 아이와도 같다. 다른 이들은 꽃과 태양의 이야기에 귀 기울이라지. 나는 환각과 모험으로 가득 찬 깜깜한 밤을 택하련다. 앞이 보

이지 않는 운명의 이야기와 길 잃은 영혼들의 슬픔 가득한 정열에 나는
귀 기울이련다.

17
에케뷔 산 철

봄이었다. 베름란드의 모든 제철소에서 예테보리로 철을 납품해야 하는 시기였다.

하지만 에케뷔에는 보낼 철이 없었다. 가을에는 긴 가뭄이 들었고 봄에는 광산 관리가 기사들의 몫으로 떨어졌다.

기사들이 독하고 쓰디쓴 맥주를 비에르크셰팔렛의 화강암 절벽 너머로 풍성한 거품이 솟을 만큼 쏟아부어댄 탓에 뢰벤 호수는 술로 채워질 지경이었다. 제철소 안에는 철광석 한 점 들어온 적이 없었다. 겉옷을 벗어던진 차림에 나막신을 신은 대장장이들은 불 앞에 서서 긴 꼬챙이에 무지막지하게 큰 고깃덩이를 꿰어다 구웠고, 도제들은 기름이 뚝뚝 떨어지는 거세한 수탉을 커다란 집게로 집어 그을렸다. 그 시절 언덕 위에서는 줄곧 춤판이 벌어졌다. 작업 의자를 침대 삼고 모루에 대고 카드놀이나 벌이는 판에 철이 한 덩이라도 생산될 리 없었다.

그러나 봄이 오고 예테보리의 사무소에서는 에케뷔에서 수송될 철을 기다리기 시작했다. 그 사람들은 예전에 소령 부부와 맺었던 계약서를

308

대령해놓았다. 계약서에는 에케뷔에서 수십 톤의 쇠를 제공한다고 적혀 있었다.

하지만 소령 부인이 맺은 계약이 기사들과 무슨 상관인가. 그들은 음악을 즐기고 잔치를 열면서 재미를 보느라 여념이 없었다. 그들이 신경쓰는 것이라고는 멋들어지게 언덕을 넘어가는 춤의 행렬뿐이었다.

스퇼네에서도 쉴리에서도 철을 보냈다. 쉽스베리에서는 야생의 평원을 넘고 베넨 호숫가를 내려가는 길로 철을 실어 날랐다. 우데홀름과 뭉크포슈와 근처의 커다란 영지들에서는 전부 다 철이 나왔다. 하지만 에케뷔 산 철은 어디 있는가?

에케뷔가 온 베름란드를 통틀어 가장 중요한 제철소라는 명성은 포기했는가? 유서 깊은 산업의 영광을 염려하는 이는 아무도 없는가? 아, 그랬다. 언덕 위에서 춤판을 벌이는 것밖에 머리에 든 게 없는 무심한 기사들의 손아귀에 제철소가 맡겨졌다. 기사들의 보잘것없는 머리가 춤 말고 뭘 챙길 수 있겠는가.

급류와 강과 거룻배와 바지선과 수문과 나루터는 놀라서 입을 모아 물었다.

"에케뷔에서 철을 보내지 않는대?"

숲이 호수에게, 산이 계곡에게 속삭이며 물었다. "에케뷔에서 철을 보내지 않는대? 더 이상은 에케뷔에서 보낼 철이 없대?"

깊은 숲에서 숯장이들이 웃어댔다. 어둑한 대장간 안 커다란 망치도, 큼직한 아가리를 벌린 광산도 조롱의 웃음소리를 냈다. 소령 부인의 필적이 담긴 계약서를 간직한 사무소의 책상도 웃느라 몸을 흔들어댔다.

"너희도 들었어? 에케뷔에 철이 없대! 베름란드에서 제일가는 제철소에 철이 한 덩이도 없다는 거야!"

천하태평 기사들아! 고향을 잃은 자들아! 에케뷔에 닥친 치욕을 보고

만 있을 테냐? 신께서 창조하신 이 푸른 세상에서 가장 아름다운 고장을 너희가 진정 사랑한다면, 너희가 오랜 방랑 끝에 도달한 목적지가 이곳이라면, 이방인들 사이에서 에케뷔라는 이름을 입에 올릴 때마다 너희 눈가에 벅찬 눈물이 고인다면, 기사들이여, 일어나 에케뷔의 명예를 구하라!

아무렴 어떤가. 에케뷔에서는 대장간 망치가 내내 먼지만 뒤집어쓰고 있었다 해도 기사들이 소유한 다른 여섯 채의 제철소에서는 부지런히 일들을 했을 것이다. 분명 거기에는 철이 남아돌 정도로 쌓여 있으리라!

그래서 예스타 베를링은 다른 여섯 영지의 관리인들과 말을 나누기 위해 출발했다.

에케뷔 바로 옆에 붙은 비에르크셰엘벤의 회그포슈에는 물어보나 마나라고 그는 생각했다. 회그포슈는 에케뷔와 너무 가까워서 기사들의 습성에 물들었다.

그는 북쪽으로 수십 리를 더 가서 뢰타포슈에 도착했다. 누가 봐도 아름다운 고장이었다. 뢰타포슈의 한편은 뢰벤 호수의 윗부분과 맞닿았고 그 뒤로는 뾰족한 꼭대기를 자랑하는 굴리타 산이 늙은 산에 걸맞게 길들지 않은 낭만적인 풍광을 제공했다. 그러나 대장간 꼴만은 찬양할 것이 못 되었다. 대장간에서 쓰던 바퀴가 작년에 박살난 이래 수리가 안 됐다는 거였다.

"왜 고쳐놓지 않았지?"

"고칠 수 있는 목수가 이 지역에 딱 한 명 있었는데 다른 데 가서 일을 하고 있었거든. 그래서 철이라고는 1톤도 못 만들어냈지."

"목수한테 사람을 보내서 불러오면 되는 거잖아?"

"목수한테 사람을 보내라고? 보내기야 매일같이 보냈지! 하지만 그 친구는 한 번도 걸음을 못 했어. 에케뷔에서 정자랑 구주희 터를 짓느라 너무 바쁘다는 거야."

예스타 베를링은 갑자기 이 여행의 결말이 훤히 보였다.

그는 비에니넷까지 거슬러 올라갔다. 이곳 역시 성을 한 채 짓는대도 부끄럽지 않을 전망 좋은 땅이었다. 반원형의 계곡을 굽어보며 선 큼직한 저택의 삼면을 거대한 위용의 봉우리들이 감쌌고, 네 번째 면은 뢰벤 호수에 맞닿았다. 엘프 시냇가를 따라 폭포를 지나는 오솔길만큼 달빛을 받으며 몽상에 잠겨 산책하기 좋은 곳도 없었다. 오솔길 아래쪽 끝에는 산의 암벽에서 튀어나온 자연적인 지붕 아래 대장간이 자리했다. 그러나 철은? 거기에 철이 있나?

당연히 없었다. 대장간 인부들의 말로는 석탄이 다 떨어졌다고 했다. 석탄을 다른 데서 구입해서 실어오려고 해도 에케뷔에서 비용을 대주지 않아 못했다는 거였다. 겨울 내내 대장간은 휴업 상태였다.

예스타는 남쪽으로 방향을 틀어 서둘렀다. 호수 동쪽에 위치한 혼에도, 깊은 숲 속에 자리한 뢰스타포슈에도 가보았다. 거기서도 형편은 나을 게 없었다. 철은 아무 데도 없었고 그 꼴이 된 책임은 기사들에게 있었다.

예스타는 에케뷔로 돌아왔다. 기사들은 낯을 찌푸리고는 창고에 보관돼 있는 몇 백 킬로그램 정도의 철을 응시했다. 슬픔과 부끄러움에 그들은 고개를 푹 숙였다. 온 세상이 에케뷔를 비웃고 대지와 풀과 꽃이 에케뷔의 잃어버린 명예를 애도하는 소리가 들리는 듯했다.

*

그러나 길게 소란 떨고 헤맬 것 없다. 바로 저기 에케뷔 산 철이 있다!

클라르엘벤 강가에 정박한 바지선船 위에 철이 실려 있었다. 배는 이미 항해 준비가 돼 있었으니, 철은 칼스타드에서 중량을 잰 후 베넨 호수를 타고 예테보리에 도착할 것이다. 에케뷔의 명예가 구원받은 것이다!

하지만 이게 어떻게 가능했을까? 에케뷔에 있던 철은 7톤도 안 되었고 다른 여섯 영지는 텅 비어 있었다. 과연 어떻게 해서 듣도 보도 못 할 성노의 철을 가득 실은 배가 화물량을 재러 칼스타드까지 가게 되었을까? 물론 그 답을 아는 이들은 기사들뿐이다.

기사들은 바로 이 묵직하고 투박하게 생긴 선박 갑판 위에 진을 치고 있었다. 이들은 철을 직접 에케뷔에서 예테보리까지 나르기로 마음먹었다. 여느 수송꾼에게는 맡길 수가 없었다. 술병과 식량, 뿔나팔에 바이올린과 엽총과 낚싯줄과 트럼프 카드까지 챙기고서 기사들은 배에 올랐다. 철을 애인처럼 여기며 예테보리의 부두에 하선되기까지 한 시도 떠나지 않을 작정이었다. 싣는 것도 내리는 것도, 돛을 올리고 노를 젓는 것도 모두 손수 해낼 것이다. 그들은 의욕에 차서 이 과업에 도전했다. 베넨 호수와 그들이 갈 물길에 그들이 모르는 절벽이나 모래톱이 있던가. 그들은 바이올린이나 말고삐를 다룰 때나 다름없는 솜씨로 키와 돛 줄을 다룰 줄 알았다.

이 세상에 그들이 사랑하는 게 있다면 이 바지선에 실린 철이었다. 그들은 정교한 유리세공을 다루듯 조심하며 철 위로 타르를 먹인 방수포를 덮었다. 한 조각도 삐져나와서는 안 되었다. 이 육중한 잿빛 철괴들이 에케뷔의 명예를 일으켜 세울 것이다. 감히 낯선 자가 그 위로 무심한 시선을 던져서는 안 된다. 오 에케뷔여, 우리가 그리워하는 땅이여, 네 명예가 빛날지어다!

기사들 중 집에 남아 있는 이는 아무도 없었다. 에베르하드 아저씨도 책상 앞을 비웠고 사촌 크리스토페르도 난로 구석을 박차고 나왔다. 온

312

화한 뢰벤보리마저도 동료들과 함께였다. 에케뷔의 명예가 걸린 일에서는 아무도 몸을 사릴 수 없었다.

하지만 클라르엘벤 강을 다시 보자 뢰벤보리는 동요했다. 그가 마지막으로 그 물길을 본 지도, 마지막으로 배를 타본 지도 37년이 지났다. 그는 호수의 맑은 수면도 탁한 잿빛 강물도 보기 싫어했다. 물가로 가면 슬픈 기억이 떠오르기 때문에 그는 물을 꺼렸다. 하지만 오늘만은 그도 집에 남을 수 없었다. 에케뷔의 명예를 구하는 일에 그가 빠져서는 안 되었다.

37년 전 그의 신부가 클라르엘벤 강에서 물에 빠져 죽은 이래 그의 불쌍한 머리는 가끔 제정신을 잃곤 했다.

지금 배 위에 서서 강물을 내려다보는 동안 그의 가련한 머릿속은 점점 희뿌예졌다. 조그맣게 반짝이는 물살이 무수히 모여 흐르는 잿빛 강물이 그의 눈에는 은빛 비늘을 반짝이며 먹이를 노리는 커다란 뱀처럼 여겨졌다. 강물이 지나며 머무는, 간간이 풀이 자란 누렇고 높은 모래사장이 그의 눈에는 뱀굴의 벽으로 보였다. 그 벽을 가르고 두터운 모래를 지나, 바지선 옆에 정박해 있는 거룻배까지 이르는 한길은 무시무시한 죽음의 구렁텅이로 통하는 입구나 다름없었다.

조그만 사내는 꼼짝 않고 서서 작고 푸른 눈으로 주시했다. 길고 흰 머리칼이 바람에 날렸고 평소에는 부드러운 장밋빛을 띠던 뺨이 공포로 창백했다. 그는 곧 누군가 저 길을 달려 나와 도사린 뱀의 아가리 위로 굴러 떨어질 거라 믿어 의심치 않았다.

이제 기사들은 강가를 떠날 준비가 됐다. 그들이 바지선을 물 쪽으로 밀어내기 위해 기다란 장대를 쥐자 뢰벤보리가 외쳤다.

"멈춰, 제발 멈추라고!"

그들은 뢰벤보리가 배가 흔들리는 바람에 발작하려 한다는 걸 감지하고 어쩔 수 없이 장대를 내려놓았다.

뱀처럼 도사리고 있는 강물 속으로 누군가가 달려와 떨어지리라는 강박에 사로잡혀 있던 뢰벤보리는 마침내 누군가를 본 듯이 한길 쪽으로 경고의 손가락을 쳐들었다.

다들 알다시피 살다보면 우연한 만남을 겪게 마련인데, 지금 벌어진 일도 그랬다. 기사들이 클라르엘벤 강을 따라 내려가기 위해 배에 오른 전날 밤, 마침 엘리사벳 백작 부인은 동쪽으로 길을 떠났다. 우연을 더욱 부추긴 것은 백작 부인이 아직도 도움을 얻을 곳을 찾지 못했다는 사실이었다. 밤새 두 다리를 쉬지 못한 그녀는 막 기사들이 강변을 떠나려던 참에 부두까지 왔다. 기사들이 멈춰 서서 지켜보는 사이 그녀는 어느 뱃사공과 이야기를 했고 뱃사공은 그녀를 태우고 가기 위해 제 배를 묶어둔 밧줄을 풀었다. 농장 처녀 같은 차림이라 기사들은 그녀를 알아보지 못했지만, 어쩐지 낯설지 않은 느낌이었다. 그녀가 계속 뱃사공과 이야기하는 가운데 한길 쪽에서 먼지가 크게 피어오르더니 노랗고 거대한 4륜 포장마차가 나타났다. 그녀는 자신을 찾으러 보리에서 온 이들이 거기 타고 있음을 알아차렸다. 뱃사공의 거룻배에는 그녀가 숨을 만한 곳이 없었다. 몸을 숨길 데라고는 기사들의 바지선뿐이었다. 그녀는 그 배 위에 누가 타고 있는지 보지도 않고 무작정 뛰어올랐다. 차라리 다행이었다. 그녀가 그 배에 탄 이를 알아보았다면 거기로 도망치느니 차라리 달려오는 말들의 발굽 아래 몸을 던졌을 것이다.

갑판 위에서 그녀는 소리쳤다. "절 숨겨주세요!" 그녀는 휘청거리다가 철 더미 위로 넘어졌다. 기사들이 진정하라고 말했다. 그들은 재빨리 배를 강변으로부터 밀어냈고 배는 칼스타드를 향해 강물을 타기 시작했다. 마차가 부두에 도착한 건 바로 그 순간이었다.

마차 안에는 헨릭 백작과 메타 백작 부인이 앉아 있었다. 백작은 백작 부인을 보았는지 묻기 위해 뱃사공에게 갔다. 하지만 헨릭 백작은 정신이 없었던 데다 마누라가 도망갔다는 말은 하고 싶지 않았기 때문에 이렇게 운을 뗐다.

"내가 뭘 잃어버렸네!"

"그래서요?" 뱃사공이 물었다.

"내가 뭘 잃어버렸는데 자네가 봤나?"

"뭘 말씀하시는 겁니까?"

"뭔지가 무슨 상관인가! 하여튼 뭔가가 없어졌어. 자네 혹시 오늘 누군가를 건네준 적 있나?"

이런 식으로는 당연히 답을 얻을 수 없었기에 메타 백작 부인이 직접 나서야 했다. 약 1분 후 그녀는 사라진 며느리가 천천히 강물을 타고 내려가는 배 위에 타고 있음을 알아냈다.

"저 배는 누가 몰고 있느냐?"

"속칭 기사들이라는 사람들입죠."

"아, 네 아내는 아주 잘 있겠구나, 헨릭. 우린 이제 돌아갈 수 있겠어." 그녀가 말했다.

*

메타 백작 부인의 짐작과 달리 배 위에서는 기쁨의 재회가 벌어지고 있지 않았다. 노란 마차가 시야에 자리한 내내 겁먹은 젊은 여인은 배의 화물 위에 웅크리고 앉아 말도 못하고 움직이지도 못했다. 그녀의 시선은 물 아래로 향해 있었다.

노란 마차가 방향을 튼 다음에야 그녀는 기사들을 알아보고 벌떡 일어났다. 그녀는 다시 달아날 기세였으나 바로 옆에 있던 기사에게 붙들려 작은 소리로 탄식하며 다시 화물 위로 쓰러졌다.

그녀가 거의 정신이 나갈 듯한 상태였기에 기사들은 함부로 말을 걸거나 질문을 할 엄두를 내지 못했다.

책임감이 천하태평인 기사들을 짓누르기 시작했다. 철을 옮기는 것만으로도 그들에게는 큰 부담이었는데, 이젠 남편으로부터 도망친 고귀한 젊은 여인까지 책임져야 할 판이었다.

예전 겨울 축제 때 젊은 백작 부인을 본 기사들 중에는 한때 귀여워했던 어린 여동생을 떠올린 이들이 있었다. 힘자랑 게임에서 그녀와 맞서게 된 기사는 그녀의 몸을 닿을 때 한층 조심했고, 그녀와 이야기를 나눌 때면 상스러운 말투를 삼갔다. 멋모르는 풋내기가 게임에서 그녀에게 난폭하게 굴거나 음탕한 노래를 부를라치면 진노한 기사는 애송이를 목숨이 간당간당할 만큼 패주었다. 소중한 여동생이 나쁜 소리를 들어서도 안 되고 고통이나 증오와 맞닥뜨려서도 안 되기 때문이었다.

엘리사벳 백작 부인은 기사들의 명랑한 여동생이나 다름없었다. 그녀가 작은 손으로 그들의 거친 주먹을 어루만지면, 그들은 마치 "난 이렇게 연약해요. 당신은 우리 오빠니까 날 다른 사람들과 당신 자신으로부터 지켜주세요"라는 말을 듣는 기분이었다. 그녀가 앞에 있는 한 그들은 기사도 넘치는 신사들이었다.

그녀와 재회하게 된 기사들은 경악했다. 그녀의 모습은 알아보기 힘들 지경이었다. 그사이 젊은 백작 부인은 학대의 여파로 피골이 상접했다. 둥글던 목은 살이 쭉 빠졌고 얼굴은 핏줄이 비칠 지경이었다. 지난밤 돌아다니며 여기저기 부딪혔는지 관자놀이에는 자잘한 상처들로 피가 맺혔고, 곱슬곱슬한 금발머리는 피에 젖어 이마에 달라붙었다. 밤이슬에 젖은 길을 오래도록 걷느라 옷은 더러웠고, 신발은 해졌다. 기사들은 낯선 여인을 앞에 둔 듯 으스스해졌다. 그들이 알던 엘리사벳 백작 부인의 눈동자는 이리 거칠게 타오르지 않았다. 그들의 가엾은 여동생은 거의 미친 여자가 되어 있었다. 마치 전혀 다른 세상에서 떨어져 내려온 영혼이 이 스러져가는 육체를 어떻게든 차지해보겠다고 날뛰는 것 같았다.

하지만 기사들은 그녀를 어찌 해야 할지 고민할 필요가 없었다. 그녀는 자신의 본래 계획을 다시 떠올렸다. 그녀는 자신이 지금 또 유혹을 맞닥뜨리고 있으며 신이 그녀를 시험한다고 생각했다. 지금 그녀는 친구들에게 둘러싸여 있었다. 과연 여기서 속죄의 길을 저버릴 것인가?

그녀는 벌떡 일어나 자신은 가야만 한다고 외쳤다.

기사들은 그녀를 진정시키려 했다. 그들은 그녀에게 마음 놓고 있어도 된다고 말했다. 추적자가 누가 됐든 그녀를 지켜줄 작정이라고도 했다.

하지만 그녀의 유일한 부탁은 바지선 꽁무니에 매여 있는 작은 조각배를 잠시 빌려달라는 것뿐이었다. 그녀는 그 조각배로 뭍까지 가서 다시 혼자 길을 가겠다고 했다.

그러나 기사들은 그녀를 혼자 가게 내버려둘 수 없었다. 그녀에게 무슨 일이 닥칠지 누가 알겠는가. 그녀는 기사들과 함께 있는 편이 나았다. 그들이 가진 것 없는 늙은이들이라 해도 그녀를 도울 방도쯤은 마련할 수 있었다.

그러자 그녀는 양손을 모으며 가게 해달라고 빌었다. 그래도 기사들은 그 청을 들어줄 수 없었다. 그녀의 꼴은 너무 처참하고 허약해서 이러다 한길에서 죽어버릴 것 같았다.

예스타 베를링은 그녀에게서 얼마간 떨어져서 물만 내려다보았다. 그녀가 그를 보기를 꺼릴 수도 있었다. 그러나 그의 마음은 대담한 생각을 하며 웃고 있었다. '그녀의 행방을 아는 이는 이제 아무도 없어. 우리가 그녀를 에케뷔로 데려갈 수도 있을 거야. 우리 기사들이 거기 그녀를 숨겨둘 수도 있는 거라고. 우린 그녀를 정성껏 대해줄 거야. 그녀는 우리의 여왕이자 여주인이 될 테지만, 아무도 그녀가 거기 있는 줄은 모르겠지. 우리가 좋은 수호자가 될 테니 그녀가 거기서 행복해질지도 몰라. 나이 먹은 기사들은 그녀를 딸처럼 보살펴주겠지. 그녀가 우릴 사람으로 만들어줄 거야. 우린 술 대신 아몬드유를 마시고 프랑스 어로 떠들겠지. 그러다 계약한 한 해가 끝나면? 알 게 뭐야, 때가 되면 빠져나갈 구멍은 생겨.'

그는 자신이 그녀를 사랑하는가 하는 문제를 직시할 용기가 없었다. 그가 죄를 짓지 않고서 그녀를 소유할 방도는 없었다. 그는 그녀를 저열하고 천한 자리로 끌어내리고 싶지 않았다. 그게 그가 스스로에 대해 아는 전부였다. 하지만 다른 모든 이들이 그녀에게 혹독하게 구는 지금, 그녀를 에케뷔에 숨겨서 보살펴줄 수 있다면, 삶이 가져다주는 모든 좋은 것들을 그녀에게 맛보게 해줄 수 있다면, 아, 얼마나 황홀한 꿈이런가.

하지만 그는 꿈에서 깨어났다. 절망에 빠진 젊은 백작 부인의 음성은 메마르기만 했다. 그녀는 기사들 사이에 무릎을 꿇고 자신을 보내달라고 애원했다.

"신께서는 저를 아직 용서하지 않으셨어요, 저를 보내주세요!" 그녀는 외쳤다.

예스타는 다른 기사들이 그녀의 말에 복종하지 않으려 한다는 걸 알았다. 그가 나서야만 했다. 그녀를 사랑하는 그가 그 일을 해야 했다.

온 사지가 그의 뜻에 저항하는 듯 발을 떼기가 힘들었다. 그래도 그는 질질 끄는 걸음으로 그녀에게 다가가 강가까지 데려다주겠다는 뜻을 밝혔다.

그녀는 즉각 일어섰다. 그는 그녀를 조각배에 태우고 동쪽 강가까지 노를 저었다. 좁은 길가에 배를 댄 그는 그녀가 내리는 것을 도왔다.

"이제 어쩌실 생각이십니까, 백작 부인?" 그가 물었다.

그녀는 엄숙하게 손가락을 들어 하늘을 가리켰다.

"만약 백작 부인께서 어려움에 처하신다면……"

그는 말을 잇지 못했다. 목소리가 채 나오지 않아서였다. 그래도 그녀는 그가 말하려는 바를 이해했다.

"당신의 도움이 필요하면 알려드릴게요."

"저는 당신을 세상 모든 나쁜 것으로부터 지켜드리고 싶습니다." 그가 말했다.

그녀가 작별 인사로 손을 내밀었다. 그는 더 이상 아무 말도 못했다. 그의 손이 쥐고 있는 그녀의 손은 차갑고 힘이 없었다.

그녀는 이방인들 틈으로 가라고 명령하는 내면의 목소리에만 귀를 기울였다. 지금 막 작별하는 남자가 자신이 사랑했던 남자라는 사실조차 자각하지 못했다.

그는 그녀를 보내고 다시 노를 저어 기사들에게 돌아왔다. 배 위에 올라탄 그는 기진맥진하여 기력이 다 빠진 듯 보였다. 마치 생애에서 가장 힘든 과업을 마친 듯한 모습이었다.

에케뷔의 명예를 구할 때까지 그는 며칠간 억지로 버텨냈다. 그는 철을 칸니셰내스까지 운송했고 거기서 철을 계량했다. 그 후 그는 오래도록 삶의 의욕을 잃고 기운 없이 지냈다.

배에 타고 있는 동안, 기사들이 예스타의 변모를 알아채지 못했다. 예스타는 온 신경을 기울이며 에케뷔의 명예를 구하기 위해 명랑하고 태평한 모습을 연기했다. 우울한 낯과 기력 잃은 마음으로 어찌 대담한 과업을 이루랴.

기사들이 실은 철 사이에 잔뜩 모래를 감춰 눈속임했다는 소문이 사

실이라면, 철을 계량할 적에 이미 무게를 잰 철 덩어리를 재차 저울에
올려 수십 톤을 계량한 것이 사실이라면, 그리고 준비해간 먹거리와 술
병으로 계량꾼들의 얼을 빼놓았다는 소문이 사실이라면, 기사들의 배
여행이 흥겨웠을 법도 하리라.

진실은 아무도 모른다. 하지만 그 소문들이 죄다 사실이라면 예스타
베를링 역시 흥겨워야 마땅했다. 그러나 그는 모험의 동료들과 기쁨도
두려움도 나누지 않았다. 마침내 일이 끝났을 때 그는 절망에 차서 무너
졌다.

"오 에케뷔여! 그리운 땅이여!" 그는 혼잣말처럼 외쳤다. "너의 명예
가 빛날지어다."

계량꾼에게서 영수증을 받아든 기사들은 새 바지선에 철을 실었다.
여느 때는 에케뷔에서 제대로 철을 운송했다는 영수증을 계량꾼이 끊
어주면, 그 후로는 뱃사람들이 철을 예테보리까지 날랐고 에케뷔 사람
들은 더 신경 쓸 것이 없었다. 하지만 기사들은 일을 반만 하고 말 생각
은 없었다. 그들은 예테보리까지 철을 직접 나를 작정이었다.

그러나 예테보리로 항해하던 중 그들에게 재난이 닥쳤다. 한밤에 폭
풍이 이는 바람에 정처 없이 떠돌던 배는 암초에 부딪혔고 값진 화물들
이 몽땅 수장되었다. 뿔나팔이고 트럼프 카드고 빈 술병이고 간에 모두
물귀신이 되었다. 하지만 엄밀히 따져보자면 철이 가라앉은 건 별 일 아
니었다. 에케뷔의 명예는 이미 구원된 후였다. 에케뷔의 철은 이미 칸니
셰네스에서 계량되었다. 소령이 예테보리의 상인들에게 철을 운송하지
못했으니 대금을 포기하겠다는 서류를 보내야 한들 기사들이 알 바 아
니었다. 에케뷔는 어차피 돈이 모자랄 게 없었고, 에케뷔의 명예는 이미
입증되었다.

하지만 항구와 수문과 광산과 숯 더미와 수송선과 바지선이 속삭이

는 이야기에 귀를 기울인다면? 숲을 지나는 바람이 나직하게 말하기를 기사들이 철을 나른 건 모두 꾸며낸 연극이었다고 한다. 그리고 온 베름란드에도 기사들이 배에 실제로 실었던 철이 7톤이 될까 말까 하고 그 배가 난파한 것 역시 기사들이 고의적으로 꾸민 짓이었다는 소문이 떠돌았다. 진정 기사들다운 대담한 짓이 아닐 수 없다. 워낙 그들다운 짓이라 영지의 명예를 떨어뜨릴 것도 없다.

그러나 이것도 다 오래전 이야기다. 어쩌면 기사들이 다른 곳에서 제 돈으로 철을 사서 보냈을 수도 있다. 혹은 창고를 잘 뒤지다가 이전에는 못 봤던 철을 뒤늦게 찾아냈을지도 모른다. 이런 사연에서 진실을 캐내기는 힘들다. 계량꾼은 속임수가 절대로 가능하지 않다고 딱 잘라 말했다. 계량꾼이 그렇다면 그런 것이다.

집으로 돌아온 기사들은 어마어마한 소식을 들었다. 도나 백작이 결혼을 무효로 돌렸다는 소식이었다. 백작은 가문의 의전관을 이탈리아로 보내어 혼인이 적법하게 치러지지 않았다는 증거를 물색하게 했다. 의전관은 잔뜩 근거를 모아다 여름에 귀국했다. 그 근거들이 정확히 무엇이었는지 나는 모른다. 옛이야기들이란 반쯤 시든 장미꽃과 같아서 조심해서 다뤄야 한다. 너무 확고히 파헤치려 하다가는 꽃잎들이 죄다 떨어져버린다. 들리는 주장으로는 이탈리아에서 혼인식을 올릴 때 주례를 선 이가 제대로 된 목사가 아니었다고 한다. 그 일의 진위는 알 수 없으나 그 후 브루에서 벌어진 일이 진실임은 내가 확실히 안다. 브루의 법정에서는 도나 백작과 엘리사벳 폰 툰 사이에 혼인이 성립한 적이 없다고 판결했다.

그러나 엘리사벳은 그 소식을 전해 듣지 못했다. 용케 살아서 여정을 마친 그녀는 멀리 외딴 지역에서 농부들과 살고 있었다.

18
릴리에크루나의 집

기사들 중에는 내가 이미 종종 대단한 음악가로 언급했던 이가 있다. 그는 키가 크고 뼈대가 투박한 사내로, 커다란 머리에는 새까만 머리칼이 수북했다. 그는 그 무렵 아직 마흔이 되지 않았으나 이목구비가 거칠고 성미가 조용히 가라앉은 탓에 실제 나이보다 더 들어 보였다. 그의 품성은 선량했으나 쉽사리 음울해졌다.

어느 날 오후 그는 겨드랑이 밑에 바이올린을 끼고 에케뷔를 떠났다. 그는 누구에게도 따로 작별 인사를 하지 않았고, 다시는 돌아오지 않을 작정이었다. 엘리사벳 백작 부인이 수모를 겪은 후로 그는 이 고장에 정나미가 떨어졌다. 그는 밤새 쉬지 않고 길을 가서 해가 뜰 무렵 자신이 소유한 뢰브달라라는 작은 농장에 도착했다.

너무 이른 시간이라 깨어 있는 사람은 없었다. 그는 농장 중앙건물 앞 녹색 시소 위에 앉아 자신의 소유지를 완상했다. 신이시여, 당신이 창조하신 이 세상에 이보다 더 아름다운 집도 없나이다. 집 앞은 결이 고운 연록색 풀로 뒤덮여 있었다. 세상에서 가장 풍성한 풀밭이었다. 양들이 아무리 풀을 뜯고 장난감을 쥔 아이들이 그 위에서 날뛰어도 풀밭은 늘 빽빽하니 푸르렀다. 따로 풀을 깎아 관리하지는 않았으나 일주일에 한 번 안주인이 신선한 풀밭 위에 떨어진 가지와 지푸라기와 시든 잎사귀들을 비질로 솎아냈다. 그는 집 앞의 자갈 깔린 길을 바라보다가 불현듯 양발을 몸 쪽으로 끌어당겼다. 전날 아이들이 길을 고운 문양으로 쓸어냈는데, 그의 커다란 발이 망치고 있었던 것이다. 하여간 이 농장에서 자라는 것들은 장관이었다. 마당을 지키는 여섯 그루의 마가목은 너도밤나무만큼 높이 자랐고 떡갈나무만큼이나 가지가 넓게 퍼졌다. 이만한 나무들은 예전에 본 적이 없었다. 노란 이끼로 뒤덮인 굵은 몸통의 나무들은 위풍당당하기 그지없었다. 그늘진 잎사귀로부터는 밤하늘의 별들을 연상시키는 커다랗고 흰 꽃송이들이 주렁주렁 열렸다. 나무들이 자라는 모습은 참으로 감탄스러웠다. 장정 둘이 팔을 맞대도 다 안을 수 없을 정도로 굵고 오래된 버드나무도 한 그루 서 있었다. 나무는 이제는 속이 비고 썩어 들어갔으며 번개에 윗부분이 날아갔으나 아직도 죽지 않았다. 매해 봄이면 꺾인 몸통에서 싱싱하고 푸른 새 가지가 돋아나며 아직 생명이 깃들어 있음을 알렸다. 동쪽 박공 옆에 선 오리나무는 그림자로 온 건물을 뒤덮을 만치 커다랗게 자랐다. 오리나무 꽃이 지는 시기라서 본래는 뗏장으로 덮인 지붕이 지금은 떨어진 꽃잎으로 뒤덮여 온통 하얬다. 편평한 땅 여기저기에 작은 무리로 모여 자라는 자작나무들에게는 이 농장이 낙원이나 다름없었다. 그들은 다른 나무들을 흉내 내려는 듯이 온갖 모양새로 자유로이 자랐다. 한 그루는 보리수를 흉내 내 풍성한 잎사귀와 커다란 우듬지를 자랑했고, 다른 나무는 포플러처럼 호리호리하게 피라미드 모양으로 자랐다. 또 다른 한 그루는 수양버들과 닮아 보이도록 가지를 늘어뜨렸다. 단 한 그루의 나무도 다른 나무와 같지 않았으나 그들은 모두 아름다웠다.

그는 몸을 일으켜 집 주위를 돌아보았다. 정원의 아름다움에 그는 가만히 멈춰 서서 깊이 숨을 들이마셨다. 사과나무가 꽃을 피우고 있었다. 아무렴, 그도 이미 알고 있는 일이었다. 다른 장원에서 그는 벌써 꽃피는 사과나무를 보았다. 하지만 그가 어린 소년일 적부터 보았던 그의 농장처럼 사과나무가 아름답게 꽃피는 곳은 세상 어디에도 없었다. 그는 기도하듯 두 손을 모으고 조심스러운 걸음으로 고운 자갈길을 산책했다. 자갈길도 나무도 온통 하얀 가운데 군데군데 연분홍 물이 들었다. 그가 평생 본 중 가장 아름다운 풍경이었다. 그는 어릴 적 소꿉친구나 형제자매를 다시 보듯 모든 나무를 한 그루 한 그루 다 알아보았다. 겨울 사과의 꽃은 새하얗지만 여름 사과나무는 장밋빛 꽃을 피우고, 녹색 사과의 꽃은 새빨간 색이다. 그리고 가장 꽃이 아름다운 것은 따로 관리해주지 않았으나 저절로 자란 오래된 능금나무인데, 이 나무의 열매는 너무 써서 먹을 수는 없었다. 온 가지에 풍성히 꽃을 피워낸 능금나무는 아침 햇살 속에 반짝이는 눈송이 같았다.

아직 이른 새벽임을 명심하자. 잎사귀들마다 이슬이 반짝이고 먼지는 깨끗이 씻겼다. 농장은 숲으로 덮인 언덕 아래에 위치했는데 언덕 위로는 마침 새벽 첫 햇살이 미끄러지고 있었다. 숲의 전나무들 꼭대기가 마치 불길에 휩싸인 듯 보였다. 클로버가 핀 풀밭 위로, 호밀밭과 보리밭 위로, 그리고 귀리 이삭 위로 미녀의 베일 같은 하늘하늘한 안개가 내렸다. 풀들은 꼭 달빛을 받은 것처럼 선명한 그림자를 드리웠다.

그는 조용히 서서 정원 길들 사이에 자리 잡은 커다란 채소밭을 응시했다. 이 밭을 가꾸는 이가 안주인과 하녀들임을 그는 금세 알아보았다. 그들은 손수 땅을 파고 고르고 잡초를 뽑고 거름을 주고 흙을 고르고 보드랍게 만들었다. 묘판이 편평해지고 모서리는 반듯해지자, 그들은 끈과 말뚝을 가져와서 밭의 구역을 나누고 경계를 지었다. 가뿐한 걸음으로 흙을 밟아 고른 뒤, 묘판이 빽빽하도록 씨앗과 묘종을 심었다. 아이들도 신이 나서 거들었다. 구부정한 자세로 팔을 뻗는 건 아이들에게는 중노동이었지만, 그들은 어른들을 도울 수 있다는 데 즐거워했다. 그들의 열의가 얼마나 큰 도움이 되었는지 다들 짐작할 수 있으리라.

이제 식물들은 싹을 틔우기 시작했다.

신께서 이 싹들을 축복하시길! 완두콩도 강낭콩도 도타운 떡잎 두 장을 당당히 펼쳤다. 순무와 당근도 맵시 있고 곧게 자랐다. 가장 익살맞은 것은 작고 구불거리는 파슬리 잎이었다. 파슬리는 흙을 살짝 들어올리고는 그 아래에서 숨바꼭질을 즐겼다.

한쪽에는 씨앗들이 똑바로 뿌려지지 않고 아무거나 시험 삼아 막 심어놓은 듯 보이는 공간이 있었는데 아이들 몫의 밭이었다.

릴리에크루나는 잽싸게 바이올린을 턱 아래 끼우고 연주를 시작했다. 북풍에 맞서 뜰을 지키는 커다란 수풀 속에서 새들이 음악에 맞춰 지저귀기 시작했다. 그 새벽이 너무나 아름다워서 목소리를 타고난 존재는 아무도 침묵할 수 없었다. 바이올린 활이 마치 신들린 듯 움직였다.

릴리에크루나는 뜰을 왔다갔다하며 연주했다. '세상에 이곳보다 더 아름다운 땅은 없지.' 뢰브달라에 비하면 에케뷔인들 뭐란 말인가. 뗏장으로 덮인 뢰브달라의 본체 건물은 고작 단층이었다. 농장은 산을 바로 뒤에 업고 앞으로는 긴 계곡을 마주한 숲 가장자리에 위치했다. 지역은 그냥 보기엔 별달리 눈에 띌 게 없었다. 호수도, 폭포도, 물가의 풀밭도, 공원도 없었다. 그럼에도 이곳은 아름다웠다. 이곳이 평화롭고 선한 장소이기 때문이었다. 여기서는 삶이 까다롭지 않았다. 다른 곳에서는 인생이 증오로 쓴 맛을 풍길지라도, 여기서는 만사가 다정한 조화를 이루었다. 무릇 집이란 이래야 한다.

그리고 집 안, 뜰을 향해 창이 난 방 안에는 안주인이 잠들어 있었다.

그녀는 불현듯 눈을 뜨고 귀를 기울이지만 아직 몸을 움직이지는 않는다. 그녀는 그냥 드러누운 채 미소를 지으며 귀를 기울인다. 음악 소리가 점점 가까워지다가 그녀의 창 바로 앞에 선다. 그녀가 창 밑에서 울려 퍼지는 바이올린 소리를 듣는 것은 처음이 아니었다. 그녀의 남편은 에케뷔에서 기사들이 유난히 몹쓸 장난을 저지르고 나면 이렇게 집으로 돌아오곤 했다.

남편은 바깥에 서서 바이올린을 통해 고해를 하며 용서를 구하는 중이었다. 그는 세상에서 가장 사랑하는 그녀와 아이들을 떠나도록 그를 유혹했던 사악한 힘에 대해 털어놓았다. 그러나 그 힘에도 불구하고 그는 여전히 그들을 사랑했다! 진정으로 그는 그들을 사랑했다.

남편이 연주하는 동안 그녀는 자신의 행동을 의식하지도 못한 채 저절로 일어나서 옷을 입었다. 그녀는 그의 연주에 완전히 넋을 빼앗긴 상태였다.

"날 홀렸던 것은 호사도 돈도 아니오." 그의 연주는 말했다. "다른 여자를 사랑해서도 아니었고 명예 때문도 아니었다오. 날 유혹한 것은 인생의 다채로움이었소. 난 인생의 아름다움과 쓴맛과 풍요로움을 모조리 느껴보고 싶었소. 하지만 이제는 그것들에도 질리고 지쳤소. 더 이상은 내 집을 떠나지 않으려 하오. 부디 날 용서해주오, 날 관대히 받아들여주시오!"

그러자 커튼이 젖혀지고 창이 열렸다. 그는 아내의 선량하고 아름다운 얼굴을 볼 수 있었다.

그녀는 선량하고 현명했다. 걷는 길에 마주치는 모든 것에게 마치 햇살 같은 축복의 눈길을 보내는 여인이었다. 그녀는 모든 것을 다스리고 수호했다. 이 여인이 거하는 곳에서는 만물이 번성했다. 그녀는 걸어다니는 축복이었다.

그는 창문을 타넘어 아내에게 갔다. 갓 사랑에 빠진 사내처럼 그의 마음은 기쁨으로 차올랐다.

그 후 그는 그녀를 안아들고 뜰로 내려가 사과나무 아래로 갔다. 거기서 그는 그녀에게 화단과 아이들이 심어놓은 모종과 작고 익살스러운 파슬리 잎을 가리키며 모든 게 아름답다고 칭송했다.

아이들이 잠에서 깨어 아버지가 돌아온 것을 보자 환성이 울려 퍼졌다. 아이들은 그를 포위하여 달려들다시피 했다. 그간 집에서 있었던 놀랍고 새로운 소식들을 아빠도 얼른 전해 들어야 했다. 아이들이 힘을 합쳐 시냇가에 지어놓은 작은 물레방아나 버드나무에 새로 튼 새둥지나 저수지에서 수천 마리가 무리 지어 수면 아래를 헤엄치는 붕어들에 대한 소식들이다.

그러고 나서 부모와 아이들은 밭을 둘러보는 긴 산책을 했다. 아이들은 아빠가 빽빽하게 자라는 호밀과 클로버가 피어 있는 풍경을, 그리고 감자가 구불거리는 이파리를 땅 위로 틔우기 시작하는 광경을 모두 봐야 한다고 채근했다.

아빠는 풀을 뜯고 돌아오는 암소들도 맞이해야 했고, 새로 태어난 송아지와 양들에게 인사도 해야 했고, 닭장의 알들도 찾아보아야 했고, 말들에게 설탕도 건네야 했다.

아이들은 하루 종일 아버지의 품에 매달려 있었다. 학교도 빼먹고 일도 안 했다. 이런 날은 아빠와 온종일 쏘다녀야 했다.

저녁이 되자 그는 가족들에게 폴카를 연주해주었다. 하루 종일 그는 아이들의 좋은 친구가 되어 놀아주었기 때문에 아이들은 부디 아빠가 만날 집에 같이 있게 해달라고 기도를 하며 잠들었다.

그는 여드레 간 가족들과 함께 머물렀고 그 동안 그 자신도 아이로 돌아간 듯 명랑했다. 그는 그 집의 모든 이들과, 아내와도 아이들과 새로 사랑에 빠졌다. 에케뷔 생각은 나지도 않았다.

하지만 결국 그가 떠나는 아침이 밝았다. 그는 더 이상 이곳에 넘쳐나는 행복을 감당할 수 없었다. 에케뷔는 이곳에 비하면 형편없는 장소였으나 온갖 일이 벌어지는 한복판에 있었다. 아, 에케뷔에는 그가 꿈꾸고 유희할 만한 것들이 얼마나 많았던가. 그가 어찌 기사다운 위업과 길고 긴 뢰벤 호수를 둘러싸고 전설처럼 벌어지는 거친 사냥을 잊고 살 수 있을까.

그의 영지에서는 만사가 순탄했다. 자애로운 안주인의 가호 안에 만물이 무럭무럭 자라 번성했다. 농장을 거니는 자들은 모두 고요한 행복감에 젖었다. 다른 곳에서라면 불화를 불러올 만한 일도 여기서는 불평과 고통 없이 해결되었다. 모든 것이 순리대로 흘렀다. 이 집의 가장이 에케뷔의 기사로서 살기를 바랄 때 가족들은 어찌해야 할까. 왜 서녘으로 져서 세상을 깜깜하게 만드느냐고 하늘의 해를 향해 투덜거려봤자 무슨 소용이겠는가.

숙이는 것이 이기는 것이다. 최후에 웃는 것은 인내하는 자다.

19
도브레의 마녀

높은 산에 사는 마녀가 뢰벤 호숫가까지 내려왔다. 주민들은 짐승 가죽을 걸치고 은을 박은 허리띠를 차고서 구부정하게 걷는 마녀를 목격했다. 그녀가 어째서 늑대굴을 떠나 인간의 거주지로 왔을까? 산중에서 내려온 노파는 푸른 계곡에서 뭘 찾는 걸까?

그녀는 동냥을 하러 왔다. 마녀는 모아둔 돈이 많으면서도 동냥하길 좋아했다. 그녀는 골짜기에 희게 반짝이는 커다란 은괴를 잔뜩 숨겨두었다. 산 사이에 깊숙이 자리한 풀밭에서는 그녀가 키우는 황금빛 뿔을 한 새까만 소들이 커다랗게 무리지어 싱싱한 풀을 뜯었다. 그래도 그녀는 나막신을 신고, 멀리서도 야단스러운 밑단장식이 눈에 띄는 기름기 도는 털조끼를 입고서 먼지로 뒤덮인 나날을 떠돌아다녔다. 그녀는 파이프 담배에 이끼를 채워 피웠고 가장 가난한 사람들에게도 구걸을 했다. 감사할 줄도 만족할 줄도 모르는 이 계집에게 저주 있으라.

마녀는 나이가 많았다. 갈색 살갗에 납작코, 땟국이 자르르한 가운데 번쩍이는 새까만 작은 눈이 꼭 잿빛 그을음 사이에서 번뜩이는 숯을 연상시키는 이 넙데데한 얼굴에 젊음의 광휘가 깃들었던 건 대체 언제일까. 그녀가 목장의 오두막 울타리에 걸터앉아 양치기 청년이 부르는 사랑의 노래에 화답하여 긴 뿔피리를 불었던 건 언제였을까. 그녀는 벌써 수백 년을 살았다. 그녀는 나이 많은 노인들의 기억 속에도 늘 있었다. 노인들의 부모가 아직 젊었을 때도 그녀는 이미 노파였다. 그리고 그녀는 아직도 죽지 않았다. 지금 이 글을 쓰고 있는 나도 내 눈으로 그녀를 본 적이 있다.

마법을 쓰는 핀란드인의 딸이라는 그녀는 권능이 어마어마해서 생전 누구에게 고개 숙이는 법이 없었다. 그녀의 커다란 발은 늘 걸음 할 때 주저하는 법이 없었다. 그녀는 우박을 불러들일 줄 알았고 번개가 떨어질 곳을 정할 수도 있었다. 소들을 엉뚱한 길로 이끌거나 양 떼가 늑대의 습격을 당하는 것도 그녀의 짓이었다. 그녀가 저지르는 나쁜 짓은 헤아릴 수 없고 착한 일은 손꼽을 만했다. 그녀와 척을 져서는 안 된다. 당신에게 딱 한 마리 남은 염소를 그녀가 달라고 하거든 줘버리는 편이 낫다. 그러지 않으면 당신의 말이 다리를 부러뜨리거나 집에 불이 나거나 소가 병에 걸리거나 아이가 죽어버리는 재앙이 닥친다. 혹은 여태껏 알뜰하던 아내가 갑자기 자제력을 잃고 낭비벽에 빠질지도 모른다.

그녀는 아무 데서도 환영받지 못하는 인간이다. 그럼에도 그녀를 맞이할 때는 웃는 낯을 짓는 편이 낫다. 그녀가 무슨 짓을 하려고 왔는지 누가 알랴. 그녀의 목적은 동냥주머니를 채우는 데만 있는 게 아니었다. 그녀는 나쁜 징조들을 몰고 다녔다. 그녀가 나타나면 어스름 지는 시간에 늑대와 여우들이 무시무시하게 울부짖으며 배회했고, 독액을 뿜어대는 검붉은 해충들이 숲에서 기어나와 인가의 문전까지 떼 지어 몰려들었다.

마녀는 당당했다. 조상 대대로 내려온 지혜를 간직한 그녀는 긍지가 넘쳤다. 그녀가 짚고 다니는 지팡이에는 강력한 룬 문자가 새겨져 있었다. 마녀는 그 지팡이를 세상 어떤 보화에도 팔려 하지 않았다. 그녀는 마법노래를 부를 줄 알았고 미약도 끓일 수 있었다. 호수 위로 마법의 탄환을 쏴서 폭풍을 불러일으키기도 했다.

어두컴컴한 숲으로부터, 가파른 산꼭대기에서 내려온 그녀는 계곡에 사는 인간들을 어찌 여겼을까? 토르 신과 거인을 죽이는 영웅과 핀란드 이교도들의 위풍당당한 신들을 믿는 그녀의 눈에 기독교도란 늑대의 눈에 비친 길들여진 개나 다름없었다. 하지만 그녀는 곧잘 산을 내려와 보잘것없는 인간들이 어찌 사는지 살폈다.

그녀를 본 인간들은 두려움에 떨었으나 강인한 야생의 여자인 그녀는 흔들림 없는 걸음으로 경악하는 인간들 사이를 쏘다녔다. 그녀의 혈족이 이룬 위대한 업적들도, 그리고 그녀 자신이 해낸 일들도 생생히 기억에 남아 있었다. 제 발톱을 믿는 고양이처럼 그녀도 자신의 지혜와 신들의 마법노래에 깃든 힘을 믿었다. 공포의 왕국을 다스리는 그녀만큼 자신의 권력을 확신하는 군주는 없었다.

그렇게 마녀는 온갖 곳을 돌아다녔다. 이제 그녀는 보리에도 왔다. 망설이지 않고 그녀는 백작의 성으로 향했다. 그녀는 부엌 쪽의 출입문을 거의 이용하지 않았다. 그녀는 곧장 테라스 쪽으로 난 계단을 오른 후 마치 목장길을 걷듯 스스럼없이 꽃으로 장식된 자갈길을 치수 큰 나막신으로 디뎠다.

때맞춰 메타 백작 부인이 6월의 화사한 한낮 풍경을 즐기기 위해 테라스로 나왔다. 계단 아래 조약돌 길에서는 두 하녀가 식량창고로 향하던 참이었다. 그들은 베이컨을 그을리는 훈제실에서 갓 꺼내온 햄을 꼬챙이에 끼워 함께 들고 있었다.

"마님, 햄이 제대로 훈제가 됐는지 살펴보시겠어요?" 하녀 중 하나가 물었다.

마침 보리의 살림을 관장하던 메타 백작 부인은 계단 위로 몸을 숙여 햄을 살펴보려 했으나 그와 동시에 핀란드 마녀가 고깃덩이에 손을 뻗었다.

아, 이 노릇노릇하게 반들거리는 고기껍질과 두터운 비계를 보라! 햄에서는 신신한 노간주나무 가지 향이 풍겼다. 신들의 잔칫상에 오르기에도 손색이 없는 음식이었다. 마녀는 즉각 햄을 차지하겠다고 마음먹었다. 그녀는 고깃덩이에 손을 얹었다.

산의 딸은 부탁하거나 구걸하는 법은 몰랐다. 작물이 자라고 인간들이 살아가는 것도 다 그녀의 덕이 아니던가. 그녀는 마음만 먹으면 서리나 이상기후나 폭우를 불러일으킬 수 있었다. 그런 고로 그녀는 부탁이나 구걸을 할 필요가 없었다. 원하는 것이 있으면 손만 뻗으면 되었다. 그러면 그것은 그녀의 것이었다.

그러나 메타 백작 부인은 늙은 마녀의 무서움에 대해 아는 바가 없었다.

"꺼져, 거지년아!" 그녀는 소리쳤다.

"햄을 내놔라!" 높은 산에서 늑대를 타고 다니던 마녀가 요구했다.

"미쳤구나!" 백작 부인은 하녀들에게 얼른 햄을 식량창고로 나르라고 명령했다.

수백 살 먹은 마녀의 눈동자가 분노와 탐욕으로 번득였다.

"내게 그 노릇노릇한 햄을 주지 않으면 네게 저주가 닥칠 게다!" 마녀가 소리쳤다.

"너 같은 것에게 주느니 까치밥으로 내놓고 말지!"

노파는 분해서 부들부들 떨었다. 그녀는 룬 문자가 새겨진 지팡이를 높이 쳐들더니 거칠게 휘둘렀다. 그녀의 입술이 이상한 주문을 쏟아냈다. 그녀의 온 머리털이 곤두서더니 눈에서는 불꽃이 튀었고 얼굴은 온통 일그러졌다.

"네 몸뚱이가 까치밥이 될 게다!" 마침내 마녀가 소리쳤다.

그 후 그녀는 저주의 말을 중얼거리고 지팡이를 휘두르며 자리를 떴다. 마녀의 걸음은 더 이상 남쪽으로 향하지 않고 자신의 집으로 방향을 틀었다. 이제 야생의 여인은 목적을 달성했다. 바로 이런 짓을 하려고 그녀는 산에서 내려왔던 것이었다.

메타 백작 부인은 뜰의 계단 위에 서서 마녀의 미친 짓거리에 웃음을 터뜨렸다. 그러나 그녀의 웃음은 오래가지 못했다. 바로 그놈들이 닥친 것이다! 그녀는 제 눈을 믿을 수가 없었다. 이것이 꿈인가 의심했으나 몰려오는 것은 그녀를 쪼아 먹으려는 까치 떼였다.

큰 정원과 뜰로부터 수십 마리의 까치가 발톱을 세우고 탐욕스러운 부리를 벌린 채 그녀를 쪼기 위해 날아들었다. 깍깍거리는 소음이 넘쳐났다. 백작 부인의 눈앞에 검고 흰 날개들이 번뜩였다. 그녀는 그 지역의 까치들이 모두 떼 지어 몰려 온 것을, 하늘이 온통 검고 흰 날개로 덮인 것을 어지러운 눈으로 보았다. 날카로운 한낮의 태양 아래 깃털들이 금속처럼 반짝였다. 맹금들이 싸움을 벌이듯 까치 떼의 꼬리 깃털이 퍼덕였다. 백작 부인의 주위를 맴도는 새 떼의 원이 점점 빽빽이 좁아졌다. 놈들의 부리와 발톱은 그녀의 얼굴을 향하고 있었다. 그녀는 집 안으로 도망쳐 등 뒤로 문을 닫았다. 그녀가 잠가버린 문에 기대서 휘청거리며 공포에 숨을 몰아쉬는 동안, 바깥에서 까치들은 퍼덕거리며 깍깍댔다.

그녀는 눈부시게 아름다운 한여름으로부터, 생명력 넘치는 환희로부터 격리당했다. 그 후로 잠긴 문과 내려진 커튼 밖으로 나오지 못하는 그녀에겐 절망과 불안, 미칠 듯한 혼란 외에 남은 게 없었다.

이 이야기 자체도 미친 소리처럼 들릴지 모르지만, 틀림없는 진실이다. 아직도 이 이야기를 기억하고 진짜 그대로였다고 증언해줄 나이 지긋한 분들이 살아계신다.

새들은 테라스 난간과 지붕 위에 내려앉았다. 새들은 백작 부인이 다시 모습을 드러내기만 하면 달려들 태세를 갖추고 앉아 있었다. 놈들은 큰 정원에 둥지를 짓고 터를 잡았다. 성의 부지에서 새들을 쫓아내는 건 불가능했다. 총을 쏴서 한 마리가 맞아 떨어지면 새로 열 마리가 날아왔다. 때때로 무리의 일부가 먹이를 구하러 크게 떼를 지어 떠났지만 언제나 믿음직한 나머지가 성을 감시하며 남아 있었다. 메타 백작 부인이 창밖을 내다보거나, 한순간이라도 커튼을 젖혀 모습을 보이거나, 계단 위로 나올 태세를 취하면 금세 새 떼가 몰려들었다. 한 마리도 빼놓지 않고 무시무시하게 무리를 지어 시끄럽게 날개를 쳐대며 성의 본채로 날아 닥치는 통에 백작 부인은 성 안 가장 깊숙한 방으로 피신해야 했다.

그녀는 붉은 홀 뒤의 침실에 머물렀다. 보리 성이 까치들에게 점령당한 끔찍한 시절 이 침실의 광경이 어땠는지 나는 종종 이야기를 들었다. 문과 창문마다 묵직한 커튼이 드리워졌고, 바닥에는 두터운 양탄자가 깔렸고, 사람들은 목소리를 낮춰 살금살금 걸어다녔다고 한다.

백작 부인의 가슴속에는 주검처럼 창백한 두려움이 살았다. 그녀의 머리칼은 허옇게 셌다. 살갗엔 주름이 가득했다. 한 달 만에 그녀는 팍삭 늙었다. 이 끔찍한 마법에는 그녀의 영혼조차 맞설 수가 없었다. 밤마다 그녀는 악몽에서 깨어나 까치 떼가 자신에게 달려드는 환각에 시달리며 비명과 함께 뛰어다녔다. 온종일 그녀는 헤어날 길 없는 운명에 울기만 했다. 혹시라도 새 떼가 따라 들어올까봐 그녀는 같은 인간들도 무서워했다. 그녀는 줄곧 말없이 앉아 시간을 보냈다. 손으로 얼굴을 감싸고 안락의자를 흔들며 공기가 통하지 않는 방 안에서 병들고 우울해져갔다. 불현듯 벌떡 일어나 비명을 지르고 괴로움을 호소하는 것도 그나마 기력을 보일 때였다.

사람 팔자가 이리 힘겨워질 수도 없다. 누가 이 불쌍한 여자를 보고 한탄하지 않으리.

그녀에 대해서는 더 할 이야기도 없다. 내가 지금껏 한 이야기도 그리 좋은 내용은 아니었는데, 그래서 양심의 가책이 느껴질 지경이다. 메타 백작 부인도 젊은 시절에는 사람 좋고 쾌활한 여자였다. 그녀의 젊은 시절의 유쾌한 일화들은 비록 이 책에 적을 자리는 없지만 나를 무척 즐겁게 해주었다.

그 불쌍한 여자는 자각하지 못했지만 사람의 영혼은 양식을 꾸준히 필요로 한다. 춤과 유희는 영혼의 허기를 채워주는 양식이 아니다. 적당한 양분을 얻지 못한 영혼은 들짐승처럼 남들을 갈기갈기 찢어댄 후 마침내 자기 자신마저 파괴해버린다.

20
하지

내가 이 글을 쓰고 있는 지금도 당시의 하지만큼 덥다. 베름란드가 1년 중 가장 아름다운 철을 맞은 때였다.

하지는 또한 사악한 지주 신트람이 포슈에서 슬픔에 잠겨 괴로워하는 시기이기도 했다. 그는 낮 동안 빛이 승리의 행군을 하고 어둠이 패하는 것에 불평했다. 나무들이 입은 눈부신 잎사귀 옷도, 대지를 덮은 화사한 양탄자도 그의 불만을 자아냈다.

만물이 아름다웠다. 잿빛 돌길 가장자리에도 꽃들이, 노란 민들레와 자줏빛 살갈퀴 여름꽃들이 피어났다.

한여름이 산을 다스리고 브루 교회의 종소리가 바람에 실려 포슈까지 올 때, 온 지역에 평온하고 고요한 날들이 흐를 때면 그는 분노에 차서 벌떡 일어났다. 신과 인간들이 감히 그의 존재를 잊으려는 모양이다. 그는 교회로 가기로 마음먹었다. 여름에 환호하는 모든 이들이 그를 보아야 했다. 신트람을, 새벽이 오지 않는 암흑을, 부활하지 못하는 암흑을, 봄을 맞지 않는 겨울을 사랑하는 사내를.

그는 늑대 가죽을 뒤집어쓰고 손에는 벙어리장갑을 꼈다. 붉은 말을 썰매 앞에 맨 후 그는 반짝이는 뱀 대가리 모양의 마구에 방울을 달았다. 바깥이 영하 30도쯤 되는 듯 무장을 하고서 그는 교회를 향해 썰매를 몰았다. 썰매 날 아래로 날카로운 마찰음이 울리면 그는 그게 추위 때문인 듯 여겼다. 말 등에 흐르는 땀도 서리인 척했다. 그는 더위를 느끼지 않았다. 해가 온기를 퍼뜨리듯 그는 사방으로 한기를 뿜어냈다.

그는 브루 교회 북쪽의 넓은 평야를 달렸다. 그가 달리는 길 위로 태양빛을 가득 받은 커다란 마을들이 늘어섰고 들에서는 종달새가 노래했다. 나는 그 들판처럼 종달새가 아름답게 노래하는 곳을 알지 못한다. 그래서 나는 신트람이 이 수백 마리의 종달새 합창에도 귀를 막을 수 있었을지 궁금해하곤 했다.

교회로 가는 길에는 그 외에도 그의 눈에 띄었다가는 역정을 살 만한 것들이 잔뜩 있었다. 모든 오두막 문 앞에는 구부린 자작나무 가지 두 개가 걸려 있었다. 만약 그가 오두막의 열린 창 안을 일별했다면 방 안 벽이 푸른 가지들로 장식되어 있는 것도 보았으리라. 조그만 거지 소녀도 라일락 가지를 손에 들고 큰길을 갔다. 농부 아낙네들은 누구라고 할 것 없이 주머니에 작은 꽃다발을 담아두었다.

농장 마당들에는 꽃과 화환으로 꾸민 메이폴*들이 서 있었다. 나무 주위의 땅은 발자국으로 패어 있었다. 하지축제의 밤에 사람들이 모여 춤을 춘 흔적이다.

저 아래 뢰벤 호수에는 나무 뗏목들이 떠다녔다. 바람이 불지 않았지만 하지를 기념하기 위해 작은 흰 돛이 펼쳐졌다. 돛대 꼭대기마다 푸른 가지를 둥글게 엮은 장식을 얹었다.

---

* 서양에서 5월 1일의 봄맞이 축제인 메이데이에 광장에 세워 꽃, 리본 따위로 장식하는 나무 기둥. 그 주위에서 춤을 추며 즐긴다.

브루 교회로 통하는 여러 길은 모두 사람으로 복작였다. 교회 가는 여자들은 바로 오늘을 위해 손수 짠 환한 빛깔의 곱게 장식한 여름옷을 입고 있었다. 남자들 역시 축제에 걸맞게 차려입었다.

사람들은 평화로운 축일과 평온히 흐르는 일상, 따스하고 기분 좋은 날씨, 풍작이 예상되는 농사와 길가에서 익기 시작한 딸기 등으로 즐거워하느라 여념이 없었다. 그들은 바람 한 점, 구름 한 조각 없는 날씨와 종달새의 노래에 대해 이야기를 나누며 말했다.

"그래, 오늘 같은 날이야말로 주님의 날이라 할 만하지!"

그때 신트람이 썰매를 몰며 달려왔다. 그는 욕설을 내뱉으며 땀으로 범벅이 된 말 등에 채찍을 휘둘렀다. 썰매 날 아래로 모래가 듣기 싫게 바스락거렸다. 날카로운 방울 소리는 교회 종소리마저 묻어버렸다. 모피 모자 아래 신트람의 이마는 분노로 찌푸려져 있었다.

교회에 모여든 신자들은 악마가 나타났다며 소스라쳤다. 여름 축제날마저도 그들은 한기와 악의로부터 안전하지 못했다. 그것이 지상에 떨어진 이들의 운명이었다.

교회 마당에서 담장 아래 그늘에 서 있거나 돌 위에 앉아서 예배가 시작되기를 기다리던 이들은 신트람이 교회 문을 통과하는 모습을 보고 놀라서 말을 잃었다. 방금 전까지만 해도 그들은 신께서 내려주신 아름다운 날씨에 기뻐하면서 푸른 지상을 거니는 즐거움과 삶의 아름다움을 만끽하던 중이었다. 그러나 신트람을 보자마자 그들은 알 수 없는 불길한 예감에 사로잡혔다.

그들은 미신적인 두려움에 사로잡혀 신트람이 사람들 사이를 지나가며 인사하는 방식을 주시했다. 신트람이 자신을 보지 않고 지나가면 사람들은 안도했다. 신트람이 인사하는 것은 자신의 악행에 봉사해주는 자들에 한해서였기 때문이었다. 브루뷔의 목사에게 그는 모자를 벗고 깊이 조아렸다. 마리안 싱클레르와 기사들에게는 살짝 모자를 들어보였다. 하지만 브루의 교구장과 행정관에게는 인사하지 않았다.

신트람은 교회 안으로 들어와 자리에 앉고는 장갑을 의자에 던져 걸쳤다. 온 교회 사람들은 장갑 끝에 꿰맨 늑대 발톱이 덜그럭거리는 소리를 들었다. 앞줄에 앉은 여자들 중 몇 명은 그의 들짐승 같은 모습을 보고는 기절해 실려 나갔다.

아무도 신트람을 쫓아낼 엄두를 못 냈다. 그는 예배를 방해하는 중이었으나 모두 그를 두려워했고, 감히 그에게 교회 밖으로 나가라고 명령할 사람은 아무도 없었다.

교구장이 여름의 눈부신 축제에 대해 말했지만 아무도 귀 기울이지 않았다. 다들 신트람으로부터 뿜어져 나오는 한기와 악의에 주목하며 대체 이 사악한 지주가 어떤 불행을 예고하려고 나타났을까 생각했다.

예배가 끝나자 그는 교회 밖 비탈로 걸음을 옮겼다. 그는 물가로 시선을 떨어뜨려 브루뷔 사장을 죽 따라 서쪽 기슭의 세 곳을 응시하다가 뢰벤 호수로 시선을 옮겼다. 그 후 그는 호수와 푸른 기슭을 향해 위협하듯 주먹을 쥐어 보였다. 그러고는 눈길을 남쪽으로 돌려 뢰벤 호수 남단을 향하더니 호수 끝의 파란 곳에 이르렀다. 그의 눈은 몇십 킬로미터를 날아 굴리타 산을 지나 호수가 끝나는 비에니뎃을 보았다. 산들이 계곡을 둘러싼 서쪽과 동쪽 역시 보았고 또 주먹을 불끈 쥐었다. 다른 이들에게는 그가 오른손에 번개 한 묶음을 쥐고 악의적인 기쁨에 차서 평화로운 풍경 위로 힘닿는 한 죽음과 저주를 내던지려는 듯 보였다. 그의 심장은 오랫동안 사악함이 깃들어 있었고 비참함 속에서만 기쁨을 맛볼 수 있었다. 지난 세월 동안 그는 추하고 사악한 것이면 뭐든 사랑하는 인간이 되었다. 그는 가장 증세가 심한 미치광이보다도 더 광기에 차 있었으나 다른 인간들은 거기까지 눈치 채지 못했다.

그 후 근방에는 이상한 소문이 돌았다. 다들 입을 모아 말하기를 교회 일꾼이 문을 잠그려 했을 때 열쇠가 부러졌다고 했다. 열쇠 구멍에 빽빽하게 만 종이가 꽂혀 있어서였다. 그는 종이를 교구장에게 가져갔다. 다들 짐작하겠지만 그것은 다른 세상의 존재에게 보내는 편지였다.

그 종이에 적혀 있던 내용에 대해 이야기할 때 인간들은 목소리를 낮췄다. 교구장은 편지를 불태웠으나 교회 문지기는 옆에서 모든 것을 보았다. 검게 탄 바탕에서 글자들이 선명한 붉은 색으로 빛났다. 문지기는 호기심에 그 글자를 읽지 않을 수 없었다. 문지기가 훔쳐 읽은 바에 따르면 그 편지를 쓴 사악한 사내는 브루의 교회 탑이 보이는 구역 내의 온 땅을 파괴하고자 한다고 했다. 그자의 소원은 교회 위로 야생의 숲이 자라는 광경을 보는 것이었다. 그자는 인간들의 거주지를 곰과 여우가 차지하는 꼴을 보고자 했다. 논밭은 황폐해질 테고 그 지역에서는 가축도 더는 살지 못할 것이다. 악마는 그 땅의 모든 인간에게 재앙을 일으키며 주군을 섬기겠노라고 편지에 서약했다.

인간들은 절망에 빠져 말을 잃고 미래를 그려보았다. 그들은 악마의 힘이 얼마나 강한지 알았다. 그가 살아 있는 것을 모조리 증오하며 계곡을 야생림으로 뒤덮기를 소망한다는 사실, 선하고 기쁨을 가져다주는 일을 사랑하는 자들을 몰아내기 위해 역병과 기아와 전쟁마저 종으로 부린다는 사실 또한 그들은 알고 있었다.

21
음악의 여신

젊은 백작 부인의 도주를 도운 후로 그 무엇으로도 예스타 베를링의 기분이 밝아지지 않자 기사들은 자비로운 음악의 여신에게 도움을 구하기로 결심했다. 강력한 그녀는 무수한 사람들을 위로해주었다.

그래서 기사들은 어느 7월 저녁 커다란 홀의 모든 문들을 열어젖히고 창틀을 떼어냈다. 햇살과 바람이 쏟아져 들어왔다. 해질녘 태양은 커다랗게 붉었고 선선한 저녁 바람은 향내를 풍겼다.

가구 위의 줄무늬 덮개천을 벗기고, 피아노 뚜껑을 열고, 베네치아 식 샹들리에를 덮은 베일을 벗겨냈다. 대리석 탁자의 흰 평면 아래 황금빛 그리펀이 다시 빛을 받아 반짝였다. 거울 위에 조각된 흰 미의 여신들이 검은 땅을 딛고 춤을 추었다. 다마스크 비단 위의 온갖 형상의 꽃들이 저녁노을을 받아 빛났다. 장미꽃을 따다 물 위에 띄우자 온 홀에 향기가 가득했다. 이 신비한 장미는 외국에서 들여온 거라 정확한 품종은 아무도 몰랐다. 인간의 피처럼 붉은 수액을 머금은 노란 장미도 있었고, 꽃잎 가장자리가 멋대로 자란 크림빛 장미도, 커다란 잎사귀에 가장자리가 물빛으로 희미해지는 분홍 장미도, 짙은 그늘을 드리우는 어두운 붉은빛 장미도 있었다. 본래 먼 나라에서 자라던 것을 알트링에르가 가져와 키운 품종들로, 아름다운 여인들을 기쁘게 해주기 위해 에케뷔로도 옮겨온 것이다.

기사들은 그 후 보면대와 악보, 주석으로 만든 악기들과 온갖 크기의 현악기를 날라왔다. 사비로운 음악의 여신이 에케뷔를 나스리며 예스타 베를링을 위안하리라.

음악의 여신은 선량한 '파파 하이든'의 〈옥스퍼드 교향곡〉을 택했다. 기사들은 그 곡을 익혔다. 향사 율리우스가 지휘봉을 휘두르고 다른 기사들은 제각각 악기를 다루었다. 기사들은 모두 악기를 연주할 줄 알았다. 그렇지 않고서야 어찌 기사라 할 수 있겠는가.

준비가 완료되자 그들은 예스타를 불렀다. 그는 여전히 기력이 없었으나 화려하게 꾸며진 홀을 보고 기뻐했고, 곧 듣게 될 아름다운 음악을 기대했다. 고통 받는 이에게 음악의 여신만 한 친구도 없음은 널리 알려진 사실이었다. 그녀는 쾌활하고 명랑하기가 어린아이와도 같고, 젊은 미녀처럼 정열적인 매혹을 발하고, 충실한 삶을 살아온 노인처럼 선하고 지혜롭다.

기사들은 속살거림처럼 잔잔하게 연주했다.

작달막한 루스테르는 매우 진지하게 임했다. 코에 안경을 걸치고 악보를 읽어가면서 그는 플루트에 입 맞추듯 부드러운 음을 내고 손가락으로 키와 구멍을 눌렀다. 에베르하드 아저씨는 첼로 위로 몸을 구부정하게 굽혔다. 그의 한쪽 귀로 가발이 흘러내렸다. 음악에 취해 그의 입술이 떨렸다. 베리는 기다란 바순을 쥐고 당당히 섰다. 때로 그는 자제력을 잃고 온 힘을 다해 바람을 불어넣었으나 그때마다 율리우스가 지휘봉으로 그의 두터운 두개골을 때렸다.

연주는 훌륭하게 진행되었다. 사랑스러운 음악의 여신이여, 마법의 망토를 펼치소서. 그리하여 예스타 베를링을 예전에 거하던 기쁨의 땅으로 인도하소서.

창백하고 기력 없이 앉아, 나이 든 이들 쪽에서 기분을 달래주어야 하는 이 어린아이 같은 이가 정녕 예스타 베를링이란 말인가! 기쁨이 넘치던 베름란드 땅이 대체 어찌 되려는가!

나는 어째서 나이 든 이들이 그를 사랑하는지 잘 안다. 겨울밤이 얼마나 지루하고 황량한 장원에서 어둠이 인간의 정신을 좀먹기가 얼마나 쉬운지 알기 때문이다. 예스타 베를링이 나타나기 전 세상이 어땠을지 나는 충분히 머릿속에 그려볼 수 있다.

할 일도 없고 머릿속이 멍한 일요일 오후를 상상해보라. 방 안까지 침투해 난롯불에도 물러서지 않는 혹독한 북풍의 한기를 상상해보라. 늘 닦아주어야 하는 외로운 수지 양초와 바깥 부엌으로부터 들려오는 단조로운 찬송가를 떠올려보라.

그 와중에 느닷없이 맑은 썰매 종소리가 울린다. 계단에서 날랜 발에 묻은 눈을 털어내고 예스타 베를링이 등장한다. 그가 웃으며 장난을 쳐댄다. 그는 삶이요 온기다. 그는 낡은 피아노 뚜껑을 열어 신선한 멜로디를 연주한다. 그가 모르는 노래는 세상에 없다. 어떤 음률이든 그는 연주해낸다. 그리고 그 집에 사는 모든 인물들에게 행복을 선사한다. 그는 추위에 떠는 법도, 지치는 법도 없었다. 그를 본 이들은 시름을 잊었다. 게다가 그는 선량한 인간이어서 가난하고 약한 자들을 동정할 줄 알았다. 그는 천재이기도 했다. 그렇다, 독자들도 나이 든 이들로부터 그의 일화를 들어봤어야 했다! 하지만 지금 기사들이 지극히 아름답게 연주하는 도중에 예스타 베를링이 눈물을 쏟았다. 그에게는 온 삶이 비극으로 여겨졌다. 그는 손으로 얼굴을 가리고 울었다. 기사들은 소스라쳤다. 예스타가 흘리는 눈물은 음악의 여신이 곧잘 유도하는 부드러운 치유의 눈물이 아니었다. 그는 절망에 빠진 이처럼 흐느꼈다. 기사들은 어쩔 줄 몰라 연주를 멈추었다.

예스타 베를링을 아끼는 음악의 여신마저도 의욕을 잃을 지경이었다. 그러나 그녀는 기사들 중 아직 강건한 영웅이 하나 남아 있음을 기억해 냈다.

그 영웅이란 잔인무도한 급류 속에 약혼녀를 잃은 온화한 뢰벤보리였다. 그는 현재 기사들 중 그 누구보다도 예스타 베를링에게 충직했다. 그는 소리 죽인 걸음으로 피아노를 향해 갔다. 겁먹은 듯 피아노 주위를 빙빙 돌다가 조심스럽게 어루만진 뒤 부드러운 손길로 건반을 쓸었다.

뢰벤보리는 기사관의 커다란 나무 탁자에다 피아노 건반을 그리고 보면대를 가져다놓았다. 그 앞에 몇 시간이고 앉아 검고 흰 건반을 두드리는 시늉을 했다. 거기서 그는 음계를 익히고 연습곡을 훈련하고 베토벤의 작품을 연주했다. 음악의 여신의 가호 덕에 그는 베토벤의 서른 둘 소나타 중 여러 점의 악보를 옮겨 그릴 수 있었다.

하지만 이 늙은 사내는 그 나무 탁자 외의 악기를 연주해본 적이 없었다. 그는 피아노를 끔찍이도 무서워했다. 그는 피아노에 이끌리면서도 그보다 더 큰 두려움을 느꼈다. 무수한 폴카를 연주해낸 이 요란한 악기는 그에게 성물이었다. 그는 그것을 건드릴 엄두조차 낸 적이 없었다. 많은 현이 달린 이 신기한 물건은 위대한 거장들의 작품에 생명력을 불어넣을 수 있었다. 귀를 갖다대기만 하면 스케르초와 안단테가 그 안에서 울렸다. 피아노는 음악의 여신을 경배하기에 딱 알맞은 제단이었으나 그는 평생 단 한 번도 피아노를 연주해본 적이 없었다. 자기만의 피아노를 구입할 돈을 가져본 적도 없었고, 그렇다고 이 피아노를 연주하기에는 용기가 나지 않았다. 소령 부인 역시 그를 위해 피아노 뚜껑을 열어줄 생각은 하지 않았다.

그는 이 피아노가 폴카와 왈츠와 벨만의 노래를 연주하는 걸 들었다. 그러나 그런 범속한 음악은 이 멋진 악기로 하여금 순수하지 못한 소리를 내게 하거나, 혹은 더 나아가 고통에 겨운 신음을 내게 할 따름이었다. 베토벤 같은 이가 올 때에야 피아노는 본래의 맑은 음을 울릴 수 있으리라.

그는 이제 드디어 베토벤과 그를 위한 때가 왔다고 느꼈다. 그는 용기를 내어 성물에 손을 대고 그의 젊은 주인이자 우두머리인 예스타의 고통을 잠재우는 아름다운 소리를 선사하고 싶었다.

그는 앉아서 연주를 시작했다. 불안으로 정신이 어질거리기까지 했으나 그는 건반 몇 개를 더듬거리며 맞는 음을 찾았다. 그의 이마에 새로 주름이 내려앉았다. 곧 그는 손으로 얼굴을 감싸고 쓰디쓴 눈물을 흘렸다.

자비로우신 음악의 여신이여, 그에게는 너무나 잔인한 일이었나이다. 그의 성물은 성물이 아니었다. 그 피아노 안에는 맑고 밝은 소리도, 황홀한 꿈도 깃들어 있지 않았다. 둔중하고 어마어마한 우레도, 격렬한 굉음을 내는 폭풍도 피아노 속에서는 찾을 수가 없었다. 천국의 바람을 타고 흐르는 듯한 끝없는 음률은 피아노 속에 한 조각도 남아 있지 않았다. 그것은 그저 낡아서 덜그럭거리는 피아노에 불과했다.

그러나 음악의 여신은 영리한 대령에게 계시를 내렸다. 그는 루스테르와 함께 기사관으로 올라가 뢰벤보리의 건반이 그려진 탁자를 들고 내려왔다.

"여길 보게나, 뢰벤보리!" 돌아온 베렌크로이츠가 말했다. "여기 자네 피아노가 있네, 예스타에게 뭔가 연주해주게."

뢰벤보리의 눈물이 멎었다. 그는 탁자 앞에 앉아 그의 슬픔에 빠진 젊은 친구에게 베토벤을 연주해주었다. 이제 그는 다시 행복해질 수 있었다.

늙은 사내의 머릿속에서는 생기 넘치는 음이 울려 퍼졌다. 그는 자신이 이날 저녁 훌륭히 연주하는 음악을 예스타도 들을 수 있다고 믿어 의심치 않았다. 그는 모든 역경을 극복했다. 빠르게 전개되는 음과 꾸밈음을 그는 아무 어려움 없이 쳐냈다. 그는 악성께서 진히 자신의 연주를 들으셨으면 좋겠다고 생각했다.

연주가 계속될수록 그의 도취는 깊어져갔다. 그는 음 하나하나를 초인적인 힘으로 눌렀다.

'슬픔이여, 고통이여.' 그는 연주로 말했다. '내가 너를 사랑하지 못할 이유가 무엇이겠느냐. 고작 네 입술이 차고 네 뺨에 핏기가 없고 네 품은 숨이 막히고 네 눈길을 받은 인간은 돌이 되고 만다는 이유로?

고통이여, 너는 쉽게 사랑을 주지 않되, 한번 마음을 주면 누구보다도 열렬히 타오르는 긍지 높은 미녀와도 같구나. 다른 이들에게서 추방당한 너를 나는 내 마음으로 품고 사랑했다. 네 얼어붙은 사지에 온기가 돌도록 나는 너를 어루만졌고 네 사랑은 내게 행복을 가져다주었다.

아, 내가 얼마나 고통당했던가! 처음 사랑한 그녀를 잃은 후로 나는 얼마나 시들어갔던가! 내 마음에는 칠흑 같은 밤이 찾아왔고 내 주변에는 빛 한 점 없었다. 나는 끝없이, 지치지 않고 기도했으나 하늘은 나의 긴 기다림에 답해주지 않았다. 별들로 가득 찬 하늘궁륭으로부터 그 어느 천사도 날 위로하기 위해 내려오지 않았다.

그러나 그리움이 나를 뒤덮고 있던 장막을 찢어냈다. 달빛의 다리를 건너 그녀가 내게로 내려왔다. 찬란한 빛이 그녀를 감쌌고 그녀의 입술은 미소 짓고 있었다. 내 사랑. 기쁜 정령들이 장미 관을 쓰고 당신 주위를 떠돌며 플루트와 치터를 연주했다. 당신을 보는 것은 복락이었다.

하지만 당신은 사라졌다, 가버렸다! 내게는 다리가 되어줄 달빛이 보이지 않았기에 나는 당신을 따라갈 수 없었다. 날개가 없는 나는 지상의 먼지 속을 뒹굴었다. 나는 포효하는 들짐승처럼, 굉음을 내는 우레처럼 울부짖었다. 내가 정녕 우레라면 당신에게 번개를 전령으로 보냈을 것을. 나는 푸른 지상을 저주했다. 지상에서 자라는 모든 것을 불이 집어삼키기를, 역병이 인간들을 멸하기를! 나는 죽음과 심연을 불러들였다. 내 사랑의 끝에 비하면 영겁의 불이라도 복락으로 보이리라.

고통이여, 고통이여, 그때 나의 벗이 되어준 것이 너였다! 다른 이들이 쉽게 사랑을 주지 않으나 한번 마음을 주면 누구보다 열렬히 타오르는 긍지 높고 추상같은 여인들을 사랑하듯, 나 또한 너를 사랑하지 못할 것이 무어냐.'

이 가련한 신비주의자는 연주로 이렇게 말했다. 귓속에 울리는 천상의 선율에 도취되어 그는 탁자 앞에 앉아 있었다. 그는 예스타 역시 이 음악을 듣고 위로받으리라 철석같이 믿었다.

예스타는 제자리에 앉아 뢰벤보리를 바라보았다. 처음에 그는 이 새로운 희극에 짜증이 났으나 점차 기분이 풀렸다. 앉아서 베토벤을 연주하는 늙은 기사의 모습에는 어쩔 수 없이 마음을 끄는 데가 있었다.

예스타는 지금은 이렇게 근심 없고 온화한 이 사내 또한 한때 연인을 잃고 고통 속에 침잠했었음을 떠올리지 않을 수 없었다. 그 사내가 지금은 환희에 차서 나무 탁자를 연주하고 있었다. 한 인간이 행복해지려면 이 나무 탁자로도 충분했다.

예스타는 자존심이 상했다.

그는 스스로에게 말했다. '예스타, 너는 어째서 더 인내하고 고통을 받아들이지 못하는가. 너는 살아오면서 줄곧 가난 속에서 거칠게 단련되었다. 숲의 나무들이, 들판의 언덕들이 인내와 소박함에 대해 설교하는 것들을 너는 들어오지 않았는가. 겨울은 혹독하고 여름은 탐욕스러운 땅에서 자란 네가 견뎌내는 법을 잊은 거냐?

아, 예스타, 사나이라면 인생이 네게 주는 것이 무엇이든 용감한 마음과 미소 띤 입술로 맞을 줄 알아야 한다. 그러지 않으면 사나이가 아니다. 잃어버린 연인을 마음껏 애도하라. 양심의 가책에 온 마음을 뜯겨라. 그러나 바깥세상을 향해서는 사나이답게, 진정한 베를란드 남자답게 당당하라! 눈빛에는 기쁨을 담고 너의 친구들에게는 명랑히 응대하라.

인생은 고되고 자연은 가차 없다. 그러나 둘 다 혹독함의 대가로 기쁨과 용기를 선사한다. 그렇지 않고서야 그 누가 그 둘을 견딜 수 있으랴.

용기와 기쁨, 이 두 가지야말로 인생의 첫째가는 의무일지니! 너는 그 어떤 상황에서도 용기와 기쁨을 부정해서는 안 된다. 지금 또한 마찬가지다.

나무 피아노 앞에 앉은 뢰벤보리보다, 용맹하고 천하태평에 영원히 청춘인 다른 기사들보다 못한 자가 될 테냐? 그들 중 고통을 겪지 못한 자는 아무도 없다."

그리고 예스타는 기사들을 바라보았다. 놀라운 광경이었다. 기사들은 하나도 빠짐없이 조용하고 진지하게 앉아서 아무도 들을 수 없는 이 음악을 경청하고 있었다.

갑자기 터진 명랑한 웃음이 뢰벤보리를 꿈에서 깨웠다. 그는 건반에서 손을 떼고 기쁜 마음으로 웃음소리에 귀를 기울였다. 그것은 예스타 베를링의 전과 같은 웃음이었다. 그의 선량하고 다정하며 주위 사람들까지 전염시키는 웃음이 돌아왔다. 늙은 뢰벤보리가 평생 들었던 중 가장 아름다운 음악이었다.

"베토벤이 자네를 도우실 줄 알았어, 예스타." 그는 외쳤다. "이제 자네는 건강을 되찾았군!"

이리하여 음악의 여신은 예스타 베를링의 우울증을 치료했다.

22
브루뷔의 목사

전지전능한 사랑의 신이여, 네 지배에서 벗어난 인간이 어찌 되는지 너는 안다. 두 인간을 하나로 묶어주던 여린 감정은 너를 떠난 이들의 가슴 속에서 죽어버린다. 불행해진 인간에게 광기가 마수를 뻗는다. 하지만 전지전능한 네가 삶을 지키기 위해 돌아오면, 말라붙은 심장이 마치 성자의 지팡이처럼 다시 푸르러져 꽃을 피운다.

세상에 브루뷔의 목사만큼 형편없는 인간도 없었다. 저열하고 인정머리 없기로 인간들 중 으뜸이었다. 겨울 내내 그는 방에 불을 때지 않았다. 칠도 안 한 나무 의자에 웅크린 채 누더기를 걸쳤고, 마른 빵으로 끼니를 연명했고, 거지가 문지방에 기웃거릴라치면 펄펄 뛰었다. 그는 마구간의 말들을 굶게 내버려두고 여물을 팔아먹었다. 그가 키우는 젖소들은 길가에 돋은 마른 잡초나 집 벽의 이끼를 갉아먹는 신세였다. 굶주린 양들이 우는 소리는 한길까지 들렸다. 농부들은 개들도 입에 안 대는 음식과 거지들도 거부하는 옷가지를 목사에게 던져주었다. 목사는 늘 구걸을 하느라 손을 내밀고 있었고 감사 인사를 하느라 등이 굽었다. 그는 부자를 만나면 구걸을 했고, 가난한 자를 만나면 뭔가를 빌렸다. 갓 주조된 주화를 보기만 하면 그걸 제 주머니에 집어넣을 때까지 마음이 진정이 되질 않았다. 그에게 빚을 진 자들은 빚 갚는 날이 제삿날이나 다름없었다.

그는 늦은 나이에 결혼을 했는데, 차라리 아예 안 하는 편이 나았을 것이다. 아내는 내내 고생만 하다가 죽었다. 딸은 피 한 방울 안 통하는 생판 남의 집에서 하녀로 일했다. 그는 늙은이가 되었지만 세월이 흐른 다고 인간성이 바뀌지는 않았다. 광기와도 같은 탐욕은 그를 떠나지 않았다.

그러나 8월 초엽의 어느 화창한 날, 네 필의 말이 끄는 묵직한 마차 한 대가 브루뷔 언덕을 향해 달려왔다. 고상한 차림의 곱게 늙은 여인 한 명이 마부와 하인에 몸종까지 데리고 전속력으로 모는 마차를 타고 있었다. 그녀는 브루뷔의 목사를 방문하러 온 것이었다. 젊은 시절 그녀 는 그를 사랑했다.

그가 가정교사로 일할 당시 그들은 서로 사랑했다. 하지만 체면을 중 시하던 집안이 그들을 갈라놓았다. 이제 그녀는 죽기 전에 그를 보기 위 해 브루뷔 언덕을 올라오고 있었다. 그녀의 생에 남은 소망은 젊은 날의 연인을 다시 보는 것뿐이었다.

자그마한 몸집의 고상한 여인은 마차 안에 앉아 몽상에 잠겼다. 그녀 는 작고 빈한한 목사관을 보러 브루뷔 언덕을 오르는 게 아니었다. 그녀 는 커다란 정원 아래 시원하게 짙은 그늘이 드리운 정자에서 그녀를 기 다리는 연인을 보러 가고 있었다. 그녀의 눈앞에 어른거리는 그는 젊었 고 키스할 줄 알았고, 사랑도 할 줄 알았다. 그를 다시 만나리라 믿는 지 금, 그의 모습이 이상할 정도로 선명하게 떠올랐다. 참말 잘생기기도 했 지! 그는 꿈을 꿀 줄 알았고, 정열에 불타오를 줄 알았고, 그녀의 온 마

351

음을 황홀하게 사로잡을 줄 알았다.

이제 그녀는 시든 혈색을 한 늙은 여자였다. 환갑에 이른 그녀를 그는 알아보지 못할지도 모른다. 그러나 그녀는 자신의 모습을 보여주기 위해 온 게 아니었다. 그녀는 젊은 날 사랑했던 남자를, 세월의 날카로운 송곳니도 물지 못해 여전히 젊고 잘생기고 다정한 그의 모습을 보러 온 것이었다.

그녀는 먼 지방에서 살았기 때문에 브루뷔 목사에 대한 소문을 들은 게 없었다.

마차는 요란하게 덜컹대며 언덕을 올랐고, 이제 목사관이 저 꼭대기에 보였다.

"자비로운 하느님을 생각하셔서 이 불쌍한 놈에게 한 푼 줍쇼." 길가의 거지 하나가 호소했다.

고귀한 여인은 은화 한 닢을 건네며 브루뷔 목사관이 이 근처냐고 물었다.

거지는 교활하고 날카로운 시선으로 그녀를 훑어보더니 말했다.

"저기가 목사관입니다만 목사님은 안 계십니다. 따로 집을 지키는 이도 없구요."

그 곱고 작달막한 여인네는 기절할 것 같았다. 시원한 정자가 신기루가 되어 사라졌다. 그녀의 연인은 거기 없었다. 어쩌자고 그녀는 40년이 흐른 이 마당에 그를 다시 볼 수 있을 거라 믿었을까?

"목사관에는 무슨 용무로 가십니까?"

그녀는 자신이 예전에 목사와 알던 사이여서 그를 보러 왔다고 말했다.

그녀와 그사이에는 40년의 세월과 400킬로미터의 거리가 자리했다. 10킬로미터를 지나올 때마다 그녀는 한 해 치의 짐과 근심과 기억을 던져버렸다. 목사관이 바로 저 앞인 지금, 그녀는 오랜 근심과 기억을 떨쳐버린 스무 살의 처녀로 돌아가 있었다.

거지는 가만히 서서 그녀를 바라보았다. 그의 눈길 앞에서 그녀는 스무 살이 되었다가 예순 살이 되었다가 했다.

"목사님은 오늘 오후에 귀가하십니다." 그는 말했다. "마님께서는 브루뷔 여인숙으로 가셨다가 오후에 다시 오시는 게 좋겠습니다. 목사님께 오후에는 집에 계시라고 말씀을 드리지요."

잠시 후 육중한 마차는 기력이 빠진 작달막한 여인을 태우고서 언덕을 내려가 여인숙으로 향했다. 그러나 거지는 계속 그 자리에 서서 멀어지는 마차를 지켜보았다. 그의 온몸이 벌벌 떨렸다. 그는 마치 당장이라도 무릎을 꿇고 마차바퀴가 지나간 흔적에 입 맞추기라도 할 듯 보였다.

그날 정오 브루뷔의 목사는 깔끔하게 면도를 하고, 반짝이는 버클이 달린 신과 비단 양말을 신고, 타이와 소맷귀까지 갖춘 말쑥한 차림새로 브루의 교구장 부인 앞에 나타났다.

"어떤 고귀한 여자분이, 백작 영애께서 찾아오시는데," 그는 입을 열었다. "나처럼 가난한 인간이 어찌 그런 분을 맞겠소? 내 집 바닥은 완전히 시커멓고, 방은 가구도 없이 텅텅 비었고, 거실 천장은 습기와 곰팡이 때문에 퍼렇다오. 도와주시오, 부인, 그분은 고귀한 백작 영애이시라오!"

"목사님이 안 계시다고 말씀 전하면 안 되나요?"

"친애하는 교구장 부인, 그분은 이 보잘것없는 놈을 보겠다고 400킬로미터를 오셨소. 내 형편이 어떤지는 전혀 모르신다오. 난 그분을 재울 침대도 없어요. 그분의 시종들을 묵게 할 침대도 없고."

"그분이 다시 떠나시면 되겠네요."

"우리 착한 교구장 마님, 내 말 뜻을 모르시겠소? 그분을 내 집에 머무르지도 못하게 하고 떠나보내느니 내가 가진 모든 걸, 내가 피땀으로 모은 걸 몽땅 내주는 게 낫겠소. 내가 마지막으로 뵈었을 때 그분은 스무 살이었고 그 후 40년이 흘렀다는 걸 알아주시오, 부인! 내가 그분을 맞이할 수 있게 도와주시오. 돈이 필요하다면 여기 얼마든지 있소. 하지만 세상 일이 돈만으로 다 되는 건 아니오."

아, 사랑의 신이여, 여자들은 그대를 사랑한다. 다른 신들을 위해서라면 한 발도 꿈쩍 않는 여자들이 그대를 위해서라면 수백 걸음이고 양보한다.

교구장의 집에서는 방이고 부엌이고 식료품 창고고 모조리 텅텅 비었다. 집 안에 있던 가구들은 짐수레에 실려 목사관까지 배달되었다. 견진성사 수업을 마치고 돌아온 교구장은 텅 빈 방들을 배회하다가 점심 끼니에 대해 묻기 위해 부엌으로 빼꼼 고개를 내밀었으나 거기에는 남은 게 없었다. 점심밥도 아내도 하녀들도 흔적조차 없었다. 대체 무슨 일이 벌어진 게냐고? 사랑의 신이 행한 위업이다. 전지전능한 사랑의 신이여!

오후가 되자 육중한 마차가 브루뷔 언덕을 덜컹이며 올라왔다. 작달막한 여인은 그 안에 앉아 혹시 또 나쁜 일이 닥치지는 않을지, 정말로 그녀의 삶에 남은 유일한 행복을 손에 쥘 수 있을지 조마조마해한다.

마차가 목사관 쪽을 향해 방향을 튼 후 정문 앞에 멈춰 선다. 커다란 마차는 좁은 문으로 들어가기엔 폭이 너무 넓다. 마부가 채찍질을 하고, 말들이 용을 쓰고, 하인이 욕을 하지만 마차의 뒷바퀴가 단단히 끼어 빠지지 않는다. 백작 영애는 연인의 집 마당으로 들어갈 수가 없다.

하지만 누군가 집밖으로 나온다. 바로 그다. 그가 그녀를 마차에서 내려주더니 아직도 기력이 쇠하지 않은 양팔로 안아든다. 그의 품안은 40년 전처럼 따뜻하고 다정하다. 그녀가 마주보는 한 쌍의 눈동자 역시 스물다섯 번의 봄만을 겪었던 40년 전처럼 생생하게 반짝인다.

그녀의 생애 그 언제보다도 뜨거운 감정이 격동 친다. 그녀는 예전에도 그가 이렇게 그녀를 안고서 계단을 올라 테라스로 향한 적이 있음을 기억해낸다. 자신의 사랑이 그간 죽지 않았음을 믿던 그녀도, 강인한 팔에 안겨 젊고 빛나는 눈동자를 마주하는 게 어떤 기분인지는 그만 잊고 있었다.

그가 늙었음을 그녀는 보지 못한다. 그녀는 그의 눈만을 본다.

시커먼 바닥도, 습기 때문에 푸르뎅뎅한 천장도 그녀는 보지 못한다. 그녀의 눈에는 그의 빛나는 눈동자만 들어올 뿐이다. 브루뷔의 목사는 풍채가 당당한 사내였고 지금 이 순간은 잘생겨지기도 했다. 그녀를 눈에 담고 있기에 그는 잘생겨졌다.

그녀는 그의 맑고 힘찬, 애무처럼 황홀한 음성을 듣는다. 오로지 그녀에게 이야기할 때만 그는 그런 목소리를 낸다. 뭣 때문에 그가 교구장의 집에서 가구들을 빌려다가 그의 빈 방들에 채워 넣었을까? 무엇 때문에 그가 음식과 하인들을 필요로 하게 되었을까? 이 나이 든 여인이 아무 불편도 느껴선 안 되기 때문이었다. 그녀는 그의 음성을 듣고 그의 눈을 응시한다.

그녀는 평생 이렇게 행복했던 적이 없다.

그는 그녀를 향해 우아하게 몸을 숙였다. 마치 그녀가 제후의 딸이고 자신은 총애를 받는 신하인 듯 고상하고 자랑스러운 동작이었다. 그는 격식을 잔뜩 차린 예스러운 말투로 그녀에게 말을 걸었다. 그녀는 그저 미소 지으며 행복해했다.

저녁 무렵 그들은 팔짱을 끼고 그의 집, 오래되고 허물어진 뜰을 산책했다. 그녀의 눈에는 추하고 허름한 것은 하나도 비치지 않았다. 제멋대로 자란 풀덤불은 잘 가다듬은 울타리로 변했다. 잡초들은 에메랄드빛으로 반짝이는 부드러운 잔디밭이 되어 그녀의 눈앞에 펼쳐졌다. 긴 오솔길이 그들에게 그늘을 드리워주었고 어두운 잎사귀로 가려진 구석에서는 흰 조각상들이, 젊음과 정절과 희망과 사랑을 새겨놓은 석상들이 어른거렸다.

그가 한 번 결혼했음을 그녀도 알았으나 개의치 않았다. 왜 그녀가 그런 걸 생각하겠는가? 그녀는 스무 살이었고 그는 스물다섯이었다. 젊고 힘이 넘쳐나는 스물다섯임이 확연했다. 이 미소 짓는 젊은이가 정말로 브루뵈의 탐욕스러운 목사일까! 때때로 그의 귀를 스쳐가는 소리가 있었다. 그 소리는 그에게 컴컴한 미래를 경고했다. 하지만 지금 그의 세계에는 고통 받는 가난한 자들도, 그에게 속아 넘어가 그를 저주하는 자들도, 경멸에 찬 조롱도, 그를 비웃는 노래도, 조소도 그 무엇도 존재하지 않았다. 그의 마음은 그저 죄 없이 순수한 사랑으로 타올랐다. 이 당당한 청년이 돈 한 푼을 얻기 위해 더러운 진창을 구르고, 지나가는 자에게 구걸을 하고, 치욕과 수치와 추위와 굶주림을 견디는 인간이 될 리가 없었다. 고작 돈 때문에 이 젊은이가 제 자식을 굶기고 부인을 고문하는 자가 될까? 있을 수 없는 일이다. 그가 그런 인간이 될 리 없다. 그 역시 다른 모든 이들처럼 선한 인간이었다. 그는 괴물이 아니었다.

젊은 날의 연인 곁에서 걷고 있는 남자는 감히 주제도 못 되는 목사직을 차지하고 경멸당하는 악당이 아니었다. 그녀의 연인은 그런 사내가 아니었다.

전지전능한 사랑의 신이여, 오늘 그는 브루뵈의 목사가 아니다. 내일도, 모레도 아닐 것이다.

나흘날 그녀는 떠났다. 그간 목사관의 정문은 넓게 수리되어 있었다. 충분히 쉬었던 말들은 브루뵈 언덕을 전속력으로 내달렸다.

이 얼마나 아름답고 근사한 꿈이었나! 그 사흘간은 하늘에 구름 한 점 없었다.

그녀는 미소 지으며 자신의 성으로, 그리고 추억 속으로 귀환했다. 그후로 그녀는 그의 이름을 다시는 듣지 못했고 그녀 자신도 입 밖에 내지 않았다. 그녀는 그저 살아 있는 동안 다시 한 번 그 꿈을 꿀 수 있기만을 기원했다.

브루뷔의 목사는 텅 빈 집 안에 앉아 절망에 차서 울었다. 그녀는 그에게 젊음을 돌려주었다. 이제 그는 다시 늙은이가 되어야 하는가? 다시 사악한 영이 돌아와 그를 예전처럼 경멸당해 마땅한 인간으로 만들 것인가?

23
향사 율리우스

향사 율리우스는 기사관에서 붉게 칠한 여행용 짐 궤짝을 끄집어냈다. 그는 지금껏 온갖 곳에서 길동무가 되어준 커다란 술통을 향기로운 포메른 산 화주로 채우고 표면을 조각한 큼직한 도시락통에는 빵과 버터와 녹갈색으로 숙성해가는 오래된 치즈와 기름진 햄과 설탕에 졸인 나무딸기로 범벅이 된 팬케이크를 가득 채워 넣었다.

그리고 율리우스는 아래층으로 내려가 에케뷔의 모든 영광에 눈물 어린 작별을 고했다. 그는 마지막으로 반들반들하게 잘 깎은 구주희 공들을 만져보고 언덕 위에 사는 아이들의 발간 뺨을 쓰다듬어주었다. 뜰의 정자와 큰 정원의 동굴 주위도 둘러보았다. 마구간과 헛간에 들러서 말들을 쓸어주고, 성질 나쁜 황소의 뿔을 잡아 흔들어 으름장을 놓고, 송아지들에게 손을 내밀어 핥게 했다. 그러고는 마침내 눈물범벅이 되어 본관 건물로 들어가 석별의 아침 식사에 참석했다.

생이란 얼마나 고달픈가! 어째서 삶은 이리 많은 비참함을 품고 있는 걸까. 음식은 독을 탄 듯한 맛이었고 포도주마저 썼다. 기사들은 감정이 북받친 나머지 목이 졸린 듯한 소리를 냈고 율리우스도 마찬가지였다. 안개 같은 눈물의 장막으로 눈앞이 부옜다. 작별 연설은 흐느낌 때문에 자꾸 말문이 막혔다. 생이란 얼마나 고달픈가! 그는 남은 생애 동안 에케뷔를 그리워하며 보낼 것이다. 다시는 그의 입술이 미소 지을 날은 오지 않으리라. 늦가을의 싸늘한 대지에 꽃들이 지듯, 그의 기억 속에서는 노래들이 쇠하리라. 서리에 꺾인 장미송이처럼, 말라가는 백합처럼 그는 빛이 바래고 추락하여 시들 것이다. 이 불쌍한 율리우스를 기사들은 다시는 보지 못할 터이다. 조금 전에 갈아둔 밭 위를 폭풍에 쫓긴 먹구름이 그림자로 덮어버리듯 율리우스의 가슴을 어두운 예감들이 뒤덮었다. 그가 제 집으로 돌아가려는 것은 거기서 죽을 날을 기다리기 위해서였다. 그는 아직은 건강하고 힘이 넘치는 외양으로 다른 기사들 앞에 서 있었다. 기사들은 다시는 그의 이런 정정한 모습을 보지 못할 것이다. 날쌔게 움직이는 그에게 대체 자네 발을 본 게 마지막으로 언제인지 모르겠다고 농담을 던지거나 그의 구주희 실력을 부러워하지도 않을 것이다. 그의 폐와 간은 이미 한창때 같지 않았다. 그의 장기들은 주인인 그를 종종 괴롭혔다. 벌써 꽤 된 일이었다. 그의 여생은 길지도 않았다.

그가 죽고 나서도 에케뷔의 기사들이 그를 변함없이 기억하길! 부디 그를 잊지 않기를!

그는 의무가 자신을 부르는 소리를 들었다. 고향집에서는 노모가 그를 기다리고 있었다. 어머니는 그가 에케뷔에서 돌아오기를 17년 동안 기다렸다. 얼마 전 어머니가 집으로 돌아오라고 간청하는 편지를 보냈고, 그는 거기에 따를 작정이었다. 집에서는 그저 죽을 날만 기다려야 하지만 그래도 그는 효자 노릇을 해보고 싶었다.

아, 신들도 부럽지 않은 에케뷔의 만찬이여! 위엄에 찬 폭포와 아름다운 초원이여! 사랑하는 기사관과 빛나는 전설들이여! 바이올린과 뿔

나팔들아, 행복과 기쁨에 찬 삶아! 이 모든 것과 헤어져야 한다는 건 죽는 거나 다름없었다.

향사 율리우스는 부엌으로 가서 집안 일꾼들과 작별 인사를 나누었다. 감정이 격해진 그는 가정부부터 마당의 거지까지 모든 사람을 하나하나 끌어안고 입 맞추었다. 하녀들은 그의 팔자를 애도하며 눈물 흘렸다. 이리도 착하고 기운 넘치는 어르신께서 살 날이 얼마 안 남아 다시 뵙지 못한다니!

율리우스는 차고에서 자신의 2륜 마차를 꺼내고 마구간에서 말도 끌고 나오라고 명령했다.

명령을 내릴 때 율리우스는 목이 메어 말이 제대로 안 나올 지경이었다. 그의 마차는 평화로운 에케뷔에서 삭아갈 수 없었고, 늙은 카이사도 정든 여물통과 작별해야 했다. 그는 자신의 어머니에 대해 나쁜 말을 하고 싶지는 않았지만, 그래도 어머니는 그의 처지는 둘째 치고 늙은 카이사와 마차 생각은 해주셔야 했다. 늙은 말과 지붕도 없는 가벼운 마차가 어떻게 그 긴 여행을 버텨낼까?

하지만 가장 힘겨운 것은 기사들과 헤어지는 것이었다.

걷는 것보다는 굴러가는 게 더 어울리는 작고 동글동글한 율리우스가 지금은 머리부터 발끝까지 비극적인 분위기로 가득 찼다. 그는 제자들에게 둘러싸여 의연히 독배를 들이키던 위대한 아테네인처럼 보이고 싶었다. 혹은 언젠가 백성들이 자신의 부활을 소원할 날이 올 것이라 예언하던 옛 스웨덴 왕 구스타브를 닮고 싶었다.

마침내 그는 가장 자신 있는 노래를 한 곡조 뽑았다. 그는 죽어가면서 마지막 노래를 부른다는 백조를 떠올렸다. 그 역시 친구들에게 그렇게 기억되고 싶었다. 우는소리 따윈 하지 않고 음률의 날개에 몸을 내맡기며 고향으로 향하는 당당한 영혼으로 남고 싶었다.

마침내 마지막 술잔도 비고 마지막 노래도 끝나고 마지막 포옹도 마쳤다. 그는 외투를 걸치고 채찍을 들었다. 주위에 눈시울이 젖지 않은 사람은 아무도 없었다. 눈앞이 어스름 같은 고통의 안개로 완전히 가려서 율리우스는 아무것도 구분할 수가 없었다.

그때 기사들이 그를 들어 올려 가마를 태웠다. 사방에서 만세 소리가 울렸다. 기사들이 그를 어딘가에 옮겨 앉혔는데, 그는 눈앞이 보이지 않아 어딘지 알 수가 없었다. 채찍 소리가 들리고 수레가 구르자 그 역시 움직였다. 그는 무언가에 올라탄 채로 가고 있었다. 다시 눈이 보이게 되자, 그는 바깥 한길에 나와 있었다.

깊은 슬픔의 한복판에서도 기사들은 유쾌한 장난기를 완전히 잊지는 않았다. 시인 예스타 베를링이었는지 한때는 전사였고 지금은 카드놀이꾼인 베렌크로이츠였는지 아니면 삶에 지친 사촌 크리스토페르였는지는 알 수 없지만, 기사들 중 하나가 카이사와 좀벌레에게 먹힌 낡은 썰매를 보금자리에서 계속 쉬게 해주자는 의견을 냈다. 기사들은 대신 덩치가 크고 흰 얼룩이 있는 거세한 수소를 짚 수레 앞에 맸다. 그들은 붉은 짐 궤짝과 녹색 술통, 조각 장식이 있는 도시락통을 수레에 싣고는 눈물로 앞이 안 보이는 율리우스를 들어올려 짐 더미 위도 아니고 얼룩 수소 등 위에다 앉혔다.

보라, 인간이란 고통을 쓴맛 그대로 맞아들이기엔 너무나 약한 존재다. 친애하는 독자들이여, 기사들은 죽을 날을 기다리며 길을 떠나는 친구를, 시들어가는 백합이나 마지막 노래를 부르는 백조를 연상시키는 친구를 위해 분명 눈물을 쏟았다. 그러나 그들은 눈물 속에서 웃음을 찾기 위해, 훌쩍이느라 뚱뚱한 몸을 들썩이던 친구를 커다란 수소의 등에 올라탄 꼴로 만들었다. 작별의 포옹을 위해 팔을 벌리고 있던 율리우스는 침울하게 팔을 늘어뜨렸고, 신께 저 불한당들을 벌해달라고 기원하듯 눈을 하늘로 향했다.

한길로 나오자 율리우스도 정신을 차렸다. 그는 자신이 어느 짐승의 흔들리는 등 위에 앉아 있음을 깨달았다. 전해오는 말에 따르면 그는 그렇게 소 등에 앉아 17년이라는 세월이 세상에 어떤 변화를 가져올 수 있는가에 대한 철학적 상념에 잠겼다고 한다. 늙은 말 카이사는 그 시간 동안 눈에 띄게 변했다. 에케뷔의 귀리가 가득한 여물통과 클로버 초원이 원흉이었을까? 그는 소리쳤다. 그 소리를 엿듣고 후세에 전한 것이 길가의 돌멩이였는지 아니면 수풀 속의 새들이었는지는 모르겠으나 그가 이리 외쳤던 것은 틀림없는 진실이다.

"카이사, 네 녀석이 그 동안 소로 변신한 게 아니라면 내 손에 장을 지지마!"

다시 한동안 깊은 생각에 잠겨 있던 끝에 그는 수소의 등에서 내려와 수레에 올라탄 뒤 도시락통 위에 자리를 잡아 상념을 이어갔다.

곧 브루뷔 근처에 이르렀을 때 그는 딱딱 박자가 맞는 노랫소리를 들었다.

하나 둘 빵!
하나 둘 빵!
베름란드 사냥꾼들이 나가신다!

이런 노래가 그의 귀를 파고들었다. 그러나 길을 가며 노래를 부르는 주인공들은 사냥꾼이 아니라 베리아의 유쾌한 아가씨들과 뭉케뤼드 행정관의 어여쁜 딸들이었다. 그들은 긴 장대 끝에 작은 도시락 꾸러미를 매달아 마치 총처럼 어깨에 걸치고 용감하게 여름의 뙤약볕 속을 진군하며 박자를 맞췄다. "하나, 둘, 빵!"

"어딜 가시나요, 율리우스 향사님?" 그를 보자 그녀들은 그의 이마에 얹힌 근심 어린 주름살에 아랑곳 않고 기운차게 물었다.

"나는 죄악과 허영의 보금자리를 떠나오." 율리우스가 대답했다. "나는 더 이상은 도둑과 악당들과 어울리지 않을 거요. 나는 어머니를 뵈러 가오."

"아, 그럴 리가 없어요!" 아가씨들이 소리쳤다. "율리우스 향사께서 에케뷔를 떠나신다니요!"

"그게 사실이오." 그는 대꾸하며 주먹으로 짐 상자를 쾅 내리쳤다. "롯이 소돔과 고모라를 떠나듯 나도 에케뷔를 등지오. 그곳에는 의인이 단 한 명도 없소. 땅이 갈라져 에케뷔를 삼키고 하늘에서 유황불이 내릴 때면 나는 신의 의로운 재판에 기뻐할 거요. 안녕히 계시오, 아가씨들! 에케뷔를 멀리하시오!"

그는 다시 길을 가려 했으나 명랑한 아가씨들이 막았다. 그녀들은 둔 더 바위를 등산할 참이었다. 거기까지 가는 길이 멀었기 때문에 그들은 율리우스의 수레를 얻어 타고 산 아래까지 가고 싶어했다.

그늘을 찾을 필요 없이 당당히 삶의 태양빛을 즐기는 이들은 행복하다. 몇 분 지나지 않아 아가씨들은 그를 설득했다. 율리우스는 방향을 틀어 그녀들을 바위까지 데려다주었다. 앳된 아가씨들이 수레에서 복작이는 동안 그는 도시락통을 깔고 앉아 미소를 지었다. 길가에는 미나리 아재비와 카밀레와 데이지가 자랐다. 가끔 소를 쉬게 할 적에 아가씨들은 수레에서 내려 꽃을 땄다. 곧 율리우스의 머리와 쇠뿔에는 알록달록한 화관이 걸렸다.

얼마 후 그들은 밝은 빛깔의 어린 자작나무와 어두운 색의 오리나무 수풀 곁을 지났다. 아가씨들은 수레에서 내려 가지들을 꺾어 수레를 장식했다. 곧 수레는 움직이는 숲처럼 보였다. 그렇게 그들은 종일 내내 즐겁게 놀았다.

시간이 흐를수록 율리우스의 기분은 온화해졌다. 그는 아가씨들에게 자기 도시락을 나눠주고 노래도 불러주었다. 마침내 둔더 바위 정상에 올라 발밑에 펼쳐진 아름답고 자랑스러운 풍광을 목도하자 율리우스의 심장이 격렬히 뛰었다. 그의 입에서는 저절로 이 사랑하는 고장에 대한 찬양이 흘러나왔다.

"아, 베름란드, 아름답고 근사한 땅아! 나는 지도 위에서 너를 볼 때마다 이 기호들이 다 뭔가 생각하곤 했지. 이제야 네 진정한 모습을 알겠구나. 너는 마치 무릎을 꿇고 양손을 모아 명상에 잠긴 경건한 은자와도 같다. 각진 두건 아래 네 눈은 반쯤 감겼구나. 깊은 상념에 잠긴 너는 꿈을 꾸는 성자와도 같고, 눈부시게 아름답도다. 저 넓은 숲을 너는 옷 삼아 걸쳤다. 길고 푸른 끈 같은 강물이 똑바로 줄지어 선 푸른 산과 함께 네 옷을 치장한다. 네 자태가 소박하여 너를 처음 보는 자들은 네가 얼마나 아름다운지 바로 깨닫지 못한다. 경건한 이들이 갖추길 소망하는 미덕을 너는 이미 다 가졌다. 베넨 호수의 물결이 네 발과 무릎 꿇은 다리를 씻겨주는 동안 너는 고요히 앉아 있다. 왼편에 펼쳐진 광산들은 네 뛰는 심장이다. 북쪽에 누워 있는 고독하고 신비스러우며 어둑한 아름다운 초원은 꿈속에 잠겨 있는 네 머리다.

늙고 진중한 거인아, 너를 볼 때면 내 눈에는 눈물이 차오른다. 네 아름다움은 엄격한 아름다움이니, 너는 곧 기도이고 질박함이고 금욕이되 그럼에도 나는 네 엄격함의 한가운데서 자비로운 온화함을 본다. 너를 바라보며 나는 네게 기도한다. 저 깊은 숲을 바라보다가, 한 자락 네 옷이 나를 스칠 때면 내 영혼은 구원받는다. 매 시간, 매 해 나는 네 거룩한 얼굴을 보아왔다. 금욕하는 신과 같은 너는 내리깔린 눈꺼풀 아래 무슨 수수께끼를 감추고 있느냐? 성자이자 거인아, 너는 삶과 죽음의 수수께끼를 풀어냈느냐? 아니면 골똘한 생각에 잠겨 있느냐? 내 눈에는 네가 심오한 상념들을 지키는 자로 비치는구나. 하지만 네 이마의 고결한 진지함을 느끼지 못하는 인간들이 네 위를 오르고 네 주위에 무리 짓는 광경 또한 내게는 보인다. 그들은 오로지 네 외면의 아름다움만 보며 거기에 잠겨 모든 것을 잊고 싶어할 뿐이다.

나 자신이 한스럽고 베름란드의 자식들인 우리 모두가 한스럽도다! 아름다움이여, 우리가 삶에게 원하는 것은 오로지 아름다움뿐이다! 금욕과 진지함과 질박함에서 태어난 우리는 하늘을 향해 팔을 치켜들고 긴 기도를 올리며 우리에게 허락된 단 하나의 선물, 아름다움을 갈구한다! 부디 인생이 사랑과 포도주와 우정에서 피어나는 장미 덤불 같기를, 그 장미를 얻는 것이 모든 인간에게 허락되기를! 보라, 이것이 우리의 소망이건만 우리의 고향땅은 엄격하고 진지하며 질박하기만 하구나. 우리의 고향은 영원히 명상에 잠겨 있으나 우리는 생각이란 것을 할 줄 모른다.

오 베름란드, 아름답고도 위대한 땅아!"

눈에 눈물을 가득 담고서 그는 감정이 북받쳐 떨리는 음성으로 말했다. 그의 말을 들은 아가씨들은 놀랐으나 얼마간 마음이 움직이기도 했다. 그의 유쾌한 겉모습 아래 숨겨져 있던 깊은 감정을 그들은 예전에는 알아차리지 못했다.

저녁이 되어 다시 수레에 오른 아가씨들이 율리우스의 목적지를 알아차린 것은 수레가 이미 에케뷔의 계단 아래 멈추고 나서였다.

"들어가서 춤이나 춥시다, 아가씨들!" 율리우스가 말했다.

모자 주위로 시든 화관을 두르고 아가씨들로 득실거리는 수레를 몰고 온 율리우스를 보았을 때 기사들이 뭐라 했을까?

"아가씨들이 자네를 납치해간 줄 알았네." 그들은 말했다. "안 그랬으면 자네가 벌써 몇 시간 전에 돌아왔을 텐데 말이야!" 율리우스가 에케뷔를 떠나려고 시도한 게 이로써 열일곱 번째임을 기사들은 정확히 헤아렸다. 이는 그의 연례행사였다. 이번에도 율리우스는 자기가 그랬다는 걸 까맣게 잊었다. 그의 양심은 새로이 일 년간의 잠에 빠져들었다.

향사 율리우스는 괴상한 친구였다. 춤에 능했고 카드놀이의 달인이었다. 그의 손은 펜도 비이올린 활도 쉽게 쥐었다. 감수성이 풍부했고 언변도 능했으며 노래도 잘했다. 하지만 그가 만약 양심 없는 인간이었다면 이 모든 자질이 무슨 쓸모가 있었겠는가. 그의 양심은 어두운 땅 밑에서 깨어나 날개를 펼치고서 고작 몇 시간의 햇볕만을 사는 하루살이처럼 일 년에 오로지 단 한 번 목소리를 냈다.

24
석고 성인들

검은 호숫가의 교회는 안팎이 희다. 벽도 설교단도 의자도 천장도 창틀도 제단을 덮은 천도 모두 희다. 이 교회에는 장식도 없다. 성화도, 문장도 찾아볼 수 없다. 제단 위에는 흰 리넨 천에 덮인 나무 십자가만 걸려 있을 뿐이다. 예전에는 달랐다. 그때는 천장이 성화로 가득 찼고, 건물 안에는 돌과 석고로 만든 알록달록한 성인상들이 늘어서 있었다.

언젠가 오래전 어느 여름날, 한 화가가 검은 호숫가에 서서 환한 하늘을 흐르는 구름 떼를 올려다보았다. 아침에는 지평선 근처에 낮게 머물러 있던 희고 눈부신 구름이 점차 높이 솟아올랐다. 화가는 떠도는 구름 덩어리가 점점 커지며 하늘 꼭대기로 솟아오르는 걸 관찰했다. 항해하는 선단처럼 구름 떼는 팽팽히 돛을 올리고 전사와도 같이 깃발을 치켜들었다. 온 하늘을 정복하기 위해 구름 떼는 출격했다. 마법처럼 불어난 구름들은 하늘의 지배자인 태양의 눈을 속이기 위해 짐짓 순한 척했다. 이를테면 포효하는 사자의 형상을 하고 있던 구름은 멋 부린 귀부인의 모습으로 변신했다. 뭐든 으스러뜨릴 듯한 굵직한 팔뚝의 거인은 꿈꾸는 스핑크스가 되어 엎드렸다. 어떤 구름은 새하얀 나신을 금빛 외투로 감쌌고, 다른 구름은 흰 뺨에 장밋빛 화장을 했다. 구름은 평야가 되었고 숲이 되었고 튼튼한 성곽에 둘러싸인 높은 탑의 성이 되었다. 흰 구름들이 하늘을 지배해가기 시작했다. 그들은 온통 새파랗던 궁륭을 희게 채웠다. 마침내 태양까지 다다른 구름들이 태양을 가렸다.

경건한 화가는 생각했다. 만약 천상을 동경하는 인간의 영혼이 납저럼 높은 산을 넘어 그보다 더 위로, 흔들리는 구름의 배에 실려 저 높이 올라갈 수 있다면 얼마나 감격스러울까 하고.

불현듯 그는 여름날의 흰 구름이 축복받은 자들의 영혼을 태우고 가는 배일 거라는 아이디어를 떠올렸다.

그는 떠도는 구름 덩어리 위에 백합을 손에 들고 황금빛 관을 쓴 영혼들이 서 있는 광경을 보았다. 영혼의 노래가 울려 퍼졌다. 커다랗고 강한 날개를 펼친 천사들이 그들을 맞기 위해 내려왔다. 아, 저 복된 무리를 보라! 구름들이 많아질수록 보이는 영혼들도 늘어났다. 고요한 호수에 떠 있는 흰 수련처럼, 영혼들은 구름 침대 위에서 쉬었다. 백합이 들판을 장식하듯 영혼들은 구름을 꾸미고 환호하며 승천했다. 은빛 갑옷을 입은 천상의 군대와 붉은 장식을 단 망토를 걸친 불멸의 가수들을 가득 태우고 구름들이 줄지어 흘렀다.

이 화가가 후에 스밧셰 교회의 천장화를 그렸다. 그는 거기에다 복된 영혼들을 영광된 천국으로 데려가던 여름날의 구름 떼를 재현하려 했다. 붓을 쥔 그의 손길은 힘이 넘쳤으나 다소 딱딱했다. 그래서 그가 그려낸 구름들은 점차 커지는 부드러운 안개의 산이라기보다는 굽슬거리는 긴 가발처럼 보였다. 그 자신의 상상력에서 나온 광경이었음에도 불구하고 화가는 구름을 탄 성자들을 재현할 수가 없었다. 그는 성자들의 영혼을 긴 붉은 겉옷을 늘어뜨리고 딱딱한 주교 모자를 쓰거나 빳빳한 사제용 목깃을 하고 중동풍 옷을 입은 형상으로 그렸다. 큰 머리에 작은 팔다리를 한 영혼들이 손수건과 기도서를 들었다. 그들의 입에서는 라틴어 문장들이 흘러나왔다. 특별히 뛰어난 영혼들은 구름 위 튼튼한 나무 위자에 앉아 편하게 영원의 왕국으로 향했다.

신도 세상도, 이 가련한 화가의 눈앞에 천사들과 영혼들이 진짜로 나타나지 않았다는 사실을 알았다. 그래서 다른 이들은 화가의 그림이 진짜 천국만큼 아름답지 못해도 개의치 않았다. 오히려 이 선량한 화가의 작품이 충분히 아름답다고 여기는 이들이 적지 않았다. 그 그림은 경건한 기분을 일깨워주었고 아마 우리의 눈에도 볼만했을 것이다.

하지만 기사들이 에케뷔를 지배하던 해에 도나 백작은 온 교회를 희게 덧칠하도록 명령했다. 그 바람에 천장화는 망가져버렸다. 석고 성인상들도 모두 파괴되었다.

아, 그 성인상들이 파괴되다니!

내가 그 상들이 망가졌을 때 느낀 고통을 다른 인간들의 불행에도 느껴야 하건만. 인간들이 서로에게 가하는 잔인함도 내게 씁쓸함을 안겨주지만, 그 성인상들이 깨져나갈 때 느꼈던 것만큼은 아니었다.

상상해보라, 투구 위로 왕관을 쓰고 손에는 도끼를 들고 발밑에 거인을 짓밟고 있는 성 울로프가 거기 서 있었다. 설교단 위에는 유디트가 붉은 치마에 푸른 상의를 입고 한 손에는 검을, 다른 손에는 아시리아 장군의 목 대신 모래시계를 들고 섰다. 푸른 치마에 붉은 상의를 걸친 신비로운 시바의 여왕은 한 발에 물갈퀴를 달고 양손 가득 예언서를 들었다. 말과 용이 모두 부서져버린 잿빛의 성 예란은 홀로 성가대석에 누워 있었다. 성 크리스토프는 푸른 싹이 돋아난 지팡이를 들었다. 홀과 도끼를 쥔 성 에릭은 흘러내리는 금빛 망토에 가려 발이 보이지 않았다.

일요일마다 나는 스밧셰 교회에 앉아 성상들이 사라져버린 데 슬퍼했다. 설사 그 상들의 코나 다리가 떨어져나가거나 도금이 벗겨졌다 해도 나는 크게 신경 쓰지 않았을 것이다. 전설의 광휘만으로도 상들은 빛났으리라.

이 성상들은 쥐고 있던 홀이나 귀나 코가 늘 떨어져나가기 일쑤라 새로 보수 단장해야 했다. 하지만 헨릭 도나 백작의 명령이 아니었다면 농부들은 일부러 성상들을 부수진 않았을 것이다. 도나 백작은 성상들을 치워버리라고 명령했다.

어린아이였던 나는 도나 백작이 너무 미웠다. 내가 그를 미워하는 기분은 어부가 자신의 그물을 망가뜨리고 배에 구멍을 낸 철없는 아이를 미워하는 것과 비슷했다. 혹은 굶주린 거지가 자신에게 아무것도 내주지 않는 욕심 많은 집주인을 미워하는 마음이기도 했다. 길고 긴 예배 시간 동안 나 역시 굶주리고 목이 탔다. 도나 백작은 내 영혼이 필요로 하던 양식을 빼앗아갔다. 나는 무한한 나라를, 저 하늘나라를 동경했는데, 도나 백작은 내가 그곳까지 타고 갈 배를 부숴버리고 거룩한 환상을 붙들려던 그물을 찢어버렸다.

다 자란 어른들끼리는 진정한 증오를 느끼기 힘들다. 도나 백작도 알고 보면 비참한 인생인데 내가 그를 어찌 미워하겠는가. 미치광이 신트람이나 더 이상은 세상을 즐기지 못하는 기력 빠진 메타 백작 부인도 증오할 수 없다. 하지만 어릴 땐 달랐다. 그때는 그자들이 진작 죽어버린 게 다행이었다.

설교단 위의 목사는 아마도 평화와 화해에 대해 설파했겠으나, 내가 앉은 자리는 너무 멀어서 들리지 않았다. 아, 그 오래된 석고 성상들이 남아 있었다면 목사 대신 내게 이야기들을 들려주었을 테고 나는 귀 기울였을 터인데.

하지만 나는 그저 앉아서, 그 상들이 어떻게 치워지고 파괴되었을까만 상상할 뿐이었다.

도나 백작이 아내를 찾아 관계를 회복하는 대신 결혼을 무효로 돌렸을 때 모든 사람들이 응당 분노했다. 엘리사벳 백작 부인이 집을 떠나지 않았다면 죽을 때까지 고문당했으리라는 걸 그들은 다 알았다. 선행을 통해 신의 은총과 사람들 사이의 평판을 되찾고 싶었던지 백작은 스밧셰 교회를 새로 단장하게 했다. 그는 천장화를 뜯어내고 온 교회를 희게 칠하도록 시켰다. 그는 손수 일꾼들을 데리고 조각상들을 배에 실어 뢰벤 호수 수면 아래 깊숙이 가라앉혔다.

어떻게 그가 감히 주님의 강대한 종들에게 손을 댈 수 있었을까?

이런 부당한 일이 벌어지다니! 홀로페르네스의 수급도 베어낸 유디트의 손에는 더 이상 검이 들려 있지 않았던가? 시바의 여왕은 독화살보다 무서운 무기였던 자신의 지혜를 모조리 잊었는가? 옛날 옛적 바이킹 성 울로프여, 용을 죽인 성 예란이여, 그대들의 영웅적인 전설도, 기적의 영광된 광휘도 바래버렸는가? 성자들은 그들에게 가해진 폭력을 폭력으로 맞서고 싶어하지 않았다. 성자들의 옷과 왕관을 위해 더 이상 물감과 금을 기부하고 싶지 않았던 스밧셰의 농부들은 도나 백작이 성상들을 싣고 나가 뢰벤 호수의 바닥 모를 심연에 가라앉히는 걸 방관했다. 성상들은 더 이상 옛 자리에 서서 신성한 교회를 더럽히고 싶지 않았다. 그 가여운 성자들은 아마도 인간들이 그들 앞에 무릎 꿇고 기도드리던 시절을 회상했으리라.

나는 자리에 앉은 채 성인들을 실은 배가 고요한 8월 저녁 뢰벤 호수의 거울 같은 수면을 미끄러져가는 광경을 눈앞에 그렸다. 노잡이가 느릿하게 물속으로 노를 저으며 배 뒤편에 모인 괴이한 승객들에게 소심한 눈빛을 던졌다. 하지만 그 자리에 동석한 도나 백작은 아무것도 무서워하지 않았다. 그는 성상들을 하나하나 높이 쳐든 뒤 물속으로 처넣었다. 주름 하나 없는 매끈한 이마를 하고 백작은 깊이 숨을 내쉬었다. 그는 미신에 물들지 않은 순결한 개신교 교리를 위해 싸우는 전사가 된 기분이었다. 낡은 성인들은 아무런 기적도 내리지 못했다. 묵묵하게, 맞서 싸울 용기 없이 성자들은 몰락 속으로 가라앉았다.

그다음 주일 오전 스밧셰 교회는 흰 빛으로 반짝이며 서 있었다. 성상들은 더 이상 인간들의 고요한 명상을 방해하지 않았다. 경건한 자들이라면 오로지 마음의 눈을 통해서만 천국의 영광과 거룩한 환영들을 볼줄 알아야 했다. 인간의 기도는 성자들의 옷자락을 붙들지 말고 오로지 제 날개의 힘으로 지고한 곳까지 날아올라야 했다.

인간들의 아름다운 거처인 지상은 녹색이고 그들이 동경하는 하늘은 파랗다. 세상은 빛깔로 가득 차 있다. 어째서 교회만 흰색이어야 하는가? 흰색은 겨울의 색이고 가난처럼 헐벗었으며 두려움처럼 핏기를 잃은 색이다. 흰 빛으로 칠해진 교회는 겨울 숲의 서리처럼 반짝이지도 않았다. 순백의 신부처럼 진주와 레이스로 단장되지도 않았다. 성상도 성화도 잃은 교회는 차가운 흰색 도료로 칠해진 채 서 있었다.

그 주일에 도나 백작은 모든 사람들이 그를 보고 찬양할 수 있도록 꽃으로 장식된 성가대석 의자에 앉았다. 낡은 의자를 수리하고, 교회의 품위를 떨어뜨리는 조각상들을 파괴하고, 깨진 창에 새 유리를 끼워넣고, 온 교회를 새로 칠하게 지시한 그는 합당한 존경을 받고 싶었다. 그가 못할 짓을 한 건 아니었다. 전지전능한 신의 분노를 누그러뜨리려면 신의 사원을 최선을 다해 장식하는 것도 좋은 방도였다. 하지만 왜 그에 대해 찬사까지 받으려 하는가.

그는 자기 자신의 융통성 없는 엄격한 성격 때문에 양심에 짓눌리며 예배에 참석했다. 그렇다면 가난한 이들이 앉는 자리 앞에 무릎을 꿇고 교회 안의 형제자매들에게 부디 자신이 이 성스러운 곳에 머물 자격을

언도록 신께 기도해달라고 부탁하는 편이 응당 걸맞을 것이다. 그가 정녕 신과 화해하고 싶었다면 성가대석에 앉아 세상의 찬사와 존경을 기다리는 대신 가련한 죄인으로 섰어야 했다.

아, 헨릭 백작이여! 신은 그대를 빈자들의 자리에서 기다리셨을 것이다! 인간들이 감히 그대를 탓하지 못한다고 하여 신마저 눈감아 주시지는 않는다. 엄중한 신께서는 인간들이 침묵한다 해도 돌들에게 입을 열게 하신다.

예배가 끝나고 찬송가를 다 부르고 난 뒤에도 사람들은 교회를 떠나지 않았다. 백작에게 감사의 말을 하기 위해 목사가 설교단 위에 섰다. 하지만 감사의 연설은 이루어지지 못했다.

불현듯 교회 문이 열리더니, 뢰벤 호숫물을 뚝뚝 떨어뜨리며 시푸르뎅뎅하고 누런 진흙을 묻힌 채로 오래된 성인들이 들이닥쳤다. 성인들은 그들을 신의 거룩한 사원에서 몰아내어 싸늘하고 모든 걸 해체해버리는 물살 아래로 밀어넣었던 자가 찬양을 받으리라는 소식을 들었다. 오래된 성인들 역시 이 일에 대해 한 마디씩 참견하고 싶어졌다.

기도와 찬송가에 익숙해져 있던 그들은 단조로운 물결 소리가 마음에 들지 않았다. 그들은 신께 영광을 돌리기 위해 벌어지는 일은 무엇이든 묵묵히 봐 넘겼다. 하지만 그날 교회에서 벌어지려는 일은 그런 것이 아니었다. 신의 집 성가대석에서 도나 백작이 명성과 영예에 둘러싸여 찬양받으려 하고 있었다. 성인들은 이를 가만히 봐 넘길 수 없었다. 그들은 젖은 무덤에서 나와 교회로 왔고, 신도들은 그들을 알아보았다. 투구 위에 왕관을 쓴 성 울로프와 황금꽃을 수놓은 망토를 걸친 성 에릭과 잿빛의 성 예란과 성 크리스토프가 걸어오고 있었다. 시바의 여왕과 유디트는 함께 오지 않았다.

하지만 사람들이 놀라움에서 얼마간 회복하자 교회 안에는 수군거림이 돌았다.

"기사들이다!"

물론 그들은 기사들이었다. 그들은 말없이 곧바로 백작에게 걸어가 그가 앉은 의자를 들어 어깨에 메고 교회 밖으로 나가 언덕 위에 내려 놓았다.

그들은 아무 말도 하지 않았고 고개 한 번 옆으로 돌리지 않았다. 그 들은 그저 도나 백작을 신의 집 밖으로 끌어내기만 했다. 할 일을 마친 후 그들은 호수 쪽으로 향해 다시 가버렸다.

인간들은 그들을 멈춰 세우지 않았다. 그들이 왜 나타났는지는 굳이 생각할 것도 없이 명백했다. "우리 에케뷔의 기사들은 이 일에 우리 나 름의 생각이 있다. 도나 백작은 신의 집에 머물 자격이 없으므로 우리는 그를 밖으로 끌어내겠다. 반대하는 자는 그를 다시 안으로 데려가라."

하지만 아무도 도나 백작을 안으로 데려가지 않았다. 목사는 찬양의 연설을 하지 않았다. 신도들이 교회 밖으로 몰려나왔다. 그들은 모두 기 사들이 옳은 행동을 했다고 여겼다.

그들은 보리 성에서 잔혹하게 고문당한 명랑하던 젊은 백작 부인을 떠올렸다. 그녀는 가난한 자들에게 자비로웠다. 그리고 그녀는 아름다 웠기에 그저 바라만 봐도 위안이 되는 사람이었다.

기사들이 그렇게 꾸미고서 교회에 들이닥친 건 분명 죄였다. 하지만 사람들은 기사들이라면 사랑하는 주님께 더 못된 장난도 칠 수 있는 무 리임을 알았다. 이 거친 무뢰배 앞에서 신도들은 그저 부끄러운 마음으 로 서 있을 뿐이었다.

"인간들이 감히 입을 열지 못하면 석상들이라도 말을 해야지." 그들 은 말했다.

그날 이후 헨릭 백작은 더 이상 보리 성에서 버틸 수 없었다. 8월 초

어느 깊은 밤, 성 앞의 커다란 바깥 계단 앞에 지붕 있는 마차가 섰다. 일꾼들이 모두 둘러선 가운데 목도리를 감고 얼굴을 두터운 베일로 가린 메타 백작 부인이 나왔다. 백작이 그녀의 손을 잡아주었지만 그녀는 덜덜 떨었다. 그녀로 하여금 복도를 지나 계단으로 나오도록 설득하는 건 매우 수고로운 일이었다.

마차 안이 사방이 가린 데 안도하며 그녀는 올라탔다. 백작도 뒤를 따랐다. 마차 문이 굳게 닫히고 마부가 말들을 몰았다. 다음날 아침 까치들이 깨어났을 때 백작 부인은 사라진 뒤였다.

그 후로 백작은 줄곧 남쪽나라에서 살았다. 보리 성은 팔려나갔고 소유주가 자주 바뀌었다. 다들 이 아름다운 영지를 사랑했으나 아무도 그곳에서 행복해질 수는 없었다.

25

신의 사자

신이 보낸 사자 렌나트 대위가 어느 8월 오후 브루뷔의 주막에 나타
나 곧장 부엌으로 향했다. 그는 브루뷔에서 북쪽으로 약 2, 3킬로미터가
량 떨어진 숲가에 위치한 그의 집 헬게세테르로 가던 길이었다.

당시 렌나트 대위는 자신이 장차 이 지상에서 신의 말씀을 전하는 사
자가 될 줄을 아직 몰랐다. 그의 가슴은 그저 집으로 돌아갈 기쁨으로
가득 차 있었다. 그는 그간 힘든 시간을 보냈지만 이제는 고향으로 돌아
왔으니 모든 게 잘될 것이다. 자신이 제 집 지붕 아래 잠들지 못하고 제
아궁이에서 불을 쬐지 못하는 운명이 될 줄을 그는 알지 못했다.

렌나트 대위는 장난기 많은 사람이었다. 부엌에 아무도 없는 걸 보자
그는 개구쟁이 아이처럼 장난을 치기 시작했다. 베틀에다가는 엉뚱한
북을 끼워넣고 물레의 실을 엉클어놓았다. 고양이를 집어다가 개의 머
리 쪽으로 내던지고는 흥분한 두 짐승이 오랜 우정을 잊고 털을 세우고
발톱을 휘두르고 서로를 노려보다가 달려들어 온 집안에 법석이 이는
걸 보고 배를 잡고 웃었다.

시끄러운 소리를 듣고 안주인이 들어왔다. 문가에 멈춰선 그녀는 두 동물이 싸우는 꼴을 보며 웃어대는 남자를 지켜보았다. 그녀는 그와 잘 아는 사이였다. 하지만 마지막으로 그녀가 그를 보았을 때 그는 수갑에 채워져서 감옥으로 가는 수레 위에 실려 있었다. 그녀는 또렷이 기억했다. 5년 반 전, 한 도둑이 칼스타드의 겨울장터에서 도지사 부인의 장신구를 몽땅 훔쳤다. 반지와 팔찌, 브루치 등 숱한 귀중품은 모두 선물 받거나 물려받은 것으로, 귀부인이 애지중지 여기던 것이었는데 모조리 사라져서 흔적도 보이지 않았다. 온 지역에 헬게세테르의 렌나트 대위가 범인이라는 소문이 돌았다.

여인숙 안주인은 어쩌다 그런 소문이 생겼는지 이해할 수 없었다. 이 렌나트 대위는 선량하고 정직한 남자 아니던가. 그는 결혼한 지 몇 년 되지 않았던 아내와 행복하게 살고 있었다. 수중에 돈이 얼마 없었던 탓에 그는 늦게 결혼했으나 그 즈음에서는 관사와 봉급 덕택에 안정된 수입을 얻고 있었다. 무엇 때문에 그가 그 상황에서 굳이 팔찌와 반지를 훔쳐낼까? 그녀는 사람들이 그런 소문을 진짜로 믿는 바람에 렌나트 대위가 직위와 훈장을 잃고 5년간 강제 노동형에 처해졌던 걸 영 납득할 수가 없었다.

장터에 있었다는 사실은 대위 스스로 인정했으나 그는 자신이 절도에 관한 이야기를 듣기도 전에 집으로 돌아왔다고 증언했다. 다만 귀갓길에 낡고 못생긴 브루치를 하나 주워서 그걸 아이들에게 선물했다는 것이었다. 그러나 그 브루치는 순금이었고 주지사 부인이 도둑맞은 귀중품 중 하나였으니 그에게 불행이 닥쳤다. 하지만 실은 모든 게 신트람이 꾸민 일이었다. 이 악마는 직접 고발을 하고는 대위에게 불리한 증언을 했다. 그는 렌나트 대위를 몰락시켜야만 했다. 왜냐면 그 바로 직후에 신트람 자신이 피고석에 앉아야 할 차례였기 때문이다. 신트람이

1814년 전쟁 당시 노르웨이 측에 화약을 팔아넘겼던 행위가 발각되었다. 사람들은 렌나트 대위가 그에 대해 증언을 할까봐 신트람이 겁을 먹은 거라고 추측했다. 대위는 형을 선고받았고, 신트람은 증거 불충분으로 무죄 판결을 받았다.

안주인은 싫증도 내지 않고 계속 대위를 지켜보았다. 대위의 머리는 잿빛으로 셌고 허리도 굽었다. 고생이 심했던 게 틀림없다. 하지만 표정은 여전히 밝았고 명랑함도 잃지 않았다. 안주인이 시집가던 날 들러리를 서주고 춤을 추던 그 시절 그대로였다. 여전히 그는 길 가다 만나는 모든 사람에게 말을 걸었고 모든 아이들에게 동전 한 닢씩 용돈으로 던져주었다. 그는 여전히 쪼글쪼글 주름이 진 노파들을 만날 때마다 어쩌면 갈수록 젊어지시고 예뻐지시냐고 말해줄 것이다. 그는 아직도 통 위에 올라서서 5월 축제의 나무를 둘러싸며 춤추는 사람들을 흉내 낼 터다. 아무렴, 그렇고 말고!

"카린 아주머니, 내 얼굴은 보지도 않을 거요?"

그가 말을 걸었다. 그는 본래 가족의 안부와 그들이 아직도 자신을 기다리는지를 묻기 위해 주막에 들른 거였다. 그의 형기가 이즈음 끝났음을 가족들도 알 것이 틀림없었다.

안주인은 희소식만 전해주었다. 대위의 아내는 사내 몫까지 너끈히 일을 했다. 그녀는 관사를 새 주인으로부터 세냈고 모든 게 잘돼갔다. 아이들은 잘 커서 보고 있으면 흐뭇할 정도였다. 그리고 당연히 그들은 대위를 기다렸다. 대위의 아내는 말수가 무거운 엄격한 여자였다. 안주인이 듣기로 그 집에서는 대위가 떠나 있는 동안 아무도 렌나트 대위의 자리에 앉지 못하고 대위가 쓰던 식기를 건드리지도 못한다고 했다. 봄이 온 후로 대위의 아내는 매일같이 브루뷔 언덕 가장 높은 곳에 올라가서 남편의 귀환을 기다렸다. 그녀는 남의 도움을 받지 않고 손수 남편의 새 옷을 지어놓았다. 이 모든 걸 볼 때 대위의 아내가 요란하게 입 밖에 내지는 않는다 해도 남편을 기다리는 건 확실했다.

"내 가족은 내가 죄를 지었다고 믿지 않소?" 렌나트 대위가 물었다.

"믿지 않지요, 대위님, 아무도 그런 건 안 믿어요!" 안주인이 대답했다.

렌나트 대위는 재빨리 주막을 떠났다. 그는 얼른 집으로 가고 싶었다.

바깥에서 그는 우연히 옛 친구들을 만났다. 에케뷔의 기사들이 막 주막으로 들어오려던 참이었다. 신트람이 거기서 생일잔치를 벌인다고 기사들을 초대했다. 기사들은 징역살이를 한 사내와 악수하고 환영의 인사를 하는 데 전혀 주저하지 않았다. 신트람 역시 그랬다.

"친애하는 렌나트, 모든 건 신께서 목적을 갖고 의도하신 일임을 믿게나." 신트람이 말했다.

"악당 같으니, 네놈에게 무죄선고를 내린 것도 신이었음을 내가 모를 것 같나?"

기사들은 웃어댔고 신트람도 기분 나빠하지 않았다. 그는 남들이 자신을 볼 때마다 악마를 연상하는 걸 개의치 않았다.

기사들과 신트람은 다시 주막으로 들어가 귀환을 축하하는 한 잔을 하자고 권유했다. 일단 한 잔만 하면 즉각 떠나도 좋다고 했다. 하지만 렌나트 대위는 곤경에 빠지고 말았다. 그는 지난 5년간 이 사악한 음료를 한 방울도 맛보지 못했고, 그날 내내 아무것도 못 먹은 데다 오래 걷느라 지쳐 있던 터였다. 그래서 몇 잔만으로도 그는 정신이 혼미해졌다.

그가 더 이상 주변을 분간하지 못하는 상태에 이르자 기사들은 그에게 잇달아 술을 먹였다. 나쁜 의도로 그런 건 아니었다. 오히려 5년이나 이런 맛을 잊고 있었을 그에게 호의를 베푼 것이었다.

평소 대위는 남들보다도 더 정신이 말짱한 사람이었다. 더군다나 아내와 자식들을 보러 가던 길이었는데 그가 정말로 그리 취하고 싶어서 취했겠는가. 하지만 그는 주막의 긴 의자 위에 쓰러져 잠들고 말았다.

그가 무방비하게 누운 걸 보고 예스타는 숯과 덩굴월귤 즙을 가져다 대위의 얼굴에 낙서를 했다. 그는 대위의 얼굴을 진짜 범죄자처럼 만들려고 했다. 이 친구가 감옥에서 나온 지 얼마 안 됐으니 그게 어울릴 거라는 주장이었다. 예스타는 대위의 눈가를 시퍼렇게 만들고, 코 위에는 벌건 흉터를 그리고, 머리칼을 헝클어뜨리고, 온 얼굴을 숯으로 시꺼멓게 칠했다.

기사들이 한바탕 웃고 나서 예스타는 대위의 얼굴을 도로 닦아주려 했다.

"아니, 그대로 둬!" 신트람이 말했다. "깨고 나서 자기 얼굴을 보게 놔둬. 이 친구도 재밌어할 걸."

그래서 대위의 얼굴은 그 상태로 남았고 기사들은 곧 대위의 일을 까맣게 잊었다. 그들은 밤새 술을 마시고 동 틀 무렵 자리를 떴다. 그 즈음 그들의 뇌는 포도주 위에 둥둥 떠 있는 판이었다.

렌나트 대위를 어쩔 것인가 하는 문제가 그들에게 닥쳤다.

"집에 데려다줘야지." 신트람이 말했다. "이 친구 마누라가 얼마나 기뻐할지 생각해봐. 아주 볼만할걸. 생각만 해도 감동적이네. 집에다 데려다주자고."

기사들도 그 제안에 감동했다. 평소에는 엄격한 헬게세테르의 그 아낙네가 얼마나 기뻐할까!

그들은 렌나트 대위를 흔들어 깨웠다. 그 후 마구간 일꾼들이 피곤한 눈을 비비며 대령해놓은 마차들 중 하나에 대위를 태웠다. 기사들 무리 전체가 헬게세테르로 출발했다. 몇몇 기사들은 꾸벅꾸벅 졸다 마차 밖으로 굴러떨어질 뻔했고 다른 기사들은 깨어 있기 위해 노래를 불렀다.

기사들의 몰골은 늘어지고 퉁퉁 부은 강도 떼의 낯짝보다 나을 게 없었다.

그들은 목적지에 도착했다. 기사들은 말과 수레를 뒷마당에 세우고는 제법 엄숙하게 계단을 올랐다. 베렌크로이츠와 율리우스가 대위를 양쪽에서 붙들고 있었다.

"일어나, 렌나트." 그들은 그에게 말했다. "집에 왔어. 자네 집도 못 알아보겠나?"

대위는 눈을 뜨고 거의 술이 깼다. 기사들이 자신을 데려다준 데 그는 퍽 감동했다.

"친구들!" 기사들에게 말을 전하기 위해 그는 멈춰 섰다. "나는 내가 왜 이런 일들을 겪어야 했냐고 신께 묻곤 했다네."

"아, 그만하게나, 렌나트, 설교는 혼자 하라고." 베렌크로이츠가 말했다.

"말하게 내버려둬. 아주 말을 잘하는걸." 신트람이 말했다.

"난 신께 여쭈었으나 답을 얻을 수 없었네. 하지만 지금 나는 드디어 신의 뜻을 이해하네. 그분은 내게 진정한 친구들의 가치를 보여주고자 하셨던 걸세. 내 아이들과 아내를 기쁘게 해주기 위해 나를 집에 데려다주는 친구들 말이야. 내 아내는 나를 기다리고 있지. 5년간의 고생인들 이에 비하면 뭐란 말인가?"

거친 주먹들이 현관을 두드렸다. 기사들은 더 듣고 있을 짬이 없었다.

안에서 인기척이 들렸다. 하녀들이 잠에서 깨어 밖을 내다보았다. 그녀들은 재빨리 옷을 챙겨 입었지만 한 무리의 사내들에게 문을 열어줄 엄두를 내지 못했다. 마침내 빗장이 치워지고 렌나트 부인이 직접 밖으로 나왔다.

"무슨 일이지요?" 그녀가 물었다.

베렌크로이츠가 대답했다.

"당신 남편을 데려왔소."

그들은 렌나트 대위를 앞으로 밀어주었다. 그녀는 취해서 휘청거리는 남편이 범죄자의 얼굴을 하고서 자신 쪽으로 쓰러지려는 걸 보았다. 남편의 뒤에 진을 친 사내들 역시 비틀대는 주정뱅이들이었다.

그녀는 한 발 물러섰다. 그가 팔을 벌려 그녀를 안으려 하자 그녀가 소리쳤다.

"도둑이 되어 집을 떠나더니 강도가 되어 돌아와?" 그러고는 집 안으로 들어가버리려 했다.

대위는 아내의 언행을 이해할 수 없었다. 그가 그녀를 따라가려 하자 그녀가 그의 가슴을 밀쳐냈다.

"내가 당신 같은 인간을 우리집 가장이자 내 아이들 아버지로 들일 것 같아?" 그녀가 물었다.

문이 닫히고 빗장이 도로 걸렸다.

렌나트 대위는 문에 매달려 흔들어댔다.

기사들은 폭소를 참을 수 없었다. 대위는 철석같이 마누라를 믿고 있다가 버림받았다. 기사들은 이 상황이 웃겨죽을 것 같았다.

렌나트 대위는 기사들이 웃어대는 소리를 듣고 그들에게 덤벼들었다. 하지만 기사들은 몸을 피하고 수레에 훌쩍 올라탔다. 대위는 수레를 쫓아갔으나 서둘다 그만 돌에 걸려 엎어졌다. 다시 일어난 그는 더 이상 수레를 쫓아가지 않았다. 뒤죽박죽이 된 그의 머릿속에는 한 가지 생각만 또렷이 떠올랐다. 이 세상의 모든 일은, 그 어떤 작은 일이라 해도 신의 뜻에 의해 이루어진다는 생각이었다.

"저를 어디로 인도하려 하십니까?" 그는 물었다. "저는 당신의 입김에 정처 없이 날리는 깃털입니다. 저는 당신의 장난감 공입니다. 저를 어디로 끌고 가시려는 겁니까? 왜 제 집 문을 제게 닫아버리셨습니까?"

그는 이 또한 신의 뜻이라 믿으며 집을 떠나 걸었다.

해가 떴을 때 그는 브루뷔 언덕에 서서 계곡을 내려다보고 있었다. 계곡 주민들은 당시 그들의 구원자가 가까이 있음을 알지 못했다. 가난한 자도 슬픈 자도 구원자를 환영하기 위해 화환을 엮어 오두막 문 위에 내걸지 않았다. 구원자의 발길이 닿을 문지방에 향기로운 라벤더와 들꽃을 깔아놓지도 않았다. 어미들은 구원자에게 제 자식을 보여주기 위해 안아들지 않았다. 아무도 제 오두막 안을 청소하지 않았고 시꺼먼 아궁이를 향기로운 노간주나무 가지로 가리지도 않았다. 구원자에게 잘 갈린 밭과 굉음을 내며 돌아가는 광산을 보여주기 위해 땀 흘려 일하는 사내들도 없었다.

아, 렌나트 대위의 슬픈 눈에는 가뭄이 그 고장을 얼마나 황폐하게 만들었는지가 훤히 보였다. 종자가 말라붙는 바람에 인간들이 다음 해를 위해 농지를 갈아둘 의욕조차 잃었고, 그 모습이 감춰지지도 않았다. 그가 시선을 푸른 산으로 향하자 아침 햇살이 산불에 타죽은 갈색 지점들을 비추었다. 그는 길가의 자작나무들이 거의 말라죽은 것을 보았다. 농장들 옆을 지날 때 나는 사료 냄새, 무너진 울타리, 사람들이 집으로 싣고 가서 쪼개는 보잘것없는 땔감 등 온갖 자잘한 징조들이 인간들이 스스로 삶을 돌볼 기력을 잃었음을, 힘든 시절이 닥쳤음을, 무기력에 빠진 인간들이 화주에서나 위안을 구하고 있음을 증명했다.

하지만 렌나트 대위가 이 모든 것을 눈에 담은 것은 잘한 일이었다. 그 역시 제 밭에 뿌린 씨가 싹을 틔우는 광경을 보도록 허락받지 못했다. 그 역시 제 집 난롯가에 앉아 숯이 달아올랐다 꺼지는 광경을 지켜보지 못할 운명이었다. 그 역시 제 자식들의 보드라운 손을 쥐거나 신실한 아내를 곁에 앉히도록 허락받지 못했다. 무거운 근심에 짓눌린 그가 위로해줄 빈자들의 존재를 깨달은 건 그에게도 잘된 일이었다. 하필이면 그 시기가 잔인한 자연이 가난한 자들을 도탄에 빠뜨린, 그리고 처지가 조금 나은 인간들이 자신만 못한 이들을 착취하던 시절이었다는 사실 역시 렌나트 대위에게는 차라리 잘된 일이었다. 브루뵈의 탐욕스러운 목사는 신도들의 올바른 목자가 되어주는 대신 그들을 쥐어짰다. 에케뷔의 관리를 맡은 기사들은 낭비벽과 주벽에 빠져 있었다. 신트람은 곧 멸망과 죽음이 모두에게 닥치리라는 비관적인 믿음을 퍼뜨리고 다녔다. 이것 또한 신의 의도였다.

브루뵈 언덕에 주저앉은 렌나트 대위는 지금이 바로 신이 자신을 필요로 하는 때라고 믿지 않을 수 없었다. 그를 부른 것은 신실한 아내가 아니었다.

하나 덧붙이자면, 기사들은 후에도 자신들이 렌나트 부인의 모진 행동에 책임이 있음을 깨닫지 못했다. 신트람은 아무것도 말해주지 않았다. 그 지역에는 렌나트 부인이 헛바람이 들어 남편을 내쳤다는 악담이 돌았다. 그녀는 자신 앞에서 다른 이들이 남편 이야기를 입에 올리려 할 때마다 화제를 끊어버렸다고 한다. 그녀는 남편의 이름이 언급되는 것조차 참을 수 없었다. 렌나트 대위도 아내의 오해를 풀어줄 일은 하지 않았다.

하루가 지났다.

회그베리에는 어느 늙은 농부가 임종을 맞으려 하고 있었다. 이미 종부성사를 받은 그는 기력이 쇠해 죽을 일만 남았다.

먼 길을 앞두고 불안해진 그는 자신의 침대를 부엌에서 방으로 옮기랬다가 방에서 도로 부엌으로 옮기랬다가 갈팡질팡했다. 그 불안한 태도는 끊어질 듯한 호흡보다도 더 명백하게 죽음이 바로 코앞에 다가왔음을 증명하고 있었다.

그의 주위에는 아내와 자식들, 일꾼들이 늘어서 있었다. 그는 부유하고 행복하며 존경받는 삶을 누렸다. 그의 죽는 자리는 외롭지 않았다. 그의 침상을 둘러싼 사람들은 어서 그가 죽기를 기다리는 낯선 이들이 아니었다. 그는 자기 자신에 대해 이미 신의 앞에 선 듯이 증언했는데, 둘러싼 이들이 한숨과 함께 맞장구를 치며 그의 말에 동의를 표했다.

"저는 부지런한 일꾼에 좋은 가장이었습니다." 그는 말했다. "저는 제 아내를 제 몸의 일부처럼 사랑했습니다. 아이들을 꾸짖을 때는 꾸짖고 품을 때는 품으며 키웠습니다. 저는 과음한 적이 없습니다. 제 땅을 넓히려고 경계를 눈속임한 적도 없습니다. 저는 말들이 오르막을 오를 때 박차를 가하지 않았으며 소들을 겨울에 굶기지 않았습니다. 양 떼로 하여금 한여름에 털이 북실한 채로 돌아다니게 하지도 않았습니다."

그의 주위에서 울던 사람들이 메아리치듯 따라했다.

"이분은 좋은 가장이셨습니다, 아, 하느님! 이분은 오르막을 오르는 말에게 박차를 가한 적도 없으셨고 겨울에 소들을 굶기지도 않으셨습니다."

어느 가난한 자가 먹을 것을 동냥하러 왔다가 사람들 눈에 띄지 않게 문가에 섰다. 그 역시도 죽어가는 자가 하는 말을 들었다.

병자가 또 말했다.

"저는 숲을 개간하고 초원을 밭으로 만들었습니다. 저는 쟁기를 똑바로 끌었습니다. 저는 제 아버지 시절보다 헛간을 세 배 크게 개축했고, 세 배 많은 종자를 거둬들였습니다. 제 아버지는 은잔을 하나 갖고 있었지만 저는 반짝이는 은화로 은잔 세 점을 만들어냈습니다."

문가에 선 이방인의 귀에도 죽어가는 이의 말들이 들려왔다. 노인은 이미 신의 재판장 앞에 선 듯 자신에 대해 증언하고 있었다. 노인의 자식들과 식솔들이 증언을 보증하며 따라했다.

"이분은 쟁기를 똑바로 끄셨습니다. 정말로 그러셨습니다."

"신께서는 당신의 천국에 제 자리를 마련해주실 것입니다." 노인이 말했다.

"사랑하는 하느님께서는 우리 주인님을 잘 맞아주실 것입니다." 식솔들이 말했다.

문가에 선 사내는 이 말들을 듣다가 경악에 사로잡혔다. 그는 5년간 신의 장난감 공이었고 신의 숨결에 따라 흩날리는 깃털이었다.

그는 병자의 곁으로 가서 손을 잡았다.

"친구여, 나의 친구여." 그는 흥분하여 떨리는 음성으로 말했다. "당신이 곧 만나게 될 주님이 어떤 분이신지 생각해봤소? 그분은 위대하고 강대한 신이시오. 그분이 씨 뿌리는 밭은 이 세상이고 그분이 모는 말은 폭풍이오. 그분이 걸음하시면 저 넓은 하늘이 울리오. 그런데 당신은 그분 앞에 서서 이렇게 말할 거요? '저는 쟁기를 똑바로 몰았습니다, 저는 호밀을 심었습니다, 저는 나무를 베었습니다.' 그분 앞에서 이런 걸 자랑할 심산이오? 당신은 그분이 얼마나 강대한 주인인지도 모르고 그분의 왕국에 들려고 하는 거요!"

노인은 눈을 크게 뜨며 두려움에 얼굴을 일그러뜨렸다. 그의 숨이 더욱 거칠어졌다.

"신 앞에서 허풍을 치지 마시오!" 방랑자는 말을 이었다. "지상의 강대한 자라 해도 그분의 헛간에서는 탈곡된 볏짚에 불과하오. 그분은 온종일 씨를 뿌리시고 대양을 파내시며 산을 쌓아올리시오. 그분은 온 지상을 풀로 덮으셨소. 그분에 비견할 일꾼은 존재하지 않소. 당신은 그분과 겨루려 해서는 안 되오. 몸을 숙이시오, 당신은 간청하는 영혼이오! 주인이신 신 앞에서 먼지 속으로 당신을 낮추시오! 당신의 위로 신의 폭풍이 지나갈 거요. 신의 진노가 당신 위로 재앙처럼 지날 거요. 엎드리시오! 아이처럼 신의 옷자락을 붙잡고 보호를 간청하시오! 먼지 속에 구르며 자비를 애원하시오! 당신의 창조자 앞에서 겸허해지시오, 인간의 영혼이여!"

병자는 눈을 크게 뜨고 양손을 모았다. 하지만 그의 표정은 밝아졌고 숨소리는 안정되었다.

"인간의 영혼이여! 간청하는 인간의 영혼이여!" 방랑자가 소리쳤다. "당신이 마지막 순간 겸허히 신 앞에 엎드려야 함이 틀림없는 사실이듯, 신께서 당신을 자식으로 맞으시고 영광된 왕국으로 들여보내주심도 굳건한 사실이오."

노인이 마지막 숨을 깊이 쉬자 모든 게 끝났다. 렌나트 대위는 노인의 머리 위로 몸을 숙이고 기도했다. 방 안의 모든 이들이 깊은 한숨을 내쉬며 기도했다.

그들이 고개를 들자 늙은 농부는 깊은 평화 속에 잠겨 있었다. 그의 눈은 영광된 환상의 광채를 반사하듯 아직도 빛났고, 입은 미소 지었고, 온 얼굴이 환했다. 그는 신을 보았다.

그를 본 모든 사람들은 생각했다. 오, 위대하고 아름다운 인간의 영혼이여! 그대는 지상의 사슬을 끊고 마지막 순간 몸을 일으켜 그대의 창조주를 대면했구나. 그대가 겸허히 그분 앞에 몸을 숙이니 그분께서 손수 그대를 자식처럼 일으켜 품으셨도다.

"이분은 신을 보셨습니다." 고인의 아들이 말하며 죽은 이의 눈을 감겼다.

"그분은 하늘나라가 열리는 것을 보셨습니다." 고인의 자식들과 식솔들이 흐느꼈다.

죽은 이의 늙은 아내가 렌나트 대위의 오른손에 자신의 떨리는 손을 겹쳤다.

"대위님, 대위님이 이 사람을 가장 어려운 시간에 도우셨습니다."

그는 묵묵히 서 있었다. 그에게는 불현듯 호소력 있는 언변과 행동력이 생겼다. 어떻게 얻었는지는 그도 몰랐다. 그는 허수아비의 팔 끝에 내려앉은 나비처럼 떨었다. 하지만 햇살 아래 펼쳐진 나비의 날개는 눈부시게 반짝였다.

*

이 사건이 렌나트 대위를 인간들 속으로 보냈다. 이 일이 아니었다면 그는 다시 집으로 가 아내에게 자신의 맨얼굴을 보여주었을 것이다. 하지만 이 일 이후 그는 신께서 자신을 필요로 하신다고 믿었다. 그래서 그는 곤궁한 자들을 돕는 신의 사자가 되었다. 그 시절 인간들이 겪은 고난은 너무도 컸다. 도처에 재물과 권세로도 어쩔 수 없는 비참함이 도사리고 있어 지혜와 선의가 더욱 필요할 때였다.

어느 날 렌나트 대위는 굴리타 암벽 근방에 사는 가난한 농부들을 찾아갔다. 그들은 큰 곤경에 빠져 있었다. 먹을 거라곤 감자 한 알도 없었는데, 말라붙은 밭에 뿌릴 종자 한 톨 남지 않아 호밀도 심을 수가 없었다.

렌나트 대위는 작은 조각배를 타고 바로 호수를 건너가 신트람에게 그 농부들을 위해 호밀과 감자를 달라고 청했다. 신트람은 그를 정중히 환대하여, 풍성하게 들어찬 커다란 곡물 창고와 전 해 추수한 감자가 아직도 남아 있는 지하실을 보여주었다. 신트람은 렌나트 대위가 가져온 자루들을 모조리 채우라고 일꾼들에게 명령했다.

하지만 렌나트 대위가 타고 온 작은 배를 보았을 때, 신트람은 가져갈 짐에 비해 배가 너무 작다고 지적했다. 이 악마는 자루들을 자신이 소유한 큰 배들 중 한 척에 따로 싣게 하고 일꾼인 힘센 몬스에게 큰 배의 노를 저으라고 시켰다. 렌나트 대위는 작은 배에 여덟 자루만 실으면 되었다.

몬스는 힘이 장사인 데다 노 젓는 솜씨도 일품이라서 렌나트 대위보다 앞서갔다. 렌나트 대위는 아름다운 호수를 노 저어 건너가는 동안 가만히 몽상에 잠겼다. 그는 이 조그만 종자들이 겪을 멋진 미래를 상상했다. 이 종자들은 지금은 재로 가득 차고 돌과 나무 그루터기가 널린 시커먼 밭에 뿌려질 것이다. 그러나 곧 싹을 틔워 황무지에도 뿌리를 내리리라! 그는 낭창한 연록빛 줄기들이 땅을 뒤덮는 광경을 상상하다가 종자가 든 자루를 다정히 쓰다듬어주었다. 그 후 그는 철이 지나 싹을 틔울 이 가엾은 종자들이 가을과 겨울을 어찌 지날지, 그럼에도 불구하고 봄이 오면 얼마나 싱싱하고 용기 있게 자라 마침내 결실을 맺을지 상상의 나래를 펼쳤다. 뾰족한 이삭을 매달고 사람 허리를 웃돌 만큼 곧게 자랄 빳빳한 줄기들을 떠올리며 옛 군인의 가슴은 환희로 찼다. 이삭이 조그만 깃털들로 부채질을 하면 수술에 붙은 꽃가루들은 나무 꼭대기까지 흩날리리라. 그리고 불안한 싸움이 끝난 후 이삭에는 달콤하고 보드라운 낟알들이 영글리라. 낫에 줄기들이 베어나가고 도리깨가 내리치며 지나간 뒤, 방앗간에서 낟알들이 밀가루로 변하고 밀가루가 빵으로 구워지면 지금 이 배 위 그의 앞에 놓인 종자들이 얼마나 많은 굶주림을 구원해낼 것인가!

신트람의 일꾼이 굴리타 암벽 쪽 하역장에 배를 댔다. 굶주린 인간들이 떼 지어 배로 몰려왔다. 일꾼은 자신이 주인의 명으로 왔다고 말했다.

"신트람 나리께서 너희에게 맥아와 호밀을 보내셨다. 이걸로 화주를 빚도록 해라."

인간들은 광란에 빠졌다. 자루를 차지하기 위해 그들은 물속으로 뛰어들고 배에 달려들었다. 렌나트 대위가 의도했던 건 이런 게 아니었다.

역시 배를 뭍에 댄 렌나트 대위는 농부들의 이성을 잃은 모습을 보고 분노했다. 그는 양식이 될 감자와 씨 뿌릴 호밀을 나누어주려고 했다. 술을 빚을 맥아를 얻어올 의사는 전혀 없었다.

그는 인간들에게 자루를 내려놓으라고 소리쳤으나 아무도 따르지 않았다.

"너희들의 목구멍에서 호밀은 모래가 되고 감자는 돌로 변하리라!" 자신에게서 자루를 빼앗아가는 군중에게 환멸에 차서 그가 소리쳤다.

그 순간 렌나트 대위가 기적을 일으킨 듯 보이는 일이 벌어졌다. 여자 둘이 자루 하나를 놓고 다투다가 자루가 찢어졌다. 벌어진 틈에서 모래알이 쏟아졌다. 감자 자루를 짊어지던 남자들도 자루가 마치 돌덩이들이 든 양 무겁다는 걸 깨달았다.

모래와 돌덩이뿐이었다. 자루 안에 든 것은 온통 모래와 돌덩이밖에 없었다. 사람들은 경악으로 말문이 막힌 채 신께서 그들에게 보내신 사자 앞에 서 있었다. 렌나트 대위 자신도 그 순간 놀라 몸이 굳었다. 힘센 몬스가 웃어댔다.

"빨리 집으로 돌아가라, 이놈아." 렌나트 대위가 말했다. "자루에 든 게 애초부터 모래였음을 농부들이 알아차리면 네가 타고 온 배에 구멍이 뚫릴 거다."

"난 겁날 것 없소." 일꾼이 대꾸했다.

"그래도 어서 노를 저어 돌아가는 게 나을 거다." 렌나트 대위가 확고한 어조로 말했다.

렌나트 대위는 농부들에게 신트람이 그들을 속인 거라고 설명했다. 그러나 인간들은 기적이 일어난 거라고 믿고 싶어했다. 평범한 백성들은 기적 이야기를 좋아했고, 소문은 금방 퍼졌다. 그리하여 렌나트 대위가 기적을 행하는 인물이라는 믿음이 점차 뿌리내렸다. 덕택에 그는 농

부들에게 큰 영향력을 발휘할 수 있었고, 농부들은 그를 신의 사자라고
불렀다.

26
묘지

어느 아름다운 8월의 저녁이었다. 뢰벤 호수는 거울처럼 명징했다. 마지막 햇살을 품은 안개가 대지를 감쌌다. 저녁의 호숫가가 서서히 어둠에 잠겼다.

다부진 체격에 희고 두터운 콧수염을 기르고 거인처럼 힘이 센 베렌크로이츠 대령이 도박용 카드를 외투 뒷주머니에 챙겨넣고 호숫가로 내려와 바닥이 편평한 조각배에 올라탔다. 그의 전우인 안데슈 푹스 소령과 베름란드 사냥꾼들 사이에서 북 치는 일을 하며 플루트도 곧잘 부는 작달막한 루스테르가 길동무였다. 루스테르는 오랜 세월 동안 친구이자 하인으로 대령을 따랐다.

호수 반대편에는 묘지가 있었다. 사람들이 돌보지 않는 스밧셰 교회묘지를 장식하는 것은 드문드문 서 있는 비뚤어지고 기우뚱거리는 철십자가들뿐이었다. 갈대와 줄무늬의 풀로 빽빽한 묘지는 황무지나 다름없었다. 묘지에 자라난 풀들을 인근 주민들은 '사람풀'이라고 불렀다. 이파리 한 닢 한 닢이 모두 제멋대로 다르게 자란 그 묘지의 풀들을 보면서, 인근 주민들이 인간 중에도 다른 사람과 똑같이 난 이는 하나도 없음을 떠올리게 되기 때문이었다. 묘지에는 잔자갈이 깔린 산책길도 없었고, 예전 목사의 잊힌 무덤 위에 자란 커다란 보리수 말고는 그늘이 돼줄 만한 나무도 없었다. 이 보잘것없는 땅을 높고 음울한 돌벽이 두르고 서 있었다. 묘지 풍광은 처량하고 쓸쓸했다. 남의 행복을 훔치고 저주와 욕을 듣다가 험상궂어진 탐욕가의 낯짝만큼이나 묘지는 추했다. 그럼에도 이 축성된 땅에 묻힌 이들은 복 받은 자들이었다. 적어도 여기서는 찬송가와 기도소리를 들을 수 있었다. 작년에 에케뷔에서 죽은 도박꾼 악빌론은 돌벽 바깥에 묻혀야 했다. 한때 당당한 기사에 용감한 전사, 대담한 사냥꾼, 행운을 낚아챌 줄 아는 도박꾼이었던 그도 막판에는 제 손으로 번 것과 아내가 아껴 모은 것은 물론이고 자식들이 받아야 할 유산까지도 날리고 말았다. 그는 오래전 아내와 자식들을 버리고 에케뷔의 기사들 중 하나가 되었다. 작년 여름의 어느 날 밤, 그는 아내와 자식들의 마지막 터전으로 남겨놨던 땅마저도 도박으로 잃었다. 그 후 그는 총으로 자살했다. 판돈을 갚느니 죽는 길을 택한 것이었다. 자살자의 시체는 초라한 묘지의 이끼 낀 돌벽 바깥에 묻혀야 했다.

그가 죽은 후 기사들의 수는 열둘이 되었다. 아무도 열세 번째 자리를 차지하기 위해 오지 않았다. 잠시 열세 번째 자리에 앉았던 이는 성탄절 밤 용광로 밖으로 기어나온 시커먼 자뿐이었다.

기사들은 악빌론의 팔자가 그 전에 죽은 다른 기사들보다 더 안됐다고 여겼다. 매해마다 한 명씩 죽어야 한다는 사실은 그들도 알았다. 딱히 나쁜 일도 아니었다. 기사들은 늙어선 안 되는 존재였다. 그들의 눈이 흐려져 카드도 구분할 수가 없고 손이 떨려 건배를 할 수도 없다면 그들에게 삶이 무슨 소용이 삶에게 그들이 무슨 소용인가. 하지만 묘지 담벼락 가에서 뗏장에 덮이지도 못한 채, 개처럼 누워 풀을 뜯는 양 떼들에게 짓밟히고 삽과 쟁기에 찍히는 건 좀 다른 문제였다. 악빌론이 쉬는 곳에서는 떠돌이들도 잰 걸음을 멈추지 않았고 노는 아이들도 웃음과 장난치는 소리를 굳이 낮추지 않았다. 최후의 심판 날에 천사들이 나팔을 불며 묘지의 죽은 이들을 깨울 때도 악빌론은 돌벽에 막혀 그 소리를 듣지 못할 것이다.

베렌크로이츠는 노를 지어 뢰벤 호수를 건넜다. 그가 그 저녁 시간에 지나간 호수를 나는 꿈에서 보곤 한다. 나는 그 호숫가를 걷는 신들을 보았고 물 아래에서 내 꿈의 성이 솟아오르는 것 또한 보았다. 베렌크로이츠는 낮은 원 모양의 모래톱 물 아래 전나무가 똑바로 자라고 해적들이 지은 성의 폐허가 거친 절벽에 남아 있는 락 섬의 석호를 스쳐갔다. 그는 늙은 전나무들의 굵은 뿌리가 가파른 경사 위로 튀어나온 보리 곶의 전나무숲 아래를 저어갔다. 무시무시한 곰이 잡힌 적이 있는 그곳에서는 고분을 장식하는 돌무더기와 고분들이 그곳의 기나긴 역사를 증명하고 있었다.

대령은 곶 주위를 빙 돌아 바로 묘지 앞에서 내렸다. 제초가 된 보리 백작 소유의 밭을 지나 그는 악빌론의 무덤으로 갔다.

무덤에서 그는 허리를 숙이고 아픈 친구의 담요를 토닥이듯 무덤 위로 자란 풀을 쓸었다. 그리고 카드를 꺼내 무덤 옆에 앉았다.

"우리 친구 유한 프레드릭은 여기 외롭게 누워 있어. 분명히 카드놀이 한 판이 그리울 거야."

"이런 친구를 바깥에 누워 있게 하다니, 이런 게 죄악이고 수치지." 위대한 곰 사냥꾼 안데슈 푹스가 베렌크로이츠 곁에 앉으며 말했다.

그러나 작달막한 플루트 연주자 루스테르는 조그만 눈이 붉어져서 쏟아내는 눈물 때문에 목소리가 떨렸다.

"대령님만 빼면 이분이 제가 아는 사람들 중 으뜸이었습니다."

이 세 존경할 만한 신사는 무덤을 둘러싸고 앉아 열심히, 그리고 진지하게 카드를 돌렸다.

세상에선 온갖 무덤을 볼 수 있다. 그 중에는 권세가가 묻힌 육중한 대리석 무덤도 있다. 그 위로 깃발이 꽂히고 장송곡을 울리며 군인들이 장례 행진을 한다. 온갖 사랑을 받던 이의 무덤도 있다. 이런 무덤의 뗏장 위로는 눈물 젖은 화관이 놓인다. 잊힌 무덤도 허영에 찬 무덤도 거짓을 말하는 무덤도 침묵하는 무덤도 나는 보았다. 하지만 그 주인을 카드놀이에 초대한 무덤은 이제껏 본 적이 없다.

"유한 프레드릭이 이겼어." 대령이 자랑스레 말했다. "이럴 줄 알았지. 내가 이 친구한테 카드를 가르쳤거든. 우린 셋 다 죽었고 이 친구 혼자 살았네."

그는 카드를 모아들고 일어나 다른 두 명과 함께 에케뷔로 돌아왔다.

이제 망자도 모든 이들이 그를, 그리고 그의 버려진 무덤을 잊지 않았음을 알리라. 그것은 정신 나간 영혼들이 그들이 사랑했던 누군가에게 바치는 기괴한 애정의 표현이었다. 축성된 땅에서 쉴 수 없어 돌벽 밖에 누워 있는 이도 모든 사람들이 그를 버리지 않았음에 기뻐할 것이다.

친구들이여, 인간의 아이들이여, 나는 죽은 후에 아마도 내 조상들이 쉬고 있는 가족묘지에 묻히게 될 것이다. 나는 내 사랑하는 피붙이들의 밥줄을 끊은 적도, 스스로 내 삶을 망친 적도 없다. 하지만 나는 악빌론만큼 사랑받지는 못했기에 아무도 기사들이 이 범죄자를 위해 해준 것만큼 내게 해주지는 않을 것이다. 해가 진 밤, 죽은 이들의 정원이 처량하고 쓸쓸할 적에 내 뼈만 남은 손가락에 알록달록한 카드를 쥐여주기 위해 오는 이는 아무도 없겠지.

아무도 카드를 들고 내 무덤에 오지는 않을 것이다. 하지만 나는 카드놀이에는 별 흥미가 없으니 다른 방문객을 맞고 싶다. 내 무덤에는 바이올린과 활을 들고 찾아와주면 좋겠다. 펫장 아래 썩어가는 흙 속에서 떠돌던 내 영혼은 반짝이는 물살에 몸을 실은 백조처럼 들려오는 음률에 몸을 누이리라.

27
옛 노래

8월 말의 어느 조용한 오후, 마리안 싱클레르는 자기 방에 앉아 편지와 서류들을 정리했다.

그녀의 주위에는 온갖 것들이 널려 있었다. 가죽으로 만든 커다란 여행가방들과 모서리에 쇠를 박아넣은 궤짝들이 쌓였다. 의자와 소파에는 옷가지들이 걸려 있었다. 다락과 옷장과 칠이 된 함 속 보관돼 있던 것들을 다 끄집어냈다. 비단과 리넨 천이 은은한 빛을 냈다. 귀중품들은 반짝반짝 닦아줄 손길을 기다리고 있었다. 목도리와 모피들도 살펴야 했다.

마리안은 긴 여행을 떠나려고 준비중이었다. 그녀가 다시 돌아올지는 불분명했다. 그녀는 생의 전환점에서 예전에 썼던 편지들과 일기 중 상당수를 불태워 없앴다. 그녀는 과거의 기억에 짓눌리고 싶지 않았다.

그렇게 앉아 있는 동안 옛 노래 한 묶음이 수중에 들어왔다. 그녀가 어릴 적 어머니가 불러주던 옛 민요들을 베껴 적은 것이었다. 그녀는 종이를 묶어둔 끈을 풀어 읽기 시작했다.

얼마간 읽고 나서 그녀는 씁쓸한 미소를 지었다. 옛 노래들은 놀라운 지혜를 전했다.

"행복을 믿지 마라, 행복의 징조를 믿지 마라, 장미와 사랑스러운 꽃들도 믿지 마라."

"웃음을 믿지 마라." 옛 노래들은 말했다. "붉은빛과 황금으로 치장된 마차를 다고 가는 아리따운 발보리 처자를 보려무나. 말빌굽과 마차바퀴가 그녀의 행복을 밟고 지나가니 그녀는 슬프다."

"춤을 믿지 마라." 옛 노래들이 말했다. "가뿐한 걸음으로 반짝반짝한 마루 위를 미끄러지는 저들 중 마음이 납처럼 무거운 이도 적지 않다. 꽃다운 나이의 셰슈틴은 저리도 명랑히 스텝을 밟지만 그녀가 딛고 가는 것은 제 젊은 인생이다."

"농담을 믿지 마라." 옛 노래들이 말했다. "식탁을 둘러싸고 농담을 늘어놓는 저들 중 실은 죽고 싶을 만큼 슬픈 이가 적지 않다. 저기 앉은 아델리네이 프뢰이텐보리 공작의 조각난 심장이 담긴 접시를 대접받고 있구나. 그녀는 이제야 자신도 죽을 수 있을 거라 믿고 있다."

아, 가련한 노래들아, 그렇다면 믿을 수 있는 게 무엇이냐? 눈물과 수심?

기쁜 사람은 결코 한숨을 쉬지 않지만, 웃는 이들 중에는 슬픈 자들이 적지 않다. 옛 노래들은 눈물과 한숨을, 수심과 그것의 징조를 믿었다. 모래성이 쓸려가도 변치 않고 남아 있는 진짜 바닥은 수심이었다. 수심과 그것의 징조라면 믿을 만했다.

기쁨도 사실은 변장한 수심일 따름이다. 이 세상에 정말로 존재하는 것은 수심뿐이다.

"아, 가엾은 노래들아." 마리안은 말했다. "너희의 오랜 지혜라 해도 진짜 삶의 충만함 앞에서는 뭐란 말이냐."

그녀는 창가로 가서 뜰을 내다보았다. 뜰에서는 그녀의 부모가 산책 중이었다. 그들은 너른 길을 왔다갔다하며 눈에 비치는 모든 것들, 들판의 풀이나 하늘의 새 등대해 이야기를 나누었다.

마리안은 말했다. "저것 좀 봐, 저분들은 지금만큼 행복한 시절이 없는데도 수심으로 한숨을 쉬시네."

그녀는 불현듯 기쁨이든 근심이든 인간이 만사를 어떻게 보느냐 마음먹기에 달렸다는 깨달음을 얻었다. 그녀는 최근에 자신에게 닥친 일들이 기쁨이었는지 수심이었는지 자문했다. 그녀 자신도 거기에 확답할 수가 없었다.

그녀는 힘든 시간을 보냈다. 그녀의 영혼은 그간 병을 앓았다. 그녀의 영혼은 깊은 굴욕을 뒤집어쓰고 바닥까지 가라앉았다. 그 후 집으로 돌아왔을 때 그녀는 자기 자신에게 말했다. '난 아버지가 한 일을 모두 잊을 거야.' 하지만 그녀의 마음은 달리 말했다. '아버지는 내게 죽고 싶을 정도로 고통을 주었어. 아버지는 날 내 사랑에게서 떼어놓았고 내 어머니를 때리며 날 절망시켰어. 난 아버지의 불행을 바라진 않지만 그가 무서워.' 아버지가 그녀 옆에 앉을 때면 그녀는 도망치려는 충동을 누르고 침착하기 위해 애써야 했다. 그녀는 용기를 내려 노력했고 아버지와 평상시처럼 대화를 나누며 그의 곁에 있으려 했다. 그녀는 자신을 다스릴 수 있었으나 그 과정에서 말 못할 고통을 겪었다. 결국 그녀는 아버지와 관련된 것이면 뭐든 혐오하게 되었다. 아버지의 강하고 거친 목소리도, 무거운 걸음도, 큼직한 손도, 거인 같은 체구도 싫었다. 그녀는 아버지에게 불행이 닥치기를 바라지 않았고 해코지를 하고 싶지도 않았으나, 아버지가 곁으로 올 때면 화들짝 놀라며 역겨워했다. 짓눌려 있던 그녀의 감정은 그녀에게 복수하듯 말했다. '당신은 내가 사랑을 하도록 내버려두지 않았어. 하지만 그래도 당신의 주인은 나야. 당신은 언젠가 나를

증오하게 되겠지.'

그녀는 자기 내면에서 벌어지는 것들을 관찰하는 데 익숙했다. 아버지에 대한 혐오가 나날이 커짐을 그녀는 감지했다. 아울러 그녀는 내내 집에만 묶여 있는 듯한 기분도 들었다. 그녀는 바깥에 나가 사람들을 만나는 게 좋다는 걸 알았으나 천연두에 걸린 이래 그럴 엄두가 나지 않았다. 이 모든 걸 낫게 할 약은 없었다. 그녀는 날이 갈수록 불행해질 테고, 어느 날 마침내 자제력이 한계에 달했을 때 아버지에게 마음속의 모든 어두운 것들을 드러내게 될 것이다. 그 후에는 다툼과 불행이 닥칠 터였다.

이런 상태로 그녀의 봄과 여름의 전반부가 지났다. 7월에 그녀는 부모의 집에서 독립하기 위해 아드리안 남작과 약혼했다.

어느 아름다운 오전에 아드리안 남작은 근사한 말을 타고 그녀의 집 마당으로 뛰어들어왔다. 그가 입은 경기병 제복이 햇살 속에 빛났다. 그의 생기 넘치는 얼굴과 눈 역시 반짝였다. 계단에 서 있던 멜키오르 싱클레르가 직접 그를 맞아들였다. 마리안은 창가에 앉아 바느질을 하고 있었다. 그녀는 그가 오는 것을 보았고 그가 아버지와 하는 이야기도 모두 들었다.

"안녕하신가, 햇살 기사님!" 지주가 외쳤다. "자네 아주 죽이는구먼! 혹시 신붓감을 찾으려는 건 아니고?"

"족집게시네요!" 웃으면서 남작이 답했다.

"어린놈이 뻔뻔하기도 하지, 무엇으로 마누라를 먹여 살리려고?"

"전 빈털터리입니다. 가진 게 있으면 뭐가 아쉬워서 결혼을 하나요."

"맞는 말일세, 햇살 기사 양반! 헌데 그 멋들어진 외투는 어찌 마련했나?"

"빌린 돈이에요, 아저씨!"

"잘생긴 양반, 자네가 올라탄 그 말도 톡톡히 값이 나갈 텐데. 어디서 구했나?"

"이것도 빌렸죠, 아저씨!"

거인 같은 지주는 이 청년이 마음에 들었다.

"신이 자네를 축복하시길. 자네한테는 후한 지참금을 가져올 색시가 필요하겠군. 만약 마리안이 자네를 좋다고 하면 데려가게나."

남작이 말에서 내리기도 전에 이런 식으로 그들 사이에서 얘기가 끝났다. 하지만 멜키오르 싱클레르는 실은 잘 생각해서 한 일이었다. 아드리안 남작은 유능한 젊은이였다.

구혼자는 즉각 마리안에게 가서 용건을 털어놓았다.

"오, 마리안, 사랑하는 마리안. 난 이미 네 아버지와 이야기를 마쳤어. 난 널 아내로 맞고 싶어. 네 마음도 그렇다고 말해줘, 마리안!"

그녀는 그가 진실을 털어놓도록 유도했다. 아드리안의 아버지인 늙은 남작은 또 판단을 잘못해서 텅 빈 광산들을 여러 곳 사들였다. 늙은 남작은 평생 묻힌 것도 없는 광산을 사들이는 짓을 해왔다. 어머니는 아들마저 빚더미에 앉을까봐 걱정이 태산이었다. 아드리안 남작은 아버지의 영지와 자신의 경기병 제복을 구하기 위해 그녀에게 청혼했다.

그의 집 헤데뷔 알름은 비에네로부터 호수 맞은편에 위치했다. 마리안은 그와 같은 또래로 어릴 적 곧잘 함께 놀았기 때문에 그를 잘 알았다.

"넌 정말로 나와 결혼해줘야 해, 마리안. 내 인생은 비참해. 내가 타는 말은 빌린 거고 난 재단사에게 옷값도 치르지 못하는 형편이야. 이대로는 안 돼. 난 퇴역하고 내 머리를 쏴버릴까봐."

"아드리안, 하지만 이게 무슨 결혼이야? 우린 서로 사랑하지도 않는걸."

"응, 난 사랑 따윈 아무래도 좋아." 그는 그녀의 말을 받았다. "난 멋진 말을 타고 사냥하는 걸 좋아하지만 기사들이랑은 달라. 난 일을 하고 싶어. 우리 영지를 지키고 어머니의 노후를 보장해드릴 돈만 있으면 난 만족해. 난 일하는 걸 좋아하니까 밭을 갈고 씨 뿌리는 일도 즐겁게 할 수 있어."

그는 선량한 눈으로 그녀를 바라보았다. 그녀는 그가 솔직하고 믿을 만한 남자임을 알아차렸다. 그녀는 그와 약혼했다. 집을 떠나야겠다는 게 주된 이유였으나 그와 함께라면 잘 지낼 수 있겠다는 까닭도 있었다.

하지만 그다음 달에 벌어진 일을 그녀는 결코 잊지 못할 것이다. 한 달 지난 8월 저녁 그녀의 약혼이 발표되자 미칠 것 같은 시기가 닥쳤다.

아드리안 남작은 하루하루 말이 없어지고 우울해져갔다. 그는 자주 비에네로 왔고 어떤 날은 하루에 두 번도 왔지만, 그녀는 그의 기분이 좋지 않음을 눈치챘다. 다른 사람들과 있을 때는 농담도 하던 그가 그녀 옆에서는 지루한 침묵만 지켰다. 그녀는 무엇이 문제인지 잘 알았다. 추한 외모의 여자와 결혼하는 건 각오한 만큼 쉬운 일이 아니었을 것이다. 이제 그는 그녀에게 거부감을 느끼기 시작했다. 자신이 얼마나 추해졌는지는 그녀가 제일 잘 알았다. 그녀는 자신이 굳이 애무나 사랑의 말을 바라지 않음을 밝혔으나, 그럼에도 그녀와 결혼한다는 상상이 그에겐 고통스러울 테고 날이 갈수록 마음이 무거워질 것이다. 무엇 때문에 그는 스스로를 이리 고문할까? 왜 파혼을 하지 않을까? 그녀는 그에게 그래도 된다는 신호를 보냈다. 그녀 스스로는 파혼을 주도할 엄두가 나지 않았다. 아버지는 약혼 문제로 소란을 일으켰다가는 체면이 위험해진다고 그녀에게 말해두었다. 그녀는 두 남자를 똑같이 경멸했다. 이 둘에게서 벗어날 수 있는 방도가 있다면 뭐든 좋아 보였다.

휘황찬란한 약혼식이 벌어지고 며칠 지나지 않아 뜻하지 않은 전기가 찾아왔다.

비에네의 계단 앞 자갈 깔린 길에는 거치적거리는 커다란 돌이 자리를 차지하고 있었다. 이놈의 돌 때문에 수레도 뒤집히고 말과 사람도 걸려 쓰러지고 난리도 아니었다. 하녀들이 묵직한 우유 통을 들고 나르다가 엎지르기도 여러 번이었다. 하지만 그 돌이 아주 오랫동안 거기 놓여 있었기에 사람들은 새삼 옮기지 않았다. 현 지주의 부모 시절에도 그 돌은 거기 있었다. 누군가 비에네 장원을 지을 생각을 하기도 전부터 먼저 거기 있었을 것이다. 지주는 왜 그 오래된 돌을 옮겨야 하는지 납득하지 못했다.

하지만 8월 말의 어느 날, 하녀 둘이 함께 커다란 동이를 나르다가 그 돌에 걸려 넘어졌다. 손해가 막심한 탓에 돌에 대한 불만이 새로 들끓었다.

마침 아침 식사 무렵이었다. 지주는 아침의 정해진 일과대로 장원을 한 바퀴 도느라 그 자리에 없었으나 일꾼들이 마당에 모여 있던 참이라 구스타바 아주머니는 일꾼 둘에게 돌을 파내어 치우라고 시켰다.

삽과 쇠지레로 무장하고 땅을 파헤친 끝에 일꾼들은 이 지긋지긋한 돌을 캐낼 수 있었다. 그 후 일꾼들은 뒷마당으로 돌을 날랐다. 여기에는 장정 여섯 명이 필요했다.

돌이 사라지자마자 지주가 돌아왔다. 그는 땅이 파헤쳐진 꼴을 보자마자 무슨 일이 벌어졌는지 알아차렸다. 기분이 상한 그는 이 장원이 더 이상 예전의 그 장원이 아니라고 우겼다. 누가 감히 그 돌을 치웠나? 마누라가 한 짓이라고? 여편네들이란 채신머리가 모자랐다! 그가 그 돌에 얼마나 정이 들었는지 마누라는 짐작도 못 하는가?

그는 곧장 뒷마당으로 가서 양팔로 돌을 들어올려 앞마당의 본래 있던 자리에 내던졌다. 바로 조금 전 장정 여섯이 함께 들어야 했던 돌이다. 이 위업은 온 베름란드에 알려져 경탄을 자아냈다.

마리안은 식당 창가에 서서 아버지가 돌을 나르는 것을 지켜보았다. 아버지가 그날만큼 끔찍해 보인 적도 없었다. 가진 거라고는 힘뿐인 이 진절머리 나는 인간이 그녀의 주인이었다. 꽉 막히고 변덕스러우면서 사기 기분밖에 모르는 인간이.

아침 식사를 하던 중이라 그녀는 마침 나이프를 손에 쥐고 있었다. 그녀는 자기도 모르게 그걸 치켜들었다. 구스타바 아주머니가 딸의 손목을 잡았다. "마리안!"

"무슨 일이에요, 어머니?"

"마리안, 네 안색이 말이 아니라서 걱정이다."

마리안은 찬찬히 어머니를 바라보았다. 어머니는 이제 쉰 살밖에 되지 않았으나 주름이 자글자글하고 머리가 잿빛으로 센 작달막한 여자였다. 그녀는 얻어맞고 발에 차여도 꼬리를 흔드는 개를 연상케 했다. 원만한 성품에도 그녀는 슬픈 인상을 자아냈다. 늘 폭풍에 채찍질 당하느라 편안히 자랄 틈 없는 해변의 나무를 닮은 데가 있었다. 그녀는 편법을 짜내는 수완을 익혔고 필요하면 거짓말도 했다. 종종 그녀는 욕먹는 걸 피하려고 실제보다 아둔한 척했다. 그녀가 이런 인간이 된 건 남편의 영향이었다.

"아버지가 죽으면 어머니는 슬퍼하실 건가요?" 마리안은 물었다.

"마리안, 너는 아직도 아버지에게 화가 나 있구나. 새 약혼자도 생겼는데 왜 예전처럼 잘 지내지를 못하니?"

"어머니, 저는 어쩔 수 없어요. 아버지 앞에만 가면 소름이 끼치는 걸 어떡해요. 아버지가 어떤 인간인지 어머니는 모르시나요? 어떻게 그런 사람을 존경하겠어요? 성질 급하고 막무가내고 어머니가 연세보다 더

빨리 늙도록 괴롭혀대고. 왜 저런 사람이 우리 가장이죠? 꼭 미친 사람 같아요. 제가 왜 저런 인간을 공경해야 돼요? 인품이 훌륭하지도 않고 동정심이 많은 것도 아니고. 힘이 세니까 언제고 우릴 때려죽일 수는 있겠네요. 아니면 우리를 쫓아내 거나요. 그럴까봐 공경해야 되는 거예요?"

구스타바 아주머니는 갑자기 다른 사람이 된 듯 보였다. 당당한 권위를 담아 그녀는 말했다.

"말조심해라, 마리안. 아버지가 널 그 겨울날 집 안에 들이지 않은 것은 옳은 행동이었어. 계속 이런 식이면 넌 또 벌을 받을 거다. 넌 나쁜 마음먹지 않고 참아내는 법을 배워야 해. 복수심 같은 건 품지 말고 견딜 줄 알아야지!"

"아, 어머니, 저는 너무 불행해요!"

그 직후에 전기가 찾아왔다. 두 여자는 바깥에서 묵직한 무언가가 쓰러지는 소리를 들었다.

멜키오르 싱클레르가 계단에 서서 식당 창문을 통해 딸이 하는 말들을 다 들었는지, 아니면 지나치게 기운을 쓴 게 화근이었는지 두 여자는 영영 알지 못했다. 멜키오르 싱클레르는 뇌졸중 발작을 일으켰다. 두여자가 밖으로 나갔을 때 그는 의식을 잃고 쓰러져 있었다. 후에도 그녀들은 감히 원인이 무엇이었는지 묻지 못했다. 멜키오르 싱클레르 자신도 절대 내색하지 않았다. 마리안은 자신이 뜻하지 않게 복수를 해버렸다는 생각을 하지 않을 수 없었다. 하지만 자기 자신이 쫓겨나 애원하며 아버지를 증오하게 되었던 바로 그 현관 앞 계단에 아버지가 쓰러져 있는 광경은 그녀의 마음속에서 마침내 원한을 지웠다.

그는 곧 의식을 되찾았다. 며칠 안정을 취하자 거동도 가능해졌다. 하지만 그는 완전히 다른 사람이 되었다.

마리안은 지금 팔짱을 끼고 뜰을 산책중인 부모를 내다보고 있다. 요즘 그녀의 부모는 매일같이 함께 산책을 했다. 아버지는 절대로 혼자서는 아무 데도 가려고 하지 않았다. 남들이 집을 찾아오면 아버지는 기분 나빠했다. 그는 자신과 아내 사이를 떼어놓는 건 뭐든지 싫어하게 되었다. 마리안의 아버지는 갑자기 확 늙어서 혼자서 편지 한 장 쓰지 못 했다. 아내가 대신 해주어야 했다. 그는 사소한 무엇 하나도 혼자 결정을 하지 못하고 아내에게 묻고는 아내 뜻대로 흘러가게 내버려두었다. 그리고 그는 늘 온화하고 친절해졌다. 자신이 변했음을, 그리고 아내가 거기에 기뻐하고 있음을 그도 감지했다.

"네 엄마한테는 좋은 시절이 왔지." 어느 날 그는 아내를 가리키며 마리안에게 말했다.

"우리 멜키오르, 난 차라리 당신이 예전처럼 팔팔해지는 쪽이 더 좋수!" 아내가 말했다.

그녀가 그걸 바란다는 사실은 틀림없었다. 그가 기운이 정정할 때 그녀는 남편이 얼마나 장사인지 자랑하길 좋아했다. 그녀는 남편이 에케뷔의 기사들도 못 버틸 만한 술판에도 끄떡없다고 즐겨 얘기했다. 남편이 그놈의 성질머리로 집과 재산을 다 날려먹는구나 싶었을 때마저도 결국은 멋지게 사업을 체결하고 큰돈을 챙긴 적이 있다고 자랑했다. 그러나 마리안은 예전에 대한 아쉬움에도 불구하고 지금이 어머니에겐 진정 행복한 시절임을 알았다. 남편의 온 세상이 되는 것 외에 그녀가 바라는 건 없었다. 부부는 둘 다 세월에 시달려 늙어 보였다. 마리안의 눈에는 세월이 그들의 삶을 어떤 모양새로 바꿀지 훤히 보였다. 아버지는 발작을 거듭 겪으며 나날이 더 허약하고 의존적으로 변할 테고, 어머니는 죽음이 갈라놓을 때까지 늘 그의 곁을 지키며 보살필 것이다. 아직 그들의 삶이 끝날 날은 멀찍이 남아 있으니 구스타바는 한동안 행복을 즐길 수 있으리라. 그리고 그게 잘된 일이라고 마리안도 생각했다. 삶은 그간 어머니에게 잔인했으니 이제는 보상을 해주어야 했다.

마리안의 상태도 나아졌다. 아버지 말고 다른 주인을 찾아 결혼을 하도록 그녀를 몰아간 건 절망이 아니었다. 그녀의 상처 입은 마음은 안식을 얻었다. 증오 또한 사랑만큼이나 격했으나 그녀는 더 이상 자신이 겪은 고통을 생각하지 않았다. 그녀는 자신이 예전보다 더 진실되고 사람다우며 풍요로운 인간이 되었음을 깨달았다. 이미 일어난 일이 없었던 것이 되기를 바라봤자 무슨 소용인가. 고통은 그에 따른 결실 또한 불러들이지 않는가. 그간 벌어진 모든 일들도 좋은 결과로 이어질 수 있지 않을까? 그녀는 자신을 인간적으로 성숙시킨 경험이 결국엔 다 좋은 일이었다고 믿기 시작했다. 옛 노래들은 틀렸다. 영원한 것은 수심만이 아니다. 그녀는 이제 집을 떠나 자신을 필요로 하는 자리를 찾을 생각이었다. 만약 아버지가 예전과 같은 인간이었다면 파혼은 절대 허락하지 않았을 것이다. 하지만 어머니는 융통성 있게 일을 처리해주었다. 마리안은 심지어 파혼하는 대가로 아드리안 남작에게 필요한 만큼 돈을 주어도 된다는 허락까지 얻었다.

이제 아드리안 남작을 생각해도 마음이 개운했다. 그녀는 자유를 얻었다! 인생을 즐길 줄 알고 대담한 남작은 예스타를 연상시키는 데가 있었다. 이제 그녀는 기쁜 마음으로 남작의 얼굴을 볼 수 있었다. 그는 다시 아버지의 장원을 환히 밝혀주는 햇살 기사님이 되었다. 그녀는 그에게 원하는 대로 씨를 뿌리고 쟁기를 갈 수 있는 땅을 선물해주고 싶었다. 그리고 그녀는 그가 아름다운 신부를 혼인의 제단으로 데려가게 해주고 싶었다.

이런 생각을 품고 그녀는 자리에 앉아 그에게 자유를 돌려주는 편지를 썼다. 그녀의 글은 온화하고도 호소력 있었으며 냉철한 이성을 농담으로 포장하되 그것이 진지한 결정임을 충분히 드러냈다.

그녀가 아직 편지를 마치지 않았을 때 한길에서 말발굽 소리가 들려왔다.

'우리 햇살 기사님, 이것도 마지막이겠지!' 그녀는 생각했다.

직후 남작이 그녀의 방으로 들어왔다.

"어머, 아드리안, 다짜고짜 들어오면 어떡해!" 그녀는 엉망인 방 안 꼴에 낭황했다.

그 역시 경황이 없는 상태로 뭐라뭐라 사과의 말을 웅얼거렸다.

"마침 네게 편지를 쓰던 참이었어. 여기, 바로 읽어보면 되겠네." 그녀는 말했다.

그가 편지를 집어들었다. 그가 읽는 모습을 그녀는 지켜보았다. 그의 얼굴이 기쁨으로 빛날 순간을 그녀는 고대했다.

하지만 얼마 읽지도 않았을 때 그의 얼굴은 온통 시뻘게졌다. 그는 편지를 바닥에 내던지고 짓밟아대더니 세상이 뒤집어진 양 욕을 해댔다.

마리안은 조용히 몸을 떨었다. 그녀는 연애의 초보자가 아니었다. 하지만 이 경험 없는 풋내기를, 덩치 큰 아이를 그녀는 지금껏 이해하지 못했다.

"아드리안, 우리 아드리안, 무슨 희극을 벌이려고 그래? 이리 와서 사실대로 털어놔봐!"

그는 가까이 오더니 그녀를 질식하다시피 와락 끌어안았다. 불쌍한 남자 같으니, 그간 얼마나 마음고생이 심했던가!

얼마 후 그녀는 창밖을 내다보았다. 구스타바 부인은 아직도 산책을 계속하며 거인 같은 지주와 꽃과 새에 관한 이야기를 나누는 중이었다. 그리고 마리안 자신은 창 안쪽에 앉아 아드리안과 사랑 이야기를 했다.

'인생은 어머니와 나를 혹독한 현실로 던졌지. 그러니 우리가 각자 덩치만 커다란 어린애를 하나씩 끼고 소꿉놀이를 즐기면서 위안을 찾는 것도 괜찮을 거야.' 그녀는 애수 띤 미소를 지으며 생각했다.

뭐라 해도 사랑받는 건 기쁜 일이었다. 그녀에게서 마법 같은 기운이 흘러나온다느니 그녀에게 청혼했을 때 자기 태도가 너무 부끄럽다느니 그가 늘어놓는 이야기를 듣는 건 즐거웠다. 청혼 때만 해도 그는 그녀가 어떤 마법을 쓸 줄 아는지 몰랐다고 했다. 그녀의 곁에 다가가는 남자들은 누구나 그녀의 마력으로 사랑에 빠지고 만다. 하지만 그동안 자신이 그녀에 비해 너무 초라해 보여서 주눅이 들어 있었다는 게 아드리안의 증언이었다.

닥친 일이 마리안에게는 딱히 큰 행복도 불행도 아니었지만 그녀는 이 남자와 같이 살아봐야겠다고 마음먹었다.

그녀는 자기 자신에 대해 좀 더 잘 알게 되었다. 그녀는 그리움의 새인 멧비둘기를 다룬 옛 노래의 한 구절을 떠올렸다. '멧비둘기는 맑은 물을 마시지 않는다. 제 발로 물을 휘저어 흐리게 만든 뒤에야 부리를 축인다……' 그녀의 우울한 천성도 멧비둘기를 닮았다. 그녀는 인생의 샘물에서 깨끗하고 맑은 행복을 바로 마시려 하지 않았다. 우수에 뒤섞인 삶이 그녀에게는 가장 잘 맞았다.

28
자유를 주는 죽음

나의 창백한 친구인 죽음이, 그 해방자가 달빛으로 하얀 8월 밤에 우글라 대위의 집을 찾아왔다. 그 집은 늘 손님을 환영했으나 죽음은 곧바로 들어갈 엄두를 내지 못했다. 죽음을 사랑하는 이는 얼마 안 되기 때문이었다.

나의 창백한 친구이자 해방자인 죽음은 용맹하다. 그는 달아오른 대포알을 타고 허공을 날기를 즐긴다. 그는 모가지 위에 쉬익 소리가 나는 수류탄을 얹고 있다가 그것이 터지며 파편들이 날아갈 때 깔깔거린다. 교회묘지 유령들의 춤판에서 스텝을 밟기도 하고 구호소의 역병환자 수용실도 무서워하지 않는다. 하지만 정직하고 착한 사람들이 사는 집 앞에서는 걸음을 주저한다. 인간들이 자신을 기쁘게 맞아주기를 바라기 때문이다. 죽음은 인간의 영혼을 고통의 굴레에서, 더러운 진창에서 해방시켜 저 하늘에서 자유롭고 행복한 새 삶을 살게 해준다.

우글라 대위의 집 뒤편 오래된 숲에서는 오늘날에도 낭창하고 흰 줄기를 한 자작나무들이 수북한 우듬지의 잎사귀로 하늘의 별들을 붙들려고 경쟁한다. 죽음은 그 그늘 속으로 숨어들었다. 싱싱한 녹음은 하늘에 해가 떠 있는 동안 내 창백한 친구를 숨겨주었다. 밤이 되자 죽음은 낫을 들고서 달빛이 비추는 숲가에 희고 창백한 자태로 섰다.

아, 사랑의 신이여! 당시 이 숲은 네 권역이었다. 예로부터 전하기를 사랑에 빠진 연인들은 이 숲에서 사람들의 눈길을 피할 장소를 찾았다. 오늘날에도 내가 베리아 근처를 지날 때면 먼지를 헤치고 힘든 언덕들을 넘은 뒤 보이는 이 숲이 얼마나 반가운지 모른다. 비록 지금은 흰 줄기의 자작나무들이 드문드문 서 있을 뿐이지만 그래도 그 줄기들은 젊고 고왔던 연인들의 추억을 아직도 간직하고 있다.

하지만 그 시절에는 죽음이 그 숲가에 서 있었다. 밤 짐승들의 눈에는 죽음이 보였다. 밤마다 늑대들은 죽음이 다가옴을 경고하느라 울부짖었다. 뱀이 자갈길을 지나 집 바로 옆에서 똬리를 틀었다. 뱀은 인간의 말을 하지 못했으나 베리아 사람들은 이것이 어떤 막강한 존재를 경고하기 위해 나타났음을 직감했다. 우글라 부인의 창문 아래 사과나무에서는 올빼미가 악을 썼다. 자연의 모든 것들이 죽음을 느끼고 떨었다.

브루의 목사관에 손님으로 초대받았다가 새벽 2시경 베리아 근처를 지나던 행정관 부부는 베리아의 손님방 창가에 불이 들어와 있는 걸 보았다. 그들은 나중에 놀라워하며 그들이 분명 그 여름밤 그 창에서 노랗고 흰 빛을 보았다고 증언했다.

그 얘기를 들었을 때 베리아의 유쾌한 아가씨들은 아마 행정관 부부가 귀신을 본 모양이라고 웃어댔다. 이 집에서는 3월에 진작 양초가 다 떨어졌다는 것이다. 우글라 대위 역시 손님방에 사람이 든 지는 이미 몇 주가 지났다고 엄숙히 맹세했다. 행정관 부인은 말없이 핏기가 가셨다. 집안에 곧 죽을 사람이 있으면 선명한 흰 빛이 나타난다는 전설을 그녀는 알았다.

얼마 지나지 않아 눈부신 8월의 어느 날 페디난드가 북쪽 숲의 측량 작업을 마치고 돌아왔다. 핼쑥한 낯을 한 그는 폐의 통증을 호소했다. 곧 그의 어머니는 아들이 죽을 목숨임을 알아차렸다.

생전 부모 속 한번 썩인 적 없는 이 효자가 이승을 떠나다니. 그를 기다려준 사랑하는 어여쁜 신부도 두고, 그녀가 지참금으로 가져온 큰 재산도, 서 굉음을 내며 돌아가는 광산도 버려두고 이승의 신선한 공기와 행복을 등져야 한다니.

내 창백한 친구는 달이 한 번 차고 기울 정도의 기간을 기다리다가 마침내 용기를 내어 어느 날 밤 집 안으로 들어갔다. 이 집 사람들은 굶주림과 가난도 즐거이 견딜 줄 알았다. 이들이 죽음 또한 반기지 말란 법이 있을까?

죽음은 소리 없이 자갈길을 지났다. 밤이슬이 달빛에 반짝이는 잔디밭 위로 죽음의 어두운 그림자가 드리웠다. 죽음의 모습은 꽃으로 모자를 장식하고 젊은 처녀를 팔에 낀 흥겨운 수확꾼과는 닮지 않았다. 망토 주름 속에 낫을 감추고 허리를 숙인 죽음은 풍파에 시든 모습이었다. 올빼미와 박쥐들이 그의 주위에서 날갯짓을 해댔다.

그날 밤 잠을 이루지 못하고 누워 있던 우글라 부인은 누군가 창문을 두드리는 소리를 들었다. 그녀는 침대에서 일어나 물었다.

"거기 바깥에 누구세요?"

이 이야기를 전해준 노인들의 말에 따르면 이런 대답이 들려왔다고 한다.

"죽음이 이 창을 두드리고 있소."

그녀는 창을 열었다. 달빛 속에 박쥐와 올빼미가 푸드덕거렸다. 하지만 죽음은 그녀의 눈에 보이지 않았다.

"오세요." 그녀는 반쯤 소리를 낮춰 말했다. "친구이자 해방자여, 왜 그리 오래 미적이셨나요? 난 당신을 부르고 기다렸습니다. 와서 내 아들을 구원해주세요."

죽음은 생의 끝에 왕관을 되찾은 쫓겨난 왕처럼, 이리 와서 놀자는 친구의 부름을 들은 어린아이처럼 기뻐하며 집 안으로 미끄러져 들어왔다.

다음날 우글라 부인은 아들의 병상 곁에 앉아, 죽음으로 자유로워진 영혼들에게 얼마나 축복된 삶이 펼쳐지는지 이야기했다.

"영혼들은 대단한 일들을 해낸다, 애야. 위대한 거장들이지! 너도 그들 중 하나가 되면 무엇을 하고 싶니? 끝과 정 없이도 장미와 백합들을 빚어내는 조각가가 될 테니, 아니면 저녁놀을 흩뿌리는 예술가가 될 테니? 해가 곱게 질 때면 난 앉아서 생각할 거다. 이게 우리 아들의 작품이지 하고.

사랑하는 내 아들아, 네가 얼마나 많은 것을 경험하고 이루어낼지 기대하렴! 봄이면 네가 깨워낼 씨앗들을 떠올려라. 네가 방향을 알려줄 비구름들과 네가 인간들에게 보낼 꿈들도! 그리고 저 하늘에서 별들 사이를 오가는 긴 여행도 잊으면 안 되지.

근사한 것들을 잔뜩 보고 나면 이 어미 생각도 해다오, 애야. 네 불쌍한 어미는 평생 베름란드 밖을 나가보질 못했다.

어느 날 너는 사랑하는 하느님 앞에 나아가 저 하늘을 도는 작은 별들 중 하나를 달라고 부탁할 거다. 그분은 들어주실 거야. 네가 받은 별은 처음에는 캄캄하고 차갑기만 하고 낭떠러지와 돌벽투성이이지. 꽃도 동물도 거기엔 살지 않는다. 하지만 너는 신께 받은 별을 열심히 보살필 거야. 별에는 빛과 온기와 공기가 생길 거다. 너는 거기에 풀을 심고 밤꾀꼬리와 눈 밝은 영양들을 보내겠지. 절벽에는 폭포가 흐르고 곳곳에 산이 솟는다. 평원에는 아름다운 붉은 장미를 심을 거야. 페디난드야, 죽을 때가 되면 내 영혼 역시 정든 땅을 떠나 긴 여행을 앞두고 무서워 떨 거다. 그때 네가 천국의 새들이 끄는 반짝이는 황금마차를 타고 날 맞으러 오는 거야. 내 아가 페디난드가 마차의 창가에 앉아 날 기다리지.

너는 불쌍하고 겁에 질린 내 영혼을 마차에 태워서 네 옆에 앉힌다. 나는 여왕님이 된 기분일 거야. 그리고 우리는 빛나는 별들을 지나 하늘을 질주하겠지. 가까이 갈수록 더욱 환히 빛나는 별들을 보며 하늘나라가 처음인 나는 물을 거다. '여기 멈춰서 계속 있으면 안 되겠니?'

하지만 너는 가만히 웃으면서 새들을 더욱 몰아가는 거다. 마침내 우리는 내가 본 중 제일 작지만 제일 아름다운 별에 도착하지. 거기엔 황금의 성이 있고 너는 이 영원한 기쁨의 보금자리에 날 안내할 거다.

성 안은 식재료 창고도, 서고도 가득 차 있지. 그곳의 전나무들은 여기 베리아의 나무들과는 달라서 아름다운 세상에 그늘을 드리워 가리지 않는단다. 나는 저 멀리 바다 넘어 햇살이 가득 비치는 땅들을 내려다볼 수 있을 거야. 그곳에서는 천 년이 하루와도 같다."

빛나는 환상에 둘러싸인 페디난드는 곧 만나게 될 영광을 향해 미소 지으며 숨을 거두었다.

내 창백한 친구이자 해방자인 죽음은 이토록 행복한 경험을 한 적이 없었다. 페디난드 우글라의 임종 자리 역시 눈물범벅이 된 인간들로 둘러싸이긴 했지만 병자 자신은 낫을 들고 침상 가장자리에 앉은 죽음을 향해 미소를 지어보였다. 그의 어머니 역시 아들이 죽어가면서 내는 가쁜 숨소리를 달콤한 음악처럼 들어주었다. 그녀는 죽음이 제 일을 주저할까봐 떨었다. 모든 것이 끝났을 때 그녀의 눈에는 눈물이 넘쳐 아들의 굳어버린 얼굴 위로 흘렀지만, 그것은 기쁨의 눈물이었다.

페디난드 우글라의 장례식에서처럼 내 창백한 친구에게 큰 경의가 바쳐진 자리도 없었다. 만약 죽음이 제 모습을 드러낼 만한 용기를 냈다면 그는 깃털로 장식된 베레모를 쓰고 금실로 수놓은 망토를 걸친 채 교회묘지까지 이르는 장례 행렬을 따라 춤을 추었을 것이다. 그러나 늙고 고독에 익숙한 죽음은 새까만 망토를 꼭 여미고 교회 담장에 웅크려 앉아 행렬을 내려다보았다.

참으로 아름다운 장례식이었다. 햇살과 흰 구름으로 온 세상이 환했다. 길게 줄지은 호밀줄기들이 들판을 장식했다. 교구장네 뜰의 여름사과는 속이 비칠 정도로 맑게 반짝였다. 문지기네 뜰에서는 카네이션과 달리아가 빛났다.

보리수 길을 따라 내려가는 장례행렬도 아름다웠다. 꽃으로 장식한 관을 귀여운 아이들이 인도하며 꽃을 뿌렸다. 사람들은 검은 옷을 입고 있지 않았다. 검은 베일을 늘어뜨린 사람도, 두건을 둘러쓴 사람도 없었다. 망자의 어머니는 아들이 행복하게 숨을 거두었으므로 슬픈 장례 행렬은 어울리지 않는다고 여겼다. 그녀는 아들의 마지막 길이 혼인날의 기쁜 행렬처럼 보이기를 바랐다.

고인의 눈부시게 아름다운 신부인 안나 셴회크도 관을 따랐다. 그녀는 길게 자락이 늘어지는 눈부신 흰빛의 신부 의상을 입고 머리에는 화관을 썼고 면사포를 늘어뜨렸다. 이렇게 치장하고서 그녀는 세상을 뜬 신랑의 아내가 되기 위해 걸었다.

그녀의 뒤에는 품위 있게 차려입은 나이 든 부부들이 따랐다. 기품 있게 나이 든 아름다운 여인들은 윤이 나는 장식과 브루치를 달고 젖빛의 진주 목걸이와 황금 팔찌로 치장했다. 그녀들이 쓴 터번의 비단과 레이스 사이로 깃털이 솟았다. 그녀들의 어깨에는 시집올 적 선물 받은 얇은 비단 숄이 걸쳐져 알록달록한 비단옷 위로 늘어뜨려졌다. 남자들 역시 가장 좋은 옷을 차려입었다. 두둑한 타이에 겉옷 깃을 높이 세우고 도금한 단추를 줄지어 달았다. 조끼는 빳빳하고 화려한 견직물이나 풍성히 수를 놓은 우단으로 지었다. 베리아의 안주인이 주최한 것은 혼인 행렬이었다.

　고인의 어머니는 안나 셴회크 바로 뒤에서 남편의 팔짱을 끼고 걸었다. 그녀에게도 윤나는 실크로 지은 옷이나 보석, 화사한 터번이 있었다면 아들을 기리기 위해 그것을 걸쳤을 것이다. 하지만 그녀에겐 축제날 걸칠 거라고는 검은 비단옷과 노란 레이스뿐이어서 이날의 축제를 위해 그것들을 꺼냈다.

　조문객들은 한껏 치장하고 오긴 했으나, 조종이 낮게 울리는 가운데 무덤으로 걸어가면서 다들 눈시울을 적셨다. 남자고 여자고 눈물을 흘렸는데 죽은 이를 애도해서라기보다는 살아 있는 자신들의 팔자가 안타까워서였다. 신부는 살아서 걷고 있는데 신랑은 관 속에 실려 간다. 지금 그들은 한껏 차려입었지만 신이 창조한 이 지상에서 근심, 걱정과 불행과 죽음으로부터 자유로운 인간이 있던가. 그들은 이 세상 무엇도 자신들을 완전히 지켜주지 못한다는 생각에 울었다.

　유일하게 눈시울이 말라 있는 이는 고인의 어머니였다.

　조사가 끝나고 무덤에 흙이 덮이자 다른 이들은 모두 타고 왔던 마차로 돌아갔다. 우글라 부인과 안나 셴회크만이 고인에게 마지막 작별을 고하기 위해 무덤가에 남았다. 늙은 어미는 봉분 위에 웅크려 앉고 신부는 그 옆에 자리 잡았다. 우글라 부인이 말했다.

　"보려무나, 난 하느님께 기도했다. 어서 해방자 죽음을 보내 제 아들을 데려가소서. 그 아이가 후에 자신을 가장 사랑한 사람이었던 저를 고요하고 평화로운 영생의 집에서 맞게 하소서. 저는 오로지 기쁨의 눈물만 흘리겠나이다. 혼인잔치의 행렬에 섞여 저는 그애를 무덤으로 전송하겠나이다. 제 침실 창 앞에 풍성히 피어난 붉은 장미덤불을 저는 그애의 무덤에 심을 것입니다. 그리고 내가 기도했던 대로 내 아들은 죽었다. 난 친구를 맞듯 죽음을 다정히 부르며 맞이했다. 내 아들의 굳은 얼굴 위로 나는 기쁨의 눈물을 쏟았다. 그리고 가을이 되어 잎사귀들이 질 때면 난 내 붉은 장미 덤불을 무덤에 옮겨 심을 거란다. 여기 내 옆에 앉아 있는 너는 내가 왜 그리 기도했는지 알겠느냐?"

그녀는 안나 셴회크를 지긋이 응시했다. 그 옆에 꼼짝 않고 앉은 젊은 여인의 낯에서 핏기가 가셨다. 아마도 안나는 망자가 묻히자마자 속살대기 시작한 내면의 목소리를 잠재우기 위해 애쓰던 중이었을 것이다. 그 목소리는 안나가 마침내 자유로워졌다고 말했으리라.

"이건 네 탓이다." 우글라 부인이 말했다.

젊은 여인은 한 대 크게 얻어맞은 듯 무너져내렸다. 그녀는 한 마디도 답하지 않았다.

"안나 셴회크, 너는 자존심 세고 고집 있는 아이였지. 너는 내 아들의 마음을 받아주었다가 내치면서 가지고 놀았어. 할 말이 있느냐? 그애도 별 수 없이 다른 사내들이 그래왔듯 그 상황을 받아들여야 했지. 어쩌면 그애나 우리나, 단지 너만이 아니라 네 재산 또한 원했던 건지도 모르겠다. 하지만 넌 우리에게 돌아왔어. 돌아온 너는 온화하고 자애로운 여자가 되어 있었고 우리에게 풍성한 축복을 가져다주었다. 네가 우리를 애정으로 품으며 행복하게 해주었기에 가련한 우리는 네 발밑에 조아렸다.

그럼에도 나는 차라리 네가 돌아오지 않기를 바랐다. 네가 돌아오지 않았다면 나는 신께 내 아들의 수명을 줄여달라고 기도드릴 필요가 없었을 거야. 네가 그대로 떠났다면 내 아들은 성탄절 즈음에는 상처를 극복할 수 있었을 거다. 하지만 새 사람이 된 너를 본 그애는 너를 영영 잊을 수 없게 되었다.

안나 셴회크, 너는 오늘 내 아들의 곁에서 걷기 위해 신부의 옷을 걸쳤지만 이건 인정해야 한다. 그애가 살아 있었으면 너는 절대 그 옷을 입고 그애와 함께 혼인의 제단 앞에 서지 않았을 거다. 너는 그애를 사랑하지 않았으니까.

난 네가 돌아온 게 동정심 때문이었음을 안다. 우리의 힘든 팔자를 누그러뜨려주고 싶었겠지. 넌 그애를 사랑한 게 아니었다. 내가 사랑을 모르는 줄 아느냐? 나도 사랑을 알아보고 사랑이 떠난 자리를 눈치 챘다. 난 생각했다. 내 아들이 진실에 눈뜨기 선에 신께서 데려가셨으면!

아, 네가 그애를 사랑했다면! 그 아이를 사랑하지 않고 그저 우리를 동정하는 마음으로는 차라리 돌아오지 않았더라면! 나는 내가 해야 할 일을 알았다. 만약 그애가 죽지 않았다면, 나는 그애에게 네가 그애를 사랑하지 않고 그저 동정심으로 결혼하려는 거라고 알려주었어야 했을 거다. 난 그애에게 널 놓아주라고 강요하여 그애의 삶의 행복을 망가뜨리고 말았겠지. 알겠니, 그래서 난 신께 기도했다. 내가 그애의 마음의 평화를 무너뜨리지 않도록 그애를 데려가달라고. 그 아이의 뺨이 힘없이 늘어지고 호흡이 힘겨워졌을 때 나는 기뻐했다. 그리고 행여 죽음이 제 일을 하지 않을까봐 떨었어."

그녀는 말을 멈추고 대답을 기다렸다. 하지만 안나 셴회크는 말을 할 수 없었다. 안나의 마음 깊은 곳에서는 너무나 많은 목소리들이 다투고 있었다.

우글라 부인은 절망하여 소리쳤다.

"죽은 이들을 애도하여 눈물을 쏟을 수 있는 사람들은 얼마나 복 받은 게냐! 나는 내 아들의 무덤가에서도 눈시울이 메마른 채 기뻐해야만 한다. 나처럼 불행한 어미가 또 어디 있겠느냐!"

그러자 안나 셴회크는 가슴에 두 손을 꼭 모았다. 그녀는 예스타에게 젊은 사랑을 맹세했던 그 겨울밤을, 이 가련한 사람들의 위안이자 지지대가 되어주겠노라 했던 밤을 기억하며 떨었다. 그 노력은 모두 헛된 것이었나? 그녀의 희생을 신께서는 기꺼워하시지 않았던가? 그 모든 게 저주로 돌아가야 하는가?

그녀가 모든 것을 희생했는데도 신은 축복하지 않으시는가? 신께서는 그녀를 인간의 위안이자 지지대, 행복을 가져다주는 이로 삼으려 하지 않으시는가?

"어머님께서 아드님을 애도할 수 있으려면 어떡해야 하나요?" 그녀는 물었다.

"내가 내 눈을 믿지 못하게 되어야지. 네가 실은 내 아들을 사랑했노라고 믿게 된다면, 난 그애의 죽음을 슬퍼할 수 있을 게다."

젊은 여인은 벅찬 마음에 눈을 반짝이며 일어섰다. 그녀는 신부의 면사포를 벗어 무덤을 덮고는 화관과 왕관을 그 위에 올려놓았다.

"보세요, 저는 그를 사랑해요!" 그녀는 외쳤다. "제 화관과 왕관은 그이의 것이에요. 그리고 저도 그이에게 바쳐졌어요! 저는 다시는 다른 남자의 것이 되지 않을 거예요!"

우글라 부인도 일어섰다. 그녀는 얼마간 말을 잇지 못하고 서 있었다. 그녀는 온몸을 떨며 얼굴을 일그러뜨렸다. 마침내 그녀의 눈에서 고통의 눈물이 흘렀다.

하지만 나의 창백한 친구이자 해방자인 죽음은 이 눈물을 보자 몸서리쳤다. 여기서조차 그를 기쁘게 맞아주지 않는다. 여기서도 인간들은 그를 진심으로 반가워하지 않았다.

그는 얼굴 위로 두건을 푹 덮어쓰고는 소리 없이 교회 담장을 내려와 들판의 줄기들 사이로 모습을 감추었다.

29
가뭄

만약 생명 없는 사물도 사랑을 할 수 있다면, 땅과 물이 친구와 적을 구별할 줄 안다면, 나는 기꺼이 그것들에게 사랑받고 싶다. 나는 푸른 대지가 내 묵직한 걸음을 귀찮은 짐으로 여기지 않았으면 좋겠다. 내가 쟁기질로 상처를 낸 것을 대지가 흔쾌히 용서해주었으면 좋겠고, 내 죽은 몸뚱이가 쉴 곳을 스스럼없이 열어주었으면 한다. 그리고 품안에 달라붙은 아이가 들썩여대며 축일의 옷을 망가뜨리더라도 웃어넘기는 자애로운 어머니처럼 내가 젓는 노에 고요한 수면이 깨질 때도 호수가 날 용서했으면 좋겠다. 푸른 산 위를 지나는 바람과도, 빛나는 태양과 아름다운 별과도 나는 친구가 되고 싶다. 내게는 곧잘 무생물 또한 인간들과 희로애락을 함께하는 듯 느껴지기 때문이다. 그들과 우리 사이의 울타리는 우리 스스로 믿는 것만큼 높지 않다. 이 대지의 티끌 중 삶의 순환을 함께하지 않았던 것이 한 알이라도 있을까? 한길에서 부옇게 일어나는 먼지도 한때는 선량하고 호의에 찬 손길의 일부가 되어 부드러운 머리칼을 쓰다듬어준 적이 있지 않겠는가. 수레바퀴 자국에 고인 물도 언젠가는 박동하는 심장에서 뿜어 나오는 세찬 피였던 적이 있지 않겠는가.

무생물에도 생명의 혼은 담겨 있다. 꿈 없는 잠 속에 빠져 있는 동안 그 혼은 무슨 소리를 들을까? 신의 목소리를 듣고 있는 그 혼은 인간의 소리에도 귀가 열려 있을까?

후세의 아이들아, 너희는 한 번도 본 적이 없느냐? 증오와 분쟁이 지상을 지배할 때는 무생물들도 괴로워한다. 대양은 강도들처럼 거칠고 사나워지고 들판은 수전노처럼 인색해진다. 숲을 한숨짓게 하고 산을 울리는 자들에게 화 있으라.

기사들이 에케뷔를 다스린 해에는 이상한 일이 벌어졌다. 인간들의 불안이 무생물의 휴식마저 깨뜨린 것 같았다. 그 시절에 온 고장에 퍼져 나가던 기운을 다른 식으로는 설명할 수 없다. 그 지역을 신처럼 지배하던 기사들이 다른 모든 것들에게 그들의 정신을, 천하태평에다가 모든 규율로부터 자유로운 모험가의 정신을 전염시켰던 게 아닐까?

그해 뢰벤 호숫가에 살던 인간들에게 벌어진 일을 모두 나열한다면 세상은 놀라지 않을 수 없으리라. 옛 노래들이 깨어났으나 그와 함께 옛 증오도 새로 불이 붙었다. 모든 인간들이 삶의 아름다움에 대한 욕망으로 타올랐다. 그들은 춤과 농담, 도박과 음주에 빠져 허우적댔다. 그러고는 영혼 가장 은밀한 곳에 숨겨놓았던 것들을 모두 드러내버렸다.

소란은 에케뷔로부터 퍼져나갔다. 제철소와 주변 영지들이 죄악과 불의에 감염되었다. 감염 경로는 어느 정도 추적이 가능한데, 규모 있는 영지에서는 나이 든 이들이 그 시절 사건들을 지금까지도 기억하고 있는 덕분이다. 그러나 일반 백성들 사이에 어찌 방탕이 퍼져나갔는지는 알 수가 없다. 하지만 시간이 흐르면서 마을마다, 오두막마다 혼돈이 스며들었음은 의심의 여지가 없다. 이미 죄악이 연기를 내며 조짐을 보이던 곳에서는 마침내 악덕이 불타올랐다. 부부 사이에 나 있던 작은 금이 큰 심연으로 벌어졌다. 한편 숨어 있던 위대한 덕망이나 강인한 의지 역시 세상의 빛을 보았다. 그해 벌어졌던 일이 모두 나쁘기만 한 건 아니었다. 하지만 그 무렵에는 좋은 일마저 재난을 불러오곤 했다. 꼭 폭풍이 깊은 숲을 습격한 것만 같았다. 한 나무가 쓰러지면서 다른 나무를 덮치는 통에 전나무들이 줄줄이 넘어졌다. 거인들이 쓰러지니 낮은 수풀들도 무사하지 못하고 함께 말려들었다.

아무렴, 농부들도 일꾼들도 광기에 사로잡혔다. 온갖 곳에서 인간의 마음은 고삐가 풀리고 그들의 머리는 정신이 나갔다. 교차로의 춤판이 이 해만큼 격렬한 적도 없었고 맥주통이 이리 빨리 비워진 해도 없었다. 화주를 빚는 단지는 그 어느 해보다도 많은 곡물을 잡아먹었다. 이 해만큼 잔칫상이 풍성한 적도, 험한 말이 쉽게 칼부림으로 옮겨간 적도 없었다.

소령 부인이 에케뷔를 떠나면서 고삐를 쥐고 있던 강인한 손도 사라졌다. 자유에 취한 인간들은 혼돈과 파괴 속으로 뛰어들었다. 그들에게 남은 주인은 하나였으니, 그들은 화주를 자신의 주인으로 사랑했다. 농부들은 다른 희망도 구원도 없는 힘든 시절에 화주가 차라리 그들을 이 지상에서 아예 멸망시켜주리라 믿었다.

인간들만 동요한 게 아니다. 모든 생물들이 거기 휩쓸렸다. 늑대와 곰들도 제 보금자리를 여느 해보다 무성의하게 지었다. 여우와 올빼미는 그 어느 해보다도 무시무시하게 울부짖으며 무자비한 사냥에 나섰다. 그해만큼 양들이 자주 숲에서 길을 잃고 사라진 적도 없었다. 귀중한 가축들 사이로 온갖 역병이 퍼졌다.

삼라만상 사이의 연관을 알고 싶다면 도시를 떠나 숲가의 외로운 오두막에서 살아봐야 한다. 밤새 숯가마를 지키거나 백야의 여름 내내 긴 호숫가에서 살며 베넨 호수를 흘러내려가는 나무 뗏목들을 내려다보라. 자연 속의 모든 징조를 읽는 법을 배운다면, 무생물 또한 산 생명에 의지하고 있음을 깨달을 수 있으리라. 지상에 불안이 퍼지는 즉시 무생물들의 평화도 깨졌다. 농부들은 다 아는 사실이었다. 이런 시기에는 악령들이 숯가마의 불을 꺼뜨리고 인어들이 배를 망가뜨리고 인간과 짐승의 무리에 역병이 퍼졌다. 그해 또한 그랬다. 봄에 얼음이 녹으면서 그리 큰 재해를 일으킨 해도 달리 없었다. 에케뷔의 방앗간과 제철소만 홍수를 겪은 게 아니었다. 여느 때라면 봄에 눈 녹은 물이 불어봤자 빈 헛간을 휩쓰는 정도였던 작은 시내들이 그해에는 장원 전체를 쓸어버릴 정도의 타격을 입혔다. 성 요한 축일 전에 폭우가 그리 요란하게 피해를 주고 지나가기도 처음이었다. 성 요한 축일이 지나자 또 비는 구경도 할 수 없었다. 이제는 가뭄이 닥쳤다.

여름날의 긴 해가 하늘에 떠올라 있는 동안 비는 한 방울도 내리지 않았다. 6월 중순부터 8월 초까지 땡볕이 그 지역을 떠나지 않았다.

비도 오지 않고 바람도 불지 않으니 대지가 인간들에게 내줄 양식이 없었다. 그저 땡볕만이 지상으로 쏟아졌다. 저 아름다운 햇살이, 온갖 생명을 깨우는 햇살이 그리 사악한 짓 또한 했다는 이야기를 내가 어찌 풀어야 할까. 태양은 사랑과도 닮았다. 인간들은 사랑이 죄를 짓기도 한다는 걸 알지만 용서할 수밖에 없다. 태양은 예스타 베를링과도 닮았다. 예스타가 늘 다른 이들을 기쁘게 해주었기에 사람들은 그가 가져온 재난에 대해서는 입을 다물었다.

성 요한 축일 후의 가뭄은 특히 베름란드에 타격이 컸다. 그곳에는 봄이 느지막이 찾아왔다. 풀들은 얼마 자라지 못했고 앞으로도 그다지 자랄 가능성이 없었다. 호밀은 꽃을 피우고 열매를 맺을 시기에 제대로 양분을 얻지 못했다. 그 시기에 양식이 되어야 할 봄 작물들은 낟알이 작고 보잘것없었고, 줄기들도 채 한 뼘이 되지 못했다. 뒤늦게 심은 뿌리 작물들은 아예 자라지도 않았다. 이 돌투성이 땅에서는 감자마저도 양분을 빨아들이지 못했다.

숲 오두막에 사는 사람들이 가장 먼저 불안에 떨기 시작했다. 산 위에서 시작된 동요가 상대적으로 평온하던 평지 주민들에게도 퍼져나갔다. "신의 손이 누군가를 찾고 있어!" 농부들은 말했다.

그들은 제각기 가슴을 치며 말했다.

"혹시 나 때문인가? 아, 어머니 자연이여, 내가 죄를 지어 비가 내리지 않는 건가? 엄격한 대지가 내게 분노하여 마르고 거칠어진 건가? 날마다 구름 한 점 없는 하늘에서 저 끝도 없는 땡볕이 쏟아지는 것도 내 머리를 달구기 위해서인가? 만약 나 때문이 아니라면 신은 누구를 벌하려고 찾고 있는 거지?"

호밀 낟알이 볼품없는 이삭 속에서 시들고, 감자가 대지에서 양분을 얻지 못하고, 눈이 충혈된 가축들이 헐떡대며 말라붙은 샘 주위로 몰려드는 동안, 인간들의 가슴이 미래에 대한 불안으로 옭죄는 동안, 이상한 이야기들이 떠돌았다.

"이런 재앙이 이유 없이 닥칠 리가 없어. 신의 손은 누구를 찾고 있을까?" 인간들은 물었다.

8월의 어느 일요일 예배가 끝났다. 신자들은 삼삼오오 작게 무리 지어 뙤약볕에 뜨거운 한길을 걸었다. 사방에 말라붙은 숲과 쩍쩍 갈라진 밭이 보였다. 호밀들이 다발로 묶여 있었으나 줄기는 가늘고 이삭은 작았다. 그해 화전 작업은 수월히 진행되었으나 바짝 말라 있던 숲에 그만 불이 옮겨 붙는 사고가 자주 벌어졌다. 산불에도 가까스로 살아남은 나무들을 해충들이 먹어치웠다. 전나무는 뾰족한 잎사귀가 모조리 떨어지는 바람에 가을의 활엽수 같은 몰골로 앙상히 섰다. 자작나무의 잎도 너덜너덜하게 파먹혀 앙상한 잎맥만 남은 채 매달려 있었다.

걱정에 빠진 사람들은 이야깃거리가 끊이지 않았다. 1808년과 1809년의 흉년이 어땠는지 기억하는 사람들은 아직 많았다. 1812년은 겨울이 너무 추워서 얼어 죽은 참새들이 바닥에 나뒹굴 지경이었다. 그들에게 배고픔은 낯설지 않았다. 그들은 이미 기아의 소름끼치는 낯짝을 보았다. 나무껍질로 빵을 만들어 먹고 가축들에게 이끼를 사료로 주던 기억은 아직 남아 있었다.

어떤 여자가 덩굴월귤과 보리로 빵을 만들려는 시도를 했다. 그녀는 시험 삼아 구워본 후 사람들에게 시식을 시켰다. 그녀는 자신의 아이디어에 자랑스러워했다.

하지만 그들 모두의 머리 위에는 여전히 같은 의문이 맴돌았다. 그 질문은 그들의 눈빛과 입술에도 담겨 있었다.

"신이시여, 당신의 손은 누구를 찾고 있나이까?

엄하신 하느님, 누가 당신께 바칠 기도와 선한 일을 게을리 했기에 우리에게서 보잘것없는 빵조차 빼앗아 가십니까?"

순스브룬을 지나가던 침울한 무리 중에서 한 사내가 튀어나와 브루뷔 언덕을 올라왔다. 그는 한동안 수전노 목사의 집으로 향하는 길 위에 서 있다가 땅에서 말라죽은 가지를 하나 집어다 목사관 쪽으로 던졌다.

"저자가 신께 올린 기도도 이 가지처럼 말라비틀어졌지." 사내는 말했다.

그의 뒤를 따라오던 또 다른 사내도 멈추었다. 이 사내 역시 옆에서 마른 가지를 집어던졌다.

"바치는 제물도 꼭 본인을 닮았어." 그가 말했다.

무리에서 나온 세 번째 사내도 동료들의 예를 따랐다.

"목사라고 해봤자 가뭄과 별 다를 게 없는 놈이야. 우리에게 준 거라

곧 쭉정이랑 죽은 가지뿐이야."

네 번째 사내가 말했다.

"저놈이 우리에게 준 걸 돌려주자."

다섯 번째도 나섰다.

"영원히 저주나 받으라고 이걸 던져준다. 딱 이 가지처럼 시들고 말라비틀어져라."

"우리에게 가뭄을 불러들인 게 저 목사이니, 말라붙은 양식을 줘야지." 여섯째 사내가 말했다.

뒤따라오던 이들도 그 광경을 보고 들었다. 그들 모두 오래도록 던져온 질문에 대한 해답이 드디어 내려졌다.

"저놈에게 응당한 대가를 줘라! 바로 저놈이 가뭄을 불러온 놈이다!" 군중 사이로 이런 외침이 퍼져나갔다.

교차로에는 곧 말라붙은 가지와 쭉정이 더미가 쌓였다. 브루뷔의 목사를 욕보이는 행위였다.

그것이 백성들의 유일한 복수였다. 아무도 진짜로 목사를 공격하거나 면전에서 욕을 하지 못했다. 이 언덕에서 마른 가지를 던지는 것만으로도 그들의 절망에 찬 가슴은 얼마간 후련해졌다. 진짜 복수는 하지도 않았다. 그들은 징벌의 하느님께 누가 죄인인지 가리켜 보였을 뿐이었다.

"저희가 당신을 잘못 섬겼다면 저자 탓입니다. 주여, 부디 자비를 베푸시어 저자 혼자 고난을 겪게 하소서! 저희가 수치와 치욕으로 저자에게 낙인을 찍겠나이다. 저희는 저자와 한 무리가 아닙니다."

곧 목사관으로 가는 길을 지나는 자는 누구나 치욕의 더미 위에 가지 하나씩 던져 보태는 관습이 생겼다. "나 역시 신의 진노를 불러온 자를 경멸함을 신과 세상 앞에 보이노라." 그들은 말했다.

얼마 안 가 늙은 수전노 본인도 길가에 쌓인 더미를 눈치챘다. 그는 더미를 치우게 했다. 어떤 사람들은 목사가 쌓인 가지들을 땔감으로 써 먹었다고 했다. 하지만 다음날 그 자리에는 새로운 더미가 쌓였다. 목사가 치우자마자 더미는 계속 새로 생겼다.

말라죽은 가지들은 버티고 쌓여 증언했다.

"브루뷔 목사의 치욕을 보라!"

물기 없이 뜨거운 한여름에 벌어진 일이었다. 연기와 타는 냄새로 그 지역의 공기는 묵직하게 내려앉았다. 인간들의 달아오른 머릿속에서는 혼란한 상념이 떠돌았다. 브루뷔의 목사는 가뭄의 악마로 형상화되었다. 꼭 그 늙은 수전노가 천상의 샘물을 감시하며 버티고 앉아 있는 것 같았다.

곧 목사도 신도들이 자신을 어찌 생각하는지 알게 됐다. 그들이 자신을 재앙의 근원이라 믿고 있음을 그는 깨달았다. 신이 그에게 분노하느라 지상을 시들게 만들었다는 것이다. 거친 바다 한복판에서 곤경에 처한 선원들은 제비를 뽑았다. 제물이 되어 바다로 떨어질 자는 바로 목사였다. 그는 신도들과 그들이 던진 마른 가지를 웃어넘기려 했다. 그러나 이 일이 몇 주간 지속되자 그는 더는 웃을 수가 없게 됐다. 아, 이 무슨 유치한 수작이냐! 오랫동안 억눌러온 증오가 출구를 찾고 있음을 그도 알았다. 어차피 남들이 그를 사랑해주리라고 믿지 않았다.

이 깨달음 때문에 새삼 그가 자비로워지지는 않았다. 나이 든 백작 영애가 그를 방문하고 난 뒤로 아마 그도 다른 사람이 되고 싶은 소망을 품었을 것이다. 하지만 이제 와서 달라질 수는 없었다. 그는 굳이 스스로에게 채찍질을 해가며 더 나은 인간이 되고픈 마음은 없었다.

하지만 시간이 흐르면서 그 더미는 그의 눈에 너무 어마어마해졌다. 그 모습이 그의 머릿속을 떠나지 않았다. 그리고 남들이 그에 대해 품은 생각이 그 자신에게도 진실처럼 여겨지기 시작했다. 쌓인 가지들은 소름끼치는 증인 같았다. 그는 더미를 응시하고 날마다 더해지는 가지들의 수를 세었다. 그의 머릿속에서 그것이 다른 모든 생각을 몰아냈다. 그는 그 더미에 패했다.

하루가 지날 때마다 그는 점점 더 다른 이들이 옳다고 믿어갔다. 그는 기력이 빠지며 몇 주 만에 팍삭 늙었다. 양심의 가책에 병에 걸릴 지경이었다. 그에게는 이 모든 게 그 더미 탓으로 여겨졌다. 이 더미가 사라지기만 하면 양심도 입을 다물고 그의 몸도 도로 생기를 얻을 것 같았다.

낮 동안 내내 그는 앉아서 더미를 감시했다. 인간들은 자비가 없었다. 밤이 되면 더미에는 새로 가지가 쌓였다.

*

하루는 예스타 베를링이 그 길을 지나갔다. 늙고 기력이 쇠한 브루뷔 목사가 길가에 앉아 있었다. 목사는 더미에서 가지들을 집어다 새로 쌓거나 늘어놓으며 마치 다시 어린애로 돌아간 듯 그것을 가지고 놀았다. 예스타는 그 비참한 모습을 보자 마음이 안 좋았다.

"목사님, 거기서 뭘 하십니까?" 말을 걸면서 예스타는 마차에서 뛰어내렸다.

"아, 앉아서 가지들을 고르고 있네. 사실은 별 것 안 해."

"여기 한길 먼지구덩이에 앉아계실 게 아니라 집으로 가셔야지요, 목사님."

"여기 앉아 있는 게 제일 나아." 예스타는 목사의 곁에 같이 앉았다. 얼마 시간이 지난 후 그가 입을 열었다.

"목사 노릇이 쉬운 게 아니지요."

"이 아랫지방에는 사람들이 있으니 그래도 견딜 만해." 목사가 말했다. "저 윗동네에서는 더 힘들지."

예스타는 목사의 말뜻을 잘 알아들었다. 그는 베름란드 북쪽 교구가 어떤 형편인지 알았다. 그곳에서는 목사가 살 집도 못 구하는 경우가 허다했다. 광활한 숲밖에 없는 지역에서는 핀란드인들이나 그을린 오두막을 짓고 살았다. 10킬로미터를 가도 사람 두엇 만날까 말까 한 가난한 지역에서는 학교를 웬만큼이라도 다녀본 사람이 목사 하나뿐일 때도 있었다. 브루뷔 목사는 예전에 이런 교구 중 한 곳에서 20년이 넘게 일했다.

"아직 팔팔한 젊은 목사들을 그런 데로 보내곤 하죠." 예스타는 말했다. "그런 곳에서 사는 건 너무 힘들어서 사람이 완전히 이상해져요. 그러다 망한 사람들이 꽤 돼요."

브루뷔 목사가 말했다. "그런 데서는 외로움이 우리를 망가뜨리지."

"목사들이 처음에 거기 가면," 예스타가 열띤 음성으로 말했다. "열심히 설교도 하고 경고도 하면서 결국엔 다 잘될 거라고, 곧 신도들의 삶도 나아질 거라고 믿어요."

"아무렴, 바로 그렇지!"

"하지만 얼마 안 가 말로 이룰 수 있는 게 없다는 걸 깨닫게 돼요. 가난이 장벽으로 버티고 있어요. 가난이 인간들이 나아지는 걸 막아요."

"가난이," 목사가 되풀이했다. "가난이 내 인생을 망가뜨렸어."

예스타가 말을 이었다. "그쪽으로 파견되는 젊은 목사는 신도들과 다를 바 없이 가난해요. 그리고 목사가 주정뱅이에게 훈계를 하죠. '술은 그만 마시게!' 하고요."

"그러면 주정뱅이가 대꾸를 하지." 목사가 끼어들었다. "나한테 화주보다 나은 걸 줘보쇼! 나한테는 그것이 겨울의 모피이고 여름의 시원한 바람이야. 따뜻한 방이고 부드러운 침대이기도 하지. 나한테 이걸 다 주면 내가 술을 끊지."

"그리고 목사는 도둑에게 말해요." 예스타가 말을 이었다. "'도둑질은 하면 안 돼.' 못된 남편에게는 아내를 때리면 안 된다고 말하고, 미신에 빠진 자에게는 귀신이나 요괴 말고 하느님을 믿으라고 해요. 하지만 도둑은 '나한데 뺑을 줘보쇼'라고 대꾸하고, 못된 남편은 '우리도 부자라면 불만 없이 살 거요'라고 대답하지요. 그러면 미신에 빠진 자는 '나한테 뭔가 더 나은 걸 알려주시오'라고 말해요. 돈 없이 누가 이 사람들을 도울 수 있을까요?"

"맞는 말이야, 하나도 빠짐없이 맞는 말이고말고!" 목사가 외쳤다. "그들은 신을 믿긴 하지만 그들이 더 믿는 건 마귀와 산에 사는 요괴와 악령들이지. 곡물은 죄다 화주 빚는 통으로 들어가. 그 비참함이 언제 끝날지는 아무도 몰라. 시커먼 오두막에선 곤궁이 일상이야. 늘 근심이 떠나질 않으니 여자들은 날이 서고, 집이 불편하니 남자들은 술을 퍼마셔. 밭과 가축은 제대로 돌보지도 못해. 귀족들은 무서워하면서 목사는 웃음거리로 삼지. 그자들에게 뭘 어째야 하나? 설교단에서 아무리 말을 해봤자 알아듣지를 못해. 가르치려 해도 믿지를 않아. 그 와중에 나한테 조언을 해줄 사람도, 도와줄 사람도, 용기가 꺾이지 않게 북돋워줄 사람도 없었어."

"그걸 견뎌낸 목사들도 있어요." 예스타가 말했다. "목사들 중 어떤 사람들은 신의 축복을 받은 덕에 그곳에서 돌아올 때도 멀쩡해요. 그들은 외로움과 가난과 절망을 견뎌낼 힘이 있었어요. 자기들 힘이 닿는 범위 내에서 이룰 수 있는 얼마 안 되는 선을 베풀면서 절망하지 않아요. 이런 목사들은 늘 있었고 지금도 있어요. 전 그들을 영웅으로 찬양해요. 죽을 때까지 그런 목사들을 존경할 거예요. 저라면 그러지 못했을 테니까요."

"나는 그럴 수 없었네." 목사가 말했다.

예스타는 깊은 생각에 잠겨 말했다. "저 북쪽의 목사는 부자가, 어마어마한 부자가 되어야겠다고 결심해요. 가난한 사람은 악에 맞설 수가 없거든요. 목사는 돈을 모으기 시작해요."

"돈이라도 모으지 않으면 술독에 빠질 수밖에 없어." 늙은 목사가 대답했다. "눈에 보이는 것마다 비참하기 짝이 없으니까."

"아니면 기력을 죄다 잃고 축 늘어져 아무것도 못 하는 인간이 되겠지요. 아예 저 북쪽에서 태어난 사람이 아니라면 그곳으로 가는 건 위험해요."

"돈을 모으자면 모질어져야 돼. 처음에는 모진 척만 하지만 나중에는 그게 몸에 익어."

"자기한테도 모질고 남들한테도 모질어야 돼요." 예스타가 말을 이었다. "돈을 모으는 건 힘들어요. 남들의 증오와 경멸을 견뎌야 하죠. 추위에 떨고 굶주리면서 혹독해져야 해요. 그러고는 왜 처음에 자신이 돈을 모으려 했는지를 거의 잊다시피 해요."

브루뷔의 목사는 꺼리는 눈빛으로 예스타를 올려다보았다. 그는 예스타가 여기 앉아 자신을 놀리는 게 아닌지 자문했다. 하지만 예스타는 몹시 열의에 차서 진지했다. 꼭 본인이 직접 겪은 일을 토로하는 것 같았다.

"내 경우도 그랬다네." 늙은 목사가 작은 목소리로 말했다.

"하지만 신은 그 목사를 가호하셔요." 예스타가 말을 이었다. "충분히 모았다 싶으면 목사가 젊은 시절에 품었던 생각을 다시 일깨워주시죠. 하느님의 백성이 목사를 필요로 한다는 계시를 내려주세요."

"하지만 만약 그 목사가 계시를 따르지 않는다면 어찌 되나, 예스타 베를링?"

"따르지 않을 수 없을 거예요." 예스타가 환한 미소를 지으며 대답했다. "가난한 사람들에게 따스한 보금자리를 지어줄 수 있다는 건 정말로 유혹적인 생각이거든요."

목사는 치욕스러운 더미의 말라붙은 가지로 자신이 지어놓은 작은 집을 내려다보았다. 예스타와 말을 하면 할수록 그는 예스타가 하는 말이 맞다고 확신하게 되었다. 그 역시 예전에는 언젠가 충분히 돈을 모으면 좋은 일에 쓰겠다는 생각을 했다. 틀림없다. 당연히 그도 그런 생각을 했었다.

"어째서 그 목사는 집을 지어주지 않나?" 그는 쭈뼛거리며 물었다.

"부끄러웠거든요. 그는 늘 품었던 생각대로 하는 건데, 사람들은 그가 남의 이목이 무서워서 그러는 거라고 믿을 수도 있으니까요."

"그는 남들에게 강요당하는 기분이 싫어. 그게 이유야."

"하지만 정체를 감추고 도울 수도 있을 거예요. 올해는 도움을 필요로 하는 사람들이 많아요. 사람을 구해다가 대신 선물을 나눠주게 시킬 수도 있을 거예요. 전 알아요!" 예스타가 눈을 반짝이며 외쳤다. "올해는 수천 명의 사람들이 자기들이 저주를 퍼부었던 자에게서 빵을 얻을 거예요."

"그리될 걸세, 예스타!"

스스로 택한 사명을 제대로 이행할 줄 몰랐던 두 사람이 열광에 휩싸였다. 그들이 파릇파릇한 나이에 품었던, 신과 인간들을 위해 봉사하고픈 욕망이 새로 되살아났다. 그들은 앞으로 행할 선행에 대한 생각을 나누느라 여념이 없었다. 예스타는 목사의 조수가 되기로 했다.

"무엇보다 먼저 먹을 것이 있어야 하네." 목사가 말했다.

"학교에서 가르칠 사람도 구해야 해요. 측량사를 불러다 땅을 나눠주는 겁니다. 그러면 사람들은 밭을 갈고 가축을 돌보는 법을 배울 거예요."

"길도 새로 닦고 마을을 다시 지어야지."

"폭포 아래에다 수문을 지어요. 그러면 뢰벤 호수와 베넨 호수 사이에 길이 열릴 겁니다."

"바다까지 길이 트이면 우리의 풍요로운 숲이 지금보다도 훨씬 더한 축복이 될 걸세."

"저주의 말들은 축복으로 변할 겁니다." 예스타가 힘주어 말했다.

목사가 눈길을 들었다. 그들은 서로의 눈빛에서 공통된 열광을 읽어냈다.

하지만 동시에 그들의 눈길은 치욕의 더미로 향했다.

"예스타, 이건 모두 팔팔한 사나이가 할 일일세." 노인이 말했다. "나는 죽을 날이 머지않았어. 어쩌다 내가 이 지경이 됐는지는 자네도 알겠지."

"저걸 없애버리세요!"

"그게 어떻게 가능한가, 예스타 베를링?"

예스타는 그에게 바짝 다가가 날카로운 시선으로 눈을 마주했다.

"비를 내려달라 기도하세요!" 그는 말했다. "주일에 예배를 드리면서 신께 비를 내려달라 기도하세요."

목사는 놀라서 주저앉았다.

"목사님이 진심이시라면, 이 가뭄을 불러일으킨 게 목사님이 아니라면, 그리고 무자비한 마음으로는 주님을 섬길 수 없다고 믿으신다면 신께 비를 청원하세요. 그러면 계시가 내릴 겁니다. 신께서도 우리와 같은 걸 바라시는지 확인할 수 있을 거예요."

브루뷔 언덕을 내려오면서 예스타는 스스로 놀랐다. 그를 불현듯 사로잡은 열광 또한 놀라웠다. 그러나 앞으로 인생은 아름다워질 수 있을 것이다. 그의 인생만이 아니었다. 저 북쪽에 사는 사람들은 자신들을 도운 게 그임을 알지 못할 것이다.

*

브루뷔 교회에서는 막 설교가 끝났다. 늘 하던 기도도 마쳤다. 목사는 설교단 계단을 내려갈 참이었다. 그러나 주저하던 목사는 마침내 털썩 무릎을 꿇고는 비를 내려달라 호소했다.

그의 기도는 절망한 인간의 기도였다. 실제로는 몇 마디 말이 되어 나오지 않았고 그나마 맥락도 잘 이어지지 않았다.

"당신의 분노를 일으킨 것이 저의 죄라면 저만을 벌하소서. 은총의 하느님, 당신이 자비로운 분이시라면 비를 내리소서! 제 치욕을 가져가소서! 제 탄원을 듣고 비를 내리소서! 가난한 자들의 밭 위로 비를 내리소서! 백성들에게 빵을 주소서!"

날은 덥고 참기 힘들 정도로 습했다. 신도들은 반쯤 자고 있었다. 하지만 이 터져 나온 소리가, 목쉰 절망이 그들을 모두 깨워냈다.

"제가 새사람이 될 기회가 아직 남아 있다면 부디 비를 내리소서……"

그는 침묵했다. 문은 열려 있었다. 불현듯 세찬 바람이 불어 들어왔다. 들판을 지나온 바람이 교회까지 휘몰아치며 죽은 나뭇가지와 지푸라기로 가득한 먼지구름을 일으켰다. 목사는 더는 말을 할 수 없었다. 그는 설교단으로부터 휘청거리며 내려왔다.

인간들은 전율했다. 이것이 대답일까?

돌풍은 폭풍의 전조였다. 폭풍은 유례없이 빠르게 닥쳤다. 찬송가가 끝나고 목사가 제단 앞에 서자마자 벼락이 쳤고 귀를 먹먹하게 울리는 우레가 목사의 말이 들리지도 않게 했다. 교회 문지기가 마지막 구절을 연주할 때, 첫 빗방울이 녹색 유리창을 두드렸다. 모든 사람들이 비를 구경하기 위해 뛰쳐나갔다. 그들은 보는 것만으로 만족하지 못했다. 억수 같은 소나기를 맞으며 어떤 이들은 울었고 다른 이들은 웃었다. 아, 그동안의 곤궁이 얼마나 지독했던가! 그들은 얼마나 불행했던가. 하지만 신은 좋은 분이셨다. 그분이 비를 내려주셨다. 기쁘도다, 기쁘도다!

브루뷔의 목사는 비를 맞으러 뛰쳐나가지 않은 유일한 사람이었다. 그는 제단 앞에 무릎을 꿇고 엎드려 일어나지 못했다. 기쁨이 그에게는 너무나 컸다. 그는 기쁨으로 죽었다.

30
아기 엄마

아기는 클라르엘벤 강 동쪽의 작은 농부 오두막에서 태어났다. 아기 엄마는 6월 초에 그곳에 와서 일자리를 구했다. 이 집 사람들에게 말한 바에 따르면 그녀는 그만 남자와 잘못 관계를 가졌는데 어머니가 너무 엄격한 분이라 무서워서 집에서 도망 나왔다고 했다. 그녀는 자기 이름이 엘리사벳 칼스도테르라고 밝혔으나 어디 출신인지는 말하려 하지 않았다. 자기가 어디 있는 간에 부모 귀에 들어가면 죽도록 혼이 날 거라고 했다. 그 점을 죽도록 확신하고 있었다. 그녀는 따로 봉급은 주지 않고 숙식만 해결해주면 된다고 했다. 베짜기든 실잣기든 젖소 지키기든 시키는 일은 뭐든 할 수 있다는 게 그녀의 말이었다. 원한다면 숙식의 대가로 돈도 낼 수 있다고 했다.

그녀는 조심하느라 신을 겨드랑이에 끼고 맨발로 농장까지 왔다. 그녀는 손이 거칠었고, 지역 사투리를 구사할 줄 알았고, 흔한 농부 처녀의 차림새를 하고 있었다. 그래서 그 집 사람들은 그녀의 말을 믿었다.

집주인은 그녀가 많이 허약해 보여서 정말 일을 할 수 있을 것 같지

436

않다고 말했다. 그래도 이 가엾은 처녀가 어딘가에 머물 곳은 있어야 하니 여기에 있어도 좋다고 했다.

그녀에게는 농장 안 모든 사람들의 호감을 끄는 무언가가 있었다. 그리고 그녀가 찾아온 이 집 사람들도 본래 좋은 사람들이었다. 그들은 진지하고 침착했다. 안주인은 그녀가 능직 천을 짤 수 있다는 걸 안 후로 그녀를 높이 평가했다. 안주인이 교구장 부인에게서 능직베틀을 빌려온 후, 아기 엄마는 여름 내내 그 베틀 앞에 앉아 있었다.

그녀가 몸조심을 해야 한다는 건 아무도 미처 생각하지 못했다. 그녀는 내내 농부 처녀처럼 일했다. 비록 익숙한 편안함을 포기해야 했지만 농부들과 함께 사는 건 그녀에게 좋았다. 여기서는 사람들이 모든 걸 있는 그대로 침착하게 받아들였다. 사람들이 하는 생각은 늘 일과 관련돼 있었다. 하루하루가 전날과 다를 바 없이 흘러가, 벌써 일요일인데도 아직 주중이라고 여기는 식으로 날짜를 착각하곤 했다.

8월 말의 어느 날, 집안 식구들은 하루 종일 귀리를 빻았다. 아기 엄마는 단발 묶는 걸 돕는다고 같이 밭으로 나갔다. 그때 그녀가 너무 무리하는 바람에 아기가 조산되었다. 본래는 10월에 태어났어야 하는 아기였다.

안주인은 아기를 불가로 데려가 따뜻하게 해주었다. 불쌍한 아기는 8월 더위 한가운데서도 오슬오슬 떨었다. 아기 엄마는 작은 옆방에 누워서 벽을 사이에 두고 사람들이 아기에 대해 하는 말들을 들었다. 그녀는 일꾼들과 하녀들이 아기를 들여다보는 모습을 훤히 그려 보일 수 있었다.

"작고 불쌍한 것 같으니." 구경꾼들은 늘 이렇게 입을 열었고, 뒤이어 예외 없이 다음과 같이 말했다.

"애비도 없다니, 가엾은 것!"

그들 중에는 꼭 아기가 왜 이리 빨갛고 쪼글쪼글하냐고 묻는 사람이 있었고, 그러면 또 누군가가 갓난아기들은 원래 다 그리 생겼다고 대답했다. 아기의 울음소리에 짜증을 내는 사람은 없었다. 갓난아기란 원래 울어대는 법이라는 걸 다들 알았다. 그리고 달을 못 채워 태어난 것치고 아기는 튼튼했다. 아기한테 아버지만 있다면 모든 게 멀쩡해 보일 것이나.

누워 있던 아기 엄마는 놀랐다. 갑자기 그녀에게도 아기 아버지가 중요한 문제로 여겨졌다. 아비도 없이 저 작은 것이 이 험한 세상을 어찌 살까.

그녀는 미리 짜두었던 계획이 있었다. 우선 첫 해는 계속 이 농장에 머문다. 그 후에는 셋방을 하나 얻어서 베짜기로 생계를 이을 작정이었다. 그녀는 아기를 먹고 입히는 데 필요한 돈을 제 손으로 벌고 싶었다. 남편은 계속 그녀가 아내로서 자격이 없다고 믿고 있어도 상관없었다. 그녀는 아기가 제 분수를 모르는 아버지 아래서 크기보다는 차라리 홀어머니 손에서 자라는 편이 더 훌륭한 사람이 될 거라고 믿었다.

하지만 아기가 일단 태어나자 그녀의 관점도 바뀌었다. 그녀는 자신이 너무 자기중심적으로 생각했다 싶었다.

"아기는 아버지가 있어야 돼." 그녀는 중얼거렸다.

만약 그 아기가 그렇게 작고 보잘것없지 않았다면, 다른 아기들처럼 건강하게 먹고 자고 할 수 있었다면, 늘 머리가 한쪽으로 기울지 않았다면, 발작을 일으킬 때마다 곧 죽을 것 같지만 않았다면, 아기에게 아버지가 있고 없고는 그리 큰 문제가 아니었을 것이다. 하지만 이리도 작고 힘없는 존재에게는 아버지가 있어야 했다.

결심하는 건 쉬운 일이 아니었으나 그래도 그녀는 결정을 내렸다. 그것도 즉시. 아기가 태어나고 사흘이 지났을 때였다. 베름란드의 농부들은 보통 아기가 태어나서 그 정도 시간이 지나면 세례를 주러 데려갔다.

이 아기를 교회 명부에 무슨 이름으로 올리고 목사에게 아기 엄마가 누구라고 밝혀야 하나? 사생아로 명단에 오르는 건 아기에게는 부당한 일이었다. 고통의 세상으로 떨어져버린 아기는 어서 다시 지상을 떠나고 싶어하는 듯 보였다. 아버지가 있다면 아기는 더 잘 클지도 모른다. 만약 아기가 병약하게 자란다면, 아기에게서 혈통과 재산 덕을 볼 기회를 앗아가버린 책임을 그녀가 어떻게 지겠는가.

아기 엄마도 아기가 태어난다는 게 중요하고 기쁜 일임을 잘 알았다. 그러나 모두가 불쌍하다고만 하는 아기를 위해 사는 건 고달픈 일이었다. 그녀도 아기를 백작의 아들답게 비단과 레이스로 감싸 뉘고 싶었다. 아기가 당당히 영광에 감싸인 모습을 그녀도 보고 싶었다. 아무렴, 이 아기에게는 아버지가 있어야 했다!

아기 엄마는 점점 자신이 아기 아빠에게 부당하게 굴었다고 여기기 시작했다. 그녀에게 아기를 독차지할 권리가 있는가? 그래선 안 되었다. 그 누구도 가치를 매길 수 없는 이 귀중한 어린 것이 그녀의 소유물이기라도 한가. 그녀가 그런 척 한다면 부당한 일이었다.

아기 엄마는 남편에게 돌아가고 싶지 않았다. 갔다가는 죽을까봐 겁이 났다. 하지만 지금 아기가 처한 위험은 그보다 더했다. 아직 세례도 받지 못한 아기는 언제 죽을지 몰랐다.

그녀가 집을 떠나게 만든 커다란 죄는 더 이상 그녀의 가슴에 뿌리내리지 않고 사라졌다. 이제 이 세상에서 그녀가 사랑하는 사람은 이 아비 없는 자식뿐이었다. 아기에게 아버지를 마련해주는 건 그리 버거운 의무가 아니었다.

아기 엄마는 집주인 부부를 불러다가 모든 사연을 털어놓았다. 집주인이 도나 백작에게 당신의 아내는 아직 살아서 아기를 낳았고 아기에게는 아버지가 필요하다는 말을 전하러 보리 성으로 떠났다.

농부는 저녁 늦게야 집으로 돌아왔다. 백작이 멀리 떠나 있던 터라 만나지는 못했으나, 대신 스밧세 교회의 목사를 만나 이 일에 대해 이야기를 나누었다.

그제야 백작 부인은 결혼이 무효로 선언되었기에 자신에게는 남편이 없음을 알게 되었다.

목사는 자기 집에 머물러도 괜찮다는 친절한 편지를 보내왔다. 그녀의 친정아버지가 헨릭 백작에게 보낸 편지도 있었다.

그 편지는 그녀가 도망치고 며칠 지나지 않아 보리 성에 도착했다고 한다. 편지에서 친정아버지는 백작에게 어서 서둘러 결혼의 완전한 합법적 절차를 밟으라고 독촉했는데, 아마도 바로 이 편지가 백작에게 어떻게 하면 가장 손쉽게 아내를 치워버릴 수 있을지 아이디어를 제공했을 것이다.

아기 엄마가 농부가 전하는 말을 듣고 근심에 잠기기보다는 도리어 노발대발했음은 쉽게 짐작이 가리라.

온밤 내내 그녀는 잠을 이루지 못했다. 아기에게는 아버지가 있어야 했다! 그녀의 온 생각이 이 한 가지 사실을 맴돌았다.

다음날 아침 농부는 그녀의 청에 따라 에케뷔로 가서 예스타 베를링을 데려와야 했다.

예스타는 말수 적은 농부에게 무수한 질문을 던져댔으나 얻어낸 답은 거의 없었다. 백작 부인은 여름 내내 농부의 집에 머물며 일을 했다고 했다. 이제 그녀는 아기를 낳았는데, 아기는 목숨이 간당간당하지만 산모는 곧 다시 건강해질 터였다.

예스타는 결혼이 무효선언된 것을 백작 부인도 아시냐고 물었다.

"그렇소, 이젠 아시오. 어제 들으셨소."

농부의 집까지 가는 길 내내 예스타는 뜨거운 열에 사로잡혔다가 오한에 몸을 떨다가를 반복했다.

그녀는 그에게 무엇을 바라는가? 어째서 그에게 사람을 보냈는가?

그는 뢰벤 호숫가에서의 여름을 떠올렸다. 호숫가 사람들은 춤과 도박과 뱃놀이로 매일을 보내다가 그사이 짬이 나면 일을 하고 고뇌를 했다.

다시 백작 부인을 보게 될 날이 올 줄은 생각도 못 했다. 그럴 희망이라도 품고 있었다면, 이보다 더 나은 남자가 되어 그녀의 앞에 나타날 수 있을 텐데. 지금 그가 떠올릴 수 있는 게 무엇인가? 늘 저지르고 다니던 바보짓들뿐이었다.

그는 저녁 8시경 목적지에 도착했다. 그는 곧장 아기 엄마에게 안내되었다. 방 안이 어두컴컴해서 거기 누워 있는 그녀가 거의 보이지 않았다. 집주인 부부도 함께 방 안으로 들어왔다.

어스름 속에서 그녀의 흰 얼굴이 그를 향해 빛을 발했다. 그에게는 자신이 알던 중 가장 고귀하고 정결한 이가, 이승의 육신을 가진 자들 중 가장 아름다운 영혼을 지닌 이가 늘 그녀였음을 기억하자. 다시 그녀의 곁에 다가가는 축복을 얻자 그는 무릎을 꿇으며 그녀가 그의 눈앞에 새롭게 현신해준 데 감사를 표하고 싶었다. 그러나 감정이 북받친 나머지 말도 나오지 않았고 움직일 수도 없었다.

"소중하신 엘리사벳 백작 부인!" 그는 이렇게 더듬거리기만 했다.

"안녕하세요, 예스타!"

그녀는 다시 하얗고 투명해지다시피 한 손을 그에게 내밀었다. 그가 날뛰는 감정을 억누르느라 애쓰는 동안 그녀는 말없이 누워 있었다.

아기 엄마는 예스타를 봐도 감정의 격류에 휩쓸리지 않았다. 그녀는 그저 그의 주의가 그녀에게만 집중돼 있는 걸 놀라워했다. 그녀 생각에는 그 역시 지금 이 자리에서 아버지를 필요로 하는 아기가 제일 중요한 문제임을 알아차려야 마땅했다.

그녀는 부드럽게 말했다. "예스타, 예전에 약속했듯 이제 저를 도와주셔야 해요. 당신도 알다시피 내 남편이 날 버려서 내 아기는 아버지가 없어요."

"그렇습니다, 백작 부인, 하지만 사정은 바뀔 겁니다. 아기가 태어났으니 백작도 다시 결혼을 법적으로 인정할 수밖에 없을 겁니다. 제 도움을 믿으셔도 됩니다, 백작 부인."

아기 엄마가 미소 지었다.

"내가 도나 백작을 귀찮게 굴 것 같아요?"

예스타의 얼굴이 새빨개졌다. 그녀가 원하는 것은 무엇인가? 그녀는 그에게 무엇을 요구하는 건가?

"이리 오세요, 예스타." 그녀는 이리 말하며 그에게 다시 손을 내밀었다. "내가 지금 하려는 말 때문에 화내면 안 돼요. 내 생각엔 당신이……당신이……"

"저는 파계한 목사고 주정뱅이고 기사이며 에바 도나를 죽인 자입니다. 제 업적이 얼마나 화려한지는 저도 알지요……"

"벌써 화가 났어요, 예스타?"

"더 말씀 안 하셨으면 좋겠습니다."

그러나 아기 엄마는 말을 이었다.

"당신을 사랑해서 당신의 아내가 되고 싶은 여자들이 한둘이 아니겠지요. 하지만 내 경우는 달라요. 만약 내가 당신을 사랑한다면 감히 지금 하려는 말을 입 밖으로 꺼내지 못할 거예요. 나 자신만 위한 거라면 이런 부탁을 하지도 않겠지요. 하지만 예스타, 당신도 보다시피 아기에게는 아버지가 있어야 돼요. 내가 무슨 청을 하려는지 아시겠지요. 당신에게는 굴욕적일 거예요. 나는 지금 미혼모니까요. 난 당신이 다른 사람들보다 하찮은 존재라 쉽게 내 부탁을 들어줄 거라 여긴 게 아니에요. 비록 당신이…… 그래요, 나도 그런 생각을 하긴 했어요. 하지만 내가 당신에게 청하는 가장 큰 이유는 당신이 선한 사람이고 영웅이고 스스로를 희생할 수 있는 사람이라고 여겼기 때문이에요, 예스타. 하지만 너무 무리한 부탁일 수도 있겠네요. 한 남자가 그런 것까지는 할 수는 없는 일이라고요. 내가 너무 경멸스러우면, 다른 남자의 자식의 아버지가 된다는 게 너무 역겨우면 말씀하세요. 난 당신에게 화내지 않아요. 너무 무리한 부탁인 건 나도 알아요. 하지만 예스타, 아기는 아파요. 아기가 세례를 받을 때 어머니의 남편의 이름을 댈 수 없다면 너무 혹독한 일일 거예요."

그녀에게 귀 기울이는 동안 그는 지난 봄날 그녀를 뭍에 내려주며 운명에 맡길 때와 똑같은 기분을 느꼈다. 이제 그는 그녀의 미래를, 그녀의 미래 전부를 망가뜨리는 데 협조해야 했다. 하필이면 그녀를 사랑하는 그에게 그 일이 맡겨졌다!

"백작 부인께서 바라시는 건 뭐든 하겠습니다!" 그는 말했다.

다음날 그는 브루의 교구장과 이야기했다. 스밧셰가 브루에 딸린 교구였기 때문이다. 혼인식은 스밧셰 교회에서 치러질 터였다.

늙고 선량한 교구장은 감동해서 책임지고 모든 형식을 갖춰주겠다고 약속했다.

그는 말했다. "그래, 자네는 그분을 도와야 하네, 예스타. 안 그랬다가는 그분이 그만 미쳐버릴지도 몰라. 그분은 아이 아빠를 댈 수 없기 때문에 아이에게 해가 미친다고 믿고 있어. 이 젊은 여성은 양심이 아주 예민한 분이시지."

"하지만 전 제가 그분을 불행에 빠뜨릴 걸 알아요." 예스타가 토로했다.

"그래서는 안 되네, 예스타! 자네는 이제 아내와 자식이 생기니 정신을 똑바로 차려야 해."

교구장은 스밧셰로 가서 목사와 행정관과 이야기하고자 했다. 그 결과 그다음 일요일 예스타 베를링과 엘리사벳 폰 툰이 스밧셰 교회에서 절차를 밟았다.

그 후 사람들은 아기 엄마를 조심해서 에케뷔까지 데려갔고, 거기서 아기는 세례를 받았다.

교구장은 그녀에게 이 결정을 아직 되돌릴 수 있다고 말했다. 예스타 베를링 같은 사내와 결혼하기에 앞서, 먼저 친정아버지에게 편지를 써야 한다는 것이었다.

"제가 이 일을 후회할 리 없어요." 그녀는 말했다. "생각해보세요, 제 아기가 아버지도 없이 죽으면 어찌 되겠어요!"

혼인 절차가 사흘째에 접어들 무렵, 아기 어머니는 완전히 건강을 되찾고도 며칠이 지난 상태였다. 오후에 교구장이 와서 그녀와 예스타 베를링을 혼인시켰다. 하지만 이게 진짜 결혼식이라고 믿는 사람은 없었다. 하객은 따로 초대되지 않았다. 이것은 그저 아기에게 아버지를 마련해주는 의식일 뿐이었다.

아기 엄마는 어마어마한 목표를 달성해낸 듯 고요한 기쁨으로 온 얼굴이 환했다. 신랑은 우울해했다. 그는 자신과 결혼함으로써 그녀의 미래가 어찌 망쳐질까 생각했다. 그는 그녀가 자신을 없는 사람인 양 개의치 않는 걸 보고 경악했다. 그녀의 생각은 온통 아기에게 쏠려 있었다.

며칠 후 아기의 부모는 상을 치렀다. 아기는 발작을 일으키다가 죽었다.

여러 사람들은 아기 엄마가 예상했던 것만큼 격렬하고 깊이 슬퍼하지는 않는다는 인상을 받았다. 오히려 그녀에게는 승리자의 분위기가 감돌고 있었다. 그녀는 아기를 위해 자신의 온 미래를 희생했다는 데서 기쁨을 얻은 듯했다. 만약 아기가 천사들 곁으로 간다면 아기는 저 지상에서 자신을 사랑해주었던 어머니가 있었음을 기억하리라.

*

이 모든 일은 떠들썩하지 않게 조용히 진행되었다. 예스타 베를링과 엘리사벳 폰 툰이 검은 교회 호수에서 혼인 절차를 밟았을 때, 대부분의 사람들은 신부가 누구인지도 몰랐다. 사정을 알고 있던 성직자들과 귀족들은 가급적 말을 아꼈다. 그들은 양심의 힘을 무시하는 이들이 이 젊은 여인의 결정을 나쁘게 해석할까봐 걱정인 듯했다. 그들은 누군가가 이렇게 말할까봐 염려했다. "보라고, 그녀가 예스타에 대한 사랑을 억누르지 못했다는 소문은 진짜야. 고상해 보이는 이유를 구실 삼아 그와 결혼을 했더라고." 아, 나이 든 이들은 그녀를 언제나 그렇게 조심스럽게 대했다. 그들은 남들이 그녀에 대해 악담하는 것을 절대 참지 못했다. 그녀가 죄를 저질렀음도 그들은 인정하려 하지 않았다. 모든 악 앞에서 겁에 질리던 이 영혼이 죄악에 물들 수 있다고 그들은 믿으려 하지 않았다.

같은 무렵 벌어진 또 다른 큰 사건도 예스타 베를링의 결혼이 조용히 묻히는 데 일조했다.

삼셀리우스 소령이 사고를 당했다. 그는 점점 더 사람을 꺼리며 괴짜가 되어가던 참이었다. 그는 동물들하고만 어울리며 셰에 일종의 소규모 동물원을 만들다시피 했다.

늘 장전된 엽총을 가지고 다니며 방향도 확인하지 않고 아무렇게나 연신 쏴대는 버릇이 붙은 터라 위험하기도 했다. 어느 날 그는 실수로 길들인 곰을 쏘았다가 물렸다. 다친 짐승은 창살 바로 앞에 서 있던 그를 덮쳐 팔을 물었다. 그 후 곰은 갇혀 있던 우리에서 뛰쳐나와 숲으로 도망쳤다.

소령은 거동을 못하는 몸이 되었다가 성탄절 바로 전에 부상이 악화되어 죽었다. 소령이 아파서 누워 있음을 소령 부인이 진작 알았다면 에케뷔의 관리를 다시 넘겨받을 수 있었을 것이다. 하지만 기사들은 악마와 계약한 한 해가 지나기 전에는 그녀가 돌아오지 않으리라는 사실을 알고 있었다.

31

사랑은 모든 것을 이긴다

스밧셰 교회에 성화들이 걸려 있던 벽 계단 아래에는 무덤 파는 인부가 쓰다 부러진 삽이나 망가진 교회 의자 같은 온갖 고물로 가득 찬 잡동사니 창고가 있었다.

먼지가 수북이 쌓여 사람의 눈이 닿지 않는 그 안에는 자개로 호화롭게 조각된 궤짝이 하나 놓여 있다. 먼지를 닦아내면 궤짝은 옛이야기에 등장하는 돌벽처럼 반짝였다. 뚜껑이 잠겼고 열쇠는 따로 잘 보관되고 있었다. 그 누구도 궤짝을 열고 그 안을 들여다봐선 안 되었다. 그 안에 무엇이 들었는지는 아무도 몰랐다. 19세기가 지난 다음에야 자물쇠에 열쇠를 꽂아 뚜껑을 열고 안에 감춰진 보물들을 꺼내도록 돼 있었다.

한때 궤짝의 주인이었던 이가 그렇게 정해두었다.

편평한 주석 뚜껑에는 다음과 같은 글자가 새겨졌다. '노동은 모든 것을 이긴다.' 하지만 그보다는 다른 글귀가 더 걸맞을 것이다. '사랑은 모든 것을 이긴다.' 고물 창고 속의 이 낡은 궤짝 또한 사랑의 전능함을 증거하는 물건이기 때문이었다.

오, 모든 것을 지배하는 사랑의 신이여!

오 사랑이여, 너는 진실로 영원하다. 이 지상에서 인간 종족의 시간은 오래되었으나, 그들을 그 시간 내내 이끌어온 것은 너였다.

벼락을 무기로 삼고 신성한 강가에서 젖과 꿀의 제물을 흠향하던 동방의 신들은 어디 있는가? 그들은 죽었다. 강대한 진사 바알은 죽었다. 매의 머리를 한 전사 토트도 죽었다. 올림포스 꼭대기 구름 위에 거하던 위대한 신들도, 방패로 뒤덮인 발할라의 영웅들도 죽었다. 이 오래된 신들은 모두 죽었으나, 유일한 예외가 만물을 지배하는 에로스였다.

우리의 시선 아래 존재하는 건 모두 사랑의 신의 업적이다. 만물의 종을 유지하는 것도 사랑의 신이다. 온갖 곳에 거하는 그를 보라! 우리가 가는 곳 중 그의 발자취가 찍히지 않은 곳이 어디이랴. 우리의 귀가 듣는 소리 중 그의 날갯짓이 깔려 있지 않은 음이 무엇인가. 사랑의 신은 인간의 가슴 속에도, 잠든 씨앗 안에도 거한다. 무생물에도 미치는 그의 위엄을 경의에 차서 느껴보라!

사랑의 신을 동경하지 않고 사랑의 신에게 이끌림을 느끼지 않는 존재도 있는가? 복수의 신들은, 강한 권능의 신들은 모두 스러질 것이나 오 사랑이여, 너만은 진실로 영원하리라!

*

늙은 에베르하드 아저씨는 책상 앞에 앉아 있었다. 서랍이 백여 개나 달리고 상판은 대리석이고 모서리에 놋쇠를 덧댄 책상은 호화스러웠다. 그는 위층 기사관에서 혼자 열심히 일하는 중이었다.

에베르하드여, 얼마 남지 않은 마지막 여름날에 왜 그대는 다른 기사들처럼 숲을 돌아다니지 않는가? 그대도 알겠지만 지혜의 여신을 섬기는 자는 그에 따른 희생 또한 치러야 한다. 이제 갓 환갑에 이르렀으나 그대의 허리는 굽었고 가발이 정수리를 뒤덮었다. 푹 꺼진 눈두덩 위 이마에는 주름이 쭈글쭈글 파였다. 이가 모조리 빠진 입가 역시 결투중인 검사들이 휘두른 칼의 궤적처럼 수천 줄의 주름이 파였다.

에베르하드여, 에베르하드여, 왜 그대는 숲과 들로 쏘다니지 않는가? 삶이 그대를 책상으로부터 유혹해내지 못하면, 죽음이 그만큼 더 손쉽게 그대를 그 책상과 이별시키리라.

에베르하드 아저씨는 마지막 글귀 아래 잉크로 굵게 줄을 그었다. 그리고 무수한 서랍들에서 노랗게 바래고 글이 빽빽하게 쓰인 종이 더미를 꺼냈다. 에베르하드 베리그렌의 이름을 후세에 길이 남길 역작의 각장을 담은 종이들이었다. 그가 종이 더미들을 겹쳐 쌓아놓고 말없이 감상중일 때 문이 열리더니 젊은 백작 부인이 들어왔다.

그녀는 늙은 사내들의 젊은 여주인이었다. 그들이 그녀를 위하고 아끼는 것은 조부모가 첫 손주를 아끼고 위하는 것보다 더했다. 동화 속 임금님이 숲에서 만난 가난한 처녀에게 온갖 것을 해주듯, 기사들도 가난 속에서 병자처럼 누워 있던 그녀에게 세상의 온갖 찬란한 것들을 선물했다. 그녀를 위해 숲의 뿔나팔이 울리고 에케뷔의 바이올린이 노래했다. 이 커다란 영지의 모든 것이 그녀를 위해 숨 쉬고 움직이고 일했다.

그녀는 건강을 되찾긴 했으나 아직도 많이 허약했다. 이 커다란 집에서 혼자 있자니 그녀는 좀 불편해졌다. 기사들이 모두 나간 참에 그녀는 악명 높은 기사관이 어떻게 생겼는지 보고 싶어졌다.

발걸음을 죽이고 들어온 그녀는 희게 칠한 벽과 노란 격자무늬가 수놓인 침대 휘장을 구경했다. 하지만 그녀는 방안에 사람이 있는 것을 깨닫고 당황했다.

에베르하드 아저씨는 엄숙하게 그녀에게 다가와 원고 더미로 안내

했다.

"보십시오, 백작 부인, 제 필생의 역작이 완성되었습니다. 제 원고는 세상의 빛을 볼 것이고 위대한 변혁을 일으킬 겁니다."

"무슨 일이 벌어지는 건가요, 에베르하드 아저씨?"

"제 글은 세상을 환히 밝히지만, 그만큼 무시무시한 벼락으로 내리꽂힐 겁니다. 모세가 시나이 산의 번개구름 속에서 야훼를 끄집어내 은총의 옥좌 위 성스러운 감실 안에 모신 이래로 그 늙은 신은 확고히 버텨왔습니다. 하지만 이제 인간들은 신의 진짜 정체를 알게 될 겁니다. 그것은 우리 자신의 두뇌가 사산한 망상, 텅 빈 안개에 불과합니다. 이제 신은 무無 속으로 무너질 겁니다!" 노인은 소리 높여 말하고는 주름진 손을 종이 더미 위에 얹었다. "여기 이 글을 읽은 인간들은 그 속에 적힌 것들을 믿을 수밖에 없습니다. 그들은 자신의 어리석음을 직시하게 됩니다. 십자가는 땔감으로 변할 것이고 교회 건물은 곡물창고로 쓰일 것이고 성직자들은 밭을 갈게 될 겁니다."

"아, 에베르하드 아저씨, 거기 정말 그렇게 끔찍한 말들이 적혀 있나요?" 백작 부인은 가볍게 몸을 떨며 물었다.

"끔찍하다고요?" 노인이 되물었다. "그것이 진실입니다. 우리는 낯선 사람을 보면 어머니 치마폭에 숨는 아이들처럼 회피하고 있어요. 우리는 진리로부터, 영원히 낯선 것으로부터 숨어버리는 버릇이 들었습니다. 하지만 이제 진리가 우리에게 다가와 거할 것이고 모든 이들이 계몽될 겁니다."

"모든 이들이요?"

"철학자들을 제외한 모든 인간들이요. 아시겠습니까, 백작 부인, 전인류 말입니다!"

"그러면 야훼는 죽어야 하나요?"

"야훼와 천사들 모두, 성자들도 악마들도 모두. 거짓은 모두 사라져야 합니다."

"세상은 누가 다스리지요?"

"백작 부인, 지금껏 세상을 누군가 다스려왔다고 생각하십니까? 전지 전능한 누군가가 저 참새들과 인간들의 머리칼 한 올 한 올을 살펴왔다고 믿으십니까? 그런 자는 이제껏 없었고 앞으로도 없을 겁니다."

"하지만 우리 인간들은 어떻게 되나요?"

"우리의 운명은 동일합니다. 결국 티끌로 돌아가는 거지요. 완전히 타버린 이에게는 더 이상 태울 것이 없습니다. 죽은 거예요. 우리는 생명의 불꽃이 옮겨 붙는 연료일 뿐입니다. 한 인간에게서 다른 인간으로 생명의 불꽃은 옮겨가지요. 불이 댕겨지고 타오르다가 꺼지는 게 인생입니다."

"오 에베르하드 아저씨, 그러면 영생이란 존재하지 않는 건가요?"

"존재하지 않습니다."

"죽음 뒤에 아무것도 없고요?"

"없지요."

"좋은 것도 나쁜 것도, 목적도 희망도 존재하지 않나요?"

"그런 건 없습니다!"

젊은 백작 부인은 창가로 다가갔다. 그녀는 바깥의 노랗게 물들어가는 가을 잎사귀들을, 가을바람에 꺾인 줄기 위로 묵직한 고개를 늘어뜨린 달리아와 애스터를 내다보았다. 뢰벤 호수의 어두운 물결과 가을 날씨로 거칠어진 깜깜한 하늘도 보았다. 한순간 그녀는 모든 것을 부정하고 말았다.

"에베르하드 아저씨. 세상은 추한 잿빛이에요. 모든 게 무상하기만 하네요. 전 그저 누워서 죽을 때만 기다리고 싶어졌어요." 그녀는 말했다.

그러나 동시에 그녀는 자신의 영혼의 호소를 들었다. 생명의 강한 힘과 따스한 감정들이 산다는 게 얼마나 행복한 일인지 소리 높여 외쳤다.

"당신이 제게서 신과 영원한 생명을 앗아가시면 삶을 살 만하게 해줄 것이 세상에 더 이상 남아 있지 않단 말씀인가요?" 그녀는 소리쳤다.

"노동이 있습니다!" 노인이 대답했다.

그녀는 나시 밖을 내다보았다. 이 보잘것없는 세상에 대한 경멸이 조용하고 스산하게 다가왔다. 이해할 수 없는 어떤 것이 그녀의 눈앞에 일어섰다. 그녀는 삼라만상에 깃든 영혼을 보았고, 겉보기에는 생명 없는 사물 안에 봉인돼 있으나 언젠가는 수천 가지 삶으로 순환될 힘을 느꼈다. 정신이 어지러운 가운데 그녀는 자연 속에 깃든 신의 영혼에 이름을 붙이고자 했다.

"아, 에베르하드 아저씨, 노동이 뭔가요? 그게 신이 될 수 있나요? 그게 그 자체로 목적인가요? 뭔가 다른 걸 말해주세요." 그녀는 말했다.

"전 다른 건 모릅니다." 노인이 대답했다.

하지만 그녀는 붙일 만한 이름을 찾아냈다. 곧잘 더럽혀지는 가련한 이름을.

"에베르하드 아저씨, 왜 사랑을 들지 않으시죠?"

무수한 주름에 둘러싸인 이 빠진 입에 미소가 스쳤다. 철학자는 높다란 더미를 주먹으로 내리쳤다.

"이 원고 안에서는 신들이 모두 죽임을 당했고 그 중에는 사랑의 신도 빠지지 않았습니다. 사랑이 육체적 욕구 외엔 뭐랍니까? 어째서 육체의 다른 욕구보다 사랑이 고상한 취급을 받아야 하는 거지요? 그렇게 치면 굶주림이나 피로도 신이 될 수 있습니다! 그것들 또한 사랑만큼 가치 있는 욕구입니다. 하지만 이런 어리석음도 끝납니다! 진리만이 살아남을 겁니다!"

젊은 백작 부인은 고개를 푹 숙였다. 그럴 리가 없었다. 이것은 진리가 아니었다. 그러나 그녀는 그와 싸울 수 없었다.

"아저씨 말씀이 제 영혼에 상처를 주네요." 그녀는 말했다. "전 아직 아저씨 말씀을 믿지 않아요. 증오와 복수의 신들은 죽여도 돼요. 하지만 그 신들만이에요."

노인은 그녀의 손을 붙들어 원고 위에 얹고는 무신론자의 광신에 차서 대답했다.

"이걸 읽고 나면 백작 부인도 믿을 수밖에 없을 겁니다!"

"그렇다면 제가 그 글을 읽을 일이 영영 없길 바라요." 그녀는 말했다. "제가 정말 아저씨 말씀대로 믿게 된다면 전 더 이상 살 수가 없어요."

시름에 잠겨서 그녀는 철학자의 곁을 떠났다. 그녀가 사라진 뒤에도 그는 오래도록 앉아서 골똘히 생각했다.

신성모독의 글귀가 빽빽이 들어찬 이 낡은 원고는 아직 세상에 나와 검증받지 못했다. 에베르하드 아저씨의 이름 역시 명성의 탑을 오르지 못했다.

그의 위대한 저작은 궤짝에 담겨 스밧세 교회의 성화들 아래 계단 밑 잡동사니 창고에 묻혀 있다. 이 세기가 끝나고서야 원고는 세상의 빛을 볼 수 있다.

왜 에베르하드가 그런 결정을 내렸을까? 자신의 주장을 입증할 수 없을까봐 겁이 났을까? 박해를 받게 될까봐 걱정에 사로잡혔을까? 아, 그리 생각하는 이는 에베르하드 아저씨를 모르는 사람이다.

독자 여러분에게 이유를 알려드리겠다. 그는 진리를 사랑했지 그로 인해 얻을 명성을 사랑한 게 아니었다. 그가 친딸처럼 사랑하는 젊은 여인이 사랑에 대한 믿음을 간직한 채 생애를 마칠 수 있도록 그는 자신의 명성을 희생했다. 그가 희생한 것은 진리가 아니었다.

오 사랑이여, 너는 진실로 영원하도다!

32

뉘고드에서 온 처녀

산중에 전나무가 가장 빽빽이 자라고 부드러운 이끼가 두껍게 땅을 덮은 곳이 있다. 여길 아는 사람은 없다. 어찌 알 도리가 있겠는가. 이 땅은 사람의 발길이 닿은 적이 없었다. 이 숨겨진 곳까지 이르는 오솔길도 없다. 큰 암석 더미가 탑처럼 솟아 주변을 둘러싸고 있다. 빽빽한 노간주나무 가지들이 이 장소를 수호한다. 마른 가지 더미와 쓰러진 나무 몸통들이 막아선 통에 양치기들도 여기까지 오는 길을 찾지 못했고 여우들조차 이곳을 피했다. 온 숲에서 가장 외로운 장소가 이곳이었다. 그런데 갑자기 수천 명의 인간들이 이곳을 찾기 시작했다.

찾는 이들의 행렬은 끊이지 않았다! 그들은 브루와 뢰브빅과 스밧셰의 교회를 몽땅 채울 만큼 많았다. 끊이지 않고 이어지는 수색대였다!

행렬에 끼도록 허락받지 못한 아이들은 행렬이 지나는 곳마다 길가에 서서, 혹은 울타리나 줄지은 관목에 걸터앉아 구경했다. 아직 어린 아이들은 세상에 사람이 이렇게 많다는 걸 믿을 수가 없었다. 어른이 된 후에도 그들은 이 길게 물결치는 인간들의 행렬을 기억할 것이다. 평소에는 온종일 외로운 방랑자나 거지 몇 사람, 혹은 농부들의 수레 정도나 드나들던 길을 끝도 없는 인간들이 채우던 압도적인 광경을 후일 떠올리노라면 그들의 눈시울이 젖어들리라.

길가에 사는 사람들이 뛰쳐나와서 물었다.

"재난이라도 닥쳤나? 적군이 쳐들어왔어? 어딜 그렇게 떠돌며 가는 거지?"

"우린 답을 찾는 중일세!" 그들은 대답했다. "우리는 이틀 내내 찾았고 오늘도 찾을 걸세. 더 이상은 견딜 수가 없어. 우린 비에네의 숲과 에케뷔 서쪽의 전나무로 덮인 고지대를 샅샅이 뒤질 거야."

행렬은 동쪽 산중의 가난한 마을인 뉘고드에서 출발했다. 결 굵은 새까만 머리칼에 붉은 뺨을 한 젊고 아리따운 처녀가 여드레째 실종 상태였다. 예스타 베를링이 아내로 삼으려던 빗자루 파는 처녀가 커다란 숲에서 길을 잃었다. 여드레째 아무도 그녀를 보지 못했다.

뉘고드 사람들은 그녀를 찾기 위해 출발했다. 그들과 길 위에서 맞닥뜨린 이들도 합세했다. 집집마다 사람들이 나와서 행렬에 끼었다.

종종 새로 낀 사람이 질문을 던졌다.

"뉘고드의 사내들이여, 왜 이런 일을 하나? 그 예쁜 아가씨더러 혼자 모르는 길을 가라고 내버려두는 게 어떤가? 숲은 너무 깊고 어차피 신은 그녀에게 사리판단을 할 만한 머리를 주지 않으셨네."

"아무도 그 여자를 해친 적이 없고 그녀도 남을 해친 적이 없어." 수색자들은 대답했다. "그녀는 어린아이처럼 스스럼없이 길을 가곤 했지. 신께서 손수 지키시는 이만큼 안심하고 길을 가는 이가 달리 누가 있겠나? 그녀는 다른 때는 늘 돌아왔다네." 그렇게 수색대의 행렬은 뉘고드와 평야지대의 경계가 되는 동쪽 숲을 뒤졌다. 사흘째인 이날, 그들은 브루 교회를 지나 에케뷔 서쪽 숲으로 향했다.

가는 곳마다 그들은 놀란 사람들의 소용돌이를 맞닥뜨렸다. 늘 수색대에서 한 명은 뒤에 남아 "자네들은 뭘 하는 건가? 뭘 찾는 거야?"라는 질문에 답을 해야 했다.

"우리는 그 까만 머리칼에 푸른 눈을 한 젊은 처녀를 찾고 있어. 그 여자는 죽으려고 숲에 들어갔네. 여드레째 보이질 않아."

"왜 죽으려고 숲에 들어가지? 너무 굶주려서? 사는 게 불행해서?"

"아니, 먹을 건 부족하지 않았네. 하지만 올해 봄에 불행이 닥쳤어. 그 여자는 그 미친 목사 예스타 베를링을 몇 년 동안 사랑했어. 별 수 없었지. 신께서 그녀의 분별을 앗아가셨거든."

"그래, 신께서 그 여자의 분별을 거둬가셨지, 뉘고드 친구들."

"올 봄에 불행이 닥쳤어. 그 전까지는 예스타 베를링은 그 여자를 만난 적도 없었어. 올 봄에 그는 그녀에게 자신의 아내가 되어달라고 말했어. 농담이었지. 그리고 그는 그녀를 다시 버렸으나 그녀는 슬픔에서 헤어나지 못했어. 그녀는 늘 에케뷔로 갔지. 그가 가는 데마다 쫓아다녔어. 그는 그 여자가 지겨워졌고 마지막으로 그녀가 에케뷔에 나타났을 때 아가씨를 향해 개들을 풀었네. 그 후로 아무도 그녀를 보지 못했어."

일어나라, 사내들이여! 사람의 목숨이 걸린 일이다. 죽으려고 숲으로 들어간 한 인간이 있다. 어쩌면 그녀는 이미 죽었을지도 모른다. 혹은 아직도 길을 찾지 못해 벽도 지붕도 없는 곳을 떠돌고 있을지도 모른다. 숲은 광막하고 신께선 그녀의 분별을 거둬가셨다.

수색에 참여하라, 함께 가자꾸나! 앙상한 낟알이 이삭에서 떨어질 때까지 귀리는 다발로 내버려두라. 감자가 땅속에서 썩어도 괜찮다. 말들을 풀어놓으면 저희들이 알아서 물을 마신다. 젖소들이 밤에 알아서 외양간으로 들어오도록 문을 열어두라. 아이들은 데려가라. 아이들은 신의 백성들이다. 신께서는 아이들과 함께하시니 길을 이끌어주실 것이다. 어른들의 지혜가 다했을 때는 아이들이 도우리라.

남자고 여자고 아이들이고 모두 오너라! 누가 감히 집에 머무는가. 신이 그대를 필요로 하시는지 누가 아는가? 자비를 바라는 자들은 모두 오라, 그대들의 영혼 또한 안식을 찾지 못하고 정처 없이 폐허를 떠도는 날이 언젠가 닥치지 않도록. 오라! 신께서는 그녀의 분별을 거두셨고 숲은 광막하다.

아, 전나무들이 가장 빽빽하게 서 있고 이끼가 가장 부드러운 그곳을 누가 찾아낼 수 있을까? 무언가 시커먼 것이 암벽 가까이 떼 지어 움직이지 않는가? 아, 개미 떼로구나. 바보들의 길을 인도하는 신을 찬양하라, 그저 개미 떼일 뿐이다!

참으로 어마어마한 행렬이다! 축제를 위해 단장하고 승리자를 환영하며 발 디디는 곳마다 꽃을 뿌리고 환성을 울리는 개선 행렬이 아니다. 시편을 노래하고 제 몸에 채찍질을 하며 성스러운 무덤을 향해 걸어가는 순례자의 행렬도 아니다. 도탄에 빠진 인간들이 새 거처를 찾기 위해 덜컹거리는 짐수레에 몸을 실은 이민의 행렬도 아니다. 북과 무기로 무장한 군대의 행렬도 아니다. 리넨과 양털을 섞어 짠 작업복에 해진 가죽 앞치마를 두른 농부들, 손에 양말짝을 든 아낙네들, 아버지에게 업히거나 어머니의 치맛자락을 붙든 아이들일 따름이다.

인간들이 위대한 목적을 위해 단합하는 광경은 경이롭다. 영웅을 맞이하기 위해, 신을 찬양하기 위해, 새로운 대지를 찾기 위해, 조국을 지키기 위해 행진하라. 다 함께 나아가라! 그러나 지금 이 무리는 굶주림이나 신에 대한 두려움 때문에, 혹은 불안한 시절 때문에 길을 떠난 게 아니다. 그들의 노력은 부질없고 보상은 보잘것없으니, 그들이 길을 떠나 찾는 것은 머리가 돌아버린 한 여자에 불과하다. 그렇게 땀방울을 흘리고서, 먼 길을 가고서, 기도를 하고서 바라는 보상이라는 게 신께서 분별을 거두어가신 미친 여자 하나를 다시 찾는 것이었다.

어찌 이 사람들을 사랑하지 않을 수 있을까. 그들이 지나가는 광경을 봤던 이라면 뒷날에도 투박한 얼굴에 거친 손을 한 사내들과 세월이 깊게 파인 이마와 신의 인도를 기다리는 아이들을 떠올릴 때마다 눈물이 핑 돌 법하지 않은가.

슬픈 수색대는 한길을 가득 메웠다. 심각한 눈빛으로 그들은 숲을 응시했다. 이미 찾는 이가 시체가 되었을 확률이 높음을 아는 그들은 음울한 표정으로 걸어나갔다.

아, 암벽 아래 시커먼 저것이 개미 떼가 아니었구나. 혹여 쓰러진 통나무일까? 신이여, 찬양 받으소서, 쓰러진 통나무일 따름이구나. 하지만 또렷이 보이지는 않는다. 전나무들이 너무 빽빽하게 선 탓이다.

행렬이 너무 길어서 튼튼한 장정들이 선 앞줄은 이미 비에네 서쪽의 숲에 도달했는데, 불구자와 노인들과 어린애가 딸린 여자들로 이루어진 후미는 아직 브루뷔 교회도 지나지 못했다.

그러고는 물결처럼 일렁이던 행렬 전체가 깜깜한 숲 안으로 흘러들어갔다. 아침 햇살이 전나무 아래 그들을 비추었다. 그들이 숲에서 나올 때쯤이면 기우는 저녁 햇살을 만나게 되리라.

그들이 수색에 나선 지도 사흘째였다. 이 일도 익숙해졌다. 그들은 미끄러질 듯 가파른 암벽 아래를 뒤지고 자칫하면 팔다리가 부러질 것을 무릅쓰고 휘청거리는 나무 아래를 헤쳤다. 보드라운 이끼 위로 우거져 쉴 곳을 만들어놓은 빽빽한 전나무 가지 밑도 빠뜨리지 않았다.

곰의 은신처도, 여우굴도, 오소리가 땅속에 지은 소굴도, 숯가마 아래 그을린 땅도, 불그스름하게 덩굴월귤로 덮인 땅도, 흰 바늘 같은 잎사귀를 단 전나무도, 한 달 전 산불이 났던 산도, 거인이 던져놓았다는 전설이 깃든 돌도 그들은 찾아냈다. 하지만 시커먼 것이 도사리고 있는 암벽 아래 한 장소만은 찾아내지 못했다. 아무도 거기까지 가서 그 시커먼 것이 개미 떼인지 통나무인지 사람인지 확인하지 못했다. 아, 그건 분명히 사람 몸뚱이일 것이다. 하지만 직접 가서 두 눈으로 본 사람이 없다.

숲의 반대편에 이미 지는 해가 걸려 있었으나 신께서 분별을 거두어 가신 젊은 처녀는 아직도 발견되지 않았다. 이제 어찌해야 하나? 숲을 다시 한 번 뒤져야 하나? 해가 진 뒤의 숲은 위험했다. 바닥을 모를 늪과 가파른 절벽이 입을 벌리고 있었다. 그리고 해가 비칠 때도 찾지 못했던 이를 한밤중에 찾을 수 있겠는가?

"에케뷔로 가세!" 무리 중 한 명이 외쳤다.

"에케뷔로 가자!" 다른 이들이 한입으로 맞받았다. "에케뷔로 가는 거다!"

"신께서 분별을 거두어가신 여자에게 왜 개를 풀어버렸냐고, 왜 그 미친 여자를 절망하게 만들었냐고 기사들에게 답을 요구하자. 불쌍한 아이들은 배가 고프다고 울어대고, 우리가 걸친 옷은 다 해졌고, 다발로 버려진 곡물은 낟알을 떨구는 중이고, 감자들은 땅 속에서 썩어가고, 말들은 바깥을 헤매고, 젖소들은 보살핌을 받지 못한 채 내버려져 있다. 우리는 지쳐 쓰러질 지경인데 이건 죄다 기사들의 잘못이다. 에케뷔로 가서 놈들을 재판하자! 에케뷔로 가는 거다!

저주받은 올해 우리 농부들은 모든 걸 쳇값으로 치러야 했다. 신의 손길이 우리를 무겁게 짓눌렀다. 올 겨울은 주려야만 한다. 신의 손길이 찾던 것은 누구인가? 브루뷔의 목사는 아니었다. 목사의 기도는 신의 옥좌까지 다다랐다. 신이 찾던 것은 결국 이 기사놈들 아니겠는가. 에케뷔로 가자!

놈들은 영지를 망치고 소령 부인을 거지로 만들어 한길로 내몰았다. 우리가 일거리를 잃은 것도, 굶주리는 것도 놈들 탓이다. 이 도탄은 놈들 때문에 닥친 거다. 에케뷔로 가자!"

험악한 표정의 사내들이 에케뷔로 몰려가고, 우는 아이들을 안은 굶주린 여자들이 그 뒤를 따랐다. 맨 마지막에는 불구자들과 기력이 달리는 노인네들이 있었다. 분노의 물결은 노인들로부터 여자들을 지나 맨 앞의 장정까지 흐르며 점점 더 불어났다.

가을의 밀물이 닥친다! 지난 봄 불어났던 물을 기억하는가, 기사들이여? 이제는 저 산으로부터 새로운 홍수가 밀려온다. 에케뷔의 명예와 권세는 다시 몰락하리라.

길가의 밭을 경작하던 날품팔이꾼이 그들의 분노한 외침을 듣는다. 그는 말들 중 한 마리를 풀어 올라타고 에케뷔까지 내달렸다.

"재난이 닥친다!" 그는 소리쳤다. "늑대다! 곰이다! 트롤들이 에케뷔를 차지하러 몰려온다!"

놀라서 정신이 나가다시피 한 그는 마당을 이리저리 내달렸다.

"숲속 트롤들이 몽땅 풀려났다!" 그는 소리쳤다. "놈들이 몰려와 장원에 불을 지르고 기사들을 때려죽이려 한다!"

사람들은 실제로 그의 뒤로 몰려오는 무리들이 지르고 내는 소리를 들었다. 에케뷔에 가을 홍수가 닥쳤다!

이 분노한 무리는 자신들이 정확히 뭘 원하는지 알고 있을까? 그들이 원하는 것이 불인가, 죽음인가, 아니면 약탈인가?

몰려오는 자들은 인간이 아니다. 그들은 산의 트롤이고 황야의 들짐승이다. 대지 아래 숨어 있던 어두운 힘이 이 축복받은 기회를 맞아 풀려났다. 그 힘을 풀어낸 건 복수심이었다.

광산의 원석을 깨던 산귀신들이 몰려온다. 그들은 나무를 베고 숯가마를 지키던 숲의 혼령이기도 하다. 또한 그들은 곡물을 키우던 밭의 혼령들이었다. 풀려난 혼령들이 이제는 부수고자 하는 목적으로 제 힘을 휘두른다. 에케뷔에 죽음을! 기사들을 죽여라!

이곳에서는 화주가 강이 되어 흘렀다. 지하실에는 황금이 그득 쌓였다. 식량창고는 곡물과 고기로 그득했다. 왜 착한 사람들은 자식을 굶기고 있는데 악당들은 흥청망청 살고 있는가?

하지만 그들의 시간은 끝났다. 기사들아, 너희는 도를 넘었다! 베를 짤 필요가 없었던 들판의 백합들아, 헛간으로 모여들 필요가 없었던 하늘의 새들아, 이제 너희는 도를 넘었다! 숲에서 너희의 재판관이 형리들을 보냈다. 너희에게 판결을 내리는 자는 행정관도 법관도 아니다. 숲에 도사리고 있는 이가 너희를 재판했다.

기사들은 본관에 높이 서서 몰려오는 인간들을 보았다. 그들은 자신들이 왜 고발당하는지 이미 알고 있었다. 하지만 한 가지에서만은 그들은 결백했다. 그 불쌍한 처녀가 죽으려고 숲에 들어간 것은 기사들이 개를 푼 탓이 아니었다. 그들은 그런 짓은 하지 않았다. 진짜 이유는 예스타 베를링이 여드레 전에 엘리사벳 백작 부인과 결혼했기 때문이었다.

하지만 이 날뛰는 무리를 붙들고 이야기해봤자 무슨 소용이랴. 굶주리고 지친 군중은 복수심에 자극받고 약탈욕에 채찍질당하고 있었다. 그들은 거친 고함을 지르며 몰려왔다. 공포에 미칠 지경인 날품팔이꾼이 그들 앞을 달렸다.

"곰이다, 늑대다, 트롤들이 몰려와 에케뷔를 차지하려 한다!"

기사들은 젊은 백작 부인을 가장 안쪽 방에 숨겼다. 뢰벤보리와 에베르하드 아저씨가 거기 남아 그녀를 지킬 것이다. 나머지는 군중을 마주하기 위해 바깥으로 나갔다. 기사들이 무장하지 않은 채로 미소까지 지으며 본관 앞 계단 위에 서자 요란한 폭도의 맨 앞을 차지한 자들이 몰려왔다.

몇 안 되는 침착한 사내들 앞에 군중이 멈춰 섰다. 순드의 광산에서

462

관리자와 감독이 살해당한 50여 년 전의 폭동처럼, 군중 속에는 기사들에게 불타는 분노를 쏟아부어 이들을 땅으로 내치고, 쇠를 박은 신발 바닥으로 밟아 죽이고 싶어하는 이들도 있었다. 그러나 그들은 기사들이 잠긴 문 뒤에서 대담하게 무장을 하고 저항을 할 거라 예상했다.

"잘 왔네, 친구들." 기사들이 말했다. "자네들은 배가 고프고 지쳤을 거야. 빵을 좀 들고 뭣보다 에케뷔에서 증류한 화주 맛을 보게나."

군중은 그 말을 귓전으로 흘리고 계속 포효하며 위협했다. 기사들은 대수롭지 않게 넘겼다.

"잠깐만 기다리게! 봐, 에케뷔는 자네들을 환영해. 지하실과 식량창고와 우유저장고는 다 활짝 열렸어. 여자들은 지쳐 쓰러지기 직전이고 애들은 울어대니, 우리가 먹을 걸 대접하겠네. 그 후에 우릴 때려죽여도 늦지 않아. 도망 안 간다고. 사과를 잔뜩 쌓아두었으니까 애들한테 가져다줘."

*

한 시간 후 에케뷔에서는 잔치가 한창이었다. 이 위풍당당한 영지에서 벌어진 잔치 중에서도 가장 큰 잔치가 밝은 보름달빛이 가득한 가을밤에 차려졌다.

사람들은 쌓여 있던 장작을 꺼내어 모닥불을 피웠다. 온 마당 곳곳에 불이 밝았다. 모여 앉은 사람들은 온기와 휴식을 즐겼다. 대지가 내놓은 모든 산물이 아낌없이 날라져왔다.

야무진 사내들이 헛간과 외양간에 가서 필요한 것들을 마련해왔다. 송아지와 양을 도살하여 눈 깜짝할 사이에 구워냈다. 수백 명의 굶주린 인간들이 음식을 삼켰다. 가축들은 차례로 한 마리씩 끌려와 도살되었다. 하룻밤 사이에 외양간이 텅 빌 듯했다.

마침 그 무렵 에케뷔에서는 가을을 맞아 대대적으로 빵을 굽던 차였다. 젊은 백작 부인이 온 이래 집안일은 눈코 뜰 새 없이 바쁘게 돌아갔다. 이 젊은 여인은 자신이 이제 예스타 베를링의 아내가 되었다는 사실을 의식하고 싶어하지 않는 것 같았다. 그도 그녀도 그것에 대해서는 입을 열지 않았다. 대신 그녀는 에케뷔의 안주인 노릇을 맡았다. 착하고 부지런한 주부답게 그녀는 당시 장원을 지배하던 낭비벽과 방치를 줄이려 애썼다. 그리고 에케뷔 사람들은 그녀의 말을 따랐다. 자신들을 관리해줄 여주인이 다시 생긴 데 그들은 만족감을 느꼈다.

하지만 그녀가 부엌에 빵을 쌓아두라고 시키고, 버터와 맥주를 장만하고, 자신이 머물던 9월 내내 치즈를 만들게 했던 게 무슨 소용인가. 이제 그 중 무엇이 남을까.

사람들이 에케뷔에 불을 지르고 기사들을 때려죽이지 않도록 있는 걸 죄다 꺼내 오라! 통과 병들, 훈제실의 햄과 화주통과 사과도 가져오라!

고작 농부들의 불만을 누그러뜨리자고 에케뷔의 풍요를 날려버리자는 것인가? 농부들이 아무 짓 안 하고 가기만 해줘도 기사들은 감지덕지할 기세였다.

기사들이 그렇게 한 건 에케뷔의 여주인을 위해서였다. 기사들은 본래 용맹하고 무기를 제 몸의 일부처럼 다루는 사내들이었다. 걸린 게 그들의 목숨이었다면 그들은 방어에 나섰을 것이다. 만약 온화하고 부드러운 성품의 백작 부인이 부탁하지 않았다면, 기사들은 이 약탈자로 돌변하려는 무리에게 매운 총탄 맛을 보여주었을 것이다.

밤이 깊어질수록 군중의 기분은 풀어져갔다. 온기와 휴식과 잔칫상과 화주가 그들의 난폭한 분노를 다스렸다. 그들은 농담을 하며 웃기 시작했다. 그들은 뉘고드 처녀의 명복을 빌며 건배했다. 상갓집에서 술도 못 들고 농담도 못하는 자들은 인간이 덜된 것이다. 상갓집이야말로 술과 농담이 있어야 할 장소다.

사람들이 과일을 가져다주자 아이들은 허겁지겁 달려들었다. 숲에서 아무렇게나 자란 야생 딸기도 맛좋은 간식으로 알았던 아이들은 입에 서 살살 녹는 깨끗한 아스트라한 사과와 길쭉하고 달콤한 겨울 사과와 노르스름하게 색이 옅은 레몬사과와 불그스름하게 물든 서양배와 노랗 고 빨갛고 푸른 온갖 자두를 실컷 먹었다. 자신의 힘을 과시할 수 있는 기회가 찾아오면, 인간들은 만족을 모른다.

자정이 다가오자 군중은 다시 떠날 채비를 했다. 기사들은 더는 먹고 마실 것을 나르지 않았다. 술병을 따고 맥주를 붓는 것도 그만두었다. 위기를 넘겼다는 생각에 그들은 안도의 한숨을 쉬었다.

하지만 바로 그 순간 본관 창가에 불빛이 비쳤다. 그곳을 바라본 사람 들이 비명을 질렀다. 한 젊은 여인이 등잔을 들고 있었다.

불빛은 금세 사라졌고 젊은 여인도 보이지 않았다. 그러나 군중은 불 빛을 들었던 여자의 정체를 알았다고 생각했다.

"그 여자는 숱이 굵고 새까만 머리칼에 붉은 뺨을 하고 있었다." 그들 은 외쳤다. "그 처녀가 여기 있다, 기사놈들이 숨겨놓은 거야!"

"이 기사놈들아, 그 여자를 여기에 둔 거냐? 신이 분별을 거두어가신 우리 처녀를 여기 에케뷔에 숨겨놓았던 게냐? 이 하느님도 몰라볼 놈들 같으니라고, 그 처자에게 무슨 짓을 했느냐? 네놈들 때문에 우리는 한 주 내내 걱정을 했다! 그리고 사흘 내내 찾아다녔지! 포도주고 먹을 거 고 다 치워라! 네놈들이 주는 걸 좋다고 받아먹었다니! 그 처자를 내놓 지 않으면 무슨 일이 벌어질지 각오해라!"

겨우 길이 드는가 싶었던 들짐승이 다시 포효했다. 짐승은 들끓는 기세로 에케뷔에 밀려들었다.

군중은 날랬지만 기사들이 더 날랬다. 기사들은 건물 안으로 들어가 복도 문에 빗장을 걸었다. 그러나 이 밀려닥치는 무리를 상대로 뭘 할 수 있겠는가. 본관의 문들이 연달아 부서져나갔다. 기사들은 무기를 손에 넣지 못한 채 궁지에 몰렸다. 빽빽한 무리가 기사들을 옴짝달싹 못할 지경으로 포위했다. 군중은 뉘고드 처녀를 찾아 건물 안을 뒤졌다.

그들은 마지막 방에서 그녀를 찾아냈다. 그녀가 정말로 까만 머리칼을 하고 있었는지 아니면 금발인지는 확인할 짬이 없었다. 그들은 그녀를 높이 들어올려 밖으로 데리고 나갔다. 두려워 말라고, 우리가 기사들의 목을 따고 너를 구해주려고 온 거라고 그들은 그녀에게 말했다.

하지만 건물 밖으로 나왔을 때 그들은 또 다른 행렬을 맞닥뜨렸다.

높은 벼랑에서 떨어져 죽은 처녀의 시신은 더 이상 숲의 가장 외딴 곳에 누워 있지 않았다. 한 아이가 그녀를 발견했다. 무리에서 뒤처져 숲에 남아 있던 몇몇 수색꾼이 시신을 어깨에 떠메고 왔다.

죽은 그녀는 살았을 적보다 더 아름다웠다. 까만 머리칼을 길게 늘어뜨리고 누운 모습이 아리땁기 그지없었다. 영원한 안식을 얻은 그녀의 자태는 영광스러웠다.

사내들의 어깨로 높이 들린 그녀가 모인 사람들 사이를 뚫고 지났다. 시신이 지나가자 사람들은 말이 없어졌다. 그들은 고개를 숙이고 죽음의 위엄에 경의를 표했다.

"죽은 지 얼마 안 됐어." 남자들이 속삭였다. "오늘만 해도 숲을 돌아다니고 있었지. 자길 찾던 우리 쪽 사람들 눈을 피하려다가 암벽에서 떨어졌나봐."

하지만 뉘고드의 처녀가 여기 있다면 에케뷔에서 데리고 나온 여자는 누구인가?

숲에서 나온 행렬이 에케뷔에서 나온 무리와 합쳐졌다. 환한 모닥불이 온 마당을 밝혔다. 사람들은 두 여자의 모습을 구별해서 알아볼 수 있었다. 다른 여자는 보리의 젊은 백작 부인이었다!

"이게 어찌 된 일이야? 우리가 기사놈들의 죄를 하나 새로 밝혀낸 건가? 왜 젊은 백작 부인께서 여기 에케뷔에 계시지? 어째서 이분이 멀리 떠나셨다는 돌아가셨다는 소문이 돌았던 거야? 정의를 위하자면 기사놈들을 잡아다가 쇠 박은 신발 굽으로 밟아 죽여야 하지 않나?"

그때 쩌렁쩌렁 울리는 목소리가 있었다. 예스타 베를링이 계단 난간에 올라서서 외쳤다.

"들어라, 괴물들아, 악마들아! 에케뷔에 총과 화약이 다 떨어진 줄 아느냐? 미친놈들아! 내가 너희들을 미친개처럼 쏴서 시체로 산을 만들고픈 마음이 없는 줄 아느냐? 하지만 거기 계신 분이 너희를 위해 내게 간청하셨다. 아, 네놈들이 그분께 감히 손을 댈 줄 알았다면 한 놈도 살려두지 않았을 것을!

어째서 오늘 밤 이리 소동을 일으키고 도적 떼처럼 달려들어 우릴 죽이고 불을 지르겠다고 협박하는 거냐? 너희의 그 정신 나간 여자애들에게 내가 뭘 했단 말이냐? 그 여자들이 어디로 갔는지 내가 알 게 뭐냐? 난 그 여자에게 지나치게 친절했을 뿐이다. 차라리 개를 풀어버리는 게 그녀를 위해서나 날 위해서나 나았겠지. 하지만 난 그런 짓을 하지 않았다. 그 여자와 결혼을 약속한 적도 없다. 난 절대로 그런 말을 한 적 없음을 기억하라!

이제 너희에게 경고하는데, 이 건물 안에서 납치해간 그분을 풀어드려라! 분명히 말한다, 그분을 풀어드려라. 감히 그분을 만진 손들은 영원한 지옥불에 불타리라! 그분과 너희 사이에는 하늘과 땅 같은 차이가 있음을 모르겠느냐? 네놈들이 야만적인 것만큼이나 그분은 고결하시다, 그리고 네놈들이 사악한 만큼 그분은 선하시다!

그분이 어떤 분이신지 너희에게 알려주마. 우선 그분은 천국에서 오신 천사이시다. 둘째로는 보리 백작의 배필이시다. 그러나 시어머니가 밤낮없이 괴롭힌 탓에 그분은 여느 하녀처럼 호수에서 빨래를 하셔야만 했다. 너희 아내들보다 더 험한 꼴로 얻어맞고 고문을 당하기도 하셨다. 죽을 만큼 괴롭힘을 당하신 탓에 이미 이야기가 퍼졌듯 차라리 물에 뛰어들 뻔하셨다. 너희 악당 놈들 중 당시 이분을 구하려 한 자가 있긴 하느냐. 네놈들은 그 자리에 있지도 않았고 그분을 구해낸 건 우리였다. 아무렴, 우리가 구해드렸지.

그리고 그분이 어느 농가에서 아기를 낳고 백작으로부터 '당신은 내 아내가 아니고 나는 당신의 남편이 아니오. 당신 아기는 내가 알 바 아니오!'라는 전갈을 받았을 때, 그래, 사정이 그리 되고 그분이 도저히 아기를 아비 없이 교회 명단에 올릴 수 없다고 마음먹었을 때, 너희 중 하나를 붙들고 '내 아기에겐 아버지가 있어야 해요!'라고 말씀하셨다면, 그놈은 당장 우쭐했겠지. 하지만 그분은 너희 중 하나를 택하지 않으셨다. 그분이 택하신 건 다시는 신의 말씀을 전할 자격이 없는 가난한 목사 예스타 베를링이었다. 농부들아, 너희에게 말하노니 내게 그만큼 힘겨운 과업도 없었다. 나는 그분의 눈을 똑바로 쳐다볼 자격도 없는 자였다. 그러나 그분이 깊이 절망하고 계셨기에 나는 감히 거절할 수도 없었다.

우리 기사들이 천벌 받을 놈들이라고 믿고 싶으면 얼마든지 그래라. 그러나 그분만은 너희가 할 수 있는 최선을 다해 모셔야 한다. 우리가 너흴 한꺼번에 쏴버리지 않은 건 그분 덕이다. 이제 경고한다. 그분을 풀어드리고 너희 갈 길을 가라. 안 그러면 땅이 꺼져 너희를 삼켜버릴 거다. 그리고 여길 떠나거든 그리도 선량하고 순수한 분을 놀라게 하고 슬프게 해드린 것에 대해 신께 용서를 구하라. 꺼져라! 네놈들에게 더 할 말 없다!"

그가 긴 연설을 끝내기도 전에 백작 부인을 들쳐 메고 나왔던 사내들이 그녀를 돌계단 위에 내려놓았다. 덩치 큰 농부 하나가 조용히 그녀에게 다가가 큼직한 손을 내밀었다.

"안녕히 계십시오, 그리고 감사합니다!" 그는 말했다. "백작 부인께는 아무런 해를 끼치지 않겠습니다. 부디 노여워 마십시오."

뒤따라 다른 사내가 조심스레 그녀의 손을 잡았다.

"안녕히 계십시오, 그리고 감사합니다! 부디 저희에게 화내지 마십시오."

예스타는 바닥으로 뛰어내려 그녀의 곁에 섰다. 사내들이 그에게도 손을 내밀었다.

그 후 군중은 느릿하고 차분하게 한 명씩 차례로 두 사람에게 밤인사를 건넨 후 떠났다. 그들은 다시 고분고분해졌고, 굶주림과 탐욕 때문에 짐승으로 돌변하기 전의 모습으로 돌아갔다. 이제 그들은 여느 아침 집을 떠날 때나 다름없는 사람들이었다.

그들은 백작 부인의 얼굴을 마주보았다. 예스타는 백작 부인의 순수하고 경건한 얼굴을 본 여러 사람의 눈에 눈물이 고이는 것을 눈치 챘다. 그들은 마치 지금껏 만난 중 가장 고결한 존재에게 조용히 경배하는 듯했다. 그들은 같은 인간 중에서 누군가는 이토록 선을 위해 노력한다는 사실에 기뻐할 줄 알았다.

그녀가 이 모든 사람의 손을 잡아줄 수는 없었다. 사람들은 한도 끝도 없이 많았고, 이 젊은 여인은 지쳐 연약했다. 하지만 사람들은 다들 그녀를 보기라도 하려 했고, 예스타 베를링과 악수를 나눴다. 예스타 베를링의 팔은 튼튼해서 모두와 악수할 수 있었다.

예스타는 꿈속 같은 기분이었다. 그날 밤 그의 가슴에서 새로운 사랑이 싹텄다.

'오, 우리 백성들아.' 그는 생각했다. '우리 백성들아, 나는 너희를 사랑한다!' 그는 거친 옷을 걸치고, 발 냄새 풀풀 나는 신발을 신고, 숲가의 잿빛 오두막에 살면서 까막눈에 인생의 풍성한 단맛은 아무것도 모르고, 그저 하루하루 끼니를 잇기 위해 고생하는 사람들이 맨 앞에 처녀의 시신을 들쳐 메고서 어두운 밤을 무리 지어 가는 모습을 보며 예스타는 그들 모두에게 애정을 느꼈다. 민중이란 위대하고 영광스러운 존재다. 용맹하고 끈기 있고 명랑하고 근면하고 재주 많은 데다 의욕도 넘친다. 가난한 자들은 종종 또 다른 가난한 자에게 베풀곤 한다. 그들의 얼굴에는 날카로운 지혜가 종종 번뜩이곤 한다. 그들이 입을 열면 해학이 솟아난다.

사람들을 향한 고통스러울 정도의 다정한 애정으로 예스타의 눈에 물기가 서렸다. 그는 이 사람들을 위해 무엇을 해야 할지 알지 못했으나, 이 사람들을 전부든 한 명 한 명이든 결점과 연약함까지도 있는 그대로 사랑했다. 아, 신이시여! 부디 저들 또한 신을 사랑하게 되는 날이 오기를!

그는 꿈에서 깨어났다. 아내가 그의 팔에 손을 얹었다. 군중은 사라지고 그들은 지금 단 둘이 계단 위에 서 있었다.

"아, 예스타, 예스타! 당신은 어쩌면 그런 말을 하나요!"

그녀는 손으로 얼굴을 감싸고 울었다.

"제가 말한 건 사실입니다!" 그는 소리쳤다. "저는 뉘고드 처녀에게 결혼 약속은 하지 않았습니다. 제가 했던 말은 '다음 주 금요일에 이곳에 오면 재미난 걸 볼 수 있을 거야!'가 전부였어요. 그녀가 절 사랑한 건 제가 어찌 할 수 있는 일이 아니었습니다."

"아니, 그 얘기가 아니에요. 어떻게 내가 선하고 순수하다고 선언할 수 있었나요? 예스타, 예스타! 내가 그럴 자격이 없었던 시절부터 이미 당신을 사랑해왔음을 모르시나요? 난 그 사람들 앞에서 부끄러웠어요! 너무 부끄러워서 죽을 것 같았어요!"

흐느끼느라 그녀의 온몸이 떨렸다.

그는 선 채로 그녀를 응시했다. "아, 내 사랑!" 그는 작게 속삭였다. "이렇게나 선하시다니 당신은 행복한 분입니다! 이렇게 아름다운 영혼을 지니신 당신은 정말로 행복한 분이세요!"

33
케벤휠러

1770년대에 훗날 학식 높고 손재주 뛰어난 사내로 자랄 케벤휠러가 독일에서 태어났다. 그의 아버지는 성을 소유한 백작이었다. 원하기만 했다면 그 역시 높다란 성에 살면서 황제의 곁에서 말을 달릴 수도 있었을 것이다. 하지만 그는 그런 걸 바라지 않았다.

그의 관심사는 성의 가장 높은 탑에 풍차를 설치하거나 기사들의 홀을 대장간으로, 부인들의 안채를 시계공방으로 개조하는 데 있었다. 그는 온 성을 삐걱거리며 돌아가는 바퀴와 작동하는 지렛대로 채우고 싶었다. 그러나 그것이 불가능했기에 그는 다른 속세 일에는 등을 돌리고 시계 장인의 도제가 되었다. 그는 공방에서 톱니바퀴와 스프링과 진자에 대해 배울 수 있는 모든 걸 배웠다. 그는 해시계와 천문시계, 카나리아가 지저귀고 목동이 나팔을 부는 장식 시계, 교회 탑 전체를 기이한 부품으로 꽉 채울 크기의 종시계, 목에 거는 메달 안에 끼워 넣을 만큼 앙증맞은 시계도 만들 줄 알았다.

마이스터 자격을 획득한 후 그는 등에는 배낭을 메고 손에는 울퉁불통한 지팡이를 쥐고 톱니바퀴와 회전에 대한 세상 모든 지식을 흡수하기 위해 이리저리 떠돌았다. 케벤휠러는 평범한 시계공이 아니었다. 그는 위대한 발명가가 되어 세상을 개혁하고 싶었다.

그렇게 무수한 나라들을 돌아다닌 후 그는 풍차와 광산에 대해 탐구하기 위해 베름란드로 왔다.

어느 아름다운 여름날 아침, 그는 칼스타드 광장을 가로질러가고 있었다. 그리고 하필이면 이 아름다운 아침 무렵에 숲을 다스리는 요정이 보금자리를 떠나 도시로 나왔다. 이 고귀한 여성은 케벤휠러와는 반대편으로부터 장터를 거닐고 있었고, 그리하여 둘은 서로를 맞닥뜨렸다.

시계 장인의 혼을 빼놓는 만남이었다. 그녀는 빛나는 초록빛 눈동자에 거의 땅까지 닿을 정도로 풍성한 금발머리를 했고 바스락거리는 초록 비단옷을 입고 있었다. 비록 이교도 요정이었으나 그녀는 케벤휠러가 보았던 그 어떤 기독교 여인보다도 아름다웠다. 그는 멍청히 멈춰 서서 자신의 곁을 지나는 그녀를 응시했다.

그녀는 양치식물이 나무만큼이나 높이 자라고, 거인 같은 소나무들이 해를 가리는 바람에 푸른 이끼 위로는 햇살이 불씨처럼 점점이 떨어지는, 이끼로 뒤덮인 돌 위로 린네풀이 엉겨 있는 깊은 숲속에서 곧장 나온 참이었다.

아, 나도 케벤휠러의 자리에 서서 풍성한 머리칼 속에 소나무와 전나무 잎을 매달고 목에 조그만 검은 뱀들을 감은 그녀가 걸어오는 모습을 보고 싶구나. 여러분도 상상해보라. 송진과 딸기와 린네풀과 이끼의 신선한 향을 풍기며 그녀는 들짐승만큼 유연하게 움직였다.

칼스타드의 장터광장을 대담히 걸어가는 그녀를 사람들이 얼마나 뚫어져라 쳐다봤던가. 나는 아침 바람에 나부끼는 그녀의 긴 머리칼에 놀란 말들이 겁을 집어먹었을 거라고 생각한다. 골목길의 아이들이 그녀의 뒤를 따라 뛰었다. 일꾼들은 그녀를 쳐다보느라 수레를 몰고 도끼질을 하던 손을 멈추었다. 여자들은 비명을 지르며 이 괴물을 쫓아내기 위해 주교와 참사회원들을 불렀다.

그녀 자신은 침착하고 당당하게 걸으며 이 소란에 그저 미소 지을 뿐이었다. 케벤휠러는 그녀의 붉은 입술 뒤로 작고 뾰족한 송곳니가 흘깃 비치는 것을 보았다.

그녀는 사람들이 자신의 정체를 눈치채지 못하도록 등 뒤로 망토를 덮었다. 하지만 불운하게도 꼬리를 감추는 것까지는 잊어버렸다. 늘어진 꼬리가 포장된 바닥 위를 질질 끌려오고 있었다.

케벤휠러도 그 꼬리를 보았다. 지금은 시계공의 몸이지만 그는 본래 백작의 아들이었다. 그는 이렇게 고귀한 여성이 속물들의 웃음거리가 될까봐 가슴이 아팠다. 그래서 그는 이 미녀 앞에 몸을 숙이고 기사답게 말했다.

"숙녀분께서 뒤에 끌리는 자락을 들어올리지 않으시렵니까?"

요정은 그의 친절한 마음씨와 정중함에 감명받았다. 그녀가 그의 앞에 멈춰 섰다. 그녀의 눈에서 반짝이는 불꽃이 그의 머릿속 깊이 박히는 것 같은 느낌이 들었다.

"기억하라, 케벤휠러여." 그녀는 말했다. "이제부터 그대의 양손은 원하는 공예품은 무엇이든 제작할 수 있을 것이다. 그러나 각 종류당 한 번씩뿐이다."

그녀는 자신이 한 말을 지키는 요정이었다. 깊은 숲에서 나온 초록 옷의 요정이 자신의 호의를 얻은 인간에게 천재성과 놀라운 힘을 부여할 수 있다는 걸 모르는 이도 있던가.

케벤휠러는 칼스타드에 머물면서 공방을 한 채 빌렸다. 그는 밤낮 없이 망치질을 했다. 여드레 후 그는 작품을 하나 완성했다. 저절로 움직이는 수레였다. 수레는 조종하는 사람이 원하는 대로 언덕을 오르내리고 달리는 속도도 바꾸고 이리저리 돌거나 멈췄다가 다시 전진할 수도 있었다. 대단한 수레였다.

케벤휠러는 유명해져서 온 도시에 친구들이 생겼다. 그는 수레가 자랑스러워서 스톡홀름까지 몰고 가 왕에게도 보여드려야겠다고 마음먹었다. 그는 우편배달용 말을 기다릴 필요도, 지붕 없는 허름한 마차 위에서 덜컹덜컹 흔들릴 필요도, 우편역의 나무 의자 위에서 잠을 청할 필요도 없었다. 그는 당당히 자신의 수레를 몰아 몇 시간 만에 스톡홀름에 도착했다.

그는 왕궁 바로 앞에 수레를 댔다. 궁정 사람들과 귀부인들을 거느리고 나온 왕이 그가 수레를 모는 것을 목격했다. 그들은 입에 침이 마르도록 그를 칭송했다.

그러고는 왕이 말했다.

"그 수레를 내게 주어도 괜찮겠네, 케벤휠러." 그는 거부했으나 왕은 계속 고집을 부리며 수레를 요구했다.

그때 케벤휠러는 왕의 수행원 중에서 초록 옷을 입은 금발의 여인을 발견했다. 그는 그녀를 알아보았고, 왕에게 수레를 요구하라고 조언한 이가 바로 그녀임을 깨달았다. 절망이 그를 덮쳤다 그는 다른 누군가가 그의 수레를 차지하는 걸 참을 수 없었으나 감히 왕의 청을 계속 거부할 수도 없었다. 그래서 그는 왕궁 벽을 향해 전속력으로 수레를 몰아 산산조각 내버렸다.

다시 칼스타드로 돌아왔을 때 그는 새로 수레를 제작하려 했으나 실패했다. 그는 요정이 내려준 힘에 절망했다. 그가 아버지의 성에서 지내던 한량 같은 삶을 등진 건 많은 사람들의 삶을 개선하기 위해서였지, 단 한 명만 쓸 수 있는 마법 노리개를 만들기 위해서가 아니었다. 그가 뛰어난 장인이 된들, 심지어 세상에서 으뜸가는 거장이 된들, 그의 걸작을 수천 명의 사람을 위해 복제할 수 없다면 무슨 소용인가.

학식 높고 손재주 좋은 그는 조용하고 쓸모 있는 일거리를 물색했다. 그는 석수장이가 되었다. 그 무렵 그는 서쪽 다리 옆에 아버지의 성의 주탑을 닮은 커다란 돌탑을 지었다. 그는 클라르엘벤 강가에 온전한 성한 채가 우뚝 솟도록 본채와 성문, 성 마당, 성벽에 보조 탑들까지 지을 작정이었다.

그 안에서 그는 유년시절의 꿈을 현실로 만들고자 했다. 손기술과 공예와 관련된 모든 것을 이 성의 홀에 모아둘 참이었다. 밀가루를 하얗게 뒤집어쓴 방앗간 도제와 시커멓게 그을린 대장장이, 눈이 쉬 피로해지는 탓에 녹색 보호대를 착용한 시계공과 손이 얼룩덜룩해진 염색공, 직조공, 대패꾼에 이르기까지 기술자란 기술자는 모두 그의 성에서 작업장을 얻을 것이다.

계획은 잘돼갔다. 직접 깎은 돌로 그는 손수 탑을 지어 올렸다. 탑을 방앗간으로도 사용할 계획이었기에 그는 풍차를 달았다. 이제는 대장간을 지을 차례였다.

그러던 어느 날 그는 가벼우면서도 튼튼한 풍차 날개가 바람을 맞아 돌아가는 광경을 서서 바라보았다. 오래된 고통이 또다시 그를 찾아왔다.

그것은 마치 초록 옷을 입은 여인이 그를 빛나는 눈동자로 응시하여 머릿속이 불타오르는 것과도 같았다. 그는 작업장에 처박혀서 아무것도 먹지 않고, 쉬지도 않고 끊임없이 작업에 들어갔다. 여드레 후 그는 새로운 작품을 완성했다.

어느 날 그는 탑의 지붕 위로 올라가 어깨에 날개를 동여맸다.

다리 난간에 앉아 큰 가시고기를 낚던 거리의 소년 둘과 고등학생 하나가 그를 보고는 온 도시에 다 들릴 정도로 비명을 질렀다. 그들은 난

간에서 뛰어내려 숨이 턱까지 닿도록 거리를 달리며 닥치는 대로 문을 두들기고 소리쳤다.

"케벤휠러가 날려고 한다! 케벤휠러가 날려고 한다!"

그가 탑의 지붕에 태연자약하게 서서 날개를 몸에 매다는 동안, 칼스타드 구시가의 좁은 골목에서 사람들이 쏟아져 나왔다.

아궁이에서 단지를 끓이고 밀가루를 반죽하던 하녀들이 부엌을 버려두고 나왔다. 부인들은 뜨고 있던 양말을 내던지고 안경을 코에 걸친 후 거리를 달렸다. 시장과 시 정치가들이 집무실을 등지고, 학교 선생은 문법책을 구석에 밀쳐두었다. 학생들은 허락도 받지 않고 교실 문을 뛰쳐나갔다. 온 도시가 서쪽 다리를 향해 달렸다.

곧 다리에는 인간들이 시커멓게 득실거렸다. 통 속에 청어가 쌓인 것처럼, 시장 광장은 사람들로 빽빽했다. 주교님이 계신 성당까지 온 강가가 사람들로 꽉 들어찼다. 축일처럼 군중이 서로 밀쳐댔다. 구스타브 3세가 여덟 마리 말이 끄는 마차로 모퉁이를 돌며 바퀴 두 개가 허공에 뜰 정도의 속도로 몰아댔을 때도 구경꾼들이 이렇게 많이 몰려오진 않았다.

마침내 케벤휠러가 날개를 장착하고 지붕을 박찼다. 몇 번 날갯짓을 하자 그는 허공에 자유롭게 떠올랐다. 지상으로부터 높이 떨어져 그는 대기 속을 유영했다.

그는 맑고 강한 공기를 한껏 들이마셨다. 가슴이 부풀고, 유서 깊은 기사의 피가 내면에서 들끓었다. 비둘기처럼 잽싸고 새매처럼 가뿐하게, 제비보다 날랜 날개를 펴고 그는 매처럼 흔들림 없이 날았다. 허공에 드러누워 헤엄치는 그를, 지면에 발이 묶인 한 무리의 인간들이 꼼짝 않고 쳐다보는 게 보였다. 저 사람들에게도 한 쌍씩 날개를 만들어줄 수 있다면! 그들 중 단 한 명에게라도 신선한 대기 속으로 날아오를 힘을 선사할 수 있다면! 인간의 삶은 얼마나 크게 바뀔 것인가! 승리로 가득 찬 이 순간에도 그는 자신의 삶이 얼마나 보잘것없었는지 기억했다. 그는 이 승리를 혼자서만 누리고 싶지 않았다. 아, 그 요정을 붙잡을 수만 있다면!

찌르는 듯한 태양빛과 공기의 떨림으로 눈이 멀 것 같았던 그는 무언가 자신을 향해 날아오는 것을 보았다. 그 자신의 것과 닮은 날개를 펄럭이는, 인간 비슷한 형체가 있었다. 금발이 휘날리고 초록 비단옷이 펄럭이고 한 쌍의 눈동자가 강렬하게 반짝였다. 그녀였다!

케벤휠러는 이성을 잃었다. 그는 거칠게 그 기적을 향해 날았다. 그녀에게 입 맞추기 위해서였는지 아니면 그녀를 때리기 위해서였는지는 그 자신도 몰랐다. 하지만 어찌 되었든 그는 그녀를 굴복시켜 자신의 삶에 드리운 저주를 벗겨내야 했다. 거칠게 비행하며 그는 이성을 내버렸다. 자신이 어딜 향해 몸을 틀고 있는지도 몰랐다. 그의 눈에는 오직 휘날리는 머리칼과 강렬한 눈동자뿐이었다. 그는 그녀의 곁으로 바짝 다가가 그녀를 붙들려고 팔을 뻗었다. 그와 그녀의 날개가 서로 얽혔다. 더 강한 쪽은 그녀의 날개였다. 그의 날개는 찢겨 조각이 났다. 그의 몸뚱이도 흔들리며 빙글 돌더니 추락했다. 그는 자신이 어디로 떨어지는지도 알 수 없었다.

의식을 되찾았을 때 그는 자신의 탑 지붕에 나자빠져 있었고, 그의 곁에는 산산조각 난 날개가 구르고 있었다. 그는 풍차 쪽으로 떨어져서 풍차 날개에 걸려 두어 바퀴 돌다가 지붕으로 내팽개쳐진 것이었다.

그렇게 비행은 끝났다.

케벤휠러는 다시 절망에 잠겼다. 그는 이제 평범한 작업에 만족할 수 없었지만, 마법의 작품을 만들어낼 엄두도 나지 않았다. 또다시 그런 작품을 만들어낸다 해도 그것을 망가뜨리는 불행이 또다시 닥칠 테고 그

의 가슴은 찢어질 것이다. 설사 작품이 망가지지 않는다 해도 어차피 그
것을 다른 사람들을 위해 쓸 수 없다는 사실에 미쳐버릴 것이다.

그는 예전의 배낭과 울퉁불퉁한 지팡이를 끄집어내고 풍차의 작동을
멈추었다. 그는 요정을 찾으러 떠나기로 마음먹었다.

더 이상 도보로 다닐 만큼 젊은 나이는 아니었기에 그는 말과 마차를
구했다. 소문에 따르면 그는 숲을 지날 때마다 마차에서 내려 숲 깊은
곳까지 들어가 녹색 옷의 여인을 불러댔다고 한다.

"요정이여, 요정이여! 케벤휠러가 왔소! 이리 나오시오!" 그러나 그
녀는 나타나지 않았다.

이렇게 떠돌다가 그는 소령 부인이 쫓겨나기 몇 년 전 에케뷔로 왔다.
거기서 환영을 받은 그는 계속 머무르게 되었다. 그렇게 기사관의 무리
는 술판에도 사냥터에도 거뜬히 버티는 훤칠하고 강건하며 기운 찬 멤
버로 날개를 달았다. 그의 어린 시절 추억들이 돌아왔다. 그는 그들이
자신을 '백작'이라 부르는 걸 허락했고, 커다란 매부리코와 짙게 그늘진
눈매, 뾰족한 턱과 입술 위로 당당히 솟은 풍성한 수염 덕택에 점점 더
옛 독일의 노상강도 귀족을 닮아갔다.

그는 기사들의 일원이었다. 소령 부인이 악마에게 팔아넘긴다는 소문
이 도는 기사들 중, 그렇다고 해서 다른 사내들보다 나을 것도 없었다. 그
의 머리는 세어갔고 두뇌는 시들었다. 늙어버린 그는 더 이상 젊은 날
자신이 이루었던 위업을 믿지 않았다. 그는 이제는 기적 같은 힘을 가진
사내가 아니었다. 그는 저절로 굴러가는 수레와 하늘을 나는 날개를 만
든 적이 없었다. 아, 그건 동화 같은 이야기일 뿐이다!

하지만 그 후 소령 부인이 에케뷔에서 쫓겨나면서 기사들이 거대한
영지를 차지하는 사건이 벌어졌다. 그들의 삶은 그 전 어느 때보다도 형
편없어져갔다. 그 지역 일대에 폭풍이 닥쳤다. 불안정한 혈기에 찬 젊은

이들이 해묵은 어리석음에 감염되었다. 모든 악덕들이 꿈틀거리고 모든 미덕들이 떨었다. 인간들이 지상에서 싸우는 동안 영혼들은 천상에서 전쟁을 벌였다. 늑대들이 마녀를 등에 태운 채 산에서 내려왔다. 자연의 힘이 굴레를 벗어던졌다. 그리고 요정이 에케뷔에 나타났다.

기사들은 요정을 알아보지 못했다. 그들은 그녀가 못된 시어머니에게 학대당해 절망에 빠진 가련한 여자라고 믿었다. 그들은 그녀를 거두어 여왕처럼 모시며 아이처럼 아꼈다. 그들은 그녀를 백작 부인이라고 불렀다.

케벤휠러만이 그녀의 정체를 꿰뚫어보았다. 처음에는 그도 다른 기사들처럼 눈이 멀어 있었다. 하지만 어느 날 향사 율리우스와 어네클루가 재봉사 노릇을 자처하며 그녀에게 바스락 소리가 나는 초록 비단으로 옷 한 벌을 만들어주었다. 그녀가 그 옷을 입자 케벤휠러는 그녀를 알아보았다.

그녀는 에케뷔에서 제일 좋은 소파의 비단 쿠션 위에 앉았다. 늙은 사내들이 그녀를 위한답시고 광대 짓을 했다. 누군가는 요리사 노릇을 했고, 다른 누군가는 시종장이 되었고, 또 다른 누군가는 책을 낭독했고, 음악가에 신기료장수 역할을 떠맡은 이들도 있었다. 모두가 할 일을 하나씩 떠맡았다.

이 사악한 요정은 아파서 연약해진 척하고 있었다. 그러나 케벤휠러는 그게 꾀병임을 알았다. 요정은 모두를 장난감으로 삼았다. 틀림없었다.

그는 기사들에게 그녀에 대해 경고했다.

"저 작고 날카로운 이를 좀 봐." 그는 말했다. "그리고 저 거칠게 번뜩이는 눈동자도. 이건 요정이야. 요즘은 시절이 수상해서 온갖 몹쓸 것들이 돌아다니는 중이지. 내가 장담하는 데 저건 우릴 파멸시키려고 나타난 요정이야. 난 이미 예전에 저 요정을 본 적이 있어."

하지만 이미 마음을 빼앗긴 인간들은 눈이 멀 대로 멀었다. 기사들은 마치 요정에 의해 요람 속의 아기를 바꿔치기 당한 어머니처럼 굴고 있었다. 그들의 눈에는 바뀐 아기의 커다란 머리통과 시꺼먼 살갗이 눈에 들어오지 않는다. 그들은 요괴 아이가 질러대는 울음소리가 제 자식의 맑은 웃음소리와 똑같다고 여긴다. 아기의 입술이 두껍고 손톱이 갈퀴를 닮은 것도 보이지 않는다. 기사들의 상태도 비슷했다. 케벤휠러가 진실을 입에 담자 그들은 그를 때려죽일 기세였다.

그러나 요정을 다시 본 이후 케벤휠러는 작업 의욕이 샘솟았다. 그의 머릿속은 불타오르며 끓기 시작했고, 손가락은 다시 줄과 망치를 쥐고 싶어 근질거렸다. 그는 충동을 억누를 수가 없었다. 쓰라린 가슴을 안고 그는 작업복을 걸치고서 일을 하기 위해 어느 낡고 작은 공방에 처박혔다.

에케뷔로부터 온 베름란드로 소문이 퍼져갔다.

"케벤휠러가 일을 시작했다!"

사람들은 닫힌 공방에서 흘러나오는 망치 소리와 줄 가는 소리, 풀무가 덜컹거리는 소리에 귀를 기울였다.

이제 그들은 새로운 기적을 목도하게 될 것이다. 이번에는 무엇이 나올까? 사람들에게 물 위를 걷는 법을 가르치거나 별들까지 도달하는 사다리를 세울까?

케벤휠러 같은 사내에겐 불가능이란 없었다. 사람들은 그가 날개를 달고 나는 걸 직접 눈으로 보았다. 그의 수레가 거리를 내달리는 것도 보았다. 그는 요정에게 재능을 선물 받았다. 그에게 불가능할 건 없었다.

10월의 첫 날 혹은 그 이튿날 밤에 그는 기적을 완성했다. 그는 그것을 손에 들고 공방을 나섰다. 그것은 영원히 회전하는 바퀴였다. 돌아가는 바퀴살은 불처럼 번뜩이며 사방으로 빛과 온기를 내뿜었다. 케벤휠

러는 태양을 창조했다. 그가 그것을 가지고 공방을 나오자, 밤이 낮으로
화하여 참새들이 깨어 지저귀고 해 뜰 녘처럼 구름이 장밋빛으로 물들
었다.

그것은 세상에서 제일가는 발명품이었다. 이 지상에는 더 이상 어둠
도 추위도 닥치지 않을 것이다. 여기에 생각이 미쳤을 때 그는 우쭐해졌
다. 낮의 태양이야 예전과 마찬가지로 뜨고 지라지. 하지만 태양이 사라
진다 해도 그가 만들어낸 수천 개의 불의 바퀴가 불타며 땅 위를 비출
테고, 공기는 한여름 낮이나 다름없이 더운 기운으로 가득할 것이다. 인
간들은 한겨울의 별이 총총한 밤하늘 아래에서도 무르익은 곡물을 수
확할 수 있으리라. 딸기와 월귤 열매가 사철 내내 언덕을 뒤덮으리라.
물은 다시는 얼음으로 속박당하지 않으리라.

이제 완성된 발명품은 새로운 대지를 창조할 것이다. 케벤휠러의 불
바퀴는 가난한 자들의 모피가 되고 땅속 광부들의 태양이 될 것이다. 그
것은 공장에 동력을 제공하고, 여태껏 가을부터 봄까지 잠들어야 했던
자연에게 새 생명을 부여할 것이다. 그리고 인간의 삶은 더 행복해지리
라. 그러나 케벤휠러는 요정이 불바퀴를 복제하는 것을 허락하지 않을
테고, 이 모든 것이 망상으로 남을 수밖에 없음을 잘 알았다. 분노와 복
수심에 휩싸인 그는 그녀를 죽여야겠다고 마음먹었다. 그는 자신이 무
슨 짓을 하는지도 알지 못했다.

그는 안채의 복도로 가서 계단 아래에 불바퀴를 설치했다. 그의 계획
은 집에 불을 내서 괴물도 함께 불태워버리는 것이었다.

그리고 그는 공방으로 돌아가 조용히 앉아 귀를 쫑긋 세웠다.

마당에서 소란과 고함 소리가 들렸다. 사람들이 그의 영웅적 행위를
알아챈 것이다.

그래, 달리고 소리치고 종을 울려라! 너희가 그간 금은보화로 휘감으

며 떠받들던 요정이 불탈 것이다!

그녀가 고통에 몸부림칠까? 아니면 이 방에서 저 방으로 내달릴까? 아, 초록 비단에 불이 붙고 풍성한 머리칼에 불길이 이는 건 어떤 광경일까. 용기를 내라, 불길아, 용기를 내라! 마녀를 붙잡아 불을 붙이고 태워버려라! 그녀가 내뱉는 주문을 두려워할 것 없다. 그녀를 태워라! 세상에는 그녀 때문에 온 생애를 태워버리고 만 사람들이 있다!

종이 울리고 수레가 덜컹인다. 소방 호스를 끌어오고 호수로부터 양동이를 날랐다. 온 마을에서 사람들이 뛰쳐나왔다. 비명을 지르고 발을 동동 구르고 지시를 하는 소리들이 울렸다. 지붕이 무너져 내리자 무시무시한 소음과 함께 불길이 울부짖었다. 케벤휠러는 그 무엇에도 동요하지 않았다. 그는 작업대 위에 걸터앉아 손을 비벼댔다.

하늘이 무너져 내리는 듯한 굉음이 울렸을 때 그는 환호하며 일어섰다.

"드디어 됐다!" 그는 소리쳤다. "이제 그 여자는 달아나지 못한다. 대들보에 깔려 으스러지든가 불길에 삼켜지겠지. 이제 다 이루어졌다!"

그리고 그는 이 세상에서 요정을 몰아내기 위해 희생되어야 했던 에케뷔의 영광과 권세를 추억했다. 기쁨과 즐거움이 넘치던 위풍당당한 홀과 여인들의 명랑한 음성이 메아리치던 방과 산해진미를 지탱하느라 기우뚱거리던 식탁과 값진 고가구와 은제품, 도자기들을, 이제는 다시 돌이킬 수 없는 것들을……

그러다가 그는 비명을 지르며 펄쩍 뛰어올랐다. 불을 지르겠다고 그의 불바퀴, 모든 것이 걸려 있는 그의 작품, 그의 태양을 저 안 계단 아래에 놓고 나온 것이다.

경악에 굳어버린 채로 케벤휠러는 시선을 내리깔았다.

"내가 미쳤나? 어떻게 그런 짓을 할 수가 있었지?"

동시에 작업장의 잠겨 있던 문이 열리고 초록 옷을 입은 여인이 들어왔다.

요정은 매혹적으로 미소 지으며 문지방에 서 있었다. 그녀의 초록 치마에는 얼룩이나 뜯어진 자국 하나 없었고, 풍성한 머리칼에도 그을린 흔적은 남아 있지 않았다. 그녀의 자태는 그가 젊었을 적 칼스타드의 시장 광장에서 맞닥뜨렸을 때와 똑같았다. 양 다리 사이로 꼬리가 길게 끌렸고, 숲의 향기와 야생의 기운이 그녀 주위를 감돌았다.

"이제 에케뷔가 불타고 있네요!" 그녀는 이렇게 말하고 웃어댔다.

케벤휠러는 큼직한 망치를 집어다 그녀의 머리를 향해 던지려 했다. 그러나 그의 눈에 그녀가 손에 들고 있는 불바퀴가 들어왔다.

"내가 당신을 위해 뭘 챙겨왔는지 봐요." 그녀가 말했다.

케벤휠러는 그녀 앞에 몸을 던지고 무릎을 꿇었다.

"당신은 내 수레를 박살내고 내 날개를 망가뜨리고 내 인생마저 무너뜨렸습니다. 제발 이제는 날 불쌍히 여겨 자비를 베푸십시오!"

그녀는 작업대 위에 올라가 앉았다. 그녀는 칼스타드의 시장 광장에서 처음 그를 만났을 때와 변함없이 앳되고 짓궂었다.

"당신은 내가 누구인지 알죠." 그녀는 말했다.

"나는 당신을 압니다, 늘 알고 있었어요." 불행한 사내가 말했다. "당신은 천재성입니다. 하지만 이제는 날 놔주세요. 당신의 선물을 도로 가져가십시오! 제게서 기적의 힘을 가져가세요! 날 도로 평범한 인간으로 만들어주세요! 어째서 날 쫓아다니는 겁니까? 왜 나를 파멸시킵니까?"

"어리석은 자 같으니, 난 당신의 불행을 바란 적이 없어요. 난 당신에게 커다란 보답을 해주었던 거예요. 하지만 그게 당신 마음에 들지 않는다면 도로 가져갈 수도 있어요. 그렇지만 잘 생각해봐요. 당신은 후회하게 될 거예요!"

"아니에요, 아닙니다!" 그는 외쳤다. "기적의 선물을 도로 가져가십시오!"

"당신은 우선 이걸 부숴야 해요!" 그녀는 불바퀴를 그의 앞에 내던졌다.

더 생각할 것도 없었다. 그는 큼직한 망치를 휘둘러 찬란한 태양을 부수었다. 그것은 수천 명의 행복을 위해 쓰일 수 없는 추한 마법 부스러기에 불과했다. 공방 사방에 불똥이 튀었다. 불꽃과 깨진 조각들이 그의 주위를 굴렀다. 그의 마지막 작품도 망가진 쓰레기가 되었다.

"좋아요, 이제 당신에게 주었던 재능을 가져가겠어요." 요정이 말했다.

그녀가 나가기 위해 문가에 서자, 바깥에 일고 있는 불길의 광휘가 그녀의 온몸을 감쌌다. 그는 마지막으로 그녀를 보았다.

지금까지 그 어느 때보다 아름다운 자태에, 모든 악의를 지워낸 그녀는 엄격하고 당당했다.

"어리석은 사람!" 그녀는 말했다. "당신이 만들어낸 작품을 다른 사람들이 흉내 내어 복제하는 것까지 내가 금지했나요? 난 당신이 단순 노동까지 손수 떠맡으며 천재성을 낭비하는 걸 막고 싶었던 것뿐이에요."

그녀는 가버렸다. 케벤휠러는 며칠 동안 광기에 휩싸여 있었으나 그후 평범한 인간으로 돌아왔다.

에케뷔의 본관 건물은 완전히 타서 무너졌다. 인명 피해는 없었다. 하지만 기사들은 그간 많은 즐거운 시간을 보냈고 어떤 손님이든 환영했던 건물이 하필 그들이 관리를 맡은 시기에 큰 피해를 입고 만 데 대해 깊은 시름에 잠겼다.

아, 후세의 아이들아! 칼스타드의 시장 광장에서 요정을 만난 이가 너희나 나였다면, 우리 또한 숲으로 가서 "요정이여, 요정이여! 내가 왔소!" 하고 외쳤을까? 하지만 과연 오늘날 요정을 본 자가 있으랴. 우리 시대에도 너무 큰 재능을 선물 받았다고 한탄하는 자가 과연 있으랴.

34
브루뷔 시장

    10월의 첫 금요일에 브루뷔 장터에 여드레간 계속될 으리으리한 장이 열렸다. 그해 가장 큰 축제였다. 장을 앞두고 집집마다 요란하게 가축을 도살하고 빵을 구웠다. 그간 지어둔 새 겨울옷을 처음으로 입어볼 기회가 왔다. 치즈 케이크며 튀김 같은 축제 음식이 하루 종일 식탁 위를 차지하고, 화주 소비량은 두 배로 늘었다. 하지만 일터는 멈추었다. 농장마다 축제를 즐겼다. 품삯을 받은 심부름꾼과 날품팔이들은 장터에서 무엇을 살지 궁리했다. 배낭을 메고 지팡이를 든 사람들이 삼삼오오 무리 지어 한길을 따라 장터를 찾아왔다. 경기가 좋지 않은 시절이라 가축을 팔러 장터에 오는 사람들도 많았다. 자그마한 몸집에 고집이 센 수송아지들과 앞다리를 꼿꼿이 세우고 제자리에서 버티는 염소들이 주인을 곤란에 빠뜨리며 구경꾼들을 즐겁게 했다. 집집마다 손님방들이 객을 환영하느라 그득 찼다. 사람들은 새 소식을 교환하고 가축과 가재도구의 적당한 가격에 대해 의견을 나누었다. 아이들도 어른들이 사줄 선물과 장터에서 쓸 용돈에 대한 기대로 가슴이 벅찼다.

장이 열린 첫날 브루뷔 언덕과 온 장터가 손님들로 바글거렸다. 천막이 서고 도시에서 온 상인들이 물건을 늘어놓았다. 달란드와 베스테르예틀란드에서 온 사람들은 흰 덮개천이 나부끼는 가운데 판판하고 긴 진열대를 끝도 없이 늘어놓고 그 위에다 팔 것들을 쌓아올렸다. 밧줄 타는 재주꾼에 풍각쟁이, 눈 먼 바이올리니스트도 빠지지 않았다. 점쟁이와 개러멜 장수, 화수팔이도 있었다. 노점상 뒤에는 석재와 목재로 만든 세간들이 섰다. 큰 장원에서는 양파와 양 고추냉이, 사과와 배를 떨이로 팔았다. 겉은 적갈색 구리에 안쪽은 희게 주석을 입힌 식기들이 장터에 진열되었다.

하지만 스밧셰와 브루와 뢰벤 호수 인근의 지역들이 곤궁한 시절을 맞았음은 판매에서도 드러났다. 천막 안에서든 판판한 받침대 위에서든 물건들은 좀처럼 팔려나가지 않았다. 제일 거래가 활발한 곳은 널찍한 가축 매매소였다. 겨울을 나려면 소와 말을 팔아야 하는 사람들이 많았다. 말들끼리 교환도 이루어졌는데 거칠고 흥미진진한 장면이었다.

브루뷔의 장터는 흥겨웠다. 자질구레한 것이라도 살 돈이 있으면 다들 기가 살았다. 흥겨운 분위기는 화주 때문만은 아니었다. 숲속 외로운 오두막에 살던 사람들이 왁자지껄한 장터에 내려오면, 처음에는 소리를 지르고 웃어대는 군중의 소음에 화들짝 놀란다. 하지만 그들도 그 한복판에 서면 흥이 옮아 거칠게 들끓는 장터의 일부가 된다.

여러 사람들 사이에 여러 거래가 오갔으나, 중요한 건 그게 아니다. 가장 중요한 일은 맘 맞는 벗들과 함께 노점에 앉아 양고기 소시지와 튀김, 화주를 한턱내는 것이다. 혹은 마음에 두고 있던 아가씨에게 비단 손수건이나 노래책을 받아달라고 꼬드기거나, 집에 남아 있는 아이들에게 줄 선물을 고르는 것도 좋다.

남아서 집과 농장을 돌볼 필요가 없는 이들은 모두 브루뷔로 왔다. 에케뷔에서 온 기사들도, 뉘고드에서 온 숯쟁이도, 노르웨이에서 온 말장수도, 커다란 숲에 사는 핀란드인들도, 한길의 수상쩍은 자들도 모두 장터에 몰려들었다.

넘실대는 인파는 곧잘 한 곳을 중심으로 돌아가는 소용돌이로 변하곤 한다. 몇몇 경관이 와서 사람들의 장벽을 뚫고 들어가 주먹다짐을 뜯어말리고 뒤집어진 수레를 다시 일으키기 전까지, 바깥에서는 그 한가운데서 무슨 일이 벌어지는지 알 길이 없었다. 바로 직후 어느 상인이 명랑한 창녀를 하나 붙들고 값을 흥정하기 시작하자 사람들은 또 그 주위로 몰렸다.

정오쯤에 큰 싸움판이 벌어졌다. 농부들은 베스테르 예틀란드에서 온 상인들이 치수를 속이고 있음을 눈치 챘다. 처음에는 편평한 진열대를 둘러싸고 옥신각신하다가 이윽고 주먹질이 오갔다. 그 무렵 어려운 시기를 겪고 있던 사람들은 상대가 누가 됐든 마음껏 주먹을 휘두를 구실이 반가웠다. 싸움판이 벌어지려는 걸 알아차린 힘센 싸움꾼들이 사방에서 몰려왔다. 기사들이 나름 싸움을 말리려고 시도하는데, 베스테르 예틀란드 사람들을 돕겠다고 달란드 사람들이 나섰다.

포슈 출신의 힘센 몬스가 제일 열혈이었다. 그는 취한 데다 잔뜩 성도 났다. 그는 베스테르 예틀란드 사람 하나를 내던지더니 그를 흠씬 두들겨 패려 했다. 도와달라는 그의 외침을 듣고 역시 베스테르 예틀란드 출신인 사람이 달려와 몬스로 하여금 그를 놓게 하려고 했다. 그러자 힘센 몬스는 판판한 진열대 위에 놓인 물건들을 죄다 쓸어버리고는 너비가 한 자에 길이가 여덟 자에 이르는 두꺼운 판자 받침대를 집어다가 무기처럼 휘둘렀다.

힘센 몬스는 무시무시한 인간이었다. 필립스타드의 감옥 벽을 부숴버린 전력도 있었다. 그는 호수의 조각배 한 척을 어깨에 짊어지고 집까지 올 수 있을 정도로 기운이 셌다. 그가 묵직한 받침대를 사방으로 휘두르자 베스테르 예틀란드 사람이고 누구고 간에 죄다 줄행랑을 치는 광경이 독자들 눈에도 선할 것이다. 힘센 몬스는 그들을 쫓아가며 두들겨 팼다. 친구고 적이고 간에 눈에 뵈는 게 없었다. 무기를 얻은 그는 누가 됐든 두들겨 팰 상대가 필요했다.

사람들은 필사적으로 달아났다. 남자고 여자고 간에 비명을 지르며 냅다 뛰었다. 하지만 어린 자식들의 손을 붙들고 있던 여자들이 무슨 수로 멀리 도망을 가겠는가. 노점과 수레들이 길을 막고 있었다. 사람들의 소란에 덩달아 날뛰게 된 소들도 방해가 되었다.

노점들 사이 한 귀퉁이에 여자들 한 무리가 옴짝달싹 못하고 갇혔다. 거인 몬스가 그들에게 달려들었다. 몬스는 여자들 한가운데에 문제의 베스테르 예틀란드 사람이 숨어 있다고 믿었다. 그가 판자를 높이 쳐들었다가 떨어뜨리려 했다. 창백하게 질리고 공포에 사로잡힌 여자들은 저항도 못 하고 그저 서로 움츠리며 달라붙어 죽음의 일격을 기다릴 뿐이었다.

그러나 받침대가 공기를 가르는 소리를 내며 그녀들 위로 떨어지려는 순간, 한 사내가 팔을 뻗어 그것을 막았다. 남자는 움츠리는 대신 군중 한복판에서 당당히 일어나 자진해서 공격을 받아내고 무수한 사람들을 구했다. 사내는 공격의 맥을 끊었으나 그만 의식을 잃고 쓰러졌다.

힘센 몬스도 더는 받침대를 휘두르지 못했다. 사내의 두개골을 내리치던 순간 그는 사내와 눈이 마주쳤고, 그 눈빛에 꼼짝할 수 없게 되었다. 그는 가만히 묶인 채 호송되었다.

힘센 몬스가 렌나트 대위를 때려죽였다는 소문이 삽시간에 온 장터에 퍼졌다. 사람들은 죽은 이가 여자들과 힘없는 아이들을 구해낸 백성들의 친구라고 말했다.

490

조금 전까지만 해도 왁자지껄 생기가 넘치던 커다란 광장이 고요해졌다. 거래는 중지되고 싸움질도 멈추었다. 모여서 흥청망청 잔치를 벌이던 이들도 흩어졌다. 이제는 아무도 줄 타는 광대를 구경하지 않았다.

친구의 죽음에 백성들은 슬픔에 잠겼다. 그들은 굳게 입을 다물고 그가 쓰러졌던 지점으로 모여들었다. 그는 완전히 의식 없이 사지를 뻗고 누워 있었다. 상처가 직접 보이지는 않았으나 두개골이 납작하게 짓눌린 듯했다.

몇몇 남자가 그를 들어올려 바로 그를 쓰러뜨렸던 판 위에 눕혔다. 그들은 그가 아직 숨이 붙어 있다고 믿었다.

"이분을 어디로 모셔가야 할까?" 그들은 서로 물었다.

"댁으로 가야지!" 모여 있던 이들 중 누군가가 걸걸한 음성으로 대답했다.

그렇다, 선량한 사내들이여, 그를 집으로 데려가라! 너희의 어깨로 그를 집까지 날라다주어라! 그는 그동안 신의 장난감 공이었고 신의 숨결에 날리는 깃털이었다. 이제는 그를 집에다 데려다주어라!

그의 다친 머리는 감옥에 갇혔던 시절에는 딱딱한 나무 침상을, 그 후에는 헛간의 짚을 베고 잤다. 이제 그가 제 집의 부드러운 베개를 벨 수 있게 하자. 그는 죄 없이 치욕과 곤궁을 겪고 집에서 쫓겨났다. 이제는 그를 집으로 데려다주자! 그는 안식 없이 떠돌던 방랑자였다. 최선을 다해 신의 길을 걸으려 했으나, 그가 진정으로 그리워하던 곳은 신께서 문을 잠가버린 자신의 집이었다. 그를 그곳에 데려다주자! 여자들과 아이들을 구하기 위해 목숨을 던진 이에게 마침내 문이 열리지 않을까.

오늘의 그는 휘청거리는 술친구들을 대동한 범죄자로서 귀환하는 게 아니다. 그를 애도하는 이들의 무리가 뒤따랐다. 그는 그들의 오두막에서 잠자리를 얻었고 그들의 고통을 덜어주었다. 이제 그를 집으로 데려다주자!

그들은 그를 집으로 데려다주었다. 그가 누운 받침대를 여섯 명의 사내가 어깨에 메고 장터를 떠났다. 그들이 향하는 방향에서는 사람들이 길을 터주며 조용히 섰다. 교회에서 예수님을 부를 때처럼 남자들은 모자를 벗고 여자들은 몸을 숙였다. 울면서 눈시울을 닦는 사람들도 많았다. 사람들은 그가 얼마나 선량하고 유쾌한 사람이었는지, 다른 사람을 얼마나 기꺼이 돕고 신을 공경했는지 말했다. 어깨에 그를 울러멘 이들 중 하나가 지친다 싶으면 즉각 다른 사람이 와서 묵묵히 자리를 대신하는 광경은 뭉클했다.

렌나트 대위가 지나는 자리에는 기사들도 서 있었다.

"저 친구가 집에 무사히 도착하는지 따라가봐야겠어."베렌크로이츠가 이렇게 말하며 헬게세테르로 가기 위해 자리를 떴다. 여러 기사들이 그의 행동을 따라 했다.

장터는 거의 텅 비다시피 했다. 모든 사람들이 헬게세테르까지 렌나트 대위를 호위했다. 그가 무사히 집에 도착하도록 모두 보살펴주어야 했다. 그들은 사야 할 물건들을 내버려두었다. 집에 있는 자식들에게 사줘야 할 선물이나 아가씨를 홀릴 비단 손수건이나 노래책도 가판대에 덩그러니 남았다. 모두 렌나트 대위가 무사히 집에 도착하도록 함께 따라가며 살펴야 했다.

그들이 도착했을 때 헬게세테르는 인적이 없고 황량했다. 예전처럼 대령의 주먹이 또다시 잠긴 문을 두드렸다. 하녀들은 장을 보러 나갔고 안주인만 혼자 집을 지키던 참이었다. 오늘도 그녀가 문을 열었다.

그리고 예전에도 그랬듯 그녀가 물었다.

"무슨 일이지요?"

예전처럼 대령이 대답했다.

"당신 남편을 데려왔소."

늘 그렇듯 신중하게 선 그녀는 몸이 뻣뻣이 굳어서 대령을 응시했다. 그녀는 대령 뒤에 들것을 짊어진 무리가 울고 있는 모습을, 그리고 다시 그 뒤에 서 있는 군중 전체를 보았다. 계단 위에 선 그녀의 눈에 물기 어린 슬픈 눈으로 자신을 물끄러미 바라보는 수백 명의 사람들이 비쳤다. 마침내 그녀는 들것 위에 사지를 뻗고 누운 남편을 보고 가슴께에 손을 가져갔다.

"그이의 참 얼굴이군요!" 그녀는 중얼거렸다.

더 묻지 않고 그녀는 몸을 숙여 빗장을 빼내고 문을 활짝 열었다. 그녀는 앞장서서 침실로 들어갔다.

그녀는 대령의 도움을 받으며 접혀 있던 부부침대를 펴서 정돈했다. 렌나트 대위는 다시 흰 시트와 보드라운 깃털 베개 위에 누웠다.

"아직 살아 있나요?" 그녀가 물었다.

"그렇소." 대령이 대답했다.

"희망이 있나요?"

"아니오, 더 손쓸 도리가 없소."

한동안 깊은 침묵이 흘렀고, 문득 그녀가 물었다.

"이 모든 사람들이 그이 때문에 우는 건가요?"

"그래요."

"이 사람이 무슨 일을 했지요?"

"그가 마지막으로 한 일은 여자들과 아이들의 목숨을 구하기 위해 힘센 몬스 앞에 나섰던 거였다오."

그녀는 한동안 말없이 앉아 생각에 잠겼다.

"대령님, 두 달 전 이 사람이 집에 왔을 때는 얼굴이 왜 그랬던 건가요?"

대령은 흠칫했다. 이제야 그는 자초지종을 깨달았다.

"예스타가 그의 얼굴에 낙서를 했소!"

"기사들의 장난 때문에 내가 이 사람을 쫓아냈단 말인가요? 이걸 어떻게 책임지실 생각이시죠, 대령님?"

베렌크로이츠가 넓은 어깨를 움츠렸다.

"사실 내가 책임져야 할 일들은 한둘이 아니라오."

"하지만 당신이 한 일 중에도 이건 최악이에요!"

"그렇다면, 내가 오늘 여기 헬게세테르에 온 건 최악의 걸음이라고 해야겠소. 나 말고도 여기에 책임 있는 자가 둘 더 있소."

"누구인가요?"

"하나는 신트람이고 다른 하나는 바로 당신이오, 아주머니. 당신은 칼 같은 여자요. 당신에게 남편에 대한 진실을 일러주려고 노력했던 사람들은 여럿 있었지만 당신은 듣지 않았소."

"그건 사실이에요." 그녀는 대답했다.

그 후 그녀는 브루뷔의 주막에서 일어난 일을 말해달라고 청했다.

그는 기억하는 한 최선을 다해 이야기했고 그녀는 조용히 귀 기울였다. 렌나트 대위는 여전히 의식 없이 침대 위에 누워 있었다. 방 안은 울고 있는 사람들로 가득했다. 아무도 이 슬퍼하는 이들을 내보낼 생각을 하지 않았다. 문들은 모두 활짝 열렸다. 방과 계단, 복도는 죄다 말없이 슬퍼하는 사람들로 발 디딜 틈이 없었다. 저 멀리 마당까지도 사람들이 빽빽하게 차 있었다.

대령이 이야기를 끝내자 대위의 아내는 언성을 높였다.

"이 방 안에 기사가 한 사람이라도 있다면 나가주길 바랍니다. 남편의 임종 자리에 기사가 있는 게 저로서는 참기 힘듭니다."

더는 말을 않고 대령은 일어나 걸어나갔다. 렌나트 대위를 따라왔던 몇몇 기사들과 예스타 베를링도 그리 했다. 사람들은 굴욕당한 몇 명의 사내들에게 소심하게 길을 터주었다.

기사들이 사라지자 렌나트 부인이 말했다.

"지난 몇 달 간 제 남편을 보셨던 분은 이 사람이 어디에 머물고 무슨 일을 했는지 말씀해주시겠어요?"

방 안에 있던 사람들은 남편을 오해하여 마음을 닫아걸었던 렌나트 대위의 부인에게 남편에 대해 증언하기 시작했다. 구약성서의 구절 같은 말들이 우러나왔다. 평생 읽은 책이라곤 성경뿐인 사내들의 입에서 흘러나온 말이었다. 그들은 욥기의 은유와 이스라엘 조상들의 관용구들을 써가며, 모든 백성들 사이를 돌아다니며 도움의 손길을 내밀었던 신의 순례자에 대해 이야기했다.

그들의 이야기는 길었다. 어둠이 내리고 저녁이 올 때까지도 그들은 서서 말을 했다. 그의 이름조차 듣기 싫어했던 여인 앞에 한 사람씩 나서며 그들은 그에 대해 전했다.

그가 병상에 누워 있던 자신들을 고쳐주었다고 증언하는 사람들도 있었다. 그가 길들인 무뢰배며 술을 절제하게 만든 술꾼들, 그에게 슬픔을 위로받은 이들도 있었다. 가눌 데 없는 곤경에 처한 이들은 누구나 그에게 의지했고 그는 그들을 도왔다. 적어도 그는 그들의 마음속에 위안과 희망을 불어넣을 줄 알았다.

온 저녁 내내 부상자의 방에서는 구약성서의 글귀 같은 말들이 울려 퍼졌다.

바깥쪽 마당에서는 사람들이 빽빽하게 들어차서 마지막을 기다리고 있었다. 그들은 안에서 무슨 일이 벌어지고 있는지 알았다. 임종의 침상 곁에서 입 밖으로 나와 증언된 말들은 귓속말로 입에서 입으로 전해져 바깥까지 도달했다. 말할 게 있는 자는 누구나 조용히 사람들 틈을 헤치고 나섰다.

"여기도 그분에 대해 증언할 게 있다고 하네"라고 하며 사람들은 증인에게 자리를 내주었다. 어둠에서 나온 증인은 증언을 하고는 다시 암흑 속으로 물러났다.

"이제 그녀가 뭐라고 하나?" 바깥에 선 이들이 물었다. "헬게세테르의 엄격한 안주인은 뭐라고 하나?"

"여왕님처럼 환히 빛나며 새신부처럼 미소 짓고 있네. 그분의 흔들의자를 침상 곁으로 가져와서 그분을 위해 손수 지었던 옷들을 걸쳐 쌓아놓았어."

그러나 사람들은 조용해졌다. 아무도 입을 열지 않았으나 그들은 모두 단번에 깨달았다. '이제 그분은 숨을 거두신다.'

렌나트 대위는 눈을 떴다.

그에게 사물을 볼 만큼의 시력이 돌아왔다. 그는 자신의 집과 아내, 아이들, 옷, 그리고 사람들 무리를 보고 미소 지었다. 그러나 그가 눈을 뜬 것은 죽을 때가 되어서였다. 그는 목을 그르렁거리며 한숨을 쉬더니 숨을 거두었다.

사람들은 더 이상 증언하지 않았다. 대신 누군가 장송곡을 부르기 시작했다. 다른 이들도 합세했고 수백 명의 힘찬 목소리에 실려 노래는 저 영원한 하늘까지 도달했다.

떠나가는 영혼에게 지상이 보내는 작별 인사였다.

35

숲속 오두막

기사들이 에케뷔를 다스리기 한참 전에 벌어진 일이다. 어느 양치기 소년과 양치기 소녀가 숲에서 놀면서 납작한 돌로 집을 쌓고, 산딸기를 따고, 딱총나무를 깎아 피리를 만들었다. 그들은 둘 다 숲에서 태어났다. 숲은 아이들의 집이자 왕국이었다. 숲에 사는 모든 것들이 식구이자 가축이었고, 그들의 삶은 평화로웠다.

살쾡이와 여우는 아이들에게 장원을 지켜주는 개였고, 족제비는 고양이였고, 토끼와 다람쥐는 놀이친구였다. 곰과 엘크는 큰 가축이 되었다. 올빼미와 뇌조는 밭을 가는 농부이고, 전나무는 하인이고, 어린 자작나무는 잔칫날 찾아온 손님이었다. 아이들은 수달이 겨울잠을 자느라 웅크리고 있는 동굴들도 훤히 알았다. 그들이 멱을 감을 때면 맑은 물에 뱀들이 함께 헤엄을 쳤다. 하지만 그들은 뱀도 숲의 귀신도 무서워하지 않았다. 그들은 숲의 일부였고, 숲은 그들의 집이었다. 그 어느 것도 아이들을 놀라게 하지 못했다.

남자 아이는 숲속 오두막에 살았다. 그 집까지 이르려면 오르락내리락하는 숲길을 지나야 했다. 집 주위로 산들이 그늘을 드리웠고 바다을 알 수 없는 늪들이 주위에 자리하고 있었다. 일 년 내내 싸늘한 안개가 근방을 덮었다. 평지 주민이라면 이런 집에서 살고 싶지 않을 것이다.

양치기 소년과 양치기 소녀는 어른이 되면 결혼을 해서 숲속 오두막에 함께 살면서 같이 일을 하여 먹고살기로 했디. 그러나 그들이 결혼하기 선에 전쟁이 벌어져 청년이 된 소년은 군대에 가야 했다. 그는 다친 데 없이 돌아왔지만, 전장에서 보낸 세월은 평생 지워지지 않는 낙인이 되었다. 그는 세상의 나쁜 면과 인간이 다른 인간에게 얼마나 잔인해질 수 있는가를 너무 많이 본 탓에 더 이상 선함을 믿을 수 없었다.

처음에 그의 변모는 눈에 띄지 않았다. 그는 어린 시절의 연인과 함께 목사에게 가서 식을 올렸다. 오랫동안 꿈꿔온 대로 그들은 에케뷔 위쪽의 숲속 오두막에 보금자리를 틀었다. 그러나 행복은 그 오두막으로 찾아와주지 않았다.

함께 살게 된 젊은 아내의 눈에는 남편이 낯선 사람처럼 비쳤다. 전장에서 돌아온 그를 그녀는 알아볼 수가 없었다. 그의 웃음은 거칠었고 말수는 확 줄었다. 그녀는 그가 무서웠다.

그는 나쁜 짓은 저지르지 않았고 열심히 일했다. 그러나 사람들은 그를 좋아하지 않았다. 그는 모든 사람들이 악하다고 믿었다. 그 자신은 박해받는 이방인이 되었다. 이제 숲속의 짐승들은 그의 적이었다. 그에게 그늘을 드리우는 산도, 안개를 뿜어내는 늪도 그를 적대했다. 나쁜 생각만 하고 사는 이에게 숲은 으스스한 집이었다.

황량한 지역에서 사는 사람은 밝은 기억을 품고 있어야 한다. 그러지 않으면 동식물 사이에서도 인간들 사이에서처럼 살해와 탄압이 횡행하는 것처럼 보인다. 맞닥뜨리는 모든 것이 그저 사악하기만 하다.

얀 회크라는 이름의 돌아온 병사는 자기 자신에게 무슨 일이 벌어졌는지 스스로도 이해하지 못했다. 그러나 세상만사가 역겨워졌음은 그도 감지했다. 집조차도 그다지 평화롭지 않았다. 여기서 자라난 그의 아들들은 강인하지만 거친 사내들이 되었다. 그들은 고생으로 단련된 용감한 남자들이었으나, 그들의 손은 만물을 적대했고 만물 역시 그들을 손길을 적대했다.

근심에 빠진 그의 아내는 자연의 비밀을 연구했다. 늪과 수풀을 뒤지며 그녀는 약초를 찾았다. 초자연적인 힘을 탐구한 그녀는 어떤 희생물을 바쳐야 하는지 알아냈다. 그녀는 병을 치료할 줄 알았고 상사병에 걸린 이들에게 효과 있는 조언도 해줄 수 있었다. 그녀가 마녀라는 소문이 퍼져나갔다. 그녀가 유용한 도움을 주었음에도 사람들은 그녀를 꺼렸다.

그녀는 어느 날 용기를 내어 남편의 우울함을 화제로 꺼냈다.

"전쟁에서 돌아온 후 당신은 꼭 저주에 걸린 것 같아. 무슨 일이 있었던 거야?"

벌떡 일어난 그는 그녀를 때릴 기세였다. 그녀가 전쟁을 화제로 올리기만 하면 매번 그는 미친 사람처럼 화를 냈다. 그가 전쟁이란 단어를 듣는 것조차 못 견딘다는 사실은 곧 널리 알려졌다. 사람들은 그의 앞에서 화제를 조심했다.

하지만 그의 군인 시절 전우들도 그가 다른 병사들보다 딱히 더 나쁜 짓을 했다고는 말하지 않았다. 그는 그저 용감한 병사답게 싸웠다. 그러나 그가 본 끔찍한 것들만으로도 그가 향후 세상만사의 나쁜 면만 보게 만들기에 충분했다. 그에겐 전쟁 따위에 참여한 자신을 온 자연이 증오하는 듯 느껴졌다. 그가 조금 더 현명했다면 조국과 영광을 위해 싸웠다는 사실로 자신을 위안했을지도 모른다. 그러나 그는 그런 생각은 하지 않았다. 그가 아는 거라고는 자신이 피를 쏟게 하고 폭력을 휘둘렀기 때문에 만물이 그를 증오한다는 사실뿐이었다.

소령 부인이 에케뷔에서 쫓겨날 무렵에 그는 오두막에서 혼자 살았다. 아내는 죽고 아들들은 멀리 떠났다. 하지만 장이 열릴 무렵, 오두막도 손님들로 꽉 찼다. 어두운 살갗을 한 집시들이 들렀기 때문이다. 그들은 다른 사람들이 꺼리는 곳에 모이길 좋아했다. 주석을 입힌 식기와 누더기, 아이들로 가득한 수레가 작고 털이 긴 말들에게 끌려 산길을 올라왔다. 술과 담배를 많이 하여 얼굴이 부은 탓에 나이보다 늙어 보이는 여자들과 핏기 없이 날카로운 얼굴에 힘줄이 불거진 몸뚱이를 한 남자들이 수레를 뒤따랐다. 그들이 오두막에 도착하자 분위기는 밝아졌다. 집시들이 가는 곳은 늘 화주와 카드놀이, 왁자지껄한 소음이 함께했다. 그들은 도둑질과 말 교환, 피 튀기는 싸움 같은 화제로 떠들었다.

브루뷔 장이 열리고 렌나트 대위가 살해당한 날은 금요일이었다. 대위를 죽인 힘센 몬스는 바로 오두막에 사는 노인의 아들이었다. 그래서 일요일 오후 오두막에 모여 앉은 집시들은 여느 때보다 더 자주 얀 회크 노인에게 화주병을 권하면서 감옥에서의 삶이나 드는 비용, 심문 등에 대해 이야기했다. 집시들은 이런 경험에 이미 정통했다.

아궁이가 있는 구석자리 목공 작업대에 앉은 노인은 말수가 거의 없었다. 커다랗고 빛을 잃은 그의 눈동자는 방 안을 채운 거친 무리에 붙박여 있었다. 어스름이 깔리자 가문비나무 장작이 깜박거리며 방 안을 밝혔다. 허름하고 곤궁에 처한 이들과 누더기 위로 장작 불빛이 어른거렸다.

문이 조용히 열리더니 두 여인이 들어왔다. 젊은 백작 부인 엘리사벳의 뒤를 브루뷔 목사의 딸이 따라왔다. 사랑스럽고 눈부신 백작 부인이 자애로운 아름다움을 발하며 불빛 속으로 걸어 들어오는 모습이 노인에게는 기이하게 여겨졌다. 그녀는 모인 사람들에게 렌나트 대위가 죽은 후로 예스타 베를링이 에케뷔에 보이지 않는다고 이야기했다. 그녀와 하녀는 오후 내내 숲속을 뒤졌다. 그녀는 지금 이 자리에 먼 길을 다니느라 지리를 잘 아는 남자들이 모여 있으니 혹시 그를 보지 못했느냐고 물었다. 혹시 그를 본 사람이 있는지 물었다. 이 질문이 곧 자신의 용건이라고 그녀는 밝혔다.

부질없는 질문이었다. 그를 본 사람은 아무도 없었다.

그들은 그녀에게 불가 쪽으로 의자를 하나 끌어다주었고 그녀는 무너지듯 주저앉아 한동안 말이 없었다. 방 안의 소음은 고요해졌다. 모두가 신기해하며 그녀를 응시했다. 침묵이 불편해진 그녀는 한 번 움찔거리고는 무난한 화제를 찾았다.

"제 기억이 맞다면 노인장께서는 군대에 계셨지요?" 그녀는 노인을 향했다. "전쟁 얘기 좀 해주세요."

침묵이 더 불편해졌다. 노인은 아무것도 못 들은 척 앉아 있었다.

"전 직접 전쟁에 참가했던 분에게서 얘길 듣고 싶어요." 백작 부인은 말했다. 하지만 목사의 딸이 머릿짓으로 신호를 하는 바람에 그녀는 말을 멈추었다. 그녀가 뭔가 말실수를 한 게 틀림없었다. 그녀가 기본적인 예의도 무시했다는 듯이 방 안의 모든 사람들이 그녀를 주시했다. 불현듯 여자들 중 하나가 날카로운 음성으로 주변인들에게 물었다.

"예전 보리 성의 백작 부인 아닌가?"

"응, 그 백작 부인이 맞아."

"전에는 미친 목사를 찾느라 숲을 헤매는 짓 같은 건 안 하더니만, 참할 일도 없나봐!"

백작 부인은 일어서서 잘 쉬었다고 말하며 작별을 고했다. 앞서 질문을 던졌던 여자가 따라 나왔다.

"이해해주세요, 노인네가 전쟁 얘기만 나오면 미쳐버리는지라 제가 무슨 말이라도 하려고 끼어든 거였어요. 백작 부인을 도와드리고 싶었습니다."

백작 부인은 서둘러 걸음을 옮기다가 곧 멈춰 섰다. 그녀는 위협적인 숲과 그늘을 드리우는 산, 안개를 뿜어내는 늪을 보았다. 머릿속이 나쁜 기억으로 가득한 채 이런 곳에 사는 건 분명 음산한 일이리라. 그녀는 피부 검은 집시들 말고는 만날 사람도 없이 오두막 안에 앉아 있는 노인에게 연민의 마음이 들었다.

"안나 리사, 우리 오두막으로 돌아가자. 그 안 사람들은 우리에게 잘해주려고 했는데 내가 칠칠치 못했어. 그 노인과 좀 더 따듯한 화제로 이야기하고 싶어."

위로해줄 누군가를 발견한 데 기뻐하며 그녀는 오두막으로 돌아갔다. 그녀는 말했다.

"예스타 베를링이 죽으려는 생각을 품고 숲으로 들어가서 걱정돼요. 그러니 어서 그를 찾아서 막아야 해요. 안나 리사와 제 눈에 몇 번 띈 것도 같은데 늘 도로 사라져버리더군요. 아마 뉘고드 처녀가 죽었던 산 근처에 있을 거예요. 방금 한 생각인데, 제가 굳이 에케뷔까지 돌아가서 사람을 더 불러올 필요는 없을 것 같아요. 여기는 힘센 남자분들이 많으니까 틀림없이 예스타 베를링을 찾을 수 있지 않을까요."

"남자들은 일어서!" 집시 여자가 외쳤다. "백작 부인께서 몸소 우리에게 부탁을 하시는데 당장 가야지!"

남자들은 일어서서 예스타 베를링을 찾기 위해 나갔다.

얀 회크 노인은 말없이 앉아 빛을 잃은 시선으로 앞만 보고 있었다. 그 모습이 너무 험상궂고 거칠어서 오싹할 지경이었다. 젊은 백작 부인은 노인에게 무슨 말을 건네야 할지 알 수가 없었다. 그때 그녀는 아픈 아이 하나가 짚더미 위에 누워 있고 여자들 중 하나가 손을 다친 것을 보았다. 곧장 그녀는 아픈 사람들을 돌보기 시작했다. 그녀는 곧 말수 많은 여자들과 친해져서 함께 아기들을 들여다보았다.

한 시간 후 남자들이 돌아왔다. 그들은 꽁꽁 묶인 예스타 베를링을 오두막 안으로 끌고 와 불 앞에 주저앉혔다. 그의 옷은 찢기고 더러워져 엉망이었고, 표정도 일그러져 있었다. 눈동자는 불안하게 헤맸다. 그는 지난 며칠을 험하게 돌아다녔다. 젖은 땅 위에서 잠을 청하기도 하고, 늪의 진흙창에 얼굴과 손을 처박기도 하고, 커다란 바위를 넘고, 빽빽한 수풀을 지났다. 이제 그는 죽는 것도 쉽지 않음을 알았다. 매 시간 그는 타오르는 삶의 욕구와 싸우며 갈팡질팡했다. 사내들을 순순히 따라오려 하지 않아서 수색자들은 그를 덮쳐서 묶어야 했다.

그를 본 아내는 분노했다. 그녀에게도 나름의 긍지가 있는데, 남편이 그 꼴이 된 걸 보니 치욕스러웠다. 그녀는 그의 묶인 사지를 풀어주지 않고 바닥에 엎드려 있게 내버려두었다.

"그 꼴이 뭔가요!" 그녀는 말했다.

"난 당신 눈에 띄고 싶지 않았습니다." 그가 대꾸했다.

"난 당신 아내가 아닌가요? 당신이 근심이 있어도 내게 와서 털어놓으리라 기대하는 게 잘못인가요? 난 지난 이틀간 가슴 졸이면서 당신을 기다렸어요."

"렌나트 대위가 불행을 당한 건 나 때문이었습니다. 내가 어떻게 얼굴을 들고 당신 앞에 나섭니까?"

"당신은 두려움을 모르는 사람이었어요, 예스타."

"난 당신이 자신을 무어라 여기시는지도, 앞으로 어떤 인생 계획을 갖고 계신지도 모릅니다. 하지만 내가 당신에게 해드릴 수 있는 가장 큰 봉사가 죽는 거라는 사실은 압니다."

그녀는 말로는 표현 못 할 경멸의 시선을 그에게 던졌다.

"날 자살자의 과부로 만들 작정이에요?"

그의 얼굴이 고통스럽게 일그러졌다.

"엘리사벳, 우리 둘이서만 얘기 좀 합시다."

"이 사람들이 우리 얘기를 들어선 안 될 이유는 또 뭐지요?" 그녀가 날카롭게 소리쳤다. "이 사람들이 우리보다 못해요? 이 사람들이 우리보다 더 많은 근심과 시름을 퍼뜨렸나요? 이들은 숲과 길의 자식들이고 모두에게 박해당해왔어요. 이 사람들에게 에케뷔의 주인도, 누구에게나 사랑받던 예스타 베를링도 역시 죄악과 치욕에서 자유롭지 못함을 보여주기로 하죠. 내가 나 자신을 이 사람들보다 낫다고 여기는 줄 알아요? 혹시 당신은 스스로를 그리 생각해요?"

그는 힘겹게 몸을 일으켜 반항적으로 그녀를 쏘아보았다.

"난 당신이 생각하는 것만큼 형편없는 인간은 아닙니다."

그녀는 지난 이틀간 벌어졌던 일의 설명을 들었다. 첫날, 그는 양심에 짓눌려 숲을 헤맸다. 그는 차마 다른 사람들의 눈을 마주할 수 없었다. 그러나 죽을 생각도 없었다. 그는 먼 나라로 떠날 작정이었다. 일요일에 그는 언덕을 내려와 브루뷔 교회로 갔다. 혼자 숲을 떠도는 동안 그의 머릿속에 브루뷔의 목사와 함께 치욕의 더미 옆에 앉아 나눴던 이야기가, 그리고 뉘고드 처녀의 시신을 들쳐 메고 묵묵히 떠나가던 사람들을 바라보며 가난한 자들에게 봉사하는 벗이 되고 싶었던 기억이 떠올랐다. 그는 교회에 온 가난한 사람들의 얼굴을 한 번 더 보고 싶었다.

그가 도착했을 때 예배는 이미 시작된 뒤였다. 그는 윗자리로 가서 신도들을 내려다보았다. 잔인한 슬픔이 그를 덮쳤다. 그는 가난하고 절망에 빠진 사람들에게 말을 걸고 위안을 주고 싶었다. 스스로도 절망에 빠져 있던 그가 이 신의 전당에서 뭔가 말을 한다면 다른 이들도 희망과 구원을 얻을 수 있을지 모른다.

그는 예배당을 떠나 제의실로 가서 에케뷔 사람들이 다시 일자리를 얻고, 굶주린 이들이 먹을 것을 얻게 되리라는 선언문을 썼다. 그의 아내가 읽은 바 있는 글이었다. 그는 자신이 떠난 뒤 아내와 기사들이 그 약속을 지켜주길 바랐다.

그는 제의실을 나서며 교회묘지 바깥에 관이 하나 서 있는 것을 보았다. 급히 제작한 조악한 관이었으나 그래도 검은 천과 월귤나무 잎사귀 관으로 장식되어 있었다. 그는 그것이 렌나트 대위의 관임을 알아보았다. 아마도 브루뷔 장날을 맞아 몰려왔던 사람들이 장례식에도 참석할 수 있도록 대위 부인에게 장례식을 앞당겨달라고 청했을 것이다.

그가 서서 관을 응시하는데, 그의 어깨에 묵직한 손이 얹혔다. 그의 뒤엔 신트람이 서 있었다.

"예스타, 누굴 단단히 골탕 먹이고 싶거들랑 그냥 죽어버리라고. 착실한 친구들에게 한 방 크게 먹이려면 그치들이 방심하고 있을 때 콱 죽는 것보다 더 세련된 방법도 없지. 조언하는데, 그냥 죽어버리라고."

예스타는 신트람이 떠드는 소리를 찝찝한 기분으로 들었다. "내 계획은 교묘했고 사업은 위대했지. 하지만 이자가 그걸 망쳐버렸어. 온 뢰벤 호숫가의 인간들이 걸린 일이었어. 내 뜻대로 이루어졌다면 인간들은 모두 멸망했을 거야. 내가 달리 뭣 때문에 이 한 해를 그리 힘들게 일했겠어? 난 소령 부인을 내쫓고, 멜키오르 싱클레르를 비참하게 만들고, 브루뷔 목사의 보물을 숨겼지. 그리고 기사들이 에케뷔를 다스리게 했어. 이제 백성들은 불행하고 거친 무리가 되었지. 그들이 멸망하고 말게 명약관화했는데, 오로지 이자가 제때 죽어버리는 바람에 엉망이 되었어. 자네도 그걸 봤지? 농부들이 베스테르 예틀란드 놈들과 맞서고 달란드 놈들은 농부들과 싸우려던 참이었단 말이야. 시간이 조금만 더 있었더라도 온 장터가 참극의 현장이 되었을 텐데. 여자들과 아이들은 짓밟히고, 팔 물건들은 진흙탕에 구르고, 약탈과 살인이 횡행했겠지. 렌나트 대위가 죽지만 않았어도 그리 되었을 거야. 그 후 인간들은 재판장으로 끌려갔을 테고, 굶주림과 새로운 폭동, 수감에 진창 시달렸을 테지. 온 호숫가가 황폐해지고 악명만 높아져서 이 신트람을 제외하면 누구나 살길 꺼리게 되었을 텐데. 난 사악하니까 그게 내 기쁨이자 자부심이었을 거야. 난 외떨어진 황무지와 미개간된 땅이 좋아. 하지만 이 작자가 때맞춰 죽어버리면서 모든 걸 망쳐놨어."

"그렇지만 무슨 목적으로 그 모든 일을 하는 거지?"

신트람은 눈에서 불꽃을 튀기며 대답했다. "그게 내 기쁨이니까. 난 사악해. 난 산속의 곰이자 평지의 눈폭풍이지. 난 죽이고 박해하는 데서 즐거움을 느껴. 인간과 그들의 위업은 모두 사라져야 해! 난 인간들을 견딜 수 없어. 놈들이 내 발톱 사이로 돌아다니며 펄떡이는 꼴을 지켜보는 것도 얼마간은 심심풀이가 되었지만, 이젠 질렸어. 예스타, 난 이제 내리치고 파괴할 거야."

그는 완전히 정신이 나간 듯했다. 그는 오래전 농담 삼아 지옥이니 악마니 운운하기 시작했는데, 영혼이 검게 물든 지금은 정말로 자기가 지옥의 악마 중 하나라고 믿게 되었다. 사랑이나 고난처럼 사악함 또한 인간들을 미치게 만드는 법이다.

사악한 지주는 분노에 차서 관을 덮은 천과 잎사귀 관을 움켜쥐었다. 예스타가 소리쳤다.

"관에서 손을 떼!"

"이런, 이런, 이런, 내가 손을 대선 안 된다고? 난 내 친구 렌나트를 흙 위로 내던지고 그의 잎사귀 관을 짓밟을 거야. 이 친구가 내게 무슨 손해를 끼쳤는지 몰라? 저기 내가 타고 온 멋들어진 잿빛 4륜 포장마차가 안 보여?"

예스타는 실제로 교회 담장 곁에 호송용 수레 한 쌍과 지방 경관들이 멈춰 서서 신트람을 기다리고 있는 것을 보았다.

"내가 대령의 부인에게 감사의 뜻을 표할 만하지 않을까? 그 여자는 어제 낡은 서류들을 뒤져서 예의 화약 건으로 내게 불리한 증거들을 찾아냈지. 그 여자에게 경관을 보내는 짓 같은 걸 하기보단 집에서 살림에 힘쓰는 게 더 나았을 거라고 일깨워주고 싶을 만하지 않아? 그리고 내가 이 좋은 친구의 관 옆에서 기도 한 번만 하겠다고 살링 앞에서 눈물까지 쏟아보여야 했던 것에 대해서도 되갚음해주고 싶지 않겠어? 하지만 난 이 관에 손끝 하나 안 댈 거야. 더 나은 일이 떠올랐으니까. 들어보라고! 에케뷔의 자네들은 이제 신의 진정한 천사처럼 변했다며? 브루뷔 목사의 딸이 아버지의 유산을 물려받으면 그녀와 자네들은 그걸 가난한 이들에게 나눠줄 건가?"

그가 다시 천을 잡아당기기 시작했다.

예스타 베를링이 바짝 다가가 그의 팔을 붙잡았다.

"자네가 이 관을 내버려둔다면 내가 뭐든 주겠네."

"뭐든 맘대로 하라고!" 미치광이가 대답했다. "어디 사람들을 불러보지그래. 경관이 오기 전에 뭔가 해치워버릴 테니까. 원한다면 내게 덤벼봐. 이 교회 마당에서 쌈판이 벌어지면 볼 만하겠지. 이 잎사귀 장식이랑 천 앞에서 어디 한번 붙어보자고!"

"고인을 안식하게 둘 수 있다면 뭐든 주겠어. 내 목숨이든 뭐든 가져가라고!"

"너무 큰 약속을 내거는 거 아냐?"

"시험해보라고!"

"어디 그렇다면 자살해봐!"

"우선 이 관이 무사히 땅에 묻힌다면 그러지."

그렇게 합의가 되었다. 신트람은 예스타에게 렌나트 대위의 관이 묻히고 열두 시간 이내 자살하겠다는 맹세를 하도록 시켰다.

"그러면 자네에겐 회개하여 착한 사람이 될 만한 시간이 넉지 않겠지"라는 게 신트람의 말이었다.

예스타에게는 어렵잖은 약속이었다. 그는 아내에게 자유를 줄 수 있게 되어 기뻤다. 계속 양심에 짓눌린 끝에 그는 차라리 죽길 바랐다. 그를 막는 단 한 가지는 그가 소령 부인에게 브루뷔 목사의 딸이 에케뷔에서 하녀로 지내는 동안에는 죽지 않겠다고 맹세했다는 사실이었다. 하지만 신트람이 말하기를 목사의 딸이 아버지의 유산을 모두 물려받으면 하녀로 있을 필요가 없다고 했다. 예스타는 브루뷔 목사가 재산을 워낙 감쪽같이 숨겨놔서 찾을 수가 없다고 말했다. 신트람은 미소를 짓더니 보물은 브루뷔 교회의 종탑 비둘기 둥지 사이에 숨겨져 있다고 대꾸했다. 이 말을 마지막으로 신트람은 자리를 떴다. 그 후 예스타는 다시 숲으로 갔다. 뉘고드 처녀가 추락한 그 자리에서 그 역시 죽는다면 걸맞을 것 같았다. 그는 온종일 숲을 떠돌았다. 그 와중에 그는 아내를 보았고 그래서 바로 죽을 수가 없었다.

숲속 오두막 바닥에 누워 예스타는 이 이야기들을 털어놓았다. 그의 아내가 수심에 차서 말했다.

"아, 내가 익히 아는 대로네요. 영웅다운 말씀에 영웅다운 태도예요! 예스타, 당신은 늘 불속에 손을 집어넣고 자기 자신을 놔버릴 준비가 돼 있죠. 한때는 그게 내 눈에도 더 없이 멋져 보였어요! 하지만 난 이제는 침착하고 사려 깊은 사람이 좋아요. 당신이 그런 약속을 해봤자 돌아가신 분께 무슨 득이 되나요? 신트람이 그분을 모욕해봤자 관을 도로 세우고 새 천과 잎사귀 장식을 갖다놓으면 그만이에요! 만약 당신이 그 선량한 분의 관에 손을 얹고 신트람 앞에서 했던 맹세가 신트람이 멸망

508

시키려 한 불쌍한 사람들을 돕기 위해 힘껏 살겠다는 내용이었다면 난 당신을 찬양했을 거예요. 그리고 당신이 교회에 모인 사람들을 보고 그들을 돕는 데 온 힘을 바치겠다고 마음먹었을 때, 그 일을 당신의 연약한 아내와 기력이 다해가는 늙은 기사들에게 떠넘기는 대신 스스로 행하고자 했다면 난 그때도 당신을 찬양했겠지요."

예스타 베를링은 잠시 가만히 있었다.

"우리 기사들은 자유롭지 않습니다." 그가 마침내 말했다. "우리는 오로지 쾌락을 위해서만 살겠다고 서로 약속했습니다. 우리 중 하나라도 맹세를 어긴다면 모두에게 화가 닥칠 겁니다!"

"화는 당신에게나 닥치라지요." 백작 부인이 화가 나서 말했다. "당신은 기사들 중 제일 비겁하면서 개심은 가장 늦어요. 어제 오후에 다른 기사 열한 명은 모두 기사관에 모여 있었어요. 다들 기분이 처져 있었죠. 당신은 자리를 비웠고, 렌나트 대위는 죽었고, 에케뷔의 명예와 영광은 사라져버렸어요. 기사들은 술잔에도 손을 대지 않고 나를 보려고도 하지 않았어요. 그때 거기 서 있던 브루뷔 목사의 딸 안나 리사가 그들에게 다가갔어요. 당신도 알다시피 그녀는 작지만 영리한 아가씨이고, 오랫동안 다른 이들의 무심함과 낭비벽에 맞서 싸우기 위해 헛되이 애써왔어요.

'전 오늘 또 집에 가서 아버지의 돈을 찾아봤어요.' 그녀가 늙은 기사들에게 말했어요. '하지만 아무것도 없더군요. 채무증서는 다 지워졌고 서랍이랑 장은 텅 비었어요.'

'안된 일이군요, 아가씨.' 베렌크로이츠가 대답했지요.

'소령 부인께서 에케뷔를 떠나실 적에 이곳을 잘 보살펴달라고 제게 말씀하셨습니다. 그리고 혹시 제 아버지의 돈을 찾게 되면 에케뷔를 위해 써달라고요. 하지만 달리 찾을 게 없어서 제 아버지의 치욕의 더미에서 나뭇가지들을 가져왔어요. 제 여주인께서 돌아오셔서 에케뷔의 꼴이 어찌 된 거냐고 물으신다면 저 역시 부끄러워 몸 둘 바를 모를 테니까요.'

'아가씨 탓도 아닌 일을 굳이 마음에 두지 마시오.' 베렌크로이츠가 다시 대꾸했어요.

'치욕의 더미는 제 몫만이 아니에요.' 젊은 처녀는 말했지요. '훌륭하신 기사님들을 위해서도 가져왔지요. 모쪼록 부담 없이 가지세요, 여러분. 이 세상에 수치와 치욕을 가져온 사람이 제 아버지만은 아닌걸요.'

그녀는 기사 한 명 한 명에게 다가가 마른 가지 몇 개를 앞에 내려놓았어요. 욕을 하는 기사들도 있긴 했지만 대부분은 가만히 넘겼어요. 마침내 베렌크로이츠가 지체 높은 신사답게 침착한 위엄을 담아 말하더군요.

'이제 되었소, 아가씨. 감사하오. 가셔도 좋소.'

그녀가 가고 나자 그는 유리잔에서 쨍강 소리가 나도록 주먹으로 식탁을 내리쳤어요.

'지금 이 순간부터 나는 다시는 술을 마시지 않겠다. 두 번 다시 화주 때문에 그런 짓을 저지르지 않겠어.' 그는 몸을 일으켜 나갔어요.

다른 기사들도 하나씩 그를 따랐어요. 그들이 모두 어디로 갔는지 아나요, 예스타? 강가로, 방앗간과 대장간이 있는 곳으로 가서 일을 시작했어요. 기사들은 각목과 돌을 치우고 일터를 정돈했지요. 그 연로하신 분들은 최근에 힘든 시간을 보냈고 시련도 겪었어요. 이제는 자신들 때문에 에케뷔까지 망해버렸다는 수치를 더 이상 견딜 수가 없었던 거예요. 난 당신들 기사들이 늘 노동을 수치로 여겼던 걸 알아요. 하지만 다른 기사들은 이 수치를 떠맡았어요. 게다가 예스타, 그들은 목사의 딸 안나 리사를 보내 소령 부인을 도로 집으로 불러들이려고 해요. 그런데 당신은, 당신은 뭘 하고 있나요, 예스타?"

그는 그래도 할 말이 있었다.

"당신은 파계한 목사에다 인간의 무리에서 쫓겨난 자에게, 신에게서 마저 버림받은 나에게 대체 뭘 기대하는 겁니까?"

"난 오늘 브루 교회에 갔어요, 예스타, 두 여인이 당신에게 인사를 전해달라더군요. 마리안 싱클레르는 이렇게 말했어요. '그에게 여자는 자신이 사랑한 남자 때문에 부끄러워하고 싶어하지 않는다고 전해주세요.' 그리고 안나 셴회크도 말했어요. '예스타에게 이제 난 괜찮다고 말해줘. 난 직접 내 영지를 경영하고 있어. 사람들은 내가 에케뷔의 여주인처럼 될 거래. 난 이제는 사랑이 아니라 일에만 골몰해. 하지만 우린 모두 예스타 때문에 걱정하고 있어. 우린 그를 믿으면서 그를 위해 신께 기도드리지만, 그는 언제쯤이면 진짜 사내가 될까?'

이런데도 당신이 사람들에게서 쫓겨난 자인가요?" 백작 부인은 말을 이었다. "사람들은 당신을 지나칠 정도로 사랑해줬고 바로 그게 문제예요. 남자고 여자고 모두 당신을 사랑했어요. 당신이 그저 농담을 하며 웃기만 해도, 노래와 연주만 해도 그들은 당신이 저지른 걸 모두 용서해줬어요. 그리고 당신이 무슨 짓을 하든 좋다고 해줬죠. 헌데 당신은 스스로 쫓겨났다고, 신에게도 버림받았다고 믿네요! 왜 당신은 더 머물면서 렌나트 대위의 장례식을 지켜보지 않았지요?

대위가 죽은 것이 장이 열리는 시기였기 때문에 소문은 빨리 퍼져나가서 수천 명의 조문객이 교회로 몰려들었어요. 온 교회 마당과 벽, 근처의 들판이 사람들로 꽉 찼지요. 연로하신 교구장은 병환 때문에 요즘은 설교를 안 하시지만, 렌나트 대위의 장례식에는 꼭 참석하겠다고 약속하셨어요. 한창 시절에도 그랬듯 혼자 몽상에 잠겨 고개를 늘어뜨린 채로 나타나서 장례 행렬의 맨 앞에 서셨어요. 이 연로하신 분은 이미

511

무수한 장례 행렬을 겪었기 때문에 굳이 시선을 들지도 않고 익숙한 길을 걸으셨어요. 관 위에 흙을 던지고 기도문을 외울 때만 해도 그분은 특이한 점을 느끼지 못하셨지요. 하지만 교회 문지기가 찬송가를 부르기 시작했어요. 여느 때는 혼자 부르게 마련인 문지기의 노래가 교구장을 일깨울 줄을 나는 상상도 못 했어요.

하지만 문지기는 그날 혼자 노래하지 않았어요. 수백 명의 사람들이, 남녀노소 할 것 없이 목소리를 합쳤어요. 연로하신 교구장도 마침내 몽상에서 깨어났죠. 그분은 햇살이 눈부신 듯 눈을 비비고는 파헤쳐진 흙무더기 위로 올라가 주위를 둘러보셨어요. 그분이 참여했던 그 어떤 장례식에서도 이런 합창은 없었고, 소박한 조문객들이 이리 많이 모였던 적도 없었을 거예요. 남자들은 낡고 해진 장례용 모자를 썼고 여자들은 폭 넓은 주름이 잡힌 흰 앞치마를 둘렀죠. 그들은 모두 애도하는 마음으로 눈물 흘리고 함께 노래했어요.

연로하신 교구장은 떨며 두려움에 사로잡혔죠. 곤경에 빠진 이 모든 사람들에게 과연 무슨 말을 들려주어야 했을까요? 교구장은 그들을 위안하기 위해 무슨 말이라도 해야 했어요.

찬송가가 끝나고 그분은 사람들을 향해 팔을 뻗으셨어요.

'나는 그대들이 곤경에 처해 있음을 아오. 그리고 아직도 보낼 세월이 많은 이들은 나처럼 곧 신의 부름을 받을 자보다 더 고난을 견디기 힘들 거요.'

그분은 당황하여 멈추셨어요. 목소리가 너무 약했던 데다 할 말을 골라야 했지요.

하지만 곧 그분은 다시 시작했고 그분의 음성은 젊은이 같은 힘을 얻었으며 눈은 빛났어요.

그분은 대단한 연설을 하셨어요, 예스타. 우선은 신의 순례자에 대해 알고 있던 것들을 모두 우리에게 들려주셨어요. 그 후에는 이 사내가 휘황찬란한 외양이나 어마어마한 재산 덕이 아니라 언제나 신의 길을 걸어간 덕택에 존경을 받았음을 상기시키셨어요. 그리고 우리에게 하나님과 예수님을 위해 렌나트 대위의 모범을 따르라 당부하셨죠. 우리 역시 이웃을 사랑하고 도와야 마땅하다고요. 이웃에게 선한 믿음을 가지고 렌나트 대위처럼 행동해야 하는데, 그러기 위해서는 큰 재능도 필요 없이 경건한 마음만 갖추면 충분하다고요. 그리고 이르시기를, 올해 벌어진 모든 일들은 앞으로 머지않아 올 사랑과 행복의 시절을 위한 준비라고 하셨어요. 그분은 지난 몇 년간 황폐한 곳에서도 점점이 인간들의 선의가 빛나는 것을 보아오셨대요. 곧 그 빛들은 휘황찬란한 태양이 되어 떠오를 거랍니다.

우리는 예언을 듣는 기분이었어요. 모두가 서로를 사랑하고자 했고 선해져야겠다고 마음먹었어요.

그분은 시선을 위로 향하고 손을 들며 지상에 평화가 내릴 것을 예언하셨어요. '하느님의 이름으로 불화는 멎게 될 것이오! 여러분의 마음과 온 자연에 평화가 깃들 것이오! 무생물들과 짐승들과 식물들이 안식을 찾으며 더 이상 해를 끼치지 않을 것이외다.'

꼭 거룩한 평화가 지상에 내린 것 같았어요. 산들이 환히 빛나고 계곡들이 미소 짓고 가을 안개가 장밋빛으로 은은히 반짝이는 듯했지요.

마침내 교구장은 신께 인간들을 도울 자를 내려주시기를 청하셨어요. '그 사람은 나타날 것이오. 신께서는 여러분이 파멸하기를 바라지 않으시오. 신께서 한 사람을 일깨워 굶주린 자들을 먹이고 여러분을 신의 길로 인도하게 하실 것이오.'

그때 우리 모두는 당신을 떠올렸어요, 예스타. 우리는 교구장이 당신을 가리켜 말씀하심을 알았어요. 당신의 성명서 이야길 들은 사람들은 집으로 가면서 당신을 화제로 삼았어요. 그런데 당신은 죽으려고 숲으로 들어갔다고요! 사람들은 당신을 필요로 해요, 예스타. 저 멀리 사는 사람들까지도 자기네 오두막에서 당신 이야기를 하고 있어요. 에케뷔의 미친 목사가 그들을 도우면 모든 게 잘될 거라고요. 당신은 그들의 영웅이고 그들은 당신을 우러러 의지하고 있어요, 예스타!

　그래요, 예스타, 연로하신 교구장이 가리킨 사람은 당신이에요. 당신은 살고자 해야 마땅해요. 하지만 예스타, 당신의 아내인 나는 당신이 그저 묵묵히 의무를 다해야 한다고 말하겠어요. 당신 혼자만 신이 손수 보내신 인간이라고는 믿지 마세요. 모든 사람은 신이 보내신 존재예요. 영웅 노릇에 취해 과업에 임하지 마세요. 당신은 사람들에게 경탄과 놀라움을 자아내서는 안 돼요. 당신의 이름이 다른 이들의 입에 너무 자주 오르내리지 않게 하세요. 그리고 신트람에게 했던 약속을 취소하기 전에 기억해둬요. 당신은 어찌 보면 죽을 권리를 얻은 거니, 앞으로 당신의 삶은 더 이상 마냥 즐겁지 않을 거예요. 지금까지 당신과 나의 관계는 불명확했죠, 예스타. 당신은 날 아내로 대할 엄두를 내지 못했고 나도 우리가 함께 지내게 된 게 신의 뜻인지 내가 아팠던 탓인지 분간할 수 없었어요. 난 한동안 남쪽으로 돌아갈 생각을 했어요. 나처럼 죄 지은 여자가 감히 당신의 아내가 되어 남은 생을 함께해선 안 된다고 여겼거든요. 하지만 이제 난 여기 남겠어요. 당신이 살아갈 용기를 낸다면 나도 여기 남을 거예요. 그러나 우리가 행복할 거라고 기대하진 말아요. 난 당신이 험난한 의무의 길을 가도록 몰아갈 거예요. 내게서 기쁘고 희망찬 말을 들으리라 영영 기대하지 마세요. 우리가 지금껏 가져온 근심과 불행이 앞으로 우리의 보금자리에서도 우리를 감시할 거예요. 나처럼 고통 받았던 마음이 아직도 사랑을 할 힘이 있을까요? 난 울지도 웃지도 않으며 당신의 곁을 걷겠어요. 선택을 내리기 전에 명심해둬요, 예스타! 당신이 살아남는다면 우리가 가야 할 길은 속죄의 길이에요."

그녀는 대답을 기다리지 않았다. 하녀에게 손짓을 하고서 그녀는 자리를 떴다. 숲에 이르렀을 때 그녀는 쓰디쓴 눈물을 흘리며 에케뷔에 도착할 때까지 울었다. 마침내 귀가했을 때 그녀는 군인이었던 얀 회크에게 전쟁보다 더 따뜻한 화제로 말을 거는 일을 그만 잊고 왔음을 깨달았다.

그녀가 떠나고 숲의 오두막은 정적이 흘렀다.

"신이여, 찬양 받으소서!" 불현듯 노병이 말했다.

모든 시선이 그에게 향했다. 그는 몸을 일으키더니 열기 띤 눈빛으로 주위를 둘러보았다.

"사악했소. 모든 것이 사악하기만 했소." 그는 말했다.

"내가 눈을 뜬 이래 본 모든 것은 사악했소. 사악한 사내들, 사악한 여인들, 숲과 밭도 증오와 분노로 가득했지. 하지만 방금 그분은 선량했소. 내 집에 마침내 선한 이가 머물렀소. 앞으로 혼자 이 안에 앉아 있을 때면 난 그분을 기억할 거요. 내가 숲길을 걸을 때도 그분은 내 가까이 계실 거요."

그는 예스타를 향해 몸을 숙이더니 결박을 풀고 일으켜 세워주었다. 그리고 엄숙하게 예스타의 손을 잡았다.

"우린 신에게 버림받았소." 그는 그렇게 말하며 고개를 끄덕였다. "그것이 문제였지. 그러나 그분이 내 집을 방문한 이래 당신도 나도 더 이상은 아니오. 그분은 선량하시오."

다음날 얀 회크 노인은 샬링 행정관을 방문했다.

"나도 내 십자가를 지겠소." 그는 말했다. "내 아들들이 나쁜 인간이 된 건 나 자신이 나빴기 때문이오." 그는 아들을 대신해서 감옥에 가게 해달라고 간청했다. 물론 받아들여지지는 않았다.

전해오는 이야기들 중 가장 뭉클한 사연은 그가 두 발로 걸어, 호송수레에 실려 가던 아들과 동행한 이야기이다. 그는 아들의 감방 앞에서 잠을 자며 아들이 형기를 마칠 때까지 떨어지지 않았다. 언젠가 이 이야기 역시 전할 이가 있을 것이다.

36
마르가레타 셀싱

성탄절을 며칠 앞두고 소령 부인은 뢰벤 호숫가에 도착했다. 하지만 그녀가 에케뷔에 다다른 것은 성탄절 전날에 이르러서였다. 먼 길을 오며 그녀는 폐렴에 걸려 고열에 시달렸다. 그래도 그녀는 그 어느 때보다 명랑했고 사람들에게 다정하게 말을 건넸다.

10월부터 그녀와 함께 있었던 브루뷔 목사의 딸이 썰매에서 그녀 곁에 앉아 있었다. 목사의 딸은 달리는 속도를 올리고 싶었으나 소령 부인은 누군가 길을 지날 때마다 썰매를 멈추게 하고는 불러다 새 소식을 물었다.

"뢰벤 호숫가는 근황이 어떠냐?" 소령 부인이 물었다.

"저희는 잘 지냅니다!" 대답이 돌아왔다. "형편이 나아지고 있어요. 미친 목사가 아내와 함께 저희 모두를 돕고 있습니다."

"좋은 시절이 오고 있어요." 다른 이도 대답했다. "신트람은 사라졌습니다. 에케뷔의 기사들은 일을 시작했어요. 브루뷔 목사의 돈이 교회 탑에서 발견이 되어 에케뷔의 영광과 명예를 복원할 수 있게 됐습니다. 그러고도 굶는 사람들에게 빵을 마련해줄 만큼 돈이 넉넉해요."

"우리 연로하신 교구장도 기력을 되찾으셨습니다." 또 다른 이가 보고했다. "매주 일요일마다 하느님의 왕국이 다시 올 거라고 저희에게 말씀하시죠. 이 마당에 누가 감히 죄를 짓겠어요? 선함이 지배하는 세상이 오고 있습니다."

소령 부인은 천천히 썰매를 몰면서 만나는 사람마다 붙잡고 물었다.

"너희는 어떻게 지내느냐? 여기 뢰벤 호숫가에 뭔가 아쉬운 게 있느냐?"

대답을 들을 때마다 가슴의 찌르는 듯한 그녀의 고통과 고열도 나아져갔다.

"선량하고 부유한 여성이 두 분 계십니다. 마리안 싱클레르와 안나 셰회크요. 이분들이 예스타 베를링을 도우며 집집마다 방문해 굶는 사람이 없는지 살피십니다. 그리고 이제는 아무도 곡물을 화주 담그는 통에다 던져넣지 않아요."

썰매 안에 앉은 소령 부인은 기나긴 예배를 드리는 기분이었다. 그녀는 성지에 들어서고 있었다. 앞으로 올 세월을 이야기할 때면 주민들의 주름진 얼굴이 환해졌다. 기쁜 세월을 찬양하느라 병자들도 고통을 잊었다.

"저흰 착한 렌나트 대위님처럼 살 겁니다." 그들은 말했다. "저희는 모두 선해지고 싶어요. 다른 이들의 좋은 점을 보며 아무에게도 해를 끼치고 싶지 않아요. 그러면 신의 왕국이 더 빨리 오겠지요."

그녀는 모든 사람들이 한마음인 것을 보았다. 농장 마당에서는 대부분의 사람들에게 공짜로 음식이 제공되었다. 다들 자기 할 일에 착수를 해서 일곱 제철소는 맹렬히 돌아가고 있었다.

병에 시달리는 폐로 싸늘한 공기를 들이마시며 앉아 있는 지금만큼 소령 부인이 힘이 났던 적도 없었다. 그녀는 농장들을 지날 때마다 한 곳도 빠뜨리지 않고 들러서 안부를 살폈다.

"이젠 다 잘되고 있습니다!" 그런 대답이 돌아왔다. "예전엔 곤궁이 심했지만 에케뷔의 나리들이 저흴 돕고 계세요. 거기서 진행된 일들을 아시면 소령 부인께서도 놀라실 겁니다. 방앗간은 곧 완공이 되고 제철 소는 이미 완전 가동 중입니다."

지난 시간 일어났던 고난과 가슴을 찢는 사연들이 사람들을 이렇게 바꾸어놓았다. 아, 물론 그 효과가 영원하진 않을 것이다. 하지만 사람 이 사람을 도우며 모두에게 선의를 품은 땅으로 돌아오는 것은 황홀한 일이었다. 소령 부인은 기사들을 용서할 수 있을 것 같았고, 그 점을 신 께 감사했다.

그녀는 말했다. "안나 리사, 여기 이리 앉아 있으려니 늙은 나는 벌써 축복받은 천국으로 향하는 기분이구나."

마침내 그녀가 에케뷔에 도착하자 썰매에서 내리는 것을 돕기 위해 기사들이 달려 나왔다. 소령 부인은 젊은 백작 부인만큼이나 온화하고 다정한 인상으로 변해 있어서 기사들은 그녀를 알아보기 힘들 정도였 다. 그녀를 젊은 시절부터 알아온 나이 든 기사들이 서로 수군거렸다.

"이 여자는 에케뷔의 소령 부인이 아니야. 마르가레타 셀싱이 돌아왔 어."

그녀가 복수심을 품지 않고 온화한 마음인 것을 보았을 때 기사들은 기뻐했으나, 그녀가 병이 든 것을 알자 기쁨은 근심으로 변했다. 그녀는 즉시 침실로 실려 가 누워야 했다. 문지방에서 그녀는 뒤를 돌아보며 기 사들에게 말했다.

"신의 폭풍이 이 땅을 지났지. 이제 그것 또한 의미 있는 일이었음을 알겠다."

그 후 병실 문이 닫혀서 기사들은 더는 그녀를 볼 수 없었다.

곧 죽을 사람에게는 남은 사람들의 할 말이 많아진다. 바로 옆방에 오늘 내일 하며 곧 더는 말을 걸 수 없을 사람이 누워 있을 때는 해야 할 말이 너무나 많다. "친구여, 나의 친구여, 지난 일을 용서해줄 수 있겠는가? 그동안 일어난 모든 일에도 불구하고 내가 자네를 사랑했음을 믿어주겠나? 우리가 함께 인생의 길을 갈 적에 어쩌자고 내가 자네 마음을 그리 아프게 했을까? 아, 나의 친구여, 자네가 내게 주었던 모든 기쁨에 감사하네!"

이와 같은 말들을 곧 죽을 이에게 남김없이 들려주고 싶어한다.

하지만 소령 부인은 고열에 시달리느라 기사들의 목소리를 들을 수가 없었다. 기사들이 어떻게 일을 하고 다시 과업에 착수하고 에케뷔의 명예를 구해냈는지 그녀는 더 이상 들을 수 없단 말인가? 그녀는 그 말을 영영 듣지 못하고 떠나야 하는가?

곧 기사들은 대장간으로 내려갔다. 그곳은 이미 일을 마친 후였다. 그러나 기사들은 새로 아궁이에 석탄과 다듬어지지 않은 철을 집어넣고 작업 준비를 했다. 성탄절을 보내기 위해 집으로 돌아간 대장장이들을 불러오는 대신 기사들은 직접 팔을 걷어붙였다. 만약 맹렬히 일하는 망치 소리가 소령 부인의 귓가에 이를 수 있다면 그들을 대신해서 말을 전해주리라!

이미 저녁이었고 곧 일에 몰두한 그들 위로 밤이 내렸다. 기사들 중 여럿은 올해도 성탄절을 대장간에서 보내게 된 게 신기했다.

방앗간과 대장간을 재건하는 일을 지휘한 위대한 장인 케벤휠러와 힘센 크리스티안 베리 대위가 아궁이가에 서서 쇠가 녹는 것을 살폈다. 예스타와 율리우스는 숯을 날랐다. 나머지들 중 일부는 천장에 매달린 망치 아래 모루 위에 걸터앉았고, 다른 이들은 숯을 운반하는 수레와 선

철더미 위에 자리를 잡았다. 늙은 신비주의자 뢰벤보리는 옆의 모루에 앉은 에베르하드 아저씨와 대화를 나누었다.

"오늘 밤 신트람이 죽을 거야." 뢰벤보리가 말했다.

"왜 하필 오늘 밤에?" 에베르하드가 물었다.

"우리가 한 해 전 그와 맺은 계약을 기억하나? 우리는 기사답지 못한 짓을 하지 않았으니 그가 졌어."

"자네가 그 일을 진짜 일어난 일이라 믿는다면, 우리가 기사답지 못한 일도 많이 했음을 기억해야 할 걸세. 우린 소령 부인을 돕지도 않았고, 우리 손으로 일을 시작했어. 그리고 예스타가 약속대로 자살하지 않은 것도 기사다운 일은 아니었지."

"나도 그 문제를 생각해봤네." 뢰벤보리가 대답했다. "하지만 내가 보기엔 자네가 잘못 생각하는 것 같아. 우리가 금지당했던 건 쩨쩨한 마음을 품고 우리 자신의 이익대로 행동하는 거였지, 사랑이나 명예, 우리의 영혼의 구원이 달린 일까지 해선 안 되는 게 아니었어. 내가 보기엔 신트람이 졌어.

아무렴, 난 확신하네.

난 저녁 내내 그의 썰매 종소리를 들었어. 여느 소리가 아니었으니 곧 그를 여기서 볼 수 있을 걸세."

작달막한 노인은 별이 총총한 한 조각 밤하늘이 내다보이는 대장간의 열린 문에 시선을 고정했다.

불현듯 그가 벌떡 일어섰다.

"그자가 보이나?" 그가 속삭였다. "살그머니 들어오고 있어! 저 문가에 그자가 안 보이나?"

"난 아무것도 안 보여." 에베르하드 아저씨가 대답했다. "자네가 피곤한 것 같으이."

"난 환한 하늘을 배경으로 그자의 모습이 또렷이 보여. 그자는 기다 란 늑대 가죽을 걸치고 모피 모자를 썼네. 지금은 어두운 데로 들어와서 더는 보이지 않아. 아, 이제 아궁이 가로 갔군. 바로 크리스티안 베리 옆에 서 있는데 크리스티안은 그자를 보지 못하는 것 같네. 그자가 허리를 숙여 뭔가를 불 속으로 던져넣고 있는데. 어이쿠, 꼴이 아주 끔찍하구 먼. 거기 뒤에 조심들 하게!"

동시에 쾅 하는 소리가 울리며 아궁이로부터 사방으로 불똥이 튀었 다. 그러나 다친 사람은 없었다.

"그자가 복수를 하려는 게야!" 뢰벤보리가 속닥였다.

"아니, 자네는 돌았어." 에베르하드가 소리쳤다. "자네가 이 난리를 치는 것 때문에 나중에 뒷말이 무성할걸!"

"그게 다 무슨 상관이람? 그자가 저기 대들보 위에 올라가 히죽거리 는 게 안 보이나? 내 눈은 틀림없어. 저자가 망치를 풀고 있어!"

그는 에베르하드를 붙잡고 옆으로 뛰었다. 직후 망치가 굉음을 내며 모루 위로 떨어졌다. 죔쇠 하나가 풀렸을 뿐이지만 에베르하드와 뢰벤 보리는 간발의 차이로 목숨을 건졌다.

"저자 힘으로 우릴 어쩔 수 없다는 게 보이지?" 뢰벤보리가 의기양양 하게 말했다. "하지만 복수는 하고 싶겠지. 그건 확실해."

그는 예스타 베를링을 불렀다.

"여자들에게 가보게, 예스타. 그자는 아마 여자들 앞에도 나타날 거 야. 그 사람들은 나처럼 이런 존재를 보는 데 익숙하지 않으니 쉽게 불 안해할 걸세. 하지만 조심하게 예스타. 그자는 자네를 좋아하지 않는 데 다 자네가 했던 약속 때문에 자네에게 힘을 발휘할지도 몰라. 누가 알겠 나?"

후에 사람들은 뢰벤보리의 말대로 신트람이 성탄절 밤에 죽었다는 소식을 전해 들었다. 어떤 이들은 그가 감옥에서 목을 맸다고 주장했다. 다른 이들은 간수들이 남몰래 그를 살해했을 거라 믿었다. 조사 결과가 결국 신트람에게 유리하게 나올 것 같았는데, 그를 다시 뢰벤 호숫가 사람들을 괴롭히도록 풀어놓을 순 없다는 이유에서였을 거라는 추측이었다. 검은 말이 끄는 검은 마차를 타고 어둠의 군주가 나타나 그를 감옥에서 데려갔다고 믿는 자들도 있었다. 어쨌거나 성탄절 밤에 그를 본 사람은 뢰벤보리만이 아니었다. 포슈에도 그를 봤다는 사람이 있었고, 울리카 딜네르의 꿈에도 나타났다. 울리카 딜네르가 마침내 그를 브루의 교회묘지에 장사지낼 때까지 그를 목격했다는 사람들은 계속 나왔다. 울리카는 포슈의 못된 일꾼들도 몰아내고 경건한 사람들을 새로 들였다. 그 후 포슈에는 귀신이 나타나지 않았다.

전해 내려오는 말에 따르면 예스타 베를링이 집에 도착하기 전에 한 낯선 자가 먼저 와서 소령 부인을 수신인으로 한 편지를 내놓았다고 한다. 아무도 그 전달자의 정체를 몰랐지만, 어쨌든 편지는 소령 부인이 누워 있는 병상 옆 탁자에 놓였다. 그 후 갑작스레 열이 내리고 통증이 줄어드는 등 병세에 차도를 보이면서 그녀는 편지를 읽을 만큼 기력을 되찾았다.

이 이야기를 전하는 노인들은 그녀가 갑자기 병세가 나아진 것도 악마의 힘이었을 거라고 믿는다. 신트람과 그의 친구들에게는 소령 부인이 편지를 읽게 만들어야 할 이유가 있었다는 것이다.

그것은 검은 종이에 피로 적힌 문서였다. 기사들은 아마 그 종이를 어렵잖게 알아보았을 것이다. 그 서류는 바로 작년 성탄절 밤에 에케뷔의 대장간에서 작성되었다.

소령 부인은 누운 채로 읽어나갔다. 그 안에는 그녀가 기사들의 영혼을 지옥으로 보내온 마녀이기 때문에 에케뷔를 박탈하는 형에 처한다고 적혀 있었다. 그와 비슷한 헛소리를 그녀는 계속 읽어갔다. 그녀는 날짜와 서명을 살펴보았고 예스타의 이름 옆에서 다음과 같은 문장을 발견했다. "소령 부인이 나로 하여금 정직한 노동을 멀리하게 만들고 에케뷔에 기사로 붙들어 놓고자 내 약점을 이용했기 때문에, 그리고 그녀가 에바 도나에게 내가 파계한 목사라고 누설함으로써 나를 에바 도나의 살인자로 만들었기 때문에 서명하노라."

소령 부인은 천천히 종이를 접어서 봉투에 넣었다. 그리고 꼼짝 않고 누워 방금 읽은 내용에 대해 생각했다. 쓰디쓴 고통과 함께 그녀는 이것이 바로 사람들이 그녀를 보는 시각임을 깨달았다. 보살피고 일거리와 먹을거리를 주었던 인간들에게 그녀는 마녀에 불과했다. 이것이 그녀가 받는 보상이고 그녀가 남길 이름이었다. 불륜이나 저지른 여자는 달리 더 들을 말도 없었다.

알지도 못하고 떠드는 인간들이야 그녀 알 바 아니었다. 그런 인간들은 어차피 그녀와 상관없었다. 하지만 그녀의 자비에 의지해 살고 그녀를 가까이서 알았던 이 가련한 기사들마저도 에케뷔를 손에 넣을 핑계를 찾느라 이 따위 헛소리를 믿는 척했다. 고열로 뜨거워진 그녀의 머릿속에 온갖 생각들이 날뛰었다. 그녀의 눈동자에서 거친 분노가, 뜨거운 복수심이 타올랐다. 그녀는 엘리사벳 백작 부인과 함께 자신의 곁을 지키던 브루뷔 목사의 딸을 시켜 회그포슈의 영지 관리인과 감독관에게 전령을 보내게 했다. 그녀는 유언장을 작성할 작정이었다.

다시 누워 그녀는 생각에 잠겼다. 미간에 주름을 모으고 통증 때문에 얼굴이 일그러졌다.

"몹시 편찮으신가봐요, 소령 부인." 백작 부인이 소리를 낮춰 말을 걸었다.

"그래요, 이리 아팠던 적도 없어요."

다시 침묵이 찾아왔으나 곧 소령 부인이 거칠고 날카로운 음성으로 말했다.

"누구에게나 사랑받는 당신 역시 불륜을 저지른 여자라니 참 신기한 일이지요, 백작 부인."

젊은 백작 부인이 화들짝 놀랐다.

"실제 행동으로는 저지르지 않았다 해도 마음으로는 불륜을 저질렀으니 차이는 없군요. 여기 누워 있는 내겐 아무 차이가 없는 것처럼 여겨져요."

"저도 알아요, 소령 부인."

"그럼에도 백작 부인은 지금 행복하시겠지요. 당신은 사랑했던 남자를 죄책감 없이 차지할 수 있으니까요. 함께 있는 당신들 사이로 시커먼 유령이 끼어드는 일도 없겠지요. 세상 앞에서 떳떳이 서로의 것이 될 수도, 나란히 남은 삶을 걸어갈 수도 있을 테고요."

"아, 소령 부인, 소령 부인!"

"어찌 감히 그의 곁에 남으실 수 있습니까?" 늙은 여인이 점점 격해지는 음성으로 소리쳤다. "속죄하시오! 시간이 남아 있을 때 속죄하시오! 당신의 부모가 당신을 저주하러 오기 전에 친정으로 돌아가시오! 감히 예스타 베를링을 남편으로 맞으려는 거요? 그의 곁을 떠나시오! 난 그에게 에케뷔를 주고 권세와 영광을 주겠소. 당신이 감히 그와 함께 그것들을 나눠가질 참이오? 감히 행복과 영예를 차지하시려고? 나 역시 언감생심 그런 욕심을 냈었지. 그러다 내가 어찌 끝났는지 기억하시오? 지난해 에케뷔의 성탄절 잔치를 기억하시오? 그리고 뭉케류드의 감방도?"

"아, 소령 부인, 그와 저는 죄인으로서 아무런 행복도 누리지 않은 채 함께할 거예요. 저는 여기서 우리의 보금자리에 행복이 머물지 못하게 지킬 겁니다. 소령 부인, 제가 친정이 그립지 않은 줄 아세요? 부모님이 보호해주시는 안전한 집이 얼마나 가슴에 사무치는지 몰라요. 하지만 제 소망은 영영 이루어지지 않을 거예요. 전 두려움에 떨며 여기 남아 있어야 해요. 제가 무슨 일을 하든 죄와 슬픔이 되고 제가 누군가를 돕겠다고 하는 일도 다른 이를 해치는 결과가 된다는 걸 늘 명심하면서요. 전 여기서 살아가기에는 너무 약하고 제정신도 아니지만, 그래도 이 땅에서 살아야 해요. 영원히 속죄해야 하는 것이 제 의무니까요."

"그런 논리로 우리는 스스로를 합리화하지요!" 소령 부인이 소리쳤다. "하지만 그게 바로 약한 마음이라는 겁니다. 당신은 그의 곁을 떠나고 싶지 않은 것뿐이에요."

백작 부인이 뭐라 대답하기도 전에 예스타 베를링이 방으로 들어왔다.

"이리 오너라, 예스타." 즉각 말을 거는 소령 부인의 음성은 더 거칠고 날카로워졌다. "오너라, 온 사방에서 찬양받는 이름아! 오너라, 내가 죽은 뒤 백성들의 구원자라 불릴 이름아. 네가 오갈 데 없이 경멸당하며 이 땅을 떠돌아다니게 만든 늙은 소령 부인이 어찌 지냈는지 들어라.

우선 내가 올해 봄 어머니에게 갔을 때 이야기를 해주마. 넌 이 이야기의 끝을 알아야 한다.

3월에 나는 엘브달 숲의 농장에 도착했다, 예스타. 내 꼴은 거지나 다름없었지. 내가 갔을 때 사람들이 말해주기를 어머니는 우유창고에 계시다고 했다. 나는 거기로 가서 조용히 문가에 섰다. 사방 벽 선반에는 우유가 담긴 반짝이는 구리단지가 줄지어 놓여 있었다. 아흔 살이 넘은 내 어머니는 차례로 단지를 내려다가 크림을 걷어냈다. 어머니는 아직 정정했지만 우유단지를 내리는 건 퍽 힘에 부쳐보였다. 어머니가 날 보았는지는 알 수 없었지만 얼마 후 어머니는 기이하게 새된 목소리로 말을 걸었다.

'네 처지가 딱 내가 바랐던 꼴이 됐구나.' 어머니는 말했다. 나는 입을 열어 용서를 구하려 했지만 소용없었다. 어머니는 이미 귀가 멀어서 한 마디도 듣질 못했어. 그러나 잠시 후 어머니는 말했어. '날 거들어다오.'

나는 가서 우유에서 크림을 모았다. 단지들을 차례대로 내려서 순서에 맞도록 깊이 국자를 넣어 크림을 떠냈지. 어머니는 만족스러워했다. 여태껏 그 일을 믿고 맡길 만한 재주 있는 하녀가 없었거든. 나는 이미 옛날부터 어머니가 선호하는 방식을 알았어.

'이제부터 이 일은 네가 맡아라.' 이 말을 듣자 난 어머니가 날 용서했음을 깨달았다.

그 후 어머니는 갑작스에 일할 기력을 잃었다. 안락의자에 조용히 파묻혀서 하루 종일 졸았지. 성탄절 한 주 전 어머니는 돌아가셨다. 예스타, 나는 더 일찍 오고 싶었지만 노모 곁을 떠날 수 없었어."

소령 부인은 말을 멈추었다. 숨을 쉬는 것도 힘들었지만 그녀는 기력을 짜내어 다시 입을 열었다.

"내가 널 여기 에케뷔에 두려 했던 것은 사실이다, 예스타. 사람들은 누구나 너와 함께 있는 것을 좋아하지. 네가 제대로 된 인간이 되었다면 난 네게 많은 걸 맡겼을 거다. 난 늘 네가 좋은 여자를 아내로 맞길 바랐어. 난 처음엔 마리안 싱클레르가 그런 여자라고 생각했다. 네가 아직 숲에서 나무꾼으로 살 때 그녀가 이미 널 마음에 두었던 걸 알았거든. 그 후엔 에바 도나가 네게 좋은 아내가 될 거라 여겼다. 나는 어느 날 보리에 가서 그녀에게 만약 그녀가 너와 결혼한다면 네게 에케뷔를 물려줄 거라고 말했다. 그게 그리 잘못한 일이었느냐."

예스타는 침대 곁에 무릎을 꿇고 엎드려 이마를 침대 모서리에 짓누르며 괴로운 신음을 냈다.

"네가 어찌 살려는지 말해봐라, 예스타. 무슨 재주로 네 아내를 먹여살릴 작정이냐? 어디 말해봐라! 내가 늘 네가 잘되기만 바랐던 건 너도 알 테지." 비록 가슴이 고통으로 찢어지는 듯했으나 예스타는 입가에 미소를 띠며 대답했다.

"제가 보리 성에서 착실한 일꾼이 되려고 노력하던 시절에 소령 부인 께서는 제게 집 한 채를 선사하셨지요. 그 집은 아직 제 명의입니다. 전 이번 가을 그 집을 사람이 살 만하게 꾸몄습니다. 뢰벤보리도 저를 거들어 저흰 천장을 칠하고 벽에 벽지를 발랐지요. 작은 뒷방을 뢰벤보리는 백작 부인의 내실이라고 부릅니다. 그는 경매가 있는 장원마다 찾아다니며 가구를 사 모았어요. 이제 그 방엔 등받이가 긴 의자들과 모서리에 반짝이는 쇠가 박힌 궤짝들이 갖춰졌습니다. 제일 앞쪽 커다란 방은 젊은 백작 부인의 베틀과 제 목공 작업대가 차지하고 있습니다. 그 집에 다른 가재도구들도 갖다놓고서 뢰벤보리와 저는 자주 밤에 앉아서 젊은 백작 부인과 제가 거기서 날품팔이 벌이로 살아갈 방도를 의논했습니다. 하지만 제 아내는 처음 듣는 이야기일 겁니다, 소령 부인. 저희는 에케뷔를 떠날 때에야 그녀에게 털어놓을 작정이었어요."

"더 이야기해봐라, 예스타."

"뢰벤보리는 늘 저희가 하녀를 두어야만 한다고 말했습니다. '여긴 여름에는 근사하지. 하지만 겨울이 되면 젊은 여자에게는 너무 쓸쓸할 거야. 자네는 하녀를 하나 고용해야 해, 예스타.'

저는 그 친구 말이 맞다고 생각했지만 무슨 돈으로 그게 가능할지 몰랐지요. 어느 날 뢰벤보리가 건반이 그려진 탁자를 끌고 왔습니다. '자네가 우리 하녀가 되어줘야겠어.' 저는 말했습니다. 그는 물론 자신이 필요할 거라고, 설마 젊은 백작 부인에게 요리와 물 긷기와 장작 나르기를 시킬 작정이었냐고 대꾸했습니다. 물론 전 제게 일할 수 있는 양팔이 멀쩡히 달려 있는 한 백작 부인은 아무것도 하지 않으셔도 된다고 말했습니다. 하지만 그는 자기까지 붙어 있으면 그녀는 하루 종일 난롯가에 앉아 뜨개질 정도만 하면 된다는 거였습니다. 그의 말로는 조그만 여인네 하나도 제대로 보살피려면 얼마나 수고가 드는지 제가 전혀 모른다는 겁니다."

"계속 말해봐라." 소령 부인이 말했다. "그 이야길 들으니 내 아픈 것이 좀 누그러지는구나. 너는 네 젊은 백작 부인이 날품팔이꾼의 집에서 살리라고 믿는 것이냐?"

소령 부인의 비웃는 어조가 의아했지만 그는 말을 이었다.

"아, 정말 그러리라 감히 믿진 않습니다. 하지만 정말 그녀가 그걸 바라준다면 멋지겠지요. 여기서 제일 가까운 의사가 50킬로미터쯤 떨어진 데 삽니다. 그녀는 손재주가 있고 마음씨도 다정하니까 아픈 사람들에게 붕대를 감아주고 고열 환자를 간호하는 일거리 정도는 충분히 얻을 겁니다. 그리고 저는 근심에 찬 사람들이 누구나 이 날품팔이 집에서는 고귀한 백작 부인을 부담 없이 방문할 수 있을 거라 생각했어요. 가난한 사람들 중엔 비참한 처지에 처한 이들이 많은데, 다정한 마음씨와 친절한 말들이 큰 위안이 되겠지요."

"그런데 너 자신은 무슨 일을 할 터냐, 예스타 베를링?"

"저는 목공일을 하겠습니다, 소령 부인. 저는 앞으로는 제 힘으로 살 겁니다. 제 아내가 저와 함께하길 원치 않는다면, 그녀의 삶은 그녀의 뜻에 맡기겠습니다. 누군가 온 세상의 재화를 다 준다 해도 전 꿈쩍하지 않을 겁니다. 이제 전 제 힘으로 살 거니까요. 저는 농부들 사이에 섞여 가난한 인간으로 살면서 힘닿는 한 다른 이들을 도울 겁니다. 농부들에겐 혼인식이나 성탄절 잔치에서 연주를 해줄 사람이나 타지에 나가 있는 아들에게 대신 편지를 써줄 사람이 필요한데, 저는 이런 일들을 모두 할 수 있습니다. 저는 가난한 자들 중 하나로 남을 겁니다, 소령 부인."

"너희의 삶은 힘겨워질 거다, 예스타!"

"아닙니다, 소령 부인, 저희 둘이 함께인 한은 그리 되지 않을 겁니다. 부유하고 행복한 자든 가난한 자든 저희는 누구나 환영할 겁니다. 저희 집에도 명랑한 이들이 충분히 드나들겠지요. 바로 손님의 눈앞에서 식사를 차려내거나 접시 하나로 손님 둘을 대접한다 해도 그 사람들은 불쾌해하지 않을 겁니다."

"그 모든 일이 세상에 무슨 득이 된다는 게냐, 예스타? 그리고 너는 무슨 영예를 얻으려고?"

"제가 죽은 후 가난한 사람들이 몇 년간 저를 기억해준다면 충분한 영예입니다. 그리고 집집마다 한두 그루씩 사과나무를 심고 악사에게 옛 거장의 노래 몇 곡을 가르쳐서 양치기 소년들이 숲길에서 예쁜 노래를 부를 수 있게 된다면 충분히 세상에 선업을 쌓은 것이겠지요.

제가 예전과 별 다를 없는 미치광이 예스타 베를링인 건 소령 부인도 아실 겁니다. 전 그저 농부들의 악사가 되고 싶을 뿐입니다. 그거면 충분합니다. 배상해야 할 짓들을 숱하게 저질렀지만, 울면서 뉘우치는 건 제 방식이 아닙니다. 저는 가난한 사람들에게 즐거움을 주는 사람이고 싶고, 그게 제 속죄입니다."

소령 부인이 말했다. "예스타, 그런 삶은 너만 한 재능을 타고난 남자에게는 너무 아깝다. 나는 네게 에케뷔를 물려주겠다."

"아, 소령 부인!" 그는 화들짝 놀라 소리쳤다. "절 부자로 만들지 마세요! 제게 그런 짐을 지우지 마세요! 절 가난한 이들에게서 떼어놓으시면 안 됩니다!"

"난 너와 기사들에게 에케뷔를 물려주겠다." 소령 부인이 되풀이했다. "너는 뛰어난 인간이고 사람들에게서 사랑받지. 내 어머니가 내게 했던 말을 너에게 하마. 이제부터 이 일은 네가 맡아라."

"아니오, 소령 부인, 저희는 에케뷔를 받을 수 없습니다. 저희는 당신을 오해했고 너무나 큰 근심에 빠뜨렸습니다!"

"나는 너희에게 에케뷔를 주련다! 알아듣지 못하겠느냐?"

그녀는 다정함을 지우고 혹독하며 매서운 음성으로 말했다.

끔찍한 공포가 예스타를 덮쳤다.

"늙은 기사들을 그런 식으로 유혹하지 마십시오, 소령 부인. 에케뷔를 받았다간 그들은 다시 경박한 술꾼으로 돌아갈 겁니다. 재산을 거머쥔 기사들이라니, 하느님 맙소사! 그랬다간 저희가 어떤 꼴이 되겠습니까?"

"나는 네게 에케뷔를 주련다, 예스타. 대신 너는 네 아내에게 자유를 준다고 약속해야 한다. 그리 곱게 자라고 자그마한 귀부인은 너와는 맞지 않는다. 이 곰들이 사는 땅에서 그녀는 너무 많은 고생을 했다. 그녀는 화창한 고향땅으로 돌아가고 싶을 게다. 너는 그녀를 보내주어야 한다. 그 대신 나는 네게 에케뷔를 주는 거다."

그러나 엘리사벳 백작 부인이 소령 부인의 침상 곁에 무릎을 꿇었다.

"저는 더 이상 여길 떠나기를 바라지 않아요, 소령 부인. 제 남편은 마침내 수수께끼의 답을 구해 제가 살아갈 만한 삶을 찾아냈습니다. 저는 그의 곁에서 차갑고 냉랭하게 속죄를 요구할 필요가 없어졌어요. 빈곤과 곤궁함과 부지런한 노동이 이미 충분한 속죄가 될 거예요. 가난하고 병든 자들을 찾아가는 길을 저는 죄 없이 밟을 수 있게 되었습니다. 저는 이 북쪽에서의 삶이 더 이상 무섭지 않아요. 하지만 이 사람을 부자로 만들지는 말아주세요, 소령 부인. 전 부자가 된 이 사람 곁에는 남을 수 없습니다."

소령 부인은 침대에서 몸을 일으켰다.

"너희는 행복이란 행복은 모두 욕심내는구나." 그녀는 소리치며 위협하듯 주먹을 쳐들었다. "행복과 축복을 모조리 원하고 있어. 그렇게는 안 될 거다. 기사들은 에케뷔를 차지해 몰락해갈 거다. 남편과 아내는 서로 헤어져 좌절할 것이다. 나는 마녀이니 마녀답게 너희에게 모든 재앙을 가져다주마. 나는 내 악명대로 행동하련다!"

그녀는 편지를 집어들어 예스타의 얼굴에 내던졌다. 검은 종이가 팔랑거리며 바닥으로 떨어졌다. 예스타는 그 종이를 즉각 알아보았다.

"너는 내게 죄를 지었다, 예스타. 네 또 다른 어미나 다름없었던 나를 섣불리 오인했어. 감히 내가 내리는 벌을 거부하려느냐? 너는 에케뷔를 받아야 한다. 너는 나약한 인간이니까 그로 인해 패망하겠지. 너는 네 아내를 친정으로 보내야만 할 것이다. 너를 구원해줄 사람이 아무도 없도록. 너도 나만큼 증오 받으며 삶을 마칠 것이다. 마르가레타 셀싱이 죽으면 세상은 그 여자가 마녀였다고 떠들어대겠지. 너는 죽은 후 낭비꾼에 농부들의 압제자로 기억될 것이다!"

그녀가 도로 베개에 머리를 묻자 방 안은 적막해졌다. 그때 밤의 고요를 뚫고 묵직한 소음이 울렸다. 소음은 두 번, 세 번 이어졌다. 대장간의 망치가 굉음을 내며 일을 시작한 것이었다.

"들어보십시오!" 예스타 베를링이 말했다. "마르가레타 셀싱이 후세에 남길 명성이 울리고 있습니다! 술 취한 기사들이 농지거리를 하는 소리가 아닙니다. 노동의 찬가가 긴 생애 동안 충실하게 일해온 한 여인을 기리고 있습니다. 저 소리는 말하고 있어요. '고맙습니다'라고! 당신이 행해온 선한 일들에 감사합니다, 당신이 가난한 자들에게 주었던 빵에, 당신이 닦은 길에, 당신이 지은 집에, 당신이 집으로 불러들인 행복에 감사드립니다! 저 소리가 말합니다, 감사합니다, 이제는 편히 쉬십시오, 당신의 업적은 앞으로도 길이 남아 죽지 않을 것입니다. 당신의 집은 계속 노동의 터전이 되어 인간들에게 행복을 가져다줄 겁니다! 저 소리가 말합니다, 감사합니다, 그리고 우리가 한때 길을 잃고 헤맸던 것을 단죄하지 마십시오. 이제 평화의 집으로 떠나는 당신은 아직 지상에 남아 있는 저희를 자비롭게 기억해주십시오."

예스타는 말을 끝냈으나 망치는 계속 울리며 말을 전했다. 소령 부인에게 다정했던 모든 목소리들이 그 망치 소리에 섞여갔다. 그녀의 얼굴에서는 점차 긴장이 풀렸다. 마치 죽음이 그녀 위로 그림자를 드리우듯 그녀의 표정에서 힘이 빠졌다.

안나 리사가 들어와 회그포슈의 나리들이 도착했다고 알렸다. 소령 부인은 그녀를 도로 내보냈다. 소령 부인은 유언장을 작성할 생각이 없다고 했다.

"예스타 베를링, 너는 행동할 줄 아는 사내였지. 이렇게 너는 또 한 번 승리를 거두는구나. 이리 몸을 숙이렴, 너를 축복해주마."

그 후 소령 부인은 예전보다 갑절은 심한 고열에 시달렸다. 죽음의 고통이 시작되고 있었다. 그녀의 육신은 아직 무거운 고통에 맞서 싸워야 했으나 그녀의 영혼은 곧 풀려날 것이다. 그녀의 영혼은 죽어가는 자들에게 열리는 하늘나라의 문 안쪽을 이미 들여다보기 시작했다.

한 시간이 지나자 무시무시한 임종의 고통도 끝났다. 그녀는 주위에 선 사람들이 깊이 감동받을 정도로 평온하고 아름답게 누워 있었다.

"우리 좋으신 소령 부인." 예스타 베를링이 말했다. "저는 당신의 이런 모습을 이미 한 번 뵌 적이 있습니다. 이제 마르가레타 셀싱이 되살아났군요. 마르가레타 셀싱은 다시는 에케뷔의 소령 부인에게 자리를 빼앗기지 않을 겁니다."

*

대장간에서 돌아온 기사들은 소령 부인의 부고를 들었다.

"그분이 망치 소리를 들으셨나?" 기사들이 물었다.

그렇다는 대답을 그들은 위안으로 삼아야 했다.

기사들은 후에 그녀가 에케뷔를 그들에게 물려주려 했으나 유언장을 작성하지 않았음을 전해들었다. 그들은 그 사실을 큰 영예로 알고 죽는 날까지 자랑으로 여겼다. 그러나 그들 중 그 누구도 놓쳐버린 재산을 안타까워하는 말은 입 밖에 내지 않았다.

전해 내려오는 말에 따르면 예스타 베를링은 이 성탄절 밤 젊은 아내 곁에 서서 기사들에게 마지막 연설을 했다고 한다. 그는 그들이 모두 에케뷔를 떠나야 하는 운명을 애석해했다. 늙은 기사들은 나이를 먹으며 기력이 쇠할 것이다. 늙고 괴팍한 인간들은 어딜 가든 환영받기 어렵다. 농부들에게 말년을 의지해야 하는 가엾은 기사들의 앞날은 밝지 않았다. 기쁨과 모험의 세월이 끝난 기사는 고독 속에 시들어갈 것이다.

온갖 산전수전에 단련된 천하태평의 기사들에게 예스타는 말했다. 그는 이 혹독한 땅의 혹독한 시절에 기쁨을 심기 위해 와준 늙은 신들과 기사들의 이름을 하나하나 호명했다. 하지만 나비의 날개를 단 기쁨이 팔락이던 이 뜰에 해충들이 들이닥치는 바람에 수확할 과실들이 모두 사라졌다고 그는 탄식했다.

이 땅의 아이들에게 기쁨이 없어서는 안 될 귀중한 자산임을 그는 잘 안다고 말했다. 그러나 인간이 어떻게 행복과 선량함을 동시에 얻을 수 있느냐는 질문은 늘 묵직한 수수께끼처럼 버티고 있다. 이것은 세상에서 가장 쉽고도 어려운 질문이라고 그는 말했다. 기사들 역시 지금껏 이 수수께끼를 풀지 못했다. 하지만 이제 그는 기쁨과 곤경이, 행복과 근심이 공존했던 이 해에 모두가 마침내 해답을 찾아냈으리라 믿는다고 말했다.

아, 정든 기사들이여. 이 작별의 순간은 내게도 쓰디쓰구나. 이것이 우리가 함께 깨어 있는 마지막 밤이다. 호쾌한 웃음소리와 밝은 노랫소리를 나는 더는 들을 수 없겠지. 이제 나는 너희 기사들과 뢰벤 호숫가의 다른 명랑한 주민들에게 작별을 고해야 한다.

정든 옛 사람들이여, 당신들은 내 어린 날 근사한 선물들을 주었다. 그대들은 외로이 사는 사람들을 찾아와 인생의 온갖 굴곡을 들려주었다. 어린 날 나는 호숫가에서 그대들이 신들의 마지막 전투를 장엄하게 치르는 것을 지켜보았다. 하지만 그 대가로 내가 그대들에게 준 것이 뭐가 있을까.

당신들이 사랑했던 농장과 영지를 이야기할 때 당신들의 이름 또한 함께 기억된다는 것이 위안일지도 모르겠다. 당신들의 인생 위로 쏟아졌던 광휘가 당신들이 살았던 땅에도 남아 있기를! 보리 성도, 비에네도, 뢰벤 호숫가의 에케뷔도 폭포와 호수, 산책할 만한 숲과 미소 짓는 초원에 둘러싸여 여전히 당당히 서 있다. 널찍한 발코니 위에 서면 전설들은 마치 여름날의 벌 떼처럼 주위를 휘감는다.

벌 떼 이야기가 나왔으니 작은 일화 하나를 마저 이야기하게 해다오. 스웨덴 군의 선두에서 북을 쳤던 작달막한 루스테르는 1813년 독일 땅을 밟고 돌아온 이래 틈만 나면 신비한 남쪽나라에 대해 떠들었다. 그의 말에 따르면 저 남쪽에서는 사람들이 교회 탑만큼이나 덩치가 크고 제비들도 독수리만 하고 벌들도 거위만 하다는 거였다.

"그러면 벌통은 얼마나 큰가?"

"벌통이야 여느 벌통 크기지."

"그러면 벌들이 어떻게 벌통에 들어가나?"

"잘 살펴서 들어가야지." 작달막한 루스테르가 대답했다.

친애하는 독자들이여, 나 역시 같은 대답을 해도 될까? 지금까지 환상이라는 이름의 커다란 벌들이 우리 주위를 내내 맴돌았다. 이 벌들이 어떻게 현실이라는 조그만 벌통 속에 들어갈 수 있느냐고? 잘 살필 일이다.

옮긴이의 말

23세의 셀마 라겔뢰프.

셀마 오틸라 로비사 라겔뢰프는 1858년 스웨덴 베름란드에서 태어났다. 그녀의 친조부모는 양쪽 다 목사 집안의 후손이었고, 고향집인 모르바카 농장도 본래 목사 집안의 장녀가 젊은 목사와 결혼하며 대대로 물려받는 재산이었다. 역시 목사의 딸이었던 친할머니는 가문의 오랜 전통을 깨고 목사 가문의 후손이긴 하나 목사직을 이어받지 않았던 할아버지와 결혼했다. 작가의 아버지 역시 목사가 아닌 군인이자 농장주였다.

라겔뢰프는 나면서부터 골반에 장애가 있었고 어릴 적 앓은 병 때문에 다리가 불편했다. 다른 아이들처럼 마음껏 뛰어놀 수 없는 불편함 때문에 그녀는 어른들이 들려주는 옛이야기와 책에 더욱 몰두하게 되었을 것이다.

라겔뢰프가 자라면서 가세는 점점 기울었다. 그녀는 직접 끼니를 벌기 위해 교원 교육을 받았다. 그녀가 초등학교 교사로 발령받은 해인 1885년에 아버지가 사망했고, 집안 형편은 더욱 나빠져 1890년에는 빚을 갚기 위해 정든 고향집 모르바카 농장을 팔아야 했다. 이때의 슬픈 경험은 『예스타 베를링 이야기』 속에도 녹아 있다.

그녀가 첫 작품인 『예스타 베를링 이야기』를 구상하고 집필한 것도 이런 힘든 시기였다. 작가들은 첫 작품을 쓸 때 자신이 가장 잘 쓸 수 있는, 가장 가깝고 절실한 소재를 찾는다. 셀마 라겔뢰프에게는 어린 시절 줄곧 들어온 덕에 그녀의 안에 깊이 뿌리내리고 있던 고향 베름란드의 옛이야기들이 첫 책의 소재가 되어주었다.

1890년에 그녀는 시험 삼아 소설의 첫 다섯 장을 어느 잡지사의 공모전에 내보았다. 원고가 채택되자 그녀는 용기를 얻어 집필을 계속했고, 다음해 마침내 탈고한 원고를 책으로 펴낼 수 있었다. 본래 그녀가 의도한 제목은 '시인 예스타 베를링'이었으나 출판사에서는 '예스타 베를링 이야기Gösta Berlings Saga'라는 제목이 판매에 더 도움이 될 거라 판단했고 라겔뢰프도 그 제안을 받아들였다.

『예스타 베를링 이야기』는 기이한 소설이었다. 당시 스칸디나비아 문학의 주류는 스트린드베리나 입센 같은 작가들이 대표하는 사실주의/자연주의 계열이었다. 현실 사회 구조의 문제를 탐구하고 세상을 '있는 그대로' 그려내는 것이 진지한 작가의 덕목으로 평가받았다. 시골의 옛이야기를 낭만적으로 채색한 라겔뢰프의 글은 '진지한' 평론가들의 눈에는 말랑하고 얄팍하게 비쳤다. 인간의 선한 본성과 신의 사랑을 믿는 그녀의 낙관적인 세계관도 자연과학적 사고가 주도하던 19세기 말의 지성계가 보기에는 어리석을 정도로 순진하고 보수적이었다.

과거를 미화하고 환상을 추구하는 낭만주의적 문학관의 견지에서 볼 때도 라겔뢰프의 글은 이상에서 벗어났다. 19세기 전반 유럽 문학계를 휩쓸었던 낭만주의 사조는 민족주의적 가치를 쫓기 위해 역사적 소재에 천착하곤 했다. 고향의 토속적인 이야기를 소재로 삼은 라겔뢰프의 첫 작품은 민중의 입에서 자연스럽게 형성된 이야기를 높이 사던 낭만주의적 미학에는 부합했으나 스케일이 너무 작았다. 라겔뢰프가 『예스타 베를링 이야기』 속에서 사랑한 것은 스웨덴이 아니라 고향 베름란드였다. 그녀의 펜 끝이 살려낸 인물들 역시 수백 수천 년 전의 신화 속 영웅들이 아니라 고작 2, 3세대 전의 시골 지주들이었다.

각 기사들을 중심으로 독립된 이야기가 전개되거나 심지어 풍경 묘사에만 한 장 전체를 할애하는 일견 느슨한 구성도 『예스타 베를링 이야기』가 평론가들에게 쉽게 받아들여지지 않은 이유 중 하나였다. 라겔뢰프의 천재적인 스토리텔링 능력을 보여주는 도입부는 몰아치듯 빠르게 이야기가 전개되지만, 그 후 이야기의 속도는 각 장마다 중구난방으로 전개된다. 어떤 장은 현실적인 이야기를 담고 있는가 하면, 다른 장에는 마녀와 요정이 등장한다.

셀마 라겔뢰프 본인도 집필 당시에는 이 소설을 좀 더 '소설의 모범에 맞게' 써보고자 하는 의도가 있었다. 그러나 수 년에 걸친 오랜 집필 과정을 거치면서 그녀는 자신이 본래 하고자 하는 이야기들에는 각각 어울리는 형식이 따로 있음을 깨달았고, 그래서 『예스타 베를링 이야기』는 오늘날 우리가 보는 형태로 태어났다.

세상으로 나온 『예스타 베를링 이야기』는 처음에는 평도 그리 좋지 않았고 판매부수도 보잘것없었다. 책을 팔아 얻은 수익으로 전업작가가 될 수 있지 않을까 생각했던 라겔뢰프의 소망은 물거품이 되는 듯 보였다.

하지만 1893년 당시 스칸디나비아 문학 평론계를 이끌어가던 브란데스가 이 책을 호평하면서 본국인 스웨덴에서 라겔뢰프는 상업적 성공을 거둘 수 있었다. 1895년 그녀는 원하던 대로 교직을 그만두고 전업작가의 경력을 시작했다.

오늘날 『예스타 베를링 이야기』는 19세기 말 스칸디나비아에서 주류를 이루었던 사실주의 사조에 대항하는 신낭만주의의 대표적 작품으로 평가받는다. 아직 마술적 리얼리즘이라는 개념조차 나오지 않았던 시절임에도 마술적 리얼리즘의 싹을 보여준다는 평 또한 있다.

라겔뢰프는 작고 하찮은 소재에 낭만적인 마법을 걸었다. 그녀의 집필 당시로부터 고작 70여 년 정도 떨어진 좁고 현실적인 장소는 그녀의 펜 끝에서 전설의 장소로 화했다. 베름란드의 평범한 산과 들은 시적인 묘사를 통해 잊지 못할 아름다운 공간으로 변했다. 에케뷔의 기사들은 주정뱅이에 도박꾼에 한량이고, 그들의 모험담 중 상당수는 허풍이겠으나, 라겔뢰프의 애정 어린 시선은 그들을 낭만적인 영웅으로 탈바꿈시켰다.

그러나 한편으로 그녀의 시선은 사랑하는 고향의 어두운 면 또한 놓치지 않고 읽어낸다. 베름란드의 자연은 아름답지만 혹독하기도 하다. 베름란드는 이야기 속 사건들이 벌어지는 무대일 뿐 아니라 인간들의 삶의 형태와 소설의 주제에까지 영향을 미친다. 브루뷔의 목사는 혹독한 자연에 맞설 힘을 찾다가 스스로 혹독한 인간이 되었다. 간통의 죄를 저지른 마르가레타 셀싱도, 무수한 잘못을 저질러온 예스타 베를링도 혹독한 자연이 불러온 가난에 맞서 싸우는 데서 구원의 길을 찾는다. 베름란드가 그토록 살기 어려운 땅이었기에 노동은 그만큼 더 빛나는 가치가 되고 인간들을 구원하는 형이상학적 이상으로 승화된다. 파우스트의 주제인 '끊임없이 노력하는 자를 우리는 구원할 수 있다'가 인류의 보편적인 실존에 해당한다면,『예스타 베를링 이야기』에서 노동은 베름란드라는 지역의 고유한 특색에 의해 의미를 얻는다. 그래서 어떤 의미에서『예스타 베를링 이야기』의 진짜 주인공은 베름란드라는 고장 자체가 된다.

스웨덴 화폐에 실린 셀마 라겔뢰프의 초상(위)과『닐스의 이상한 여행』의 삽화.

    기사들도, 예스타도 선량하지만 도덕적으로 완벽한 인물들은 아니다. 오히려 그들은 많은 과오를 저질렀고 현재에도 저지르고 있는 인물들이다.

    스웨덴어에서 본래 우리가 흔히 떠올리는 중세 기사들을 일컫는 단어는 'riddare'이다. 반면 라겔뢰프는 이 책에서 에케뷔의 기사들을 지칭하기 위해 라틴어 계열에서 온 단어인 'kavaljer'를 쓰고 있다. 한국어로는 두 단어가 똑같이 '기사'로 번역되지만, 'kavaljer'에는 중세의 'riddare'가 가졌던 호전적인 맥락은 없고, 대신 이국적인 낭만과 풍류가 깃들어 있다.

    기사들과 예스타, 소령 부인과 브루뷔의 목사 등은 선과 악 양쪽에 발을 디뎌본 인간들이다. 예스타와 구원의 길을 함께 걸을 여인인 엘리사벳 도나마저도 완전무결하지 않다. 다채로운 인간상에 대한 날카로운 묘사는 자칫 그저 낭만적이고 예쁘기만 한 옛이야기 묶음으로 전락할 위험이 있는 소재에 깊이를 부여한다. 특히 세계 고전문학에서 흔치 않은 가모장적인 캐릭터와 여성 캐릭터들 사이의 유대는 셀마 라겔뢰프의 후속작들에서도 반복되어 나타나는 소재로, 후대에 그녀의 작품이 여성주의적 관점에서 새로이 연구되는 계기를 마련하기도 했다.

『예스타 베를링 이야기』의 성공 이후 라겔뢰프는 꾸준히 집필을 계속했고, 그녀의 작품들은 이미 작가 생전에 영어와 독일어 등 여러 외국어로 번역되어 인기를 누렸다. 본래 스웨덴 아이들의 지리 공부를 위해 쓴 학습 도서였던 『닐스의 이상한 여행』은 오늘날까지도 전 세계 아이들에게 사랑받고 있다. 후속작들도 좋은 평을 받은 덕에 경제적으로 여유로워진 그녀는 1908년 마침내 모르바카의 사랑하는 고향집을 다시 사들일 수 있었다.

1900년대에 라겔뢰프는 몇 차례 노벨문학상의 후보에 올랐다가 1909년에 드디어 상을 수상했다. 수상 근거는 '고귀한 이상주의와 풍부한 상상력, 그리고 그녀의 작품들을 관통하는 영혼이 가득한 묘사'였다. 그녀는 노벨문학상을 수상한 첫 여성 작가이자 첫 스웨덴 작가였다. 4년 후 그녀는 노벨문학상 수상자를 결정하는 스웨덴 한림원에 그 자신, 첫 여성 회원으로 선출되었다.

그레타 가르보가 주연한 영화
〈예스타 베를링 이야기〉.

노벨문학상의 상금으로 그녀는 모르바카 주위의 농장 땅 또한 사들일 수 있었다. 그녀는 죽을 때까지 이 집을 거처로 삼았고, 현재 이곳에는 라겔뢰프 기념관이 들어섰다. 생전에 유명 인사가 된 그녀의 집은 곧잘 방문객으로 북적거렸으나 그녀는 평생 결혼하지 않고 독신으로 남았다. 대신 그녀에게는 깊은 교류를 나누던 두 사람의 여자친구가 있었는데, 그 관계에 동성애적 성향이 있었으리라 추측하는 연구자들도 있다. 1940년 그녀는 정든 고향집에서 임종을 맞았다.

라겔뢰프의 작품들은 1917년부터 꾸준히 영상화되었고, 그녀는 1920년대에 자신의 모든 작품에 대한 영화화 권리를 팔았다. 1924년 나온 무성영화 〈예스타 베를링 이야기〉는 아직 세계적인 스타가 되기 전, 채 만 스무 살도 되지 않은 그레타 가르보의 앳된 모습을 담고 있다. 1986년에는 6부작 텔레비전 드라마로 제작되기도 했다.

본서의 번역에는 Insel Verlag zu Leibzig에서 발행한 독일어판 『Gösta Berling』과 Albert Bonniers Förlag에서 1978년에 발행한 스웨덴어 원전 『GÖSTA BERLINGS SAGA』를 참조했음을 밝힌다.

2013년 4월
강윤영

1858년 스웨덴의 서부에 위치한 베름란드 지방의 명문名門인 모르바카
집안에서 태어난다.
문학 애호가인 아버지와 향토의 전설에 밝은 할머니의 영향으로 일찍
부터 문학에 친숙했다. 어려서 다리에 장애가 생긴 후 가정교사를 고용
하여 집에서 교육을 받는다.

1881년 가정 형편이 어려워지고 23살의 늦은 나이에 여자고등사범학교
에 입학한다.

1885년 사범학교를 졸업하고, 란스크로나에서 초등학교 교사 생활을
시작한다.
이후로 10여 년간 교사로 지내며 글쓰기에 매진한다.

1891년 교사 생활을 하면서 향토의 전설을 소재로 10여 년간 꾸준하게
써온 『예스타 베를링 이야기Gösta Berlings Saga』가 〈이둔Idun〉지의 현상 소
설 모집에 입선되면서 정식 작가로 이름을 알린다.

1894년 단편집 『보이지 않는 굴레Osynliga länkar』를 발표한다.

1895년 스웨덴 왕실로부터 지원을 받은 후 교직을 떠나 이탈리아와 팔
레스타인을 여행한다.

━━━━━━━━━━━━━━━━━━ ❧ ━━━━━━━━━━━━━━━━━━

1897년 이탈리아를 여행한 뒤 시칠리아에 관한 사회주의적 소설『반反그리스도의 기적Antikrists mirakler』을 발표한다.

1901~1902년 팔레스타인과 이집트를 여행한 후 성지로 이주한 한 무리의 스웨덴 농민에 대한 실화를 바탕으로 한 소설『예루살렘Jerusalem』을 발표한다.

1906~1907년 스웨덴 교육부의 의뢰를 받아 초등학생들의 독서용 부재교로 집필한 소설『닐스의 이상한 여행Nils Holgerssons underbara resa genom Sverige』을 발표하면서 국민적 작가로 명성을 얻는다.

1909년 여성 최초로 노벨문학상을 수상한다.

1912년 중편『환상의 마차Körkarlen』를 발표한다.

1914년 여성 최초로 스웨덴 한림원의 회원이 된다.

1922년 유년시절을 섬세하게 담아낸 회고록『모르바카Mårbacka』를 발표한다.

1930년 희곡 『나의 유년시절의 추억Ett barns memoarer』을 발표한다.

1940년 스웨덴 국왕에게 도움을 요청하여 친구인 유대인 작가 넬리 작스와 그녀의 어머니를 나치로부터 구한다.
아버지가 돌아가신 후에 팔았던 고향 모르바카의 저택을 노벨상 상금으로 다시 사들여 정착해 살다가, 뇌졸중으로 3월 16일 고향에서 세상을 떠난다.

예스타 베를링이야기

초판 1쇄 인쇄 2013년 4월 30일
초판 1쇄 발행 2013년 5월 7일

지은이 셀마 라겔뢰프
옮긴이 강윤영
펴낸이 김선식

Editing creator 유희성
크로스 교정 박여영
Design creator 조혜상
Marketing creator 이주화

2nd Creative Story Dept. 김현정 박여영 조혜상 최선혜 유희성 백상웅
Creative Marketing Dept. 이주화 백미숙
　　　　Online Team 김선준 박혜원 전아름
　　　　Public Relation Team 서선행
　　　　Contents Rights Team 김미영
Creative Management Dept. 김성자 송현주 권송이 윤이경 김민아 한선미

펴낸곳 (주)다산북스
주소 경기도 파주시 회동길 37-14 3층
전화 02-702-1724(기획편집) 02-6217-1726(마케팅) 02-704-1724(경영관리)
팩스 02-703-2219
이메일 dasanbooks@hanmail.net
홈페이지 www.dasanbooks.com
출판등록 2005년 12월 23일 제313-2005-00277호

종이 한솔피엔에스
인쇄 · 제본 (주)현문자현

ISBN 978-89-6370-967-3　03850